U0938707

济南文学大系

当代散文卷

总主编　刘玉民
分册主编　逄金一

济南出版社

图书在版编目(CIP)数据

济南文学大系．当代散文卷/刘玉民主编；逄金一分册主编．—济南：济南出版社，2015.3

ISBN 978-7-5488-1499-3

Ⅰ.①济… Ⅱ.①刘… ②逄… Ⅲ.①中国文学—作品综合集—济南市 ②散文集—中国—当代

Ⅳ.①I218.521 ②I267

中国版本图书馆CIP数据核字（2015）第048230号

济南文学大系

当代散文卷

责任编辑 郭 锐 戴 月

美术编辑 焦萍萍

装帧设计 宋晓明

出版发行 济南出版社

地　　址 山东省济南市二环南路1号(250002)

电　　话 0531-86116641　67817923

网　　址 www.jnpub.com

经　　销 各地新华书店

印　　刷 山东省东营市新华印刷厂

版　　次 2015年3月第1版

印　　次 2015年3月第1次印刷

开　　本 170毫米×240毫米　1/16

印　　张 32.25

字　　数 475千字

定　　价 98.00元

法律维权 0531-82600329

《济南文学大系》编委会

总 序

张炯

“历下此亭古，济南名士多。”这是清代何绍基在济南大明湖历下亭题写的一副对联。它道出了济南历史文化的久远和辉煌。济南是齐鲁名郡，今日山东的省会，而齐鲁文化则堪称华夏文化的支柱。相传夏商两朝均建于今之河南境内以及安徽西北部、山东西南部、河北和山西的南部。周灭商，封姜太公于齐，封周公于鲁。姜太公运筹帷幄，助周统一天下；周公制礼作乐，为周巩固天下。儒家文化就诞生于鲁国和齐国。孔夫子是鲁国人，当过司寇，于杏坛讲学，有弟子三千，贤人七十二之众。他周游列国，传播儒学。孟子是邹县人，他游说齐宣王，在临淄稷下学宫也讲过学。由此可见当时齐鲁文化之盛。因此，后来齐鲁一直是中华文化的重镇。如果说中华是礼仪之邦，则齐鲁为甚。加上山东半岛兼具渔盐之利，地阜民丰，文风也绵延不绝。孔子的弟子中就有像子游那样擅长文学的。孔子删定六经：《诗》、《书》、《礼》、《乐》、《易》、《春秋》，其中《诗经》和《春秋》尤为我国两千多年来诗歌和叙事文学的源头。我国戏剧源于乐舞，与周代的乐舞有渊源。在齐鲁文化哺育和汇聚下，济南的文学艺术的昌盛，也可谓历史悠久。它虽然带有地域性，影响却往往及于全国。从远古时期的大舜和先秦时期的《诗经》开始，李清照、辛弃疾、张养浩、李开先、李攀龙、边贡、王士祯、蒲松龄等人从济南出发，将自己的作品和影响惠及天下；李白、杜甫、王安石、曾巩、苏轼、苏辙、黄庭坚、元好问、关汉卿、赵孟頫、老舍等人，则在来济南做官或者游览、讲学的同时，将济南纳入笔下，留下了诸多脍炙人口的佳作。新中国建立后的六十五年间，济南作家、济南籍作家和把济南纳入视野的全国各地的作家们，同样创造了令人瞩目的辉煌，在国内外形成了不可小视的影响。由此，济南市编纂的这套囊括几千年文学成就的《济南文学大系》，就不仅仅是济南文化史上的一件大事，对于济南市的文化传承和文学事业的繁荣发展具有重要意义，在促进全国城市的文化传承和文学发展方面，也同样具有重要的积极意义。

这一套“大系”，规制宏广，篇幅浩大。它包括自古至今的济南本地作家的创作、济南籍作家的创作（以写济南的作品为主），以及外地作家写济南的创作，有诗歌、散文、小说和戏剧等多种类型的文学作品。从《诗经》、《左传》选起，包括诸子散文，迄于当今21世纪初叶的各类创作。收罗作家之多、作品之众，都是前所未有的，可谓题材、主题、形式、风格都极其丰富。“大系”总主编刘玉民与他的同仁们，1999年曾编选出版了八卷本的《济南市五十年文学作品选》，2011年又编选出版了两卷本的《济南作家论》，2012年还编选了近二百万字的“美丽泉城文学作品研讨会推荐作品”。通过这些活动，他们对济南的当代文学进行了比较系统的梳理，同时也对济南古代和近现代的文学有了更多的了解和把握。《济南文学大系》就是在这个基础上推出来的，可以说是经过多年的酝酿和准备，具备了充分的把握和条件的。“大系”编委会汇聚了国内和山东省内诸多专家、领导，各分卷主持人也都是具有较高文学素养的当地文艺界的专家，他们怀着一种对历史和济南文学负责的态度，在编选中既照顾到历史上的名家名作，也充分体现了地域文学的特色。因此我相信，这一套“大系”不仅能够为广大读者展示济南文学发展的多姿多彩的历史面貌，进一步提高济南作为历史文化名城的声望，还将会为济南文学史的构建，提供具有一定权威性的文学文本。

鲁迅曾说过，越是地方的就越有世界性。这当然指的是地方性的优秀作品。因为文学的审美总基于作者的创造，基于作者深刻的生活体验和审美发现，基于作者富于地方特色的文学性的追求。美国著名作家福克纳毕生所写的是他自喻为“邮票大”的一个小镇，我国荣获诺贝尔文学奖的作家莫言，他所有的作品也不过是写山东高密地区的乡土生活和扎根于这片土壤的幻想。这足见地方性与世界性是可以统一的。我愿《济南文学大系》将会对丰富我国的文学做出贡献，也会为丰富世界的文学做出贡献。

是为序。

2013 年 11 月 1 日于首都北京

（作者为中国作协名誉副主席、中国当代文学研究会会长）

导 言

济南是历史文化名城，是龙山文化的发祥地。在数千年的漫长历史中，济南的文学，始终与这片土地和土地上的人民同生共命。济南作家、济南籍作家和来自海内外的其他作家们，用自己的奇思妙想和生花之笔，共同造就了济南文学的丰茂与绚丽。可以毫不夸张地说，无论是在创作成就还是在作品影响上，济南文学都是山东文学的主力和中坚，并且在全国乃至海外占有重要而独特的位置。

一

济南的古代文学，可以一直追溯到远古的大舜时期。舜耕历山，“弹五弦之琴，歌《南风》之诗”，《南风歌》和《思亲操》便成了济南文学的发轫之作。出自谭国（今济南市东南）大夫之手的《诗经·小雅·大东》，则记录了先秦时期济南先民们的苦难和忧愤。济南文学的繁荣是在唐宋时期。唐朝时，济南籍作家员半千、崔融曾名重一时，大诗人李白、杜甫在济南分别留下了《陪从祖济南太守泛鹊山湖三首》和《陪李北海宴历下亭》等脍炙人口的佳作。宋熙宁四年（1071 年），唐宋八大家之一的曾巩出任齐州知州，在济南任职期间写下了《齐州二堂记》、《西湖纳凉》等佳作。与此同时，欧阳修、王安石、苏轼、苏辙、黄庭坚等人也先后来到济南，在饱览济南的山水之美后，留下了自己的得意篇什。“海右此亭古，济南名士多”（杜甫）、“最喜晚凉风月好，紫荷香里听泉声”（曾巩）、“济南潇洒似江南”（黄庭坚）等诗句，也由此成了济南人世代相传、吟诵不止的名句。唐宋时期济南文学高峰期的代表人物是李清照、辛弃疾。李清照，号易安居士，济南章丘人，一首《如梦令》，生动地描绘了她少女时代家乡生活的情景。李清照的词，前期多写其悠闲生活，后期多感叹身世，情调感伤，成为词坛婉约派的杰出代表。她的诗则感时咏史，情辞慷慨，一首“生当作人杰，死亦为鬼雄。至今思项羽，不肯过江东”，不知打动了古往今来多少仁人志士。辛弃疾，号稼轩，济南历城人，出生时中原已为金兵所占，二十一岁时参加抗金义军，不久即归南宋，历任湖北、江西、湖南、福建、浙东安抚史。他的词抒写力图恢复国家统一的爱国热情，倾诉壮志难酬的悲愤，对当时执政者的屈辱求和颇多谴责；同时，也有不少歌咏祖国河山的作品。其艺术风格热情洋溢，慷慨悲壮，笔力雄厚，与苏轼并称“苏辛”，开词坛一代豪放派之先河。李清照、辛弃疾以其巨大的成就和影响，烁古耀今，成为济南文学乃至山东和中国文学的标志和荣耀。

李清照、辛弃疾之后，济南古代文坛上仍然呈现出大家迭出、佳作泉涌的景象。济南本土作家中，元代散曲大家张养浩以《山坡羊·潼关怀古》和《普天乐·大明湖泛舟》等为历代人们所称道。清代济南府淄川县秀才蒲松龄，因所著《聊斋志异》“写鬼写妖高人一等，刺贪刺虐入骨三分”（郭沫若语）而名闻天下，受到后世推崇。明清之际，以边贡、李攀龙、王士祯、李开先、田雯、王苹等人为首的“济南诗派”，在文坛上产生了重要影响，为济南赢得了美誉。外籍作家中，金代文学家元好问在《题解飞卿山水卷》和《济南杂诗十首》中，唱出了“羡杀济南山水好，几时正作卷中人”和“日日扁舟藕花里，有心长作济南人”的心声。元代知名书画家赵孟頫描写趵突泉的诗句“云雾润蒸华不注，波涛声震大明湖”，至今被人传诵。于钦、晏璧、王守仁、胡缵宗、吴伟业、顾炎武、孔尚任、爱新觉罗·玄烨、赵执信、高凤翰、郑板桥、爱新觉罗·弘历、董芸、张之洞、何绍基等人，也在游历济南和写景抒怀中，为丰富济南文学做出了贡献。

在济南的古代文学中，戏曲杂剧也占有不可忽视的位置。元代济南籍戏曲作家武汉臣创作的《散家财天赐老生儿杂剧》、《包待制智赚生金阁》，岳伯川创作的《吕洞宾渡铁拐李岳》，元代大戏剧家关汉卿创作的《杜蕊娘智赏金线池》，明代济南籍戏曲作家李开先创作的《新编林冲宝剑记》、《裴淑英断发记》，清代济南籍作家叶承宗创作的《贾阆仙除日祭诗文》、《狗咬吕洞宾杂剧》等，都产生了一定影响。

总括而言，济南的古代文学以其足以让人仰视的丰富性、艺术性和影响力，成为济南历史和文化中最为深刻、永久，也最为鲜活、灵动的一部分，并且已经融入济南的城市血脉和济南人的心灵之中。可以断言，济南古典文学的雨露和阳光，必将在通向更加辉煌的明天的征途上，为济南也为山东和中国浇灌和培育出更多、更鲜丽的生命之花、文明之果。

二

一场鸦片战争，拉开了中国现代史的序幕。济南的现代文学，虽然不及古代文学那般高峰迭起、群星灿烂，却也展现出不少令人赞叹的亮点。如晚清时期刘鹗的小说《老残游记》，对济南“家家泉水，户户垂杨”的湖光山色和人文环境，以及大明湖中的“佛山倒影”、黑妞白妞击鼓说书的场景等，都有精彩生动的描绘。作品在海内外广为流传，为提高济南的知名度和城市形象发挥了重要作用。

自五四新文化运动到中华人民共和国成立这三十年间，活跃在济南文坛的本土作家和常年寓居济南并以济南生活为题材的作家主要有杨振声、王统照、董秋芳、老舍、李长之等，其中尤以王统照和老舍影响最大。王统照在济南六年，写下了小说《沉思》、《春雨之夜》、《湖畔儿语》等，作品体现了鲜明的五四时代精神，发表后产生了重要的社会影响。20 世纪 30 年代，老舍曾两次执教于齐鲁大学，在济南工作生活了四年有余，完成了小说《猫城记》、《离婚》、《大明湖》等。《大明湖》因原稿焚于战火，后浓缩为短篇小说《月牙儿》，受到世人称赏。老舍还写了不少描写济南山水和风情的散文，其中最为知名的如《济南的秋天》、《济南的冬天》、《趵突泉的欣赏》等，不仅成为济南的名片，还被编入中小学课本和多种文学选本，成为公认的散文名篇。

20 世纪 30 年代前后，在济南生活并且创作了不少好作品的作家还有李俊民、李广田、卞之琳等人。李俊民的小说集《跋涉的人们》，受到鲁迅的好评。李广田的散文集《画廊集》、《银狐集》、《雀蓑记》等，成就了他一生的创作高潮。卞之琳的代表作《断章》、《寂寞》、《航海》等，都是在济南完成的。此外，黄炎培、章士钊、周作人、郁达夫、柳亚子、艾芜、蹇先艾等著名作家和学者，也写下诸多描绘济南淳美景致和风土人情的纪游文字。

三

中华人民共和国建立，标志着中国当代史的开始。济南的当代文学可以大体分为“文革”前、“文革”中、新时期三个阶段。“文革”前十七年的济南文学，作品数量较少，但也有几部有较大影响的作品。如王安友的中篇小说《李二嫂改嫁》出版后，先是被改编成吕剧，随之拍成电影，成了“文革”前十七年山东吕剧的代表性剧目。于廷臣、高洁编剧的大型吕剧《逼婚记》，公演和拍成电影后也在省内外产生了较大影响。诗歌方面，最为知名的是高亨的《水调歌头·读毛主席诗词》。作品高屋建瓴，气势磅礴，文辞优美，不仅受到广大读者的喜爱，也得到了毛泽东本人的赞赏。短篇小说方面，韩啸天的《夫妻俩》、李成才的《芙蓉花盛开的地方》、徐志刚的《步枪》也受到了好评。但总体而言，“文革”前十七年的济南文学，是处在作品不多、水平不高的阶段。

由于众所周知的原因，“文革”期间的济南文学基本上处于荒芜状态。除部分跟风的、口号式的作品，难能找出一部真正有价值的优秀之作。

“文革”结束，宣告改革开放新时期的到来。同全省全国各条战线一样，改革开放的春风给济南文坛带来了勃勃生机，济南文学呈现出日益丰富、日益提升、日益繁荣的局面。诗歌方面，新诗如雨后春笋，新人佳作不断涌现。塞风的黄河诗，以其粗犷和悲怆打动人心。孔孚的山水诗，则以清新、凝练和空灵受到赞赏。山青、苗得雨、桑恒昌、路也等也唱出了各自的心声。在古体诗词创作中，郭沫若、贺敬之等大家均有描写济南的佳作。徐北文的《济南竹枝词》开风气之先。王砚耕、王寿春、李子超、耿建华、李文朝等人也推出了不少好作品。新时期济南的散文创作成绩斐然。梁衡的《乱世中的美神》、《把栏杆拍遍》，写出了李清照、辛弃疾的风采。刘玉民的《泉涌如诗》入选柯岩等主编的《中国当代散文选》，《泉城柳》入选多地中考语文模拟试卷。徐北文、任远、侯林、简墨等也各有建树。小说方面，新时期推出的第一部长篇小说是未艾的《异国飘零记》，此后佳作不断、高潮迭起。冯德英的《山菊花》被拍成电影，反响热烈。刘玉民的《骚动之秋》获茅盾文学奖，并被改编成多种艺术形式。张海迪的《绝顶》获中宣部“五个一工程”奖。济南出生的法兰西院士程抱一的《天一言》，获法国费米娜文学奖。张悦然以《樱桃之远》等，成为“80后”作家的代表性人物。郭震、王欣、刘玉栋的作品也产生了积极影响。报告文学方面，李延国的《废墟上站起来的年轻人》、郭慎娟的《知识的罪与罚》，获全国优秀报告文学奖。戏剧文学方面，陈永涓、田牛、杨琨、高力耕的儿童剧《小白龟》获中宣部“五个一工程”奖、文化部“文华新剧目”奖。陈永涓、田牛、乃赞、在呈的儿童剧《宝贝儿》获中宣部“五个一工程”奖和文化部“文华新剧目”奖，并入选2005—2006年度国家舞台艺术精品工程十大精品剧目。影视文学方面，杨剑鸣、殷习华等人的《警方110》获中国电视金鹰奖。张继的《乡村爱情》系列在中央电视台黄金时段连年播出。尹艺茂的《天下泉城》为提升济南的城市形象做出了贡献。文学评论方面，新时期也有丰硕成果，济南评论家和外地评论家所写的推介济南作家和作品的文章，为扩大济南文学的影响起到了重要作用。作家出版社2011年12月版的《济南作家论》中有详细记载，此处不再赘述。如此等等，济南新时期的文学真可谓色彩斑斓、美不胜收。

编选《济南文学大系》，回望数千年济南文学走过的历程，我们深感济南的文脉是如此悠远绵长，济南的文学积淀是如此丰盈厚重。这种文脉和文学积淀，如同济南地下奔腾恣肆的激流一样无可阻挡，是注定要喷发出不可尽数和比拟的泉的花朵和歌唱来的。由此我们想到了明天。我们有足够的理由相信济南文学的明天，注定是霞光满天、芳草遍地、花香四溢，呈现出无愧于古人和今人的辉煌。这是我们的期待，也是我们的祝愿。

目 录

任　远

任　远（1928—2001），山东章丘人，中国作家协会会员，中国民间文艺家协会会员，曾任《济南日报》文化部主任、济南市文协主席、济南市文联副主席、《当代小说》主编、山东省作家协会理事、山东省民间文艺家协会副主席、山东省散文学会副会长等，著有《任远文集》（三卷），曾获“齐鲁文学奖”。

柳埠景色

从济南乘汽车南行，路过巍峨的玉函山、清清的仲宫河，沿路时断时续的自流灌溉渠，就像位热情的向导，哗哗啦啦地细语着，陪伴您来到著名的柳埠。

劳动与自然美的合金

有人称北园为济南的小江南。柳埠山高、水绿、果甜、稻香，既有江南景致的秀丽，又有北国风光的特色。村东北的涌泉庵，现已辟为林场。半山腰里，一片绿竹笼罩着明净的涌泉。一年四季，泉水汹涌，浪花似练，玉液般流过那碧澄的水池，蜿蜒下山。有时，山上清风吹过，响起阵阵松涛。竹影在水面轻歌曼舞，百鸟在林间婉转歌唱，那情景动中有静，静中有动，如歌似画。

景色如画的所在，在柳埠附近处处皆是，且各具特色。柳埠西的都泉，青山下水声似唱，流在村里，如一条翠绿的丝带，在微风中轻轻飘荡。古人曾有“最是都泉风景好，山花如绣锦阳川”之句。柳埠南的袁洪峪，谷深林密，花香水清，大片的葡萄架像绿色的天幕，缀满珍珠和玛瑙，使那架下的小庭院显得格外幽静。这些地方，在旧社会被官僚、地主和资本家霸占为别墅、山庄，劳动人民难以涉足；如今，不是辟为人民的林场、果园，就是建立学校，劳动人民能够随意游览了。

自然风景，也有着鲜明的时代特征。柳埠四周大大小小的水库，有的水平如镜，游鱼成群；有的库水外流，形成一泻百尺的人工瀑布，这景色为过去所没有。深秋临近，水库四周满山遍野的山果相继成熟了，丹色的柿子如一片片艳丽的朝霞，晨曦中，夕阳下，淡红的水面微波层层，让您分不清为云霞所染，抑为果树的倒影。此时，岸边羊群拥拥挤挤地走过，黄牛啃食着绿草，红、橙、黄、绿、青、蓝、紫……那色彩鲜美极了。

面对如画的情景，我禁不住地向大自然发问：“这是劳动的双手所塑造的美景，还是祖国山川的自然美？”风吹，水流，劳动歌声激荡，像给我一热情的回答：“这是劳动与自然美的合金啊！”

神游古文化遗迹

神奇的传说，古老的寺院，宏伟的佛塔，精致的造像，这无数悠久文化的结晶，与那优美的自然景色相辉映，把柳埠镇衬托得更令人留恋了。

从济南到柳埠，路上有汉武帝攀登过的号称小泰山的玉函山。这里百鸟栖息，随风传来鸟儿的歌唱，好像传说中在这里为西王母看守玉函的神鸟，至今还飞鸣山间。路上，有相传穆桂英奋勇抗金，撒豆成兵的月牙桥，以及山势挺拔的穆柯寨。仰首遥望山巅，追想宋代爱国女英雄当年的战斗英姿，不禁肃然起敬。路上，还有什么康王坟、石阁老、摩天岭、七十二神洞……所有这一切，就如一条古文化的长廊，那么神奇而多彩。

来到柳埠，古文化的遗存和民间传说更丰富了。近有八路军和民间的战斗传奇，远有秦始皇从附近登泰山的记载，最著名的还有以唐代杰出的农民起义军首领黄巢的名字命名的黄巢岭、黄巢洞。您来到这里，老人们会以豪迈的口气，向您讲述一些有关黄巢的动人故事。这也许与黄巢最后牺牲于离此不远的虎狼谷有关吧？

假如我们嫌以上还仅仅是传说，那不妨去柳埠东北游一下神通寺的遗址。这座南北朝时便开始兴建的著名寺院，楼阁殿宇虽已倒塌，可石碑林立，佛塔成群，仍不难想象当年的金碧辉煌。更重要的是著名的四门塔，仍傲然矗立于朗公谷口的山丘上。四周山明水秀，塔旁有相传为汉代所植的九顶松。这塔建于隋，亦说建于东魏武定二年（公元544年），至今已1400余年，尚且完整。塔全部用青石砌成，结构古朴，落落大方，具有汉代建筑手法的遗风。另外，附近的龙虎塔，内有阳刻的优美佛像和飞天，外有力士、龙虎等浮雕，建造异常宏伟。塔旁是始于唐初的千佛崖摩崖造像，生动传神，十分壮观。据说，东晋时代的天竺高僧朗公和尚在此讲经，除僧俗听众之外，引得鹿、鹅也来听讲。现在寺旁的柳埠民办中学，深藏万绿丛中，从早到晚书声琅琅，很有生气。

许多名胜古迹，在旧社会遭到风吹雨打和人为破坏，不少已残破不堪。新中国成立后，人民政府对四门塔等早已进行修缮，今年又拨上万元专款，维修相传为唐尉迟敬德所建的九顶塔。一连数日，锤声叮当，瓦刀闪光，特别邀请来的一些年过花甲的能工巧匠，为恢复这千年古塔的原貌而挥汗如雨。国内当代著名的建筑学家梁思成、刘敦祯诸教授，也为这古塔的维修或画图，或提意见，做出了宝贵的贡献。而今，坍塌不全的九顶塔，又以“一茎上而顶九各出”（明许邦才语）的原貌，古意盎然地矗立于锦阳川畔、灵鹫山腰了。

粮多果子香

青山环抱，河川纵横的柳埠，处处闪耀着山区人民的勤劳和智慧之美。夏天，满峪麦浪金黄；秋天，高粱、谷子在蓝天上飘摇。山多高，田多高。社员们不仅在山坡上开垦出层层梯田，连那高高的山巅也开为田地，使五谷和果树生长在白云与蓝天之间。

这山间所特有的美景，是用汗水所绘成的呀！我曾亲眼看到，在那大雨转小后，本是社员们该休息的时候，可这里的社员们却有的扛镢，有的拿锨，成群结队地上山了。雨中，开荒的挥舞锨镢，垒堰的搬石弄土，让热汗冷雨相交织，一块儿去浸润那山上的新土。在这雨中山野图的背后，各生产队的果树更多了，耕地也不断扩大了。粮果逐年增收。这里，已从合作化前的年年缺粮，到每年向国家出售大批余粮了。队队村村，真是一片兴旺景象。

就在著名的九顶塔东边的山腰上，这里有一个傅家庄。50年前，这里还是荒山野地，有个叫傅延林的贫农，带老婆和五个孩子来到这里，没白没黑地领着孩子开荒种地。下雨天，怕雨水淋坏那破烂的衣裳，让孩子们赤着身子去开地，一年到头不休息，可仍难得温饱。20年前，八路军来到这里，广大农民翻了身。傅延林的后代，有的参军，有的搞生产，如今已是个拥有13户人家的生产队了。站在灵鹫山下遥遥望去，那几十年前荒无人烟的山坡上，已是层层梯田环抱，丛丛绿树笼罩的大片瓦房和茅舍了。这难道不又是一部生动的创业史吗？

庄稼好，果树多，那“七月的核桃八月的梨，九月里柿子红了皮”的谚语，也可说是这里秋日景色的写照。从春到秋，梨花白，桃花红，柿子压得枝条儿弯弯，核桃结果如满树繁星。这里的整个山区像座大果园。果树究竟有多少株？谁也没数过。从济南到柳埠路过大涧沟村，有人说从这个村的每棵柿子树上摘一个柿子，卖的钱唱三天大戏花不了；可柳埠一带的柿子树，那比大涧沟真是多得多了。近年来，国家在这里设立了农业科学研究站，帮助社队研究果树的培植。他们新近试验成功地用平柳嫁接核桃，就获得了结果又多又好的良好效果。

柳埠，济南的风景区，古老文化的集中地，农业生产的先进单位，山东的大果园之一。来时，一树树累累的果实，在秋风中轻微微颤动，如对外来的客人点头致意，以示欢迎；走时，列列青山，连绵起伏，像排队热情欢送。难忘啊，柳埠景色！

（原载于1962年9月26日《大众日报》）

北方的榆树

我是沐浴着泰山的风雨、喝着黄河的流水长大的。但在童年，我就知道了关外、口北、东三省这些名称，这是因为我有许多贫苦的父老乡亲，为找一条活路到关外，将血汗洒在了东北大地。所以，多年以来，我一直渴望着能到东北造访。

今年初夏，幸福地实现了我多年的心愿，来到了东北名城哈尔滨。这儿秀丽的江水、典雅的建筑、动人的雕塑等都给我以美好印象。当然，我也结识了许多热情的山东老乡以及他们的后代。出乎意料的是这次东北之行中那极为普通的榆树，却给了我十分深刻的印象。

据我所知，榆树主要是生长在黄河与长江流域广阔的平原上的。在我们山东农村，它是最常见的树木之一。在长江三角洲上也有榆树。上海阀门厂的古树园内，一棵榆树就已有300年以上的树龄。我没想到，在东北广阔的松辽平原上，特别是哈尔滨市内和郊区，也处处都有榆树。

下车伊始，走在大街上，就看到有许多榆树，大者干粗环抱，多数也都处于青壮年时期，一棵棵伫立路旁，以它绿云般的树冠，给夏日行人以清爽与阴凉。待接洽完工作后，有机会在市内走走，发现不仅是大街上、庭院里多有榆树，就是在一座座公园里，在可爱的松花江畔，在美丽的太阳岛上，也无处不有或高入云天，或枝干似龙，或古老苍劲，或风华正茂的榆树，给这些地方增添了富有生机的朴素美。

我来到哈尔滨，这祖国北疆的繁华城市，为什么很快就注意到了这里的榆树呢？我想，这大概也是远方遇故友，相见格外亲吧！这不仅因为榆树是我故乡最常见的树，还因为它同我故乡的人民同舟共济，一道度过了那漫长的苦难岁月。

天灾人祸，像恶魔纠缠着我的故乡。人们连年处于饥馑之中。那时，榆树便成了“救命恩人”。初春，冰雪还未融尽，饥肠辘辘的乡亲们就如大旱之望云霓，瞪着干涩、渴望的眼睛，不时地凝视着尚在残梦中的榆树，盼它早日返青。

暖风吹过，榆树便携带着几缕苦难中的喜庆味儿，结下了榆钱。白凌凌、绿微微的小榆钱，一串串挂满树枝。它是榆树的花，所以又名榆荚。它既好看，又好吃，很受人们欢迎。唐宋八大家之一的欧阳修，就曾写有“杯盘饧粥春风冷，池馆榆钱夜雨新”的诗句。且不说将榆钱同粗粮面和在一起，捏窝窝头，贴饼子，那松软而馋人的劲儿，就连从枝条上采一把鲜嫩的榆钱，放到嘴里吃起来也面嘟嘟、甜丝丝的，大可充饥。待榆钱成熟，变成翅果凭风飞翔，到四面八方去传宗接代的时候，椭圆、嫩绿、卵形的榆叶又萌生了。它同榆钱一样，稍加粗粮面做成干粮或榆叶粥，就是过灾年的佳品。所以，老大娘臂挎小筐，围着榆树丛采个不停；闺女、媳妇、小伙子，腰里扎一根长绳，带着筐子爬上高高的大榆树，不顾危险去采榆叶。这是我童年十分熟悉的景象。

更可贵的，榆树可说全身是宝。除了榆钱、榆叶可吃外，就连榆树皮刮去粗老的外层，里面的嫩皮既可做糊料，又可晒干后磨成榆面，掺粗粮面烙饼、擀面条、压饸饹（类似米粉的粗糙食品），在那艰难岁月里，是一年难得吃上几顿白面的乡亲们，用以改善生活的稀罕物。至于榆树的茎干，坚实、有力，早已有“榆木梁，柳木檩”的定评。在众多的木材中，农民修盖房屋，榆木都是扛大梁的角色。就是在那“他真是个榆木疙瘩”这带有明显贬义的话语中，不也含有某种执着与坚贞吗？

也许有人会讲，你说一千，道一万，榆树和榆木不管是以“钱”、以叶救人之危，还是千百年中一直都扛着大梁，不仍是默默无闻，没有什么风流倜侻可谈的角色嘛！我原来也是这样想的。但一趟东北之行，我深深感到了自己的孤陋寡闻。不信，请到沈阳故宫看看吧！那具有很高文物价值的古老弓箭告诉我们，一生身不离马鞍的清太祖努尔哈赤，南征北战，弯弓射大雕，为200多年的大清帝国打基础，展宏图，真可谓叱咤风云，一代风流！可有谁会想到，努尔哈赤手中那金镶玉饰、在无数征战中立下汗马功劳的弯弓，就是以看似平凡的榆木所制成。凝神观赏那闪着精光的弓箭，我禁不住神思飞扬，对榆木的韧性、弹性和强度，有了新的理解，榆树的形象在我心目中也有了新的升华。

真想不到，榆树在哈尔滨市，甚至整个东北的广大平原，是这样无处不有，受人重视，甚至成了人们生活中不可缺少的要素之一。别的不讲，就说地名吧！山海关亦名榆关；哈尔滨的三棵树火车站，因那里原有三棵榆树而得名；长春东北有个榆树县，是吉林省的重要产粮地；沈阳附近还有个名为榆树台的车站……榆树，不论是在辽东半岛的著名千山风景区，还是在吉林市依山傍水的北山公园，也不论是千里铁道线上，还是在沈阳肃穆壮观的东陵，都有它葱郁、健美的身影，就连公园和街道花坛边整齐美观的矮树墙，也不是用冬青组成，而是小榆树。啊，祖国的东北，美丽富饶的松辽平原，过去我只知道“那里有森林煤矿，还有那满山遍野的大豆高粱”，而讲森林，想到的又主要是松树、桦树。谁知，这里如今真比黄河、长江流域，更像榆树之乡了。

现在，不少城市都有市树、市花，不知哈尔滨有此考虑与议案否。我认为哈尔滨可以以朴素无华的榆树为市树。我想，这是有充分理由的。谁都知道，哈尔滨是座年轻的城市，据说在100多年前，这里还是松花江畔的一个小渔村。榆树可毫无愧色地称得上是这个城市最早的一批居民。据该市园林部门调查统计，全市目前有百年以上树龄的古树共24株。其中，榆树就有23株（只有一株是黄波树），有3株树龄在160年以上。更巧的是市儿童医院内就有6株。这些树虽已年过百岁，但郁郁葱葱，洋溢着一派生机。为了妥善保护，这些古树都入了档，挂了牌，给人以尊老爱贤之感。

在冰城哈尔滨和东北辽阔的土地上，为什么榆树这样普遍？我曾就这个问题向当地专家们请教。他们分析：一是榆树系深根性树株，抗风、抗寒、抗旱、抗病，能在低温严寒的条件下顽强生长；二是无数榆钱带着树籽儿随风飘荡，四处飞扬，落在哪里就在哪里生根、萌芽，具有很强的繁衍力……

我认为，专家们的分析是很可信的。但不知为什么，当我坐下来，准备将有关榆树的素材构思成章的时候，我们世世代代的山东老乡来到东北，同当地人民一道，在松辽大地上辛勤开垦、耕耘和建设的情景，总在我大脑的屏幕上呈现。哦，这不是我绞尽脑汁苦思冥想地寻找的文眼吗！历史上千千万万的山东流民，车推肩挑，扶老携幼下关东，不是同勇抗风寒的榆树一样，在东北大地迅速地扎下根来、繁衍生息，为开发、建设和保卫祖国的这片富饶美丽的沃土，做出了功可入史的开拓性贡献吗？

（原载于《新苑》1985 年第 2 期）

寻访诗人断魂处

这是不久前的一个星期天的上午。天气阴沉，欲雨无风。为寻访诗人徐志摩于1931年11月19日，也是在这样一个天气里，在济南西南郊遇难身亡之地——开山，我怀着了却一种心愿的情感，一个人从济南火车站乘车而去，途经白马山车站，来到党家庄。谁知，下车一打听，原来一些书上所载诗人遇难处在党家庄车站附近，并不准确，开山还在下一站。恰巧火车误点，还停在站里。我匆忙返回车上，补了下一站的票，才来到距济南16公里的炒米店。

我下得车来，走到车站东南的炒米店。村内街道狭窄，众多新瓦房与旧草房参差交错，一派山村景象。据说，过去这里严重缺水，因居民以炒米为食而得名。在村西头，有一口古井，一个水湾。湾边，有黄牛畅饮，孩子玩耍，湾中有鹅鸭戏水。我无心去看这些，举首见环村皆山，不知哪是开山，便向水湾旁青石凳上坐着的一位老人走去。这位老人名叫栗德明。他一辈子务农，如今虽已73岁高龄，却思路敏捷，耳聪目明，只是常年劳动，脸黑多皱，且有些弯腰。我向老人打听开山。他指着东北的一列青山说："那就是开山。"我问："50多年前，这里是不是烧毁一架飞机呀？"老人一听来了兴头，说："是呀，是架邮政局的飞机，当时叫飞艇。那天，天阴有雾。你看，飞机就撞到开山北端的那个山头上，摔毁起火啦！"老人说着，站起来指给我车站东北也叫北大山的山头。老人说，那年他才17岁，听到响声又看到烟火后，曾亲自跑到出事地点去看过，除两个开飞机的人已被烧毁，还有位穿呢子大衣和皮靴的客人。他没大烧着，可头上碰了个洞。随后，天下起小雨，遗体抬到了附近的铁路桥洞里，很快便运走了。想不到老人说的伤势和当时的天气，竟与闻讯于第三天清早赶到济南的著名作家沈从文、学者梁思成等人，在城内临时停灵的福缘庵所见所闻相同。

想到作家沈从文在致赵家璧的长信中，以及《徐志摩年谱》的编者陈从周教授在《记徐志摩》一文中，都错将党家庄以北的白马山，当成了开山的土名。实际上，开山在党家庄以南，紧靠炒米店。为此，我又请教老人："大爷，这开山明明紧靠炒米店车站，为什么有人说在党家庄车站附近？"

老人想了一下，以颇为权威的口气说："同志，你有所不知，俺这里是先有烧毁飞机这件事，直到七七事变日本人占领济南后，才又修了炒米店这个小站。那时俺庄没有名气，人家才说在党家庄车站附近吧！"啊？对。我赞佩老人的分析，想来事情就是如此。

我告别了老人走出村子，在村外公路边的饭店里，又请教了几位当地人，虽然他们年龄较轻，没有目睹飞机失事事件，但是几个人都听说过这件事，还有人知道死了一位姓徐的大作家。这样，我基本上达到了寻访的目的，便朝又名北大山的开山北端踽踽而行，且边走边想：今年是徐志摩诞生九十二周年，逝世五十七周年。他的一生，他的作品，在现代文学史上众说纷纭。但是，像茅盾当年所讲"新诗人中的志摩最可注意"，"是文坛上杰出的代表"，却是很难否认的。我想到志摩的一生，更想到他与济南生死难分的关系，心中颇有所感。我想，徐志摩一次又一次来济南，并接受了设在济南的山东省立剧院通讯导师的聘书，反映了他对济南这座历史文化名城的热爱，最后终于魂断济南，年仅 35 岁。当年，郁达夫为其写的挽联中曾有"一声河满，九点齐烟，化鹤重归华表，应愁高处不胜寒"。诗人不幸早逝，实在令人痛惜。

1922 年 10 月，徐志摩从英国归来。半年后，时值炎夏，他就匆匆地来游济南。据他的好友王统照回忆，他当时的兴致是那样好，晚上九点多了，还一定要去吃黄河鲤鱼，吃后并啧啧称赞："大约是时候久了，若鲜的一定还可口!”“饭后十点半了，他又去逛大明湖”。当“小船荡落入芦苇荷盖的丛中去时已快近半夜。那时虚空中只有银月的清辉，湖上已没有很多的游人，间或从湖畔的楼上吹出一两声的笛韵，还有船板拖着厚密的芦叶索索地响。志摩卧在船上仰看着疏星明月，口里随意说了几句话……他那种兴致飞动的神气，我至今记起来如在目前”。关于他的这段生活，除王统照在《悼志摩》中有以上描述，徐志摩在同年9月发表在《小说月报》上的文章也记载:“游济南、游泰山、游孔陵，太乐了，一时竟拉不拢心来做篇整文字。”

徐志摩这次游济南后不到一年，1924年4月22日，他又陪同印度大诗人泰戈尔来济南，在省议会讲演。大概是重任在身，这次好像没来得及四处游览。从此，他再没停足济南。可是，又谁知仅仅时隔七年，在那落叶飘零的残秋，诗人乘飞机自南京起飞北上，至济南的西南部，遇雾触山坠机。才华横溢、年轻潇洒的著名诗人，在这儿告别了人间。像他于《再别康桥》中所写:“轻轻的我走了，正如我轻轻的来”，但是，愁雾漫漫，烟起火烧，诗人怕是难以“轻轻的招手，作别西天的云彩”了。

我边走边想，不知不觉来到了山前。津浦铁路与济微公路在这里相距很近，东西向并行。路南是老虎头般昂扬高耸的开山，向北隔路突起的是作为开山一部分的北大山。据说，飞机是躲南边的山头，不幸冲在了北山上。那山顶光秃，群石起伏，顶上几乎没有什么树木。山腰以下，倒是环绕着苍翠的松柏，像位过早脱顶者的头颅，只有一圈黑发。诗人遇难此山，虽已事隔多年，那头颅般的山仍低垂着，好像还在继续为那多情的诗人默默致哀。作为一个爱读志摩诗文的济南人，我终于寻访和凭吊了诗人魂断处——开山。希望不久，在开山能有点纪念性建筑或标志，以慰诗人的在天之灵，以及中外崇敬者。

(原载于1988年6月5日《齐鲁晚报》)

徐北文

徐北文（1924—2005），山东泰安人。曾任济南教育学院教授、济南市文学学会会长、山东省古典文学学会副会长、山东省大舜文化学会会长等职。第八届全国人大代表，全国优秀教师，国务院特殊津贴专家。著有《先秦文学史》、《海岱小品》、《徐北文文集》、《济南竹枝词》等。

徐北玉逝世二十五年祭

二妹北玉夭于一九三八年春，得年十二岁有奇，屈指今日已二十五年矣。妹少余一岁，幼时读相共、肩相随者也。

吾母掌泰安女子师范讲习所，妹与余同进附设之幼稚园。兄妹同队踏风琴呜呜声而舞，随蒙师指挥以咿呀，亦当友于乐甚也。而顽鄙如余，方慕赵姓小女子，以其活泼胜吾妹，身复纤巧，楚楚可怜，随周旋之如恐不及，而妹时复牵余之后襟，哥我语我，余厌，乃瞋目曰："去!"盖余其时羡古之英雄，以为如是始具喑呜叱咤之概，故为此状，以冀赵家女之注目，初不计伤妹之心否也。

妹六岁与余同入小学校，母以镂文革履履我，余以为类妇人，坚不去，仆人力挽出户，余犹跳踉不已。妹则循循然斜背小书包随余后而欢，余乃詈之不已。妹颖悟异常，算术难题迎刃而解，其敏捷为同班之冠；先生课作文，则又列前茅。余拙于演算，勉强及格而已，而都不计此，自以作文胜于妹而骄之，若不可一世。而妹亦忘其长而愧其短，自以为逊吾，而以其兄擅作文者自慰自喜焉。时有自上海来者，校长遍介绍于师生前，谓之名人，且掌某期刊笔政。其人阅选贴之作文，竟从校长索吾妹之文而去，曰此童天才也。一校荣之，而余独不平，曰："此伧无目，曷舍我而取妹之文乎！"妹亦以为然，曰："是无目也。"

余不喜着新衣，不喜揩鼻涕，先生及诸女生皆笑之，妹则以为当然，不解人何以哂其兄。忆余从父出数日，返家见妹未盥洗，手持布虎雀跃而出，且欲以虎授余，余推之曰："脏，脏！"曾不思及余之鼻涕双垂也。余善睡，日已高，家人屡呼不醒，吾母倒搦榻帚敲之乃起；时妹已挟书久待矣。及抵学校，则早操将毕，先生乃罚吾兄妹直立队前，朝朝如此，而妹安之，不吾怨也。余不遵教诲，率数童子或逃学采野花异石，陈列于家，曰设立博物馆；或深夜窃于教室内卷纸为筒，覆以玻璃，其一端则燃烛作光，曰放映幻灯；或自编报撰文，绘图悬壁，以讥讽先生；或仿《水浒传》，凡校长以下至于工友皆绰号之。故先生责余不已，罚竦立也，笞掌也，进而记过，榜名于牌以示众也。而余不驯如故，且加甚焉。同学中谨愿者皆不齿余，妹独以为可喜可恕，慨叹人之不知其兄。

初吾母妯娌三人，得男只余一人，故祖父母宠余甚，曰："徐氏族不繁，此吾门之独苗也。"每食，引余坐于堂上，共祖父母啖鱼肉，食后又以余未饱，祖父必携余出，到肆中市饺饵，晚辄出果盒，诱余拣糕饼食之，以孙之食多为乐。而妹则与众姊妹杂坐堂下矮案前，三餐只蔬菜煎饼而已。家人亲友为取悦老人故，时时称余于堂前，曰："是儿大器，翰苑才也。"从无称吾妹知吾妹者。一九三七年秋，余兄妹同考试于初级中学，取百名而赴试者两千人，中学宓先生语吾父曰："令爱冠全场矣，世兄亦幸得录取。"吾父始知妹之学业胜余也。余得钱甚易，有钱皆购书，小学未卒业而积书已满架。妹得钱难，嗜书尤甚于余。余读《西游记》，竭二日功始毕，妹则速于余，盖一目十行者也。余无良，故意刁难之。曰：“此是我书，不许读。”一日妹方看《鲁滨逊漂流记》，未及半，余自后掣之而高举于颠。妹泪莹莹然，吞声而出，余亦不知恤也。当春日，吾家海棠盛开，一城所罕有也，妹尝私折一枝赠其小友。余恐之，曰：“将禀母知矣！”妹惧，以鸡卵二、糖一贿我，盖适自堂上与诸姊妹分领者，余所分者已倍之，乃竟坦然受而食之，而妹犹以折花为愧，未尝以不得食而怨也。

日寇侵华，吾家避于乡鄙，妹适病而僻居不得良药，遂殁。吾母云：妹临终前，晨央母为之梳洗，妹忽曰：“平生钦佩者，吾兄也。”余母语我时而泣，余亦泣。遂苦苦思之：人果何为而生乎？才颖德厚如妹者夭，骄吝顽劣如余者竟不死——是何理耶？时方读太史公书，每每泪下湿卷，书不得揭，兀兀终日焉。

妹生前以才士称余，以为必有成就于世。幸妹早亡，不得见落拓今日之吾。今余一事无成，屡获世谴，年龄徒增，顽劣倍昔，仰不能以慰父母，俯不足以畜妻子，吾妹睹此，必自责童年之无识，曰“是无目也”矣。而余又每私臆吾妹尚在，必慰我勉我，且曰“吾兄非常人也”，而称誉我如儿时。则吾今日之顽劣，或亦儿时妹之谀我而使然耶？吾庸人也，喜誉恶谤，则又恨不能起妹于泉下，复得闻妹之誉我称我之语矣！呜呼哀哉！

妹夭时，诸弟妹尚幼，其明慧之貌，深邃之眸子，当不复记忆之。今世上知妹者，唯父母与余及长姊耳。今姊居乡，不常见，而伊又长于妹四岁，儿时四岁之差即如两辈人，或亦知之稍疏。父母已老，更不愿语及吾妹以增大人之痛。呜呼！余将从何人语吾妹生平及余之不友不义也耶？今日已不得与人语此，他日更得能语此乎！余离故乡二十年矣，不知妹之墓如何，其已没于荒草中未耶？天地悠悠，人海茫茫，一部二十四史，可胜言之哉，况一十三岁之弱女子乎？此亦正乃可悲者耳。

1963 年 5 月 11 日　灯下

诗人顾六吉杂忆

亡友顾六吉先生很少写诗，更无诗集问世，我为什么将此文的题目写作“诗人顾六吉”？窃以为有的人终身作诗，积稿盈尺，究其实，无非是押韵之文，毫无诗意，就算不上诗人；而六吉相反，写诗虽少，但却是充满诗情诗意的人，故而曰诗人。

六吉的貌相也有些特别。时下许多国产嬉皮士都留胡子，已成极平常的随大流的现象，不足为奇了。然而在五六十年代则很少见，虽然贺龙元帅留着胡子而广为人知，但是一般群众，尤其是50岁以下的中青年人却都不留胡子。即使是你想留胡子，也不敢，因为当时认为是一种不健康情绪的表现，已经有许多热血志士剃了光头以显示其革命豪情的时候，你却要留什么老气横秋的胡子，自然被认为落后分子，另眼相看的。不料想，六吉生在蓄养了茂密的八字胡，在领导面前晃来晃去，这要有些胆量才能办到的。六吉的发式也有些特别，当时的发型除新流行的光头之外，有分头、平头，六吉留的是比一般平头的头发长一些，约一寸长，他的头发又密又硬，根根挺立，犹如强劲的列兵布成的方阵。他个头不高，约一米六七，脸膛黑黄，布衣布鞋，硬发黑须，凭这模样就会引人注目。有一次到精神病院去访人，不料被一群病人围上，一人首先惊呼“鲁迅先生来了”，连连鞠躬致敬，甚至有个跪地叩首的，使六吉哭笑不得，不知如何应付是好。

他的名字——六吉，这对不曾读儒书的人来说，也显得奇怪，就惹得许多人纳闷，不免有些多嘴多舌的人来询问。“顾老师，你为什么叫六吉？什么意思?”有位中年女同志问他。他答道：“我妈给我取名的时候，家里正好有六只鸡，所以叫六吉（鸡）。”“哈哈哈!”大家一笑作罢。这是他怕给这些古文水平浅的人说不清，枉费口舌，所以就用笑话来搪塞过去了。六吉生在河北清河县的诗礼之家，其长兄顾随，是我国著名的诗词学家。他们兄弟的名字都是用《周易》的卦名来取的，如“随”卦，“谦”卦，再加上行辈的字，其辈是为“宝”，所以顾随先生原名为顾宝随，六吉原名为顾宝谦。顾随字为羡季，是用《论语》所称的西周贤士季随的典故，所以字“羡季”。六吉的字则直接从《谦》卦中而来，《周易》每卦有六个爻，或吉或凶，只有《谦》的六个爻的爻辞都是吉的，所谓谦卦六爻皆吉，故命字为“六吉”。

他平日与人们好说好笑，都认为他是很开朗的不拘小节的人，然而他的感情却是很纤细很敏锐的，有时会很脆弱。这一点只有老朋友才能觉察。尤其是他对于美的东西很敏感，容易动情，我以为这是真正的诗人气质。五六十年代，我校教中文的仅十来人，其中宋舒若、张秋泉、崔复瑗诸先生，再加上姜守迁院长，连同六吉与我，共有六人能应用平仄韵律作诗填词，课余便互相唱和（上举六人，除我之外，皆先后亡故）。当时并不感到什么特别，不意到了八九十年代，大学中文教师能玩平仄的竟成为凤毛麟角了，看来，旧体诗词也将与昆曲、鼓词之类离寿终正寝之期为时不远了。我记得六吉并不轻易作诗，偶一为之，也不经意。但是谈起诗来，却显出非凡的理解力。一般谈诗，无非是言志载道、模山范水、神韵性灵等话题，六吉却不作条分缕析的表述，而是只谈自己的感觉。他对于词，北宋最喜欢欧阳修，南宋最推崇辛弃疾。他对于大部分辛词和《西厢记》原文都能背诵如流。关于辛词，当时盛行政治压倒一切，辛词是以爱国主义名震文学史，众人交口称赞，崇辛词不足为奇。唯独称赞欧阳修，当时并不多见，却显示出六吉的欣赏力之敏锐，可是他却不说主题如何，写作特点又是几条等等的理由，他只是念几精妙句，向我说：“瞧，多好!”有一次他举欧词《浣溪沙》：“湖上朱桥响画轮，溶溶春水浸春云，碧琉璃滑净无尘。　当路游丝萦醉客，隔花啼鸟唤行人，日斜归去奈何春。”他念着念着两眼渐渐迷濛，说：“我每逢读此词，就不由想睡过去。”的确，这首词不知怎的，或因其形象，或因其语调，真的有使人心神放松，欲酣然一睡的“催眠作用”，我也不觉受到感染，颇想高枕而眠了。还有一次谈起咏马来，不记得他举的何人的作品了，他念着诗句，两臂一齐向下方伸出，攥起两拳，拳头向怀一抠，然后举首挺胸，作骏马立状，说：“看，它写的就是这号马。够精神！”我看他胡子撅起，两眼闪光，还真有骏马的神情，便开玩笑说：“你也真够精神的！”我以为这即是真懂诗的人才会如此评诗。不少学者，有的是名满天下的大学者，洋洋洒洒的评诗论文千言万语，我并不认为他真懂诗，反而是我的六吉老兄的几句话，或是一小动作，却泄露了无限诗情。

近读《顾随文选》，其《稼轩词说》卷下云：“曩与家六吉论诗，六吉主无意，当时余颇不然之。比来觉‘无意’两字，实有至理。盖诗一有意，非窄即浅，为意有尽故。”随后又举樊志厚（王国维之化名）的“意、境两忘，物、我一体。是樊之所谓境界者可知也。六吉之无意，其即两忘与一体之谓意境者可知也。六吉之无意，其即两忘与一体之谓乎？”窃以为顾随先生说得甚透辟，但终不如不说为佳，倒不如其小弟六吉只说“无意”二字更加圆通也。其实，我也是饶舌，恐怕越说越糊涂。总之，我以为六吉是个真正的诗人，真正的懂诗的人。这理由嘛，真是如鱼饮水，冷暖自知，没法说清楚的。

六吉在新中国成立前就读于辅仁大学美术专修科，跟溥老学画，然而他尤擅于工笔人物和大青绿山水，应是北派风味吧。他只给友朋作画，不事张扬，但满卷生趣盎然，色彩亮丽，却绝无匠气，这是学北派所难能的。有一年夏季市面忽然来了一批白褶扇，这种素面扇已多年不见了，学校同事们很高兴，便买了些，由我题字，六吉作画，大家人手一把，我特意给老妻题了一把，并请六吉在其背面绘了一幅山水。他画完后还我时，我才发现在我题字的那一面钤了一方小小边章，阳文篆字，线如细铁丝，文云“卿须怜我我怜卿”。这个突然袭击的玩笑，除了引得朋友哈哈一笑之外，我还真的喜欢他的篆刻工艺，那风范，真够得上浙派的上乘。

他能诗善画，又擅长篆刻，可谓多才多艺。他刻图章，也不乏幽默感，曾自刻一印云：“武二乡亲”。盖《水浒》说武松是清河人，而六吉也是清河籍。至于清河则属于河北省，那么，俗说“山东武二郎”就不准确了，应说“河北武二郎”才对。有两个河北人被误认为山东籍，小说中有个武二郎，现实中则是韩复榘（他是河北霸县人）。闲话扯远了，还是回到六吉身上，我为此特赠他一联云：

风流甚继顾三绝
乡里独标武二郎。

上联用《世说新语·文学》中“世云顾恺之有三绝：画绝、文绝、痴绝”的典故，下联用其篆刻中语。

六吉曾受业于先严，我常呼之为师兄，有这层关系，不免脱落形迹，开些玩笑。1964 年，白色塑料凉鞋刚刚上市，妙龄靓女们多半买一双，夏季赤足穿起，白鞋素足，煞是风流，六吉和我说此景可入诗，你能咏否？我于是吟道：

凉鞋精巧白于霜，素足着来致致光。
裙影姗姗湖畔路，双双飞过玉鸳鸯。

遂后又写成条幅，跋曰：“顾君六吉云：新出品之塑料白凉鞋，特宜女郎夏装，湖畔见之，大可入画。余乃试吟一绝，亦马雅可夫斯基广告诗之流亚也。”又一次，全体中文教师到大明湖春游，六吉一时兴起，画了十几位同事在大明湖游览的绘画，由我题了一首四言体的纪事诗在上面。当时颇得同事们赞赏，于是将此画存于办公室书橱中。

到了 1966 年，风云突变，“横扫一切”的运动来了。在劫难逃，我首先被批斗。中文教研室也成了学校的重点。六吉的明湖春游图，虽然没有“小炉匠”，也被人向工作队献了出来，作为“反革命黑帮”的铁证而张贴示众。我的那首凉鞋绝句，在跋语中又拉扯上了六吉，也成为黄色的毒品而被批判。平日开朗的他，则愁眉不展，蔫了。过了一阵子，眼看他的精神要垮下来，不料那不可一世的工作队又成了刘少奇的“帮凶”，被造反的红卫兵赶出校门，灰溜溜地走了。我们这类“牛鬼蛇神”被称为死老虎，小将们的注意力首先放在“走资派”上，其次放在争正统、打派仗上，于是我们就从牛棚中自动走出来，也随大流当了逍遥派。就这在短暂的逍遥时期，六吉在精神极度疲惫的情况下，由一个小女孩扶着，大着胆子来到我家。他郑重地打开一个包裹，里面是顾随先生在“七七事变”前刊印的几种线装诗词集，有《无病词》、《味辛词》、《荒原词》和《甘水诗存》，还有《苦水作剧三种》等。他郑重地将珍藏的这些家乘赠送给我。把他仅有的这份所敬爱的兄长的作品给我，我不应要，苦辞再三，仍坚持给我留下。我当时想：我已被红卫兵彻底抄家，“四旧”已片纸不留，他们已放心了，不会再抄了，也许六吉是因这缘故才送来由我保藏的吧。于是抱着以后情况变好时再奉还他的想法，索性收了下来。谁知道不久，派性大战后由一派掌权，为加强“无产阶级专政”，把我们这伙“牛鬼蛇神”重新关进牛棚严加管教起来。这次要落实区别对待的政策，我这类“老右”自然首先关进牛棚，六吉则称为“二线人物”，被区别在外，虽和革命群众一起上下班，可仍然常被召去个别谈话，要求他继续检查交代，争取“坦白从宽”云云。这无异把六吉放在一根政治钢丝上，让他诚惶诚恐地走。神经纤弱的他，终于经受不住考验，于大年夜自尽于家中。呜呼！我这才悟出：六吉为什么将其兄长文集郑重交付于我，分明是以身后事相付，盖他不知顾随先生的家属情况如何（顾随已于1960年病故于天津），才托付我的吧。

十一届三中全会后不久，在一次会议上与某校一先生谈起，他说顾随先生高足、著名词学家、加拿大教授叶嘉莹女士在其校任客座教授，正搜罗其师作品。我觉得这些书交给她更合适，于是写一信连同顾氏诗词集交与此君转交。但这位先生一别数月，毫无音信，我又寄信询问，竟不蒙赐答，不知何故。后来，顾随先生令爱顾之京教授来济南，曾来舍下，我将此事奉告，并将这位先生的姓名告知，她说与其相识，见面时即询问。其后之京教授也未回音，但相信已解决了吧。

草此文后，遍找拨乱反正后还我的一些残存的旧档，想寻出几首六吉的诗词来，竟未找到，只有我赠他的一首词，是咏其为我治青田石印的，调寄《水调歌头》，词云：

顾子才人也，铁笔写青田。汉雄秦秀战国奇古汇千川。游刃回翔方寸，豪气飞腾六合，意到顽石穿。试看奏刀处，鸿鹄舞蹁跹。　　无全牛，有成竹，忘蹄筌。兴来为我凿得星斗一方天。集古啸堂当喜，嗜印桂翁应贺，齐鲁有薪传。还劏冻云紫，请续《十钟编》。

词后有跋，对山东历代篆刻略有说明，好在不长，附抄于下："吾鲁治印，得风气之先。宋代任城王俅《啸堂集古录》，为著录古鈢印之始。元代吾丘衍治印更早于王冕。清文字学家桂馥一再续《三十五举》，为印人所必读。潍县陈介祺藏汉印甲天下，其《十钟山房印举》号'万印谱'。他如吴式芬之志封泥，胥伦之始创仿汉铸法，皆鲁人也。顾君清河人，久居济南，尝自锲印一方曰'武二乡亲'，亦当同武松之先例，称之为山东人而不辞欤！一九六三年十一月。"

尝从六吉学治印，蒙他赠我木夹框及刻刀一套，后来我无暇弄此，遂将此套工具转赠给老友王仲武先生，王君精于治印，此物可以说"得其所哉"了。

1994 年 3 月

戒　烟

吸、戒、再吸、再戒……如此反反复复，有的终于不吸了，有的则至死也未戒掉，这就是吸纸烟者的历程。除了尚未成瘾，一戒就掉者外，据我所知，凡烟民从未有不想戒烟的，大都有戒过几次烟的经历。

我之学吸烟是在少年时期，日寇侵华，刚考上初中的我不能上学了，随家逃亡至乡下。此时乡下赌风正盛，我们几位无书可读的中小学生们闲来不学好，瞒着家长学打麻将，熬夜自然需要吸烟提神，赌客大都要吸烟的。我连输几次之后，感到彩钱没少出，烟却替人家省下了，实在不甘心，不吸白不吸，于是大吸特吸。1938 年春节前后的三四个月，学校解散，家长忙于搬迁，无暇过问。待到大人们定下心来，开始筹办私塾课子之际，我们已经烟不离手了。其年我才 14 岁。

当时农村中吸烟者比城市更普及，烟类亦多。在这样的环境中，家长对于我也就只好睁一只眼闭一只眼了。经常吸食，三年过后才发现已经成瘾了。其时我已返回故宅，虽然并未感到“饭后一支烟，快活似神仙”的乐趣，可是已经欲罢不能了。有时夜中不寐，而纸烟已尽，大门上锁，而且店铺早已打烊，只好搜取灰盘中的烟蒂用烟嘴来吸，灰盘中烟蒂若无，不惜持手电筒沿院中甬道搜查，偶有发现，喜出望外，纵使潮霉，亦甘之若饴。经过几次教训，便注意储存了。出门之前首先检查的即是是否忘带纸烟与火柴。因为我看到有的人虽吸烟而从不带烟，专吸旁人的，旁人忘记让他，就伸手索取，被人讥笑为吸“伸手”牌烟。为免他人讨厌，我总是要事先备好，但也偶有手头无烟之际，不免要涎脸对人而吸“伸手”牌的了。为了吸烟一时之乐，不料却闹得为它终日操心。不特此也，指甲牙齿变黄，口吻发臭，污染空气，弄脏环境，衣服被火星烧得斑斑点点，不由不惹得妻子怒目，儿女发言，赚了个全家不太平。尤其是经济情况不佳时，吸烟更成为一大负担。记得到解放区后，当时正实行供给制，按级别分大中小灶三级吃饭，我等吃大灶的普通干部每月每人发相当一斤猪肉价格的零用钱，吸烟者加发四两烟叶费（当时解放区也有通货膨胀问题，所以用实物计价发北海票）。这些钱合起来，约买200支劣质纸烟，而我已养成每日吸40支以上的大瘾了，如何能够？烟友们即使小瘾者也难满足，于是大都学习从苏联传来的先进经验，改吸一种“马合烟”，即把黄烟叶搓成碎片，再用旧报纸裹起做烟斗状，然后点燃而吸之。偶遇开会而公家备烟招待时，宛如八戒闯入琼林宴，恨不得多长出一张嘴来。当时我在华东大学工作，开会时我们年轻的助教提壶倒水，会后也由我们清理会场，桌上剩余的纸烟，自然由我们收而吸之。如果剩得不多，就讽刺那些德高望重的教授们瘾大嘴馋。有时会后，连那位“左联”先辈王淑明教授竟也迟迟不退席，却要发挥互助精神，加强劳动观念而帮我们清理会场，我等小字辈只能是腹诽窃议而已。可怜淑明同志，积年老瘾，在这种场合也顾不得名士风范，为一支烟而折腰了。当大跃进之后，全民受灾之时，物资少了，票证多了，纸烟亦有票，先登记，吸烟者每人每月凭票可购纸烟六包，这比供给制时还要少，于是“马合烟”又流行起来了。教师的工资本来不丰，平日养家糊口之外，再买纸烟就很勉强了，每逢经济拮据时，再联系到吸烟的种种害处，于是戒烟之念油然而生，当机立断：戒！

然而，戒烟一事谈何容易，始则信心十足，大有放下屠刀立地成佛之概。不料六神无主，有如鲁智深的口中淡出鸟来之苦，内心斗争又斗争，眼睛欲看而不敢看，看到旁人悠然飘然云生而霞举，而自家兀然而颓然，蔫焉而若丧其偶，只好甘作冯妇，食言而肥了。但重吸不久，到底吸烟之害是客观事实，再一次为其所苦时，就发生了第二次戒烟，这一次不再那么自信了，首先大造舆论，在妻子面前拍了胸脯，在朋友中间夸下了海口，以求取得群众监督，内外夹攻；其次采取坚壁清野策略，剩余纸烟蹂而躏之，家中烟具，毁而弃之，再购瓜子成袋，茶叶成瓶，以为代用品。于是选择吉日，郑重宣布：以前种种，譬如昨日死。以后种种，譬如今日生——谓余不信，有如皦日。然而破釜沉舟之后，不久又故态复萌，起先尚避亲躲友，在厕内院外做点小小勾当，到后来又老起面皮，公然在人前大吸特吸，口出豪言壮语：天生德于余，区区纸烟其如余何！多次戒烟不成，每提出“戒烟”二字，成了亲友的笑柄，只好忍气吞声打出白旗，做了纸烟陛下的顺民，为报效他老人家鞠躬尽瘁，死而后已了。

护短是人之常情，我为了挽回面子，取得心理的平衡，硬是不惜认贼作父，颠倒黑白。与人谈起戒烟来，不免做客观思考状：一分为二嘛，这次戒烟不成算是交了次学费罢了，科学地分析起来，纸烟的功与过，也还是要“三七开”嘛。又记起青年时期读的《生活的艺术》来，常和人谈起：看人家林语堂，以吸烟为风雅，以戒烟为堕落，他曾自言有次误入歧途，竟然糊涂得戒起烟来，不久即幡然悔悟，登门造访一善吸烟之腻友，对之欣然开戒。此公风流，不减东晋名士！云云之余，无非是对纸烟由亲而近之，到恨而戒之，再到畏而降之，又到了媚而颂之的地步，居然填写一词，调寄《鹧鸪天》，词云：

袅袅巫山一段云，纤纤白玉小腰身。味留齿颊非无意，韵绕衣裳总是春。　星星火，寸寸心，深情送暖到朱唇。青灯伴读添香夜，芳草从来比美人。

老友王炼见到此词，爱而存之，放在玻璃桌面之下，被画家李山看见，也照录一番，两人都谬奖“语新意巧，尤以巫山一段云，芳草比美人两句，旧典新用，想象灵动”。凡护短之人，必然喜听誉己之长，我非圣人，安能超凡，于是乎沾沾自喜，又把书斋改名为“绿烟斋”，曾请亡友顾六吉治印为“绿烟斋主”，又书一联悬于窗侧云：

美人绝代娟娟影，
香草一枝袅袅烟。

此时此际，似乎已雪了我的屈膝烟魔，甘做逐臭之夫的耻辱，而盎然自得了。

然而不然，一个老瘾，是自得不起来的。当我年事已高，病症渐添，始而支气管炎，继而肺气肿，遇降温而咳嗽不已，上楼梯则气喘吁吁。尤其是报刊说明吸烟之害的文章增多，亲友戒烟有成者而时有所闻。但我仍坚守阵地，情愿一头碰到南墙上去，殉道于烟，誓死保卫这伟大的“香草美人”。也就不由得讽刺嘲笑戒烟成功的亲友：戒了烟有什么了不起，无非是怕花钱的吝啬鬼，怕老婆的胆小鬼，怕死亡的赖皮鬼而已。言外之意，或被人认为我自诩为慷慨大方的豪士，修身齐家的男子汉，看破生死大关的达人，并以此来打击别人抬高自己。其实区区烟鬼并没有这种凌云旺气，不过是聊以解嘲，先堵大家的嘴，犹如夜中独行而大声唱歌，色厉而内荏罢了。数年前一个大雪纷飞的日子，20余位同行们紧闭门窗而开会。几位烟民照例兴云作雾，某教授奋然起立呼曰：“受不了！受不了！你们不要再吸好不好?”烟民始而赧然，继而置烟于灰盘，谁知积习难改，不知不觉中有几位瘾君子又“袅袅巫山一段云”起来，区区不才也就“附骥尾以登青云”了。此君见了，忍无可忍，勃然大怒，叫曰：“主席，还有抽烟的，我就退出会议！”此君年迈，患有肺气肿等症，大声警告，无可厚非。烟民也自知理亏，若只是提醒一句，谁能顽抗，但以“退席”来要挟，恼羞之下我也喝道：“退就退，有什么了不起，死了张屠夫，也不会吃浑毛猪!”教授吵架，怎能为人师表？使得主持会议的领导左右为难，好说歹说，总算把这场小小风波安抚下去。会后招待，虽然酒席上载笑载言，但“言笑晏晏”之后，内心并不平静，年过花甲，我又何苦？为了一小小嗜好，自己折腾了半个世纪，何时才心安理得，不做懦夫？

平生戒烟少说也有十几次了吧，短者三天，长者半月，记得有一次最为持久，是在1954年。当时在戒烟之前，总结了前次失败的经验，如采用过的坚壁清野法、争取舆论监督法，甚至和几位同道订立规则，谁开戒罚款等等。这些措施，都是被动的，是信心不足的表现。于是采取了新的战略，即偏要从最难处和纸烟挑战，看谁斗过谁，并取名为“英雄戒烟法”。特意在有写作任务时开始戒烟，在戒烟时偏偏要预备一些平日想吸而舍不得的高档香烟，将它放在书桌上、床头上、衣服袋内，并配备火柴打火机。只要一动摇，随时可以破戒，我则如坐怀不乱的柳下惠，女儿国中的唐三藏，考验一下自己的意志，到底是英雄抑是懦夫。这一招儿果然灵验，嗓子里虽然发痒难忍.但偏要掏出自己袋中的高档烟让朋友吸，并为之殷勤打火点烟，而我则岿然不动。夜深神疲，文思滞涩，偏要俯案命笔，硬是写将下去，哪怕一小时写二十个字也要坚持。不久，睡眠不足，鼻孔流血，胃口欠佳，乃至经常做猛吸纸烟的美梦。梦醒之后，虽然床头烟火齐备，也坚决不为所动。看来此法真灵。待到一年之后，我忽然未经法律程序被某文教单位拘留于一院中，名为“隔离反省”。独居无友，除了偶尔被审问和写检查之外，大都无所事事，按理可以借此而开戒，重新吸烟颇为合情合理，况且拘留我的名义是“胡风分子”，分明是张冠李戴，无妄之灾，这正好借烟消愁，出出冤气。然而，我居然不吸。八个月之后，忽然又得到“虽然在思想言论方面有些不健康之处，但是还不能和胡风分子画等号”这种拖泥带水的告知，被宽大解放回家。妻子见面啜泣之余，得知我竟然戒烟如故，给了她以意外之喜。这一次，可以算经受住严峻的考验了吧，然而不然。转瞬之间到了 1957 年，乍暖还寒，风云突变。自己亲眼看到往日文坛耆宿被呼为鬼魅，忠心同志忽成敌人，亲密师生互相揭发，生死战友反目为仇，只觉得天旋地转，晕头转向，此时此际，我的精神真格支持不住了，生来不近的酒也喝上了，三年不动的纸烟又抽上了。正当我“何以消忧，唯有烟酒”之际，一顶右派帽子飘然而来，“愁帽”一戴，也只有“吸烟消愁愁更愁”——认命了，活到哪儿就吸到哪儿，戒的什么鸟烟？身子都掉到井里了，耳朵还能挂得住吗？

拨乱反正之时，打入另册整 24 年，再回首已年过半百，但失之东隅者或可收之于桑榆，不意垂老之年躬逢太平盛世。工作顺心，生活改善，鸟枪换炮，我的纸烟也提高了档次，按理可以安度晚年了，但是岁月不饶人，哮喘咳嗽，日益加重，每至春冬，更加难熬，于是戒烟之念，油然而生。四年前的春天，气短胸闷，决心戒掉，这一次并未采取“英雄戒烟法”，只是笃定不吸而已，橱中照存纸烟若干，烟具不撤，留待宾朋。这次未做什么举动，未造什么舆论，居然也顺顺当当，直到今天而未开戒。这次成功的原因，主要是身体受不了烟的折磨，从而肉体战胜了灵魂。但是，也受客观环境影响，这几年渐渐发现我的同辈人士大多都戒了烟，社交会议场合很少见有抽烟者，我越来越孤立。我的下一辈那些中年人的家庭，已是壁纸如雪，地毯似茵，窗明几净，衣袂芬芳，都洁净得很，我若吸烟污染环境，未免有失长者的尊严。此外，我还见到现在的烟民大都是县区干部、市井商贩，或者是包括某些顽皮学生在内的毛头小伙子，已和十几年前的烟民不大一样了，所以我也随大流，和当年的老烟民一起改邪归正。

是否从此之后就一直不吸，坚持到底呢？世界上以不变应万变的事儿是没有的，何况区区之我，乃一平庸之老朽，安敢打此包票，口出狂言。也只能是骑驴看唱本——走着瞧。以我现在的心情而言：千万别再吸了，谢天谢地！

1993 年夏

山 青

山 青（1931—1987），本名孔庆珊，山东济南人。曾任济南市文联创作室主任、济南市作协主席。著有《山青诗文选集》。诗歌《我的期待》获1982年山东省优秀文学作品奖、济南市优秀文艺创作一等奖。

呼 哨

呼哨又名胡哨，是一种很古老的口技。天知道它的发明权是否只属于北方古游牧民族。更难想象的是，掌握这一技艺并不容易。是谁鬼机灵，闪出这么一个奇怪的念头，找到这样一个简便的方法，无须任何器物佐助，便创造出如此嘹亮而锐利的哨音呢！

小时候，我看着许多小朋友把脏手指头弯曲后塞到嘴里，腮帮子一鼓一鼓地吹个没完，直到口水把手指肚子都泡胖了，还像是小豁吹灯——福啊福啊，真笑死个人！但是还没笑完，忽然却听见他们中的某一个，蓦地吹出凌霄苍鹰或脱缰儿马似的一片啸嗷了，我又不免艳羡起来，也开始暗自学打呼哨。惭愧的是原先嘲弄了人家，此时此刻拉不下脸皮向人讨教。不得已只好胡吹八吹，白用了吃奶的劲，好不气煞人也。幸好后来有位老实巴交的小伙伴发觉了我的隐秘，人家可既不藏奸更不乏耐心，终于使我把握住那基本要领：指头压在舌头上，吹气均匀莫过量。心问口，口问心。慢慢就能吹出声了。我按照这诀窍试了半日，果然奏效，于是从此我这只后飞的笨鸟，也居然加入那呼啸风云的阵列！而且不出半月，我不但能把打弯的指头吹得震天价响，就是十根指头的任何一根，不打弯子纳入口中，也能发出惊心动魄的音流呢。

儿时在家乡，我从来没见过哪位长辈责骂过男孩子学打呼哨。只要你不是恶作剧，故意凑到人家耳朵根子旁边吱呀怪叫，也绝不会招人嫌。在广人稠众间打花呼哨被人认作是轻浮子弟流里流气的行为，还是我定居大城市以后接受的观念。本来嘛，我们乡野的孩子，为饲养一只家燕或者芦燕，借助于呼哨，是同敕勒川的强悍牧民以呼哨召唤畜群是一样的；它的音流只有在天苍苍野茫茫的广袤空间，才能唤起淳朴热切豪壮与委婉的情绪，一旦为浅薄的表现欲和做作的挑逗企图所左右，也就变成刺耳的噪音和使人轻蔑的末技了！

我以为，没有剥过秫秸虫喂大乳燕的人，是无法在呼哨声中注入深厚情感的。事实令人难以想象：一个十一二岁的男孩，他本身就是没穿鼻圈的小犊儿，一天到晚野得不着家。但是因为他喂了一只小燕，他不得不像一个年轻的妈妈，精心照管和耐心训练自己的幼儿。每次满世界找来活食，还不能急于塞给这雏鸟，而是一次又一次拉长引逗它的距离，并且让它根据信号的方向，寻找食物，辨识信号的节律；就这样，先打口哨，继打呼哨，由三五天以致拉开数丈；随着时间的推移，这种训练场地也由屋内而院落，由院落而旷野，最后，当麦浪如碧海激荡的时候，它已能够箭一样冲向广袤的天空，在原野和苍穹之间添一串“十”字了……

不过，任何一个饲燕者，都知道雏燕初次凌空，是最容易发生意外的时候。首先，它因为过于兴奋和激动，很可能对于小主人的呼唤置若罔闻，赶到它飞累了，飞远了，却被另一村庄的放燕者诱唤下来。我曾不止一次看见过这种小小的悲剧，不知道用什么富有魔力的语言安慰我那神情沮丧的丢失了雏燕的小伙伴。对于乳燕的另一种威胁，就是不断盘旋在高空，伺机扑向小鸟的鹰鹞了。仰望着苍鹰张开蒲扇似的双翅，滑翔升降，傻头傻脑地追逐黑色闪电似的家燕，简直是一种享受：那些充满自信的燕子，故意靠近苍鹰，揶揄他，戏弄它，自己却陶醉于冒险的兴奋之中。不过，你如稍稍留心就可发现，这都是些已经生长出剪刀尾的成年燕的行为，雏燕是很少参与的。其实，一只苍鹰想在低空捕捉到初次出飞的小燕子，也是十分困难的，但对于鹞子来说，就大有希望了。据传，饿极了的鹞子，穷追一只成年燕，也会追得那燕子走投无路，不得已使出它的看家本领，引诱鹞子跟随它走街串巷地低飞，赶到水井边时，燕子便突然一头扎进去，而把鹞子也引进井筒，赶到水面的刹那，燕子才以蜻蜓点水的功夫，折身窜出井外，这时鹞子如果经验不足或精力不支，是很难从狭窄的井筒脱身的。平常我们所说的鹞子翻身，正是指这件事。可以想象，乳燕如果身遭鹞子追扑，那是很难脱险的。就我们的养燕史来看，总充满令人遗憾的意外，要是真想把一只春天套来的乳燕养到天高秋凉，那是太不容易了！

其实，最使我们感到伤心的，还是把一只精心哺育驯养的燕子留到秋风萧疏时候，不得不送它到那温暖的南国去的情景。我们这一伙，无论是谁将面临这样的日子，大家都为他暗自忐忑不安，甚至遇上他无故发火，也不去计较。因为我们知道，此时此刻的他，是完全被这苦恼的诀别弄得不知所措了。

有人认为送燕子南归，跟东北草原上的养鹤人送仙鹤深秋上路的心情一样。其实差别很大。谁都知道，小鹤在农家饲养了两年，它对主人及其旧居是十分熟识的，而且那水草丰茂的沼地，是它们归来必到的去处，因此它来年必返旧居，必会故人，那是毫无疑问的。即使一般的家燕，也对巢穴一往情深，会年年归来的。听大人说，有人还做过以下的实验：待老燕即将南归时，夜里捉住它，把一只精心缝制的小袋子装上一撮芝麻或绿豆，系牢在燕子的腿上，赶到明年，还是那只扎着口袋的燕子飞返旧巢，但那袋子里已装的不是芝麻，而是几粒白胡椒或相思豆了。这故事很动人，我曾久久想象这只家燕把天涯的两家联系在一起，他对两个家都无限眷恋，忠贞不渝。但孩子们饲养的燕子，因为没有成家立业，它的窝巢不过是我们用钢板纸粗制的一个小桶，而且总是随身携带，使它居无定所，即使他明年真的归来，想寻旧居，又到哪儿去找呢？所以，我们一旦送它离去，总是抱有永诀之情，心房沉重极了。尤其在告别的刹那，必须压抑着感情，不敢打一声它平日熟悉的呼哨，以免它去而复归。此情此景，真所谓“这次第，怎一个愁字了得”了！

自从我自己像一只出飞的家燕，冲出1944年故乡的肃杀氛围之后，由小城而中等城市，由中等城市而大都会，囿于偏见和生活的扰攘，已很少有痛快地打一声呼哨的机会了！回想起来，这几十年中也只有两次，算是打过两声发自内心的呼哨。

那是1955年初冬，我刚从一场政治株连中挣脱出来，愤然西出阳关，幻想在瀚海大漠上默默地做点什么，让西部雄风慢慢舔干我滴血的创口。但事出意料，我却淹留在号称为民族展览会的那座边境小城了。当时，跟我命运大体相似的京华下放干部不少，我们虽说萍水相逢，同在逆旅，彼此之间却开诚相见。很快，大家就好似故旧好友，无话不谈了。但是，话总有说腻的时候，于是，我们三三五五开始在晚饭过后，踏着淹没脚踝的积雪，到一座新建的影院，去看充满异国情调的原文电影。说真的，在50年代初，内地的任何一家影院，都看不见那样混乱的秩序了。恶浊的空气，怪声叫好和莫名其妙的嬉闹声，反而增强了这种娱乐场所的刺激性，倒是可以暂时忘掉许多严酷事实的。有一次，正放映一部爱情片，突然停电，也许那个被打断的场面令许多年轻观众很感兴趣吧，漆黑的空间先是一两声，继而形成一片呼哨的躁动了。我一听，就发现这些城市浮浪子弟的口技实在不够高明，透风撒气的嘴所发出的声音几乎像半岁大小雏公鸡刚学打鸣一样令人好笑。当时，我也说不清被什么情绪所驱使，竟然把食指弯曲成恰到好处的角度，暗暗塞到口中，昂起头，用尽丹田之气打出一声又焦又脆的花呼哨，当即使得全场的哨声戛然而止，接着爆发出哄堂大笑来。直到散了电影归来，同去的朋友们还拿我取笑，但我却沉浸在沁心醒脾的夜寒中，感到那一声无所顾忌的呼哨，竟打出我的恶浊之气，又仿佛看到故乡一马平川的大地，又想起那些云游很长时间以后，才停落在我们肩头的狡黠的紫燕……

再一次畅快地打一声呼哨，离身在边地所打的那次引起哗笑的呼哨可既遥且远了。1980年炎夏，我有幸第三次解放之后，得到市级文艺组织的资助，和几位诗作者饱览了三峡和庐山胜景，并在九江接受一位当地人的建议，跑到彭泽县去看刚刚名震遐迩的龙洞。那天车跑了一上午才到，用完午餐，我们就挥洒着如雨的汗水登入山洞了。一进洞口，就像跳进沁心的河水中一样，顿时精神为之一振。洞很深很长，朦胧的灯光映照着光怪陆离的钟乳石笋，让人依稀梦游仙境。但是，毕竟环境太静，气氛过于肃穆，使心房笼罩上一丛阴影，产生了无形的压抑之感。忽然豁然开朗，我们置身于一个大剧院似的穹隆之下，视野的扩大和心胸的畅快，使我又不由得举起右手，打出一个欢悦和挣脱束缚似的呼哨，以至于那刺耳的回声在远远近近的岩壁上冲来撞去，又惹得同行的诗友们一片哗笑了！我不知道这些长于联想的朋友会在我的哨音中想起什么，但我根据对他们的了解，总觉得他们绝不会在这悠长的音流中，看见流星似的燕翅，也不会想象那些同我分手后的紫燕，是否能越过风雨，加入迁徙的一群，开始另一种命运吧……

我不可能再预测在什么时空条件下打出第三声呼哨了！尽管我终生都不可能忘却这技艺，但一个心力交瘁者，即使一时冲动，认为可以最后再打一声惊天动地的呼哨时，我的器官还允许吗？我的情绪还允许吗？

（原载于《山东文学》1987年第11期）

吕曰生

吕曰生（1931—　），笔名芳草、鲁阳戈。《山东文艺》（后改名《前哨》、《山东文学》）资深编辑。中国作协会员，山东省作协理事。著有短篇小说集《支部书记》、《战友》、《一个安静的晚上》，散文集《杨柳青青》、《泉城赏泉记》、《雨蒙蒙》、《雀喧集》等。

红尘不到珍珠泉

著名美籍华裔女作家陈若曦来游齐鲁时，一下子就被济南珍珠泉的奇绝景色吸引住了，久久不愿离开，并对笔者说："我这次回国，到了几个省，看了不少风景绮丽之区，但最能吸引我的还是这里——珍珠泉。"

济南泉水甲天下。众多的泉水大体上可分为四大群落，即珍珠泉泉群、趵突泉泉群、黑虎泉泉群、五龙潭泉群。珍珠泉泉群位于济南旧城的中心，除珍珠泉外，尚有溪亭泉等若干小泉。珍珠泉大有数亩，水底铺满细沙，泉水从细沙中钻出地面时带出无数气泡，气泡在水中袅袅上浮，大者如卵，小者如粟，晶莹圆亮，像是无数珠玑撒进水中。气泡浮到水面，新的气泡又浮了上来，沸沸扬扬，永无歇止之日。不仅如此，这个泉群的泉水汇而成溪，溪水清澈，在遮天古树中潺潺绕流。溪水又聚而成湖，湖名大明湖，由于水深，湖色碧蓝，天光云影和湖岸的垂柳翠竹、亭榭轩阁都清清楚楚地倒映在水中，这又是一幅难以描绘的画图……

我陪陈若曦女士来游珍珠泉时，就从南门而入。迎面是一座大殿式的古建筑，这就是清朝留下来的抚院大堂了。明朝末年清兵入关时，将“凤阙龙楼连霄汉”的德王府烧成一片瓦砾。清朝在此建巡抚衙门时，将青州的衡王府拆掉，把砖瓦木料搬来济南，重建了座座楼阁亭台。但后来几经战火，这里的古建筑就剩下这座大堂了。大堂现已经过整修，画栋雕梁，溢彩流丹，使我们仰视甚久。我对陈女士说：“山东历史上有好多事件，都发生在这座大堂里呢。随便举例吧，义和团的首领朱红灯就在这里受过刑讯；清朝皇帝赐给武训‘义学正’称号的仪式，也是在这里举行的；丁宝桢在这里审过安德海；张宗昌在这里给他爹妈做过寿；那个号称‘韩青天’的韩复榘就专门在这里坐堂问案……”陈女士兴致勃勃地说：“《老残游记》里写老残被请进抚院，和巡抚谈话的签押房，大概也离此不远吧。”说着，她告诉我，在台湾念书时她读了《老残游记》，就向往“家家泉水，户户垂杨”的济南。如今，她几十年的夙愿实现了，而济南又的确是潇洒得很，她实在按捺不住心头的喜悦。

虽时值九月，但溽暑未消。特别是中午，在街上走时，还汗涔涔的。一进了这珍珠泉大院，情况大变，遮天蔽日的高柯古木把骄阳隔得老远，使人顿觉凉意四起。那浓荫把我们似乎都染绿了。许多叫不出名来的鸟儿在枝头鸣叫着。树枝上有数不清的鸟巢，巢中时有幼鸟的啾啾声飘出。我介绍说：“在这里筑巢的，主要是鹭鸶。这里水面多，又靠近大明湖，所以格外受水禽的青睐。”陈女士在绿荫中停步良久，并侧耳细听，说道：“来到这里不但暑气顿消，而且连嘈杂的市音也听不到，只有鸟声、水声这大自然的声音。珍珠泉地处济南城中心，竟然红尘不到，真是仙境。”

我们看过珍珠泉，绕着濯缨湖的湖岸，转到一处悬着“海棠园”匾额的小院落前面。这是一座园中之园，粉墙掩映于翠竹丛中。园内有一丛宋海棠，是北宋大文学家曾巩任齐州太守时亲手所植。由于海棠能不断从根部萌生新枝，所以这丛宋海棠虽历尽沧桑，却依然生机旺盛。

海棠园外有假山一座，虽出于人工，但巨石峥嵘，山道崎岖。山下为莲塘数亩，亭亭玉立的红荷散发着淡淡的清香。陈女士提出要在临塘的石头上小憩片刻，我认为她累了。她指指落在荷花上的一对蜻蜓，又指指身后石缝中一棵老树枝头上的栖鸟，轻声说："这是绝妙的画图。不看个够，再上哪里去找呢？"

我们在这幅图画中坐了好大一阵。除了蝉声、青蛙声、水声、鸟啼声、鱼儿戏水声，就什么也听不到了。

我担心客人着凉，提议再去大明湖走走。陈女士这才起身，她环视四周的泉、林、山、湖，无限深情地说："难忘的珍珠泉！难忘的珍珠泉！"

1989 年 3 月

杨 健

杨 健（1957— ），祖籍湖南湘乡，生长于济南。1976年开始发表诗作。迄今已在全国数十家报刊发表600余首诗，其中有数十首被各类报刊及选集选载，并数次获奖。出版有诗集《99首诗》、《激情》、《燃烧与寂寞》。现为济南市作家协会副主席，文学创作一级。

友 情

在所谓人情淡漠的今天，我常常为母亲和娄姨的友情感动着。母亲和娄姨本在一个单位，娄姨小母亲几岁，爱称母亲“老嬷嬷”。母亲小时家境贫困，只念到小学三年级，而娄姨却是“文革”前毕业的老高中。两个文化层次迥然的人，彼此的友情竟达到水乳交融的程度。

那是一个夏天，父亲因脑疾病住进了医院。我们兄妹三人，我是老大，当时才十岁且极贪玩，就我这样母亲压根就不敢让我守护病人，她只好整天在医院守护着父亲。

一天，娄姨满脸大汗气喘吁吁地来到医院，右手提只暖瓶，左手拎包鼓鼓囊囊的东西。她见到我父亲竟轻轻地啜泣起来，本来她是来探望病人安慰病人的，却被母亲安慰起来。接着娄姨动手拿出饭来。娄姨真行，她知道爸爸是南方人，特意蒸了一饭盒大米饭，还炒了两个菜。说真的，这几天父亲和母亲没捞着舒舒服服吃顿饭了。娄姨走后，同病房的人都问母亲来的是什么亲人，当得知内情后都为之感动。父亲住院期间，娄姨经常来。

冬日的一天，大雪下个不停，不会骑车的母亲正步履艰难地跋涉在回家的路上。走出不远，一辆机动三轮车停在了母亲的身旁。她先是一愣，后发现是娄姨的爱人李叔叔，原来他按照在家休息的娄姨的安排来接送我母亲。我想，在这寒冷的冬日，母亲的心里定然很热。

因上班路太远，母亲调到离家稍近的单位。分手时，娄姨哀哀戚戚地说："老嫲嫲，咱们到头发全白了，拄上拐棍也来往。"母亲使劲地点了点头。两人都没食言。时至今日，她们已经分开十多年，友情依然如故。两人都是极要强的人，既想工作好，又想生活好，所以觉得时间不够用。好不容易聚到一起，就有说不完的话。

母亲离开原来的工作单位已经多年，由于娄姨经常对后来的人谈起她，致使许多从未见过母亲面的人都知道原来厂里有个"老嫲嫲"。母亲也经常对现在的同事谈起娄姨。

不久前，娄姨住进了医院，得知消息后，母亲那刚刚因得一小孙孙而兴奋的心情立即减退一半。她急匆匆直奔医院，来到病房，她马上替下李叔叔，又是安慰病人，又是倒尿，很是忙活了一阵。

二十多年了，母亲和娄姨可谓君子之交淡如水。她们之间从未大摆过宴席，你到我家来吃顿白菜炖豆腐，我到你那里，去吃碗茄子打卤面。更不是那种我给你搞台彩电，你为我弄台冰箱，相互利用的关系。

这是一种深厚真挚的友情，一种高尚纯洁的友情。我常常为她二人的这种友情感动着。

我挺喜欢一位诗人的这样两句诗："居住在城市里彼此都是太阳，彼此都应该相互照耀。"

（原载于1988年9月20日《济南日报》）

苗长水

苗长水（1953— ），山东沂南人。中国作协会员，济南军区政治部创作室主任、山东省作协副主席。著有中篇小说集《犁越芳冢》、《染坊之子》，中篇小说《非凡的大姨》等。《冬天与夏天的区别》获全国1987年—1988年优秀中篇小说奖，《犁越芳冢》获第三届《十月》文学奖，《乡村警察》获第四届《青年文学》创作奖，《战后纪事》获1988年《昆仑》文学奖。曾获庄重文文学奖、冯牧文学奖。

剪子巷

年初在《济南日报》上看到了一篇写从前的剪子巷的文章，使我偶然回想起来，那儿还是我童年玩过的地方。

那时候我家住在趵突泉东边的那个大院子，和趵突泉的“三股水”只一墙之隔，而“三股水”的西墙外就是剪子巷了。现在这个大院子也已变成趵突泉公园的一部分了。记得那时候“发大水”，我们这个院子里的人都能看见那边滚滚的洪水，卷着趵突泉门口售票的小木房和民家竹器木具流去。平时的夜晚，我们这些小孩们可以翻过后面的一座生满青苔的墙头，然后再踩着一条小河上的粗水管，潜入趵突泉界内，用手电照螃蟹，回家放在煤球炉上烤成焦黄色，蘸着酱油吃。但有时也会在那条粗水管上被一个高瘦的老头发现，老头外号叫“狐狸嘎”，会用一根长棍把来不及跑回去的小兄弟们敲落水中。即便不是往趵突泉里潜的时候，有谁呼一声“狐狸嘎来了！”小兄弟们也会心惊肉跳。

剪子巷则是一条可以自由出入的街道，完全不必买票或是踩着小管子过去。“家家泉水，户户垂杨”在那时，也就是60年代初的这条小街道上，还丝毫都不是传说。那用青石板铺成的街道上，处处都流着从石板缝中漾出来的泉水，时深时浅，住家户们就在门前的石阶下捶衣洗菜。吃的水则是在街的中部，有一挨墙的长方形小泉，泉中生满碧绿如带的水草，水草中间漫游着青色的小鱼，住家户们用桶从这里挑水吃。这小泉无疑也是济南七十二名泉中的一泉，我记得泉边是有个嵌在墙上的小碑牌的，但忘了它的名字了。剪子巷的街道两侧那时十分繁荣，有一家紧挨一家的剪刀铁器铺，也有燃着洪炉的铁匠作坊，再就是卖古代戏装道具的铺子。期间夹杂几间旅社，有一天父亲领着我来这旅社。时间好像是夏天，我刚上了小学不久，算起来那时的父亲比现在的我还要年轻几岁，无疑正是风华正茂，写东西的好时候，走路也生风。但年轻时的父亲和后来年轻时的我都犯有同样的错误，就是在很注意抓紧时间写作、抓紧事业上的奋斗时，不很注意带着孩子出去玩。我记得父亲曾经带我到趵突泉的那个临水的中心茶室吃过一次粗粮点心，那时正是生活困难时期；再就是我上三年级的时候，腿上长了很多疮，父亲每天背着我到离剪子巷南口不远的一间回民诊所打针。

我记得这次跟着父亲去得很高兴，一路走着，看见剪子巷路边上，住家户洗衣的肥皂水很快被那石板缝中涌出的泉水溶化，洗碎的绿色菜叶在台阶底下聚集起来——居民们不会想到二三十年过去，这条小巷会变成一条布满煤渣尘土飞扬的小巷。在那个碧绿清澈的长方形小泉边，我们看见一个彪汉把水桶掉进了泉底，彪汉索性就整个儿扑进泉水，在那个小小的范围之内游了两下泳，惹得打水洗菜的住家户们一片哄骂。那汉子提着桶上来了，泉水随即又成为一池清澈。我记得父亲只是用那种知识分子的眼光朝这彪汉瞧了一眼，又对我一笑。

那时候剪子巷和趵突泉这一带住的大都是靠手工铁木制品生活或出卖体力的人，所以这种彪汉的恶作剧常见。我见过他们勇敢地站在剪子巷贴近趵突泉那一面的高墙上，纵身跃入趵突泉中，勇敢地游到那三股冒有一尺多高咕嘟咕嘟的泉涌上，试着用身体将它们压住。狐狸嘎拿着长竿子来追赶他们。他们在水里游来游去躲避，瞅个冷子翻上墙头遁去。

一天我和父亲走在剪子巷里，撞上了狐狸嘎，他肩上扛着那根长竿，手里握着一包荷叶包着的熟食，拖着那被阳光和泉水映晒得黑红的高瘦疲倦的身体，孤独地向街中心走去。我在街巷中看见他，觉得非常奇怪，因为我似乎感到他是白天黑夜都梭巡在趵突泉内的各个角落。

我和父亲还看见一个小伙子阴郁地坐在拐角的石头上，唱着《冰山上的来客》里的“花儿为什么这样红……”那时虽然我还小，但也知道这歌曲已是“毒草”。拐过这个拐角，就是那个旅社，旅社是个二进的院子，我和父亲要找的晓鸣叔叔，住在里院的一间稍有些寒意的客房中，我记得房中有一个我可以藏进去的立橱。

父亲对我说：“这是你晓鸣叔叔。”以后我就这么称呼晓鸣叔叔了，不是以他姓冠首，而是在叔叔的前面加以全名，直到他死，再也没有改过口。我想之所以这样称呼下来，不仅因为他的年龄比父亲小，而是因为父亲喜欢让我这样称呼，而我也感到他从那时起就是个格外令孩子感到亲切的人。

我照着父亲说的称呼了他，他叫了我的小名，亲切地笑着摸着我的脑袋和父亲说话。大概他早就知道我的小名，在我没什么印象的时候到过我家。这次住在旅社，就是父亲约他来改稿或是写稿的。我凭直觉感觉到他是一个很好的人，虽然他身体十分魁梧，这是典型的山东大汉体魄，但他那张阔脸上的笑容是极其善良透澈的。我一直好奇地盯着他上下打量，父亲说了句：“不要这么没有礼貌地看人!”而晓鸣叔叔却憨厚地连连笑道：“没事！没事！……”我记得他那种淄博嗓音是缺少儿化音的，没事不会说成没事儿。而且他那笑容中还很有几分尴尬，大概又说了一点忘记给我带点什么吃的之类的话。

又过了几天，我在家里闯了一点祸，或是没完成作业什么的，挨了打或者是挨了“熊”，就径直地朝晓鸣叔叔那儿跑去。在我那个年龄时，能一个人从家里住的那个大院子里跑出来，跑到剪子巷并且找到那个旅社，这绝不是一件十分循规蹈矩的事。院里的小孩子们并不常到门口的街上或者剪子巷去玩。晓鸣叔叔恰巧正在那里伏案写作，十分惊讶地问我是怎么跑来的。我记得是编了一些显然不会令大人相信的谎话，但他还是很热情地招待了我，并且在父亲终于找到这里来时，把我藏进了那个立橱，导演了一出大家都哈哈一笑、什么罪过都了之的小闹剧。再往后，大概又过了很长的时间，我在家里又出现了类似的情况，便又朝剪子巷逃去。总归我是个孩子，忘了晓鸣叔叔是在那里住旅社了，那里并不是他的家。等我跑进那个旅社，又找到他住过的那个房间，里边早已换了陌生的客人，我说是来找晓鸣叔叔的，客人茫然无所知，那个立橱自然不会让我再藏进去了，我凄然而归。

再往后，我们院里的文人干部们都纷纷搬走了，搬往那些离趵突泉很远的院子里。剪子巷在我心灵中也渐渐远去。

又回忆起它来的时候是在北京，我在军艺那座艺术学府的文学系中进修，这中间已经隔了许多漫长的历史阶段，“文化大革命”已过去好多年，我当兵也有好多年了。有一天我接到家里来信，说晓鸣叔叔查出了晚期淋巴癌，还想到北京做些确诊。后来他来的时候是冬天，北京的风很冷，他穿得却不厚，我问他要不要再加件棉衣，他说他并不感觉冷。他的身体还如从前那么魁梧，只是走路给人的感觉有些飘了。

这时他早已是刊物的主编，“文革”后出版的一本厚厚的小说集我也拜读过，不能说他是一位很有名气或有成就的作家，但应该说他是始终都在勤奋地奋斗着的一位作家。从我那么小的时候就看见他在勤奋奋斗，直到这时，他正好48岁，按说还正在旺年，突患绝症，与过度辛劳不能说无关。当然不仅在他去世之后，即便他仍活着，此刻也会有人说他这样的作家们的那些耗尽心血出版的作品价值不高，但“价值”这个东西对于许许多多这样的中国作家来说，是很难一言以概之的。

这时他的精神还很好，好像仍不相信自己患了绝症，不相信自己就会死去似的，给我讲了一些在上海和济南检查时的不同诊断，于是我和朋友们一起陪着他到肿瘤医院和中日友好医院检查，结论也确实各说不一。有天晚上我们回来得挺晚，公共汽车挤不上，在寒风中奔波着好不容易叫到一辆的士，才从北京最东边回到最西边，就在我的宿舍里用电炉煮了一锅热热的面条。吃了，出了点汗，晓鸣叔叔精神上又好了一些，就兴致勃勃地说起了我小时候住在趵突泉的一些事。他说我那时最爱吃白水煮的肥肉片，说得我直脸红，这个我丝毫没有记忆了。我当兵的时候，已经几乎不能吃一点猪肉，每当炒肉菜的时候，连长就吩咐炊事班给我单炒份鸡蛋，这是连队弟兄们都知道的事。我想这该是小时候吃伤了。

我说我还记得他住在剪子巷那个旅社里，我从家里逃到那儿，躲进立橱。他都能清晰地记起来，笑着说那些细节，描写我爸爸生气的形态。

“你小的时候很调皮。”他称呼着我的小名，憨厚地笑着看着我，直言不讳。

“没想到大了也能写东西啦……好好学，多积累，文学上的事，就是要毕其功于一役！”

当时我没怎么看得上他这句谆谆教导，不仅仅是因为这句话有些俗气了，这是我们文坛上许多有意于一举打响的作家们信奉的格言。

但他这句谆谆教导我却铭记难忘，我深知这是他为之奋斗一生的格言，几乎不论什么年代都在为之勤奋奋斗着的。我没法忘记他这句话。

他从北京回去没多久就去世了。当时我也回到了济南，听说晓鸣叔叔住在郊区一家小小的公社医院里，一直想去看看他，没想到有个星期天回家，却突然听父亲说：“你晓鸣叔叔死了！”我感到非常遗憾，听父亲说他是一口痰没上来，便长啸一声，与世长辞。开追悼会的时候，到的人意外地多，连殡仪馆的人都感到惊讶，想不到不大的一个小官儿，却到了那么多人和小车。父亲说：“这也算是对他一个安慰吧，大家都觉得他死得可惜！”

我又想起了在晓鸣叔叔离开北京之后，我还收到了他的一封家信，是他那个因超过年龄而没能随父亲转为城镇户口的长女写来的，信中称我为哥哥，信的主要意思是听说了父亲到北京来检查的消息，询问一下确切病情，那种朴实的农村女儿对生父的一片关切之情，溢于字行之间，还向我这个没见过面的哥哥表示感激……我很歉疚的是：在北京那种大地方，我只感到到处布满塑料和砖瓦气息，人欲横流，往来匆匆，寒暖寸知，我又能给这位患了绝症的作家叔叔多少帮助和慰藉呢？

我唯有牢记他那句谆谆教导而已。

今年初，偶然又骑车路过剪子巷口，便萌动了想进去看一眼的念头。虽然早知道“家家泉水，户户垂柳”已是旧梦，连趵突泉都在屡现泉涌的喜兆新闻中终究干涸下来，何况这条小巷呢。但当我极深情地拐了车把进得剪子巷内，入眼的情景还是令我心灵黯淡得厉害。

也许是刚刚清扫过的，但我的心里还是总感到它的街面上到处布满了红色的煤渣和干燥的尘土，干燥得那么干燥。那些剪刀铺一家也不见了，只有那么几家冷冷的烟酒或其他什么商店。旅社倒还有，我却没能对上号，认准哪一家是里面有个两进小院子的。而最令我心灵感到黯淡的，还是当我想到找一找那个碧绿的长方形小泉的位置时，却怎么也看不见了。又回头走了一趟，才在一个陌生的角落里发现了它。它已经变成了好像是某个小工厂的垃圾坑，变成那么可怜的不起眼的一个小坑，像人身上的一个不堪入目的肮脏疮口，可怜巴巴地躺在巷子的墙角底下，堆满了红色的垃圾。面对这个令人恶心的场景，我明白了，为什么我们的祖先总是在讲述魔鬼夺去泉水的传说，人类为什么那么崇拜泉水。哪怕仅仅是这样小小的一方绿泉，一旦它干涸了，即便你真是有回天之力的神仙，也难使它再重新涌出泉水了。

（原载于1989年8月6日《文艺报》）

刘真骅

刘真骅（1936— ），女，山东青岛人，笔名真骅，中国作协会员，济南市文联创作室创作员，青岛市老干部文体协会主席。著有散文集《我心我情》，纪实文学《黄昏雨》等。

我的太阳

你就这样走了，大步流星地走了，你怎么可以独自地去了呢？昨夜枕边分明你对我说："老婆子，我不能自己出门，我连车票也买不上。"可你还是走了。

没有辞别的话，没有临别的嘱托，甚至没有留下一个拼搏了一生的老战士痛苦而欣慰的临终遗言。你躺在市人民医院雪白的病床上，医护人员在拼全力抢救你，青岛市委领导在病房外焦急地听着你脉搏的每一下跳动，市政协的同志每隔一小时向省作协传着你的病况。而死神正附在你的身边悄声呼唤着你，你的生命正如游丝一般在空中飘荡。

你已无力启齿，无力睁开那沉重的眼皮，无力抬一下那在文艺园地辛勤耕耘了五十年的手臂。你是累了、疲惫了吗？抑或是困顿了，想打个盹儿，等着我回来，而没睁开眼睛像往常那样疚意地笑笑说："刚才我睡着了？"

你怎么就去了呢？

就在那天早上，我俩像往常一样去海边散步。早饭后，我要到烟台去参加一个笔会，你要到市政协去参加老干部学习。像往常一样，你送我到大门外，依依不舍地嘱咐我早点回来。我说只有两天，今天上午你去学习半天，下午你要亲自去接湖北的老作家吉学沛夫妇，你实际上只等我半天。我还说，你用不着亲自去接车，让文联派人去接就行。你笑笑说："不，市文联主席姜树茂同志今天有会，不能怠慢了老同志，见一次面不容易。你早点回来好请他们吃饭。"临别我让你背诵一遍每次暂别我嘱咐你的话。你笑着说："忘不了，少吃、少睡、多活动。"然后挥挥手望着我走下高坡。当我走到路拐角回头望去时，你仍站在高坡上深情地望着我。咱们每次分别都是这样的，这一次跟往常一样，并没有一丁点异样，谁能想到这一次竟是永别呢！是你送我，而不是我送你呀！

你怎么就走了呢？

就在你脑溢血猝发、倒下去的时候，我正在200多公里之外的烟台向你身边疾驰，我无法相信电话中的消息。不能，决不能！烟台市政协特派的轿车和最好的司机正以每小时120公里的速度飞驰，转动的车轮像碾在我的心上，我的心被碾成了粉尘，不，是血淋淋的血雾。我忍不住失声恸哭了，我趴到了司机座旁，这样我就更靠近了你一步，我的心跳过了车的速度。

我不相信你会倒下，死神不会轻易地将一个铁打钢铸的硬汉子，一个用自己博大的胸襟、炽热的情感、不倦的笔墨，向他的祖国、党和人民留下几百万字作品的勇士，一拳打倒。

命运之神从来不曾将你打倒。

你生长在贫苦的农民家庭，却没有一份属于自己的土地。父亲是铁路上的护路工，仅够养活他自己。你从小在饥饿线上挣扎，拾煤核、放猪，人家是半年糠菜半年粮，而你家是一年到头野菜掺糠，靠母亲给人家推磨赚一点荞麦糠充饥。麦收和秋收时节你跟着母亲和姐姐去人家地里拾麦穗和复收地瓜来苦度时光，你的童年没有一丁点欢乐，为了春节能吃上顿杂合面的菜饺子，你会激动好几个日夜。十一岁时才在好心的老师资助下，半工半读到初中二年级。老师去世了，你失了学，找不到工作，依然困顿在饥饿线上。饥饿没有将你打倒，而是在民族危亡的紧急关头，把你送到了延安，送进了中国共产党的行列。

在漫长的抗日战争、国内革命战争中，你一手拿笔，一手持枪，战斗在革命的最前线。你曾数次冒着敌人的炮火，穿越封锁线，插入敌人的心脏，宣传党的方针政策，采访英雄事迹，并同你笔下的英雄一同并肩战斗，以忘我的牺牲精神，冲锋在前，屡建战功。1942 年日本鬼子五万兵马围剿沂蒙山。你带领一支小分队奋力突围，被评为模范共产党员。敌人的炮火和刺刀、子弹没能将你打倒。

“文化大革命”，你首当其冲被揪了出来，一大堆莫须有的罪名，一大堆纸帽子、黑帽子强加在你头上。一本本饱含着你心血的作品，被踩在脚下，被斥为大毒草。你被上百次的游街、示众、批斗、审讯、毒打，被搞得家破人亡。非人的折磨也没有将你打倒。

你怎么就走了呢?

我们相识于 1968 年那个特殊的历史时期。你的爱人刘苏因祸去世，给你留下了六个孩子，大的十六岁、小的只有六岁。你中年丧妻又处在批斗白热化的时期，那真是雪上加霜、泪水拌黄连的日子。我，一个历经磨难和坎坷、新中国成立后第一批参加工作的干部，拉扯着八岁的女儿，正过着没有阳光的日子。当三个互不相识的介绍人同时把你介绍给我的时候，你，一个深受人民爱戴的作家，正在荒谬时代为你编织的牢笼中受着煎熬。我们在苦难中相识、相爱了。不同的经历却是共同的命运，把两颗破碎的心碰撞到了一起。

就在我们将携手并肩共赴苦难之时，一些人不甘心于我们的结合，利用手中的权力坚决要拆散我们。于是，我们立即陷入了人为的灭顶之灾。我四顾茫茫，不知哭向何处，诉向何方；你，顶住了要开除你党籍的重压，将孤苦的母女护在坚实的臂膀之下。你说：“我的眼睛不会看错，我要对我后半生负责，真骅是个可以信赖的好人!”你用自己的党性和人性挑起了一个荒谬时代和一个几乎被舌头压死的母女带给你的双重压力。那时，你没有倒下。

你被造反派折磨得死去活来，无数次夜间被刑讯拷打，你为了不死于非命，为了未成年的六个孩子，乘造反派熟睡之机，把床单用刮胡刀割成条，从三楼逃出虎口。在条件极端残酷的情况下，在不发工资、不发生活费的情况下，你仍然按期给组织寄党费。为了不让造反派知道你的行踪，有时你竟然骑自行车跑上百里路，到另一个县城寄党费。那几元党费里凝聚着你对党深沉的爱和赤诚。以后你又下放到泗水农村劳动，并被剥夺了除劳动之外的全部权利，连小孩子都可以知道林彪逃亡的消息却不允许你知道。当别人去开会，你常常一个人在夕阳西下时独坐泗河岸，望着对岸丛林……那时候你也没有倒下。

你不能倒下，千百万《铁道游击队》、《红嫂》、《沂蒙飞虎》的读者不会让你倒下；一个老党员、老战士、老作家的未竟之业不会让你倒下；我们还有两本书的创作计划不能让你倒一下；你患难与共，陪伴你、侍奉你、深爱着你的妻子需要你，不能让你倒下。二十二年的风风雨雨、凄凄苦苦、生生死死的岁月结束了。你说过，你要争取多活几年，你要与我白头偕老，终生陪伴着我，用炽热的爱来弥补我往日的不幸。你不能倒下。你不能撒手而去丢下我孤苦的一个人。你说过，咱俩几番风雨、几番荡气回肠，如今，孩子们都大了，成家立业了，咱苦苦追求的、梦寐以求的、平静安宁的晚年生活到来了，咱们要舒心地、洒脱地活上几年，共同书写几部作品留给后人，追回属于自己的岁月。

你怎么走了呢？

1985 年我们来到青岛定居。几年来你写了几百万字的作品，写了长篇小说《沂蒙飞虎》、《知侠中短篇小说集》。书桌上还放着刚刚搁笔的《淮海战役见闻录》二十万字的初稿。自 1979 年你担任山东省文联党组书记兼作协主席以来，曾多次打报告要求辞去党组书记职务，想在晚年有限的时间，写出计划中的两部作品。你写得好累、好苦。刚来青岛时咱们的房子还没盖好，借住在市委宿舍里。你不得不每天步行往返四五公里到西镇一个老同志家里借得一间空房子写作，每天中午三两包子，一暖瓶开水。当读者捧着你的作品时，他们谁能想到这位年逾古稀的老人竟然是在这样的条件下写作的！

你的侠义称南北，忠厚传东西。战争年代无论老少统称你为侠哥，你的名字原来叫痴侠，你对任何人都是一片痴情。过去你稿费多一些，有多少同志受过你的恩惠和帮助，后来你将剩余的三万元上缴了党费。人们很难想象，一个老作家、老革命会舍不得丢掉用剩的火柴盒，而把集市上买来的零散火柴，一支支地装进去。每当我看到你一双大而厚的手在装小而细的火柴时，我就忍不住要热泪盈眶，我就忍不住把孙儿剩的饭菜倒进自己的碗里，并教育他从小学会节俭。

你不会就这样走的。

你曾经给我定了一条不成文的规定：凡是外地来的老战友、老同志，一定要请他们吃顿饭。单是今年夏天咱们接待的客人就不下百人。8 月份上海的杜宣夫妇与林默涵、孙岩夫妇在咱们家中相遇，大家都很高兴。而林老忽然说了一句："这也许是我们最后一次见面了。"林老夫妇走后，你对杜宣说："怎么默涵会说这种话呢?"你还约请他们明年再来相聚。那个晚上我有些伤感，你拍着胸膛对我说："放心，有你的爱和照顾，我这个身体再活二十年没问题。"

你不能这样地走了。

你的老战友刘亮在 1970 年听了我们相爱的风风雨雨之后，大受感动，赠了我一首《调寄西江月》的词：

人言世间尤物，我谓巾帼丈夫，力排风雨效当垆，慧眼不让红拂。一片琴心剑胆，几番气荡肠迴，凝妆岂为寻画眉？志酬高山流水。

是的，自古以来人们对忘年交的朋友总是异口同声地赞颂，而夫妻之间年龄差距大，总觉得有点遗憾。但爱情是没有年龄界限的。二十二年来咱俩相敬如宾，事业上相辅相成，人们说你如虎添翼，说我如鱼得水，一些老同志更是由衷地羡慕和叹服。你是我事业上的老师，生活中的知己和伴侣。"文革"中我们生死相伴、颠沛流离。生活安定了，我们更是形影相随。一篇好文章、一幅好书法、一张山水画都是我们新的话题和永不枯竭的欢乐和情趣源泉。曾记否？咱俩约法两章：政治上我听你的，生活上你听我的。二十二年来，不论国家形势和个人政治生活发生什么变化和不愉快，你从来不允许我对党失去信心，不允许我对党有怨言。你对党的事业充满深情，对党的信仰从不动摇，可谓生死不渝。

“文革”后，“伤痕文学”盛行，一些作家揭示了在邪恶势力下的动乱年代中留下的伤痕，向人们寻找公正的评说。我因在“文革”中无辜受苦，也满怀悲奋地写了不少这类小说、散文和诗歌。但由于你的把关定调，有好几万字的作品没有发表出去。你说，写真实不是对生活的龌龊旮旯用放大镜去展现在人们面前，这是发泄个人的恩怨。你写的中篇小说《芳林嫂》是写芳林嫂这个人物在“文革”中机智地和造反派周旋，保护了一批老干部。今天我由一个普通的文学爱好者，走上了专业作家之路，这中间也凝聚了你不少心血。

但是，你就这样地走了。

苏联局势的骤变，对你这个老共产党员的冲击特别大，每天清晨和深夜，你都在看报纸和听新闻。9 月 3 日上午，你去市政协与老干部就苏联和国际形势进行座谈时，你旗帜鲜明地慷慨陈词，直抒一个老共产党员对党和社会主义事业的忠诚与信念。当你呼吁人们在纷纭复杂的国际形势下更应坚定不移地走有中国特色的社会主义道路时，当你呼吁要相信群众时你倒下了，你在激动的情绪下脑溢血猝发歪倒在沙发上，嘴中仍然喊着相信群众、群众、群众……

青岛市委的领导和你的老战友说，你是死在战斗的岗位上。著名诗人柯岩说，你是死得其所。你的学生说，你为你的信仰而生、而死，你的人格力量令人震撼叹服。文化部部长贺敬之在唁电中说：“知侠同志作为坚强的共产主义战士，一贯坚持党的文艺为人民服务、为社会主义服务的正确方向。他一生忠于人民，忠于社会主义的崇高理想……充分体现了一个共产主义者的崇高品格和节操，可谓至死不渝，这是特别令人敬佩的。人民不会忘记他。读者不会忘记他。”

我是下午 6 点赶到你身边的，那时太阳刚刚落山，一片光芒四射的晚霞染红了西边的半边天地。那或许正是你在最后时刻，喷洒出来的满腔热血！我抓住你还有温热的手，我在你的耳边大声呼唤：“知侠，我回来了！我相信你能顶住！我需要你！需要你！你答应再和我过二十年的呀！”我被医护人员拖走了。但是，我决不相信你会这么走了，因为我感觉到了你的手在我手里一握。

晚上7点15分你终于走了。

当我扑到你的身上，在你已变凉的嘴唇上亲吻时，一丝苦涩的唾液进入了我的嘴里，知侠，这就是你留给你的妻子，与你相濡以沫的妻子最后的苦涩吗？

你真的走了。你没有留下遗憾。你以一个共产主义战士的形象走完了自己的一生。

我知道你一定不愿意看着我继续悲伤下去。我要坚强地将你的未竟之业接过来，编辑和出版你刚刚写完的《淮海战役见闻录》，还有咱俩十年动乱中的书信集和许多你的遗作。是的，我应该让自己平静。没有你的日子里我肯定会孤独的，我将以一个作家的孤独来深深地怀念你。我知道，你一定会在遥远的云天徘徊，然而不管你魂飞何处，你都会看见天上有颗星星在为你发光，那就是我，你的学生，你的朋友，你的爱妻，她接过你的笔，像你一样去歌唱人生、赞美生活。哦，我的太阳！我和孩子们将在安放你的骨灰时用一曲《我的太阳》送你上路：“啊，多么辉煌灿烂的阳光，暴风雨过去后，天空多晴朗！啊！多么辉煌灿烂的阳光。还有个太阳，比这更美，啊，我的太阳，那就是你，那就是你！”

知侠，我的太阳。

（原载于1991年10月19日《文艺报》）

宋俊忠

宋俊忠（1964—　），山东平阴人。济南市作家协会副主席、山东文人书画院副理事长，山东省作家协会会员、中国诗歌学会会员、山东省散文学会理事，济南市文联全委会委员，平阴县文联副主席、平阴县作家协会主席。著有诗歌与散文集《玫瑰诗情》、《旅踪游思》、《心香一瓣》等。作品多次获奖。

红枣情

母亲从家乡枣林村到城里看我来了。她别的什么都没有带，独独带来满满一大包黑油油、甜丝丝的红枣。母亲还记着我爱吃红枣的嗜好呢！

家乡枣林，是鲁西南有名的红枣产地之一。我童年的美好记忆，大都是与枣儿有关的。

童年时，这里三面环绕着青山，一条常年不断的山泉水形成的小溪，扭动着从东山上一路飘下来，一直飘进村里，在村中央的荷花池里，打了个漩儿，又欢快地唱着，向村西流去了。山上水旁都是蓊蓊郁郁的枣树，简直就是一个枣树的海洋，要不怎么能称得上枣林呢？

每年枣树一开花，到处都是鹅黄色的枣花儿，整个村子也好像被枣花的香气包围了。几里之外都能隐隐约约地看见枣花，闻到花香。枣儿一落花，枣儿也就是有小手指头肚儿那么大吧，我们一群顽皮的孩子，就如孙猴一般，趁大人们不注意时，就爬上树去吃小枣。若被大人看见，少不了挨一顿臭骂。但大人们并不打我们，我们也就麻利地从树上跳下，哄笑着跑掉了。

即将收枣的时候，棵棵枣树都是一嘟噜一嘟噜地挂着枣儿，树枝都被压弯了。枣儿有的红彤彤的，有的却是黑油油的。甜丝丝的枣香把空气熏甜了，也把人们的心儿熏甜了！这时候，我们那一群小孩子就会更加活跃。有时飞起一块石头，打下几个枣儿，最好是黑油油的，然后就是一阵哄抢。每当大人们看得严时，我们就光着屁股，在溪水里搓洗已经没有了泥巴的身子，眼睛却望着溪旁的枣树，幻想老天刮起一阵风，把枣儿刮下一些来，这样我们躺在水里不用挨骂，就能吃上又大又甜的枣子了。但是，风却老也不刮，真可气！

枣儿收获的时候就更加热闹了，到处都是打枣声，大人们的笑声，以及我们小孩子的欢叫声。几天过去，村南刚压出来的足有十几亩大的平场里，堆得满满都是枣子。我们就躺在滑溜溜的枣堆里打滚，嬉闹，边闹边吃，直吃得大人们看着我们的肚子笑。这时候，我们就是吃多少，大人们也是不会责备的。

然而好景不长，我们那帮孩子有五六岁时，枣树被连根刨下来，也都运到晒枣的那个大场里去了，那里也堆满了我们家里的铁锅和铁洗脸盆。我和我的小伙伴们都想哭。枣树没有了，第三年，小溪水也不知怎么渐渐断流了。于是，我童年的乐趣也就永远地消失了。

接着就是挨饿。枣儿没有了，粮食也不够吃，人们就吃野菜、吃树皮。个个脸上都泛着青光。奶奶就是在这个时候死的。有一次，我问母亲，人怎么不如以前好看了呢？母亲只是脸上露出一丝苦笑，却没有回答我。

我上小学二年级的时候，也不知母亲从什么地方弄来了一棵比我稍高一点的枣树苗，我高兴地和母亲一起小心地把它栽到了小院里。过了两年，小枣树就长得比我两个都高了，从那年开始，每年都能收一些枣子。可是母亲一个也不让我吃。她说是拿到集上去，换几斤盐，再给我换几个本子。于是，这棵枣树就成了我们家的小银行了。

这棵枣树的命运也不好。我也不知树就怎么成了“尾巴”。一天下午，我放学回家，只见几个身穿旧军装的年轻人，手拿着木匠用的大板斧，正疯狂地砍我心爱的枣树。母亲坐在屋门外的地上，用缀满补丁的褂子，擦着哭得红肿的眼睛。我大叫一声冲了过去，照着拿板斧的那个小子手背狠命地咬了下去，疼得他像杀猪似的嚎叫起来，并踢了我一脚。我瞪着愤怒的眼睛，怒视着这群人，双手抱紧我的枣树。任他们怎么打我，我也不松手。他们终于也没敢照着我抡斧子，只好骂咧咧地走了。母亲跑过来，一下子把我搂在怀里，我哇的一声哭了。母亲的眼泪也无声地滴落在我的脸上。

1977 年恢复高考后，我考上了省城一所大学。毕业后也就留在了省城。工作之余，我常常想念故乡、想念母亲，当然也常常想起红枣林。去年，我带着妻子和女儿回家一次，家乡的变化又使我恍如回到童年的枣林，枣树又是漫山遍野了，只不过水已不是当年的小溪水，而是从二级扬水站引来的更加清冽的龙山泉水。

可能是风调雨顺的缘故，我救下来的那棵枣树，郁郁葱葱，挂满了枣子。只是靠近根部的伤疤没有去掉，仍然那么醒目。

我因为工作很忙，急着要回省城。母亲想让我们带回点枣子，可是枣儿还没有熟透，我也就没有让母亲给我们打枣子。母亲只好说：“等明年枣儿再熟的时候，我给你们送去，也顺便看看你们那里，看看大城市到底是什么样子。”我连连说：“好好好，那我明年回来接您老人家吧！”

今年枣子熟了的时候，我工作仍然是脱不开身，妻子也恰好去青岛开会。我只好给母亲去了封信，让她老人家自己来。现在母亲来了，她知道我这里什么也不缺，别的什么也没有带，唯独给我带了一大包红枣。我从母亲手里接过包，急忙掏出一把填到嘴里一颗。我的心仿佛立刻甜透了。母亲看着我的馋样，脸上的皱纹也笑开了。

我望着母亲，心里默默地祝福。祝福故乡枣林永远枣树如林，祝福枣林的红枣永远这么香甜。

（原载于《文艺百家》1993 年第 2 期）

远　志

——童年纪事之二

幼时虽然与远志结下了不解之缘，每每见到它总有一种说不出的激动，但并不知道它有什么药用功效，唯一知道的就是把它从山上采回来，剥下根部的皮晒干，然后送到公社驻地的收购站去，换回上学用的本子和铅笔、圆珠笔之类的东西。

当年我家境贫寒，一家七口人的日子全靠瘦弱的父亲单薄的肩膀支撑。由于无钱，大姐上完小学便不能继续升学了，也在生产队里当了一朵“向阳花”，干一些辅助性的农活，挣些工分，以弥补家中年年缺粮的困境。俗话说，穷人的孩子早当家。我上小学时就知道家中的困难，从来也不给父母要钱买这买那。我那时候用的本子都是哥哥姐姐用完以后给我的，我又用反面写字做作业。老师曾经多次让我用新的作业本。尽管我一直是老师的好学生，从不违背老师的话，唯有这一件事情没有能够听老师的。直到现在我还一直以此事为憾。

记得那是上小学三年级，我还不满十岁的时候。我仍然用着上高中的大哥给我的作业本。老师再一次让我换新的。由于自尊心，我这次下定决心听老师的。我恳求老师说：“老师，请您让我先用着这个，半个月后我一定换新的。”话是说出去了，可是怎么换呢？想来想去，也没有好办法：向父母要，不可能；去借，甚至去偷，也都不可能，家家户户都穷，借与偷都找不到地方。

还是村中心店门口的一张告示帮了我的大忙。告示上说：公社采购站大量收购蝎子、土元（俗称土鳖子）、远志等中草药。蝎子蜇人，我年龄小不敢逮。土鳖子需要在晚上打着手电筒，顺着墙根抓，我哪里有钱去买手电筒呢？我只有上山采远志这一条路了。

于是，当天下午放学以后，我放下书包，喝了一大碗凉水，就扛起小洋镐，挎上竹篮子上南山了。初次上山，没有经验，只是凭母亲给我说的，远志叶子长得像槐树叶子似的，比槐树叶子小，开着小紫花。我找了约有半个多小时，终于在一个大斜坡上，发现了一棵。我急忙跑过去，放下竹篮子，抡起小洋镐刨了下去。刨了足有十几下，我把它周围的土和碎石都刨得疏松了，然后小心翼翼地用两只小手把土和石头扒开。呀，这么粗大的远志啊！我惊喜地发现，这棵远志差不多有我的小手指那么粗，向下还好长。我又用小洋镐刨了几下，还不到头儿，只好用手轻轻地把它拔下来。嘿，足有一尺多长。当时我那个高兴劲就甭提了。

等跑遍了大半个南山头儿，我的小竹篮子里也已经有半篮子远志了。太阳也渐渐地失去了她的光泽，缓缓地向西天坠去。我的手上也已经磨出好几个血泡。虽然手上火辣辣地钻心地疼痛，我仍然哼着小调欢快地下山了。

回到家里时正好母亲也从生产队里干活回来了。她见我采了这么多远志，一下子把我搂在怀里，夸了我几句后，又心疼我脚上的鞋子跑烂了。我家那时候小孩子多，鞋子做不过来。我就跟母亲说，以后上山采药不穿鞋子了。

吃过晚饭以后，借着明亮的月光，我搬出一个小凳子，在北屋门口的捶布石上，开始一棵一棵地剥远志的皮。剥远志不像刨远志那么难，把两三棵远志同时放在平整如镜的捶布石上，然后用擀面轴儿轻轻地来回轧上两三下，轧时远志会发出细微的清脆的响声，特别好听。晶莹的夜色里，还有一种苦中带甜的草腥味儿。轧完之后，我就一棵一棵地往下剥。我一只手抓住枝叶，一只手用大拇指和二拇指夹住根，然后就一下子从头捋到根部，皮就从雪白的根茎上完整脱落下来了。剥下的根茎扔到一边，皮就放到铺好旧报纸的小筐子里，摊匀，等第二天太阳出来后放到窗台上或是房顶上晾晒。最好是一天晒干，这样的远志质量特好，能卖上好价钱。晒干后把就放到小布袋子里，等着攒多了后到收购站上卖掉。

以后每当放学后我都上山去采远志，只是再也没有穿过鞋子。每当石头硌了脚，或者是蒺藜扎在了脚上，我就抬起脚在另一条腿上或另一只脚上搓一搓，继续采下去。也就是从那时候起，我练就一双脚不怕石硌刺扎的本领。一天跑上百八十里地不觉脚疼，现在依然如故。

大约有十来天的工夫，我采到的远志足有二斤多重了。抽了个星期天，我跑了八里多路，到了公社驻地的采购站将远志交上，卖了三块二毛钱。手里攥着自己平生第一次挣来的钱，我先到书店买了几个本子，一支钢笔，又买了一本长篇小说《高玉宝》，剩下的七角钱，我又去供销社买了十斤大粒盐，背回来交给了母亲。

现在，我挣的钱多了，生活再也不用一分一角的算计，但我时常觉得挣再多的钱也得不到那时的幸福了。远志让我不觉疲倦地跑遍了家乡那座葱郁的小山，远志让我拥有了弥足珍贵的童年时光。

每当我浑浑噩噩的时候，我会猛然想起远志——家乡贫瘠土地里那种深深扎根于山坡上碎石中的植物，我的面前立刻就会展开一片宽阔的新天地。

（原载于《文艺百家》1993 年第 6 期）

孔　燕

孔　燕（1954—　），女，出生于北京。济南市作家协会理事、山东省文艺评论家协会理事。曾任工人、资料员、图书馆员、《当代小说》编辑等职。著有诗文集《声音在空间穿行》。

感悟颜色

小时候，很长一段时间，我有一种把人的姓氏和颜色联系起来的怪念头。我觉得姓氏是一种标记，是人体色彩的记录符号。比如姓李的，面色一定很白，很细嫩；姓张的，是浅褐色，像农家干净院落里抹得溜光的泥地，泛出幽幽光泽；姓刘的，是奶白，蜡一样迷蒙着冷光；姓赵的则是淡淡的果绿，环绕着生命颜色独有的妩媚……

我不清楚这些颜色是怎么来的，自然万物的颜色怎么渗透到了人的皮肤当中，这令我百思不得其解。

这些想法非常荒唐，可是我无法抑制自己不做这种遐想。尤其长大些后，许多关于颜色的遐想深入到了我读过的书或者认识的词汇当中。那些洁白的，散发着油墨香的书籍，只要一打开它们，一条条缤纷的词汇河流便奔涌而至，就像阿拉伯故事《一千零一夜》里施了魔法的五彩鱼，跳跃着争相诉说。这时候，你必须赶紧把这跳跃的词汇和那思想的河流分别开来，免得搅乱了你对那条真正奔涌河流的辨别。但是你的能力又怎么能够达到呢？当你跟随一条真正奔涌的河流蜿蜒而去的时候，当你被这条河的激流、漩涡和潜流席卷或者深深裹挟的时候，你会惊讶那些五彩鱼一直在那河里游动着，闪动异彩。那条奔腾不息的河流的河面愈宽阔，水流愈湍急，五彩鱼的色泽也就愈丰富，愈目不暇接，你竟然陶陶然醺醺然了……

我曾不止一次地猜想：上帝既然创造了自然万物，并且没有忘记赋予它们极其丰富的独特颜色，那么创造人类这个独一无二的生灵，以及创造和这个生灵息息相关的丰富思想的时候，又怎么能够忽略颜色这个极其重要的因素呢？肯定是上帝在把礼物交付人类的那一瞬间，灵机一动开了个玩笑，把它作为一个谜语藏在了某个隐秘处，期待人类自己寻找出来，就像孩子们在圣诞的早晨去寻找圣诞老人藏在枞树里的礼物一样。只是人类生活得过于匆忙，没顾上探询那个精心蒙蔽的有趣谜底罢了。没准哪一天，某个生物学家或者遗传工程学家郑重推出一篇论文《论人体及思维中的颜色变化》，那种轰动效应，估计不会亚于达尔文的《进化论》。

平时，我们人由于在地球上的特殊位置，常常自命为无所不知无所不晓，殊不知我们对于自身的躯体也了解不多少，更不用说稍纵即逝的思维方式了。我们平常用眼睛对周围的事物下断语：正确的，错误的；红的，绿的。那只不过一种肤浅的评判而已。有谁能够说出一幅油画或者水墨画又或者铅笔画的确切颜色呢？那只能表达为一种调子，其中灵视或者感触到的边缘色要复杂得多也深刻得多。

某个周末现场直播的电视节目里，播出过一个很特别的场景：一个盲人观众要求节目主持人允许他触摸一下红旗——他想找一下红色的感觉。然后他很动情地说出了他的体会：红色是热烈，是炉子里的火，是温暖，是温柔，是绸缎那样光滑的温柔。我吃不准我当时是为他的残疾难过，或是被那其中的某种东西打动，我止不住热泪盈眶。我知道他对红颜色的表述同我们的视觉感受有一些距离，但是我感叹人的顽强——人是多么不平凡的一种生灵啊！

即使生他在黑暗中，也没有泯灭他对虹一般色彩的追求，这种追求常常表现为一种默默体察，一种凝神倾听，一种暗夜里艰难的摸索。你能说那个盲人对红色的理解不正确吗？当他也试图对别的颜色进行描述的时候，你能说他对每一种经过思索、体会和感悟所描述的颜色不正确吗？

我们说到感悟。这是我们视觉正常的人，由于很正常地生活在颜色的包围之中，往往缺少对于颜色那种深刻的理解和自知。红的花，绿的草地，蓝的天空……这一切太平淡太自然了，多么不足为奇。它们自生至死而又自死至生地陪伴我们，我们于是不习惯设想一个没有颜色的世界将会怎样。即使有人试着设想，也会被别人嘲笑为无中生有或者精神狂想症。

可是有一次我儿子这样问我：死亡是黑色的吗？

——是的。我想了一会儿，犹豫不定地回答。

那么盲人生活在黑色里，他们想死亡是什么东西呢？

我沉吟良久，我知道我无法回答这个问题。盲人那个世界对我可说是太陌生了，它神秘而且悲哀，我对这种悲哀有一种无所适从的抵触。加之我生活中本没有一个熟悉的盲人，所以我对此生成一种本能的回避——我几乎没考虑过这个也许是很重要的问题。可是那一刻，我必须思考。我发现我心中忽然升起一种恐惧，一种颤动心灵的悲哀。我想起一件我以为已经忘记，却没忘记，反而镂刻于心的往事。那事情发生在我们这个岁数的人都曾经历过的“文革”时期：我的一个要好的同班同学养的一只猫，在生了小猫出去觅食的当儿，被几个孩子打得半死活埋了。这并不因为他偷吃了某个人家的鸽子或仔鸡，只因为它主人的父亲冠有“反动”的头衔被赶到了乡下。

这在现在的孩子和年轻人看，简直是荒谬透顶的事，但它的的确确发生过。我不知道那几个活埋了那只猫的孩子的记忆里还有没有这件事，也不知道他们事隔多年是怎样想这件事；我只知道我每次回想起这件事，回想起那几个孩子曾经朝那刚刚做了母亲的猫抡起棍子的眼神，回想起那只猫愤怒而绝望的一瞥，我的心就止不住颤抖。那一瞥所包含的黑色，连死亡也无法比拟。它是一种黑暗和死亡的私通，是人类发展过程中感性到理性的一败涂地，一种自生的（或许本性中就有）却很不容易铲除的心理的自我毁灭。儿子那种敏感善良的担忧不是毫无道理的，那是一种心灵的失明，任何世界的姹紫嫣红也不可能拯救得了。这可能就是盲人认识死亡的那种感觉。

我们平淡的日子里或许有这样的情景：星期天的早晨，你和友人，友人的家人还有你家人一起去山清水秀的某地郊游。那可能是秋天，天空清丽旷远，你站在山跟前望山，山上一片青绿，山下田野里刚刚收割完庄稼，庄稼茬子凝聚着齐刷刷的寂静。太阳升起在寥廓天空，天边影影绰绰的树丛伸张着手臂，去拥抱那个巨大的火轮。孩子们在结实的土路上欢跳，偶见几朵不知名的野菊花，你争我夺地跑过去采。你们走累了，在路边的树影里坐，倾听不知名的鸟啼……

你或许那一刻并不在意这次野游的美好，可是当你在生活中为某件说不明白的事情焦虑的时候，你在工作中产生了某种误会无端发火的时候，那幅色彩恬淡的柔和景致就会不期而至，像一个熟透的苹果，散发出幽幽清香，又像一泓泉水揩洗你的眼睛。你会登时愧疚地嘲笑自己那一刻的无可奈何，于是你会重新敞开心扉，让崭新的平和充斥你的心窝。那是出现奇迹的一刹那，那一刹那多少种颜色都会向你唱歌，你将在美妙的歌声里寻找那条通往谜底的通道，而那寻找，终将不会徒劳无益。

（发表于1994年5月）

罗 珠

罗 珠（1955— ），原名刘化民，山东济南人。济南市文联创作员，济南市作协副主席，济南市政协第十一届常委，中国作协会员，文学创作一级。著有长篇小说《黑箱》、《大水》等七部，散文随笔集《静夜煨茶》，中篇小说《黄河纤夫》等。作品获山东省精品工程奖。

钓 鱼

夏天的晌午，村后的小河碧波粼粼。柳林翳蔽着小河的南岸，形成一片阴凉。这时，弟弟肩扛着钓竿走来了，他身后跟着一群光着屁股的孩子。弟弟的钓竿是用粗壮的芦苇秆做成的，因刚刚剥去苇叶，节骨处还汪着绿水儿。

弟弟做钓竿，我却被母亲痛骂了一顿，因为他把母亲唯一的一根缝衣针做成了钓钩。那时，母亲还是一位吸烟很凶的女人，她的牙齿被烟熏得黄黄的。因为终日不刷牙，满口龋齿，像终日吃糖的儿童一样，坏牙参差不齐。母亲每当缝衣的时候，总是用她参差不齐的牙齿，半天咬不断线头。母亲每次缝补完我们的旧衣服之后，都是把她那根珍贵的针插在一本旧书里。然后，把那本旧书放在破旧的天窗上。

那天，我目睹着弟弟拿着一根缝衣针在煤油灯上烧着，当针尖的部分烧得通红之后，又目睹着他把烧得通红的针尖在桌缝里弯成一个钓钩。

之后，我再也记不清弟弟又干了些什么，也记不清我在干些什么，只记得母亲满头热汗地在寻找一根针，要为我缝补一件什么衣服，显得一脸焦灼。

也许，那天晌午我必定要去村后的河边。在河边，我看到弟弟身边围着七八个光着屁股的孩子，静静地盯着弟弟手中那根用新鲜的芦苇秆做成的钓竿。钓竿上牵着一根母亲缝补衣服用的青线，线的一头垂在水里，水面上漂着一个蒜梗做的浮儿。

我看到那浮儿在水里静静地漂着，久久不动。偶尔那浮儿轻轻地一动，弟弟便把钓竿猛地一挑，接着便挑起岸上一阵欢快的尖叫。等大家明白过来钓钩上什么也没有时，欢快的尖叫声也戛然而止。

就这样，我在岸上耐不住兴奋，便要过弟弟手中的钓竿，重新把钓钩垂进碧绿的静水之中。这是我第一次钓鱼，因心里兴奋异常，老不能够集中精力。

这时，一只黑壮的水牛儿像窃贼似的进入我的视野，它飞快地在水里窜来窜去，一时我竟觉得它既滑稽可笑，又有些神秘莫测，我不知道它窜来窜去地要干什么，更使我感到奇怪的是：它四条高高的细腿，支撑着重重的身子，竟沉不进水里去。它没有一刻停下来的时候，我想，它一旦停下来，准会沉到水里去。我眼睛盯着这只水牛儿，希望它停下来，看它能否沉下水去；又不希望它停下来，生怕它沉下水去。就在我被这只水牛儿困扰的当儿，我的身边像炸了窝似的吵闹起来：

咬钩了！有鱼咬钩了！

挑呀！傻瓜，挑竿子呀！

就在我顿悟出什么的时候，只觉得手中的渔竿沉甸甸的，用力一挑，一片巴掌大的银光在空中划一条弧，落在了岸上。

那是一条鲫鱼。这天晚上，母亲做了一碗鲜美的鲫鱼汤。喝鱼汤的时候，我向母亲炫耀道，我第一次钓鱼就钓到这么大一条。这时，我看到父亲和母亲的脸上都有甜美的笑意。

夜深了，我在床上依稀地听到母亲叨唠：那根针，一准被这小捣蛋鬼给毁了！那根针……

接着，我听到两个脚步声同时响起，一个朝床前响来，一个朝屋外响去。又接着，我的屁股上啪啪地响了两声。随着我的屁股一阵火辣辣的疼，我嫉妒起弟弟又香又甜的鼾声来。伴着弟弟的鼾声，屋外响了一阵敲击声。

我知道，那一定是父亲在把那根针敲直……

（原载于1994年6月10日《太原日报》）

刘玉民

刘玉民（1951— ），山东荣成人。文学创作一级，享受国务院颁发的政府特殊津贴。中国作协第五、六、七、八届全国代表大会代表。曾任济南军区写作组成员、文化干事，济南市文联副主席、作协主席，山东省文联副主席、山东省政协文化组副组长、山东文人书画院院长等职。著有长篇小说四部，长篇报告文学（集）四部，剧作选三部，散文集、诗歌集各一部，中短篇小说多篇。长篇小说《骚动之秋》获第四届茅盾文学奖，有的作品被介绍到国外。

星条旗为谁而降

从洛杉矶到纽约，空中飞行用去了三个多小时，加上两地还有三个小时的时差，因此，上飞机时艳阳高照赤日朗朗，下飞机时已是华灯四放，一片夜的辉煌了。这倒使我们有幸饱览了这个当今世界第一大都会的夜景。那夜景是如此恢宏壮丽，使我们——中国作家访问团的朋友们，很是惊诧赞叹了一番。

到纽约，自由岛是一定要去的。按照美国朋友的说法，哪怕你在纽约待的时间再长、挣的钱再多，只要不去自由岛也只能算是虚于此行。那意思大约跟到了埃及不去金字塔、到了北京不去长城差不了多少。关山阻隔大海汪洋，纽约并不是可以朝思夕至的地方，我们自然不愿白跑一趟，于是，第二天一早便来到移民门外，登上了开往自由岛的游船。

自由岛是赫德森河入海口的一片绿洲，四面碧水滔滔，中间不过两个足球场大的地面。举世闻名的自由女神，就高举火炬，屹立在岛的一边。

从码头上来，迤逦前行，彝族诗人吉狄马加忽然发现岛上那面飘扬着的星条旗，正处在下半旗的位置上。下半旗，那可不是一件寻常小事，在我们的经验和知识中，那是只有国家元首或者举足轻重的政界领袖逝世才可以出现的。可我们来到美国半月有余，似乎并没有听说发生了这样的不幸。

会不会是金日成？那时，报纸电视上刚刚报道过金日成逝世的消息。

这怎么可能呢？一个朝鲜领袖逝世美国哪儿就会下半旗？何况双方是人所皆知的对头。

那么会是为的谁呢？

好在我们都是“外国人”，对于人家国内的事知之不多也不想知得太多，议论猜测过一阵也就丢开了。没想第二天来到华盛顿，站在华盛顿火车站前的广场上时，面对的是又一面降了半杆的星条旗。疑问被又一次提起来了。中国作协外联部的钮先生，当即拦住几位美国朋友请教起来；被告知的结果是：美国西部刚刚发生了一场森林大火，有十四个人在火灾中牺牲了，星条旗是特意为他们下降的。

答案出乎料想。国旗，那是一个国家和民族的象征，降半旗所表达的，无疑就是国家和民族的哀悼了，那为的竟然是十四个在火灾中牺牲的普通百姓！而在中国，哪怕你贡献再大、死得再壮烈，哪怕你是刘胡兰、雷锋，哪怕你是部长、司令员、省委书记，只要你够不上那个特定的规格，也是休想享受那个降半旗的待遇的呢。

厉害！

不得了！

这才真是……

激情无形中在我们心中涌动。巴士前行，及至来到华盛顿纪念碑，眼看着代表全美五十个州的五十面星条旗，一齐在半杆上招展，连一向难得流露内心情感的老作家浩然，眼睛里也燃起了一团火花。

美国建国迄今不过二百一十几年，比起我们的一个清王朝也还要短出不少，然而从我们踏上美国土地的那一时起，耳边就仿佛回响着一曲曲英雄的乐章：从早期的印第安人到哥伦布的“圣玛丽亚”号帆船，从单枪匹马出没于山野的牛仔到震惊世界的独立战争、海湾战争，从大名鼎鼎的战时总统到名噪一时的拳王、超级球星，无不留下了闪光的足迹。首都华盛顿正是源自于国父乔治·华盛顿的名字，早已是人所皆知的事了。作为“战争中第一人，和平中第一人，国人心中第一人”，华盛顿早已融进了美利坚的每一寸土地。幼年时的华盛顿，用父亲送给的生日礼物——一柄小斧头，砍死了父亲珍爱的樱桃树，并且坦诚相告和受到父亲拥抱的故事，也早已家喻户晓，成为“美国神话”的一部分。杰斐逊纪念堂、林肯纪念堂，每天领受着数不清的怀念和敬仰。越战纪念碑和正义之剑前人来人往，四时不绝。因为水门丑闻被迫下野的前总统尼克松逝世时，也被冠以“和平总统”，仅洛杉矶前往送葬的群众就有五十多万，纪念和宣扬尼克松业绩的尼克松图书馆前，国旗高扬、游人如织……

美国是一个高度发达的福利社会，享乐主义可谓甚嚣尘上。洋房汽车、夜总会摇滚乐、赌场红灯区比比皆是，嬉皮士、同性恋者、流浪汉、艾滋病患者时常可见。然而英雄主义并没有因此泯灭，美利坚合众国的上空，分明激荡着一股昂扬豪迈的旋律。为着十四名森林大火的牺牲者而在全国下半旗致哀，实在是一件再有力不过的证明。

我们不总是说我们是人民的国家，人民在我们国家中的地位是至高无上的吗？我们不总是说要建设精神文明，进行广泛深入的爱国主义、英雄主义教育吗？什么时候，我们的五星红旗也能够为我们的刘胡兰、雷锋，为我们的殉难者和救火英雄、抗灾英雄降下半杆来呢？

附记：此文发表十三年后汶川大地震发生，按照国务院的决定，2008 年

5 月 19 日全国举行了哀悼日。其时为着地震中牺牲的数万百姓和英烈，千万面五星红旗一齐降下半旗，数不尽的汽车、火车、舰船的笛号和防空警报声响彻城市和乡村。其情其景令人唏嘘感奋，几欲不胜。

（原载于《中华散文》1995 年第 4 期）

泉涌如诗

——写在泉水复涌六周年

黄山看云，华山看险，济南看泉。

大凡世间景物，一经众口相传，其知名度和认同度便无可怀疑了。泉，泉水，泉城！的确，自从济南的先人们傍泉而居、缘泉而兴，把济南变成一座融古通今、勾连中原与海洋的都市，济南的泉和泉水，便成为足以与华山的险、黄山的云相媲美的一大奇观了。

黄山的云中有梦，华山的险中有情，济南的泉中有诗。

时光退回三十几年，当我还是一位身着戎装的热血青年，济南就是以那如诗喷涌的泉水打动我、征服我的。你看，趵突腾空，平地卷出三尺雪；黑虎震吼，一河清涛一河银；珍珠袅袅，串串层层万朵云；更有五龙潭里、剪子巷边，那石板上汩汩涌流，浸湿了孩子们红嫩的小脚丫的泉水；护城河里只有上帝心中才有的绿色——水藻；大明湖上绿叶田田、香风四溢的荷花；济南实在是诗中也无处寻觅的仙境啊！泉水呢？泉水是那样晶莹、清澈，那样甘洌、甜美，那样冬暖夏凉、四时如饴……古来都说诗如泉涌，济南实在是泉涌如诗，一泉一诗，遍地是诗啊！

有人告诉我，世界上的泉水无可计数，但像济南这样身居闹市、百泉群涌、经世不衰的景象非但中国绝无仅有，找遍世界也找不出第二个来的。

身处这样的济南，面对这样的泉和泉水，让人不欣欣然飘飘然是不可能的。在随后的日子里，每逢家人、友人、客人来济，我总是义不容辞，一遍一遍地陪着去看，去介绍，去夸耀，不把家人、友人、客人灌得两眼清碧、一心甜香就不肯罢休。那如诗喷涌的泉水，那把济南变成江南和仙境的泉水，那“岁旱不愁东海枯”的泉水，在我和众多济南人的心目里，是如同威尼斯的水城和格陵兰岛的冰雪一样，足以让整个世界都为之倾倒的。

欣欣然飘飘然带来的是昏昏然茫茫然。这在我和一般百姓说来，顶多也就是用起水来大手大脚、随心所欲，而在某些大权在握的人那儿，就要豪气得多气魄大得多了。济南是个盆地，海拔低水位高，特别老城区，泉眼星罗，水脉纵横，可防空洞照挖，遇到泉眼就堵，遇到水脉就截。城市建设，楼房越盖越高，地基越挖越深，珍珠泉旁一个工地，四台水泵日夜不停地抽了两月，最后还是把两吨水泥一咕咚投进去，才把水眼压住了的；而一经压住，喷涌了几千年的鸭子池便成了滴水不沾的鸭子窝。城市无限制膨胀，工厂无限制兴建，地下水的开采量成十几倍几十倍地增加……但这些，在我和众多济南人耳朵里不过是轶闻趣谈，顶多印证的是一个平常得不能够再平常的理念：济南的地下水确乎是取之不尽用之不竭的呢！

这样过了几年，当1972年春天到来的时候，半天空里忽然传来了泉水停喷的消息：不仅趵突泉停止了喷涌，黑虎泉、珍珠泉、五龙潭和遍布老城区的数不清的多少名泉、无名泉一齐停止了喷涌。消息是那样惊人，以至于刹那间，我和众多济南人满脑满肚子里的欣欣然飘飘然，全变成了愕愕然和茫茫然：怎么可能呢？济南的泉水是远古就有的，有文字记载的历史也不下几千年，怎么可能、怎么可能呢？……然而愕愕然茫茫然还是变成了愤愤然凄凄然：站在干涸的趵突泉边，站在无语的护城河畔，我欲哭无泪，众多济南人欲哭无泪。

好在那情景没有持续多久，当盛夏到来，一连几场大雨到来，济南的泉和泉水便如同迷路的孩子，回到我和众多泉城人面前了。

天旱！是老天爷故意找济南的麻烦！尽管报上出现了几篇指证地下水开采过量的文章，我和众多济南人，还是毫不犹豫地把泉水停喷的原因归结到老天爷身上，认定那不过是特殊年景里的特殊现象，只要那个“特殊”消失，济南的泉水，那诗一般动人也诗一般激越的泉水，便会一如既往和永不疲倦地“动人”和“激越”下去的。

然而进入1978年之后，泉水停喷就成了家常便饭。不仅天旱、老天爷为难时停喷，老天爷不为难，降雨量超过正常年景时照样停喷；停喷的间隔从八个月降到七个月、五个月、三个月，停喷的时间则由一百多天、三百多天延续到五百多天、七百多天、九百多天……

失去了泉水的泉城，失去了泉水的济南人，面临的是怎样一种尴尬和悲怆啊！

泉水喷涌时，趵突泉里游人如织、笑脸如花，大明湖上水碧莲白、画舫如梭；泉水停喷后，泉池裸了底儿，湖水绿了、臭了，不仅国内游人一步三摇头，许多看过《老残游记》的台湾游客、东南亚游客也大呼上当，说让老残给骗了。

泉水喷涌时，老济南们或者提壶担桶，把接水的队伍排出十几米几十米，或者一壶泉水二两茶，坐在欢声四溢的泉池旁，置身于五龙潭畔、护城河岸，听泉水呢喃，看柳丝缠绵，完全是一种神仙般的境界；泉水停喷后，泉池失去了本来面目，五龙潭、护城河成了死水坑、臭水沟，水无可接队无可排，茶没了味儿人也没了神儿，老济南们的笑脸被锁住，心灵被掏空了。

泉水喷涌时，千佛山倒映如画，鹊华山、英雄山、燕翅山等葱茏无限，绿色满城花香满城；泉水停喷后千佛山没了影儿，鹊华山、英雄山、燕翅山等萧瑟凋萎，树不绿花不香，空气里飘动的都是苦涩和沮丧。

泉水喷涌时，说起济南，我和众多济南人满心都是惬意；泉水停喷后，逢有家人、友人、客人来济，陪同成了最窘迫最无奈的苦差，介绍和夸耀——对往昔盛况的介绍和夸耀，每每就变成了伤感和悲叹……

原先说泉水是济南的魂儿，我和众多济南人总觉得有点夸张，失去了泉水的泉城和济南人，却实在跟魂儿被人偷走了没什么两样：花容失尽，灵性无存，心苗枯萎，满眼晦暝……

泉，泉水，泉城，泉城人，那实在是一个血脉相连、命运攸关、息息相通的生命本体啊！

还我泉水！还我泉城！成了我和众多济南人心灵的呼喊。还我泉水！还我泉城！成了上至总书记、国家主席，下至普通百姓夙夜为谋、矢志不二的目标和行动。

大环境绿化，方圆数百平方公里的南部山区，数十几万人一干就是十几年；引黄入济，几个大型水库水厂相继建成，城市生活用水和工业用水得到了替补；封井保泉，市区内三百多眼大型水井、一千五百多眼小型水井相继关闭；城建执法，任何截断地下水脉堵塞地下泉眼的行为都要受到严惩；开发替补水源，西郊地下水勘测成功，确保泉水先观赏后利用的设想破茧而出；回灌补源，几千万立方的地表水被注入地下；爱泉护泉，从不满三岁的童子到耄耋老人，都闻风而动、细致入微……

济南人的真诚、执着、顽强打动了天公地母，2003 年 9 月 6 日凌晨，泉水终于又一次喷涌了，济南的魂、济南的诗，终于又一次回来了！

趵突泉水欢鱼跃笑脸如云。大明湖画舫如梭藕白花红。五龙潭的“清泉石上流”又一次浸湿了孩子们红嫩的小脚丫。护城河里又飘荡起只有上帝心中才有的绿色。千佛山、鹊华山、英雄山、燕翅山等风尘洗尽神采飞扬。老济南们提壶担桶，又一次把接水的队伍排出十几米几十米，“一壶泉水二两茶”，也再次成为人们陶然于其中的神仙般的境地。成千上万的海外华人和蓝眼睛、棕眼睛的游客，摩肩接踵纷至沓来……

欣欣然飘飘然是无可避免的，昏昏然茫茫然则绝尘而去。岁月淘尽了浮躁、无知、狂妄、浅薄，沉淀的是清醒、真诚、成熟、坦荡、科学。经历了干渴、困厄、无望和艰辛的济南人，已经读懂了人世间最深奥也最通俗的一部大书。那部大书说不出多长多厚，上面却清清楚楚，写满了“泉、泉水、泉城、泉城人”几个如斗的大字。

黄山看云，华山看险，济南看泉。济南的泉喷涌如诗，诗意无限。爱泉又爱诗的济南人，离诗境和人间仙境是越来越近了。

泉城柳

泉水是济南最靓的名片。与泉水相辉映的是柳。泉城柳是济南人心目中的骄傲。

有人会说，济南是泉城，成百上千个泉眼在市区内竞相喷涌，其景其情确乎独秀天下，柳树却非济南所独有，何以偏在济南人心目中占有如此地位呢？

这就要说到那年我的两次考察了。所谓考察，自然另有旨趣，但观赏和比对柳树确是意中之事。第一次去的是泸州、重庆、武汉。那里紧傍长江，雨水丰沛，气候温暖，是得天独厚的葱茏之乡。但泸州的荔枝闻名八方，柳树却少且无精打采。重庆则满眼都是黄葛树，柳树同样难得一见。武汉东湖边的柳树倒是不少，但走过一圈下来，依然让人抖不起精神——那柳与大明湖畔、百泉河边、黄河岸长堤上的金丝柳、黄金柳相比，不知怎么就少了一股勾人魂魄、撼人心旌的仙气和灵气。我有些失落，随同的女儿也不甘心，说："这算什么呀？济南的柳树跟童话中的长发妖女似的，那才叫神气呢！"

第二次去的是内蒙古和黑龙江。内蒙古的呼伦贝尔大草原，那里多的是草和草场，柳树只在呼伦贝尔湖边见过几棵，自然没什么好说。黑龙江去的则是哈尔滨和五大连池。哈尔滨的柳几乎是清一色的旱柳或大旱柳，高高的，上身蓬松浑圆，跟女人刚刚烫的发型似的。五大连池倒是见过几行垂柳，长得也算茂盛，只是品种老，离水面远，缺少葱郁灵秀的气息。

两次考察，让我惊喜不已，却也多出了几分惶惑。回到济南后我特意查了杭州、扬州的资料：那里的柳是曾经给我留下美好印记的。然而几经比较得出的结论却是：杭州、扬州的柳比起考察时见到的柳，确乎要灵秀得多葱郁得多，可由于品种、规模等方面的因素，与形似涌泉，一树一泉群、一枝一泉眼的泉城柳相比，与铺金叠翠、水润生香的泉城柳相比，与环水绕城、数十里贯通一气的泉城柳相比，无论风采、神韵还是气势，都不在同一条水平线上。

泉城柳，那实在要算是上天钟情于济南的又一证明呢。

女儿说得对，泉城柳确乎有如童话中的长发妖女。那是风起之时，当风在泉池和湖面掀起层层细浪，原本静如处子的泉城柳，便会舒展长发和衣裙随风起舞。初时，如清流激湍，升云腾雾；继而则有如洪涛排空、龙蛇竞逐。风越大，舞越狂；舞越狂，势越彰；以至于如醉似痴，如飞似倾，如仙似魔……让观赏者也禁不住心热血沸，云蒸霞蔚。

风终于停了，阳光明媚，天蓝水清，泉城柳立时就会变成一群群温婉聪慧的淑女。她们或者临水抚波，低吟浅唱，诉说着岁月的悠然；或者梳风戏雨，点红描金，把满腹的锦绣化作清词丽句。泉城柳不像樱花玉兰，以娇艳示人；不像丁香玫瑰，以芳香争宠；不像云杉槟榔，以身材惹火；不像石榴菠萝，以果实献媚；她天性高洁，风流倜傥，却率真旷达，妖而不媚，娇而不俗，清而不凡，把百般婀娜、万种风情都化作质朴、飘逸、明丽，化作如水的柔情。如果你遭遇失败或者受到伤害，那么请你到她面前来吧，她会像老祖母似的抚摸你的面庞，亲吻你的肌肤，把你满心的沮丧和忧伤化作清风。如果你萎靡沉沦或者心生妄念，那么请你到她身边来吧，她会像顽皮的孩子似的撕扯着你的长襟短袖，用一副副天真无邪的笑脸，把你满心的虚妄和狂躁化为云烟。如果你想寻找生活的激情或者艺术的灵感，那么请你到她的绿荫下来吧，她会用如帘的图画和如诗的歌唱，把你心灵的火焰点燃，风帆鼓动。

柔软、柔情是泉城柳的本性。可那实在是一大美德。因为柔软、柔情不仅可以化解天下诸多暴虐和罪恶，还可以带来温暖和温情；而正是温暖和温情孕育了生命，造就了万物，成就了世间多少和谐与美好。

但柔软、柔情并不等同于柔弱、软弱，泉城柳的柔中更多的是柔韧、柔中有刚。和妖女和淑女相比，泉城柳其实是称得上烈女——刚烈之女的。你看，二九过半，地冻天寒，满街的五角枫、悬铃木、国槐、洋槐、银杏树的枝头早已满目萧瑟，连枯叶也找不见一片，泉城柳的叶子却依然没有黄尽，依然成片成串地在灰冷的天空下招摇。而五九刚过六九才来，那些沉睡的五角枫、悬铃木、国槐、洋槐、银杏树还在萧瑟中忍受煎熬，泉城柳的枝条上却已喷黄吐翠，娇艳如花，弹奏起新生命的乐章。尤为可贵的是，即使在大雪漫天、滴水成冰的日子里，泉城柳也头颅昂昂，长发飘飘，一无所惧地展示着自己的从容和优雅。

这就是泉城柳，可钦可赞的泉城柳。然则这还不是全部，泉城柳更让人叹服的还是她的忠贞——贞女般的忠贞。在济南，有泉水喷涌的地方必有柳，有泉水汇聚的地方必有柳。你看趵突泉里，五龙潭中，珍珠泉内，黑虎泉旁，百脉泉边，洪范池外，大明湖畔，百泉河、小清河两岸……哪儿不是柳荫重重、满目青葱？千百年来，她们一往情深，世代相袭，为泉水守护，与泉水相伴，哪怕是在泉水停喷、湖河干涸的岁月里，也不离不弃，忠贞不贰。她们为泉水也为泉城，增添了无尽的旖旎和情趣。如果没有泉城柳，天知道济南的泉水会减色多少，济南这座历史文化名城的魅力会减少多少！

泉城柳，愿你成为人们心目中最美的诗行！

（原载于2013年4月20日《人民日报》）

李慎生

李慎生（1963—　），山东莱西人。曾任济南市政协副秘书长、研究室主任。发表文学作品多部（篇）。

泉水是大地的笑容

钱钟书先生说："笑是最流动、最迅速的表情……天笑即是闪电。"据此，我想，泉水该是大地的笑容了吧。感谢造物主的厚爱，把这么多的笑容给了济南。

倚在泺源堂前的护栏上，看三窟鼎沸，波涛翻滚，体会着"云雾润蒸华不注，波涛声震大明湖"的气势，"泉源上奋，水涌若轮"的趵突泉，你这如隐雷般的声音，可是大地朗朗的笑声吗？是的，你在泰山之阴涵养千年，吸天地之精华，潜流至此，发地涌泉，横空出世，得与人见，原本是该笑的。

与趵突泉比邻而居的黑虎泉，你洋溢而出，轰然下泻，澎湃万状。像喷珠，像飘练，像飞雪，像挂帘……你水石相击如万人鸣鼓击缶，这可是大地豪爽的笑声吗？可是那屹立在解放阁上3764位英烈的豪爽的笑声吗？当年，我英勇的人民解放军，从这里登上城墙，活捉了王耀武，把济南夺回到人民的手中，你不正是这样地笑着吗？如今，看着济南一条条新开通的大道，一栋栋拔地而起的高楼，看着济南美好的发展前景，你不是这样地笑着吗？眼下，离退休的老人们在你的面前垂钓打牌，安度着晚年，天真无邪的少年在你的脚下戏水欢歌，享受着阳光雨露，你不还是这样地笑着吗？

与趵突泉、黑虎泉鼎足而立的珍珠泉，静静地卧在庭院深深的德王府里，如养在大家深闺中的少女。你躲在垂柳编成的影帘后，半低眉，挽着发梢，瞥着大院的内外。泉底深处涌出的串串珍珠，想必是发自你内心深处一串串银铃般的笑声吧。这笑声载着纯真，载着浪漫，流过东家窗前，流过西家檐下，流进了“杨柳春风”，让“万方极乐”，流进了“芙蕖秋月”，令“一片大明”。

一路走来，游到大明湖，就自然感觉到大明湖如一个历尽沧桑、宠辱不惊的微笑着的老人。他一直慈祥地微笑着，微笑着看济南长大了，成熟了。因为他相信：历史终究是在前进着的。

大明湖，你知道吗？就像荷花是你醉人的笑容一样，你是济南这片土地醉人的笑容……

（原载于1995年11月27日《泉城周报》）

侯　林

侯　林（1949—　），山东济南人。《济南日报》高级编辑，山东省作家协会理事，济南市作家协会副主席。著有散文集《看不见的风景》、《倾听风吹过树梢的声音》等。另有历史文化论著若干部。

近之惑

天天和你在一起
却看不清你的模样
这是因为
我们靠得太近

这几句诗是我信口诌出来的，诗不高明，却是我的真实感受。这源自最近的一次同学聚会。聚会上，我一本正经地致了几句辞，并自以为轻松潇洒地向低我几届的同学介绍了几位本班的同学，这被一位在电视台工作的同学录了像。录像带送到我家，一家人忙不迭地接上录像机观看，不一会儿，便看得我脸红心跳，恨不得立时关上电视。平时还对自己的言谈举止感觉良好，这一看可不对了，且不说那举止，单是自己的声音和腔调便令我汗颜，平时不说普通话，那方言造成的弱点咱是认了的，可怎么这乡音也说得这么生硬、这么笨拙、这么难听、这么艮呢！

这是我的声音吗？这怎么会是我的声音呢？

这怎么会不是你的声音呢？这就是你的声音嘛！妻子、女儿和同学众口一词，言之凿凿。

望着妻女那一脸认真，我在失望之余却有了一点儿感悟：对于大自然和外部世界的声音，人们的感受力和判断力是极强的。比方说，不独那些追星族的少男少女们，就是一般热爱音乐的听众，不用你说出歌手的名字，只消听到歌唱，便能判断出演唱者是彭丽媛还是董文华，或者，是童安格还是刘德华；更有些了不起的细心人，听到走廊里同事的脚步声，便能告诉你是哪位先生或女士驾到了；然而，他们对于自己的声音，还能有那份敏感么？

我们能够准确无误地听到世间的任何声音，可是却听不到自己的真实的声音。

一个多么有意味的现象。

《韩非子·喻老》中有这样一段记载："楚庄王欲伐越，庄子谏曰：'王之伐越，何也？'曰：'政乱兵弱。'庄子曰：'臣患智之如目也，能见百步之外而不能自见其睫。王之兵自败于秦、晋，丧地数百里，此兵之弱也。庄屩为盗于境内，而吏不能禁，此政之乱也。王之弱乱，非越之下也，而欲伐越，此智之如目也。'庄王乃止。"

人的迷惑，又何止是听不到自己的真实声音呢？比起眼睛来，那是小巫见大巫。

人的眼睛，能够看到百米之外的事物，却看不到距离它最近最近的睫毛，这是一个铁定的事实，同时这一事实也昭示着人的智力的永恒的误区，即古人所谓"目短于自见，智短于自知"是也，聪明的古人将"人睫不自见"引申到"智短于自知"上，但我想把它称之为"近之惑"更妙，因为我们所看不清的不仅是我们自己，还应该包括那些与我们最切近的人和事物。

我们太自以为是。

我们自以为了解最多的，其实也许是了解最少的，比如说，对你自己。

对别人的缺点和毛病，我们看得多么清楚而苛刻，但对自己的毛病，却变得有眼无珠、视而不见了。这叫作“明察秋毫之末而不见舆薪”，或者就用老百姓的话语：“乌鸦飞到猪腚上，看见人家黑，看不见自家黑。”

这就是我们：听不到自己的真实的声音，看不到自己的真实的形象。

尤有甚者，不独毛病看不到，有时连自己的优长和潜能也看不到呢，有些运动员和演员的潜能和天才便常常是他们的教练员和老师发现并发掘出来的哩。

我们要自知。

自知，是难的。人类的智慧，所难的不在于看清别人，而在于看清自己，所以老子才把自知看作很高的智慧，他说：“自见之谓明。”

这是我的手，我在一尺开外看着它，那上面细微的纹路都一清二楚，但我将它前移时，便逐渐变成一片模糊了。

越近越看不清。

《论语·阳货》篇载：“子谓伯鱼曰：‘女为《周南》、《召南》矣乎？人而不为《周南》、《召南》，其犹正墙面而立也与？’”朱熹对于“正墙面而立”的解释是：“言即其至近之地，而一物无所见，一步不可行。”

只因靠得太近。

闲暇时我常想：中国历史上的那些奸佞，如李林甫、秦桧、魏忠贤……为何那些君王们对他们就没有察觉呢？其实是，他们环伺在君王的周围，已经成为那些“智之如目”的君王们的“睫”了。

漫说是奸佞，就是我们崇奉的感情又怎样？培根说：“过度的爱情，必然会夸张对象的性质和价值。”

他又说：“人在爱情中不会聪明。”

有这样一个传说：爱因斯坦由于创立了相对论而声名大振。有一次，9岁的小儿子问他：“爸爸，你怎么变得那么出名？你到底做了什么呀？”爱因斯坦说：“当一只瞎眼睛甲虫在一根弯曲的树枝上爬的时候，它看不出树枝是弯的。我碰巧看出了那甲虫所没有看出的事情。”

精彩极了。

近之惑，在其中矣；人之惑，在其中矣。

（原载于1997年1月28日《济南日报》，后被《读者》转载）

虚掩的门

许多个夜晚，我们默默地坐着，相顾无言；那道门是虚掩着的，它在等待着那个不可能到来的时刻；时间在我们的心中滴答滴答地走着，那么清脆急促；思绪纷纷扬扬，如同漫天飞舞的飘雪；还有诗的旋律，那该是凄凉的波德莱尔，悠悠吟唱的《裂钟》——

又苦又甜的是在冬天的夜里，
对着闪烁又冒烟的炉火融融，
听那遥远的回忆慢慢地升起，
应着茫茫雾气中歌唱的排钟。

我们一定在等待，虽说时光已老，往日不再，虽说那噼啪作响的火炉也为沉默无声的暖气片所替代，但我们依然倾听着旷野上尖锐呼啸的寒风，以及那破旧的棉帘扑打在门框上的真切的声响。

啪嗒，就是这样的一声，门上的棉帘，娘亲手缝制的遮蔽风寒的棉帘轻轻地动了一下，爸爸仄着身走进屋，一脸的沮丧，一脸的歉疚。

娘迎上问："怎么啦?"

爸爸嗫嚅着："表……丢了。"

娘一怔，苍白的脸上露出一丝不易察觉的痛苦。

一家人默然了，霜打了似的，被这一意外的打击惊呆了。我和哥哥自不必说，就连平时爱吵爱闹的小妹妹也一声不响，瞪着一双眼睛，受惊似的，垂着两只小手，一动不动。

娘搓了搓手，很快镇定下来，对爸爸说："丢了就丢了，不要放在心上了，破财免灾。"话音平静而果断。

是的，破财免灾，娘常说这句话，尽管家里穷得叮当响。

娘又转身对孩子们说："别一个个愁眉苦脸的，这不关你们的事，娘给你们做好吃的。"

娘捏了捏瘪瘪的口袋，出门了。门帘又是啪嗒一声响。

那块手表，是家中最值钱的物品了。其实也不是贵重的手表，穷呗，法国的，粗机器，是在边疆工作工资略高些的二舅节衣缩食，买了送给娘的，娘常常动情地说：这是二弟的一番心意呢！可娘还是把表戴在爸爸的手腕上。

葱煸肉片的香味弥漫了全屋。小妹妹吸着鼻子说："好香啊！"的确，这是我们家几个月也闻不到的香味了。

一家人围成一圈享受白菜炒肉，狼吞虎咽的，那个兴奋劲儿，早把手表的事儿抛到九霄云外去了。娘说："锅里还有，今天管孩子们吃个够。"

爸爸却不怎么动筷子，不知是舍不得吃还是吃不下，他喃喃地说："怎么倒霉的事都赶到一起来了，我们刚刚丢了一只羊呢！"娘又单独取出一个小碗，盛满菜，端在爸爸的面前。

那是一个苦涩的夜晚，不，在我们的记忆里，那又是一个多么温馨的夜晚啊！

娘啊，你可知那个夜晚给孩儿们终生留下的是什么？

哥说："不论是谁在无意中做错了事，我们都不会埋怨，更不会责怪了。"

弟呀妹呀，你们说对吗？

我们应该庆幸自己生在一个平民知识分子的家庭里。

尽管贫穷，我们有着自己的精神，我们一边哭泣着一边追求着。

人生的路途很长，但它的关键处，往往就在那一两步上。

那个冬夜里，娘和爸爸批评我，嫌我不上进。

娘说："这个机会来得不容易，你弟弟都在抓紧准备着，他是初中生，考大学难度很大，你毕竟上了两年高中嘛……"

我想考学，可我已成家，况且已有三岁的女儿。我要照顾小家，也要照顾大家，因为我是老大，父母的身体也一直不好；况且，我和弟弟当了工人之后，家里的经济情况刚刚有点儿好转……

我对娘说："让弟弟去考学吧，我留下照顾家庭，照顾你和爸爸。"

娘勃然变色，说道："家里的事情用不着你操心！有我和你爸，还有你妹妹。穷点也没啥，这么多年不是过来了。只要你肯上进，我和你爸砸锅卖铁供你上学！"

柔柔的灯光照在娘黑白相间的发际之下那张新添了些许皱纹的刚毅的脸上，照在她的胳膊和手腕上，噢！还是那块老表，法国粗机器，当年爸爸丢失过，一位好心的老乡捡到又送还"先生"的。而我的手腕上，却戴上了崭新的上海全钢表。

我的鼻子一阵阵发酸，我向娘使劲地点了点头，然后匆忙走出那间小屋。

我和哥漫坡遍野地跑呀跑，声嘶力竭地喊呀喊，寻找我们的羊。

在村里，我和哥挨门挨户地串呀串，仔仔细细地找呀找，寻不到我们的羊。

那只漂亮的小羊，不，是小奶羊，雪白雪白的，脖子下长个小肉瘤，那么活泼，那么温良，我们给它喂草、给它喝水，每天放学后带它到田野上遛来遛去。

那是爸爸花了80元从集市上买来的。80元，是父母整整一个月的工资，是我们一个八口之家全月的生活费呀！爸爸说："你娘长了肝炎，需要加强营养，等这小羊长大了，你娘就能喝上奶了。"

我们盼着羊快快长，好让娘早日有奶喝，谁知，羊儿被人偷走了。

我和哥哥伤心地大哭不止。

在我的心目中，那是个天愁地惨、日月无光的日子，然而奇怪的是，这种日子总是记得特别地牢固，因为那天正是农历的十一月初十，是我的生日。

谁知，两个月后，一件意想不到的事情发生了。那是一个星期天的上午，爸爸的一个学生急匆匆跑到我家，对爸爸说："羊找到了，是某某某偷去的，他正在集上偷偷地出卖呢！"

爸爸问："真的是我们的羊？"

学生说："没错，我认得那只羊。"

我和哥哥禁不住欢呼雀跃，非要和爸爸一道去集市上领回那只羊。

娘对爸说："你自己去看看吧！"

爸爸和学生一道出门了。

我和哥望眼欲穿地等待着，当然，还有妹妹。

一个小时后，爸爸回来了，空着双手，并未牵回我们盼望的羊儿。我们焦急地问他，他却说："那只羊不是咱们家的。"

与爸同时回来的学生说："就是那只羊嘛，是老师不肯认哩！"

爸爸说："咱家那只羊脖子底下有个肉瘤，这只羊没有，咱们没有证据。"

学生却说："拿把剪刀剪一下不就得了，谁还能不做点手脚就大模大样地牵着偷来的羊去卖！"

爸爸无语，娘也不说话，只有我们懊恼极了、失望极了。

许多年后，娘才告诉我们："那只羊确实是咱们家的，那偷羊的人家里实在穷，你爸认识他，不愿雪上加霜。"

妹妹说："我那总是考虑别人的父母哟，可人家是怎么对待你们的呢？"

两个哥哥几乎同时接到了大学的录取通知书。

一家人乐得像是过节，爸爸和娘既开心又欣慰，连舒展着的皱纹里都含着浓浓的笑意。

只是，两个嫂嫂既高兴又苦恼，特别是二嫂，毕竟是新婚，她是含着泪送二哥上路的。这一切，我做小姑的都看在眼里，记在心上。

娘其实比我更细心。

哥哥走后，家里骤然间像是缺了些什么，空荡荡的。

在与俺家相邻的那条长巷里，有一家电视观看站，街道居委会办的，每晚开放，每位前来观看的顾客收费一毛钱。晚上，两位嫂嫂看家中无事，便常常相约去那里看电视。后来，这事被娘知道了。

娘对爸爸和我说："男人去上学了，两个嫂子在家怪孤单的，咱们买台电视机吧?"

我和爸都愣住了："哪来的钱?"

娘说："我去借。"

娘向来做事利落，说干就干，两天后，一台崭新的九寸黑白电视摆在屋的正中央。

一家人围着看，兴高采烈。两位嫂子不明就里，高兴得直拍手。

街上的邻居都来了，屋里全是人，挤得满满当当。后来的人，便只能站在门外或隔着窗户看了。

我们街住着近百户人家，毕竟，这是进入这些家庭的第一台电视呀!

娘说："不能难为了街坊们，把电视搬到院里去。"

于是，整整一个夏、一个秋，我们一到太阳落山便把电视机搬到院子里，放在一张高大的方桌上，四邻八舍的街坊们吃罢晚饭，自带板凳、马扎来到我们院里，喝茶看电视。

忙坏了我，也忙坏了两位嫂嫂，因为我们要提前安排电视机，并且烧好开水，还要给喝茶的老人不时续上开水，但我们忙得很愉快、很开心。

是一个没有月亮，只有星光的夜晚，我和娘躺在草地上。娘用手抚了抚吹得散乱的头发，对我说："你爸好吗?"

我说："挺好。"

娘又问："婷婷和环环呢"

我说："婷婷在银行参加工作了，环环考上了实验中学。"

娘啊，你不但牵挂着爸爸和孩儿们，你还念念不忘你的孙子外孙们。那年，在你做那次后果难卜的肺部手术的前一天下午，你还抱着病体去找表舅（他是著名的眼科医生）并亲眼看着他为六岁的环环做小小的麦粒肿手术呢!

娘说："不能再为你们的事操心了，好好照顾你爸，照顾孩子吧。"

我心里一动，对娘说："娘啊，你一人在这里，不觉得孤单吗！"

娘说："只是这旷野上的风刮得厉害，总觉得脸上发干呢！"

我急切地说："娘啊，我们天天盼着你回家！"

娘不语，眼里涌出一滴清泪，在星光照耀下，熠熠生辉……

第二天，我们兄弟姊妹五人，齐刷刷跪在娘的坟前。

微雨过后的墓地一片寂静，只有呼呼燃烧的纸钱在风中飘舞。

妹妹把润肤的油脂打开，徐徐地滴洒在跳动的火焰上。

一滴、一滴……

就像滴洒在我们的心上。

娘啊，只有你知道咱们家的房门为何总是夜夜虚掩着。

1999 年 6 月，写于慈母逝世 10 周年

感 觉

他旁若无人地行走在舞台上，仿佛走过来的是当年的成吉思汗。他没有说，但那感觉是在这儿的：我就是皇帝，舞台是我的金銮宝殿。我傲视着我的群下，如同苍鹰从高处俯瞰草原。

一副属于胜利者的成竹在胸、志得意满、左右逢源、高度放松、高度自然的神态。

他的演唱无人能够模仿，那样的高傲而野性。他最好的感觉在那抑扬顿挫、收放有致之间，而非是一味地高亢嘹亮，在那独特的嗓音和韵味之中，而非是整齐划一的规整与规范（那样产生出来的常常是面目雷同的大路货）。

他笑眯眯的，喝醉了酒一般。

他首先被自己所陶醉。

被人陶醉的，首先被自己所陶醉。

所以，当一位朋友的女儿要进京参加全国青年歌手电视大赛，她颇感紧张时，我对她说：你去看看腾格尔演唱会的碟片吧，学习那位舞台上的成吉思汗，你会用自信取代紧张，用放松代替不安，用满不在乎替代患得患失，这样，你就找到了最佳的艺术感觉。

搞艺术的人，最怕的便是出不来感觉，或者叫作找不到感觉，就像中国足球队那样几十年不在状态。

1973 年 9 月 3 日 18 时 28 分 32 秒，一只每分钟能振翅 14670 次的加里佛里得丽蝇停在蒙马特的圣凡赛街；在这时，一家餐馆的平台上，风猛烈地吹起台布，玻璃杯像在跳舞，但没有人感觉到；在此时第九区土丹街28号的5楼，俄让郭留在参加完他的朋友艾米丽马吉诺的葬礼后，在通讯本上删去了她的名字；又在此时，一个精子，有艾法尔·布林先生的染色体，遇上了布林太太的卵子，阿芒丁弗雷在怀孕9个月后，生下了艾米丽·布林。

这是一部名叫《艾米丽》的法国电影的开端，它一开始就深深打动我，因为导演似乎在宣称：我们的知性规则理性秩序是靠不住的，大千世界的偶然性才是真正的主宰。所以，当他把这种无处不在、无时不在的偶然性展示给观众时，我们感觉到那么真切那么自然。影片由此引出了它的女主人艾米丽——她也是偶然性的产物。接着，是画外音：有时，艾米丽会去看电影（画面：年轻姑娘艾米丽从电影院前排座位上站起来，用目光扫射其他观众，而且，她要说话了，但不是心中默语或自言自语，而是要说出声音，声音由小及大：我喜欢在黑暗中，看别人的脸；我喜欢注意别人从不看的细节，但我不喜欢司机不看路……）

我很是佩服这位导演，他能如此无视具体的规定情景，他一笔抹杀现实与艺术的界限，叙事那么自如流畅，我很想对他说，真实性其实是靠不住的概念，常常会误导了艺术本身。艺术的感觉是一种为所欲为，或者说，常常表现为一种为所欲为。那是胸有成竹的随意挥洒，那是无视现实、或对现实的蔑视与调侃。如果仅仅是为了复制一个现实，我们还要艺术干什么？因为，归根结底，艺术要完成那些在现实中所不能实现的东西。

让潜意识说话，看这部电影，我一再想到一个语词：管不住了。

我是一个乒乓球爱好者，特喜欢体育节目主持人蔡猛先生的解说。他在为马琳、施拉格、波尔、格林卡、金泽洙等或胸有城府、时常暗藏杀机的凶狠型选手做现场解说时，常常会说：小心别让他打疯了！何谓“打疯了”，蔡猛的解释是：要么有么，怎么打怎么有，怎么打怎么是。

巴赫金、巴尔特都喜欢揭示身体快感的正面价值，巴赫金会说：狂欢节建构了一个“官方世界之外的第二个世界与第二种生活”，一个没有地位差别和森严等级的世界；而巴尔特会说“文化”崩溃成“自然状态”的主体体验到“狂喜”，比一般的“快乐”远具有解放的能量。

吴冠中的画作，题目曰《春》。画面上全是弯曲的线，一条条，横着摆，像什么？随便（我看着像是摇曳的柳丝，或柔柔的水波）。曲线间缀有艳红与翠绿（我看着像红花与柳眼），依然朦朦胧胧，不知何物，但它无疑是美的，美不胜收，引人无尽遐思，比如“水是眼波横”呀，“花须柳眼多无赖”呀，等等。吴冠中对这幅画作的解说是：“我把春天变成线，柔媚的线。”

弯曲的线，无穷的魅力，让人陶醉的味。

写文章找不到感觉，其实是找不到形式，适合的形式；像唱歌一样，找不准调子；一旦找准，那感觉便出来。比如海明威在《流动的盛宴》开头的描写——“随后，天就坏了”，简直是字字有深意，字字有埋藏，这可怕的简洁中蕴藏着无限的解释无限的可能。再比如，纳博科夫《微暗的火》，小说开端竟是寓意深长的诗作，更是匪夷所思：“我是那无辜屈死的精灵，凶手便是那片虚假的晴空”。

感觉，当你积累到一定阶段，常常是说来就来的，你会在一瞬间悟出生命的真谛，所谓流水下滩非有意，白云出岫本无心。

有些时候，感觉敏锐未必就好。有些过于敏感的人常常不能宁静。比方说，当事情尚未发生时，他们会预设下种种对自己的不利，他们会想象出许多无可预料的灾难，用以自危，结果往往是杞人忧天。萨特说过：实际发生的往往总比人们想象的要好些。

玉龙雪山云杉坪，那海拔5560米的高处，蓝天、白云、绿树、雪泉，连空气都是透明的。但那里却是纳西族男女殉情的地方。原来那地方相沿已久的传统是恋爱自由结婚不自由，于是一些真正相爱却不能结合的便相约来到这雪山之上。往往会有10对男女，他们和自己的恋人在这里度过生命中最后的也是最幸福的七天，他们唱歌、跳舞、做爱，七天后，双双服毒而死。死亡是可怕的，但他们却跳着、唱着，向死亡奔去。

这样的地方，真美！

这样去死，真美！

我知道这些青年男女对死亡的感觉——他们在喝下那杯毒药时，都会对自己的恋人说：和你在一起什么都不怕。

去岁，我的一位同事在一次酒醉后遽然离去。因为这位同事的善良厚道，单位上的人都很难过。在此事发生的半月前，我和他有过一次交谈。那时，我就感觉他活得很不在状态。他说他活得很没意思，对什么事都打不起精神。我当时对他的话感到很震动。事后，我逐渐意识到一个人的生活状态和生存状态是至关重要的。人的生命是最珍贵的最美好的，人生在世，应该始终精神抖擞地活着，无论再苦再难。

荣华富贵不及无忧之乐。

一位哲人说：使人幸福的只能是人们所感到的而不是人们所得到的。

我于是就此类推——人如果意识不到自己是幸福的（尽管他是幸福的），他就不是幸福的。

幸福是一种“意识的到”。

所以，感觉很重要。

2004 年 4 月 21 日上午

任晓峰

任晓峰（1962—1998），女，山东济南人。曾任《济南日报》文艺部副刊编辑。著有散文集《感觉平凡》。有散文获山东省报纸副刊一等奖。

小女记趣

那一日的到来，我的心中簇满了玫瑰般的色彩。那一日，天空的太阳照在我寒冷的身上，顿觉春意盈盈。那一日——1994 年 12 月 5 日凌晨二时许，一个活泼可爱、红红的脸庞上溢满笑意的小人儿便抱在了我的怀里。心酥了、醉了，也甜极了、美极了……

（一）

小小的女儿不哭不闹，吃完奶便安安静静地睡觉。夫君每日傻傻地坐在婴儿车前，痴痴地盯着女儿粉红的小脸，看也看不够。过满月了，亲朋好友们从四面八方赶来了，你抱小女照一张相，我抱小女照一张相，不厌其烦的女儿仍然笑意满目、服务周到。倒是把夫君惹“恼”了，一把从姥姥手中抢过，且紧紧地抱在怀里，再也不许任何人来“骚扰”女儿。这个“光辉”的形象被我抢了镜头，成了女儿相册中最最抢眼的照片。每次家中来朋友做客，夫君必拿出照片炫耀一番，这似乎成了他的必修课。

小女畅畅特爱书，还在一岁多一点时便对书似乎有一种特殊的感情，常常爱不释手。于是，不管女儿懂不懂，夫君经常为女儿买回一大堆，成套的幼儿丛书，在屋里的柜子上堆起了小山。畅畅就在这小山一样的书堆中每日除了喝水、吃饭外静静地“读书”，且嘴里还念念有词，让我们猜不透她用的哪国方言读书。畅畅的姥爷却很感兴趣，每每便把这读书声用录音机录下来，闲暇之时坐在沙发上，冲上杯好茶静静欣赏，倒也觉得老有所为了。

一本本儿歌、唐诗、故事被畅畅的小手翻得烂乎乎的。忙得全家人整日地粘来粘去，好不辛苦。一日，不到两岁的畅畅竟然能拿起一本儿歌书，翻一页便说出一首儿歌，且与书中的儿歌一字不差。这一重大发现惊煞了她的姑姑，正在吃饭的全家便被畅畅姑姑的高声大嗓吓了一跳——“你们快来看哪，畅畅认字了！”夫君面带惊喜扔下饭碗，一个箭步飞奔而去，差点没把畅畅撞倒。姥姥又拿出唐诗画册一一查对，果真如此。这一惊非同小可，大家如同面对一个神童一般，惊叹不已。冷静的我却用笔轻轻地在纸上写了一个“儿”字，小女畅畅却如视天书一般。恍然之下，全家人才晓得她只是认得图画，从图画的内容上知晓那一首首儿歌、唐诗。没想到这一小小的插曲，却让夫君似乎看到了希望。他买来画笔、本子，专门培养女儿的绘画才能。看着畅畅图画本上那一个个形似猴子、气球、大象等的图形，我这个一向强烈的反对派，似乎也对女儿将来能成为一个大画家而信心大增了。

（二）

带女儿去朋友家做客或参加朋友聚会，每有阿姨、叔叔问她的名字，她便会仰起小脸很自豪地告诉你：“我叫畅畅，迟云（爸爸的名字）的迟，迟畅（女儿的大名）的畅。”听的人哄堂大笑，而她却噘着小嘴在一旁嘟嘟囔囔：“做人可不能这样。”这只能更引起叔叔、阿姨的又一片大笑。

对付妈妈、爸爸，女儿自有她的一套本领。每当她做错了事，我正唾沫星子乱喷地严厉批评她时，她会哭着跟在你的屁股后头，一边抹眼泪，一边喊着让你笑笑。在屋里转来转去，几个回合下来，在气愤状态下的你不得不松开绷紧的面庞勉强露出一丝笑来。这还不算完，如果达不到她的要求，便会被她缠上，非要达到她的标准才可善罢甘休。为改正她的这个劣根性，我和夫君曾经展开了“艰苦卓绝”的斗争，但迄今为止，也没能把她这个毛病彻底干净地改正，想来也真是惭愧得很哪。

（三）

长着一双大眼睛、双眼皮的畅畅每到一场合，便会博得一片赞扬声。也不知道长相并不出色的我们怎么会养出这么招人眼的女儿。在街上，每当有人看见她忍不住赞叹“这小女孩真漂亮，长得多洋气”时，必定会把怀疑的目光定格在我的脸上。这时的我便会悻悻然地解释说：“可能像她爸爸吧。”人们便会恍然大悟地噢一声。在他们心目中，这小女孩的爸爸必定是伟岸挺拔、帅气逼人。回家后把一次次所见所闻委屈地告知夫君，夫君却一脸严肃地走进卫生间，对着墙上的大镜子，左端详右端详着自己那张并不十分英俊的脸，思绪万千。

小女畅畅甚是顽皮，整日价嘴不闲着，腿也不闲着，蹦蹦跳跳，小嘴甜甜地喊姑叫姨，与她只差二十天的文静的小表姐相比，真是一个天上一个地下。每当小表姐赖在沙发上不愿动弹时，畅畅便会使出浑身解数，非把小表姐拉起来一块“疯”不可，边拉小表姐，边念念有词：“难道你不爱我了？难道你真的不爱我了吗？噢，亲爱的。”

说起小女哄人，可谓一绝，在我们家脾气最不好的姥姥，遇有不高兴的事，一经畅畅的小手抚抚，再加上畅畅甜甜小嘴的左亲右亲，和那一句“亲姥姥、好姥姥”的奶声奶气的稚语，不把她的心融了化了那才怪呢。

那日，老家畅畅的伯伯、哥哥来济探亲。饭桌上畅畅又是拧酒瓶，又是倒酒劝酒，一句“一家人有什么不好意思的”，把全家人逗了个你仰我翻。

（四）

从畅畅出生到现在已是跨了五个年头，畅畅似乎变得懂事了，说话、做事俨然一个小大人。遇到我身体不适，畅畅会小脸热热地贴上你，为你这儿揉揉，那儿按按。肚子疼时她会用小身子伏在你的肚子上左摆右摆，摆几下便问一句："妈妈，还疼吗?"此时的你，即使再难受也会从心底涌上浓浓的柔情，禁不住双眼已溢满了感动的泪水。真真应了姥爷那句话"畅畅真是个小人精，见到她，什么愁事、烦事全没了"。

说起小女畅畅，似乎三天三夜也写不完。把这篇文章读给全家听，全家人都不满意。姨一句："畅畅跳舞可是很不错，你忘了那日电视里有歌有舞，她不是随着跳得汗水直流吗?"姥爷一句："我哪次喝酒不是畅畅从旁监督，多一口也得夺下酒杯，简直一个小奸细。"尤其是夫君，很不满意地指着我说："你说说，我又是给畅畅买琴，买衣服、皮鞋，一到双休日便带她去公园玩，她怎么对我还是不如对你亲，这才是怪了，是不是你从中做了手脚。"弄得我哭笑不得。不经意间我扭头一看，却见那四岁的畅畅小姐，正抿着嘴昂着头神气地东张西望，似乎害怕别人不知道这是正在开她的歌功颂德会呢。

匆匆忙忙、热热闹闹之间打开电视，《水浒传》已接近尾声。畅畅姑姑忍不住哼了几句"路见不平一声吼，该出手时就出手"。畅畅可不愿意了。她一跺脚，小手指着她姑姑的鼻子说："要不，你上电视上跟刘欢唱去吧。"一句话说得一屋子笑声回荡。笑声未落，一旁的她已煞有介事地拿出卡拉 OK 话筒，一板一眼地唱起了"大河向东流，天上的星星参北斗……"静悄悄的屋里满满地荡着她那稚气未脱的童声。空气似乎也被搅得甜丝丝的。

我的亲亲的畅畅，我的娇娇的可人儿，读你千遍万遍，妈妈也不会厌倦……

（原载于散文集《感觉平凡》，中国文联出版公司，1998 年 2 月）

逄金一

逄金一（1969— ），山东胶南人。《济南日报》主任编辑、副主任。中国作家协会会员，山东省作协全委会委员，济南市作协副主席，山东省散文学会副会长。著有随笔集《双倍的生活》、《沙里的思想》，诗集《寻找》等八部作品。作品获中国新闻奖报纸副刊作品复评金、银奖，全国报纸副刊专栏年赛一等奖，第一、二届山东省刘勰文艺评论奖，第二届齐鲁文学奖，首届泉城文艺奖等。

百年之后流行什么

流行买卖水声。这是因为百年之后，世上将没有乡村，乡村全都进化为城市了。而城市里全是高楼竣厦钢筋水泥，没有一条清澈见底、有着调皮可爱的鹅卵石的小河。在这种环境里成长起来的孩子们，正如现在大多城市孩子不识小麦棉花一样，也将从没见过一条真正的河流，甚至没有听见过一滴清脆的雨滴（城市里那时全是酸雨）。物以稀为贵，于是水声买卖有了市场。小贩们高价倒卖瀑布之声、泉水叮咚之声、山水淙淙之声、江水汤汤之声等等，并产生了“水声 TV”，恰如现在的“MTV”一样。一批批发烧友们唱水声 TV 唱得死去活来。

流行氧气考古。那时的人们不知道纯净空气为何物，因为空气已被污染得彻头彻尾。大学里最热门的专业便是氧气考古学，诞生了一代又一代的博士、博士后和博士后之后。关于氧气的记载的书成为收藏热点，有一本此类的书的市场价超过了梵·高的任何一幅作品的黑市价。

流行植物模特。因为城市里再也见不到种类繁多的树木，仅能见到杨、柳等而已。画院里学生写生开始雇用植物模特，价钱比裸体人模特还贵。博物馆里整日价热闹非凡，人们到这里来瞻仰植物们的遗容，人们以能与一百年前的植物合个影为最大荣幸。关于植物的影片和电视剧平均一年有三千多集，甚至人们得病时宁肯成为个“植物人”，也不愿得个小感冒小头痛什么的。《时代》周刊社每年一度的“世界风云人物”评选中，有九十九次选中植物，各种珍稀的但业已遁迹的植物们的玉照便醒目地刊登在该杂志封面上。

流行收藏动物粪便。可爱的、抑或可惧的动物们住不惯城市，它们听不懂摇滚乐和爵士，它们害怕电视里的凶杀恐怖，它们留恋花兄草弟、留恋本初的山明水秀的家园，于是，它们没有选择同人类一起进城，而是选择（大无畏地选择）了集体弃城而去、宁死不进石头城。动物愈来愈稀少，动物粪便就愈来愈珍贵。社会上很多人整日做梦，梦见自己找到了某一动物的粪便，从而发了大财。大量的动物粪便纪念币上市，但很快便被抢购一空。工商人员把所有精力集中在如何打掉动物粪便造假团伙上，“金三角”也不制贩鸦片而改为制贩动物粪便了（并因而巩固了其作为“金三角”的地位）。奥运会上，颁发给运动员的将不再是金牌什么的，因为地球上的矿产已搜罗成山，黄金贬值。奥运金牌得主获得的将是硕大的大象粪便，银牌得主获得的将是鳄鱼粪便，铜牌得主获得的将是犀牛粪便。它们都因日渐稀少而价值连城。

（原载于1996年10月15日《杂文报》，曾获第九届中国新闻奖报纸副刊作品复评暨1998全国报纸副刊作品年赛银奖）

父亲没有走

父亲去世后不久，姐姐说："我觉得父亲好像还在一样。"哥哥说："我也没觉出多大变化。"

我也感觉，父亲这次只不过是又一次远行。他只是把这边的事办妥了，又匆匆出发到他处，去赶办别的什么事了……

还在农村时，父亲有好一段时间，只用十几元的月工资养活全家七口人。父亲在城里上班，天不亮就起床往单位里赶，天黑透了才回到家。每天总能带回一两个省下的大馒头。大白面馒头在七十年代的农村是非常稀罕的，父亲自己省吃俭用，挤出饭票买馒头给爷爷、奶奶和我吃。他自己从家里捎饭吃。

夏夜，老屋的天井里，星星透过摇曳的树叶洒下斑斑星光，像天然大方的地毯。院子里飘着梨花儿香、香椿的香和梧桐树香。院子里还有一棵青桐和一棵法桐。晃一晃青桐树，小船儿一样的子叶就会摇啊摇啊地飘下来，籽仁儿很香。还有蝉鸣及猪欢……父亲就把电灯扯到屋外来，全家人围着饭桌，桌上摆着父亲下班路上买回的大西瓜，西瓜切成两半，用勺子挖瓤，挖得连白皮儿都露出来，再撒上白糖。先让糖慢慢地"杀"一会。然后全家人一起吃，连汤也不剩。瓜皮当帽子还能玩好几天，玩够了，扔给猪，是好饲料。

吃瓜的时候，父亲总是吃在最后，吃得最少，笑得最开心。

也难忘过年吃猪头肉。整整一个大猪头，收拾得干干净净，煮得烂烂乎乎，连小骨头都是酥酥的，一点儿也不腻。有时还会有七八个猪蹄。父亲总是先给爷爷奶奶吃，然后就轮到了最小的我。

如今，我还是喜欢吃猪头肉，只是再没有人能煮得那么香。

上小学了，父亲骑自行车接送我。回家的路上有个大坡，父亲弓着腰，蹬得很吃力，我在后座猫着腰，随车的节奏一耸一耸地向前使劲，父亲感叹："你啊你。"

父亲身上有股坡草和烟叶的香味。

上中学时，我有了一辆破自行车，多是父亲给它上油检修。记得有一次，寒风似刀，父亲蹲在地上，用皲裂的手耐心地拨弄着那不听话的破车，不时地站起来跺跺脚、呵呵手。那时候，虽然全家已搬到城里了，农村家里还有耕田。父亲白天在城里上班，晚上回家摸黑种田。那劳作量怎么算也得是别人的双倍多。父亲又黑又瘦，是无止息的劳作害了他。

我上大学、读研究生时，改革开放已十几年，全家生活很不错了。暑期里跟父亲一起赶海，挖蛤蜊、捉螃蟹、搂海蜇、采海菜、拾贝壳，或者仅仅是为了休闲而洗海澡。这样一活动后，总睡得好、吃得香，梦都带着咸咸的海味和光亮亮的海沙。或者我们晚饭后就去散步，今日西瞧城市夜景，明天东看阔朗田野，后天南见厂房林立，再天北睹村炊缈缈。

那是我同父亲之间最闲适舒坦、最轻松美丽的时光。

工作第一年，我只在年终回家了四五天。这期间的父亲很满足快乐。

父亲喜欢侍弄花草菜果。西瓜、水萝卜、油菜、香菜、蒜、葱、韭、土豆、白菜、扁豆、茄子、豆荚……新家的院子里总是整洁而有绿色的，一如父亲总很平和安详而沉默的神情。

父亲有很多知识是我从书本上读不到的，比如他说，太阳一落山，蒜薹就拔不出来了；比如他说，蟹爪兰和君子兰怕雷声，打雷时得搬进里屋去。还有关于正月天气与秋后收成的关系、星星疏密与次日气温的关系、云层形状与雨的大小的关系，等等，等等。

再回家时，就再不会见到父亲的身影了。家以及院中的小花园小菜园都随着盖楼的推土机声远去了。我不知道父亲在天国，是否也还在侍弄着花草菜园？是否每晚浇完水后，还那样坐在瓜果花菜们中间，惬意地抽烟？

父亲也爱钓鱼养鱼。只是他从不让我们去买名贵的金鱼，说名贵的金鱼不泼辣、难养。一两条沟里湾里的小鱼儿就足以让他快乐。我给父亲买了一本薄薄的书《钓鱼》，那时他已躺在病床上了。我说父亲你快好了吧，好了学着去钓大鱼。父亲轻轻颔首，微笑着。

这本小书就代替了不孝的我，一直陪伴着父亲的最后时光。翻检父亲遗物时，我很容易地在父亲枕头旁找到了它。

父亲从没有打过我们，从没有骂过我们。他不把爱表露在外面。像大海一样，他慈祥地看着我们成长，一个人默默吞下家中所有的累，守护着所有人的梦。他又像家乡马路边那些无名的小草，默默地经风沐雨，朴实、坚强、进取而又自得，勤恪而又无怨。也许正因为父亲不形于色、潜移默化的爱，才使哥、姐和我都同样感到，在失去了他的时候，心里其实还拥有着那永恒的父爱。

就像蓝天之于白云，就像高山之于泉源，就像阳光、大地之于万物，那种无声的爱摸不到碰不到，却能够时刻感受得到。

（该文曾以《永恒的父爱》为题目，发表于2000年8月12日《人民日报》，2001年1月被《散文选刊》转载）

苗得雨

苗得雨（1924— ），山东沂南人。中国作协会员。曾任山东省作协副主席，山东省文联副主席、党组副书记，中国新文学学会副会长，山东省文联名誉主席等职。主要作品有《苗得雨六十年诗选》、《苗得雨散文集》、《文谈诗话》、《赏诗谈艺》等。作品曾获泰山文艺奖文学创作奖。

济南的老歌谣

诗越古，写草木鸟兽虫鱼的越多。从《诗经》开始，数不清多少里边写了草木鸟兽虫鱼。有人统计过《诗经》写了多少种花草，有的今天都不易找到了。有古理论说：“哀乐之起，冥于自然。喜怒之端，非由人事。故燕雀表啁啾之感，鸾凤有歌舞之容。”孔子认为学习《诗》，可以多识草木鸟兽虫鱼之名。

前几年，我在一本新中国成立前出的介绍济南概况的书里，发现了几首老歌谣，名曰《禽言》。第一首是：“布谷布谷。叫你布谷，你即布谷；雨也布谷，旱也布谷；布得谷，我叫你布谷；布不得谷，我亦叫你布谷。布谷布谷！”这一首写布谷鸟，说不管旱涝，布得谷或布不得谷时，它都叫“布谷”。

布谷鸟是人们常见的一种鸟，春末夏初起，就能听见那清亮而气息浓郁的四声啼唤。它自己不垒窝，把蛋下到别的鸟窝里，或下到地上再衔进去，别的鸟也都乐意帮它孵育。这四声啼唤者叫四声杜鹃，是大杜鹃的一种。大杜鹃旧称“郭公”。还有鹰头杜鹃、小杜鹃，不多见。所有杜鹃，都是夏候鸟或旅鸟。

这四声的啼鸣，恰也有平上去入之分，人们便听见它好像在说些什么，如“布谷布谷”，“快快播谷”，还有的听见的是“光棍夺锄”，也有的听见的是“再喝半壶”，“你听，那母的就咕噜咕噜一壶!”我老家邻村有叫“官庄”的，我小时总听得它叫的是“官庄家后”。布谷鸟的叫声，在济南还常听到。

第二首是：“得过且过，得过且过。易过也过，难过也过；能过也过，不能过也过；已过已过，未过未过；且过且过!”也是说的布谷鸟。因为它不垒窝，没有自己的家，像混日子，所以听得它叫的是“得过且过”。

第三首是：“字字画，字字画。字有可画，字有不可画；可画则画，不可画则不画；错画了字字俱可怕，劝君莫学字字画。劝君莫学字字画!”是写的黄莺，也叫黄鹂，是一种黄颜色的像麻雀那么大小的鸟，有苇莺、柳莺、缝叶莺等，那叫“黄雀”的也是一种莺。人们见得多是柳莺，也叫“树串子”，它特喜在柳林中串来串去，那叫声很美，听起来像“滴滴水”“治治水”，人们说这种鸟叫得欢，今年就不缺水了。老济南人听得是“字字画”。大概也是有知识的人听出来的。古诗中“打起黄莺儿”和“两个黄鹂鸣翠柳”，这“莺”和这“鹂”，是一回事。

第四首是：“行不得哥哥，行不得哥哥。行路要向正路走，不怕平地起风波；曲径道旁多凶险，是巧必拙，行不得哥哥。行不得哥哥!”这是什么鸟呢？我小时在老家，清晨或阴沉天气，常听见水湾西岸树林中有这种低沉的啼叫声。我母亲说：“那是货郎母子在叫。”货郎进村摇一种卜楞卜楞的小鼓，有女的叫母货郎。前些天我问在济南的老乡——省内燃机研究所原党委书记邱鹤亭，他说：“货郎母子也就是餐餐木子!”餐餐木子即啄木鸟。但他说：“这叫声不是啄木鸟，像斑鸠!”我一再回忆、考察，似乎还就是斑鸠。别的还有什么鸟有这叫声？在一次聚会，我问了住济南南郊军区干休所的作家丛正里，他说斑鸠的咕咕声，也有两低两高，即“固固古古”。有一天，也住南郊的我家老二说：“这‘行不得呀哥哥’，就那斑鸠声，我那一带常常听见！”但我仍不敢肯定。然而怎么再去考察呢？长住济南市市中心的人，有谁还听见百鸟的啼鸣？“春眠不觉晓”，但已处处不“闻啼鸟”了。我们的身边，大自然越来越少了；我们的心，离大自然也越来越远了。我们的诗里，没有多少草木鸟兽虫鱼了！

我求教老乡刘锡诚同志。他是著名文艺评论家，民间文学与民俗研究家。他来信说，这“行不得哥哥”，是鹧鸪叫声的拟音。《禽经》云：“隋阳越雉鹧鸪也。晋安曰怀南，江左曰逐影。”张华注云：“鹧鸪其鸣自呼，飞必向南……”明代李时珍《本草纲目》记载：“多对啼，今俗谓其鸣曰‘行不得也哥哥’。”经查，鹧鸪与斑鸠不同科。斑鸠与鸽子同属鸽鸠科。鹧鸪身体长约 30 厘米，与长约 20 厘米的鹌鹑模样近似，但身上花纹多，它们同属雉科。然而它是南方鸟，不像鹌鹑南北方都有。看来，“行不得哥哥”，作为老歌谣，不仅属于济南。锡诚同志帮助我把这事考察清楚了。

（原载于 1998 年 2 月 11 日《联合日报》）

吕家乡

吕家乡（1933— ），江苏沛县人。山东师范大学文学院教授，著有文艺论著《诗潮·诗人·诗艺》、《品与思》，散文集《一朵喇叭花》、《温暖与悲凉》等。散文集《温暖与悲凉》获第二届齐鲁文学奖。

赠我金橘的姑娘，你在哪里？

她叫孙桂芬，是我的学生，却比我大一岁。我十九岁离开大学，分配到山东医学院附设工农速成中学教语文，当班主任。校舍前邻趵突泉，后傍千佛山，环境优美。学生都是工农干部，大都比我年长。我是团员，孙桂芬已是党员，因此我把她当作大姐。她和我一样出身贫寒农家，又都有丧姊之痛，很能谈得来。风言风语说我们在谈恋爱，根本没这事儿。两年以后，在她的支持下，我爱上了一个叫赵慧兰的女学生，比我小一岁；在我的鼓励下，桂芬和同村的一个解放军军官确定了恋爱关系。这些情况都向组织做了汇报，没汇报的只是某些细节，例如我们在千佛山、趵突泉的娱乐，以及我们私下里的相互称呼：芬姐，兰姑娘，三先生（我在兄弟中排行第三）。在50年代初期，跳交谊舞、穿花衬衫都曾作为政治任务来提倡，这点小小的浪漫情趣并不算大逆不道。

1957年反右风暴开始时，她们已升入医学院二年级，和我仍在一个校园里。我成了右派分子，她们也成了被批判对象，虽然贴出了揭批我的大字报，仍然不得解脱。我感到负疚，竭力做出了“比较彻底”的交代检查，她们解脱了，我被停职，无所事事又忐忑不安地等候发落。

深秋的一个下午，我无精打采地走出宿舍，打算到学校商店去买点什物。落叶萧萧，高潮刚过的校园分外沉静。“咿呀！咿呀！”空中一只孤雁从北向南飞去，是一只被遗弃的孤雁在呼唤伙伴吧，谁理它呢?

在商店门前竟意外地遇见了芬姐，她也是来买东西的。我正想跟她打招呼，她却把头一扭，快步进店，奔向水果部去了。我感到一阵窒息，亲友的冷淡远比斗争会上的怒吼更螫心啊！我迷茫地在文具部的柜台前愣怔了一阵，什么也没买，就走了出来。脑子里只盘旋着一个念头：“芬姐不理我了！连芬姐也不理我了！”

一阵风吹来，好冷，我习惯地把两手插到裤袋里。啊，这是什么？每个裤袋里都有一只金橘。“是芬姐给我的！”我激动得像孩子一样，一手擎着一只金橘跑回宿舍，把金橘摆在书桌上，反复地端详着，又细细地设想芬姐是怎样轻轻悄悄地把金橘一只又一只装进我的裤袋里。我埋怨自己又庆幸自己当时竟一点没有察觉。

多么想向谁倾诉一下潮水般的心情！可是连兰姑娘也好久不见了，上次见面时她告诉我：“芬姐对我说三先生的问题不同一般，你还是下狠心吧！”我表示听懂了她的意思，平静地为她拭去了泪水。

此刻我的心却无法平静。在斗室里转了几个圈子，我想到了屈原的《橘颂》，找了出来，又吟诵又翻译：“……你要心胸开阔，气度从容，不可随波逐流，也不可故步自封……”这是芬姐对我的期望啊。我忘了她这个医科大学生也许根本不知道《橘颂》。

第二天我向领导递交了“一面工作，一面等待处分”的申请。正巧一位语文教师患病，我被准许重上讲台。

第二年的5月4日，我开始接受“保留公职，劳动教养”的处分。当我提着新买的柳条包走出校门的时候，脚步确实并不沉重，因为除了心头的金橘，包里还有班级学习委员张务民日前写给我的一封暖融融的长信；在校门内又遇见一个学生诚恳地对我说了一些鼓励我好好改造的话；而且我把老校长的话信以为真了：“你的处分并没有固定期限，好好改造，也许一年半载就回来了。”我至今仍感念他好心的瞒哄。想不到我在教养所里待了三年半，然后又是漫长的泥泞路。感谢“金橘效应”，随着阅历的增长，我既学会了从笑容下看到邪念，又学会了从呵斥声中体味关切，日积月累的假恶丑见闻从没有动摇我对真善美的信念。

至今仍没有打听到芬姐的下落。芬姐，你在哪里？算起来你早该退休——不，离休了。我相信你一直在续写一个又一个温暖人心的故事，悄悄地，无论何时何地。可以告慰的是，我也不止于用想象力为你编织金橘之歌，更在用实际行动为它作注。

（原载于1998年3月28日《齐鲁晚报》）

梁　衡

梁　衡（1946—　），山西霍州人。中国作协全委会委员。曾任国家新闻出版署副署长、《人民日报》副总编辑、中国人民大学新闻学院博士生导师、中国记者协会常务理事、人教版中小学教材总顾问等职。著有散文集《夏感与秋思》、《只求新去处》、《红色经典》、《名山大川感思录》、《人杰鬼雄》、《当代散文名家精品文库——梁衡卷》、《人人皆可为国王》，科学史章回小说《数理化通俗演义》等。作品获全国青年文学奖、赵树理文学奖、全国优秀科普作品奖和中宣部“五个一”工程奖。

把栏杆拍遍

中国历史上由行伍出身，以武起事，而最终以文为业，成为大诗词作家的只有一人，这就是辛弃疾。这也注定了他的词及他这个人在文人中的唯一性和在历史上的独特地位。

在我看到的资料里，辛弃疾至少是快刀利剑地杀过几次人的。他天生孔武高大，从小苦修剑法。他又生于金宋乱世，不满金人的侵略蹂躏，22岁时他就拉起了一支数千人的义军，后又与耿京为首的义军合并，并兼任书记长，掌管印信。一次义军中出了叛徒，将印信偷走，准备投金。辛弃疾手提利剑单人独马追贼两日，第三天提回一颗人头。为了光复大业，他又说服耿京南归，南下临安亲自联络。不想就这几天之内又变生肘腋，当他完成任务返回时，部将叛变，耿京被杀。辛大怒，跃马横刀，只率数骑突入敌营生擒叛将，又奔突千里，将其押解至临安正法，并率万人南下归宋。说来，他干这场壮举时还只是一个英雄少年，正血气方刚，欲为朝廷痛杀贼寇，收复失地。

但世上的事并不能心想事成。南归之后，他手里立即失去了钢刀利剑，就只剩下一支羊毫软笔，他也再没有机会奔走沙场，血溅战袍，而只能笔走龙蛇，泪洒宣纸，为历史留下一声声悲壮的呼喊，遗憾的叹息和无奈的自嘲。

应该说，辛弃疾的词不是用笔写成，而是用刀和剑刻成的。他是以一个沙场英雄和爱国将军的形象留存在历史和自己的诗词中。时隔千年，当今天我们重读他的作品时，仍感到一种凛然杀气和磅礴之势。比如这首著名的《破阵子》：

> 醉里挑灯看剑，梦回吹角连营，八百里分麾下炙，五十弦翻塞外声。沙场秋点兵。　　马作的卢飞快，弓如霹雳弦惊。了却君王天下事，赢得身前身后名。可怜白发生！

我敢大胆说一句，这首词除了武圣岳飞的《满江红》可与之媲美外，在中国上下五千年的文人堆里，再难找出第二首这样有金戈之声的力作。虽然杜甫也写过："射人先射马，擒贼先擒王"，军旅诗人王昌龄也写过："欲将轻骑逐，大雪满弓刀"。但这些都是旁观式的想象、抒发和描述，哪一个诗人曾有他这样亲身在刀刃剑尖上滚过来的经历？"列舰层楼"、"投鞭飞渡"、"剑指三秦"、"西风塞马"，他的诗词简直是一部军事辞典。他本来是以身许国，准备血洒大漠，马革裹尸的。但是南渡后他被迫脱离战场，再无用武之地。像屈原那样仰问苍天，像共工那样怒撞不周，他临江水，望长安，登危楼，拍栏杆，只能热泪横流。

楚天千里清秋，水随天去秋无际。遥岑远目，献愁供恨，玉簪螺髻。落日楼头，断鸿声里，江南游子。把吴钩看了，栏杆拍遍，无人会、登临意。（《水龙吟》）

谁能懂得他这个游子，实际上是亡国浪子的悲愤之心呢？这是他登临建康城赏心亭时所作。此亭遥对古秦淮河，是历代文人墨客赏心雅兴之所，但辛弃疾在这里发出的却是一声悲怆的呼喊。他痛拍栏杆时一定想起过当年的拍刀催马，驰骋沙场，但今天空有一身力，一腔志，又能向何处使呢？我曾专门到南京寻找过这个辛公拍栏杆处，但人去楼毁，早已了无痕迹，唯有江水悠悠，似词人的长叹，东流不息。

辛词比其他文人更深一层的不同，是他的词不是用墨来写，而是蘸着血和泪涂抹而成的。我们今天读其词，总是清清楚楚地听到一个爱国臣子，一遍一遍地哭诉，一次一次地表白；总忘不了他那在夕阳中扶栏远眺、望眼欲穿的形象。

辛弃疾南归后为什么这样不为朝廷喜欢呢？他在一首《戒酒》的戏作中说："怨无大小，生于所爱；物无美恶，过则成灾。"这首小品正好刻画出他的政治苦闷。他因爱国而生怨，因尽职而招灾。他太爱国家、爱百姓、爱朝廷了。但是朝廷怕他，烦他，忌用他。他作为南宋臣民共生活了40年，倒有近20年的时间被闲置一旁，而在断断续续被使用的20多年间又有37次频繁调动。但是，每当他得到一次效力的机会，就特别认真，特别执着地去工作。本来有碗饭吃便不该再多事，可是那颗炽热的爱国心烧得他浑身发热。40年间无论在何地何时任何职，甚至赋闲期间，他都不停地上书，不停地唠叨，一有机会还要真抓实干，练兵、筹款，整饬政务，时刻摆出一副要冲上前线的样子。你想这能不让主和苟安的朝廷心烦？他任湖南安抚使，这本是一个地方行政长官，他却在任上创办了一支2500人的"飞虎军"，铁甲烈马，威风凛凛，雄镇江南。建军之初，造营房，恰逢连日阴雨，无法烧制屋瓦。他就令长沙市民，每户送瓦20片，立付现银，两日内便全部筹足。其施政的干练作风可见一斑。后来他到福建任地方官，又在那里招兵买马。闽南与漠北相隔何远，但还是隔不断他的忧民情、复国志。他这个书生，这个工作狂，实在太过了，“过则成灾”，终于惹来了许多的诽谤，甚至说他独裁、犯上。皇帝对他也就时用时弃。国有危难时招来用几天；朝有谤言，又弃而闲几年，这就是他的基本生活节奏，也是他一生最大的悲剧。别看他饱读诗书，在词中到处用典，甚至被后人讥为“掉书袋”。但他至死，也没有弄懂南宋小朝廷为什么只图苟安而不愿去收复失地。

辛弃疾名弃疾，但他那从小使枪舞剑、壮如铁塔的五尺身躯，何尝有什么疾病？他只有一块心病：金瓯缺，月未圆，山河碎，心不安。

郁孤台下清江水，中间多少行人泪。西北望长安，可怜无数山。青山遮不住，毕竟东流去。江晚正愁予，山深闻鹧鸪。

这是我们在中学课本里就读过的那首著名的《菩萨蛮》。他得的是心郁之病啊。他甚至自嘲自己的姓氏：

烈日秋霜，忠肝义胆，千载家谱。得姓何年，细参辛字，一笑君听取。艰辛做就，悲辛滋味，总是辛酸辛苦。更十分、向人辛辣，椒桂捣残堪吐。　世间应有，芳甘浓美，不到吾家门户。(《永遇乐》)

你看“艰辛”、“辛酸”、“悲辛”、“辛辣”，真是五内俱焚。世上许多甜美之事，顺达之志，怎么总轮不到他呢？他要不就是被闲置，要不就是走马灯似的被调动。1179年，他从湖北调湖南，同僚为他送行时他心情难平，终于以极委婉的口气叹出了自己政治的失意。这便是那首著名的《摸鱼儿》：

更能消、几番风雨？匆匆春又归去。惜春长怕花开早，何况落红无数。春且住。见说道、天涯芳草无归路。怨春不语。算只有殷勤，画檐蛛网，尽日惹飞絮。　长门事，准拟佳期又误。蛾眉曾有人妒。千金纵买相如赋，脉脉此情谁诉？君莫舞，君不见、玉环飞燕皆尘土！闲愁最苦。休去倚危楼，斜阳正在、烟柳断肠处。

据说宋孝宗看到这首词后很不高兴。梁启超评曰：“回肠荡气，至于此极，前无古人，后无来者。”“长门事”，是指汉武帝的陈皇后遭忌被打入长门宫里。辛以此典相比，一片忠心、痴情和着那许多辛酸、辛苦、辛辣，真是打翻了五味坛子。今天我们读时，每一个字都让人一惊，直让你觉得就是一滴血，或者是一行泪。确实，古来文人的惜春之作，多得可以堆成一座纸山。但有哪一首，能这样委婉而又悲愤地将春色化入政治，诠释政治呢？美人相思也是旧文人写滥了的题材，有哪一首能这样深刻贴切地寓意国事，评论正邪，抒发忧愤呢？

但是南宋朝廷毕竟是将他闲置了20年。20年的时间让他脱离政界，只许旁观，不得插手，也不得插嘴。辛在他的词中自我解嘲道：“君恩重，且教种芙蓉！”这有点像宋仁宗说柳永：“且去浅斟低唱，何要浮名？”柳永倒是真的去浅斟低唱了，结果唱出一个纯粹的词人艺术家。辛与柳不同，你想，他是一个大碗喝酒，大块吃肉，痛拍栏杆，大声议政的人。报国无门，他便到赣南修了一座带湖别墅，咀嚼自己的寂寞。

带湖吾甚爱，千丈翠奁开。先生杖屦无事，一日走千回。凡我同盟鸥鹭，今日既盟之后，来往莫相猜。白鹤在何处？尝试与偕来。　破青萍，排翠藻，立苍苔。窥鱼笑汝痴计，不解举吾杯。废沼荒丘畴昔，明月清风此夜，人世几欢哀？东岸绿阴少，杨柳更须栽。（《水调歌头》）

这回可真的应了他的号：“稼轩”，要回乡种地了。一个正当壮年又阅历丰富、胸怀大志的政治家，却每天在山坡和水边踱步，与百姓聊一聊农桑收成之类的闲话，再对着飞鸟游鱼自言自语一番，真是“闲愁最苦”，“脉脉此情谁诉”？

说到辛弃疾的笔力多深，是刀刻也罢，血写也罢，其实他的追求从来不是要作一个词人。郭沫若说陈毅："将军本色是诗人"，辛弃疾这个人，词人本色是武人，武人本色是政人。他的词是在政治的大磨盘间磨出来的豆浆汁液。他由武而文，又由文而政，始终在出世与入世间矛盾，在被用或被弃中受煎熬。作为封建知识分子，对待政治，他不像陶渊明那样浅尝辄止，便再不染政；也不像白居易那样长期在任，亦政亦文。对国家民族他有一颗放不下、关不住、比天大、比火热的心；他有一身早练就、憋不住、使不完的劲。他不计较"五斗米折腰"，也不怕谗言倾盆。所以随时局起伏，他就大忙大闲，大起大落，大进大退。稍有政绩，便招谤而被弃；国有危难，便又被招而任用。他亲自组练过军队，上书过《美芹十论》这样著名的治国方略。他是贾谊、诸葛亮、范仲淹一类的时刻忧心如焚的政治家。他像一块铁，时而被烧红锤打，时而又被扔到冷水中淬火。有人说他是豪放派，继承了苏东坡，但苏的豪放仅止于"大江东去"，山水之阔。苏正当北宋太平盛世，还没有民族仇、复国志来炼其词魂，也没有胡尘飞、金戈鸣来壮其词威。真正的诗人只有被政治大事（包括社会、民族、军事等矛盾）所挤压、扭曲、拧绞、烧炼、锤打时才可能得到合乎历史潮流的感悟，才可能成为正义的化身。诗歌，也只有在政治之风的鼓荡下，才能飞翔，才能燃烧，才能炸响，才能振聋发聩。学诗功夫在诗外，诗歌之效在诗外。我们承认艺术本身的魅力，更承认艺术加上思想的爆发力。有人说辛词其实也是婉约派，多情细腻处不亚于柳永、李清照。

> 近来愁似天来大，谁解相怜？谁解相怜？又把愁来做个天。
> 都将今古无穷事，放在愁边。放在愁边，却自移家向酒泉。
> （《丑奴儿》）
> 少年不识愁滋味，爱上层楼。爱上层楼，为赋新词强说愁。
> 而今识尽愁滋味，欲说还休。欲说还休，却道天凉好个秋。
> （《丑奴儿》）

柳李的多情多愁仅止于"执手相看泪眼"、"梧桐更兼细雨"，而辛词中的婉约言愁之笔，于淡淡的艺术美感中，却含有深沉的政治与生活哲理。真正的诗人，最善以常人之心言大情大理，能于无声处炸响惊雷。

我常想，要是为辛弃疾造像，最贴切的题目就是“把栏杆拍遍”。他一生大都是在被抛弃的感叹与无奈中度过的。当权者不使为官，却为他准备了锤炼思想和艺术的反面环境。他被九蒸九晒，水煮油炸，千锤百炼。历史的风云，民族的仇恨，正与邪的搏击，爱与恨的纠缠，知识的积累，感情的浇铸，艺术的升华，文字的锤打，这一切都在他的胸中、他的脑海，翻腾、激荡，如地壳内岩浆的滚动鼓胀，冲击积聚。既然这股能量一不能化作刀枪之力，二不能化作施政之策，便只有一股脑地注入诗词，化作诗词。他并不想当词人，但武途政路不通，历史歪打正着地把他逼向了词人之道。终于他被修炼得连叹一口气，也是一首好词了。说到底，才能和思想是一个人的立身之本。像石缝里的一棵小树，虽然被扭曲、挤压，成不了旗杆，却也可成一条遒劲的龙头拐杖，别是一种价值。但这前提，你必须是一棵树，而不是一棵草。从“沙场秋点兵”到“天凉好个秋”；从决心为国弃疾去病，到最后掰开嚼碎，识得辛字含义，再到自号“稼轩”，同盟鸥鹭，辛弃疾走过了一个爱国志士、爱国诗人的成熟过程。诗，是随便什么人就可以写的吗？诗人，能在历史上留下名的诗人，是随便什么人都可以当的吗？“一将成名万骨枯”，一员武将的故事，还要无数持刀舞剑者的鲜血才能写成。那么，有思想光芒而又有艺术魅力的诗人呢？他的成名，要有时代的运动，像地球大板块的冲撞那样，他时而被夹其间感受折磨，时而又被甩在一旁被迫冷静思考。所以积300年北宋南宋之动荡，才产生了一个辛弃疾。

（原载于《散文》2000年第7期）

乱世中的美神

李清照是因为那首著名的《声声慢》被人们记住的。那是一种凄冷的美，特别是那句“寻寻觅觅，冷冷清清，凄凄惨惨戚戚”，简直成了她个人的专有品牌，彪炳于文学史，空前绝后，没有任何人敢于企及。于是，她便被当作了愁的化身。当我们穿过历史的尘烟咀嚼她的愁情时，才发现在中国三千年的古代文学史中，特立独行、登峰造极的女性也就只有她一人。而对她的解读又“怎一个愁字了得”。

其实李清照在写这首词前，曾经有过太多太多的欢乐。

李清照于宋神宗元丰七年（1084 年）出生于一个官宦人家。父亲李格非进士出身，在朝为官，地位并不算低，是学者兼文学家，又是苏东坡的学生。母亲也是名门闺秀，善文学。这样的出身，在当时对一个女子来说是很可贵的。官宦门第及政治活动的濡染，使她视界开阔，气质高贵。而文学艺术的熏陶，又让她能更深切细微地感知生活，体验美感。因为不可能有当时的照片传世，我们现在无从知道她的相貌。但据这出身的推测，再参考她以后诗词所流露的神韵，她该天生就是一个美人胚子。李清照几乎一懂事，就开始接受中国传统文化的审美训练。又几乎是同时，她一边创作，一边评判他人，研究文艺理论。她不但会享受美，还能驾驭美，一下就跃上一个很高的起点，而这时她还是一个待字闺中的少女。

请看下面这三首词：

绣面芙蓉一笑开，斜飞宝鸭①衬香腮，眼波才动被人猜。 一面风情深有韵，半笺娇恨寄幽怀，月移花影约重来。（《浣溪沙》）

淡荡春光寒食天，玉炉沉水②袅残烟，梦回山枕隐花钿。 海燕未来人斗草③，江梅已过柳生绵，黄昏疏雨湿秋千。（《浣溪沙》）

蹴罢秋千，起来慵整纤纤手。露浓花瘦，薄汗轻衣透。 见客入来，袜刬④金钗溜。和羞走，倚门回首，却把青梅嗅。（《点绛唇》）

一个天真无邪的少女，秀发香腮，面如花玉，情窦初开，春心萌动，难以按捺。她躺在闺房中，或者傻傻地看着沉香袅袅，或者起身写一封情书，然后又到后园里去与女伴斗一会儿草。

官宦人家的千金小姐，享受着舒适的生活，并能得到一定的文化教育，这在数千年封建社会中并不奇怪。令人惊奇的是，李清照并没有按常规初识文字，娴熟针绣，然后就等待出嫁。她饱览了父亲的所有藏书，文化的汁液将她浇灌得不但外美如花，而且内秀如竹。她在驾驭诗词格律方面已经如斗草、荡秋千般随意自如，而品评史实人物，却胸有块垒，大气如虹。

唐开元天宝间的安史之乱及其被平定是中国历史上的一个大事件，后人多有评论。唐代诗人元结作有著名的《大唐中兴颂》，并请大书法家颜真卿书刻于壁，被称为“双绝”。与李清照同时的张文潜，是“苏门四学士”之一，诗名已盛，也算个大人物，曾就这道碑写了一首诗，感叹：

天遣二子传将来，高山十丈摩苍崖。
谁持此碑入我室，使我一见昏眸开。

---

① 宝鸭，发型。
② 沉水，香名
③ 斗草，一种游戏。
④ 袜刬，不穿鞋。

这诗转闺阁，入绣户，传到李清照的耳朵里，她随即和一首道：

五十年功如电扫，华清花柳咸阳草。
五坊供俸斗鸡儿，酒肉堆中不知老。
胡兵忽自天上来，逆胡亦是奸雄才。
勤政楼前走胡马，珠翠踏尽香尘埃。
何为出战则披靡，传置荔枝多马死。
尧功舜德本如天，安用区区记文字。
著碑铭德真陋哉，乃令神鬼磨山崖。

你看这诗的气势哪像是出自一个闺中女子之手。铺叙场面，品评功过，慨叹世事，不让浪漫豪放派的李白、辛弃疾。李父格非初见此诗不觉一惊，这诗传到外面更是引起文人堆里好一阵躁动。李家有女初长成，笔走龙蛇起雷声。少女李清照静静地享受着娇宠和才气编织的美丽光环。

爱情是人生最美好的一章。它是一个渡口，一个人将从这里出发，从少年走向青年，从父母温暖的翅膀下走向独立的人生，包括再延续新的生命。因此，它充满着期待的焦虑、碰撞的火花、沁人的温馨，也有失败的悲凉。它能奏出最复杂，最震撼人心的交响，许多伟人的生命都是在这一刻放出奇光异彩的。

当李清照满载着闺中少女所能得到的一切幸福，步入爱河时，她的美好人生又更上层楼，为我们留下了一部爱情经典。她的爱情不像西方的罗密欧与朱丽叶，也不像东方的梁山伯与祝英台，不是那种经历千难万阻，要死要活之后才享受到的甜蜜，而是起步甚高，一开始就跌在蜜罐里，就站在山顶上，就住进了水晶宫里。夫婿赵明诚是一位翩翩少年，两人又是文学知己，情投意合。赵明诚的父亲也在朝为官，两家门当户对。更难得的是他们二人除一般文人诗词琴棋的雅兴外，还有更相投的事业结合点——金石研究。在不准自由恋爱，要靠媒妁之言、父母之意的封建时代，他俩能有这样的爱情结局，真是天赐良缘，百里挑一了。就像陆游的《钗头凤》为我们留下爱的悲伤一样，李清照为我们留下了爱情的另一端——爱的甜美。这个爱情故事，经李清照妙笔的深情润色，成了中国人千余年来的精神享受。

请看这首《减字木兰花》：

卖花担上，买得一枝春欲放。泪染轻匀，犹带彤霞晓露痕。
怕郎猜道，奴面不如花面好。云鬓斜簪，徒要教郎比并看。

这是婚后的甜蜜，是对丈夫的撒娇。从中也透出她对自己美丽的自信。

再看这首送别之作《一剪梅》：

红藕香残玉簟秋。轻解罗裳，独上兰舟。云中谁寄锦书来？雁字回时，月满西楼。　　花自飘零水自流。一种相思，两处闲愁。此情无计可消除，才下眉头，却上心头。

离愁别绪，难舍难分，爱之愈深，思之愈切。另是一种甜蜜的偷偷咀嚼。

更重要的是，李清照绝不是一般的只会叹息几句“贱妾守空房”的小妇人，她在空房里修炼着文学，直将这门艺术练得炉火纯青，于是这种最普通的爱情表达竟变成了夫妻间的命题创作比赛，成了他们向艺术高峰攀登的记录。

请看这首《醉花阴·重阳》：

薄雾浓云愁永昼，瑞脑消金兽。佳节又重阳，玉枕纱厨，半夜凉初透。　　东篱把酒黄昏后，有暗香盈袖。莫道不消魂，帘卷西风，人比黄花瘦。

这是赵明诚在外地时，李清照寄给他的一首相思词。彻骨地爱恋，痴痴地思念，借秋风黄花表现得淋漓尽致。史载赵明诚收到这首词后，先为情所感，后更为词的艺术力所激，发誓要写一首超过妻子的词。他闭门谢客，三日得词五十首，将李词杂于其间，请友人评点，不料友人说只有三句最好：“莫道不消魂，帘卷西风，人比黄花瘦。”赵自叹不如。这个故事流传极广，可想他们夫妻二人是怎样在相互爱慕中享受着琴瑟相和的甜蜜，这也令后世一切有才有貌却得不到相应爱情质量的男女感到一丝的悲凉。李清照自己在《金石录后序》里追忆那段生活时说：“余性偶强记，每饭罢，坐归来堂烹茶，指堆积书史，言某事在某卷第几页第几行，以中否胜负，为饮茶先后。中即举杯大笑，至茶倾覆怀中，反不得饮而起。”这是何等的幸福，何等的欢乐，怎一个“甜”字了得。这蜜一样的生活，滋养着她绰约的风姿和旺盛的艺术创造。

但上天早就发现了李清照更博大的艺术才华，如果只让她这样去轻松地写一点闺怨闲愁，中国历史、文学史将会从她的身边白白走过。于是宇宙爆炸，时空激荡，新的人格考验，新的命题创作一起推到了李清照的面前。

宋王朝经过 167 年“清明上河图”式的和平繁荣之后，天降煞星，北方崛起了一个游牧民族。金人一锤砸烂了都城汴京（开封）的琼楼玉苑，还掠走了徽、钦二帝，赵宋王朝于公元 1127 年匆匆南逃，开始了中国历史上国家民族极屈辱的一页。李清照在山东青州的爱巢也树倒窝散，一家人开始过漂泊无定的生活。南渡第二年，赵明诚被任为京城建康的知府，不想就在这时发生了一件国耻又蒙家羞的事。一天深夜，城里发生叛乱，身为地方长官的赵明诚不是身先士卒指挥戡乱，而是偷偷用绳子缒城逃走。事定之后，他被朝廷撤职。李清照这个柔弱女子，在这件事上却表现出大节大义，很为丈夫临阵脱逃而羞愧。赵被撤职后夫妇二人继续沿长江而上向江西方向流亡，一路难免有点别扭，略失往昔的鱼水之和。当行至乌江镇时，李清照得知这就是当年项羽兵败自刎之处，不觉心潮起伏，面对浩浩江面，吟下了这首千古绝唱：

生当作人杰，死亦为鬼雄。
至今思项羽，不肯过江东。

（《夏日绝句》）

丈夫在其身后听着这一字一句的金石之声，面有愧色，心中泛起深深的自责。第二年（1129 年）赵明诚被召回京复职，但随即患急病而亡。

人不能没有爱，如花的女人不能没有爱，感情丰富的女诗人就更不能没有爱。正当她的艺术之树在爱的汁液浇灌下茁壮成长时，上帝无情地斩断了她的爱河。李清照是一懂得爱就被爱所宠，被家所捧的人，现在一下被困在了干涸的河床上，她怎么能不犯愁呢？

失家之后的李清照开始了她后半生的三大磨难。

第一大磨难就是再婚又离婚，遭遇感情生活的痛苦。

赵明诚死后，李清照行无定所，身心憔悴，不久嫁给了一个叫张汝舟的人。对于李清照为什么改嫁，史说不一，但一个人生活的艰辛恐怕是主要原因。这个张汝舟，初一接触也是个彬彬有礼的君子，刚结婚之后张对她照顾得也还不错，但很快就露出原形，原来他是想占有李清照身边尚存的文物。这些东西李视之如命，而且《金石录》也还没有整理成书，当然不能失去。在张看来，你既嫁我，你的身体连同你的一切都归我所有，为我支配，你还会有什么独立的追求？两人先是在文物支配权上闹矛盾，渐渐发现志向情趣大异，真正是同床异梦。张汝舟先是以占有这样一个美妇名词人自豪，后渐因不能俘获她的心，不能支配她的行为而恼羞成怒，最后完全撕下文人的面纱，拳脚相加，大打出手。华帐前，红烛下，李清照看着这个小白脸，真是怒火中烧。曾经沧海难为水，心存高洁不低头。李清照视人格比生命更珍贵，哪里受得这种窝囊气，便决定与他分手。但在封建社会女人要离婚谈何容易。无奈之中，李清照走上一条绝路，鱼死网破，告发张汝舟的欺君之罪。

原来，张汝舟在将李清照娶到手后十分得意，就将自己科举考试作弊过关的事拿来夸耀。这当然是大逆不道。李清照知道，只有将张汝舟告倒治罪，自己才能脱离这张罗网。但依宋朝法律，女人告丈夫，无论对错输赢，都要坐牢两年。李清照是一个在感情生活上绝不凑合的人，她宁肯受皮肉之苦，也不受精神的奴役。一旦看穿对方的灵魂，她便表现出无情的鄙视和深切的懊悔。她在给友人的信中说："猥以桑榆之晚景，配兹驵侩之下材。"她是何等刚烈之人，宁可坐牢下狱也不肯与“驵侩”之人为伴。这场官司的结果是张汝舟被发配到柳州，李清照也随之入狱。我们现在想象李清照为了婚姻的自由，在大堂之上，昂首挺胸，将纤细柔弱的双手伸进枷锁中的一瞬，其坚毅安详之态真不亚于项羽引颈向剑时那勇敢的一刎。可能是李清照的名声太大，当时又有许多人关注此事，再加上朝中友人帮忙，李只坐了九天牢便被释放了。但这在她心灵深处留下了重重的一道伤痕。

今天男女之间分离结合是合法合情的平常事，但在宋代，一个女人，尤其是一个读书女人的再婚又离婚就要引起社会舆论的极大歧视。在当时和事后的许多记载李清照的史书中都是一面肯定她的才华，同时又无不以“不终晚节”、“无检操”、“晚节流荡无归”记之。节是什么？就是不管好坏，女人都得跟着这个男人过，就是你不许有个性的追求。可见我们的女诗人当时是承受了多么大的心理压力。但是她不怕，她坚持独立的人格，坚持高质量的爱情，她以两个月的时间快刀斩乱麻，甩掉了张汝舟这个“驵侩”包袱，便全身心地投入到《金石录》的编写中去了。现在我们读这段史料，真不敢相信是发生在近千年以前宋代的事，倒像是一个“五四”时代反封建的新女性。

生命对人来说只有一次，那么爱情对一个人来说有几次呢？大概最美好的、最揪心彻骨的也只有一次。爱情是在生命之舟上做着的一种极危险的实验，是把青春、才华、时间、事业都要赌进去的实验。只有极少的人第一次便告成功，他们像中了头彩的幸运者一样，一边窃喜着自己的侥幸，美其名曰“缘”；一边又用同情、怜悯的目光审视着其余芸芸众生们的失败，或者半失败。李清照本来是属于这一类型的，但上苍欲成其名，必先夺其情，苦其心，于是就把她赶出这幸福一族，先是让赵明诚离她而去，再派一个张汝舟来试其心志。她驾着一叶生命的孤舟迎着世俗的恶浪，以破釜沉舟的胆力做了好一场恶斗。本来爱情一次失败，再试成功，甚而更加风光者大有人在，司马相如与卓文君就是。李清照也是准备再攀爱峰的，但可惜没有翻过这道山梁。这是一个悲剧。一个女人心中爱的火花就这样永远地熄灭了，这怎么能不令她沮丧，叫她犯愁呢？

李清照的第二大磨难是，身心颠沛流离，四处逃亡。

1129 年 8 月，丈夫赵明诚刚去世，9 月就有金兵南犯。李清照带着沉重的书籍文物开始逃难。她基本上是追随着皇上逃亡的路线，国君是国家的代表啊。但是这个可怜可恨的高宗赵构并没有这个觉悟，他不代表国家，就代表他自己的那条小命。他从建康出逃，经越州、明州、奉化、宁海、台州，一路逃下去，一直漂泊到海上，又过海到温州。李清照一孤寡妇人眼巴巴地追寻着国君远去的方向，自己雇船，求人，投亲靠友，带着她和赵明诚一生搜集的书籍文物，这样苦苦地坚持着。赵明诚生前有托，这些文物是舍命也不能丢的，而且《金石录》也还没有出版，这是她一生的精神寄托。她还有一个想法就是这些文物在战火中靠她个人实在难以保全，希望追上去送给朝廷，但是她始终没能追上皇帝。她在当年 11 月流浪到衢州，第二年 3 月又到越州。这期间，她寄存在洪州的两万卷书、两千卷金石拓片又被南侵的金兵焚掠一空。而到越州时随身带着的五大箱文物又被贼人破墙盗走。1130 年 11 月，皇上看到身后跟随的人太多不利逃跑，干脆就下令遣散百官。李清照望着龙旗龙舟消失在茫茫大海中，就更感到无限的失望。按封建社会的观念，国家者国土、国君、百姓。今国土让人家占去一半，国君让人家撵得抱头鼠窜，百姓四处流离。国已不国，君已不君，她这个无处立身的亡国之民怎么能不犯愁呢？李清照的身心在历史的油锅里忍受着痛苦的煎熬。

大约是在避难温州时，她写下这首《添字采桑子》：

窗前谁种芭蕉树？阴满中庭。阴满中庭，叶叶心心舒卷有余情。
伤心枕上三更雨，点滴霖霪。点滴霖霪，愁损北人不惯起来听。

“北人”是什么样人呢？就是流浪之人，是亡国之民，李清照正是这其中的一个。中国历史上的异族入侵多是由北而南，所以“北人”逃难就成了一种历史现象，也成了一种文学现象。“愁损北人不惯起来听”，我们听到了什么呢？听到了祖逖中流击水的呼喊，听到了陆游“遗民泪尽胡尘里，南望王师又一年”的叹息，听到了辛弃疾“可堪回首，佛狸祠下，一片神鸦社鼓”的无奈，更又仿佛听到了“我的家在松花江上”那悲凉的歌声。

1134年，金人又一次南侵，赵构又弃都再逃。李清照第二次流亡到了金华。国运维艰，愁压心头。有人请她去游附近的双溪名胜，她长叹一声，无心出游。

风住尘香花已尽，日晚倦梳头。物是人非事事休，欲语泪先流。闻说双溪春尚好，也拟泛轻舟。只恐双溪舴艋舟，载不动许多愁。（《武陵春》）

李清照在流亡途中行无定所，国家支离破碎，到处物是人非，这愁就是一条船也载不动啊。这使我们想起杜甫在逃难中的诗句“感时花溅泪，恨别鸟惊心”。李清照这时的愁早已不是“一种相思，两处闲愁”的家愁、情愁，现在国已破，家已亡，就是真有旧愁，想觅也难寻了。她这时是《诗经》的《黍离》之愁，是辛弃疾“而今识尽愁滋味”的愁，是国家民族的大愁，她是在替天发愁啊。

李清照是恪守“诗言志，歌永言”古训的。她在词中所歌唱的主要是一种情绪，而在诗中直抒的才是自己的胸怀、志向、好恶。因为她的词名太甚，所以人们大多只看到她愁绪满怀的一面。我们如果参读她的诗文，就能更好地理解她的词背后所蕴含的苦闷、挣扎和追求，就知道她到底愁为哪般了。

1133年，高宗忽然想起应派人到金国去探视一下徽、钦二帝，顺便打探有无求和的可能。但听说要入虎狼之域，一时朝中无人敢应命。大臣韩肖胄见状自告奋勇，愿冒险一去。李清照日夜关心国事，闻此十分激动，满腹愁绪顿然化作希望与豪情，便作了一首长诗相赠。她在序中说：“有易安室者，父祖皆出韩公门下，今家世沦替，子姓寒微，不敢望公之车尘。又贫病，但神明未衰弱。见此大号令，不能忘言，作古、律诗各一章，以寄区区之意。”当时她是一个贫病交加，身心憔悴，独身寡居的妇道人家，却还这样关心国事。不用说她在朝中没有地位，就是在社会上也轮不到她来议论这些事啊。但是她站了出来，大声歌颂韩肖胄此举的凛然大义：“愿奉天地灵，愿奉宗庙威。径持紫泥诏，直入黄龙城。”“脱衣已被汉恩暖，离歌不道易水寒。”她愿以一个民间寡妇的身份临别赠几句话："闾阎嫠妇亦何知，沥血投书干记室"，"不乞隋珠与和璧，只乞乡关新信息"，"子孙南渡今几年，飘零遂与流人伍。欲将血泪寄山河，去洒东山一抔土。"

浙江金华有因南北朝时沈约曾题《八咏诗》而得名的一座名楼。李避难于此，登楼遥望这残存的南国半壁江山，不禁临风感慨：

千古风流八咏楼，江山留与后人愁。
水通南国三千里，气压江城十四州。

（《题八咏楼》）

我们单看这诗的气势，这哪里像一个流浪中的女子所写啊。倒像一个亟待收复失地的将军或一个忧国伤时的臣子。那一年我到金华特地去凭吊这座名楼。时日推移，楼已被后起的民房拥挤在一处深巷里，但亦然鹤立鸡群，风骨不减当年。一位看楼的老人也是个李清照迷，他向我讲了几个李清照故事的民间版本，又拿出几页新搜集的手抄的李词送给我。我仰望危楼，俯察巷陌，深感词人英魂不去，长在人间。李清照在金华避难期间，还写了一篇《打马赋》。"打马"本是当时的一种赌博游戏，李却借题发挥，在文中大量引用历史上名臣良将的典故，状写金戈铁马，挥师疆场的气势，谴责宋室的无能。文末直抒自己烈士暮年的壮志：

木兰横戈好女子，老矣不复志千里。但愿相将过淮水！

从这些诗文中可以看见，她真是"位卑不敢忘忧国"，何等地心忧天下，心忧国家啊。"但愿相将过淮水"，这使我们想起祖逖闻鸡起舞，想起北宋抗金名臣宗泽病危之时仍拥被而坐大喊：过河！这是一个女诗人，一个"闾阎嫠妇"发出的呼喊啊！与她早期的闲愁闲悲真是相差十万八千里。这愁中又多了多少政治之忧，民族之痛啊。

后人评李清照常常观止于她的一怀愁绪，殊不知她的心灵深处，总是冒着抗争的火花和对理想的呼喊，她是为看不到出路而愁啊！她不依奉权贵，不违心做事。她和当朝权臣秦桧本是亲戚，秦桧的夫人是她二舅的女儿，亲表姐。但是李清照与他们概不来往，就是在她的婚事最困难的时候，她宁可去求远亲也不上秦家的门。秦府落成，大宴亲朋，她也拒不参加。她不满足于自己“学诗漫有惊人句”，而“欲将血泪寄山河”，她希望收复失地，“径持紫泥诏，直入黄龙城”。但是她看到了什么呢？是偏安都城的虚假繁荣，是朝廷打击志士、迫害忠良的怪事，是主战派和民族义士们血泪的呼喊。1142年，也就是李清照58岁这一年，岳飞被秦桧下狱害死。这件案子惊动京城，震动全国，乌云压城，愁结广宇。李清照心绪难宁，我们的女诗人又陷入更深的忧伤之中。

李清照遇到的第三大磨难是超越时空的孤独。

感情生活的痛苦和对国家民族的忧心，已将她推入深深的苦海，她像一叶孤舟在风浪中无助地飘摇。但如果只是这两点，还不算最伤最痛，最孤最寒。本来生活中婚变情离者，时时难免；忠臣遭弃，也是代代不绝。更何况她一柔弱女子又生于乱世呢？问题在于她除了遭遇国难、情愁，就连想实现一个普通人的价值，竟也是这样的难。已渐入暮年的李清照没有孩子，守着一孤清的小院落，身边没有一个亲人，国事已难问，家事怕再提，只有秋风扫着黄叶在门前盘旋，偶尔有一两个旧友来访。她有一孙姓朋友，其小女十岁，极为聪颖。一日孩子来玩时，李清照对她说，你该学点东西，我老了，愿将平生所学相授，不想这孩子脱口说道：“才藻非女子事也。”李清照不由得倒抽一口凉气，她觉得一阵晕眩，手扶门框，才使自己勉强没有摔倒。童言无忌，原来在这个社会上有才有情的女子是真正多余啊！而她却一直还奢想什么关心国事、著书立说、传道授业。她收集的文物汗牛充栋，她学富五车，词动京华，到头来却落得个报国无门，情无所托，学无所传，别人看她如同怪物。

李清照感到她像是落在四面不着边际的深渊里，一种可怕的孤独向她袭来，这个世界上没有一个人能读懂她的心。她像祥林嫂一样茫然地行走在杭州深秋的落叶黄花中，吟出这首浓缩了她一生和全身心痛楚的，也确立了她在中国文学史上地位的《声声慢》：

寻寻觅觅，冷冷清清，凄凄惨惨戚戚。乍暖还寒时候，最难将息。三杯两盏淡酒，怎敌他晚来风急。雁过也，正伤心，却是旧时相识。

满地黄花堆积，憔悴损，如今有谁堪摘？守着窗儿独自，怎生得黑！梧桐更兼细雨，到黄昏、点点滴滴。这次第，怎一个愁字了得！

是的，她的国愁、家愁、情愁，还有学术之愁，怎一个愁字了得！

李清照所寻寻觅觅的是什么呢？从她的身世和诗词文章中，我们至少可以看出，她在寻觅三样东西。一是国家民族的前途。她不愿看到山河破碎，不愿“飘零遂与流人伍”，“欲将血泪寄山河”。在这点上她与同时代的岳飞、陆游及稍后的辛弃疾是相通的。但身为女人，她既不能像岳飞那样驰骋疆场，也不能像辛弃疾那样上朝议事，甚至不能像陆、辛那样有政界、文坛朋友可以痛痛快快地使酒骂座，痛拍栏杆。她甚至没有机会和他们交往，只能独自一人愁。二是寻觅幸福的爱情。她曾有过美满的家庭，有过幸福的爱情，但转瞬就破碎了。她也做过再寻真爱的梦，但又碎得更惨，甚至身负枷锁，锒铛入狱。还被以“不终晚节”载入史书，生前身后受此奇辱。她能说什么呢？也只有独自一人愁。三是寻觅自身的价值。她以非凡的才华和勤奋，又借着爱情的力量，在学术上完成了《金石录》巨著，在词艺上达到了空前的高度。但是，那个社会不以为奇，不以为功，连那十岁的小女孩都说“才藻非女子事”。甚至后来陆游为这个孙姓女子写墓志时都认为这话说得好。以陆游这样热血的爱国诗人，也认为“才藻非女子事”，李清照还有什么话可说呢？她只好一人咀嚼自己的凄凉，又是只有一个愁。

李是研究金石学、文化史的，她当然知道从夏商到宋，女人有才藻、有著作的寥若晨星，而词艺绝高的也只有她一人。都说物以稀为贵，而她却被看作是异类，是叛逆，是多余。她环顾上下两千年，长夜如磐，风雨如晦，相知有谁？鲁迅有一首为歌女立照的诗：“华灯照宴敞豪门，娇女严妆侍玉尊。忽忆亲情焦土下，佯看罗袜掩啼痕。”李清照是一个被封建社会役使的歌者，她本在严妆靓容地侍奉着这个社会，但忽然想到她所有的追求都已失落，她所歌唱的无一实现，不由得一阵心酸，只好“佯说黄花与秋风”。

李清照的悲剧就在于她是生在封建时代的一个有文化的女人。作为女人，她处在封建社会的底层，作为一个知识分子，她又处在社会思想的制高点，她看到了许多别人看不到的事情，追求着许多别人不追求的境界，这就难免有孤独的悲哀。本来，三千年封建社会，来来往往有多少人都在心安理得，随波逐流地生活。你看，北宋仓皇南渡后不是又夹风夹雨，称臣称儿地苟延了152年吗！尽管与李清照同时代的陆游愤怒地喊道：“公卿有党排宗泽，帷幄无人用岳飞”，但朝中的大人们不是照样做官，照样花天酒地吗？你看，虽生乱世，有多少文人不是照样手摇折扇，歌咏风月，琴棋书画了一生吗？你看，有多少女性，就像那个孙姓女子一般，不学什么辞藻，不追求什么爱情，不是照样生活吗？但是李清照却不，她以平民之身，思公卿之责，念国家大事；以女人之身，求人格平等，爱情之尊。无论对待政事、学业还是爱情、婚姻，她决不随波，决不凑合，这就难免有了超越时空的孤独和无法解脱的悲哀。她背着沉重的十字架，集国难、家难、婚难和学业之难于一身，凡封建专制制度所造成的政治、文化、道德、婚姻、人格方面的冲突、磨难，都折射在她那如黄花般瘦弱的身子上。一如她的名字所昭示的，“明月松间照，清泉石上流”。李清照骨子里所追求的是一种人格的超群脱俗，这就难免像屈原一样“众人皆醉我独醒”，难免有超现实的理想化的悲哀。有一本书叫《百年孤独》，李清照是千年孤独，环顾女界无同类，再看左右无相知，所以她才上溯千年到英雄霸王那里去求相通，“至今思项羽，不肯过江东”。还有，她不可能知道，千年之后，到封建社会气数将尽时，才又出了一个与她相知相通的女性——秋瑾。那秋瑾回首长夜三千年，也长叹了一声：“秋雨秋风愁煞人！”

如果李清照像那个孙姓女孩或者鲁迅笔下的祥林嫂一样，是一个已经麻木的人，也就算了；如果李清照是以死抗争的杜十娘，也就算了。她偏偏是以心抗世，以笔唤天。她凭着极高的艺术天赋，将这漫天愁绪又抽丝剥茧般地进行了细细地纺织，化愁为美，创造了让人们永远享受无穷的词作珍品。

李词的特殊魅力就在于它一如作者的人品，于怨艾缠绵之中有执着坚韧的阳刚之气，虽为说愁，实为写真情大志，所以才耐得人百年千年地读下去。郑振铎在《中国文学史》中评价说："她是独创一格的，她是独立于一群词人之中的。她不受别的词人的什么影响，别的词人也似乎受不到她的影响。她是太高绝一时了，庸才的作家是绝不能追得上的。无数的词人诗人，写着无数的离情闺怨的诗词，他们一大半是代女主人翁立言的，这一切的诗词，在清照之前，直如粪土似的无可评价。"于是，她一生的故事和心底的怨愁就转化为凄清的悲剧之美，她和她的词也就永远高悬在历史的星空。

随着时代的进步，李清照当年许多痛苦着的事和情都已有了答案，可是当我们偶然再回望一下千年前的风雨时，总能看见那个立于秋风黄花中的寻寻觅觅的美神。

（原载于《十月》2003 年第 3 期）

侯　琪

侯　琪（1948—　），山东济南人。曾任山东省作协全委会委员、济南市作协副主席、济南市文学学会副会长。编著有《泺上集》、《和少年朋友谈学习方法》、《济南名珠大明湖》、《旅途知古丛书》、《两千年中国历史简表》等。有作品在省内获奖。

漫说喝茶

细想起来，我这一生，可谓平平淡淡，平淡到竟没有什么嗜好。烟未吸过一支，酒是基本不动，色无色胆，财无财运；至于棋琴书画，自知没那份才情，自然也就没那份雅兴。一定要说什么嗜好的话，只能勉强算是喝茶了。

算是喝茶，是因为每日必得有茶，上班第一事，便是泡茶一杯，然后坐修稿件，啜饮香茗，工作虽然辛苦而乐无穷也。晚间书房夜读，淡茶一杯“侍候”也是必不可少的，我戏之谓“清茶添香”。勉强之谓，则指并不讲究，茶道自不必说，即以茶价而论，也只买三五十元一斤的花茶或清茶，动辄数百元一斤的“超级茶”、“极品茶”，我是无缘问津的，所以至今我也说不出几种好茶的名目，更遑论亲口品评了。

但我也的确有过品尝到绝妙好茶的经历，那是80年代中期吧，我与同事王君去杭州公干，抽暇去狮峰茶农家买茶。记得从西湖附近乘车，下车后沿山路迂曲前行，不久竟如忽然闯进了神仙府第一般。天空碧蓝得幽缈深邃，只有两朵白得耀眼的慵云，叭儿依人般恋着狮峰的碧绿。漫山皆是茶树，叶片儿透着绿光，闪着油亮。数十只火红的蜻蜓和两只硕大的黑蝴蝶仿佛有意赶来，盘旋飞舞着，寂寥的碧野蓝天便多了一点生机与点缀。淙淙的溪流，捉迷藏般在山路两侧扭来摆去，洒下一路欢歌，如同玉磬轻击，余音袅袅。在这灵山秀水间步行近一个小时，不知不觉便到了狮峰龙井村。依稀记得，村里多为砖木结构的青色瓦房，房中不时有人出来邀我们进屋“品茶”。我们在村子中部选中一家。落座之后，主人取茶注水，并介绍说茶是龙井芽茶，水是龙井之水。掀起碗盖，只见茶叶已变得鲜绿舒展，状如新摘；茶水则呈淡绿，微含玉色；淡香扑鼻，令人精神为之一振。尚未入口，便预知一定是佳品。当我们按照主人指点，小啜一口，慢慢咽下时，只觉一股清气缓缓下行，渐渐向全身的细胞浸漫，让你觉得通体清爽，复又升腾而上，盘旋缭绕于口腔，让你不由自主地屏息细品，生怕它逸出体外。而当你屏息之后不得不做深呼吸时，你竟恍如置身于雷雨初霁、艳阳朗照的山林——你呼吸的，分明是独处雨林才能感受到的清新，那满蕴着山水之精、日月之华的清新。哦，一定是那茶叶已蕴着日月山水的精华了……

最后，我与王君以25元的价格，每人买得一斤龙井芽茶。茶是给母亲买的，母亲爱喝茶，但她与父亲都是小学教师，以他们二人每月90元的收入养活我们兄妹5人，养活加上奶奶这样一个8口之家，清贫之状可以想见。因此，母亲的茶，大都是一元多一斤的茶叶末子。60年代末70年代初，我们兄妹5人相继参加了工作，生活渐渐好转，母亲的茶也就水涨船高，但也只是三五元一斤的劣质茉莉花茶而已。能给母亲带回如此地道的龙井芽茶，令我兴奋不已。谁知她喝惯了花茶，这么好的茶，她竟未如我预想的那么欣然赞赏。奇怪的是，同样的龙井芽茶，我也没有喝出龙井村那样的感觉与意境。后来，虽曾有几次去高级茶社品茗的机会，但均没有堪与狮峰龙井村那碗茶媲美的，是水或茶具的原因，抑或是心态的原因，我至今不能领悟。可惜的是那一斤龙井芽茶，母亲并没有喝几次，却很快告罄——生性爽快的母亲，以极快的速度将那斤芽茶分送或招待亲朋好友，以至我私下几次埋怨母亲淡漠了我的孝心。

说起我的喝茶，亦与母亲大有关联。1981 年，我分配到济南三十三中任教。以口舌谋生，其实亦大不易，几节课下来，便觉口干舌燥，咽喉生烟。母亲从教一生，自然大有经验，极力劝我喝茶，并用一铁质茶盒装满茶叶，塞进我的包中。喝茶果然有效，较之白水，不仅更能解渴，且能润喉提神。从此，我便与母亲一样，不可一日无茶。最令我难忘的是，每天中午下课回家，母亲总会递给我一杯冷热适中的新茶，目光柔柔的，看着我喝下。母亲过去是一早就泡茶的，喝到中午，已渐乏淡。为了我的缘故，她竟改变了自己多年的习惯。唉！慈母之心，都在这一杯茶中了……如今，母亲已过世 11 年，我也永远不可能再喝一杯母亲冲泡的那不冷不热的新茶了。每逢年节，我还如母亲在世时那样，买一点好茶待客自酌，只是那茶叶的价格与质量，均远胜于十几年前母亲的过节茶。中秋赏月，除夕守岁，而茶香扑鼻之际，常会忆起母亲。一股“子欲养而亲不待”的痛楚便会涌上心头，泪水也会不由自主地盈满眼眶。

一滴……一滴……是儿子无尽的思念。

（原载于 2001 年 3 月 4 日《济南日报》）

蝈蝈

去年夏天，我在英雄山市场买了两只蝈蝈，顺便还购一竹笼，以此为它们的安身之所。竹笼分为两层，顶部起脊，状似二层别墅，蝈蝈居其间，当类人间殷实之家，也算不委屈它们吧！那两只蝈蝈相貌殊异：一只周身翠绿，玲珑剔透，全须全叉，倜傥可爱，恰似青春俊男，戏中小生；一只褐锈斑驳，粗蛮孔武，须残叉缺，落寞颠踬，直如鲁莽壮汉、舞台花脸。相形之下，我自然偏心“小生”，分配它住“二楼”，“花脸”则只能居于“楼下”了。居所西窗外，是三棵绿杨，浓荫蔽窗，风舞婆娑。置蝈蝈笼于窗外，那蝈蝈似乎也极惬意，鼓翅竞鸣，喧闹出一片生气，二部重唱之中，“花脸”就像深厚而嘹亮的男高音，那仪表堂堂的“小生”则有点相形见绌，音色怯怯了。平日，我将黄瓜、柿椒之类，切片塞进笼中，“小生”常常稍作犹疑，旋即饕餮大嚼。“花脸”则如视而不见，你守在笼边，它绝不吃食。倘往笼中塞放菜蔬时不小心碰到它，便吱吱乱叫，似在表示抗议，当然，它不会强硬到绝食抗议，只要你不在笼边，它也会吃个不亦乐乎。

半月之后，“小生”似乎已极适应笼中岁月，每日吃了唱，唱了吃，偶尔还用前爪摩面，口漱长须，似在妆饰仪容，一副志得意满的样子，吟唱中似乎也透着无休无止的得意。“花脸”却是另一副模样，有时显得焦躁不安，有时则一动不动，雕像般若沉思状，鸣叫也时断时续，似乎透着几丝悲凉。

一天早上，我发现“花脸”的笼子有些异样，一根竹棍的下端被啃得面目全非，少说也啃掉了大半。“花脸”伏在笼底，口器微张，不停颤抖。它一定疼得厉害！为了出逃，它竟做如此艰苦卓绝的奋争！大约出于怜悯，或者还有敬佩，我竟没有更换那根几被咬断的竹棍，也许潜意识里，我想还它自由吧！整整一天，“花脸”没有吃食，也未听到它的鸣叫，它静静地伏在笼中，似乎在养精蓄锐，准备最后的一搏。

第二天早上，“花脸”果然出逃了，那根残缺的竹棍已被彻底咬为两截，两截残桩戟天指地，无言地指证着突围者的坚韧与顽强。但是突围者“花脸”并未能突出重围，无情的西窗玻璃阻隔了窗外绿树招摇的世界。它只能在玻璃窗上艰难爬行，寻觅，希图找到了缝隙，回归自然。在平滑的玻璃上爬行，蚊蝇蜘蛛之类小昆虫尚算便捷，对于一只蝈蝈，就殊非易事了。“花脸”小心翼翼地在玻璃上蠕动着，前爪四处探查，许久才能选定一点，然后慢慢移动身躯，向上攀升三五毫米，尽管如此小心，仍不免失爪跌落，倘在低处跌下，它会一声不哼地继续攀爬三五毫米，尽管如此小心，仍不免失爪跌落，它会疼得吱吱闷叫几声，稍作停顿，然后又开始无望的探寻。

我被这追寻自由的顽强生命感动了，正要开窗放它上树，转念想到这里是闹市，窗外杨树上，又有群雀栖息，放它于树间，不消半日便成麻雀腹中之物。无奈之下，我把它放到门厅北窗。北窗阔大，又有外凸窗台，对于“花脸”来说，这活动空间已算得上广阔，且窗外无树，不会引起“花脸”的“田园之思”，或许，它可以在这样的环境中安身立命，不做无望的回归挣扎了吧！

我在窗台上放了几片黄瓜，庆幸的是，在我离于北窗的时候，黄瓜被吃成了绿皮圆环。饱餐之后的“花脸”精神了许多，它扬起残须，振翅鸣唱，那声音依然浑厚，依然嘹亮。

不料它并不满足，我下班回家，一眼就发现它又在北窗上颤颤爬行，重复着西窗的痛楚与艰辛，绝望与希望……

绝望的探寻持续了三天，三天里，“花脸”艰难地爬遍了北窗八块大玻璃的角角落落，均未发现出路。它已极为疲惫，肚皮贴地，残须曲卷。好在窗台上为它准备的菜蔬，它会在你不经意时吃掉，以便积蓄体力继续探寻。

第四天早上，“花脸”失踪了，我在室内遍寻不见，又跑到楼下寻它，仍无踪影，整整一天，院内的花坛树上也没有响起它的鸣唱，它怎样逃到窗外，是死是活，都不得而知，总之，它是确定无疑地消失了。

不知为什么，那几天我很为“花脸”难过并有些负疚——我实在早该放归这个追寻自由的不屈生命。

“小生”依旧满足地住在上层竹笼中，每天吃了唱，唱了吃，只是体态，渐渐滞重，鸣声也渐渐喑哑，西窗外黄叶飘飞时，一天早上，我发现“小生”僵卧笼中，它死了。

我把“小生”连同竹笼一同扔进垃圾桶，望望西窗外的秋空，秋空一碧如洗，几片白云嵌在西天，很干净。

从此，我不会再养蝈蝈。

余光中

余光中（1928— ），江苏南京人。1949 年随父母赴台湾，就读于台湾大学外文系。1953 年，与覃子豪、钟鼎文等共创“蓝星”诗社。台湾师大、政大、台大及香港中文大学教授，台湾中山大学文学院院长。著有《余光中诗歌选集》、《余光中散文选集》等七册。

黄河一掬

厢型车终于在大坝上停定，大家陆续跳下车来。还未及看清河水的流势，脸上忽感微微刺麻，风沙早已刷过来了。没遮没拦的长风挟着细沙，像一阵小规模的沙尘暴，在华北大平原上卷地刮来，不冷，但是挺欺负人，使胸臆发紧。我存和幼珊都把自己裹得密密实实，火红的风衣牵动了荒旷的河景。我也戴着扁呢帽，把绒袄的拉链直拉到喉核。一行八九人，跟着永波、建辉、周晖，向大坝下面的河岸走去。

这是临别的前一天上午，山大安排带我们来看黄河。车沿着二环东路一直驶来，做主人的见我神情热切，问题不绝，不愿扫客人的兴，也不想纵容我期待太奢，只平实地回答，最后补了一句：“水色有点浑，水势倒还不小。

不过去年断流了一百多天，不会太壮观。”

这些话我也听说过，心里已有准备。现在当场便见分晓，再提警告，就像孩子回家，已到门口，却听邻人说，这些年你妈妈病了，瘦了，几乎要认不得了，总还是难受的。

天高地迥，河景完全敞开，触目空廓而寂寥，几乎什么也没有。河面不算很阔，最多五百米吧，可是两岸的沙地都很宽坦，平面就延伸得倍加远，似乎再也勾不到边。昊天和洪水的接缝处，一线苍苍像是麦田，后面像是新造的白杨树林。此外，除了漠漠的天穹，下面是无边无际无可奈何的低调土黄，河水是土黄里带一点赭，调得不很匀称，沙地是稻草黄带一点灰，泥多则暗，沙多则浅，上面是浅黄或发白的枯草。

“河面怎么不很规则？”我转问建辉。

“黄河从西边来，”建辉说，“到这里朝北一个大转弯。”

这才看出，黄浪滔滔，远来的这条浑龙一扭腰身，转出了一个大锐角，对岸变成了一个半岛，岛尖正对着我们。回头再望此岸的堤坝，已经落在远处，像瓦灰色的一长段堡墙。更远处，在对岸的一线青意后面，隆起一脉山影，状如压扁了的英文大写字母 M，又像半浮在水面的象背。那形状一眼就认出来了，无须向陪我的主人求证。我指给我存看。

“你确定是鹊山吗？”我存将信将疑。

“当然是的。”我笑道，“正是赵孟頫的名画《鹊华秋色》里左边的那座鹊山。曾繁仁校长带我们去淄博，出济南不久，高速公路右边先出现华山，尖得像一座翠绿的金字塔，接着再出现的就是鹊山。一刚一柔，无端在平地耸起，令人难忘。从淄博回来，又出现在左边。可惜不能停下来细看。”

周晖走过来，证实了我的指认。

“徐志摩那年空难，”我又说，“飞机叫济南号，果然在济南附近出事，太巧合了。不过撞的不是泰山，是开山，在党家庄。你们知道在哪里吗？”

“我倒不清楚。”建辉说。

我指着远处的鹊山说：“就在鹊山的背后。”又回头对建辉说：“这里离河水还是太远，再走近些好吗？我想摸一下河水。”

于是永波和建辉领路，沿着一大片麦苗田，带着众人在泥泞的窄埂上，一脚高一脚低，向最低的近水处走去。终于够低了，也够近了。但沙泥也更湿软，我虚踩在浮土和枯草上，就探身要去摸水，大家在背后叫小心。岌岌加上翼翼，我的手终于半伸进黄河。

一刹那，我的热血触到了黄河的体温，凉凉地，令人兴奋。古老的黄河，从史前的洪荒里已经失踪的星宿海里奔出四千六百里，绕河套、撞龙门、过英雄进进出出的潼关一路朝山东奔来，从斛律金的牧歌李白的乐府里日夜流来，你饮过多少英雄的血，难民的泪，改过多少次道啊，发过多少次泛涝？二十四史，哪一页没有你浊浪的回声？几曾见天下太平啊，让河水终于澄清？流到我手边你已经奔波了几亿年了，那么长的生命我不过触到你一息的脉搏。无论我握得有多紧你都会从我的拳里挣脱。就算如此吧，这一瞬我已经等了七十几年了绝对值得。不到黄河心不死，到了黄河又如何？又如何呢？至少我指隙曾流过黄河。

至少我已经拜过了黄河，黄河也终于亲认过我。在诗里文里我高呼低唤他不知多少遍，在山大演讲时我朗诵那首《民歌》，等到第二遍五百听众就齐声来和我：

传说北方有一首民歌
只有黄河的肺活量能歌唱
从青海到黄海
风也听见
沙也听见

我高呼一声“风”，五百张口的肺活量忽然爆发，合力应一声“也听见”。我再呼“沙”，五百管喉再合应一声“也听见”。全场就在热血的呼应中结束。

华夏子孙对黄河的感情，正如胎记一般地不可磨灭。流沙河写信告诉我，他坐火车过黄河读我的《黄河》一诗，十分感动，奇怪我没见过黄河怎么写得出来。其实这是胎里带来的，从《诗经》到刘鹗，哪一句不是黄河奶出来的？黄河断流，就等于中国断奶。山大副校长徐显明在席间痛陈国情，说他每次过黄河大桥都不禁要流泪。这话简直有《世说新语》的慷慨，我完全懂得。龚自珍《己亥杂诗》不也说过么：

亦是今生未曾有，
满襟清泪渡黄河。

他的情人灵箫怕龚自珍耽于儿女情长，甚至用黄河来激励须眉：

为恐刘郎英气尽，
卷帘梳洗望黄河。

想到这里，我从衣袋里掏出一张自己的名片，对着滚滚东去的黄河低头默祷了一阵，右手一扬，雪白的名片一番飘舞，就被起伏的浪头接去了。大家齐望着我，似乎不觉得这僭妄的一投有何不妥，反而纵容地赞许笑呼。我存和幼珊也相继来水边探求黄河的浸礼。看到女儿认真地伸手入河，想起她那么大了做爸爸的才有机会带她来认河，想当年做爸爸的告别这一片厚土只有她今日一半的年纪，我的眼睛就湿了。

回到车上，大家忙着拭去鞋底的湿泥。我默默，只觉得不忍。翌晨山大的友人去机场送别，我就穿着泥鞋登机。回到高雄，我才把干土刮尽，珍藏在一只名片盒里。从此每到深夜，书房里就传出隐隐的水声。

（原载于2001年8月台湾《联合报》）

展恩华

展恩华（1962— ），山东平阴人。中国散文家学会会员，山东省作家协会会员，济南市作家协会理事，平阴县文联副主席、作协副主席，平阴县政协文史委主任。著有散文集《精神家园的守望》、《草庐漫话》、《生命的盛宴》，长篇小说《梅庄旧事》等。《梅庄旧事》、《大地为鉴》获第九届山东省精品工程奖，《梅庄旧事》还获第八届济南市精品工程奖和首届泉城文艺奖等。

玉 米

玉米是因秋而生的，命中注定要伴秋走过一生。

玉米刚刚睁开眼睛时，春正远去，她只看到春的背影。

她今生遇见的第一个男人是夏。夏很伟岸，虽然有些驼，但依然很雄健。夏年轻时一定很英俊、很潇洒；夏的内心一定很火热、很奔放——玉米这样想象着夏，勾画着夏。她暗恋着夏，但终于没有张口。她没有勇气，因为她还年轻，她只好痴痴地望着夏的背景渐去渐远，心里有些怅然若失。

这青少年的遗憾很快就消逝了，她渐渐地明白，夏也不是属于她的，她的一生要与秋结下不解之缘。

秋来了。秋没有夏的伟岸，却比夏更英俊；秋不如夏火热，却很温和。秋比夏更成熟，秋像一个大哥哥，又像一个慈祥的父亲，无微不至地关怀着她，呵护着她，不让她受到一点的伤害。热了，送来一缕清凉的风；渴了，洒下一阵甘甜的雨；有了委屈，扯下白云为玉米擦去脸颊的泪水。秋经常给她讲关于冬、关于春、关于夏的故事。故事很迷人，常让她心中萌发出许多的幻想。她有点怕冬，但特别喜欢春和夏，但她知道，她的一生终无缘于春，无果于夏，这是生命无法弥补的遗憾。

然而，玉米很知足，因为她拥有了秋，秋把一切都奉献了她。在秋的呵护下，玉米长大了，修长的身材，一袭的绿纱，亭亭玉立，楚楚动人。玉米为自己的美丽而高兴，但更令她高兴的是愈来愈浓的甜蜜幸福的感觉。她知道，这是爱的缘故。她在爱着，同时也被爱着。爱与被爱的感觉实在美妙。爱的温柔、爱的缱绻、爱的滋渥，让玉米的心如醉酒般地沉醉。但玉米是淑女型的，从不张扬自己的爱情，含蓄、内秀、高雅、娴静，处处透出世所罕见的古典美。

玉米的腹渐渐隆起，玉米与秋终于有了爱情的结晶。玉米也由一个楚楚动人的少女变成一个风姿绰约的少妇。不久，宝宝就偎在妈妈的怀里了。玉米一副慈母的形象，她深情地爱着自己的孩子，用一双巧手给宝宝缝制了一件件绿纱衣裳，用月牙梳子精心梳理着宝宝柔柔密密的火红的头发，用甘露琼浆为宝宝调制食品。宝宝在妈妈的爱的滋润下健康成长。几颗洁白的牙齿悄然露出，用甜美的笑作为对妈妈的回报。

秋深爱着自己的妻子，也深爱着孩子。他用阳光亲吻着孩子，用月华给孩子沐浴，用清风的丝绢为孩子擦拭，秋幸福的笑容写在天高气爽的脸上。

当宝宝洁白皓齿镀上一层金色的时候，玉米老了，秋也老了。宝宝离开妈妈之后，玉米终于倒下了。玉米静静地躺在秋的怀抱里，虽然一脸的憔悴与疲惫，却在安详中透出一种沉静的美来。

秋像一位慈善、仁厚、睿智的老人，没有流泪，没有叹息，他沉浸在温馨和美的回忆中。当一粒火种点燃了玉米，秋和玉米的灵魂融为一体，他们展开火红的羽翼，向着遥远的天国飞去了。

（原载于《精神家园的守望》，济南出版社，2001 年）

支英琦

支英琦（1964—　），山东济南人。高级编辑。曾任《济南日报》记者、《济南时报》主任、《生活日报》副总编辑、《城市信报》总编辑、大众报业集团社委、山东新闻大厦董事长、山东省文艺评论家协会副主席等职。著有《简单的生活》、《画与话》、《岩石与火焰》、《清塘荷韵》、《画语》等专著。

芙蓉街

我在济南的芙蓉街闲逛，从南走到北。擦肩而过的人们行色匆匆，每个人都有明确的去向。老街坊们坐在自家门前，在春日阳光下晾晒往事。一切秩序井然，只有我像个闲人似的逛荡，从南走到北，目光在那些悠长的旧巷里打捞，看过街的风扬起檐头的草，过不了多久，这些草将和它们寄生的檐墙一起轰然倒地，不管它们是否已经结籽成熟，都会和砖头瓦块一道，被人运走。接下来，不管我们在不在场，还会有许多事情破土而生。

一些场景将成为回忆，曾经熟悉的一切将变成陌生——

比如：鸟把巢筑在老屋檐角的缝里，觅食孵子，乐此不疲。

比如：鱼儿在水少的时候藏进荇草密处，星夜的寂静里跃出水面，在我们白天坐过的石头上溅些水花。

比如：那些朱漆斑驳的木门在黎明时分打着呵欠依次打开，最先出来的是晨练的老人，接着，是雀跃的孩子，当年富力强的男人大步走出来，一天的生机开始蓬勃了。昨天的事情被漫不经心地搁在一边，新的事情迎面而来。

一条街尽量完整地保留下来，真是件不容易的事。太显眼不行，那样早就被高楼挤占了；太僻静也不行，那样早被城市忘记了。在我看来，芙蓉街更像是一个饱经沧桑的隐者，居闹市而冥静，斜睨现代的繁复，捍卫壮岁的记忆。而当你从它斜阳古巷里穿过，眼前全是济南的陈年旧影。

可不是吗？看看那些地名就让人怀旧：曲水亭、秋柳园、起凤桥、芙蓉巷、花墙子、镰把胡同、辘轳把子街——走在幽深宛转的陋街小巷，稍不留神就会一步走回元明清的深处。看看那些老楼、杂院，每一处都是历史的链接，时间的蚀痕清晰可辨。门槛前的石头，要多少人的脚步才能磨得这么亮？老楼里的木质楼梯发出被踩痛的声音，是一种叙述，还是嗟叹？而就在这寻常巷陌里，杜甫曾踏寻济南名士，老残曾在柳荫下行吟，老舍曾在泉畔流连，元好问许是刚刚喝下清凉的泉水，才发出“有心长作济南人”的慨叹。至于历代名人雅士，激扬文字，确如众泉百脉，汩汩不绝。而更多的是生活在这里的老济南人——我在向外地朋友介绍时常常津津乐道的“泉边人家”，经年历代，日子一直被浸润得水灵灵的。泉水是历史的眼波吧？汩汩地冒着，脉脉地望着，眨眼间就是几百年。海棠依旧，小桥无语，池水映着泉边人家的身影，一代又一代。夏天，蝉鸣从枝头滑落，盈盈地做了聊天摆古的老人们的背景音乐。秋天，院里的石榴熟得咧嘴笑，白发的奶奶一掰几瓣儿，分给四邻五舍的孩子们——居闹市而远离市井的淆杂，处俗世而拒绝性情的繁复，这种温润宁静的都市乡情，该是一种生活态度的展示和叙述，是一种文化的浸洇和诠释吧？

风起了，风穿过它数次穿过的街道，也穿过我的身体。我的一半覆盖着苔藓，一半裸露于风。风吹疼了我去年伤着过的骨头。风也这样吹疼了芙蓉街？

我凝视那些风中的建筑，从青砖白墙、灰瓦花脊的四合院，到石砌木嵌、雕梁画栋的各式小楼，虽“已是朱颜改”，但春花秋月，沧海桑田，它们凝重依旧，伸出手，似乎可以触摸到岁月的气息。建筑遗存可以通过我们的视觉感受搏动心灵的感应，让我们平面的生存有了时空的纵深，让我们生活的踏实而不浮漂，深邃而不浅薄。许多次的探寻之后，我知道走不回它的过去，无论躲进老态龙钟的楼里还是伫立波澜不惊的泉池畔，无孔不入的时间，都会像风一样穿过四周的建筑，同时穿越我们的身体，当辚辚潜行的岁月把你抛成身后的风景，你就老了，再也无法照顾自己。

谁为我们在风中伫立？又有谁，为我们留下青枝绿叶的往事？

我向芙蓉街的深处走去。街分出了巷，如同树分出了枝丫。树在风里招摇，那些衰老如祖父的老树，枝疏叶稀，嶙峋的躯干却极硬实，厚实的北风也无法撼动它。而那些年轻如我们的树，扎不下太深的根，被风刮得东摇西晃，扭曲着似乎要挣脱老街坚硬的土壤，而一旦真的被连根拔起了，这阵风把你扔到街上就不管了，你只有等待下一阵风把你刮回去，但你早已在粗罡的风里很快干枯，毫无生气，最后被过路的人们搬走。

一只鸟飞过来，又一只鸟飞过来，落在眼前的老梧桐树上。我的目光已经忽略了它们，一桩比鸟儿飞临重要得多的事情将要发生，这件事情好像在我的视野之外，却又好像一直连接着我的生命的脉络，盘根错节。

现在，我坐在芙蓉街上的一家小馆子里，要了一碟小菜和啤酒，奢侈地喝下整个下午的时光；现在，我随便敲开一家的大门，听那些疏齿的口里讲芙蓉街的壮岁，一切仿佛历历在目，又恍若隔世，就像眼前讲古的老人，没有看见做出什么轰轰烈烈的事情，岁月之霜就打老了他们。我要抓紧用心记录，要不然，谁向孩子们讲芙蓉街的事情呢？

我们在努力改变着周围的景致，时间也在改变着我们，这代人也将和曾经改变的景致一起，在时间里老去，成为一段历史，一种象征。接下来，孩子们也要改变他们周围的世界，曾经新潮的成为古典，曾经辉煌的归于平淡，周而复始，只有时间不老。趁着还有些时间，我们要把眼前的事情仔细梳理一下，学会扬弃，该留下的要留下来，免的到老了的时候，背后孤孤单单。

其实这座城市的许多东西，都和我们的生活密切相关，它容纳我们，涵盖我们，替我们承载某种记忆和信息。而人，只是它的檐下过客，街上行者——

一条街的老去也是人的老去。

一条街的新生也是人的新生。

（原载于2001年《济南日报》）

方　远

方　远（1961—　），山东莱州人，生于济南。济南日报报业集团编辑。中国作家协会会员、济南市作协主席团委员。1985 年开始发表文学作品，已发表小说、散文等三百多万字。作品获首届泰山文艺奖（文学创作奖）、济南市精品工程奖。

济南的秋天

低沉的雷声从遥远的天际传来，淅淅沥沥的小雨滋润着大地，在这时断时续的雷雨声中，济南的秋天到来了。

相信很多人都喜欢秋天，这是因为，秋天是成熟的季节，更是收获的季节，经过一年的辛勤劳作，人们的汗水得到了应有的回报。古今中外的诗赋里关于秋的章节数不胜数，或深沉，或幽远，无不发自肺腑，感人至深。像欧阳子的《秋声赋》，像苏东坡的《赤壁赋》，诸如此类的名家范文无不脍炙人口，经久不衰。由此可见，有感觉的动物，有情趣的人类，对于秋，对于秋的景色是何等情有独钟，对于秋的感慨是何等情不自禁。

有人说，北国的秋天才是真正意义上的秋天，在经历了夏季繁盛后所透露出的成熟韵味令人陶醉，更令人回味无穷。那么，你感觉过济南的秋天吗？

你享受过济南的秋天吗？

济南的秋天不在车水马龙的街道上，也不在摩肩接踵的商场里，而是在城郊绵延无尽的山区里。那里有清风，有绿水，更有娇艳如火的红叶，有了秋的到来，这普普通通的树木也成了奇景，真可谓层林尽染，万山红遍，而在这红色的海洋里，那数不清的名胜古迹则更显得光彩夺目了。每到秋天，无论是在灵岩寺还是在四门塔，也无论是在齐长城还是在五峰山，总有络绎不绝的游人蜂拥而至，流连忘返。游人中有扶老携幼的本地人，而更多的则是慕名前来的南方游客，他们千里迢迢来到北方的济南，正是经不住这迷人秋景的诱惑。

秋天里的千佛山当是一年中最美丽的，五彩缤纷的菊花开了，兴国禅寺的钟声愈加富有穿透力，袅袅升腾的香火笼罩着神态迥异的佛像，沿着铺满了金灿灿树叶的蜿蜒小路拾级而上，目光所及之处无不流光溢彩，美不胜收。凉爽的秋风轻轻地吹过来，金叶翩翩，赏心悦目，犹如婀娜多姿的蝴蝶在闻风起舞。八月中秋的赏月，九九重阳节的庙会，那份温馨，那份潇洒，还有那份一年中沉甸甸的收获，在这里汇集成一种无可名状的情感。这个时候，济南人就会变成一个个才情四溢的诗人，无不慷慨激昂，豪情勃发了。

然而，济南的秋天却是短暂的秋天，总是在不经意之间来了，又在不经意之间走了，像一个急于赶路的人，又像一阵迅疾而过的风。或许正是由于济南秋天的来去匆匆，才使济南人更加珍爱不已。这秋天，这济南的秋天啊，天真的好蓝，云真的好白，空气真的好清爽，一切都在透明之中毫无顾忌地展示给大家。于是，济南人便会不由自主地看这天，观这云，尽情地呼吸，然后背诵着杜牧的著名诗句：停车坐爱枫林晚，霜叶红于二月花。想想看，此情此景中的济南人是不是应该称作世上最幸福的人呢？

济南的秋天是短暂的，却不是稍纵即逝的，它来得清静，走得无声，只是不能让济南人慢慢地品味，如同一壶香气扑鼻的浓茶，你只有滋有味尝了一口，茶碗却蓦地被人端走了。所以，济南的秋天让人满足又不满足，让人在陶醉中留有遗憾。

那么，如何才能留住济南的秋天啊？

无论如何，秋天是留不住的，秋色与秋韵却会留在济南人的记忆中，让他们在漫漫冬季里细细地回味。而且，有日月更替，有四季转换，来年还会有秋天，那么，来年自然就有了希望。

这个时候，怀抱希望的济南人总会抬头动情地目送着一只只燕子呢喃着向南飞去，眸子里饱含着温情与恋恋不舍。

燕子们是自然不会忘却让它们度过了一段幸福时光的济南的，它们会在秋风中停下来，立在树梢，抖动着翅膀，俯瞰着翘首送别的济南人，然后说，明年的春天我肯定要回来的，你还会在这里等我吗？

（原载于2001年香港《大公报》）

戴永夏

戴永夏（1942— ），山东平度人。中国作家协会会员，曾任山东省散文学会副会长。著有散文集《心祭》、《片羽寸心》、《趵突泉史话》、《山东民俗琐话》等。

济南的春天

济南的春天，脚步何其匆匆！她既不像江南那样缠绵，也不似塞北那样迟重。她匆匆地来，又匆匆地去。来时带一片茸茸新绿，去时留一片姹紫嫣红。她明丽，和煦，热情，总把那无限的温馨和暖意，送进千家万户，溶入每个人的心中……

也许因春天停留的时间太短，也许是盼春的心情太迫切，济南人特别珍爱春天，也特别企盼春的到来，十分留意她的行踪。

济南的早春何处寻？

去叩问“万条垂下绿丝绦”的垂柳吧。柳是春的使者，自古人们就把柳和春天连在一起：写春景曰“万树垂杨”，写春色曰“陌头杨柳”，有的干脆就把春天称作“柳条春”。所以著名画家丰子恺说：“最能象征春的神意的，只有垂杨”。而济南自古就以“家家泉水，户户垂杨”，“四面荷花三面柳，一城山色半城湖”闻名于世。当大地寒意未尽，春雪尚未全消，万木还锁在嫩梦中的时候，一夜春风吹来，泉边湖畔，路旁园中，冬眠的垂柳一骨碌醒来，原本枯瘦的柳丝立即泛起新绿，冒出密密麻麻鹅黄色的柳芽。转瞬间，嫩芽绽出翠叶，柳丝串成珠帘，千树万树枝叶纷披，汇成一片蓊郁的绿云……于是，孩子们折来柳枝，拧成柳哨，吹出悠扬的春声；大人们采来柳叶，做成菜肴，争相“吃春”，品尝春天的味道；诗人们也折柳入诗，用“千条杨柳数声鸥，一片玻璃一片舟”，“湖边山乱柳毵毵，是处桃花雨半含”等佳句，来歌颂美丽的春色……

您也可去感受波光潋滟的大明湖，那里也是春天最早光临的地方。当残冬驱赶着飘零的雪花还在逞着余威的时候，暗暗涌动的春潮就已给湖水卸掉坚冰的铠甲，褪去灰白的沉重。春风掠过湖面，“吹皱一池春水”；春雨洒过湖面，湖水澄碧如兰。湖中鸥鹭嬉戏，舟楫点点；湖边杨柳依依，杂花生树。整个明湖就似一幅巨大的锦缎，展示出春的多彩多姿，春的生意盎然……酷爱山水的济南人自古就有明湖赏春的习俗。他们三五相邀，呼朋唤友，披着第一缕春光来到湖上，或驾扁舟，或乘画舫，欢歌笑语于碧波之上，沐浴陶醉在春光之中，尽览明湖春色，却又不期然成了明湖早春胜景的画中人……“画船开，红尘外，人从天上载得春来”（元·张养浩：《大明湖泛舟》）；“鹊桥两岸近清明，点逗春光翠叶生。古寺楼台时隐见，画船箫鼓半阴晴”（清·刘伍宽：《明湖柳色》）……古人的这些咏湖佳句，正是明湖赏春景象的真实写照。

从济南的泉水中，您更能寻到一个别致的早春。诚然，济南的泉水是不分四季的，它“永远那么纯洁，永远那么活泼，永远那么鲜明，冒，冒，冒，永不疲乏，永不退缩……”（老舍：《趵突泉的欣赏》）可是，你只要细心访察，仍可及早地从它那里发现春天。早春的万物，似乎都钟情于泉水。不管泉水出现在哪里，那嫩绿的柳丝总是牵着它，金黄的迎春花总是迎着它，傲雪的红梅总是逗着它，使得碧玉般的绿水，变得五彩斑斓，璀璨似锦了。是啊，你在泉水中找到的，不就是五彩斑斓的春天吗？

当然，寻春可不能忘记南山的杏花。那些土生土长的山杏，一层层，一片片，杂处在苍松翠柏之间，倔强地生长在山坡上。她们性儿忒急，最耐不住寂寞。每当春节刚过、还是乍暖还寒时节，不待风儿吹净枝间的残雪，雨儿浣洗松柏编织的绿云，万千的杏树枝头便竞相吐出密密的嫩红花苞。还没等叶芽绽开呢，一夜之间，挂着笑靥的繁花就开遍了枝头，染红了山野，“红的像火，粉的像霞，白的像雪”，把个五彩缤纷的春天抢先牵来人间。许多人把梅花称作报春英雄，说她“俏也不争春，只把春来报”。大画家丰子恺先生却另有高见：“梅花带雪开了，说道是泄漏春的消息，但这完全是精神上的春，实际上雨雪霏霏，北风烈烈，与严冬何异？……”宋代大诗人欧阳修在歌咏杏花的诗中，说得就更明白：“谁道梅花早？残年岂是春。何如艳风日，独自占芳辰。”显然，梅杏相较，杏花才应是真正的报春使者。正是南山的杏花这么急火火地一闹，才把济南的春天蓬蓬勃勃地搅了起来……

（原载于 2002 年 1 月 15 日《济南日报》）

济南的夏天

不知是有意的遗漏，还是无意的疏忽，文学大师老舍在写了《济南的秋天》和《济南的冬天》后，没有再专写济南的春天和夏天，这给我们留下了不小的遗憾。其实，济南的春夏同样美丽可爱，单就夏天来说，风景也不输秋冬。它的点点滴滴，都可入诗入画。

就说济南的泉吧。因为夏天雨水充足，泉水也特别旺，特别美，特别有生气。每到此时，大泉喷得更猛，小泉跳得更欢，会弹唱的奏出妙音佳曲，能吐珠的吐出珍珠万千……真是“八仙过海，各显神通”，到处泉水充盈，满城泉光喜人。尤其那被称作“天下第一泉”的趵突泉，三个泉眼喷出的水柱高达数尺，势如奔马，声如雷鸣，日夜喷涌，无休无止。古人所谓“云雾润蒸华不注，波涛声震大明湖”；“三尺不消平地雪，四时常吼半天雷”，主要就是指趵突泉夏日的景象。还有一些有名或无名的小泉，此时也特别活跃。它们吸足大地的精气，铆足周身的劲儿，挤出石隙，冒出地面，汩汩地涌着，潺潺地流着，漫过平坦的青石板路，穿行在曲折的小街巷中，与人相依相亲，同喜同乐。它们虽清清浅浅，却也源源不断，用自己鲜活的生命，清纯的气质，营造出“清泉石上流”美好诗境。

再看那湖。夏日的大明湖，真是气象万千，风光无限。此时，湖水更蓝了，岸柳更绿了，荷花更艳了。红荷绿柳交相辉映，构成了湖上的主要风景线。难怪老舍先生说：“大明湖夏日的莲花，城河的绿柳，自然是美好的了。”

大明湖岸边的垂柳，向以多而美著称。当夏天来临时，它们吸足了阳光，储足了能量，浓密的柳叶泛着油绿，苍翠欲滴；长长的柳丝迎风招展，更加坚韧茁壮。翠枝绿叶交织缠绵，层层叠叠，形成一道绿色长廊，紧紧簇拥着一湖碧水。而湖中的莲荷也不甘寂寞，争相在碧波上铺锦叠翠，争奇斗艳。那田田的荷叶撑起绿伞，“接天莲叶无穷碧”；朵朵荷花含笑怒放，“映日荷花别样红”……这时，来湖边赏荷者络绎不绝，而湖上采莲犹引人注目。只见那些穿红着绿的采莲女郎，驾着扁舟，唱着歌儿，穿行在碧波上，出没于荷丛中，采下娇艳的荷花，运到湖边叫卖。清代诗人任宏远曾形象地写道：“六月乘凉争采莲，湖中来往女郎船。临行笑折新荷叶，障却斜阳细雨天。”诗中的采莲女是那样活泼可爱。她们兴高采烈地采摘莲花，又机智顽皮地收获欢乐，其采莲情景如诗如画。而古时文人雅士的“采莲”，更是别出心裁。他们常于荷花盛开时节，三五成群地来到湖边，采下碧鲜的荷叶，盛上美酒，刺开莲心，再从空心莲茎的末端轮流啜吸，美其名曰“碧筒饮”。这滋味，清香可口，妙不可言，“酒味杂莲香，香冷胜于水”，味道好极了！于是效法者接踵而来，连大诗人苏东坡也对它情有独钟，到处推广，并在诗中写道：“碧碗既作象鼻弯，白酒犹带荷心苦”，对其大加赞美……如今，虽然采莲的情景已难见到，但是观莲赏荷，却越来越成为人们游湖的“最爱”。

夏天的明湖，充满美感，也饱含诗意，令文人墨客文思遄飞，写出许多咏湖的佳作。“问吾何处避炎蒸，十顷西湖照眼明。鱼戏一篙新浪满，鸟啼千步绿阴成。虹腰隐隐松桥出，鹢首峨峨画舫行。最喜晚凉风月好，紫荷香里听泉声。”（宋·曾巩：《西湖纳凉》）这是曾巩笔下的明湖，多美的避暑胜地！看吧：宽阔的湖面上游鱼嬉戏，浓密的柳荫中鸟啼声声。远处岸边虹桥卧波，近处湖里画舫穿行。凉风阵阵，荷香扑鼻，泉声悦耳……在这样的地方纳凉，是多么惬意的享受！再看湖上泛舟：“千条杨柳数声鸥，一片玻璃一叶舟。闲看鱼儿游镜里，不知人在镜中游。”（清·王允榛：《北湖泛舟》）短短四行佳句，便概括了满湖精华：湖边杨柳如烟，湖上鸥鹭翔集，湖面平明如镜，湖水清澈见底……来此泛舟畅游，恰如销魂仙境，怎能不飘飘欲仙？至于雨中、月下的明湖，更是美得令人心醉：“或黑云堆墨，骤雨翻盆，万荷竞响，跳珠溅玉。霅然而霁，残霞雌霓起于几席。斜日向晚，湖风生凉，皓月转空，疏星落水，鸳鸯鸂鶒拍拍然不避人也。”（清·阮元：《小沧浪》）在不同的天气条件下，大明湖的景色也瞬息万变：忽而“万荷竞响，跳珠溅玉”；忽而云兴霞蔚，长虹贯天；忽而皓月当空，银辉泻地……大自然的奇妙神功，大明湖的绮丽风采，在作者笔下都得以真实生动地再现。

夏天扮靓了济南的泉湖，也同样恩顾着“一城山色”。此时的千佛山，万木竞秀，一派生机勃发景象：那沉稳的松柏在暗暗地生长着新枝嫩叶，更加郁郁葱葱；桃杏脱下艳丽的花衣，披上了崭新的绿袍，用累累果实的红黄，点染着山的风采；那些不喜争春的洋槐虽然花期较晚，却开得恰到好处。当满山绿肥红瘦时，它们却开出满树银花，拢起座座雪塔，用飘香的清纯洁白，粉饰着山的壮美。还有袅娜的垂柳，也随风吐着飞絮，为亮丽的“十里锦屏”，披上淡淡的轻纱……老舍当年曾这样写千佛山：“只有夏天，一切颜色消沉在绿的中间，由地上一直绿到树上浮着的绿山峰，成为以绿为主色的一景。”（老舍：《非正式公园》）大师笔下的山景，美则美矣，但总觉有点儿单调。他若能活到今天，一定会重新挥起如椽的大笔，在浓绿的底色上再添几笔重彩，沉郁的山势上再增加一些灵动，画出一幅更加多彩的千佛山夏日景象。

当然，济南的夏天也有不尽如人意之处。它把大美赐予山泉湖泊，也把高温留给大街小巷。于是，有人常埋怨济南的夏天太热。其实，热也并非全是坏事，热中自有独特的生活乐趣。当闷热难耐时，冬暖夏凉的泉边湖畔便是理想的乘凉之地。这时，男人来这里围桌喝茶、聊天；女人来这里做针线、话家常；顽皮的孩子们则无拘无束地跳进泉湖中，打闹嬉戏……而人们的餐桌上，夏天的美食也更加丰富。用鲜荷叶做成的荷叶粥、荷叶鱼、荷叶肉等肴馔，风味独特，人见人爱。尤其那别出心裁的“炸荷花瓣”，其色艳丽，其味清香，吃到嘴里，回味无穷，是济南特有的名菜，被老舍称作“济南的典故”……如此多的“济南典故”，如此丰富的夏天恩赐，让外地人艳羡，“羡煞济南山水好”；使当地人自豪，“济南人说胜江南”。这，又何尝不是济南人的福气？

（原载于2013年4月30日香港《文汇报》）

周长风

周长风（1954— ），生于济南。曾任中共济南市委宣传部副部长，济南日报集团董事长兼党委书记，济南市政协专职常委、文史委副主任，《济南文史》副主编等职。高级编辑。发表诗歌、散文、报告文学等多部（篇）。作品获全国对外文化传播金桥奖、山东省精神文明建设精品工程奖等。

你好，树

题目中的“树”，不是一个人的名字，而是我们大家都熟知的木本植物。

我们常常以人类是高等生命而自傲，其实我们忘了树是人类的母亲。大约四亿年前，树来到这个星球，它的光合作用减少了空气中的二氧化碳，增加了氧气的含量，才使两栖动物、爬行动物、鸟类、哺乳动物和人类接踵而至。人类的祖先吃着树上的果子长大，然后从树上爬下来，缀叶成衣，钻木取火，走进木头搭起的房子。

今天的人们谈起在树的怀抱中度过的童年，已经毫无表情，甚至对人们仍在继续享受树的恩惠这一点，也常常表现出“集体无意识”。我的宿舍西边是城市里为数极少的一片山林。前去晨练的人们似乎不知道那里的清新、安静、绿荫是树提供的，他们把树当作单杠、双杠、吊环的支架，用一道道铁丝狠狠地绑、深深地勒，或者干脆攀着树枝悠荡。凡被折磨过的树无不遍体伤痕，枝残叶萎。晨练者多是中老年人，我实在想不明白，在这些历经沧桑、大多喜欢在家侍弄花草的人的内心深处，是怎样看待树的呢？

2000年，我在北京西山松柏掩映的中宣部培训中心学习时，同班的青海省委宣传部秘书长石昆明曾给我讲了这样一个故事：青海果洛州妇联的一位干部，20多岁了从没亲眼见过树，那里海拔4000多米，寒冷而干旱，只生长一两寸高的小草。然而她却能看到电视，从电视里看到姿态万千的树。终有一天，她随领导去西宁，路上远远望见前方挺立的绿色身影，她问道："那是树吗？"

我不知道她那一刻的心情，见过无数树的人很难或者说根本不可能体会到她的心情。过去我只听说过偏远地方的人没有见过汽车之类的故事，没有见过汽车让人感到落后和封闭，而没有见过树则让人感到荒凉和冷寂。2001年我去了一趟西藏，发现这样的故事在青藏高原很多很多。本来高原上就空气稀薄，到了冬季百草凋零，空气含氧量更低，人们呼吸愈加困难。对生活在高原的人来说，能经常见到树都是一种奢望。

其实前面讲的晨练的人们并不是一点也不知道树和人类的关系。回首20世纪，随着人口的膨胀、生产规模的扩张、对各种物质资源的消耗迅猛增长，森林锐减，自然植被急剧破坏，水土流失和沙漠化日益严重，天空中二氧化碳正卷土重来。特别是城市里严重的空气污染、扬尘、噪音、热岛效应、光污染和过度的紫外线，已经促使人们懂得从生产生活观进步到生态观来认识树，懂得从同面积的乔木和草坪的比较生态效益与经济效益来重视树，亦懂得从审美观来欣赏树，从法治观来保护树。

那么毁树现象为什么还屡屡发生呢？这正是因为在我们的文明进程中，还没有把对待树的态度纳入社会和公民的伦理观。在人们的意识里，树不过是供人类使用和利用的一种资源或材料。人们需要锻炼玩乐，它就应该伸出枝条供人攀折；人们愿意劈山起楼，它就应该毫无怨言地引颈就戮。人杀伐树损坏树，是有个合理不合理、合法不合法的问题，顶多还有个公共道德问题。至于人与树之间，哪有什么意识形态的关系！

殊不知在20世纪，人类的伦理观已经从人与人的关系扩展到人与动物的关系，进而扩展到人与植物的关系。从生命的意义上，人与树是平等的，地球是人类的，也是树的。人类的生命依赖于树的生命，地球上没有人依然是生命的星球，假若没有树，则是一个死寂的世界。因此比起人类来，树更能代表地球的生命，绿色是生命的色彩。

有人曾乐观地想，将来地球这个家园荒芜了毁灭了，人类可以搬到其他星球居住。那一个星球在哪里，难道是席勒诗篇《欢乐颂》中所说的造物主的居所吗？20世纪80年代，英国著名古生物与古人类学家迪克森在《后人类》一书中写道：对生态环境的肆意破坏，势必严重影响人类的进化方向。按照目前的趋势，50万年后地球物种灭绝、土地沙化、海洋污臭，荒野上只残存稀稀拉拉不成林的树木。那时人类已经退化成浑身呈鳞茎状、布满红色血管、长着一双有力的爪子的模样，栖居于树上，靠晒太阳吸取能量，以性喜污浊的水中藻类为食。而这些树木和藻类，还都是先前人类在生物遗传工程中的创造物。迪克森勾勒的图景尽管过于悲观，但是自有其理论依据。这令我们惊悚：人类变成那种模样，还是离不开树啊！

所以我们应该把目光投向人类以外更广阔的生命领域，改变以征服和支配为能事的思维定式与行为方式，通过对树和其他生命的关注，来深化对人类、自然、社会、世界、宇宙的认知。我们要以尊重的态度对待每一棵树，就像尊重他人一样；要像对每一个关心帮助自己的人怀着感激之情一样，对树抱有深深的谢意，并对它的善意和付出给以回应；要像愿意拥有更多朋友一样，期盼拥有绿遍天涯的无言的树。对待树的伦理态度，不仅是现代社会保护和恢复自然植被以及生态绿化的原动力，而且是人类生命意识和自然价值观念的重要内涵，并已经成为衡量一个国家、一个城市、一个人道德水平、文明程度的重要尺度。

2000年，美国纽约曾发生这样一件事：一家快餐店的老板丹尼尔，将自行车用铁链锁在门前人行道的树上，结果被人拍照，以虐待树木为由举报到市公园管理局，该局局长史登签署了1000美元的罚单。丹尼尔请教律师得知，他确实违反了法律，便向管理局认错，请求免除罚款。史登觉得丹尼尔是真诚的，但为了教育丹尼尔和市民，他提出丹尼尔必须向那株树道歉，拥抱它，而且这一行动要让媒体报道，并保证今后不但不再虐待树，还要经常浇水。于是丹尼尔在众人和镜头的注视下，双手紧搂、脸颊紧贴大树："啊，大树，亲爱的，对不起，我不该虐待你，请原谅。"松手前又亲吻了大树一下。事情似乎到此已圆满结束，其实不然。当晚纽约市长朱利安尼在电视新闻上发表谈话，认为管理局无权取消按照法律已经做出的罚款决定，只有法官才能对丹尼尔的请求做出裁定。最后史登陪同丹尼尔上了法庭，鉴于丹尼尔的认错态度和致歉行为，法官同意免除罚金。法治管束就这样上升到道德教化的境界，人心向善的光芒就这样投射于世间万物。

我们还应该从文化观的角度看待树。上世纪 90 年代初，中央电视台来人要拍一部描述济南的电视片。座谈会上编导问城市有何特点。少年时生活在南方的散文家刘烨园说，这座北方城市的行道树种类很多，有槐、柳、杨、松、柏、梧桐、合欢、悬铃木等等。他的观察之敏锐给自幼居住于此的我以很大的触动，这不正体现了城市丰富悠久的历史、兼容并蓄的气度和仁厚万物的天性吗？而在这以前我一直为"进得城来，家家泉水，户户垂杨"（《老残游记》）的画意所陶醉，从未细想城市里各种各样的树的问题。树和人都是城市的主人，城市是人也是树的家园，就像城市里必须有各种各样的人一样，城市里也应该有各种各样的树。特别是那些老树，饱经千百年沧桑，依然吐绿扬芬。比起市廛一代代的曾经闪亮登场终究是昙花一现的各色人物，它们不是更能代表城市的文化积淀，体现城市的气韵风骨吗？在它们面前，每一个自认为还胸有点墨的人怎能不怀着崇敬之心感激之情呢？

让我们和树亲如家人般地相互扶持和谐共处，让我们为城市为世界拥有更多的树而奔走呼吁劳作奋斗吧。如果你暂且还做不到这些，那么就请你每天清晨第一次看见树时，在心中轻轻地问一声——

树，你好！

（原载于《山东文学》2002 年第 9 期）

王兆华

王兆华（1970— ），笔名廖无益，山东章丘人。济南市作协理事、章丘市作协主席。著有散文集《廖无益散文》等。作品获首届泉城文艺奖。

看雨

许多年后看雨，你找到的感觉仍是当年的。不管你有多大，都一样。因为你曾是一张纸，那雨把你淋湿了，起了皱，你把它晾干，仍是皱，再也回不了原样了。那些皱就是你的记忆。它们让纸变得难看，不平整，发脏，隐隐约约的痕迹，是无规则的，但让纸充满深度。

那雨来自另一个天空，肯定的。在雨来临之前，孩子的心事会让大人看见，孩子的心事挺傻。地里正干着活呢，有黑云从东南角起来，一阵凉风从脚下擦过。孩子就直起身，拄着锄头翘望那雨。大人就说，没事，再干一会儿。孩子不说话，把锄头慢腾腾地拉过苗隙，仍歪着头，斜眼翘望那雨。有时雨虚张声势，不到半边天就退回去了，孩子很失望。大人却说，幸亏没下雨，地还没锄完呢。但这回是真的，已经有雨点了。不用孩子说，也不用大人说，远处的人开始吆喝了一下——走吧！“这老天爷！”大人嘟囔一句，紧锄两下，抬头瞧，孩子早已在堰上等他们了。

大人一收锄，孩子的心才真正放下来。他是孝顺孩子，要等大人一起走。雨点大起来，落在地里看不见，砸在锄把上就清晰地暴露自己。孩子仰着脸，心里乐开了花，盼这雨能下两天，不紧不慢地下，他有许多事要做。

麦秸苫的屋顶渐渐湿起来。有刚补过的地方，露着新茬，远远望去深浅不一。雨水开始顺着屋檐往下滴。屋檐是薄石板做的，还算整齐，每次下雨，总有固定落水的地方。那不是故意留的，是雨自己找的。开始是一滴一滴，慢慢又连成线。檐下的地上一溜小窝窝，有的大些，有的小些，在靠门边的地方有块方石，平时坐坐什么的，那上面的窝更小些，但分外圆滑可爱。雨水准准地落在里面，不知道已接了多少滴。但只在雨小的时候才准。雨大了，水就冲出去，砸不到窝里了。

这时，孩子正跪在炕上，靠着窗台出神。他刚换了衣服，那一身淋得有些湿，换了就暖和熨帖了。雨大了些，开始刮起雨幕，远处的树有些模糊，一两只家雀儿湿湿地扑在门框上，翅膀不住地颤抖。院子里漫起了水，雨砸上去，就冒起一片水铃铛。孩子暗自高兴，因为听大人说，起了铃铛就下大雨。他看着那些铃铛顺着水往外漂，经过一个小阳沟，就到大街上去了。

孩子也想往外跑。于是下了炕，趿拉着凉鞋，从桌底下拿一个草帽，帽檐有几处破了，顶还好，没漏。“别凉着！”大人说。孩子嗯了一声，一口气跑到大门道里。街上的水已经很大，中间冲出一道深沟，向东一拐就是村外了。几个大娘在她们的门道里纳鞋底，说说笑笑的。孩子戴着草帽跑到雨里，又赶紧缩着膀子折回来，伸着脑袋向东望。远处的树只剩轮廓了，场院屋子也只剩轮廓了，小道上好像还有人跑动，也只剩轮廓了。

孩子像家雀儿一样在门道里藏着。孩子想他的心事。要是雨停了，水还会在街上淌很长时间，不过会逐渐地清浅，不像现在这么浑，在下坡的地方，石头都露出来。最好玩的是蜻蜓，成群结队地顺街飞。要是雨歇在黄昏，它们就栖在矮小的灌木枝上，静静地呼吸清新的空气，那里面有泥土的香味。

孩子想他的心事。他有足够的时间。因为等太阳出来，还要两天才能把地晒干。

（原载于《散文》2002 年 11 期）

朱建信

朱建信（1956— ），山东青州人。济南军区空军政治部创作室主任，中国作家协会会员，山东省作家协会全委会委员、军事文学创作委员会副主任。出版作品集18种，作品被收入《新中国军事文艺大系》等数十种选本。作品获全军文艺新作品奖一等奖，山东省泰山文艺奖等。

亲近碑碣

解放阁基座东侧的“碑墙”刚建好不久，我曾带着上幼儿园的儿子去过一次，我领着儿子在环城公园水边玩了一会儿后，站到了那座“碑墙”前。我一只手牵着儿子的小手，另一手轻轻抚过那些排列得密集整齐的年轻名字。儿子问我“摸石头”干什么，我说这不是石头。儿子说不是石头是啥，我含糊其辞地应付了一句，我觉得这个问题虽不复杂，却未必能和一个四五岁的孩子说清楚，回到家后发现那天是4月4日，第二天是清明。

因为有一个清明节，四月成了一个伤悼和纪念的月份，人们在这个月份纷纷走近碑碣，或用忧伤的泪水，或用虔诚的心语，或用疼痛的目光，与地下的长眠者进行一年一次的深情交流。

我小的时候曾一度对碑碣怀有一种莫名的恐惧。通往小学校的路边有一小块掩映在松林中的墓地，只有几座坟头，离路十几米远的样子。和长我几岁的哥哥同路时，我曾大着胆子向墓地里瞟过一眼，透过松林间隙看见几块高低不一的墓碑矗立在低矮的坟前，每块墓碑上面都刻着一个停止了呼吸的名字。那一眼给我留下了后遗症，老觉得墓碑仿佛就是坟头下躺着的那个人的影子。后来我独自一人上学或放学回家，每次路经那块墓地时总是腿关节发紧，头皮一阵阵发炸，于是下意识地加快脚步，继而奔跑起来，依稀觉得某座坟前的一块碑还原成人形走出墓地，悄无声息地跟在我的身后。

我的“恐碑症”一直持续到接近 18 岁时才得以消除。那时我刚穿上军装，驻地是苏北重镇徐州，星期天和新兵连十几个战友结伴去参谒淮海战役烈士纪念碑。那是我在亲眼看见天安门广场人民英雄纪念碑之前见到的最高大的碑，必须吃力地仰视才能看到碑的顶端，如一柄巨型宝剑插在山腰，浩气干云，我的心里充满庄严和敬畏，竟情不自禁地登上石阶伸出手抚摸了一下硕大的花岗石碑体。一个歼敌 55 万的战役的胜利，需要多少忠勇的青春生命才能擎托起来？纠缠我十多年的“恐碑症”于那一刻痊愈，此后我多了一种关注和亲近碑碣的习惯。晚辈为谢世的自家长者所立的碑碣，其意义只属于某一姓氏族系，我所关注和亲近的大都是具有公众纪念意义的碑碣。每到一处，只要那里曾发生过意义重大的战事，我都会抽时间到陵园或战迹地看看；只要有碑，我的手都会下意识地伸向碑体，在上面停留一会儿。那些碑碣下面沉睡的都是一些青春飞扬的身体，他们年轻得犹如缀着晨露的蓓蕾。抚摸那些碑碣，就像抚摸一个或一群同龄同辈的亲朋好友的脸庞或肩胛。谁不热爱自己的生命？世上有哪样东西比生命更宝贵？但那些碑下的长眠者却以自己的生命作为献祭，捧给了这片土地。我们沐浴的阳光和呼吸的空气里密布着他们的生命因子，他们离去的时候慷慨从容，没有一丝恐惧和忧郁，根本不像去赴死，更像是对亲情和生命的一次感激行为。多么深的爱才能让一个人毫不犹豫地把生命交出来？最深奥最复杂的爱，他们用最简单的方式作了诠释。活着的人无论多么显赫，面对他们都应该看到自己的卑微。我在注视或抚摸碑碣的时候，有时恍若觉得一个或一群年轻亲切的身影从碑碣中闪出，他们穿着粗布旧衣，灿若灯盏的目光照彻我和我身边人群的肉体和灵魂，让我们为自己内心某些不够洁净的隐秘而羞愧。

碑碣是生者对死者的铭记。碑碣大都是石质的，却不是石头，它们因怀抱着那些名字而有了灵魂。在一年中的大多数时间里碑碣都是清冷寂寞的，只有四月例外；四月也因此变得格外清洁，和煦的阳光、素洁的云霞以及初绽的叶芽和花朵，都散发着忧伤而纯洁的气息。在春光涌溢的四月，当我们在自家亲人的碑碣前泣语或祝祷之后，尽可能抽时间走近那些为土地的春天而献身的人们的碑碣——也就是我们通常所说的烈士纪念碑，献不献花并不重要，哪怕只在碑碣前默立一会儿，也会让四月的气息停留得时间更长一点，在一定程度上会使我们的心灵趋向火热和纯净。

（原载于2003年4月5日《济南日报》）

韩子奎

韩子奎（1950—　），山东平阴人。中国散文学会会员，山东省作家协会会员。曾任平阴县委副书记、县长，济南市林业局党组书记、局长，济南市第十四届人大常委会委员、农村经济委员会副主任委员等职。

最忆是故乡

我的故乡邻近鲁西，是个很普通、很地道的乡村，二十岁那年我离开的那里。那时候，总觉得家乡是那样的普通和一般。后来，随着时光的流逝和年龄的增长，脑海中时常泛起的，尽是儿时、少时以至青年时期故乡留下的印记。那些印记总是伴随着一种浓浓的亲情、一种儿子眷恋母亲般的亲情，让人永远难以忘怀。尽管在时代的变迁中，故乡增添了越来越多的现代文明设施，乡亲们的日子也一天天富足起来，可真正让我魂牵梦绕的，依然是旧时的故乡。特别是，南南北北地走过一些山清水秀的名胜景地之后，更是每每勾起我对故乡的回忆和怀念。连我自己也觉得不可思议的是，越是在见过了一些世面之后，反倒觉得自己的故乡，尤其是儿时的故乡是那样的美。尽管她不多么厚重，也算不上典雅，但是她清新、纯朴、和谐，她有属于自己的美，美得让我等游子们，还有一直生息在那里的人们，总觉得她有无可比拟的美。

记得小的时候，村子四周布满了大大小小的水塘，村东、村南是一望无垠的平畴沃野，在天晴气朗的时日，东眺可见泰山。村西北的小山上有座孔庙，正殿里供奉着孔夫子及其弟子的塑像，据传是后人为纪念老夫子在此讲学而建。小时候，每年清明节出外踏青，都要很虔诚地去那里拜谒。出村往西不远，地势愈来愈高，再往西就是绵绵延延的山地、丘陵。从这片山丘里生成的一条小溪，弯弯扭扭地流到村子的西头，先是聚成了一个平塘，然后再分成两条小的支溪。一条穿村而过，这便让我家的门前有了小桥和流水；另一条串起村子南面的几处水塘之后，和穿村而过的另一条支溪又合在一起，一直往东流去，流出四、五里路的光景，又穿过一处村落。这个村子旧时叫作“环溪村”，明代官拜“怀远将军”的廉一桂曾在这儿定居，这位战功卓著的将军是战国时期赵国名将廉颇的四十代后裔。廉氏在溪上搭了一座青石桥，在溪畔修造了一套宅院，宅院和石桥很是气派，至今基本完好。溪水穿过环溪村不远，便汇入一条大的叫作“汇河”的河流。长大以后才知晓：汇河水流进了大汶河，大汶河又汇入了黄河。这样说来，流过家乡的那条小溪还是母亲河的一条涓涓支流。这，使我很是对故乡的小溪肃然起敬。

就是这条小小的溪水，以它成年累月的滋润，为故乡带来了无限的生机和欢乐，让生来勤劳的故乡人拾掇出一派难得一见的田园风光。村里村外、房前屋后，一应是交织着青绿红黄的菜园，菜园外围是广袤的粮田，村落便淹没在这田园之中。菜园的篱笆纵横绵延，说不清有多么的长，上面开满了牵牛花，挂满了丝瓜、豆角。菜园里的路径井然有序，直直的、窄窄的，泛着黑褐色的油光，踩上去，绵绵软软，煞是舒服。因了这些小径，又把偌大的菜园变幻出无数个“田”字和“井”字来，各家各户的辘轳一架又一架，或东或西、或远或近，散散乱乱地点缀在这些“田”字和“井”字之中。借着湿润的土壤和充足的阳光，绿色的田园一派生机，黄瓜、茄子、西红柿依着大自然的时令变幻生长，味道鲜美而又纯正。低凹的湿地里长满了蚕豆、豌豆、红高粱；大田里是一片片的油菜花、荞麦花；还有酸杏、毛桃、大红枣……星移斗转，如今好多原始的稼蔬已难得一见了，唯有回味中那无可按捺的诱惑，还有些许怅然若失的憾意挥之难去。

故乡那一带的气候四季分明，美中不足的是春、秋两季格外短暂。几场春风过后紧跟着就是夏天，“高粱倒，穿棉袄”，则道出了秋天匆匆的脚步。或许正是这种性情迥异的风雨和阳光，才使得一年四季各有各的美妙。冬去春来，小溪里鹅鸭“嘎嘎”的叫声此伏彼起；溪岸上白杨吐絮、细柳依依；田园里桃李开花、菜蔬长绿。畦头上、麦田里，老奶奶们手提着竹篮，带几个孙儿，在寻挖泛着白色小花的嫩荠菜。开春时节人们尤其精神，天刚蒙蒙亮，和煦的春风便吹开了家门，男女老少推着车、挑着担，吆喝着牲口忙着往田里赶。大街小巷嘈杂的脚步，布谷、“黑马勺”鸟儿的欢唱，和着牛羊“咩”、“哞”的叫声，汇成了一首和谐的早春交响曲。因了农时的紧要，春雨在庄稼人眼里油一般的金贵。所以，最难得、最让人喜见的就是迎来一场不大不小的及时雨。淅淅沥沥的春雨，飘逸、安详，润物无声，却能在一夜之间让一方天地变得繁忙起来。连上了年纪的老人也戴上斗笠，扛起镢头，来在房前屋后点瓜种豆。大田里更是忙得人欢马叫，人们急着要把能借上雨水干的活路，一股脑儿都了结了。飘洒着春雨的原野，犹如一幅清新淡雅的水彩画图，只可惜游历于这美妙的画图之中的庄稼人，没有欣赏细雨斜阳、燕子翻飞的闲情逸致。春天的白日是愈来愈长的，可一年之计才开头，田里的活儿多得数不过来，中午饭都是送到地头上吃，后半晌也要忙到傍晚炊烟升起的时分才舍得收工。有一首很美妙的歌声中唱道：“小小村落，袅袅炊烟，路上一道辙……”那就是故乡春天的景象。

夏天，远不像现在热得这么酷、这么长。真正让人昼夜难耐的时日，到了中伏也不过四五天的光景。然而，我对故乡盛夏时节的月夜情有独钟，那实在是一种空蒙而又明媚、静谧而又动听的境界。尤其是进城数十载之后的今天，再去领略那份时光，更是令人心驰神往。傍晚时分，一轮皓月冉冉升起，暑气渐渐消退，在野外耕作了一天的人们，披着皎洁的月光，牵牛荷担，三三两两地从四面八方向着烟月朦胧的村落围拢，村子便渐渐地沸腾起来。池塘、小溪是消夏的“野小子”们的天下，嬉戏打闹、毫无遮拦；溪塘岸边，村姑媳妇在捶打浣洗衣裳，牛羊在漫不经心地饮水；桥栏石、弄堂口，满是把着蒲葵扇乘凉聊天的老者和咿呀学步的童蒙。晚饭，人们习惯于到大门外面吃，东邻西舍间边吃边啦着当天的新鲜事，尤其是开朗一些的同辈人，说起话来像吵架，你喊我叫的好不热闹。这种喧嚣的场面一直持续到午夜，人们才带着几分倦意回家休息。只有树上的知了、水塘里的青蛙和林林总总的小昆虫们，仍在不知疲惫地高唱低吟，还有远远近近的菜园里，传来一阵阵吱吱呀呀的辘轳声。而这饱含着辛劳的辘轳声，一直陪伴着晚睡的和早起的种菜人彻夜响个不休。

乡亲们对菜园子格外用心，那是他们的指望所在。可菜要真正种得好，除了讲究水土、品种，照管起来还真得有技巧。俺们村有几样菜在四外八乡叫得很响。像韭菜，叶子又宽、又厚、又长；大白菜，帮子薄、个头大，站上去个人都撑得住；芹菜，又嫩又脆，掉在地上能一摔八段；香椿芽，紫红紫红的颜色，味道又香又浓。种菜的活儿辛苦得很，就说浇水，那时候用的是清一色的辘轳，有些菜很是吃水。譬如芹菜，定了小苗，每天一遍水，少一遍都会减成色，上市卖不上好价钱。就是阴雨天也难得空闲，雨一停，几乎所有的菜都要立刻浇一遍井水。不然，气温一回升，雨水的蒸气会把菜叶子熏黄了、熏蔫了。农谚道：“旱锄田、涝浇园”，说的就是这个理。故乡不是世外桃源，在“割尾巴”的岁月里，也有不堪回首的痛楚。然而世代种菜亦长于种菜的故乡人，有苦有乐、有喜有悲，就这样历经着无数自然的和社会的风雨沧桑。

那时候，乡亲们的日子是清贫了些，可村风习俗向来颇为讲究，长幼有序、尊老敬贤。邻里间崇尚济贫帮困、和睦相让。就说蔬菜瓜果吧，虽说是家家种、家家有，可谁家收得早了一两天，或是有了稀罕一点的，都要随手送一些给邻里们尝一尝。这种礼尚往来的风俗世代相传、沿袭至今。我家也有个小菜园子，可父母都工作在外，家中只有祖母照看着我们兄妹几个，菜种的又少又很平常，常常是族里族外的街坊们，今天送些芹菜，明日送些白菜，从来没缺过新鲜菜蔬。往事悠悠，许多年迈的长者都相继过世了，可父老乡亲们留下的那份清纯如水、绵绵悠长的情结，却一直铭刻在我不尽的乡思里。

而今回首故乡，物非人亦非，逝去的永远逝去了，然而它往昔的“情”和“美”已永驻我心。令人欣慰的是，故乡越变越美、越变越富，生我养我的故乡明天会更美好。

（原载于2003年《大众日报》）

魏　新

魏　新（1978—　），山东菏泽人。济南市作协理事，曾任《都市女报》编辑部主任。著有长篇小说《动物学》、《我将青春付给了你》、《命运教我变魔术》，历史随笔《水浒十一年》、《东汉那些事儿》等。作品获首届泉城文艺奖。

我又看到晚风中摇晃的故乡

一

我小时候生活在县城里，是被改革开放的春风吹大的孩子。童年的记忆中，县城是生机勃勃的，人们生活拮据却精神焕发，在街上见面，一手插上衣口袋，一手打招呼："有钱花不?"言外之意就是如果没钱花我可以给你一些。如此的客套话想想很可笑，因为那时候大多情况下自己口袋里都超不出十块钱，即使空空如也，这样豪爽的问候也总能让人备感温暖。

县城就像个温暖的蛋壳，藏了多少人的少年壮志不言愁。

后来我离开家乡，读书，谋生，飘荡，一晃已是多年。

飘荡和飞翔是完全不同的两码事，每个人都渴望飞翔，在没有翅膀的时候他们往往选择了飘荡，也有很多人在飘荡中找到了飞翔的感觉，甚至慢慢生出了翅膀，但是这种生长过程中的痛楚实在是难以忍受，除非你学会麻木。

那一年，我终于厌倦了如同塑料袋一样飘来飘去的生活，回到了故乡的小县城。

当初离开的时候，我想我再也不会回来；当初背着重重的行囊乘着依维柯离开的时候，我看着窗外倒退的树木、河流、麦地、果园，我想故乡从此在我生命中越来越远。如今，我回来了，这里的风景有的依然熟悉，有的如此陌生，我在一个个当初毫无新鲜感的地址再次找到了新鲜感，仿佛那些被诗歌擦亮的词语。

二

大街上，时常晃动着染红头发或者黄头发的少年，三五成群地嬉闹着，阳光把他们的影子拖得很长，他们把自己黑色的青春踩在脚下，眼神空洞残忍。这些被香港电影《古惑仔》所影响了的孩子多像我和我那些哥们的曾经，游戏室藏着快乐的欲望，录像厅装着英雄的梦想，像小马哥那样叼着火柴杆，穿着黑风衣，练习打火机的多少种玩法，粗劣地仿制着时髦。

一个哥们在家门口开了个卖酱菜的小店，有一天我从门口经过，两个人聊了一上午，他的很多感慨总结为一句：“现在才明白，台球打得好不是真本事。”

他的儿子已经三岁了，当他笑着抱起儿子的时候，我突然发现他脸上已经有了那么多的皱纹，和他肖像酷似的儿子一下衬托出他的苍老。

这个哥们过去颇有些才情，喜欢读小说，更喜欢练散打，常和人打架，并且心狠手黑，义盖云天，气吞万里如虎。当年打在别人身上的拳头而今又被生活重重打在了自己的心窝，这个卖酱菜的小店里，不知藏了多少岁月中的酸甜苦辣。

当我围着赤道跑了一圈的时候我发现我的很多朋友都还在原地站着，我很想告诉他们我一路的见闻，我视野中出现过的湖光山色，可我无法开口，我不忍心破坏他们靠牺牲梦想才保持的平静。

三

县城的生活节奏很慢。在很慢的县城里，人们的一举一动都像电影中的慢镜头：一杯茶喝一天，一张报纸看一个星期，一场酒从中午喝到凌晨，慢慢睡一觉，下一场酒又慢慢地开始了。周而复始的慢在县城循环，时光就显得更快，快得来不及去觉察它的痕迹。一个孩子刹那间就长大，一名年轻人一眨眼就变得苍老，昨天还在胡同口晒太阳的老年人，今天就变成了一张大黑白照片，隔着透明的玻璃镜框，神态慈祥地望着涕泪横流的儿女。人们的悲痛和欢乐就像咖啡和伴侣那样被沸腾的时光稀释，又在县城的容器冷却，让一些夜晚忽然兴奋，又让大部分日子更为艰涩。

适应了这种慢节奏的人，一旦到了节奏快的地方，会觉得手足无措。比如在大城市，我就想不通为什么那么多人要跑着上班？为什么人们拼命要往已经插不下脚的公共汽车上挤？县城有一种叫作“招手即停”的小面包车，只需花一元钱，就可以把你带到任何地方，车上肯定有座，坐下后点一支烟，到目的地的时候，刚好能把烟头在柏油路上踩灭。

比县城慢的，只有农村。农村的土地太空旷，太寂静，就像一块磁铁，吸附着一辈又一辈的人。我们县里，农村的青年人大都去城市打工，无论去多远，农忙的时候依然会被吸回到这片土地耕作。只有那些考上大学的农村孩子，录取通知书使他们变铁成金，不再受这片土地的牵引，可他们的金光也过于微弱，大多照耀不到故乡的村庄，只能形成一种越来越强烈的对比，在对比中，这里更显得贫瘠萧条。

县城，是城市人的农村，又是农村人的城市。县城是国家的神经末梢，是在我身上时常发作的顽疾。

四

我和两个朋友一起在县城开了一家酒吧，名字叫 1983，很多人都问 1983 究竟什么意思，我说意思很简单，就是说一个酒吧三个人开的，取谐音。

事实上，1983 在我心中是一组玄秘的数字，是通往时间尽头的一条路。

一天中午，1983 来了几个上小学的孩子，买了两瓶啤酒，都喝得快趴下了，对服务生说："哥哥，能给我们买个馒头吃吗？"

他们到酒吧来是准备结拜兄弟的，年龄这么小，身上就流淌着江湖的血液，我想，将来无论他们出人头地，还是作茧自缚，还是反目为仇，他们都应该记住 1983 酒吧，对于他们来说，这里就是刘关张的桃园。

县城的江湖也是一片江湖，也有风浪和鱼虾。街边的卡拉 OK，最流行《大哥》那首歌，甭管是什么歪嘴斜眼、五音不全的家伙，抓起麦克风就是："我不做大哥很多年……"

酒吧开业前，装修的时候找来一伙泥水匠。这伙泥水匠都是从农村来的，农忙时他们要下地，农闲时就到城里的工地打散工。他们抽最差的烟，干最重的活。他们的最大娱乐几乎就是在劳动中闲聊了。

我喜欢听他们闲聊，我认为他们骨子里有一种与生俱来的幽默，他们略带狡黠的笑容，脱口而出的荤段子让整个世界变得真实生动。

他们中间，大部分的人从来都没有出过县城，外面的世界在他们的揣测中更加光怪陆离，或美丽似玉，或凶恶如狼。封闭的县城制造了他们想象力的障碍，但挡不住他们蠢蠢欲动的舌头。也许他们也属于王小波所提出的"沉默的大多数"，他们的话是苍白无力的，因此他们的话也毫无顾忌，就像是自言自语。有时候他们会很严肃地拿出一些关于重要人物的荤段子来较真，议论是否确有此事，一本正经的表情使人哭笑不得。

谈起村里那些有点姿色的女人，他们更加兴致勃勃，在传说中的风流韵事中意淫，这能够让他们拿瓦刀和泥水兜的手关节更舒展一些，忘掉日复一日、年复一年的劳累和悲苦。

除此之外，他们还有什么可以娱乐的方式？

县城一个电影院都没有了，只剩一个剧院平常关门，过节的时候放点录像，每次放映前，都有宣传车把传单撒到大街小巷，干活的泥水匠们听到动静就从工地跑出来，捡钞票一样捡到几张传单，然后互相诡秘地问：看光腚去不？看去不？今天，看去不？

也有些去过大城市打工的泥水匠，平日比较沉默，显得矜持稳重。我告诉他我准备砌一个带拐弯的吧台，他们只是打量一下地面就估量好了尺寸，点点头，一副胸有成竹的样子。这些人往往干活并不卖力，但技术好，活不糙。他们的汗水更多地流在了城市里那一座座炫目的建筑下，而在那些建筑里工作生活的人，有多少会偶尔想起这些来自县城的民工？

装修竣工的时候，我请他们吃了顿饭。这顿饭不同于平日的工作餐，而是我额外请的，叫了几个菜。他们喝酒的时候话更多，当时就要和我肝胆相照，恨不得把工钱全部退给我。我那天也喝了不少，后来上了一只烧鸡，我说吃啊，其中一位说这个在家也能吃上的，言语间烧鸡迅速变成了各自筷子边的一小堆骨头。

我给他们留下了我的电话，后来我的1983酒吧上了杂志，这些又去别处干活的泥水匠们经常会在和其他人一起吃饭时给我打电话，热情洋溢地嘘寒问暖。我知道挂了电话后，他们会和旁边的人说：“刚才那是1983酒吧的老板，1983就是我们去帮他搞的！”

那语气，简直把1983当成了中南海。

五

开始我以为，在县城里，我可能是唯一写诗的人。有时候我在酒吧打开笔记本电脑，他们问我：“你是不是在练打字？”我一概说是。

每天到酒吧来的都是一群醉鬼，过去我特别喜欢喝酒，站在和他们隔开的吧台里面，我深刻地意识到：保持清醒原来是多么重要的事。

一天，一个县电视台的编辑找到我，我们算是老朋友了，过去他一直不知道我写诗，突然在网上和杂志上看到了我的名字，很是激动，他约了几个当地的诗人，一起吃了个饭。这里面有一个叫董克勤的老先生，已经写了三十多年的诗了，回忆起来，十几年前他们还在县城组织了个“雏鸟诗社”，办了几期油印的刊物，而今诗社的成员各奔东西，大多因被生活所扰而停笔多年，只有董克勤和诗社社长玉森还在坚持着。坚持是一种多么宝贵的行动，虽然坚持仅仅是坚持，大多时候和胜利一点关系也没有。

关于雏鸟，我想起县城里每天推着三轮车四处叫卖的五香毛鸡蛋，毛鸡蛋就是没有孵出的鸡蛋，毛鸡蛋的蛋黄就是没有孵出的小鸡。有细小的爪子，碎裂的脑袋，被折断的火柴杆那样的翅膀。稀疏的绒毛像少年的嘴角，像一代人的青春期。

我写了一首诗，题目叫作《五香毛鸡蛋，一块钱四个》，写的就是被廉价批发的夭折梦想，写完后再听到关于毛鸡蛋的叫卖声，我就有一种整个县城都在朗诵我诗歌的成就感。

县城这样一个狭窄的空间依然给了我很多灵感，这些看似浮于天际的灵感实际上是一种源自内心的痛。我在一首《和一名老诗人在大排档喝冰镇啤酒》里对我眼睛里风沙弥漫的县城进行了平静的叙述：

从马路边走过的女人们，有的漂亮
有的不漂亮，大部分都说不上漂亮
也说不上多丑
有一个长得像章子怡，穿的衣服很少
我没勇气把她剩下的也脱掉
就喝了一口酒
有一个是我小学同学，领着她的孩子散步
小丫头长得一点都不随我
令我很惭愧，我低下头
又喝了一口酒

后来天黑了，只能看见女人们的轮廓
有的线条优美，有的不怎么优美
还有的根本没什么线条
一群骑自行车的女生，晚自习刚放学
按着车铃，唱孙燕姿的歌
掠过一阵好像初恋的晚风
我又喝了一口酒
一个弓着腰拣矿泉水瓶的老太太
我想她的头发已经全白了，虽然路太黑
只能看到她问号一样的身躯
“再来一提啤酒！”我说

我看着这些越来越模糊的女人
她们和我没有丝毫关系
我知道，我不能因此而绝望
我又喝了一口酒，让冰冷的酒穿过我的胃肠
后来，两个收工的妓女走过来
坐在我们旁边的桌子上
她们把卖身的钱从丝袜里取出
每人要了一瓶酒
像我们一样喝了起来

诗人是像妓女还是五香毛鸡蛋呢？我看过西川写的《致杜甫》，结尾两句很喜欢：“所谓希望，不过是命运；所谓未来，不过是往昔。”

六

1983酒吧聚集了很多喜欢吉他的年轻人。

他们的最大的梦想就是成为李延亮、老五，水平稍微高些的，梦想就成了科特·柯本了。

有个叫小春的孩子是从农村来的，是我高中同学的媳妇的堂弟，拐弯抹角找到这里学琴，晚上在酒吧住，顺便在酒吧里打打杂。他有一盘收录几支中国摇滚乐队单曲的VCD，纸盒都磨白了，不知道看了多少遍。刚来的时候他几乎不怎么说话，混熟之后话就多了起来，滔滔不绝，讲他在一所民办艺校读书的经历，那里的纪律怎么混乱、男生怎么去泡马子、女生怎么去打胎，他是怎么上了半年就没再去并且智退学费的壮举。

我想起第一次见小春那天他背着印有龙图案的电吉他，表情木讷，手足无措，觉得怎么也和现在这个侃爷形象联系不起来。

在小春刚学会按几个和弦的时候他已经在那盘VCD中学会了模仿许多演出造型了，经常看到他晃着头发声嘶力竭地狂喊："姑娘姑娘，漂亮漂亮！警察警察，拿着手枪！"

这样的发泄是否能驱散他心中的迷茫？

我羡慕小春，羡慕他面对生活摇滚精神，他最大的梦想就是回农村也开一个酒吧，向1983学习；后来1983经营惨淡，他的梦想就成了回农村开吉他俱乐部了。

在酒吧后院我们成立了一个吉他俱乐部，其实就是卖琴，对于县城的"大多数"来说，这依然是种新生事物。刚成立的那些日子如同在进行科普教育宣传，一个中年人进来摸摸挂在墙上的吉他，点点头说："嗯，这琵琶真不错。"

经常有人过来问这把木琴多少钱，那把电琴多少钱，问了一遍从兜里掏出枚一元的硬币："来根琴弦。"

有个学吉他的小孩激动万分地说："我今天听黑豹乐队的专辑了，真好，最喜欢里面那首《天地自容》!"我的天哪，应该是《无地自容》!

后来我想想，"天地自容"这个词也蛮有意思的，可理解成一种我行我素的人生观。

每天从酒吧回来都很晚了，睡觉前除了洗涮之外必须要做的事就是看碟。

那天又看了一遍《小武》，导演贾樟柯表现的县城和我们这里有那么多相似的地方，贾樟柯可以用影像来告诉我们被一贯漠视的赤裸裸的现实。我一直相信电影是神奇的，比文字还要神奇。

一般情况下，每个片子往往看到一半就困了。第二天醒来，赖在被窝里把下一半看完再起床。

我的每部电影中间都有一段黑夜，都有一段梦乡。

七

我把 1983 的故事写下来，发在了一本非常畅销的时尚杂志上，结果那期杂志在县城的报刊亭以最快的速度销售一空。我知道杂志出来了的时候还没收到样刊，就去报刊亭准备买本翻翻，结果已经卖光了。还有不少人从远处慕名而来，像参观纪念堂那样参观我的酒吧。

县电视台的那个编辑要用 DV 拍一部关于我和 1983 的纪录片，说是要送到《东方时空》的百姓故事板块，第一个镜头是我骑着自行车到酒吧开门，拍了十几条才过。我一趟趟地骑车在酒吧门口来来去去，边蹬着车子边做冥思的愤青状。

事实上这时候酒吧已经亏得干不下去了，县城的消费环境根本不适合酒吧的运作，当新鲜的狂热在年轻人脑海中渐渐冷却下来时，1983 已经萧条得门可罗雀，支撑一天就多赔一天钱，1983 渐渐沦为一台吃币的老虎机。

终于，1983 没有了。酒橱卸了，竹门拆了，灯箱摘了，音响关了。我把拉来的桌椅摆满家里的小院，让太阳晒晒里面的汗。

我的汗还没流出来，就被风扇吹干了。

那些怀抱吉他的少年，那些轻舞飞扬的女子，那些深夜无所事事的酒鬼，那些远处慕名而来的姑娘，那些“头戴梦想眼含雨水”的诗人，那些身穿制服手拿发票的傻逼，都再也找不到 1983 了，就像我再也找不到回家的路。

1983 没有了，这幢红色的小楼将来不知变成诊所还是洗头城，会不会有人在刺鼻的来苏水味、劣质的脂粉味里想起永远消失的 1983，想起藏在啤酒瓶里空空的豪言壮语？

县城的黄昏，人们的举止不慌不忙，表情自然安详。

我从容地走在路上，感觉自己是在逆风而行。有一种珍贵的东西，不知道是我丢失了还是人们忘记了，我在故乡发现自己原来只是一个陌路人。

我看到晚风吹得故乡摇摇晃晃，我知道这是我的错觉，其实是我的心在摇摆不定。

（原载于《青年文学》2004 年第 1 期，后被《散文》海外版选载）

张 继

张 继（1967— ），山东枣庄人。中国作家协会会员，享受国务院特殊津贴。曾任济南市作协副主席、沈阳军区电视艺术中心副主任、山东省作协创作室副主任、中国编剧协会常务理事等职。主要作品有小说《玉米地杨树林》、《村长的耳朵》、《去城里受苦吧》，电视剧《乡村爱情》系列、《女人当官》系列。作品获中国电影华表奖、全国五个一精品工程奖、飞天奖、金鹰奖等。

平阴贤子峪记

贤子峪位于平阴镇南五公里处，导游介绍说这是一个明代村落。但是从村落里面一些颇似蒙古包样的建筑来看，似乎又像是成村于元代。据说因为明代一个叫张宗旭的贤士隐居于此而得名。

去贤子峪的路狭长而曲折，路面铺了一些大大小小的青石板，一些石板上面还不见摩擦的痕迹，看得出，这是一条新路，是镇政府为方便游人参观专门修建的。据说原来那条路十分隐蔽，不光坑洼不平，而且非常的狭窄，说是最窄处，需侧身而过。很可惜，那个需侧身而过的地方我们看不到了，要是能看到，又能为这条路增加多少情趣。

大约也就是因了不方便进入的原因，这个原始的村落才得以完整地保存。远远看去，三山之间，绿树婆娑摇曳，高高矮矮的石墙若隐若现，一种古朴清新的气息扑面而来，我们一颗在尘世浮躁的心立时变得平了、稳了，抑或是变得是重了，或者又轻了。

村落的西边有一处石墙，显得巍峨而凝重，上面有城垛和洞口，大约是围墙了，由于风吹日晒，墙上的石头已呈灰黑色。石墙尽管不太长，但是十分完整，像模像样，他护卫着村落、装点着村落，也丰富着我们对他的渴望与想象……

村落南面有一眼泉水，名曰抱珠泉。泉名的出处已不得而知，但是，仍然有一脉细水悄悄流出，在这山光旷野、在这古式村落里显得尤为金贵。泉下有池，池上有桥。在桥上观池观山，不由得为这片山水怦然心动，叹惋不已。下得桥来站在池边观桥，你又不得不为刚才置身桥上，身处险境而心惊肉跳，因为，你这才发现你刚刚站过的石桥其实就是几块随意堆在那里、悬在空中的石头。不过，那看似随意的几块石头，却很好地运用了石拱桥的原理，结实得很，你在感到虚惊一场的同时，又不得不对五百年前贤子峪人的聪明才智而佩服。

泉旁不远就有一完整院落。说它完整，也只是说它正房、侧房、厨房、甚至厕所都还存在着，却都没了屋顶。跟这里所有的房子一样，几所房子从上到下，从里到外，全部取材于石头。石头或长或方，严丝合缝，错落有致，井然有序。地上纵横着几条石道，分别通向院内各个去处，极其规整。西面的院墙已经倒掉了，但是我想象即便没倒，那墙也不会太高，因为从这个院子向西南看去，一山一坡的秀色一览无余，再愚笨的主人也不会把如此美好风光挡在院外，况且这一定又是一个极具灵性的主人。房前栽着一棵清清爽爽的皂角树，树干需两人合抱，中间已经空了，但依然枝叶繁茂。活了有一二百年了吧，看样子再活上几百年也没有问题。院中小道两侧，栽了两棵树，一棵是香椿，一棵是臭椿，寓意深远，喻示好与坏一路之隔，善与恶一念之差，彰显着主人的操守与情趣。

出得院落，沿石板路拾阶而上，两边皆石垣石墙石壁，或勾连纵横，或兀自独立，原生原态，各得其趣。石板路的缝隙间长满了杂草，不时地有蚂蚱蜢虫飞出。路两边的断壁中有野树和荆条杂生，一些荆条缀满花蕾，几只蜜蜂，三两蝴蝶飞行其中，使人觉得似在村中，似在山上，村村山山，山山村村，村山不分，如坠十里云雾之中。有一株桑树从道边悄然而出，挂一树红艳艳的桑葚，摘几颗放在嘴里，酸酸甜甜，清清爽爽，味道恰到好处。

石板路的尽头向西一拐，再上几个石阶，就是村落中最有名的去处“函山书院”了，据传这里就是当年贤士张宗旭设坛讲学的地方。几处房墙都还完整地保留着，只是不见张氏前人踪迹，但从书院的气派和规模来看，鼎盛时期一定文人雅士聚集，书声诗声唱和，长袍飘逸，羽衣纶巾，风流倜傥，让人追思追忆追念追想。我伏下身，抚摸着院里的一块块石头，石头被岁月亲吻的有些拉手。这些石头谁在上面放过书？谁在上面写过字？谁又在上面托腮沉思？他们又都有怎样的故事？

——山风阵阵，空气中弥漫着一股诱人的香气。

我在古村落里行走、徘徊，脚下的一段石板路光滑如井台。这里其实是村落中的一个高处，站在这里既可以看到村落，又可以看到来路。村落依旧在古老着，来路又有新人走过来。新来的人大约也跟我们一样，在寻找一种古老、朴素，或者说来寻找一份平和安宁的东西。这种寻找的欲望对今天的都市人来说是那么的强烈。可村落与城市本来就是南辕北辙的两种东西，再说对于村落来说我们注定都是过客，一个匆匆的过客，我们能寻找得到吗？

（原载于2004年《济南日报》）

路　也

路　也（1969—　），女，山东济南人。中国作协会员，济南市作协副主席，现为济南大学文学院副教授。著有诗集《风生来就没有家》、《心是一架风车》、《我的子虚之镇乌有之乡》，散文随笔集《我的城堡》，中短篇小说集《我是你的芳邻》，长篇小说《幸福是有的》、《别哭》等。作品获齐鲁文学奖、泰山文艺奖、人民文学奖以及《诗刊》第三届华文青年诗人奖、《诗刊》新世纪十佳青年女诗人奖等。

1976年

“1976年”的字样应该用粉笔写在颓败的老砖墙上，被风吹雨淋。

1976年有一股青核桃味。这股涩涩的味道穿过厚厚的时间墙壁弥漫在世纪末的我的心里。在省城的郊区，在环山的小城里，我的童年成了一个标本，一个可以任意折叠的标本。我长大了，把童年留在了那里。

就像中国有文字记载的历史开始于公元前841年的国人暴动，我在今生所记住的镌刻着确切时间的第一件事情发生在1976年。1976年春节，我的弟弟出生。弟弟比我小六岁零一个月，一个家庭有了男孩就相当于一个国家有了航空母舰，所向披靡。那个尚在襁褓里的小肉球使得我在小朋友们中间很是威风了一阵子，打架的时候胆子大了不少，骂人的时候口气硬了许多，谁也不能忽视一个铁的事实：我有弟弟了。

我的记忆就是从那个时候开始有了时间记载，像打开来的记事簿那样条理清晰起来的。而在此之前我的脑海里贮存的只不过是些缺乏细节的大致轮廓，甚至还不是用线条勾勒出来的轮廓，只是水墨在宣纸上渐渐洇开去的那种大块的朦胧印迹，是隔着毛玻璃望过去的样子，没有日期，没有次序，没有颜色和声音，呈发散状的粗大颗粒杂乱地分布在时间的幕布之上，仿佛劣质光盘放映出来的那种带马赛克的、似乎浸泡在水里的影像——那些事物不像是真正经历过的，倒像是梦见的。

我们家住在妈妈单位的家属宿舍大院里。院子里几乎每户人家都有与我年龄相仿的小孩。英子跟我同年出生，生日比我大出将近一年。我每次去她家，都见她往一个粗瓷大碗里倒上滚烫的开水，滴上酱油香油和醋，把冷硬的馒头掰成小块泡到那汤里，她就用这种方式给自己做饭吃，爸妈都上班去了，没人管她，她吃得非常香。英子很拗，每次和我闹了别扭，都能坚持永不理我，非要等着我先找她开口说话不可，我用巴结的口气说："小英，我的新画书，你要不要看看？"那时我觉得要是在革命战争年代，英子一定是革命烈士，我一定是那投降的。平平家的人都长得个子高挑。她家有七口人，而家里的猫又比人多，猫从不出门，全都患着自闭症。住在最西头靠水池子的是向东一家，向东稍大些，喜爱画画，屋里贴满素描，他的弟弟向群痛恨吃饭，趁大人不注意就把食物全都扔到床底下去，大人只好每周打扫一次床底。比我大一岁的红心的家里很富，有一台只有在文化馆才能见到的电视机，红心总是穿那种口袋上绣了花、胸前有一道横杠的条绒娃娃装。她长了一张大圆脸，还会咧开嘴露出豁豁牙来甜甜地笑，很符合那个年代欣欣向荣的审美观念，于是她的照片被放大了摆在了小城照相馆的橱窗里展览。我平生第一次用比喻就用在了红心那做官的胖爸爸身上。有一天大约是午饭后，他腆着肚子从我身边走过，我不仅全无恶意，甚至还无比真诚地对红心爸爸说"你胖得像一头猪"，结果他自尊心大受伤害，找到我父母去告状，让我父母对我严加管教。红心家隔壁住着招工上来的名声不好的单身女知青，外号"小美人”，她走起路来扭着身子，抹着很好闻的雪花膏，门窗永远关得严严实实，供人猜疑和议论。有一次在她开了门还没来得及关上的时候，我迅速地朝里面瞥了一眼，那一眼真是奢侈，她的小屋子里很干净、很华丽，布置得像一只粉盒，让我肃然起敬，但同时又觉得那屋子跟幽深的山洞那样漫出一股冷气来。许多年后我读到那首有名的诗歌《独身女人的卧室》，脑子里浮现出来的就是“小美人”的房间。

我从家属院的大铁门里走出来的时候，一眼就望见了隔壁粮所那高大的仓库，它青灰色的石头墙在阳光下闪闪烁烁，那墙上的字我认得：“深挖洞，广积粮，不称霸”，我知道再往前走，在粮所大门外的一面院墙上还写着“备战、备荒、为人民”。我是从家里的粮本扉页上认识这些字的，这些字一旦离开了粮本或者粮所的墙壁，我也许就不认识它们了。妈妈每个月都拿着一个棕红色塑料皮的粮本去这个粮所里买米买面。前不久她领着我去为我“长粮食”，她把我当活证据推到人家面前说：“看看这孩子长得多快，就要上学了，每月十二斤的定量不够吃了。”

就是那个夏天的早晨，我看见一只小山羊用穿黑皮靴的蹄子把石板路敲响了，我紧跟在它的后面，像它一样地上路了，我走过药材公司、邮局、信用社、派出所，在供销社对面，看见了小学校。

我是背着橙红色方格格的布书包去上学的，褂子上的图案是黄绿相间的小方格，裤子上是墨绿色的大方格，我在封面上有体操运动员的那种淡绿色虚线的田字格作业本上写字，用小石头在地面上画方块玩跳房子的游戏——世界是由方格子组成的。

我唱：“我是祖国一朵花，一呀一朵花，开在灿烂阳光下，阳光下……”1976年的阳光在一个小小孩子的心里真的是很灿烂，灿烂得足以使她相信自己是一朵葵花，是这个国家的一朵葵花。

那是1976年，永远过去了的1976年。

遥远的唐山发生了大地震，我们这座千里之外的郊区小城也开始防震了，家里的人每天晚上临睡前都要把一个酒瓶子倒扣在桌子上，我在睡梦里都能听见那只有着好看的绿色商标的兰陵白酒瓶子发出一声轰响，在我心目中它已经不是一只酒瓶子而是一颗带着保险栓的手榴弹了，很快又听说小城医院里从北面陆续转来一些惨不忍睹的伤员，床位都占满了，小城里想住院的人都得找熟人托关系了。地震刚过，接下来又发生了一件大事，震级并不亚于唐山大地震，一个在大家心目中可以活一万岁的大人物突然死掉了。

那天黄昏，还没到放学时间，我坐在教室里，望着黑板上用彩色粉笔写出的汉语拼音发呆，无端地觉着这些圆头圆脑的符号像是一些彩色气球，系在它们末端的拉绳长长的，拉绳就拽在我们的班主任黄冬菊老师手中。

我正这么想着的时候，教室的门突然打开了，黄老师弯着腰跌跌撞撞地走了进来，她穿着的确良衬衣，她在哽咽，她悲痛得把腰弯下去了。她走到讲台上，对大家说：“同学们，我们的伟大领袖……毛主席……逝世了！”

她的话音刚落，教室里顿时哭声一片，屋顶在这高亢的童声齐哭里颤抖。

我试着去哭，可是怎么哭也哭不出来，我坐在座位上，遥望黑板上方那个死去的人的画像，酝酿了好长时间感情，仍然哭不出来。我一会儿觉得画像上那个老人很慈祥，一会儿又觉得他很威严，我这么呆呆地望了他好长时间，竟觉得他就要张口说话了，马上就要冲我说出他对我的不满的意见来。我有一个让自己流泪的办法，就是眼睫毛一眨不眨，眼珠子一点也不转悠，直愣愣地瞪着随便某个位置某一个点，使劲使劲地看下去，这样坚持上一两分钟，泪水就会自动渗出眼眶——我这样试了，可是这次收效甚微。我为我努力地想哭却无论如何也哭不出来而羞愧，觉得满教室的孩子都比我思想品质好，我像一个叛徒坐在一大群革命同志中间。

接下来全校师生集中到操场上去听大喇叭里的广播，大家又从教室挪到操场上去哭，哀乐笼罩了小城的天空，天空在哀乐里渐渐暗了下来。我还是没能挤出一滴眼泪，只是开始感到恐惧，曾在电影里看到的白色恐怖镜头一下子全都浮现在脑海里，我在为这个国家担心，我担心伟大领袖没有了，像诸如胡汉三那样的坏人是不是又要打回来了。

忽然有一天早上，小城又兴高采烈起来了，街上贴满了巨大的标语口号，鲜红的纸上刷着漆黑油亮的大字，红黑两种颜色强烈地对比着，显得那样爱憎分明，锣鼓声震破了宁静的河水，秋风里荡漾着纸屑、油墨还有糨糊的味道。我一溜烟地跑出大院，又一溜烟地跑回来，兴奋得像一个小小阿 Q，带着不知所以然的革命了的喜悦，叫上伙伴同去同去。那时我刚刚学会了一个词——“打倒”，这是一个铿锵有力的词语，充满战斗激情，我用这个词语造句，我造的句子是“打倒宫士新，同学喜洋洋”。宫士新是我们小学一年级的班长，他向老师打过我的小报告，说我做卫生值日好几次都忘了从家里带笤帚去，所以这世界上如果有什么人需要非打倒不可，我第一个要打倒的就是他。

后来——我说的后来，已经不是 1976 年了，但离着 1976 年很近，在我的感觉系统里似乎仍可以归划到 1976 年里去——我跟随父母离开了那小城，沿铁路线和公路线一路东去，去一个新的地方生活。他们调动是因为要去的那个地方的职工福利待遇好，每罐液化石油气的内部价格为六毛钱，从此我们就可以不用煤油炉子做饭了，我也无须每个星期天攥着大人给我的几毛零钱去五金交电商场打煤油了。

记得走的那天，天还没亮，我们就动身了，小城在黑暗里只显出一个大致轮廓，街上那么静，我听得见自己的呼吸和心跳，仿佛这不是在搬家而是在出逃。我们坐上了一辆卡车，家具不知何时已经堆放在了车上，我坚持不跟大人们一起坐进驾驶室，而是要在后面的车斗子里陪着那些家具。车开动了，我脸朝后坐着，看着小城一点一点地往后退，槐花在离头顶不远的空中开着，在半明半暗的天光里愈发显得芬芳，就这样用粒粒香气把我们送出了小城。忽然我想到：这一走是不是一辈子都不回来了呢？一辈子可是太长了呀！车子由于一点小故障在城外停了一小会儿，我顺便下车捡了一块拳头大小的石头上来，我想为自己保存这块石头，作为对小城的永远的纪念。长大之后回想起这事，惊讶于我在那么小的时候，就已经有了文人墨客的毛病。天渐渐亮起来的时候，我看见柏油路灰灰地向远方延伸，两旁的山在风里沉默着，只是小城看不见了，小城已经被抛到山的那一边去了。

我们一家坐在大卡车上，大卡车行驶在中国 20 世纪 70 年代末的公路上，我们朝着每罐液化石油气只收六毛钱的幸福生活奔去。

（原载于《作品》2004 年第 3 期，有删节）

烟雨中的林学院

林学院在亚热带的山中。

它大致位于祖国版图东南部的那一大片湿地之中，属于一个在我看来易患风湿症的省份。它具体坐落于一个县级市，一个李白和苏东坡去过的小城。在这个国家里能在地盘上拥有一所正规大学的县级市是极少的。

现在我离李白1240年，离苏东坡900年，离鲁国2300里。我远远地跑到这里来其实是为了忘掉一些什么的，一些我不愿留在记忆中的事情。我会渐渐爱上他乡，爱上这掠过山坡和竹林的清风，以及清风吹拂着的我的孤独我的散淡。

公交车先是行驶在一条两旁都是破旧矮房的小巷中，路旁右侧看上去大约有一道很小的河沟，沟沿上种着一长溜还没有开花的蚕豆。我一下子就认出了它们是蚕豆，我是去年春天在长江边的一个小岛上认识生长在地里的蚕豆的，它们会开出黑紫的小花来，有着明眸善睐的样子。那个教我认识了蚕豆的人现在已离我万里遥遥，此刻当我来到这个祖国东南部小城的时候，我不知道那人在哪里正在做着什么。

后来车子出了小巷，往一座石桥上驶去，那是一座很有些古意的石桥。车窗外的视野顿时开阔起来，桥下面是一条蜿蜒的河水，河面不是很宽，大约有十来米的样子，河水清远，笼在初春的雨雾中。堤岸下方两边的河滩是郁郁青青的，生长着高高低低的水生植物。顺着河流曲折的走向望过去，是被雨淋湿的座座小山，和在连绵的阴郁霉潮中矗立着的灰瓦粉墙的老房子，偶尔有那么一两只破木船，像发呆的老人那样搁置在岸边，正在时光里一往无前地破败下去。车窗是开着的，可以闻到从盈盈的河面飘过来的一股甜丝丝的野腥味。

朋友说，这条河叫苕溪，被许多古代诗人写过的。这“苕”字该是芦苇的意思吧，这河的岸边果真摇曳着许多去年留下来的干黄的芦苇秸子。可以想见当秋风起时，这河的两岸将开满芦花，河面上会吹拂飘荡着点点白色花絮，而现在这干黄芦苇是这绿意之中唯一的枯萎之色。

过了苕溪，就看见林学院了。

校门异常低矮，几乎可以想象成一道竹篱。公交车一直开进校园深处的腹地，停在一个广场上，从上面下来的自然基本上都是本校师生。能把公交车开进深深校园里面去的，在全国高校中这一定是独一无二的。

从校门口到山脚下的学生宿舍地面落差为74米。这是一座与山水同在的校园，课堂开在了大自然中，山在校园里，校园也在山里。这里有林学系、园林系和生态游憩系，我想我如果还年轻得足够重新选择，我会选择它们中的任何一个专业来学习，只为了能够长年生活在这绿茫茫雨蒙蒙的山中。

我打算在这里住下来，是那种小住。小住不必客套和奢华，让人像在大酒店里一样产生身世飘摇和人生如梦之感，小住应该有着日常家居的平实，同时又不失相聚唱酬的雅致，那氛围，该有夹竹桃掩映的柴扉，该有墙缝中青苔的洇漫，蕨类生长在井栏，该有环珮叮当裙裾妖娆。是小住，天数自然要恰到好处，不至于短到仓促，成为手忙脚乱的过客，也不至于长久得令主人生出倦意。小住会使得主宾相宜，在兴致酣畅之后，还留下了浮想的余地，小住是值得挽留的，还没有别离就约好了下次再来，“待桂花飘香菱角熟了，盼再来敝乡一游，再到寒舍一叙。”

山里的时日是缓慢的，像一个长长的却又不够陡峭的大坡，夹杂着雨丝的日脚并不多么明亮，有些费劲地在这大坡上面一点一点地移着。从清晨到薄暮的距离在感觉里要比山外的长出整整一倍来，那是由于浸在鸟鸣里的安静和人烟稀少造成的吧。这里的夜晚也要在断续的蛙声里长出那么一截——

我第一次知道在南方即使是春天也会有蛙鸣的，只是叫声微弱，远没有夏季里那么热烈——要多做好几出好几幕的梦才能把晨曦盼上窗帘。这山中的速度恰好是我的心灵的速度，这是一个提速的时代，但依然有些事物固执地保持了原来的缓慢。

我听说这学校里的不少专业是开设文学课的，我想这真的是对的，文学离不了植物，植物也与文学很近，我的老乡孔子就提议过“多识于鸟兽草木之名”。学生们实在是应该把栽花当种田（“把弹琴当功课”就不必了），应该一边植树植草一边作诗——如果可能的话，我说的是如果可能——我愿意到这里来工作，我将给学林业的学生们开设一门叫《诗歌与植物》的选修课，第一章节我要讲的是“《诗经》里的植物种类”，比如“蒹葭苍苍，白露为霜”、“参差荇菜，左右流之”，还有“采薇采薇，薇亦作止”、“投我以桃，报之以李”，等等都是涉及植物的；在第二章节我要讲的题目是“《楚辞》中香草美人的比兴传统”；再一章可以讲讲“婉约词与花草树木”，还可讲讲“《红楼梦》的植物图鉴”……我要以植物为坐标来串讲中国诗歌史乃至中国文学史，我想这是可行的，也算是林学院课程设置的一大特色吧。

我爱上了这里教工餐厅里的马兰头、竹笋咸肉、鸭舌、青团、东坡肉，还有餐厅地下超市里削了皮并截成一尺长的新鲜甘蔗。我不禁想起西晋的张季鹰为吴中老家的菰菜羹和鲈鱼脍而辞官还乡的故事，我觉得我虽无官可丢无爵可弃，倒也是可以为了这些美味而不辞长做这林学院的人。我是第一次吃到青团，据说也叫清明果，是用艾草汁和糯米面又裹了豆沙馅的，那种半透明的深绿让人想到玉，也许就是翠玉吧，吃到嘴里的是混合了青草香的绵软醇厚和微甜。北方的大饼油条只是为解决温饱问题的，而这里的饭食小模小样地摆出来，倒像是要催人即席赋诗一首的。后来我还真的写了那么几句，没有写青团，而是写了东坡肉，“在楼外楼的送别午宴上，我多么爱那一小罐东坡肉。”

去吃饭时要爬一道很长很长的不拐弯的露天楼梯，才能到达教工餐厅。在那楼梯上走一程歇一歇，透过雨雾可以遥望到山间茶园，山坳里屋顶黑湿的人家，以及那飘浮在竹林上空的不合时宜的炊烟。我相信那里还隐藏着像熬中药一样缓慢而美的生活。一只燕子从眼前滑翔过去，在空中低低地擦出了一道锃亮的弧线，我听见了它的呢呢喃喃，那分明是越剧的唱腔，也许是“十八里相送到长亭”之类吧。这时候我想，如果把手里的三折自动伞换成油纸伞，把身上的西装皮鞋和风衣换成举袂飘飘的长衫，把斜挎着的真皮坤包换成让书童挑着的书担行囊，头上呢再绾起一个髻，那么我就会不由自主地管走在身边的男士叫上一声“梁兄”了。在我看来，在这个学校里同窗共读的人，男生应该都姓梁，女生应该都姓祝。那阶梯真的够长，感觉有点像爬泰山十八盘了，把吃饭弄得像朝圣，本来还不算饿，等爬上去就饥肠辘辘了。

这一定是全中国最绿的学校。它其实已经不像是一个学校了，而更像是一个山中林场，那些青砖或红砖的小楼也大都罩在藤蔓的烟雾里。在地广人稀的校园里闲庭信步，我难以区分我听到的是我的呼吸还是树的呼吸。据说校园内有2800多种植物，可是我只认出了山茶、玉兰、竹子、柳树、香樟树，当然还有那贴着地面的满满的石竹花和荠菜。为了叫出那些植物的名字，真恨不得马上嫁给一个学林业的男人。植物散发出特有的苦香气息，使得我安静下来，仿佛这些树们明白我在这个春天里所遭遇的变故，晓得我具体的疼处，它们默默地抚慰着我，对我起着镇痛作用。在这里，我愿意比不远处那湖上的波纹更寂寞。在这里我愿意只对一棵枫香树说出我的全部想法。一只蝴蝶停留在一朵曼陀萝花上，衬着的背景是广大无边的天空，潮润的、灰白的天空。一架喷气式飞机正从头顶飞过，留下一道白色雾线，又渐渐地在风中消散开去，变得越来越淡了，飞机飞到山的那一边去了。我站在大地上孤零零地仰望它的时候，感到自己那么小那么小，仿佛是被它抛弃了的。

黄昏时路过教学楼旁边的一个小山包包，上面竟全是用黑色塑料袋捆扎得严严实实的高度不超过一米的棵子，大约是正在培育着的需要避光的植物，猛地望过去，它们竟像是一群弓着身子埋伏在那里的蒙面大盗。我以为在这样的山里，除了生活着儒者和诗人，理所当然还应该隐藏着壮志未酬的剑侠，也许是北宋末年从水泊梁山千里迢迢跑来潜伏下来的，身上携带着蒙汗药和盖了济州府大红印的密函或告示。

天完全黑下来时走在校园里就有些阴森了，本来就不多的学生们不知躲到什么角落里去了，也许在教室图书馆各就各位吧。在湖边好不容易遇上一个坐在木椅上捧着书在使劲辨认的人，书页映着从远处人行道上透过柳丝照过来的十分昏暗的路灯的光亮，我感到纳闷，难道他不是在读字，而是在摸字，他读的是盲文？湖边的咖啡座没有人，我们走过去，在洁净的木桌前坐下，有学生模样的侍者马上就走了过来。喝咖啡的是我们三个人，两女一男，一个来自齐鲁，一个来自西北，一个是江南土著，其实并不十分相熟，却说着各自的方言，幅员辽阔地坐在了一起，让这春夜里闲适的小风充当着翻译。回廊的灯光酽酽地映在湖里，我听到自己的轻笑从水面上掠过，只沾湿了那么一个小角。

我在这山中校园小住。无论我睡在有红顶的楼里，还是坐在宽大的餐厅中，或者站在回廊下，都会有一种生活在露天地儿的感觉，似乎头顶上所有瓦片都遮挡不住外面的空旷和幽静，其实也无须遮挡，瓦片里面的与瓦片外面的原本就是一体的。那被风撕碎的云彩多么美，可以看成是天花板上的图案，那些小山呢，以唐诗宋词为根，绿绿地长在周围，近得几乎可以拿来当枕头，刚刚泡的龙井茶放在书桌上，坐在这书桌前稍一歪头便可瞥见窗外的山间茶园，其实这书桌亦可看成茶园，是那山间茶园向着教工宿舍延伸过来的部分。

这里的天空完全没有北方天空的高蹈和深信不疑，而是半明半暗，有着琐屑的生动和世俗化了的优雅，看上去显得更低，离人间更近，有时呈现出一种慢吞吞的霞红暗绿和紫黑，仿佛天上有一个厨房，在细细地切着并搅拌着葱姜蒜等各式各样的调料。那时断时续地飘下来的雨丝，落在我的身上，我感觉它们是在用文白夹杂的汉语跟我交流，从秦汉到魏晋，再到唐宋，直至明清，这江南的雨从来没有忘记过自己的母语。

我就这样以湿漉漉的青山碧水为屏障，躲开了外面的生活。植物葱茏，人亦氤氲起来，衣袖竟被染绿了。如果我在这里长期住下去，山外面是没有人会惦记我的，那曾经时时刻刻惦念着我的人如今也已不在意我去了哪里。我愿像这烟雨之中的群山一样，在被忘掉时，依然自顾自地绿下去。

然而我还是得离开了，这次出走和漂泊的尽头是一座江边古塔，在那里我决定让我的“小住”结束。

我去一个小店里买了一大堆或烤或腌的笋丝和笋干，那鲜香穿透了简易的塑料包装，竟使我产生了一种怀乡病似的软弱的渴望。这里的人顿顿以笋为食，几乎与熊猫同类，笋大约相当于我们北边的大白菜。我把这些北边看作的稀罕之物放到我的“书担行囊”里，准备启程。

我要走了，“梁兄”去车站送我和我的女友，我弄不清在我和我的女友中，哪个该姓祝，哪个该是由侍女扮成书僮的银心。我要从这小城坐快客去一座大城，在那里再乘上波音737，在祖国天空上勇往直前，由南往北画一条直线。

那些相挽的桥和堤，送了我一程又一程。

（原载于《散文》2005年第10期）

章永顺

章永顺（1940— ），北京通县人。曾任山东省文化厅副厅长、党组副书记等职。中国作协会员。著有散文集《柳絮飞》（合集）、《春天的风》、《世纪风采》等。散文《奔马赋》获1982年山东省文学创作奖，《夜谈中国》获1999年《人民日报》盐田港杯优秀奖。

夜读中国

夜深沉。我凝望着黯蓝天宇中灿烂的星河。

浩浩漫漫的星空，意韵深邃地向我展开着。我仰望星空，要寻找的是中国星。在月球上，有以古代和现代天文学家石申、张衡、祖冲之、郭守敬、万户、高平子命名的月球背面环形山。在水星上，有以文学家蔡文姬、李白、白居易、李清照、曹雪芹、鲁迅，书画家董源、赵孟頫、王蒙命名的水星环形山。在灿烂的星光里，有以三十四位中国古今科学家和知名人士命名的小行星和一颗彗星发现者葛永良、汪琦命名的彗星。这灿烂的群星闪耀着中国。望着这理想的星光，一种亢奋撞击心扉，是自豪、是奔放、是激励。中华精英们把金光闪闪的中国镶嵌到太空，雄风卷扬，悠长而浩荡。

我凝望着夜空，深情地读中国。

旋转的地球在地质史上从形成到现在运行已有四十五亿年了。地球孕育、催动了生物的起源，而最新科研证明，类人猿的进化历程始于亚欧大陆，中华大地又是人类起源、进化的摇篮之一。开天辟地创世纪，早在二百万年前，长江三峡一带就活动着直立的巫山人，这而后是一百七十万年前的云南元谋人，一百万年前的陕西蓝田人，六十万年前的北京人……神州大地山呼海啸，处处在释放着热能，在创造着新生。辉煌鼎世的古国开篇，是炎帝、黄帝与蚩尤代表民族先祖的三位首领成为中华民族的人文始祖，标志着中国文明的历史源头。

在气势浩瀚的纪元上，我读到了黄帝和他的大臣岐伯论述的医学经典《黄帝内经》，感悟着黄帝妻子嫘祖养蚕缫丝推进着人类的文明。殷商时代的甲骨文，作为中国最古老的文字，发展而成“东方魔块”的汉字，又造就了灵魂之舞的书法。那镂刻在山崖上粗犷的岩画和陶盆上的连臂踏歌，显示着文明古国灿烂的早期人体文化。那远古的石鼓、河姆渡的骨哨、古老的陶埙，则是我国首创十二平均律音乐律制的历史的原动力。而萌芽于原始社会后期、夏代得到初步发展、鼎盛于商周、绵延于春秋战国的青铜器，跨越历史时空，折射出深刻的文化内涵。历史如歌如诉地记载着公元前 6 世纪中国产生了老子和孔子。这个时期活跃着星光灿烂的诸子百家，人们不断发出“天问”，构建“天人合一”的宇宙观，力主人同自然的和谐。翻阅历史的篇章，人们看到，当公元前 5 世纪欧洲希腊哲学家柏拉图还在孜孜寻求奴隶制理想国时，孔夫子的学生却已在描绘“大道之行也，天下为公”的“大同世界”蓝图了。

湛蓝高远的太空，充溢着无极的雄浑，人们思维的触角发出奇特的幻想，飞向缥缈的太空世界。于是，有了中国的嫦娥奔月、希腊伊卡尔飞行、阿拉伯飞毯一类的神话憧憬。在中国，把飞天幻想变为现实的，是春秋时鲁国公输般用竹木做的木鸟，《韩非子》一书中记载：“成而飞之，三日不下”。美国华盛顿国家航空和空间博物馆里也立着这样的字碑：“最早的飞行器是中国的风筝和火箭。”仰望宇宙，俯瞰地幔。当我欣悦地换一个视角看《诗经》

时，我这才惊奇地发现全书七千二百余行诗句中，就有六百多句涉及人类最初的有关化学与纺织等方面的发明，诸如："有匪君子，如金如锡，如圭如璧"，"冬日酿酒，春日始成"，"八月载绩。载玄载黄，我朱孔扬"。我国古代人们对宇宙的追寻，早已冲出神秘的地平线，《春秋》一书记载了公元前613年彗星的出现，成为世界上记录哈雷彗星最早的国家。湖南长沙马王堆出土的两千二百年前的彗星图帛书在世界上也是最早的珍贵图录。一部《汉书·五行志》则详细记录了太阳黑子的位置和时间，是世界公认的最早的黑子记事。在华夏文明的记载中，我国数学的发展已有四千五百多年历史。周朝初年就发现了勾股定理，而公元前1世纪，西汉末年的《周髀算经》是我国最古的一部科技著作。公元1世纪前后成书的《九章算术》成为我国古代最重要的一本数学著作。西汉《氾胜之书》是我国也是世界最古老的农学著作。我国历代著录的兵书，上溯《孙子兵法》，有关军事典籍就有三千三百八十部，二万三千五百零三卷。华夏文明震撼着大千世界，公元前2世纪到公元前1世纪，欧洲的美索不达米亚和非洲的埃及已失去了显赫的光彩，日趋强盛起来的罗马帝国与复兴的中华帝国在文明程度上成为支配世界的东西两大帝国。曾几何时，罗马凯撒大帝穿着来自衣冠王国丝绸制作的长袍出现在人头攒动的集会上，那灿若朝霞的着装，吸引着多少人追风逐云的梦想。公元166年罗马帝国终于派使者从海路来中国，觉醒的西方开始学习中国，研究中国。汉代张骞远出西域，铺展了丝绸之路。唐代高僧玄奘取经印度所著《大唐西域记》记录着被雅利安人入侵后的印度上古历史。唐代高僧鉴真东渡传戒弘法，拓展了日本学习中国文化的空间。明代郑和七下西洋，传播了中华文化。世界在时空飞腾中碰撞交流，和谐探寻，互补互进。中国的四大发明神话般地传向西方。欧洲人自此再也不要用三百张羊皮书写《圣经》了，欧洲航海家因掌握了指南针导航，才有美洲新大陆的发现，才有环球航行的信心和力量。17世纪英国哲学家弗兰西斯·培根深入研究中国后深有感触地说，中国古代四大发明"已经改变全世界的面貌和一切事物的状态"。19世纪德国哲学家黑格尔指出："历史必须从中华帝国说起，因为根据史书的记载，中国实在是最古老的国家。"是啊，东汉哲学家王充在《论衡》卷第十三

“效力篇”中恢宏地提出“人有知学，则有力矣”。这比英国哲学家培根提出的“知识就是力量”要早一千五百多年。王充对知识的诠释岂止光照千载。这是悠长的历史！这是中国的骄傲！

夜，明月朗朗，如水似银的月华荡漾着人们的理想，轻轻地叩响着生命的旋律。星空旋转，日月旋转，历史也在向前。在知识经济时代里，经历过百年屈辱百年奋战的中国又蓬勃奋飞了。她将博采众长，坚持创新，勇于创新，迎接未来科学技术的挑战。我置身在当今的地球上，“坐地日行八万里，巡天遥看一千河”，我看到一种民族灵魂的创新精神，在浩浩天宇里气势磅礴地书写上“中国”！

2005 年创作于济南

季羡林

季羡林（1911—2009），字希逋，又字齐奘，山东临清人。曾任中国科学院哲学社会科学部委员、北京大学副校长、中国社科院南亚研究所所长等职，北京大学终身教授。著有《季羡林文集》共24卷。

回忆新育小学

我从一师附小转学出来，转到了新育小学，时间是在1920年，我九岁。我同一位长我两岁的亲戚同来报名。面试时我认识了一个“骡”字，定在高小一班。我的亲戚不认识，便定在初小三班，少我一年。一字之差，我争取了一年。

我们的校舍

新育小学坐落在南圩子门里，离我们家不算远。校内院子极大，空地很多。一进门，就是一大片空地，长满了青草，靠西边有一个干涸了的又圆又大的池塘，周围用砖石砌得整整齐齐，当年大概是什么大官的花园中的花池，说不定曾经有过荷香四溢、绿叶擎天的盛况，而今则是荒草凄迷、碎石满池了。

校门东向。进门左拐有几间平房，靠南墙是一排平房。这里住着我们的班主任李老师和后来是高中同学的、北大毕业生宫兴廉的一家子，还有从曹州府来的三个姓李的同学，他们在家乡已经读过多年私塾，年龄比我们都大，国文水平比我们都高，他们大概是家乡的大地主子弟，在家乡读过书以后，为了顺应潮流，博取一个新功名，便到济南来上小学。他们还带着厨子和听差，住在校内。令我忆念难忘的是他们吃饭时那一蒸笼雪白的馒头。

进东门，向右拐，是一条青石板砌成的小路，路口有一座用木架子搭成的小门，门上有四个大字：循规蹈矩。我当时不知道是什么意思，但觉得这四个笔画繁多的字很好玩。进小门右侧是一个花园，有假山，用太湖石堆成，山半有亭，翼然挺立。假山前后，树木蓊郁。那里长着几棵树，能结出黄色的豆豆，至今我也不知道叫什么树。从规模来看，花园当年一定是繁荣过一阵的。是否有纳兰容若词中所写的“晚来风动护花铃，人在半山亭”那样的荣华，不得而知，但是，极有气派，则是至今仍然依稀可见的。可惜当时的校长既非诗人，也非词人，对于这样一个旧花园熟视无睹，任它荒凉衰败、垃圾成堆了。

花园对面，小径的左侧是一个没有围墙的大院子，没有多少房子，高台阶上耸立着一所极高极大的屋子，里面隔成了许多间，校长办公室，以及其他一些会计、总务之类的部门，分别占据。屋子正中墙上挂着一张韦校长的炭画像，据说是一位高年级的学生用“界画”的办法画成的。我觉得，并不很像。走下大屋的南台阶，距离不远的地方，左右各有一座大花坛，春天栽上牡丹和芍药什么的，一团锦绣。出一个篱笆门，是一大片空地，上面说的大圆池就在这里。

出高台阶的东门，就是“循规蹈矩”小径的尽头。向北走进一个门极大的院子，东西横排着两列大教室，每一列三大间，供全校六个班教学之用。进门左手是一列走廊，上面有屋顶遮盖，下雨淋不着，走廊墙上是贴布告之类的东西的地方。走过两排大教室，再向北，是一个大操场，对一个小学来说，操场是够大的了。有双杠之类的设施，但是，不记得上过什么体育课。小学没有体育课是不可思议的。再向北，在西北角上，有几间房子，是教员住的，门前有一棵古槐，覆盖的面积极大，至今脑海里还留有一团蓊郁翠秀的影像。校舍的情况就是这个样子。

教员和职员

按照班级的数目，全校教员应该不少于十几个的；但是，我能记住的只有几个。

我们的班主任是李老师，从来就不关心他叫什么名字，小学生对老师的名字是不会认真去记的。他大概有四十多岁，在一个九岁孩子的眼中就算是一个老人了。他人非常诚恳忠厚，朴实无华，从来没有训斥过学生，说话总是和颜悦色，让人感到亲切，他是我一生最难忘的老师之一。当时的小学教员，大概都是教多门课程的，什么国文、数学（当时好像是叫算术）、历史、地理等课程都一锅煮了。因为程度极浅，用不着有多么大的学问。一想到李老师，就想起了两件事。一件是，某一年的初春的一天，大圆池旁的春草刚刚长齐，天上下着小雨，“沾衣欲湿杏花雨，吹面不寒杨柳风”。李老师带着我们全班到大圆池附近去种菜，自己挖地，自己下种，无非是扁豆、芸豆、辣椒、茄子之类。顺便说一句，当时西红柿还没有传入济南，北京如何，我不知道。于时碧草如茵，嫩柳鹅黄，一片绿色仿佛充塞了宇宙，伸手就能摸到。我们蹦蹦跳跳，快乐得像一群初入春江的小鸭，是我一生三万多天中最快活的1天，至今回想起来还兴奋不已。另一件事是，李老师辅导我们的英文。认识英文字母，他有妙法。他说，英文字母f就像一只大马蜂，两头长，中间腰细。这个比喻，我至今不忘。我不记得课堂上的英文是怎样教的。但既然李老师辅导我们，则必然有这样一堂课无疑。好像还有一个英文补习班。这桩事下面再谈。

另一位教员是教珠算（打算盘）的，好像是姓孙，名字当然不知道了。此人脸盘长得像知了，知了在济南叫Shaoqian，就是蝉，因此学生们就给他起了一个外号，叫 Shaoqian，我到现在也不知道这两个字怎样写。此人好像是一个“迫害狂”，一个“法西斯分子”，对学生从来没有笑脸。打算盘本来是一个技术活，原理并不复杂，只要稍加讲解，就足够了，至于准确纯熟的问题，在运用中就可以解决。可是这一位 Shaoqian 公，对初学的小孩子制定出了极残酷不合理的规定：打错一个数，打一板子。在算盘上差一行，就差十个数，结果就是十板子。上一堂课下来，每个人几乎都得挨板子。如果错到几十个到一百个数，那板子不知打多久才能打完。有时老师打累了，才板下开恩。那时候体罚被认为是合情合理的，八九十来岁的孩子到哪里来告状呀！而且“造反有理”的最高指示还没有出来。小学生被赶到穷途末路，起来造了一次反。这件事也在下面再谈。

其余的教师都想不起来了。

那时候，新育已经男女同校，还有缠着小脚去上学的女生，大家也不以为怪。大约在我高小二年级时，学校里忽然来了一个女教师，年纪不大，教美术和音乐。我们班没有上过她的课，不知姓甚名谁。除了新来时颇引起了一阵街谈巷议之外，不久也就习以为常了。

至于职员，我们只认识一位，是管庶务的。我们当时都写大字，叫作写“仿”。仿纸由学生出钱，学校代买。这一位庶务，大概是多克扣了点钱，买的纸像大便用的手纸一样粗糙。山东把手纸叫草纸。学生们就把“草纸”的尊号赏给了这一位庶务先生。

学习的一般情况

总之，一句话，我是不喜欢念正课的。对所有的正课，我都采取对付的办法。上课时，不是玩小动作，就是不专心致志地听老师讲，脑袋里不知道在想些什么，常常走神儿，斜眼看到教室窗外四时景色的变化，春天繁花似锦，夏天绿柳成荫，秋天风卷落叶，冬天白雪皑皑。旧日有一首诗：“春天不是读书天，夏日迟迟正好眠，秋有蚊虫冬有雪，收拾书包好过年。”可以为我写照。当时写作文都用文言。语言障碍当然是有的。最困难的是不知道怎样起头。老师出的作文题写在黑板上，我立即在作文簿上写上“人生于世”四个字，下面就穷了词儿，仿佛永远要“生”下去似的。以后憋好久，才能憋出一篇文章。万没有想到，以后自己竟一辈子舞笔弄墨。逐渐体会到，写文章是要讲究结构的，而开头与结尾最难。这现象在古代大作家笔下经常可见。然而，到了今天，知道这种情况的人似乎已不多了。也许有人竟以为这是怪论，是迂腐之谈，我真的欲说无言了。有一次作文，我不知从什么书里抄了一段话：“空气受热而上升，他处空气来补其缺，遂流动而成风。”句子通顺，受到了老师的赞扬。可我一想起来，心里就不是滋味，愧悔有加。在今天，这也可能算是文坛的腐败现象吧。可我只是个十岁的孩子，不知道什么叫文坛，我一不图名，二不图利，完全为了好玩儿。但自己也知道，这样做是不对的，所以才愧悔，从那以后，一生中再没有剽窃过别人的文字。

小学也是每学期考试一次。每年两次，三年共有六次，我的名次总盘旋在甲等三四名和乙等前几名之间。甲等第一名被一个叫李玉和的同学包办，他比我大几岁，是一个拼命读书的学生。我从来也没有争第一名的念头，我对此事极不感兴趣。根据我后来的经验，小学考试的名次对一个学生一生的生命历程没有多少影响，家庭出身和机遇影响更大。

我的性格

我一生自认为是一个性格内向的人。可是现在回想起来，我在新育小学时期，一点也不内向，而是外向得很。我喜欢打架，欺负人，也被人欺负。有一个男孩子，比我大几岁，个子比我高半头，总好欺负我。最初我有点怕他，他比我劲大。时间久了，我忍无可忍，同他干了一架。他个子高，打我的上身。我个子矮，打他的下身。后来搂抱住滚在双杠下面的沙土堆里，有时候他在上面，有时候我也在上面，没有决出胜负。上课铃响了，各回自己的教室，从此他再也不敢欺负我，天下太平了。

我却反过头来又欺负别的孩子。被我欺负得最厉害的是一个名叫刘志学的小学生，岁数可能比我小，个头差不多，但是懦弱无能，一眼被我看中，就欺负起他来。根据我的体会，小学生欺负人并没有任何原因，也没有什么仇恨，只是个人有劲使不出，无处发泄，便寻求发泄的对象了。刘志学就是我寻求的对象，于是便开始欺负他，命令他跪在地下，不听就拳打脚踢。如果他鼓起勇气，抵抗一次，我也许就会停止，至少是会收敛一些。然而他是个窝囊废，一丝抵抗的意思都没有。这当然更增加了我的气焰，欺负的次数和力度都增加了。刘志学家同婶母是拐弯抹角的亲戚。他向家里告状，他父母便来我家告状。结果是我挨了婶母一阵数落。这一幕悲喜剧才告终。

从这一件小事来看，我无论如何也不能算是一个内向的孩子。怎么会一下子转成内向了呢？这问题我从来没有想到过。现在忽然想起来了，也就顺便给它一个解答。我认为，“三字经”中有两句话：“性相近，习相远”。“习”是能改造“性”的。我六岁离开母亲，童心的发展在无形中受到了阻碍。我能躺在一个非母亲人的怀抱中打滚撒娇吗？这是不能够想象的。我不能说，叔婶虐待我，那样说是谎言；但是在日常生活中小小的歧视，却是可以感觉得到的。比如说，做衣服，有时就不给我做。在平常琐末的小事中，偏心自己的亲生女儿，这也是人之常情，不足为怪。一个七八岁的孩子对于这些事情并不敏感。但是，积之既久，在自己潜意识中难免留下些印记，从而影响到自己的行动。我清晰地记得，向婶母张口要早点钱，在我竟成了难题。有一个夏天的晚上，我们都在院子里铺上席，躺在上面纳凉。我想到要早点钱，但不敢张口，几次欲言又止，最后时间已接近深夜，才鼓起了最大的勇气，说要几个小制钱。钱拿到手，心中狂喜，立即躺下，进入黑甜乡，睡了一整夜。对一件事来说，这样的心理状态是影响不大的。但是时间一长，性格就会受到影响。我觉得，这个解释是合情合理的。

九月九庙会

每年到了旧历九月初九日，所谓的重阳节，是登高的好日子。这个节日来源很古，可能已有几千年的历史。济南的重阳节庙会（实际上是并没有庙，姑妄随俗称之）是在南圩子门外大片空地上，西边一直到山水沟。每年，进入夏历九月不久，就有从全省一些地方，甚至全国一些地方来的艺人会聚此地，有马戏团、杂技团、地方剧团、变戏法的、练武术的、说山东快书的、玩猴的、耍狗熊的等等，应有尽有。他们各圈地搭席棚围起来，留一出入口，卖门票收钱。规模大小不同，席棚也就有大有小，总数至少有几十座。在夜里有没有"夜深千帐灯"的气派，我没有看到过，不敢瞎说，反正白天看上去，方圆几十里，颇有点动人的气势。再加上临时赶来的，卖米粉、炸丸子和豆腐脑等的担子，卖花生和糖果的摊子，特别显眼的柿子摊——柿子是南山特产，个大色黄，非常吸引人，这一切混合起来，形成了一种人声嘈杂、歌吹沸天的气势，仿佛能南摇千佛山，北震大明湖，声撼济南城了。

我们的学校，同庙会仅一墙（圩子墙）之隔，会上的声音清晰可闻。我们这些顽皮的孩子能安心上课吗？即使勉强坐在那里，也是身在课堂心在会。因此，一有机会，我们就溜出学校，又嫌走圩子门太远，便就近爬过圩子墙，飞奔到庙会上，一睹为快。席棚很多，我们先拣大的去看。我们谁身上也没有一文钱，门票买不起。好在我们都是三块豆腐干高的小孩子，混在购票观众中挤了进去，也并不难。进去以后，就成了我们的天地，不管耍的是什么，我们总要看个够。看完了，走出来，再钻另外一个棚，几乎没有钻不进去的。实在钻不进去，就绕棚一周，看看哪一个地方有小洞，我们就透过小洞往里面看，也要看个够。在十几天的庙会中，我们钻遍了大大小小的棚，对整个庙会一览无余，一文钱也没有掏过。可是，对那些卖吃食的摊子和担子，则没有法钻空子，只好口流涎水，怅怅然而去之。虽然不无遗憾，也只能忍气吞声了。

偷看小说

那时候，在我们家，小说被称为"闲书"，是绝对禁止看的。但是，我和秋妹都酷爱看"闲书"，高级的"闲书"，像《红楼梦》、《西游记》之类，我们看不懂，也得不到，所以不看。我们专看低级的"闲书"，如《彭公案》、《施公案》、《济公传》、《七侠五义》、《小五义》、《东周列国志》、《说唐》、

《封神榜》等等。我们都是小学水平，秋妹更差，只有初小水平，我们认识的字都有限。当时没有什么词典，有一部《康熙字典》，我们也不会也不肯去查。经常念别字，比如把“飞檐走壁”念成了“飞 dàn 走壁”，把“气往上冲”念成了“气住上冲”。反正，即使有些字不认识，内容还是能看懂的。我们经常开玩笑说：“你是用笤帚扫，还是用扫帚扫？”不认识的字少了，就是笤帚，多了就用扫帚。尽管如此，我们看闲书的瘾头自然极大。那时候，我们家没有电灯，晚上，把煤油灯吹灭后，躺在被窝里，用手电筒来看。那些闲书都是油光纸石印的，字极小，有时候还不清楚。看了几年，我居然没有变成近视眼，实在也出我意料。

我不但在家里偷看，还把书带到学校里去，偷空就看上一段。校门外左手空地上，正在施工盖房子，运来了很多红砖，摞在那里，不是一摞，而是很多摞，中间有空隙，坐在那里，外面谁也看不见。我就搬几块砖下来，坐在上面，在下课之后，且不回家，掏出闲书，大看特看。书中侠客们的飞檐走壁，刀光剑影，仿佛就在我眼前晃动，我似乎也参与其间，乐不可支。到脑筋清醒了一点，回家已经过了吃饭的时间，常常挨数落。

这样的闲书，我看得数量极大，种类极多。光是一部《彭公案》，我就看了四十几遍。越说越荒唐，越说越神奇，到了后来，书中的侠客个个赛过《西游记》的孙猴子。但这有什么害处呢？我认为没有。除了我一度想练铁砂掌以外，并没有持刀杀人，劫富济贫，做出一些荒唐的事情，危害社会。不但没有害处，我还认为有好处。记得鲁迅先生在答复别人问他怎样才能写通写好文章的时候说过，要多读多看，千万不要相信《文章作法》一类的书。我认为，这是至理名言。现在，对小学生，在课外阅读方面，同在别的方面一样，管得过多，管得过严，管得过死，这不一定就是正确的方法。“无为而治”，我并不完全赞成，但“为”得太多，我是不敢苟同的。

想念母亲

我六岁离开了母亲，初到济南时曾痛哭过一夜。上新育小学时是九岁至十二岁，中间曾因大奶奶病故，回过家一次，是在哪一年，却记不起来了。常言道："孩儿见娘，无事哭三场。"我见到了日夜思念的母亲，并没有哭；但是，我却看到母亲眼里溢满了泪水。

那时候，我虽然年纪尚小，但依稀看到了家里日子的艰难。根据叔父的诗集，民国元年，他被迫下了关东，用身上仅有的一块大洋买了十分之一张湖北水灾奖券，居然中了头奖。虽然只拿到了十分之一的奖金，但数目已极可观。他写道，一夜做梦，梦到举人伯父教他作诗，有两句诗，醒来还记得："阴阳往复竟无穷，否极泰来造化工。"后来中了奖，以为是先人呵护。他用这些钱在故乡买了地，盖了房，很阔过一阵。我父亲游手好闲，农活干不了很多，又喜欢结交朋友，结果拆了房子，卖了地，一个好好的家，让他挥霍殆尽，又穷得只剩半亩地，依旧靠济南的叔父接济。我在新育小学时，常见到他到济南来，住上几天拿着钱又回老家了。有一次，他又来了，住在北屋里，同我一张床。住在西房里的婶母高声大叫，指桑骂槐，数落了一通。这种做法，旧社会的妇女是常常使用的。我父亲当然懂得的，于是辞别回家，以后几乎没见他再来过。失掉了叔父的接济，他在乡下同母亲怎样过日子，我一点都不知道，尽管不知道，我仍然想念母亲。可是，我"身无彩凤双飞翼"，我飞不回乡下，想念只是白白地想念了。

我对新育小学的回忆，就到此为止了。我写得冗长而又拉杂。这对今天的青少年们，也许还会有点好处，他们可以通过我的回忆了解一下七十年前的旧社会，从侧面了解一下中国近现代史，对我自己来说，在写作的过程中，我仿佛又回到了七十多年前，又变成了一个小孩子，重新度过那可爱而实际上又并不怎么可爱的三年。

（原载于《学海泛槎：季羡林自述》，
华艺出版社，2005 年 6 月，有删节）

张悦然

张悦然（1982—　），女，山东济南人。自由作家。著有长篇小说《樱桃之远》、《水仙已乘鲤鱼去》、《誓鸟》，图文小说集《红鞋》，短篇小说集《葵花走失在1890》、《张悦然十爱》等。2001年获第三届新概念作文大赛一等奖，2003年获第五届新加坡大专文学奖第二名，同年获得《上海文学》文学新人大奖赛二等奖，2004年获第三届华语传媒大奖最具潜力新人奖。长篇小说《誓鸟》入选2006年中国小说排行榜。

旧时光是个美人

我们向前走了很远，才回头。旧时光是个美人，温软娴静，眼深如潭水。我们追溯的时候，就为她画眉。她的眉太淡，面容太模糊，如何敌得过岁月稀释，情爱挥发。

有一段梦游：我们逆走来时路，转几个风口，终于聚在往事的老宅。于是我们给她画眉，旧时光她是个美人。将眉毛一遍遍描黑，但除此之外，我们不能做什么，不能修补她惨淡的微笑，不能解开她捆绑的双脚。我们什么都不能做，无法冒犯往事高耸的轮廓。所以犹如两个回到童年的孩子，郁郁地握着画笔，用尽全力地涂绘，直到将画纸穿透，将美人的眼眶刺出血来。

总是闯祸，戳破了糊在窗棂上的花纸，逆着光线向晦暗的早年看去，投宿于不复存在的臂弯，问旧时光讨一丝暖。

（选自作者2005年11月的博客）

这年冬天的家书

爸　爸

爸爸。我说。

我其实没有什么想说的，只是很久没有喊这个称呼了。我想叫你。

爸爸我梦见荷花开了，就是我们家门口的。你带着我过马路，手和手是一起的，爸爸我们是去看荷花吗？

荷花，荷花是像我的鼻血一样的红色，玷污了我的梦。爸爸我为什么总是流鼻血，你说给我的抬右手臂的办法不再奏效，我只有昂起头。荷花也开在天上，比云彩还纯洁的假象。我看着它们，爸爸我们家搬到天上了吗？

爸爸，我不是奶奶，我不能这样说可是我仍旧要这样说你，你是个能干的小孩。你看我们的家多好，它多好啊爸爸，还有你和妈妈。还有我们拥有的一切，都是你给的。

爸爸你有没有数过你究竟给过我多少件东西，从小到大有多少件呢？爸爸我想数的，我企图这样做过在我异常愤怒和你争吵的时候，我在心里数。我说都还给你还给你，我数它们。它们密密麻麻，它们糊在我的整个青春上面，像一个总是不能结尾的美妙童话。童话，哦，爸爸我喜欢你给我买的童话，虽然我要你念给我，可是你没有时间。爸爸你欠我一些时间，这个你知道吧？仍旧在吗，它们？是在写字台下面的抽屉里吧？爸爸我不能还给你了。你给的爱和东西物件我都不能还了，我享用了太多年了。你看我已经是依赖的病患了。我抱着你给的东西就会笑嘻嘻。笑嘻嘻的我也能忘记你欠我的一小段时间。

爸爸其实你欠我的是很短的时间。因为很多时间我们是一起的。比如我坐在你汽车的后面。我坐在后面看见你看着前方。我喜欢你开车，爸爸，虽然我觉得那太有目的性。是不是能干的人都像你一样有目的性呢？你总是带我去我要去的地方。学校，家，运动房。就是这样，爸爸其实我想和你去远方！我想和你走走停停去远方。我想你买你喜欢的热狗分给后面的我一半。我就要一半，谢谢。你现在在抽烟，因为我睡着了你就不能抽烟了，可你不知道我喜欢烟。我也想你分我一口。我就要一口，呵呵。

爸爸，你欠我一小段时间。这段时间里我们可以悄悄去一个远方再回来。这期间我们还抽了烟吃了热狗打盹睡觉接了电话，然后我们回家。爸爸我喜欢我们的家。我们回去的时候是快乐的。你看它建在荷花池旁边，夏天天黑了荷花仍旧明亮。我看见荷花探头去泉水里洗脸，然后继续明亮。爸爸如果没有时间陪我去远方，我们坐下来看看荷花好吗？它们离我们很近，非常友好。我们就安静坐下来看荷花吧。

啦啦啦，荷花照亮我的家。

啦啦啦，荷花照亮小鱼虾。

爸爸，我忘记问了你喜欢我唱歌么。

爸爸，我现在和你相距一片陆地两块汪洋。可是我常常梦见荷花和我们的家。我们的家啊爸爸。我梦见你牵了我的手过马路。

爸爸我们是去看荷花吗？

我要把我欠你的小段时光还回来。你牵着我的手说。

妈妈

妈妈。我今天病了。打电话给你的时候我没有说。

我给自己买了厚厚的被子，冷气还开着，热带雨林的雨像个急于成名的蹩脚乐队一样天天敲敲打打地练习。就这样，我安安静静生病了。

妈妈，我知道怎么治病的，我找出你给我装的大箱子。它可真大，里面什么都有，像我原来的家。

我找到密密麻麻地写满字的单子，上面你说：药放在第二层里。

我吃的仍是大明湖畔那个城市的制药厂生产的药。它们一直放在那个庞大箱子的一角。我把它们抓出来，它们冰凉冰凉的带着我从前那个没有来得及品味的冬季的气息。妈妈我是在冬天离开你的吗？是吗是吗？我记不清楚了啊。

妈妈我现在很害怕你。

世界上再也没有比一个无比美丽和善良的女人老去更可怕的事情了。妈妈你不要老好吗？我就回去，回家，我会跑得很快很快。不用你来机场接，我知道让计程车司机在第三个路口转弯然后直行比较近，你告诉过我的。妈妈，我真想，就穿着这件热带的蕾丝裙子飞快跑回去，经过我们家门口的湖和泉水。妈妈我还看见了我们从前养的那只猫。可它为什么没良心地走掉了呢，我们对它这么好？妈妈我真的想这样一路跑回去，穿越大峡谷、热带雨林还有海。我翻过高山，走过麦田和北方的靛蓝色的平原。我将穿着我最好看的一件裙子站在你的面前。可是妈妈，为什么又是冬天了呢。为什么荷花凋谢泉水哽咽了呢。妈妈我是在冬天离开你的吗？整整一年，有吗有吗？这样的久我不能相信了啊。

我穿着我最好看的裙子站在雪地里。北方的风从四个方向吹过来，中间的我是中空的。我看见风在我心里汇成的旋涡。旋涡，倒映下你颀长的影子。妈妈，我是害怕你的。没有一件事情比你老去更使我难过。你看我回来了。蕾丝裙子是你喜欢的样子，我知道你喜欢的呀，妈妈我们两个一起穿蕾丝裙子好吗？

妈妈你的手上为什么仍旧有伤痕。是你给我掰核桃留下的吗？妈妈我看见你手上的伤痕，我看到那些尖利的东西欺负你，我讨厌它们。妈妈我怨恨核桃了不再喜欢了你不要剥给我了，好吗？

妈妈你说我回去后的第一天我们做些什么呢？你说我们，我们两个做些什么好呢？妈妈我们再来养一只猫好吗？我们的老猫咪真是糟糕。它承诺我的啊，我走之后它会乖乖在家里，好好陪着你，可是可是它走得比那个冬天还要快。我们这次好好养，好吗？我们养只忠诚的猫，或者狗，随你喜欢。我们带它去散步，给它挂银闪闪的牌子，一起给它洗澡，好吗？妈妈，我多想有个小家伙陪着你。

妈妈或者我们一起去买菜吧，你说好吗？我还是不会还价，可是我会挑拣了呀。妈妈你给我买件围裙吧。你送给过我数也数不清的衣服，可是现在我想要一件围裙你说好吗。我要和你一样的。零星小花和黄晶晶的油配在一起真是好看。要爸爸来给我们照相吧。我们都穿黑色蕾丝裙子。我们都穿围裙。妈妈你相信我，仍旧会有一样多的人说我们像姐妹的。

妈妈，你想要我陪你去做什么我都去。妈妈我们再看电视吧。我在天寒的时候坐过来抢你的毛衣。妈妈你就把那件毛衣送给了我。可是我现在在永远28度的天气里，我没有穿它。妈妈我对不起你和你的毛衣。其实我不喜欢它，我和你抢是因为我喜欢你穿它的样子。嘿嘿，我以为我穿上也会是一样的好看。

妈妈，我今天病了，因为我昨天夜里有一个非常壮丽的梦。我穿着我好看的裙子回家了。翻山越岭，我甚至还碰到那只背叛的猫，我抓起它的耳朵带它回去见你。可是我真的没有料想是一个冬天。我离开有一年了吗？

妈妈，如果是真的，如果我那么英勇地回去，你答应我，你什么都不要做，你就在门边等我好吗？你答应我带着你一年前的样子站在门边等我好吗？

妈妈，我在小心地走近你和看清你，我们都小声点好吗？我不想吵醒这个华彩的梦。

（原载于《读者》2008年第14期）

农　人

农　人（1967—　），本名田庆盈，山东济南人。曾任中共济南历下区委副书记、区长，中共历下区委书记等职。在《散文》、《散文海外版》、《人民日报》、《光明日报》等发表散文近百篇，有多篇被《散文选刊》、《读者》等选载。

又是五月槐花香

水村，这个位于层层大山极深处的小山沟沟是我的故乡。

小村坐落在山的半腰上，被密密实实的槐树一层一层包裹着，便有了仙境般的感觉。每年的五月，当白花花的槐花铺满青山，那无孔不入的甘甜的清香，便轻轻地胀满了山里的世界。也仿佛只有在这时，劳作了一年的农人，才有了些许喘息的机会，深深地吸一口槐花那沁人心脾的香，就会生发出一种山里人少有的温馨又甜蜜的快意。

家乡这满山遍野的槐树学名被称作刺槐，宁折不弯的枝干上斑驳着岁月留下的刀削斧凿般的皲裂和折皱，其上布着尖利的针刺，像极了农家人朴实又倔强的性格。槐树的生命力极强，种植、扦插都可以成活，但主要靠根生，在方圆几亩地的山坡上，只要栽下一棵，不出几年时间，周围自然冒出的幼树便会一簇簇一团团地长起来。槐树是最早来这里的山区安家落户的树种之一，农家人之所以独独钟情于它，可能是由于它那甘于贫瘠、耐于寂寞的品性吧。这一棵棵无言的生命，仿佛只有那深深地扎进岩层的和紧抱着裸岩的根系，在不断地向这个世界炫耀着自己的清高与不屈。

在我从小到大对绿的印象里，最具代表性的就是槐树的叶，每当肆虐的残冬过后，献给荒凉山区的第一抹生命的亮色就是槐树的颜色。清明时节，尖尖的嫩嫩的叶芽就会悄悄地冒出来，这时的绿是一种柔如孩童肌肤的让你舍不得触碰的娇嫩。不出数日，槐叶迎风开翅长大，这时便是漫山遍野的绿了。一直到秋末冬初，槐叶才会变成金黄，依依不舍地离开槐树的枝头，离开这个世界。今天看到的槐叶，是大自然献给人们的景色，然而在那个食不果腹的年代，槐叶却无一例外地每年都支撑着山里人几个月的生活。

最留恋的，最不能忘怀的还是那五月的槐花香，一朵朵洁白的晶莹剔透的薄如蝉翼的花朵被绛紫色的花萼缀成一串串，像一只只轻巧的蝴蝶，随风摇曳，翩翩起舞。槐花也是我所见过的花中，最慷慨最大方抑或是最奢侈的花了，每到花开时节，仿佛满世界都被它塞得满满的，真是树有多大，花就有多大，山有多高，花就有多高。最特别的还是槐花的香，除了那独特的甜甜的腻腻的清香味道外，用农家人的话说，槐花的香气是打绺的，就是当你走在路上还未看到槐花的时候，便会有一波一波的幽幽的香气，细细地丝丝缕缕地透过你的鼻腔，再慢慢沁人心脾，这时的你，能不被槐花的香气深深地陶醉吗?

过去，每当槐花盛开的季节，我的父亲——当年的林业大队长，都会回忆起带领社员们植树造林绿化荒山的情景，每到这时他总会对着我说上这样的一段话：“生你的那年，我刚好三十岁，就是那一年栽下了咱村山上的这片槐树。那时虽然很难吃上一顿饱饭，但干起活来却格外地有劲，从没有觉得生活有多么苦。”脸上是那副美美的叠着层层皱褶的满足的笑，好像这满山的槐花才是他老人家一生最好的杰作。

今年的五月，我的父亲未能再嗅到那满山遍野的槐花的香，他没能够等到槐花盛开的日子，便匆匆地离我而去了。从此，我经常久久地伫立在槐花树下，听松涛阵阵，品槐香悠悠，耳边仿佛依然能听到父亲那淳朴的话语，心中陡生一种物是人非又无以言状的无奈和感伤。

五月的槐花香啊，你是渗进我血液里的无尽的追思和浓浓的乡愁。

（原载于2006年5月12日《济南日报》）

济南的味道

站在济南一些偏街背巷的路沿上，掰开一只烤得焦黄的汪着油的烤地瓜，未等入口，一股仿佛弥漫着两千多年历史的悠远绵长的香气儿便会扑鼻而来。这时，真的不是用口来咀嚼的，而恰如用你的思想来咀嚼着济南——这座城市厚重的韵味。

济南由于地辖华夏南北的要冲，其饮食自然融会了南北大菜和各地民间小吃的精华，有着亦朝亦野的特点，能登得大雅堂奥，也能下得百姓厨房，诸如像说起来就能让你涎下口水来的油旋和想起来就放不下的甜沫，更是济南独有的风味，并且深深地附着了济南人怀旧的情节。

品味济南在享受美食口福之余，想来若干元素亦会让人流连忘返。

品济南不能不品读济南的山，它是这座城市的骨架，也定格了济南的品质。有堪舆家言，泰山是济南的太祖山，因此济南的山从南边一路走来，携着东岳的余威，裹挟着南山的秀美和北域的风情，成就了集沧桑沉稳、隽秀雅致、旷远绵邈的别一番风韵。至今龙洞山大禹治水的遗迹“藏龙涧”、玉函山的青鸟、佛慧山和千佛山的慈悲诸佛、南北马鞍二山的金戈铁马声、英雄山高高耸立的纪念碑，都时刻不停地在向你述说着这个城市的骄傲和情怀。

说到济南的山，不能不提“遥望齐州九点烟，一泓海水杯中泻”的九点齐烟。有时我会这样想：在数千年的时光里，究竟有多少文人骚客，曾经站在这历山之巅看点点炊烟在“齐州”大地上袅袅而起？在当时他们的心中，升腾着的是一种什么样的或慷慨激越或温情款款的家国情怀啊！无怪老舍先生当年看到这群山簇拥的济南老城，便发出了“这个城市像一个卧在群山中的摇篮，在冬天里一望便让人觉得温暖”这样由衷的慨叹了。

品济南最美莫过于畅饮济南的水了。济南的由来得益于水，因位于“济水”之南而得名。济水发源于河南省济源县，因独流入海而在史上与长江、黄河、淮河并称“四渎”，也是古四渎中唯一非雪山而是泉水发源而成的大河。之后济水逐渐枯竭而被大清河所夺，至清咸丰五年（1855）黄河又夺大清河由山东入海，遂成现状。这些历史，自然地赋予了济南非同一般磅礴大气的特殊秉性。济南城市内的河流水系更极富秀美灵性的特质，我常觉得恰恰是小清河、玉符河、兴济河和城内纵横的曲水亭河、东西泺河等泉水诸河，这些一条条由珍珠镶成的玉带给济南这座城市带来了生命、带来了灵动、带来了性情、带来了极致的品位。闻名天下的七十二泉是济南的魂，我常这样思考：那强大到穿透了五千年文明史的汉字艺术，能够尽善尽美地描绘出济南泉水的涓涓温柔和风情雅韵吗？试想，你能用什么样的语言和词汇还原出黑虎泉日夜不停激越奔放的豪情和珍珠泉分秒不歇奉献给人类的粒粒珍珠呢？这就无怪曾两次光临天下泉城的诗仙李白也未留下关于这极致美景的片言只语了。这时，无奈之下，你会抱愧无言，而只有独坐“天下第一泉”的趵突之侧，舀一瓢涌腾着的泉水，沏一壶清茶，就着三伏天的酷暑一饮而下，这时像极了济南人酣畅淋漓性格的那股清韵和爽然便会瞬间穿透你的心脾。

品济南不得不穿越济南的历史和人文。泉城文脉正，大舜历山耕。这是华夏人文始祖给济南留下的第一缕印记。且不说在这座城池的历史长河中如鲍叔牙、闵子骞、扁鹊、曹操、秦琼、曾巩、铁铉、边贡、李攀龙、丁宝桢、刘鹗、季羡林等一个个明星巨擘给济南留下的一笔笔财富，单说中国文学史，你可以设想一下，如果没有了辛弃疾和李清照这“二安”居士，那么宋词“气吞万里如虎”的豪放和“人比黄花瘦”的婉约到底会逊色多少呢？如果没有了张养浩，在元曲的体裁中还会另有其人喊出“兴，百姓苦；亡，百姓苦”这句深埋在封建史上历代老百姓心中的绝唱吗？如果没有了老舍，近一百年中国现代文学史天平上的砝码会不会轻了许多？这是济南的骄傲，但我觉得这更是济南的乡愁。

品济南的味道，最不可或缺的就是一定要读懂济南的人。济南人的性格由于地域的关系，融合了中国南、北方人种的性格和气质，更兼具了齐人和鲁人的天赋和秉性。自公元前694年“公会齐侯于泺”开始，一路走来碰撞融合、取精去粕地形成了济南人独有的豪放豁达、尚善重义的好品质。每一个成熟的济南人都像是一瓶陈年的老酒，只要起开瓶盖，一股醇香而绵长的味道便会悠然而出，不由得你不为之迷醉。济南的男人像极了城周遭大山上的石头，刚硬或粗粝，但内核却是暖的。只要你有足够的耐心和智慧，用感情、用笑脸抑或是用酒敲开蒙在济南男人脸上罩着的那层厚厚的壳，从此便会在他的世界里长驱直入横行无阻，到那时你会发现每一个济南男人身上的那种豁达不吝啬、大度不计较的特质真的就是一座座内蕴丰富的矿藏，不由得你不赞叹，这样的男人才是真爷们儿！由此，可以毫不夸张地说，济南的好男人无论走到世界上的任何一个角落，都会长成一座“山东大汉”的坚强丰碑。

济南的女人真真是由泉水做成的。有时我想这座城市本身其实就是一个女人，而泉是缀在她身上不同部位的亮晶晶的珍珠和翡翠，汩汩作响的泉水是时刻不歇流淌在她身上的血脉。就是这泉的乳汁，孕育滋养而成了水灵灵的济南女人。谁能说出掐一下就能出水的泉城少女比江南的佳人逊色了多少？还有寻常巷陌间时常隐现的或嗔或痴或忙或闲的老妪们，脸上的那副丰富又淡定的神采，与深似海的豪门巨府中的贵妇相比又孰相高下呢？

品济南，不由不感染于她时刻升腾着的气象。大路上的熙熙攘攘、商街上的摩肩接踵、田间地头的挥汗如雨、学堂教室的书声琅琅、一草一木的盎然生机，这些无不表明，这是一个包容了各种元素的蓬勃生命，时刻在成长。

济南，恰是一朵由泉水滋润的蓓蕾初绽的清荷，嗅一下雅透肺腑，品一下情深意长。在躁动的夜里翩跹的荷花仙子，常常会乘着大明湖中那韵走斗拱、笙歌勾连的画舫纤纤地荡进济南文人的梦里，演绎出一首首乡情浓重的乐章。济南更是一个由荷精心孕育的莲蓬，每一粒睡在母亲怀里的莲子，都会带给你久久的幽香……

（原载于2011年4月8日《济南日报》）

祖 屋

祖屋，是我内心最深处那一块鲜活鲜活的肉，一直以来，我秘不示人，就是怕她遭了风雨的侵蚀，抑或是因晾在空气下而变质。

祖屋之于我，远不是一个母亲之于她的儿子所能够涵盖的。在我心中，她由高大到矮小，由缤纷到简单，由喧嚣到沉寂，到后来一直萎缩进我的梦里，晶莹成了枕边的一颗泪滴。但是，祖屋，我的思想一直呼吸着您的气息……

曾几何时，祖屋在很长的时间里，是我的整个世界。

或许是自第一次睁开眼睛，我便开始了探寻祖屋的秘密，虽然那时的眼神空洞而茫然。接下来，我便用小小的身躯，摸爬丈量着这个宅院。从早到晚，寒来又暑去……

祖屋的大门朝着东南，大门的上方便是一道光光的被水村人称为“窝棚岭子”的山梁，这自然是因为几百年前水村的祖先由异地迁徙而来在此筑窝棚落脚栖居而得名。所谓的大门只是一个枝条编成的柴扉而已，柴扉上钉着门扣，上着一把几乎锈透了的老锁，想来只是做做样子而已。主屋是三间西屋，石头砌垒的墙脚上面，土坯一直到顶，其上是用厚厚的黄草拍成的蓑衣似的草屋脊。三间正屋只有一架歪歪扭扭的梁，露在外面的檩条和椽子，羞羞地露着怯，遮掩着寒酸。三间正屋南面的一间用土坯从地面一直垒到了屋顶上，这或许是因为要省出一架梁来的缘故吧，在山墙的中间开了一个门，便成了一个独立的空间，里面住着我的祖父母。正屋用细泥糊就的外墙面，被风雨侵蚀得面目全非，一条条的细槽沟和窄缝遍布其上，斑驳着岁月的手艺。草屋脊顶上间或露出了洞隙，漆黑的夜晚，星星便会闪身进得屋来，炫耀着外面的世界。

在祖屋的正中间，正正当当四平八稳地摆着一张八仙桌子，从我记事起，就觉得爷爷除去到院里纳凉到地间干活之外，就从来没有离开过他那把桌子右边也被我们称为“上首”的椅子。每到除夕之夜，总是这样一幅场景，爷爷稳坐上首，爸爸坐在下首，而叔叔、哥哥、我还有堂弟则围桌而坐，相互让菜、敬酒、劝酒，间或有哑的或带“响”的酒令充斥其间，而此时的奶奶则带着她的儿媳们或在旁边张罗忙活，或倚在墙上看男爷们儿的乐子，这是一幅此生不再的温馨画面。

在大桌子的旁边是在农村被称为“憋来气”的土炉子，也是我的印象里最暖的所在。冬天里，往炉边一凑，冻透了的手脚、冻得通红的鼻头和接近透明的耳朵仿佛便在瞬间被暖了过来，有时手里接过奶奶在一旁递过来的煎饼，贴在炉壁上一烤，一股香气便会在祖屋里悄悄地弥漫开来，未等开口咀嚼已被一股无与伦比的芬芳陶醉。这被土炉子烙得焦黄的煎饼，至今烙在我的大脑皮层里，抠都抠不掉……

主屋的南侧是一间用石块垒起来的猪栏，里面圈着的那不听话的家伙整天价拱得栏门“咣咣”作响，用这种方式向主人宣示着“猪”权。主屋的北侧是茅房，紧挨着茅房的外面是一个石碾，这冷酷无情的大石坨几乎吞噬了我童年的欢乐，因为我总被母亲呵着到碾道里推碾，而我一着碾棍，不过三圈便是头晕眼花、天旋地转，还不得不忍受从茅房里飘出来的阵阵臭味儿，当时真怕这踩得平整光滑的碾道圈住了我的人生，这应是我的生命中体会的最早的煎熬了。用篱笆圈起的院子的东北角是灶屋，定时升起的炊烟，那时并没有感觉到有多么美，却在每天三时准时地吊起全家人的胃口。

童年对祖屋的记忆有两件事挥之不去：一件是我在院里手脚并用奋力爬着的一个瞬间，忽然看见从正屋墙面的坯缝里，伴着土屑和沙子掉下来一只壁虎，我赶上前去，同它有一段对话。仿佛一直记得，它告诉我，它可不是新人，它来自100多年前，几乎和这老屋同龄，只是又刚蜕了一层皮而已。它还说了些什么，几十年来，我一直在回忆，有时候想得头痛，也未能够再清晰地忆起。另一件是在大门外的土堰上，生长着一棵柳树，有一天早晨，从没见生过气的爷爷同住在下院里的带着儿子、拿着锯来锯树的木子爷爷发生了一场争执。他们有这样一段对话："这树是我栽的，全村人都知道！"

"怎么会是你栽的呢？是它自己从堰缝里冒出来，这树是我从小看着长大的。"

"就是我栽的！"

"是你栽的？你问问这树，让它自己说，是不是自己冒出来的？"

最后争执的结果，这棵树谁也不能再杀，就算做公共的。自此，这里的确成了一个纳凉的好所在，夏天里见惯了光膀子的男人们和敞着怀奶孩子的女人们，开心地散在柳树大大的荫凉里，咀嚼着日子。

逐渐地，呼吸着祖屋院子里几代人呼吸过的空气，踩着院子里叠了无数摞的几代人的脚印，我成长着，由小到大，由近及远，再由远及近，由大变小，祖屋在我的眼里也幻灯片似的变幻着，但总是一副老成持重的模样。

一成不变的，是屋檐下的那个燕子窝，一直与老屋不离不弃，长相厮守。记得小学时，有一次放学回来，我同忙碌着的燕子有过一次对话，刚刚北归的它，身上还附着着南方的暖意。我对燕子说："佐罗先生，你好。"燕子瞅着我发愣，看来这家伙健忘，过了个冬天就把老朋友给忘了，接着再问时，"它不是你那只燕子了，这是它孩子，我认得。"奶奶在一旁边喂着鸡边对我说。噢，原来此燕已非彼燕。

那时，无论上学还是上班，在外面游荡累了，好像总得回祖屋住上几天，方能得到放松和歇息。而每到早晨，感觉还没睡够，爷爷奶奶便会在院子里"咯啦咯啦"说起话来。有时是催我们起床，有时则是云彩啦、天气啦一些无关紧要的事情，原来他们只是需要一个借口来打破这农家院的沉寂罢了。有一次爷爷在窗外对爸爸说："昨天晚上，南湖场上那只马虎叫了好长时间，它离开了这么多年怎么又回来了？"爸爸当然只是哼哈着附和，妈则在一边捂着嘴偷笑，她或许不只是笑老人上了当，也包含着对她的儿子学狼叫的本事愈发老到的赞赏吧。现在，每天早晨总会早早地醒来，耳中却再也没有了那熟悉的声音，早上飘荡在祖屋院里的或高或低的说话声，在我所有关于故乡的记忆中，应该是一缕最难以割舍的情愫。

祖屋如斯，但后来在我的眼里最终还是有所变化的。

作为祖父母心中的宝贝疙瘩，我从小就爱吃奶奶腌的咸鸡蛋。一个黑黝黝的瓷坛子，也一直被奶奶心肝似的宝贝着。每次腌鸡蛋，她都会在鸡蛋壳上用黑重的炭灰标上记号。每次等从坛子里掏出腌得到了时候的鸡蛋后，再把坛子封好小心翼翼地塞进炕底下一个专用的炕洞里。有时候，奶奶会趁别人不在的时候，给我和爷爷煮上两个咸鸡蛋。每次煮熟后，她看着我和爷爷吃着那汪着油的香喷喷的鸡蛋，总会对我说："你别看这坛子不起眼，却是当年你老姥姥从城里买来，当嫁妆陪送我的，我试过多少遍了，用别的坛子都腌不出这么好吃的味道来。"

祖屋虽美，但她终归是我的老屋，她衰朽的骨架、老旧的外表、无处不在的皱折和那不知不觉间隐隐散发出的咸咸的味道，在外人的眼里是何种印象呢？说心里话，那时我一直心存这一略带虚荣心的疑问。因此长大了后，我是轻易不带同学和同事到我的祖屋去的，直到我的爱人第一次进家门时，我还同样地忐忑。当时看到她丝毫不生分的样子，我才放松下一口气来。原来，这祖屋像极了祖母的宝贝坛子，虽然它与我有着浸在骨子里的亲近和无可替代的实惠，却因了它的苍老抑或粗陋而不愿意轻易地示人。难道每一个孩子都有过类似的虚荣心吗？

再后来，没有了人气养着的祖屋，再也打不起一点点精神来。就像当年我的祖父，到最后老得连眼皮都不愿眨一下，坐在他那把吱咯作响的躺椅上，用愈发丰富的大脑与岁月摽着劲儿思考。没有悬念，一切都抵御不了岁月的磨洗，我的祖屋，虽然拼命挣扎着使劲站直身子，拼命挣扎着不被风雨剥去最后一层外衣，拼命挣扎着给这个院落和世界留下最后一点记忆。但是仍然在一个风雨如晦的夜晚，轰然一声倒下了。这当然是父亲后来告诉我的，但若干年下来，我却觉得她那轰然倒下来的身影，一直实实在在地压在我的心上。

现在，空空的老院子里，连那结实而冰冷的石碾亦不知去了何处，只有大门口土堰上那棵须两人方能合抱的柳树仍然静静地伫立着，只是那如巨伞宝盖般的树荫下，再也没有了乘凉的人们和嬉笑的话语。

站在已无往日印迹的祖屋的院子里，关于老屋的一切，一时无从想起。只有一阵儿从岁月深处的角落里吹来的风，抚着我的耳朵轻轻告诉我，她也经常思念过去。

（原载于2013年7月13日《人民日报》）

张中行

张中行（1909—2006），原名张璇，字仲衡，河北香河（今属天津市）人。在天津南开中学和北京大学文学院任教多年。著有《文言常识》、《文言津逮》、《佛教与中国文学》、《负暄琐话》等。

历下谭林

内蒙古几位友人南行北返，过北京，来看我，谈起济南的情况，说大明湖、趵突泉等处都不再有水，我听了，不禁有逝者如斯之感，也就勾起了不少济南的旧梦。有梦，是因为我爱这个城市。爱，我的偏见，居首位的应该是人，其次才是人为的什么，自然的什么。人，如果翻《济南府志》，可说的总当不少吧；可是闲居作赋，就不宜于那样大动干戈，而是应该行听无事，想到哪一位就说哪一位。最先想到的是李清照，恕我不避有违《曲礼》之嫌，又是个女的。依籍贯从父的成例，这位易安居士是章丘人，可是住济南的时间不短，时至今日，金线泉旁还有她的遗迹。她有大名，是因为词作得好。“帘卷西风，人比黄花瘦”，欣赏文句，或进而怀想写文句之人，都值得一唱三叹。接着想到的是王渔洋，二十三岁作《秋柳四首》，就说是神韵派，若有若无吧，像“若过洛阳风景地，含情重问永丰坊”这样的诗句，写出人生中的执着一境，总不能不推为大手笔。再接着还有写《聊斋志异》的蒲松龄，许多故事，如使人难忘的公孙九娘，化为“血腥犹染旧罗裙”的鬼，住处仍是在济南附近；最后想到的是刘铁云，他不是济南人，却写了大讲其济南的《老残游记》。与上面提到的那三位相比，这位刘公成就就像是小一些，可是游济南，反而会常常碰到他，因为他时代晚，有些遗迹还没有消亡。

空论说了不少，应该转而谈举目可见、举手可触的所谓具体的什么。我到过济南，次数不很多，值得追记的是1956年冬初的一次，那是去了解汉语课本教学的情况，同往的还有郭君和吕君。郭君年最长，已过知命；我其次，未及知命；吕君则尚未而立。入夜由北京上车，次日拂晓到，住在后宰门街西口内路南的明湖旅馆，西行不远转北就是鹊华桥，也就是大明朝的南岸。听课任务不重，因而晚饭后如何消磨，反而成了问题。像是没有戏和电影可看，只好足不出户。共坐一室之内，如何送分送秒？理论上有至上的，是学禅门的大德小德，参禅，寻思“如何是祖师西来意”，可惜我们无此宏愿和修养。有次上或中的，是学赵大姑、钱二嫂等聚在一起，东家长，西家短，可以说到“夜阑更秉烛”而不困不腻，可惜我们也无此耐心。剩下的路子还有什么呢？谈时事，不敢；谈历史，怕说是影射。天无绝人之路，于是就想到谈小说。小说范围太大，缩小为《红楼梦》。还嫌大，再缩小为人人所爱——林妹妹。起初如政治学习的小组讨论，遵照布置，在林妹妹身上想办法，力求文不离题，没话找话。后来谈风渐盛，东拉西扯兼以异想天开，就如黄河之自白云间而下，欲罢不能了。至于前前后后十几天，究竟谈了些什么，因为没有笔记，都忘光了。记得的只有这化零为整的谈林黛玉；而且有余韵，是回北京以后，三人合写的文章，曾用“谭林”为笔名，像是还不止一次。

这次在济南，是晚上全部有闲，白天常常有闲。有闲，人之常情，就难免到各处所谓名胜看看。济南是水城，许多名用与水有关。《老残游记》说“家家泉水，户户垂杨”，我推想这后一句是顺从作骈体文的旧习，拉来凑数的，实际柳树并不多。家家泉水则是一点不假，有的小巷，人家门口有个石板夹的小渠，渠中涓涓流的都是泉水，泉水多，俗语所谓靠山吃山，靠水吃水，于是吃、喝、洗、养以及看，都用泉水。济南泉水的特点，或说优点，甘香如何，我不敢说，清则可能是域内第一。无锡惠泉，我尝过，北京玉泉山的泉水，当年小民可近的时候，我也尝过，不能说不好，但未能使我惊。何谓惊？有亲历之事为证。城西商埠部分有个浴池，很有名，我们愿意尝试一下，去洗澡。问洗池塘还是洗盆塘，说洗盆塘。过一会儿，说准备好了，请去洗。我进去，看盆是空的，喊服务员，问，答已经放好水。用手去摸，果然下部的三分之二都是水。我大吃一惊，继以赞叹，并立刻想到柳宗元《小石潭记》中说的"（鱼）皆若空游无所依"。柳文是否夸大，只有作者自己知道，但作为形容水清的修辞技巧，有济南的泉水为证，就不能不推为高手了。

还要说说看水的名胜，以先大后小为序。居首位的自然是大明湖。湖在西北城角之内，名为大，并不大，不要说与西湖比，就是与莫愁湖比，也不成。北岸有铁公祠等古迹。湖中有历下亭，晚清书法大家何绍基书联，文曰："海右此亭古，济南名士多。"又想起《老残游记》，也提到这副对联，变"海右"为"历下"，这是误记：人所难免；至于说湖中有千佛山的倒影，乃事理之不可能，就是随口乱说了。比湖小，名气反而更大，至少是同样，为几种泉。最有名的是趵突泉，在城西。我们去看，水由方池中上冒，总有人头部那样大，高出水面尺许吧？其东不远为金线泉，不足方丈的长方形小池，有时水面中间出现一条线，不明显，要找，要等。据说其附近就是李清照的故居，可惜庭院堂室都无存，有发思古幽情之癖的，也不免有"皮之不存，毛将焉附"之憾。黑虎泉在城南，我们也去看了，水由石雕的虎头流出，无论泉水还是看泉水的人数，与趵突泉相比，真是小巫见大巫了。还有个珍珠泉，在一省机关内，诸多不便，所以决定过其门而不入。与水有关的还有个小名胜，名酱园池，顾名思义，是个卖油盐酱醋的商店，大概在旧西门附近，店房内有一个一丈见方的深池，养不少红鲤，身长都在一二尺之间，也许是胜国的遗民吧？其后经过大革命，接着又水源枯竭，还能"出游从容"吗？但愿如此。

游名胜之外，还闲里偷闲，做了一些寻《老残游记》遗迹的事。鹊华桥和大明湖，出门举目可见，用不着费力。另两处要费些力，可是性质不同。明湖居是已经消亡，问湖附近住的一位老者，说就在鹊华桥之西，湖边，坐南面北，棚式的简陋房，早拆了。高升店，书中说在小布政司街。找到旧所谓小布政司街，在西街与大明湖之间，东西向，据说昔日为书业集中地，有如北京之琉璃厂。若然，何绍基得的孤本《张黑女墓志》，也当出于此地吧？往者已矣，还是找高升店。费很大力，幸而天不尽收遗老，终于问到，是在街东口之外，稍偏南，南北向街路东，凹进十几米的一条小巷内路南，门户、房舍都依旧，只是改为某单位的宿舍。这是真大观园一类，可惜书中的老残是个糟老头子，不像钗、黛以至晴雯、金钏那样软绵绵，就没有产生残迷，来逐臭，同是小说而待遇不同，也是值得叹息的事。

胜迹登临，咏怀古迹，古今推为雅事。我们三人行，是常人常事，所以填充时日的必是可以称为常的更多，有没有值得说说的？想了想，有，可惜属于口腹之欲。考虑到时风是多说甚至编造冠冕的，绝口不言泄气的，这里无妨反一次潮流，以期挽狂澜于既倒。其实也不是什么大事，只是如小孩子吃巧克力，觉得好吃，还想吃而已。是一次同游商埠的一个商场名大观园，见一个饭馆名赵家干饭铺，门口贴着花色纸条，上写“新添三吃黄河活鲤鱼”。我们进去，言明要这个菜。服务员拿来一条，让看看大小，然后用力扔向厨房，鱼在地上跳动几下，就走向刀俎了。所谓三吃，是一条鱼分三种做法，如红烧、糖醋之类，装在一个椭圆形的盘内。约莫二十分钟，活鱼变为美味，端上来，吃，果然很好。米饭尤其出色，在我一生吃过的米饭里应该排在首位，也许就是因此才名为干饭铺吧？如上面所说，为了口腹之欲，我们又去吃了两次。之后，我们纵使舍不得，也只好离开朝夕与共的鹊华桥和大明湖，以及三吃的黄河活鲤鱼。

一晃三十多年过去，郭君上升为郭老，于前三年在金陵归了道山，连吕君也变为年过耳顺的老者，困守松花江，很少外出了。我呢，不是“中年伤于哀乐”，而是老年伤于哀乐，大明湖，少外出的兴致，听说变为干涸，就更不想去了。至于黄河活鲤鱼，记得前几年曾忆及，但反应已经不是想吃，而是一阵心不安；并且这不安还深化，想到人己，想到定命，终于不能已于言，于是诌了两首总名为《望道》的七绝，其中一首提到鲤鱼，是“愁看并刀割鲤鱼，天心人欲定何如。饥来面对烧羊肉，举箸沉吟愧化书。”愧是唯心一面；不幸的是，唯物一面经常力量更大，于是有时我就还是吃“物吾与也”的鲤鱼。也是有时，尤其既吃又想的时候，我更加感叹老子“虚其心，实其腹”的理想之高妙，虚其心是不想，实其腹是碰到什么，爱吃就吃，其境界是《诗经》说的“不识不知，顺帝（天帝，即定命）之则”。可惜这样的伊甸园时代，至少就书生说，是一去不复返了，所以有时想到“天心人欲定何如”的问题，就不能不再三叹息。

写到此，回头看看题目，想到竟由林黛玉滑到鲤鱼，真可谓下笔千言，离题万里了，如何挽回？难，只好不挽回。此亦有说焉，曰知难而退，亦处世之一妙法也。

（选自张中行著《负暄三话》，中华书局，2006 年 9 月）

石万鹏

石万鹏（1965—　），山东昌乐人。济南职业学院副院长、教授，山东省写作学会副会长、山东省作家协会全委会委员、济南市作协副主席。著有《新时期小说论稿》、《喧哗与私语：中国当代小说研究》、《二安词选》（合著）等。

记忆中的“海岱居”

上个世纪 80 年代，先师徐北文先生的家，迁居原济南教育学院宿舍楼，乔迁新居后，先生题自己的书斋名曰：“海岱居”。

位于杆南东街 39 号的这个小院，建有两栋宿舍楼：西侧的小楼，建成于上世纪 80 年代；而东侧新一些的楼房，则竣工于 90 年代。先生在这两座楼房里生活的时间，差不多各有十年的时光。

居住在西楼时，先生的书房——海岱居，十分狭小。穿过幽暗的过厅，才能进入房间。房间不足十平方米。靠墙排放了书架，南窗下安放了一张书桌。虽然在这个房间里存放的都是一些常用书，而其他的书架已经去挤占卧室、小厅，甚至厨房了，但是，满架、满桌、满窗台的书，还是让房间显得拥堵。来客一般是坐在房间北墙——说是墙，其实就是与过厅的一个隔断而已，下端是薄薄的墙体，上半截是几扇玻璃窗——下的小沙发上的，这样，先生把自己书桌前的椅子掉转过来，正可以与来访者面对面交谈。1986 年，我第一次见到先生，就是在这个房间。

这个书房里，因为没有了多余的空间，所以，走进去时，满眼望见的都是书。说实在的，这其实不像间书房，而更像个书库。今天想来，除了那些书，房间里让我能够记忆犹新的，还有两件东西：一是书桌旁一个可以转动的、四面都可以放书的方形书架，那是先生自己的设计，我记得，先生还曾跟我特别说明过，书架中间用的轴承就是马路上地排车的车轴。先生写作时需要常备的书就插放于此，先生说，他可以不必起身，就能将其“信手拈来”；另一个，就是书房里那唯一的点缀——一副对联了。对联由先生的好友孔孚先生书写：城北徐公美，济南名士多。记忆中，这副对联，有时悬挂于书架之上，有时又被移到了北边的窗上，最后的印象，似乎是分挂在了南窗的两侧。

那时，这个书房没有匾额。海岱居三个字更多的是出现于先生著述的落款里。而在我的心中，这个时期的海岱居，除了那些我读过的、写成于此的文字外，就是深夜里还依旧透出灯光的、二楼的那个窗口。那时，我住在先生家楼前的平房里，从房间的门口可以看得见先生书房的南窗。

90 年代中期，先生搬进了东侧的新楼。房子虽然不大，但是，与原来相比，已经有了大的改善。虽然各个房间里、包括门厅，也还是安放着一个个书架，可此时先生的书房，毕竟有点像个书房的样子了。

爱好文史的刘沛轩（勃）君，这个时期曾常来拜望先生，他得知先生书斋的名字后，便特地请书家了翁刘雯先生书写，并制成匾额相赠。从此，“海岱居”三个字便悬挂在了先生家客厅的南墙之上。

小小的客厅里，西墙下摆放了一个长沙发，两个单人沙发则南北相向，中间安放了茶几，茶几的东边则并排放置了两个圈手椅，在椅子的后面和东墙的书橱之间，留出了一个可以通往书房和卧室的过道。人多的时候，这里显得还是很拥挤。来客的时候，先生会把客人让到沙发上就座，而他自己则常常是坐在椅子上的，有时，师母会在他的身边，坐在另一把椅子上，但更多的时候，师母是要亲自去为客人泡茶的。不管来人是学者、官员，还是年轻的学生。

先生的书房，此时终于可以成为他个人的、比较私密的空间了。在那里，他可以安静地读书写作。书桌前与西墙的书架间，有一把椅子，那是我聆听先生教诲、与先生聊天时常坐的地方。每次去，如果没有其他来客，一进客厅就可以看见书房南窗下的先生，他扭身冲我笑着，起身迎我进屋。每当这个的时候，我会连声喊着让他别动，可先生总是要站起来迎我，一直到他生病。在那里，我喝过先生推荐给我的一种新品饮料，中秋时与先生分食过月饼，更多的时候，是与先生一起喝茶、说话。有时，先生与我也会坐到客厅里去，那时，先生会坐在南墙下的沙发上，而我则一般会坐到大沙发的北端。从那个角度，稍微一抬头就可以看见悬挂在先生头顶墙上的匾额。此时的海岱居，终于算是一个真正意义上的书斋了。

先生之所以名自己的书斋为海岱居，他在《海岱小品》的《序言》中解释道：“取名‘海岱’者，《禹贡》云：‘海岱唯青州’。蔡沈注云：‘青州之域，东北至海，西南距岱。岱，泰山也。’……昔年曾请王仲武兄刻了一方图章，文云：‘泰山民东海氏。’因为泰安城是我的出生地，而‘东海’又是我姓氏的郡望，所以‘海岱’……可以概括我的姓氏和籍贯。”

先师最后20年的时光，就是在杆南东街的39号院度过的。

海岱居的主人，就是在这个逼仄的小院，狭小的书房里，欢迎前来拜访的学人，辅导自己的弟子，接待那些关心着他的朋友。他人生中最为丰厚的著述，也是在这里写作完成的。而且先师两部重要的著作，更是直接以“海岱居”名之——《海岱小品》、《海岱居文存》。

记忆中的海岱居，正像先师曾撰书、并悬挂于门厅的对联所表达的那样：

> 一笑拈花，道存目击；
> 万言属草，薪尽火传。

而先师的另一副对联，则刻画出了他自己的书斋生活：

心仪大山，神游四海；

书开万卷，尚友百家。

这，就是将永存我心底的海岱居。

恩师逝世周年前夕，弟子谨记

2006.11.19

（原载于2006年12月1日《济南日报》）

田仲济

田仲济（1907—2002），山东潍坊人。曾任重庆中国乡村建设学院讲师、上海音乐学院教授、山东师范学院教授、山东师范学院副校长、中国现代文学研究会副会长、山东省文联副主席等职。著有《新型文艺教程》、《中国抗战文艺史》、《文学评论集》等。

古城美味

——忆过去济南的风味小吃

凡是历史的文化古城，总是在各个方面会积淀有令人怀念或玩味的事物，就食的文化说，也常有几种令人怀念的在异地永不会偶见或遇见的美味。这美味的可贵处是它并非山珍海味，但这种美味，一般是只有此处可寻，具有浓厚的地方色彩或地方特点。一九三八年我到西安，一位朋友领我到老白家吃汤圆，我有些莫名其妙，汤圆各地都有，老白家的有什么特殊呢？当时汤圆每只一分而老白家的则是二分，当然二分只是多了一分，但是它整整贵了一倍啊！汤圆端出，到了嘴中，尝出特殊来了。汤圆入口，软到不用咀嚼就溶化了，是那么腻滑软香！

当然，以后我到了四川，在成都见到了赖汤圆，赖汤圆似乎可以不需多谈了，今天它已走出四川，进入大江南北，各地都可吃到成都的赖汤圆了。

所有文化历史名城，其文化多半具有自己的个性，也就是具有自己的特色，这种特色反映了地方特色，也反映了居民的长期的生活、习惯的特色。

我是一九二〇年到的济南，转学东门外莪雅坊小学高小一年级。那是我第一次离开家乡，也是第一次住到了一个新的城市，而这城市又是“潇洒似江南”的济南。我的故乡潍坊，既没有山，也没有水，据说火车站北边就是擂鼓山，但那山并不比平地高了多少，连大的坟堆都比不上。水呢，就是白浪河，但白浪河水枯水期很长，在枯水期是经常断流的。乍到济南，很有江南水乡的风味，真是济南潇洒似江南。那是一九七三年以前，济南地下水位比现在高很多，真可说家家泉水，户户垂柳，城内后宰门、趵突泉、大明湖一带，住家院子里多半揭开砖石就会看到清流涌出。大明湖是一片荷花，城外北园也是荷田连陌。我一到济南就知道了地方风味特产是糖拌藕，是几个人在谈论，我从旁听取的。以后，新中国成立以后，我又听老济南讲，出脆藕的几个地方，都是几分地的小片地，由于城建已没有了。那最好的藕我未尝到过，我觉得济南一般的白莲藕已不坏了，脆、甜、鲜、少渣，因而拌着吃比其他地方的都好。但我特别欣赏济南的风味小吃是煎饼卷炸小虾和高汤米粉。

稻田中、小河内，有捉不完的小虾，捉来洗净，加一点盐，面糊，在油中一炸，鲜美无比。过去济南大街小巷，卖锅饼和煎饼的特多，锅饼如今少多了，煎饼铺则完全没有了，只有偶然可以遇到串街或摆摊出售的。过去是摊煎饼的也兼卖炸小虾，可以买回家吃，也可以就便热煎饼卷新出锅的炸小虾，可说鲜美无比。有的同时也卖高汤米粉，若再喝上一碗，这一餐就很舒服了，而且物美价廉，一共也就是两三角钱。

济南的米粉不同于江南的米粉像湖南或福建。济南米粉不是大米而是小米做的，像小米颜色那样，淡黄色。有专做米粉的作坊。卖高汤米粉的店铺都是几斤或十几斤地买来，是新做的，湿的，不像大米粉那样也有包装的干米粉。吃米粉最重要的是高汤了。当地高汤是称鸡汤，老母鸡用文火炖两个多小时，汤不能浑，必须澄清如水，味醇厚，鲜美。倘浑浊，就不清香了。高汤米粉虽不像菜馆中要求的那么严格，但也尽量不使它浑浊的。米粉只是作为饮料，不像江南，没有以米粉做主食的，主食应是煎饼或油。每碗米粉放米粉很少，只有两三克，主要是高汤，加有紫菜、虾皮、香菜等佐料。卖米粉有的兼卖油旋，油旋类似烧饼，比烧饼更精细些，是用面，以香油、少量葱花、食盐等做成，盘旋多层，炉火烤熟，供食用，也可以做点心。这也可以算是济南的一种风味。现在有时还可以遇见出售的，不过做得比以前粗糙多了。

新中国成立后我从上海回到济南，记得那时摊煎饼的、卖米粉的、炸小虾的，都还有。大概是粮食统购统销后，私人无法经营这类行业了，才在街道上找不到这类店铺了。

各行各业的个体户近几年纷纷地发展起来了，而且不少已成为大款并进而成为大腕了。我老盼望能再看见高汤米粉，也想再吃到煎饼卷炸小虾，可直到今天还未见到，因而更怀念那美味了。

（原载于《田仲济文集》，江苏文艺出版社，2007 年）

李永祥

李永祥（1940— ），山东济南人。济南教育学院教授。曾任民进济南市委副主委、政协山东委员会第七、八届委员、济南市作协副主席、济南市文学会会长等职。著有《蒲松龄传》、《大唐名相房玄龄传》以及《李开先诗文选注》、《李开先年谱》、《唐人万首绝句选注》、《唐诗观止》、《王平诗文选注》等。

济南赋

南依岱岳，峦嶂巍峙；北临黄河，波涛奔涌。钟天地之灵秀，蕴山水之华英。地处京沪之间，通南北经济之脉络；位在溟渤之右，兼水陆资源之事功。济南者，乃现代齐鲁之都会，系历史文化之名城。

察变迁之史，波澜壮阔；数风流之士，灿若群星。城子崖下，有龙山文化之遗存，先民已始建城；历山麓畔，乃大舜躬耕之故址，东夷早缔文明。沿及殷周，方国称“谭”，大夫长吟《大东》之诗；下至春秋，齐鲁会盟，《左传》见载泺上之名。叔牙荐管仲，墓留鲍山；夷吾辅桓公，封在谷城。汉初设郡，始名济南。枭雄曹操，于此主政，兴利除弊，颇具治声。隋称齐州，唐继其名。鼎革之际，豪杰辈兴。名将秦叔宝，贤相房玄龄，奠大唐王朝之基业，成贞观盛世之伟功。鹊山湖谪仙荡舟，历下亭诗圣赋咏。宋室南迁，江山裂崩。噫吁兮，易安孤身漂泊，蓄家国沦亡之悲愤，词称“婉约之祖”；稼轩挥戈抗金，怀故土光复之豪情，词号“豪放之宗”。章丘张起岩，进士第一，总纂“宋”、“辽”、“金”三史；云庄张养浩，居官清正，感赋《山坡羊》一曲。关汉卿漫游历下，浅斟低唱，作“杜娘智赏”之剧；赵孟頫任职济南，濡翰挥毫，绘“鹊华秋色”之景。伊自明朝，始为省会，筑石墙，浚深壕，金城汤池，巍立东境。王渔洋水面亭赋《秋柳》，蒲松龄东流水觅佳菊。孙中山演说议会厅，讨袁军攻占济南府。中共建党，星火燎原，尽美、恩铭，“一大”留名。五三惨案，公时殉难，国耻莫忘，警钟长鸣。一九四八，正义炮响，济南解放，万众欢腾。

秀山美水，风情万种。具江南之明丽，备中原之厚重。百泉竞涌，雅号“泉城”。趵突泉三泉齐喷，银柱腾空；五龙潭涵漾天光，幽深雅静；黑虎泉兽头吐波，龙啸虎鸣；珍珠泉明珠万斛，晃跃晶莹。更有溪流潺湲，穿堂过室，叮咚如筝鸣，绘就“家家垂柳，户户清泉”之妙境。章丘百脉，平阴洪范，或万顷绿漾，或一池碧凝。历、泺二水，汇注北城，古为“历陂”，今称“大明”。小沧浪畔，佛山倒影；一城山色，半城湖韵。华山峻秀，如芙蓉含苞；鹊山横亘，似锦画开屏。齐烟九点，星散黄河两岸；泰山一脉，绵连城南万峰。兴国寺尊虞祀舜，仰瞻圣迹；千佛山摩崖镌佛，妙巧精工。登峰远眺，黄河如线；凭栏俯望，明湖似镜。长清灵岩，古阁藏经，彩塑十八罗汉，尊尊栩栩如生；五峰道观，楼坊高耸，茂生千年银杏，浓荫百鸟齐鸣。

齐鲁腾飞，伊为龙头；头昂身舞，举省振兴。察民情，晓民意，集民智，筑牢执政之基；兴实事，育实绩，彰实效，树正为官之道。诚信、创新、和谐，为城市之魂灵；改革、开放、民主，乃发展之途径。赴欧美，访澳非，拓展视野，观世界变化之画卷；办会展，兴赛事，外宾纷至，聆济南进步之足音。城市内涵，愈益丰厚；文明底蕴，与时俱增。高架桥飞架南北，长虹贯日；经十路直通东西，银练横空。劈山开陵，筑修旅游大道；平壕垫沟，兴建东部新城。泉城广场，音乐喷泉奇幻多彩；环城公园，花木溪流扶疏明净。高楼栉比，百业昌隆，焕然现代都会；小院寂静，柳绿泉澄，依稀田园风情。以城带乡乡兴旺，以工哺农农繁荣。章丘阡陌如画，平阴玫瑰花红，济阳平川生财，商河囤满仓盈。免千年之农赋，惠万户之民生。八荣八耻，明善知恶，孕育高尚情操；平凡岗位，涌现精英，洋溢道德新风。白衣天使，救死扶伤，刘振华得南丁格尔大奖；严格执法，热情服务，济南交警成全国典型。倡和谐兮万民安乐，谋发展兮福祉无穷。

躬逢盛世，豪气干云；抚今追昔，感慨顿生。寄深情以颂故里，作长赋而歌泉城。

（原载于2007年5月《光明日报》）

马瑞芳

马瑞芳（1942—　），女，回族，山东青州人。山东大学中文系教授、博士生导师。历任中国作协第五、六、七届全委会委员，中国红楼梦学会常务理事，山东省作协副主席兼散文创作委员会主任，山东省第七、八届政协常委，省第十届人大常委。著有长篇小说《蓝眼睛黑眼睛》、《天眼》、《感受四季》，散文随笔集《学海见闻录》、《假如我很有钱》，以及专著《蒲松龄评传》、《聊斋志异创作论》等。作品在省内外多次获奖。

女学究何以锱铢必较？

似乎有搬迁癖，山东大学十五年内搬了三次家：青岛——济南——曲阜。一次搬迁后，有人在冯沅君家捡到一个顶针。

以鸡屁股为“银行”的乡村老太，都未必用这样的顶针儿！两分钱一个，黄色磨白，许多针眼洞穿。这小东西或许不属于驰名中外的一级教授冯沅君吧？

有人斩钉截铁地说：“亲眼看到冯先生用这个顶针儿补手绢。”

更有人认为大谬不然："她当一级教授，还至于用打补丁的手绢？"

"她就是那么'会过'，写文章，她用会议通知的反面打草；搬迁时，别人退粗粮票，只有她，退细粮票。"

"她吃粗粮以防止动脉硬化吧？"

"笑话！冯先生假如多少懂得点儿养生之道，也不至于肠癌晚期症状那么明显，还不上医院。她就知道她那戏剧史、诗史、文学史！"

博学多才，是人们称颂冯沅君的赞语；抠门小气，成为大家讪笑老教授的话柄。难道她没钱花？夫妇都是一级教授，仅《中国诗史》的稿费就上万，相当于一般工人二十年工资！她负担重吗？一男半女皆无。能否说是"不忘阶级苦"？谁不知道冯沅君出身名门？何况"艰苦朴素不忘本"岂能用到"资产阶级知识分子"身上？

也有人力排众议说：冯沅君绝不小气。有事实为证：新中国成立前，有位进步哲学家受到国民党追捕，被地下党送到胶东解放区，他的家属面临断炊之危时，冯沅君亲自送去四十块大洋！抗美援朝，冯沅君购买了上亿（旧人民币）公债。中青年老师、研究生，有不少人接受过冯先生的接济……

力排众议者也对诸如旧顶针儿、破手绢儿感到费解，两袖清风的学者何必学守财奴，锱铢必较？于是，有人挖苦："老绝户脾气，令佛头增秽！"有人叹息："金无足赤，人无完人！"

一天，我和魏晋史家王仲荦先生交谈，他忽然长叹一声："冯先生一生才不容易呢。我见她那么节省，劝她：何必自苦如此？"

是啊，何苦？王先生下边的话，使我宛如遭受了雷击："冯先生说，我一介寒儒，连个后嗣都没有，我能给国家给民族做什么？我想个人艰窘点儿，存几个钱，身后让国家做学术基金，奖掖后人吧。"

我蓦然记起一件事：冯沅君病体奄奄，神思恍惚时，护士扶她走进医生办公室，她误以为是走进了教室，竟大声地讲起戏剧史来……这位桃李满天下的学者，在生命的最后一息，仍不忘其教授职责！而她何求于人世？不曾眷眷于珍馐美味，未尝恋恋于华服炫装，既未追求声色犬马之乐，亦未安享子孙满堂之福。

我又记起前不久逝世的陆侃如先生遗嘱：按冯沅君先生和他个人的愿望，将全部藏书、数万遗款赠山东大学。看来，这一纸出人意料的遗书，竟是聚冯沅君先生毕生懿行、全部心血而成。

多么浅薄，我们曾将吐最后一丝为人类御寒的春蚕，看作结网檐下、求饱己腹的蜘蛛！何等可悲，志士仁人的高风亮节，反被误解成城狐社鼠的低级情趣！

（选自2007年8月7日马瑞芳新浪博客）

许立强

许立强（1958— ），山东平阴人。曾任济南日报社主任编辑、主任、济南市作协副主席、济南市政府驻青岛办事处主任等职。著有报告文学集《片叶集》、散文集《视野》、中短篇小说集《刚柔之间》、长篇小说《天字一号工程》等。有作品获奖。

想起抡大镐的日子

我的长篇小说《天字一号工程》由作家出版社出版后，《齐鲁晚报》的两位青年记者采访我，谈完有关小说创作的话题后，他们问我最喜欢哪本书，最喜欢哪首歌。回答前一个问题时我犹豫了许久，回答第二个问题时我几乎是脱口而出："我喜欢韩红演唱的《天路》。"而且特别喜欢第二段歌词："黄昏我站在高高的山冈，看那铁路修到我家乡，一条条巨龙翻山越岭，为雪域高原送来安康，那是一条神奇的天路哎，带我们走进人间天堂……"每每听到这抒情、豪放、高亢的旋律，我心头都有一种被感动、被陶醉的感觉，思绪便扼不住地随着那悠扬的歌声飞向一望无际的大草原，飞向傍山而耸的布达拉宫。

这是一首歌颂青藏铁路的歌，我虽然没有亲临其境地感受青藏铁路的魅力，但我已去过西藏。我是在青藏铁路建设处于酝酿筹划阶段时乘飞机去的。坐在机舱内透过狭小的窗口俯视着广博的大地，一路上我看到的是连绵不断的群山，巍峨陡峭的峻岭，飞机驶入西藏境内，那蜿蜒起伏的山峦便披上了大片大片的白雪。那时我就不由得在心头发问，这样的自然环境能修建铁路吗？若真能建成一条通往世界屋脊的天路，绝对可谓人间奇迹！

我之所以这样想是因为我了解铁路，对修建铁路的艰辛有着切身的体会和感受。1976 年我高中毕业进入社会从事的第一项工作就是修铁路。那段生活虽然短暂，而且距今已有 30 年，但岁月的流逝并未抹去我在济南铁路局淄博工务段修铁路的记忆。那时我在博山工区，每天从早到晚干的活就是抡着一头尖一头钝的大镐“捣固”，挥着五指般的铁杈“清筛”，端着一米多长的铁撬棍起出镶入枕木的铆钉撤换“枕木”。工作虽然简单，但是地地道道的力气活，当时国家统一规定每人每月计划供应粮食 30 斤，我们活累补助 29 斤，就这样我的肚子还经常闹饥荒。那段日子我们每天都是 20 多人一起出工，有经验的师傅提着起道器走在众人前面，一边走一边低着头巡查，发现铁轨有下凹的地方，就用起道器把铁轨托起来，而后招呼我们“捣固”。捣固就是用平头铁镐把路基上的石子捣入托着铁轨的枕木下，防止铁轨再度下沉，只有让铁轨保持水平才能减轻火车的颠簸。捣固时我们两人一组，面对面叉开腿站稳，而后按照相同的节奏和频率一齐举镐，一齐落镐，将路基上的石子从枕木两侧掖入枕木下。这捣固跟用镐头刨地挖坑不一样，起落镐的频率不能太快，用的是个韧劲。镐头举过头顶时要在半空中停顿一下，喘口气，而后两人再一齐落下来，节奏很慢。起初我还以为这是在偷懒，磨洋功，后来我才明白，这样落镐，点找得准，一镐是一镐，事半功倍。我在铁路干养路工时正值炎热的夏季，烈日当头，却因要抡大镐不能戴草帽，脸晒得黝黑，汗珠子随着铁镐的起落，叭叭地往路基上掉，身上的背心被汗水浸的透透的，像刚从水里捞出来似的。那时克服困难的唯一办法就是发扬“一不怕苦，二不怕死”的革命精神；那时最大的企盼就是能有一阵凉风习习吹来，扫去周身的燥热。

在平原地区从事修铁路这种高强度劳动困难尚且重重，在高原缺氧的条件下作业其艰难可想而知。我初到西藏拉萨去逛八角街，因大脑缺氧头重脚轻，脚下行走就跟踩棉花套子一样，深一脚浅一脚，一不小心就有摔跟头的可能。在高原地区作业除缺氧之外还要面对冻土等许多困难，这对铁路建设者来说，不能说不是一次严峻的挑战与考验。然而在这挑战和考验面前，我们中国的铁路建设者凭借着不屈的精神和集体的智慧又一次创造了新的奇迹。从2001年铁路开工到2005年全线铺通，仅用五年的时间就建成了跨越世界屋脊的青藏铁路，同时还破解了冻土施工、医疗保护、环境保护三大世界难题，填补了国内铁路建设史上的众多技术空白。

我在由衷地向铁路建设者致敬之余，曾很认真地向一位养路工人寻问过他们今天的工作状况，他告诉我："我们现在捣固、清筛都已实现机械化了，起道有起道机，捣固有捣固车，清筛有清筛机。有时也用镐捣固，但用的是电镐，已不是两人结对干活了，是一人一机。电镐不仅微振力大，下掖力强，而且噪音低，操作很方便。"

是呀，中国铁路建设者手里的武器已不再是我那时使用的"小米加步枪"；铁路也不再是"长不了的兔尾"。中国的铁路犹如一条条巨龙翻山越岭，突破一道道自然屏障，为寂静的山庄送去欢乐吉祥；中国的铁路犹如一条条洁白的哈达伸向荒芜的原野，为在贫瘠土地上辛勤劳作的人们送去富裕安康。我手头一份资料上写着：我国目前铁路总营业里程已达7.6万公里，比"九五"末增长9.5%，位居亚洲第一，世界第三，仅次于美国和俄罗斯。全国铁路旅客和货物发送量已达到53.6亿人次和113.9亿吨，分别比"九五"增长9.7%和33.5%，其中2006年的客货运量已占世界总量的四分之一。

被誉为国民经济大动脉的中国铁路，随着她那激情满怀，一日千里的延伸，已越来越彰显出她那巨龙腾飞般的活力与气势。同时衡量巨龙养护者工作水平的标尺杆和精度仪也有了更高的刻度和精度。到今年4月1日我国铁路已实施了六次大面积提速，我的养路工经历告诉我每一次提速对铁路的管理与维护都有一个新的更高的要求，对于我们养路工都是一次新的挑战和严峻的考验。新上线的动力组列车——D字头列车时速已达200公里至250公里，这不仅标志着中国列车已步入全新的高速时代，也说明我们的铁路建设与维护已达到了一个前所未有的新水平。

过去我一直认为，火车运行能做到不晚点就很不错了，提速纯属天方夜谭。而且这一认识在我上中学时就已萌生，一直存储了许多年。

那时我只有十几岁，有一次学校放暑假我去德州市平原县看望外祖母，暑假即将结束时提前买好火车票准备返回济南，结果因故还没走出家门一看表就已误了点。在我着急懊悔之时，我的外祖母心平气和地安慰我说，不要紧，现在火车老晚点，马上走兴许还来得及。我半信半疑地赶到车站，一问站务员，火车果然还没到。又足足等了大约一个小时，火车才缓缓地驶进车站。打那时起，我就认为像火车这种长途跋涉的交通工具难免会在途中遇到一些意想不到的事，晚个个把小时很正常。

历史就是这样，一边在不断用一系列无可辩驳的事实冲击和改写着人们头脑中的旧观念，一边又不断地用更新过的观念去点燃新的思维，推动新事物的飞速发展。今天让我们高兴和欣慰的是，我们过去乘坐的闷罐车不仅已脱胎换骨地换成了“大客棚”，而且正满怀豪情，信心百倍地驶入中国铁路建设史上的高速时代。目前我国已拥有 5370 公里运行时速可达 200 公里的铁道，修建了时速可达 450 公里的磁悬浮列车。我看过中国铁路的“十一五”规划，“十一五”期间，我国铁路建设总投资将达到 12500 亿元，建设新线 19800 公里，其中客运专线 9800 公里。到 2010 年，全国铁路营业总里程将达到 9 万公里，一个发达的铁路网将初具规模。铁路这一大众交通工具，将给中国的百姓带来更多的方便、舒心和幸福。正如《天路》那首歌中唱道的那样：“从此天不再高路不再漫长……青稞酒酥油茶会更加香甜，幸福的歌声传遍四方。”

（原载于《报林》2007 年第 10 期，并收入《山东散文选》）

李耀曦

李耀曦（1948— ），山东济南人。下过乡，做过工，画过图，编过报。著有《老舍与济南》（合著）、《品读济南》、《明湖风月》等。《老舍与济南》获1999年山东省政府优秀社科成果三等奖及济南市精品工程奖一等奖。

听济南人说话

天下九州方圆，人居五湖四海，话说南腔北调。济南人说话粗门大嗓，济南话好懂不好听。但除了直点、硬点外，似乎也没什么大毛病。它用字、词儿简约洗练，不饶舌、不啰唆，不软不黏，直爽明快，惜墨如金，可谓“掷地有声”。

听济南人说济南话，许多人觉得好懂，但不好听。

不但外地人觉得不好听，似乎济南人自己也觉得不好听。所以，现在的济南年轻人很少说济南话，特别是女孩子，都学说普通话。这于现代交流大有好处。

虽然一些人说得不是太标准，常被人讥称为“济普”。但毕竟属于北方方言区，距离普通话标准音区北京很近，想说好也并不难。比起一不小心就冒出“龟儿子”或“瓜妹子”的四川人学说普通话，要容易多了。

许多外地人觉得济南话不好听，是因为济南人说话粗门大嗓、声响音重，说话像吵架。

过去江南有个说法：“宁听苏州人吵架，不听宁波人说话。”

吴地苏州吴侬软语，苏州人吵架像唱歌。即便是想打架也不动手，先征求对方意见：“阿要拨侬两记耳光嗒嗒？”很有礼貌。宁波虽然也属吴越之地，但自古便是港口码头。名港宁波人挺能忙活也财大气粗，说话即爱扯起嗓门。这苏州小巷里传出的吵架声悠悠柔柔如唱歌，自然比宁波人说话那急吼吼的调门好听。

但恐怕这只是“南人看南人”。若与北国济南府搁到一块比，可就小巫见大巫了。

所以，当年在英国灌过普通话“官话”灵格风唱片，说一口京腔字正腔圆的老舍先生，到了济南后的“一些印象”之一，便是觉得济南话难听。比如，他说：“单听济南人说话，谁也想不到它有那么美，那么甜的泉水；而济南泉水的甜美清凉确是事实，你不能因济南话难听而否认这上帝的恩赐。”（老舍《更大一些的想象》）。

不但北京人老舍觉得难听，似乎连济南人辛弃疾，也觉得不好听。所以，这位开南宋一代词宗的大词人，在他那《稼轩长短句》里才有这样的句子：“醉里吴音相媚好，白发谁家翁媪？”（辛弃疾《清平乐·村居》）显然“醉里吴音相媚好”这句，是到了江南听了“吴音”后比较出来的。不比不知道，一比吓一跳。这一比，便觉得咱硬邦邦的齐州（济南）家乡话，实在“不咋地”。

隋代人路法言《切韵》里说：“吴楚则时伤轻浅，燕赵则时伤重浊。”

或许的确如此，济南话里没有北京话那么多“儿”化音，也没有吴语那么多声调和有音无义的词缀词尾。它不像北京话那么字正腔圆，更不像吴侬软语那么轻柔如风。

济南话发音较直、较硬，少有抑扬顿挫。它一句是一句，一个字是一个字，都那么硬邦邦的；且几乎字字是重音，每个音都似乎往下掉。如果这话是让一位济南“二哥”说，嗓门再大点，那简直就是块半头砖，一不小心能砸你个跟斗。所以，有人开玩笑说，济南话最适于谈情说爱，“我爱你”一出口，直接就把女方砸晕菜了。

不过，济南话除了直点、硬点外，似乎也没什么大毛病。

但这好像并不是问题的根本。

根本问题是：许多外地人，尤其是大城市大地方来的观光客，之所以觉得济南话不好听，主要还是觉得济南话“老土”，不那么时髦、不那么洋气，有点“土儿吧唧”。因此，许多济南人也自惭形秽，觉得咱这家乡话在外人面前是有点拿不出手，上不了“台面”。

如此看来，这就不单单是个“说话”问题，更是个所谓“话语权”的问题了。

其实，古今中外，这土不土、洋不洋，是要看你富不富的。即是说，“谁财大，谁气粗”、“谁有钱，谁是大爷”，谁钱最多最有势力，谁就拥有“话语霸权”。无论一个国家一个民族还是一个地区，谁夺得了这“话语霸权”，谁的话就“洋”而不“土”，也就公认最好听。

且不说在国际上，当年第一国际交流语言是法语而非英语，早年间俄国贵族以说法语为荣。如今风行全球的美式英语那时大概只能算“菜市场语言”，是登不了大雅之堂的。

就拿国内来说，当下大概没多少人不觉得河南话和陕西话不“土”的吧？但在大宋朝时，开封府里“包大人”说的河南话，那得说是最好听的话，也是最标准的“普通话”。大唐盛世满朝文武都说陕西西安（关中长安）话，但四方来朝的番邦使节们和那些不断溜儿的“遣唐使”们，没一个不觉得这话竟如此洋味十足、这么时髦，好听极了。

所以，王安忆在《品味上海》里对于“沪语”几乎未赞一词，反倒盛赞豫剧和西安话，说：“就觉得这话好听，是北音，可却柔极了，字和字之间，有舒缓的拖腔，用字又那么斯文。听这语音，此地便可建都，而且是大朝廷的都，有帝王气象。”

且不说大上海在还是华亭县上海镇的时节乃是上海话“老土”嘉兴话

“时髦”，而上海人招牌语“阿拉”原本也是宁波话。就说如今这让人觉得挺土气的山东话吧。

当年江南还是蛮夷荒芜之地时，北方汉族被更北面的“五胡”打得“王室南移”，大批士族南迁。当时的东晋宰相王导便是南迁的山东士族，但东晋满朝文武都以学宰相王导的山东话为时尚，人人觉得好听。而且据说这个王导患鼻窦炎，说话有点“囊鼻子”。你想老王这囊鼻子山东话能好听到哪里去？而老王为了笼络南方士族，也常常学说点吴语，竟被当地北方士族耻笑，说这王导的本事也就是会学鸟叫了。

大约也正因为广东老板钱多，所以今日“埋单”一词才风行天下。

其实，当年广东佬的粤语更是曾被北人讥为“鸟语”。故有谚语云：“天不怕、地不怕，就怕广东人说官话。”据说当初“中华民国”“国会”投票定“国语”，一些议员要选广东话。粤籍议员在国会中人多势众，如果当真搞“民主”，说不定就通过了，幸而被“国父”孙中山苦口婆心劝住，仍定为北京话。否则，没准大家就得跟着广东佬一起学“鸟叫”了。

可见，方言这东西，“土”的可以变“洋”，“洋”的亦可变“土”。其嫌贫爱富，朝秦暮楚，随波逐流，古今中外大抵如此。因此，大可不必自惭形秽，“三十年河东，三十年河西。”老辈子上谁“阔”谁不“阔”，还真有点说不准呢。

那么，它究竟“向左走，向右走”？向谁靠拢向谁看齐呢？自然是：向有钱有权有势的地方；向大城市中心城市，向文化上最有号召力和影响力的城市。

近代以来，北方最大的城市就要说是北京和天津了。

因此，过去有句老话叫：“京油子、卫嘴子，保定府的狗腿子。”

“油子”和“嘴子”都是指能说会道（“狗腿子”则是说当差役仆役的）。

那么，不妨把济南话与北京话和天津话比较比较，也是蛮有意思的。

北京人在“天子脚下”经多见广，经多见广的北京人从容不迫。因此，老北京人爱把没多大点的事儿颠过来倒过去地想，替人家宽心，替自己找辙儿。其口头禅“话又说回来”就是这找辙儿的证明。而北京侃爷儿说话，最喜欢掰开了、揉碎了，从里到外又从外到里，不说到山穷水尽不罢休，非把死人说活不可，直到把你侃晕为止。

故而过去有“京油子”的称号。

天津卫是“九河梢大码头”，大码头没京城那么悠闲。因此天津人说话，齿音重嗓门大，也像天津大麻花——咯嘣脆。天津话的特点是两个字一句，两个字、两个字地朝外“嘣”。比如，天津最有名的劝业场，天津人就说成“劝——场”，那个“业”字就不发声了。

自然，天津人也是好“嘴子”。

济南近于京津，但济南府不是古都，而是古之江河码头。所以，济南话里没那么多“弯弯绕”和“瞎啰啰”，也像卫嘴子似的干脆、简练，而且似乎比卫嘴子还洗练。

比如就说当今吧，你到济南的机关单位去办事，门岗或传达室往往就俩字儿：“找谁?”而极少会说：“您是哪个单位的，有什么事吗?”通电话也是，接电话的人，一接电话就会问：“找谁?”或“么事儿?”而打电话的人，一般既不会先自报家门，也不询问对方姓名单位，而是直接就说：“我找某某”或“某某事办好了吗”，结果，有时说了半天，才发现号码不对，打错了。再如，假若你在济南的水果摊上买水果，或到济南的菜市场去买菜，也是。你问：“这东西怎么卖，多少钱?”小贩会说：“二斤半。”或者说“三斤”、“五斤”。怎么“三斤”、“五斤”，度量衡改了？不，哪能，就是：十块钱买三斤，或十块钱买五斤，前面的那“十块钱”，他给你省了。

也许，这简约之致，那段脍炙人口的传统相声段子《戏剧与方言》最能说明。说小四合院夜里有人起来开房门上厕所，咣当房门一响，同院二人一问一答。用全国各地方言来说，可以从上百个到几个字，多寡不一。其中天津话很节省，就两个字。甲问：“谁呀?”乙答：“是我。”甲又问：“干吗?”乙答：“尿尿!”但济南话更节省，只需一个字，甲问：“谁?”乙答：“我”甲又问：“咋?”乙答：“撒!”大家哈哈大笑。不过，这点事儿，若让虚礼太多的老北京人说起来，可就麻烦大了，保不齐，没等“套”完瓷儿，天也就亮了。

当然，并不是所有天津人和济南人都这么说话，两个字或一个字地朝外“嘣”，那就太可笑了。但相声说“倒口”（模仿方言），确乎不外是山东话、天津话或者河南话。因用语节省、味道独具，故而戏剧效果强烈。

而济南人说话之所以如此简约、洗练，除济南人性格使然外，还在于济南话属于正宗北方“官话”，乃是古之“雅言”。它里面至今仍遗存保留了不少古汉语的句式、句法和词汇，古雅斯文得很哩。

（选自《品读济南》，济南出版社，2008 年 1 月第 1 版）

李蔚红

李蔚红（1960— ），女，山东平度人。中国作家协会会员。著有《做一个女人》、《远逝的美丽》、《道德的指环》、《母性》、《家教札记》、《写好作文很简单》等。作品入选多种版本图书。

一，三个和一个

在通往县城再通往省城的公路上，有三个年龄都在七十岁以上的老人正在转车，他们由一辆普通的公共汽车上下来，沿着不停飞驶着各种车辆的柏油路，走进售票大厅，在那里买好了车票以后，又坐上了一辆样式豪华一些的大巴车，直向省城的方向驶去。

春天的早晨，阳光新鲜而且明亮，照耀着这三位与蓬勃的景物不怎么协调的老人，他们一律的白发，一律的满脸皱纹和步履艰难，他们向别人问路的语言也含糊而迟缓。

他们的生命衰老了，生命的精华都流逝了，这个世界似乎已经不需要他们了。他们也好久都没有出远门了，但是今天他们要出一趟远门，要去看望他们熟悉的另一个老人。

他们要去看望的这一位老人是我的父亲。

父亲听说他们要来以后，就打电话给我，要我给他们找一个住处。父亲极力地压抑着自己的激动，让自己的声音平缓下来，他知道他们这个年纪的人，已经没有激动的能力了。

“他们三个都是我的老朋友了，我们有二十多年没有见面了。年青的时候，我们在一所学校里教书。有一个时期，教育界搞武斗，我正患肝病，有一次被折磨得昏迷了过去。他们三个听说后，就挤进人群把我搀扶到了医院，救了我一命。那个时候，很多亲近的人，都躲避着这样的事情，但是他们三个站了出来，在我生命危急的时候这样做了。我一直忘不了他们。”

父亲年轻的时候，是一所中学的校长，他一个人住在他工作的学校里，放学以后，喜欢炒两个小菜与几位同仁一起喝酒吟诗作乐。我们家那时都在外面，他的经济状况比那些家属在农村里的老师要好一些，所以他的宿舍就像是老师们的一个小饭店。他们饿了馋了想喝酒了都去那里满足一下，家里有困难了，也去那里诉说一番。父亲一直是一个有“大庇天下寒士俱欢颜”思想观念的人，他能够在涨工资和分房子的时候，好几次都把自己应该得到的让给那些生活极为艰难贫困的人。

父亲总是说，人的一生，一晃而过，不需要去处心积虑地积攒财富，财富也不一定能使人幸福。但是一定要善待你周围的人，与他们好好相处，让他们因你而受益。

中午的时候，那三个老人就到了省城。父亲已经不能自己忙活饭菜了，他在一家酒店里招待了自己的老朋友。这三个朋友中，年龄最大面目最苍老的那个去年做了心脏搭桥手术，他望着父亲说：“老李啊，我这是最后一次见你了，我再也来不了啦，我们下辈子再见面吧。下辈子，我还和你一个学校教学生，我喜欢教学生和跟你在一起。”三人中年龄最小脾气却最犟的那个也七十二岁了，他就是当年背着父亲去医院的人。他坐在父亲的身边，不断地为父亲添茶。他说：“咱们老得都不能喝酒了，咱们多喝茶吧。在学校的时候，有一回我在李校长宿舍里喝醉了，回家的路上掉进了一口枯井里，我在那里一直睡了一晚上。”

那第三个老人是一个性情温和的人，他是一个地主的儿子，但他一直辛勤地教育学生，是学校里教学最好的老师。他说有一个时期，出身地主的人不能做教师，但父亲没有让他回家，父亲说："什么样的人都可以做老师，只要他对待学生好，他教学教得好。"

晚上，三个人住在父亲住处附近的一家招待所里。父亲回到家里后，正有一轮明月挂在空中。父亲站在小院里看了一会儿明月，他不知道他和他的老朋友们还能再看几回这样的明月了。

第二个阳光明媚的早晨，我打电话给父亲，想开车送他们四个去省城的广场和几处名胜看看。但是父亲说他们什么也不想看，他们已经走了。他们已经对这个世界的很多的事物都失去了兴趣。

"他们几千里远地来这一趟就是为了看看我，我们互相再看看。这一辈子，我们怕是再也见不着了。这是我们的最后一次见面。"父亲在电话里说。

父亲一直把三个老人送到了车站。车站里很多的车子一字儿排着，就要驶向远方。车要开动了的时候，三个老人和父亲又分别地握了一次手，说着告别的话，这些话也是他们一生互相说的最后几句话了。父亲拉着他们的手，摇着，不舍得松开。这也是他们最后的握手了，父亲禁不住流下了眼泪。那三个老人终于上了车，他们从窗户里挥着手，一双双浑浊的眼睛里，也禁不住地流下了眼泪。

一个人，在他年轻有为的时候，他是靠才能来征服别人的。

而一个人，在他衰老无能了的时候，他是靠一生的品行来拥有真正的朋友的。

（原载于《读者》2008年第22期）

林青霞

林青霞（1954—　），女，台湾电影演员，祖籍山东莱阳，主演影片达百部，曾获亚太影展最佳女主角、台湾电影金马奖最佳女主角。著有散文集《窗里窗外》等。

家乡的风

父亲最后的愿望是回山东老家走一趟，我安排了几次，最终还是去不成。

2007 年欣闻有个山东文化旅游团，我报了名参加，第一站是青岛。到了青岛，我们下巴士走到海港边。我扶着栏杆，迎着风。这是我家乡的风啊！那风轻轻地吹拂着我的脸、我的发、我的衣衫，仿佛父亲化成了家乡的风包裹着他深爱的女儿。我闭着双眼倾听那风的话语，感受那风的抚慰。

青岛发展得很快，市区里的高楼大厦和百货公司，就像其他大城市一样。他们说的也都是标准普通话，和我想象中大街小巷大人小孩都说着山东土话的情景完全两样。

走回巴士的路上，经过一家小杂货店，门前一张矮木桌，几位老人家围坐在桌旁小凳上喝着茶闲聊着天。这情景就像我小时候，邻居叔叔伯伯们闲话家常的样子，忽闻有个老人说了句很土的话。这正是小时候父亲闲聊时常挂在嘴边的口头禅，我禁不住眼眶里充满了泪水，感受好亲切、好亲切。

在山东那几天参观了许多城市和名胜，但始终没有找到我想要找的感觉，内心有点失望。到济南的最后一个下午，我和几位朋友到旧城去逛，终于找到了我想要找的东西。那一条窄巷子里的水泥墙上刻着毛笔写的诗词，因为岁月的洗礼斑斑驳驳，很有味道。一家一家靠得很紧，巷子中间有一家小院落，院子里有一口古旧的抽水井，抽水井连着一根木棍，用两只手一上一下地压，就可抽出水来；我小学三年级住在台北县三重市的小巷子里，进门的小院里也有这么一口抽水井。抽水井旁靠墙处是煤球炉，炉旁叠起一个个中间透着许多圆洞的圆形小煤球。在我更小的时候家里也用煤球和黑炭烧饭。这里就是他们的厨房。隔着纱窗的门往里看，100多平尺的房间里只有一张单人床，床上铺着粉红大花旧床单和枕头套，床边有两张藤椅和一张木质书桌。屋里有一位像是80多岁的老太太和一个妇人正说着话，我们要求进去看看。老太太坐在床沿上，我握着她的手跟她说起山东话："大娘！您好！我也是山东人，我从香港来，我是林青霞。"老大娘以为我骗她，直说："林青霞她很老、很胖，你怎么会是她?"经我一再地解释，老太太拄着拐杖到书桌上找老花镜，我把脸凑上去让她看仔细。她像鉴定钻石一样，突然说："矮又垒！请下垒勒（哎哟来，青霞来了）。"

天色渐暗，告别老太太，回到酒店和团友们聚餐。突然想起，没给老太太留下什么，万一她一兴奋告诉左邻右舍，说林青霞到过她家，人家不把她当作老年痴呆症的病人才怪！于是我请秘书送去一张签名照和买礼物的钱，没想到她怎么也不肯开门，说是她打电话给儿子，儿子说我们是骗子，好不容易才开了门。说清楚后，两人推托了半天，最后照片是收下了，信封里的钱却无论如何不肯拿。

这就是我们家乡人的特质，直率、不贪小便宜。

（原载于2009年1月5日《人民日报》）

李登建

李登建（1958—　），山东邹平人。中国作家协会会员，中国散文学会理事，山东省作协散文创作委员会副主任，山东省散文学会副会长，滨州市作协主席。著有散文集《黑蝴蝶》、《黑火焰》、《黑阳光》等。作品获首届齐鲁文学奖，第二届泰山文艺奖，山东省第六届、第九届精品工程奖等。

深秋到明水观泉

一

我喜欢在秋天游湖观泉。我偏执地认为，作为审美对象的水在本质上是属于秋天的，或者说秋天是水的季节。秋和水是一种特殊的关系，它们之间好像有一个密约，一个甜蜜的约会。到了秋天，水变得含情脉脉，沉静优雅而又仪态万方，表现出无与伦比的动人韵致。她的魅力在这个时候展示得最充分，你不能不生出无限的向往。

今年深秋的一天，我来到神往已久的章丘明水万泉湖畔、百脉泉边。这一天天气特别好，天空格外深邃，格外蓝，头顶一两朵小块的云白得像新棉，天穹偏远的一角有几丝素净的云纱。而这一切，连同婆娑的树影都映在了湖里。湖水经过喧闹的春天、夏天之后，泥沙已经沉淀，水底绿藻锦鳞清晰可见，两米多的水深中间没有一点杂质，如同一方巨大的水晶搁在那儿。这会儿风渐小，至无，明净的水面看上去就像美女的肌肤一样细嫩、柔滑。我轻轻走上前想触摸一下，让我怦然心动的是，我真真切切感受到一股美女子的气息。不过不是青春气的少女，倒像一位娴静的少妇，她好像越过了那天真烂漫的少女时代，不再心热气躁，只微微地笑着，秀美而蕴藉，丰满成熟而又充溢着智慧。

“呀，这泉真奇妙!”一个清脆的童音惊醒了我，我才开始注意水下。这的确是别处没有的奇观，广阔的湖底并不见泉眼，可定睛瞧，这儿冒出一缕纤细的泉水，那儿滚上来一串晶亮的水珠，满湖此升彼落，令人应接不暇。前人形容它们“状若贯珠”、“犹如悬珠，历落可数”、“涌珠浮翠，玲珑空溟”、“迸出鲛珠万窍通”，都非常贴切、形象，但我看还像一群群轻盈的蝴蝶，成团成簇，颤动翅膀，翩舞着，嬉戏着，从下面飞上来；像一帮帮快乐的小鱼儿，一路吐着泡儿，露出水面的一瞬，有的迅速隐了身子，使水平如镜，有的却调皮地把尾巴一甩，弄出更大的波纹；或者像一株株柔弱的仙草，随着清风摇曳，袅袅娜娜，风姿绰约，这些草的根深深扎在泉眼，而荡开的水花则是它们盛开的花朵……有了这自以为独到的“新发现”，我好一阵得意。

从万泉湖到园中园龙泉寺里的百脉泉，感觉就像由读散文到读诗，美景更集中、更典型。百脉泉因北魏地理学家郦道元《水经注》“百脉水出土鼓县（章丘汉代时的建制）故城西，水源方百步，百脉俱出……”而得名，古时的百脉泉并不像今天这样“意象”叠加，“结构”繁复——三个“品”字形泉池相呼应，梵王宫、龙王庙、大殿、古亭、书院相衬托，仅为一大方池，但四周砌石，上镌名人字画，一座石栏小桥横跨其间，可凭栏观泉，吟诗作赋。那时观泉的恐怕仅限于达官贵人、文人雅士，绝不会像今天这样面向大众开放，公园里游客如云，摩肩接踵。

明水堪称泉的王国，龙泉寺大门西侧的墨泉，属另一类泉型。泉柱汩汩地自孔径半米多的穴孔喷发，高过白色大理石护栏。水初呈墨汁的颜色，一经长了青苔的石板溢出，立刻哗哗地抖成一匹五彩的锦缎；那石板又如一排琴键，日夜奏鸣着清新悦耳的乐曲；如果还以美女子喻之，这当是她实在抑制不住内心的冲动了……

泉乃水中之水，水的精魂。遍地的清泉使明水的湖泊焕发着生命的光辉，明水的湖泊是有呼吸的，有脉动的，当然也是有性情的。

二

2004 年 8 月我在中国作协北戴河创作之家疗养的那段日子，吃了晚饭常常到海边，坐在沙滩上观潮。浪涛像倒塌的墙壁，轰响着压过来、压过来；或者穿着夜色的黑衣，蒙着面，一拨拨偷偷爬上岸，都叫我毛骨悚然。就是退潮，海上无声无息，只弥漫着浓重的雾霭，我也喘不过气，仿佛被那雾霭幻化的妖魔紧紧攫住。要不是背后就是柏油路，游人络绎不绝，我早吓跑了。而今年春天从扬州参加笔会回来，路过南京，德发兄建议我游一游鸡鸣寺，因来得晚，到山腰时已是夜间八九点钟，山路上行人越来越少，两边的树丛黑魆魆，极像隐藏着什么。嗖嗖的冷风从我头皮溜过，我草草看了一眼寺院外石壁上那个足有数米高的“佛”字，就慌忙往山下走。当来到玄武湖畔，无遮无拦的湖面平铺着，近前撒满碎银似的星星，湖心小岛上灯火闪烁。我停住步子，全身放松。我不再害怕，这母性的怀抱使我感到安全……

今夜，我漫步在泉边，又完全是另外一种感受。

本来是应东道主的邀请到清照园海棠轩来品茗的。在有“小泉城”美誉的明水，清照园当然亦以泉水为主题，园内两千多平方米的水塘由梅花泉漱玉泉水汇合而成。梅花泉五股泉水翻涌鼓动，组成一朵怒放的梅花的形状，蔚为壮观。漱玉泉另砌一圆形泉池，池底马铃薯大小的鹅卵石被泉水洗涤得珠圆玉润。文友们绕着转了一圈就进了海棠轩，我却故意落在后头。品茗哪有观泉好，再名贵的香茶也比不得清泉浸润心灵啊！

我回转身，重走这条被飞迸的水沫打湿的石板路。石板与石板之间留着宽宽的空隙，空隙里的美丽图案由雨花石嵌成，泉水激岸，泄水道排不迭，就漫过了雨花石。雨花石上有花纹，水是透明的，它们相得益彰地处着。泉水流入水渠后奔向绣江河，水渠石壁上装着射灯，水流很急，只见那束束凤尾草舒展开，像孔雀开屏，很好看。

海棠轩临水而建，正门面塘，坐在里边的八仙桌前，听着古装女子弹奏古筝，品着茶，谈着天，亦可观泉。但我觉得这样就与泉隔得太远，我要跟它贴得再近一些。我在海棠轩里打了个逛儿，放弃向文友、名家学习的好机会，从侧门溜出，又来到泉边。立着嫌高，我得蹲下。此为水塘的西南面，从东北角雪浪滔滔的梅花泉涌起的碧波到这里漾成了道道微漪，水愈加清湛、纯净，塘底的凸凹、砂粒、水草一览无余，真是“一泓清沁尘无染”。我的心也慢慢地静了，清了，我萌生了同泉水一道敞开心扉的欲望，泉水是一位可以推心置腹交谈、可以长久面对的朋友，她坦诚的品质是可以信赖的。听，她在向我吐露肺腑之语，轻轻的柔柔的；我也把憋了多日的话掏给她。在这轻轻柔柔的声音后面，我还听到一种好像从远处滚来的声音，如鼓，如雷，那是一个自由的生命畅所欲言的演讲，是才华和激情的淋漓尽致的张扬。我确信，泉水性格中虽多温和的成分，但也有炽烈的一面。听到这声音，我大受感染和鼓舞，简直忍不住要跟着放开喉咙歌唱，然而由于后街上一浪一浪的嘈杂市声干扰，这份雅兴始终没爆发出来……

三

第二天上午，我们到西麻湾去看眼明泉。西麻湾是和东麻湾、绣水并列的三大泉系之一，史称西麻湾“一泉成河”，可见泉水量之大。我们在注入了西麻湾泉水的绣江河大桥上驻足，桥南是一湾荷，恰巧已凋敝了的残荷里泊着一叶扁舟，而河滩上三五只水鸭在拍打翅膀，文友们不知是被眼前的景物诱发，还是仍沉浸在昨晚清照园海棠轩的气氛中，不约而同地朗诵“……兴尽晚回舟，误入藕花深处。争渡，争渡，惊起一滩鸥鹭。”

桥北河两边逶迤着丛丛密密的芦苇，苇叶上凝着白霜。而且有渚，有沚。这就引人产生无穷的联想和想象了，《诗经·秦风》里有一首名诗《蒹葭》，诗曰："蒹葭苍苍，白露为霜。所谓伊人，在水一方。溯洄从之，道阻且长。溯游从之，宛在水中央……"此情此景，好像就是诗中描绘的那情景。放眼望去，水天茫茫，但似乎看到一个美女子，正在那儿踮脚翘首，左顾右盼，莫不是在焦急地等待她的心上人？

据当地人介绍，在过去，女人们总爱来这里洗衣漂布，小媳妇、大姑娘在河沿上摆一溜儿，各自占一块洗衣石，稳稳地坐下，藕瓜似的小腿伸进水里，一边捶、搓衣物，一边说笑，说笑声和淙淙的水声相碰击。洗得差不多了，往河心走，到水没了膝盖停下，小一点的衣物一个人漂；要是大布匹，两人一人拽住一头，任泉水从上面流过，或者噼噼地拍打水面，也不管水花溅一身，一脸。而随着布匹的一起一落，斑斓的阳光在上面跳跃，更响的欢声笑语在上面跳跃——这也是泉乡明水的一景。

像一棵参天古树，它浓浓的绿荫覆盖了章丘大地——绣江河汇集明水诸泉，如一条银练蜿蜒北去，滋润了两岸的土地，两岸花草繁茂，庄稼茁壮。到六七月，一片片稻田齐刷刷、翠生生，风一吹，湖泊一样绿波粼粼。在垄间劳作，满耳都是那种泉泡泛出水面破碎时的唏唏之声。是的，这是泉水的另一种形态，泉水在这里化作了万顷秧苗，百脉泉里那粒粒珍珠结出的稻米，颗粒饱满，晶莹剔透，做成饭香喷喷、甜丝丝。昔日它专门进贡皇家，它有一个很动听的名字叫"泉头米"。眼下正是泉头米成熟的季节，我坐车来明水的时候，就看到路旁稻田里农人正在抢收，一台台笨熊似的收割机被驱使着，撒着欢顺田垄来回奔跑，那憨态可爱极了。

在绣江河上流连，我被深深地震撼，明水的泉不但美，而且善。它们是大美的化身，也是大善的化身。我后悔直到今天才来看她，才来接受她的洗礼。我想从今往后我得时时告诫自己，对待泉，对待她的同类，不能再像过去那样老是用俯视的态度了，须仰望才行。

我急切地去寻找那眼水量极大、水质澄洁的眼明泉。传说有一年唐王率兵征战，路过此地，过半兵卒得眼疾，按老乡的指点，掬眼明泉水洗目，昏翳尽退。我虔诚地掬起了三捧眼明泉泉水洗了洗眼睛，我要把眼洗得亮亮的，也把心灵上的污垢冲掉。

果然，我顿感双眸明亮，看得远了。烟云迷蒙中，我看见绣江河高高地站立起来，婀娜着腰肢，款步在平原上行走。她扬起手，挥洒丹青，点染着如画的田畴；她又像母亲一样，小心地拂去棵棵草木上的尘埃。平原在她的呵护下，怎能不绚烂多彩呢？

（原载于《山东文学》2009 年第 11 期）

张海迪

张海迪（1955—　），女，山东济南人。中国作协会员、文学创作一级。享受政府特殊津贴。曾任山东莘县广播局工人、济南市文联创作员、山东省作协副主席、中国残疾人联合会副主席与主席等职。系中国作协第五、六、七届全委会委员，第九、十届全国政协委员，第十一届常务委员。著有长篇小说《轮椅上的梦》、《绝顶》，散文集《生命的追问》、《美丽的英语》等。曾获全国劳动模范称号、中宣部“五个一工程”奖等。

永远的凝望

那是一个树叶被秋风染黄的季节。

有一天妈妈去亨得利钟表店买来一只小闹钟，妈妈说这只闹钟送给你，因为今天你又长大了一岁。那是一只金色的小闹钟，上了弦它便会发出清脆的丁零零的响声。妈妈说往后你有了这只小闹钟就不会寂寞了。你可以用小闹钟规定自己的时间，比如铃声一响你就该读书了，再一响你就该写字了。

我每天都要一遍遍地摆弄我的小闹钟，屋里常常回响着清脆的铃声。

有一天，我的玻璃窗外面露出一个脑袋，那是个男孩子，他有一双大大的黑眼睛。我很惊奇地看着他，我问：你是谁？他说：我是我，我住在这个楼上。他眨眨眼睛，咧开嘴巴笑着，他的两颗门牙很大。他说：你每天都在家里打电话吗？我摇摇头，我说我家里没有电话。他说：那为什么你家里总有电话铃响呢？我笑了，我骄傲地告诉男孩子，我有一只小闹钟。他说：你能让我看看你的小闹钟吗？他说我们家只有一只挂钟，挂在墙上很高的地方。我说那你快进来吧。

男孩子来到屋里，坐在我的床边。他说我十岁了，我说我才八岁半。他摆弄着我的小闹钟，让它发出丁零零的响声。他歪着脑袋听听，他说你的小闹钟真棒。我说我一个人在家闷了就听闹钟说话。他回头瞪大眼睛，他说我从来没听说过闹钟会说话，它只会响铃。我说我的闹钟就是会说话，不信你听听。男孩子把闹钟放在桌子上，静静听了一会儿。他说你的闹钟根本就不会说话，它只会咔嗒咔嗒地响。我告诉他，有一次我一个人被锁在家里，四周静极了，我觉得很害怕，我很想有人跟我说话，可是没有。屋里只有小闹钟咔嗒咔嗒的声音，后来我听着听着，就觉得小闹钟咔嗒咔嗒的声音变成了说话的声音，我心里想什么它就说什么。不信你再听听。男孩子又听了一会儿，他说，嘿，真的，你的闹钟真的会说话。他说你的闹钟真聪明。

从此，男孩子每天都来找我玩儿，我们给闹钟上弦，听它丁零零地响。一天，男孩子说我们来打电话吧。他说其实人们都是在很远的地方打电话，没有在一个屋里打电话的，我就假装在很远的地方，在莫斯科给你打电话吧。他给小闹钟上满弦。

丁零零——

电话铃响了。

喂，你是谁？男孩子问。

我是我。我说。

他说我有一本很好看很好看的书，一会儿我坐飞机给你送去。

我说：你真有那么好看的书吗？你快给我送来吧。

男孩子放下闹钟，跑出门去。不一会儿他抱着一本书回到我床边。他说你看我的飞机快吧，我是从莫斯科飞来的。我说我知道莫斯科很远，你的飞机飞得真快。

我们一起翻看那本书，那是一本很大很厚的苏联儿童画册，彩色的插图很吸引人。我说我从没有看过这么好看的画册。那本书已经被翻看得很旧了。男孩子说他都看了一百遍了，可是还没有看够。他说我们先看《糊涂的人》吧。那个故事里说有一个人很糊涂，早晨起床把裤子当衬衣穿，把奶锅当帽子戴。他去坐火车，却上了没挂钩的车厢，睡了一晚上，才发现还在老地方。我们一起笑弯了腰。我们又接着读《哥哥和弟弟》，那个故事里讲的是一对双胞胎兄弟，他们长得一模一样，就连他们的妈妈都分不清谁是哥哥谁是弟弟。哥哥闯了祸藏起来，人们却捉住了弟弟。弟弟从理发店刚出来，哥哥又进去了，理发师吓得瞪大了眼睛，他说你的头发怎么长得这么快呀？我们看着那些有趣的故事，时间就不知不觉溜走了。

男孩子有很多好玩儿的东西，那都是他自己做的。他说他有一只万宝箱，他把箱子抱来，箱子里很热闹，有小锤子、小钉子、小铁片儿、小木块儿……他说他是学校航模组的，会做飞机模型。他说他也会做小船。有一天下起了雨，男孩子跑来，他说外面雨很大，街上的水流成了河，他说这会儿我不能跟你玩了，我得试验我的小船去。男孩子跑出门去，外面，雨靴啪啪地溅起了水花。我很想跟男孩子一起去看小船。我趴在窗口很希望能看见男孩子和他的小船，可是我眼前只有一片迷蒙的水帘。我觉得脸上有什么冰凉的东西滚过……不知什么时候，门开了，露出男孩子湿漉漉的脑袋。他说我来让你看看我的小船。他猫着腰进来，原来他端了一个盛满水的脸盆，水面上漂着一只小船。男孩子把脸盆放在我的桌上，捞出小船放在我手上。这是一只很漂亮的小船，蓝色的船，白色的帆，栏杆是用很亮的钉子做的，上面绕着闪光的铜线。小船上安放着炮台，船头船尾还各有一挺机关枪。船尾下面有一只用木片儿做的螺旋桨。男孩子拧紧那上面的橡皮筋，把船放在水中，小船就飞快地在水里跑起来。我快乐地欢呼，我觉得他是天底下最聪明的男孩子。我悄悄地想，假如我是他的同学，是他的同桌该多好啊！

有一天，爸爸抱我到院子里晒太阳，医生说我必须经常晒太阳。我躺在白色的长椅上，我被晒得软软的像一只猫，我长时间被晒得很无聊。我眯着眼睛，忽然看见阳光里男孩子走来了，他的胸前抱着一只小灰猫。他过来坐在我旁边，和我一起晒太阳。我说我见不着你就想你。他说我也是。他低头摆弄着小灰猫，那才是一只被晒得软软的猫。小灰猫眯起黄莹莹的眼睛，肚子里发出呼噜噜的声音。我说你的小猫真可爱。男孩子说这不是我的小猫，这是我在放学的路上捡来的，我想它是跑迷了路，找不到家了。我看见它的时候它正坐在一棵大树下喵喵地叫，后来它就跟着我走，我好几次把它送到大树下，可它还是跟我回来了，我已经给它洗了澡……他小声说这只小猫送给你吧。我说我喜欢这只小猫，以后我们三个一起来打电话吧。我感激地望着男孩子，阳光里他脸上有一层金色的可爱的绒毛。

男孩子说，从今往后，我们不能一起打电话了。

为什么，为什么我们不能一起打电话了？

男孩子说，我们家今天下午就搬家，我们搬到南京去找我爸爸，所以我们不能在一起打电话，不能在一起玩小船了……

我抬眼望着太阳，太阳晒出了我的眼泪。

我再也见不到你了吗？

男孩子说，能，等我长大了，我就坐火车来找你。到那时候，我再给你打电话。

男孩子在阳光里消失了。

从那天起，我又一个人在屋里听闹钟说话了。

每当小闹钟的铃声响起，我的眼泪就会颤颤地涌出来，我很想给男孩子打电话。

我想问：喂，你在哪里，你什么时候长大？

窗台上，小灰猫和我一起望着窗外蓝蓝的天，飘飘的云……

美丽的清贫

我喜欢坐火车，在漫长的旅途中，我喜欢火车的汽笛呜呜地叫着在田野上奔驰，我喜欢火车的烟囱喷着白雾穿出青翠的山谷，我喜欢火车隆隆地震响着在金色的迷蒙中驶向红红的夕阳。呜——那一声悠长的汽笛总是让我忘记时空，车窗外匆匆闪过的景象总是让我回想起童年的时光。那时候妈妈总是背我到很远的地方去找医生，妈妈总是说你的病能好，你还能站起来，只是现在还没找到能治这病的医生。我于是就常常坐火车，可我没有健康的孩子坐火车旅行的那种新奇和快乐，我像大人一样心事重重，我总是盼着自己能够快点儿好起来，不让妈妈再背我四处奔波。

妈妈背我到外地看病，出门前总要打点行李。我们那时没有好看的箱子，甚至没有好看的旅行包。妈妈总是把我的衣服、尿布包在一个包袱里，妈妈背着我，还要一手提着包袱。每次离开家之前，妈妈都要把一沓钱数好，折起来放在贴身的衣兜里，再用针线把衣袋缝上。那次，我问妈妈你为什么把口袋缝起来，妈妈说我们得留心小偷。一路上我的心里总是很紧张，我害怕小偷，在我的想象中小偷有一双贼溜溜的三角眼，总是将下巴缩在衣领里。每逢有人从妈妈身边走过，我都要用警惕的目光打量一番，看看有没有长着三角眼、将下巴缩在衣领里的人。我知道妈妈的钱不能丢，那是给我治病的钱。在火车的晃动中妈妈微微闭上了眼睛。我很困，可我使劲儿管住自己，不让自己打瞌睡。

在火车上妈妈从不买饭吃，她总是在家里就准备好了路上的饭。妈妈吃馒头夹咸菜，用一只缸子喝列车员送的开水。我也是吃馒头，可是我不夹咸菜，妈妈要我吃装在玻璃瓶里的带鱼或是肉末炒雪里蕻。更多的时候妈妈让我吃带鱼，鱼是妈妈自己做的，那是清蒸带鱼，透过玻璃瓶可以看见银色的鱼块上洒着嫩黄的姜片儿和绿莹莹的葱丝儿。妈妈做的清蒸带鱼味道很鲜美。妈妈给我吃鱼时总是小心地将一排完整的鱼刺剔出，然后把一段段雪白的鱼肉递给我。我让妈妈吃鱼，我把鱼块硬塞到她的嘴边，妈妈却怎么也不肯吃，妈妈说我不喜欢吃鱼，你吃，你吃了病就能快点儿好起来。

那一次我们是秋天坐的火车，窗外绿色和金黄的风景交会着。车窗开着，清凉的风吹进来，妈妈那时穿着白衬衫蓝呢裙，在后来的好几年里，妈妈春天和秋天就总穿这套衣服。火车呜呜叫着，渐渐慢下来了，车窗外的风越来越凉，妈妈套上一件灰色的旧毛衣说北京到了。

那天晚上我住进了妈妈事先联系好的医院。在住院处护士阿姨让我跟妈妈再见，阿姨说这里不能留人陪着，妈妈只能明天来看我，说完就推着轮椅带我去洗澡换病号服，然后把我送进了儿童病房。那一夜我睡得很香甜，第二天睁开眼睛时，我看见妈妈正坐在我的床边，我问妈妈昨晚住在哪儿了，妈妈说我睡在这儿花园里的长椅上了，早上一个警察叔叔因为这事儿还盘问了我半天呢。我今天就回家，这样可以省些钱。妈妈说着拿出给我买的住院的东西，脸盆、毛巾，还有一只布娃娃。妈妈摸着我的头顶，她说你要听医生叔叔护士阿姨的话，你吃饭一定要吃饱，我给护士阿姨说了，你没有饭票了就请阿姨写信，我就给你寄钱来。还有你的齐眉穗儿长了，就请阿姨剪剪，或是用发卡往上卡卡，别扎坏了眼睛……

妈妈将自己的一枚发卡取下，轻轻别在我的头上。我忽然想哭，我忽然很想抱住妈妈，把脸贴在她的胸前让眼泪流下来，可我没有，我从没这样哭过，我只是无数次地这样想过，疼痛的时候，害怕的时候，难过的时候……我从没这样哭过，是因为妈妈从不让我这样哭，她说你得坚强，你从小就得锻炼自己。那天妈妈一定知道我流泪了，可她装作没看见一样，她说你快点儿好起来，我来接你的时候给你带新衣裳。我点点头，我的泪珠噼里啪啦掉在手背上。

妈妈走了，我趴在窗口看着妈妈穿过医院的花园出了大门，妈妈穿着灰毛衣蓝裙子的身影消失了，我只觉得泪眼蒙眬……

我常收到妈妈的信，妈妈在每封信里几乎都要给我寄来邮票，我知道妈妈也在等我的信。我那时还不会自己写信，也不能顺畅地读妈妈的来信，护士阿姨说，我来给你读。妈妈的信写得很长，每封信都像一个很长的故事。我最高兴的事儿就是护士阿姨拿着妈妈的信坐在我床边的椅子上。妈妈在信里依然叮嘱我要听话好好治病，她更多的是讲她和爸爸怎样牵挂我，怎样把好吃的东西留起来等我回家。我快出院时，妈妈来信说给我买了好看的衣服和布鞋。妈妈很详细地描述了那件衣服和灯芯绒布鞋，我于是在期望中感到了快乐，感到了依托。

妈妈来了。她来时已是冬天，窗外飘洒着细碎的雪花儿。妈妈的棉袄外面套着淡绿灰色的核桃呢的中式罩衫，仿佛从我记事起妈妈冬天就穿这件衣服，那上面缀着一对对用布条盘的琵琶扣。衣服旧了，袖口都磨毛了边儿，可妈妈却依然显得整洁淡雅。妈妈打开带来的包袱，拿出为我买的新衣服，妈妈说这波兰绒我跑了好几个布店才买到，我知道你穿上一定好看。

我穿上绿色方格的波兰绒外套，妈妈背我又一次走出了医院的大门，妈妈还是一手提着那只包袱。火车在风雪中向前奔驰，我紧紧依偎着妈妈，眼睛紧张地注视着四周的人。妈妈小声对我说，你不用害怕小偷了，我也不用缝口袋了，我身上没有钱了。

火车继续奔驰，雪花儿继续飘落，车厢里的人有的吃起烧饼夹肉，有的在很细致地啃鸡腿……后来火车在一个站台停下，妈妈说天津到了，站台上有人卖热气腾腾的包子，妈妈说可惜没有钱了，要不也给你买包子。妈妈说等回家我给你蒸包子，也放很多肉……

一些人上了火车，过道里挤过穿呢大衣和棉大衣的人，有的人拎着好看的箱子和旅行包，一位阿姨在我们对面坐下，她脱掉浅驼色的呢大衣，摘下毛茸茸的大围巾，她穿着漂亮的红毛衣，用涂了红指甲油的手指拢拢黑亮的烫成大波浪的鬈发，很挺拔地坐在那里。我不由得悄悄扭过头看看妈妈，妈妈穿着淡绿灰色的缀着琵琶扣的罩衫，那袖口已经磨毛了边儿。可我却觉得妈妈依然很美……

呜——

火车又向前驶去，妈妈说快了，我们就要到家了，爸爸一定在等着接我们呢。

我的眼泪颤颤地涌出来，我想说，妈妈，我爱咱们的家，我爱你，亲爱的妈妈……

青春，你是一支难忘的歌

又是南风吹来，又是麦穗金黄。

每当这个成熟的季节，我的思绪总会禁不住飞出城市的窗口，飘向鲁西北大平原，那是我从少女时代开始生活了十六年的地方。那时在下乡的人流中，我还是一个面色苍白病弱的女孩子，十几年，那里的阳光晒红了我的脸庞，晒红了我的胳膊。那是我生命最鲜活的岁月，是我人生最丰富的岁月。生活已将我最美好的青春岁月播撒在那里了。我常说鲁西北是我的第二故乡。

还记得那一年我们搬家去农村的前夕，我始终沉浸在一种不安和小姑娘特有的伤感之中。我和妹妹将随爸爸妈妈一起流放到一个遥远的地方，在我看来这是一场悲剧的开始，这似乎就意味着我们的一切都完了！我心里有说不出的难过，我倚在窗口悄悄为爸爸妈妈流泪，我曾期待他们不再被批斗，我曾期待喧嚣的生活能够恢复安宁，可是经过漫长的等待，他们却被流放他乡，受到更加严厉的惩罚。我为妹妹流泪，她将离开心爱的学校，她跑了很多地方，恳求了很多人才分到家门口的第三中学，为的是下课的间隙能够回家看看我。可是今后，她再也听不到那所学校熟悉的钟声了。我也为自己难过，我再也没有站起来的希望了。人们说我们去的那一带很难找医生。

我漫无边际地想象着我们将要前往的目的地，过去在小说中读过的那些悲惨的流放者的形象，还有那荒凉广漠的流放地，不时片片断断地闪现在我的眼前，使我不安的心又平添了几丝迷惘。就在我们离开城市的那个灰暗的早晨，爸爸将我抱上绿色卡车的那一刻，我哭得多么绝望啊！但我那时却不知道，那辆绿色的卡车从此改变了我这个城市女孩子的生活。

我们经过长途跋涉来到了新的家，家里的一切都杂乱无序。傍晚，我坐在毛糙糙的床板上，打量从未见过的用高粱秸苫盖的屋顶。爸爸带着妹妹去挑水，妈妈在门外费力地引燃炉子，一股股浓烟在暮色中随风飘散开来，一丝丝一缕缕如同我纷乱的思绪。从城市到农村，一切都将重新开始，我们住进又矮又黑的小土屋，我们突然没有了电灯，突然没有了自来水……我觉得那一会儿，我的心就像一颗从高处扔下的石子儿，掉进黑洞洞的深渊，不知洞有多深，也不知心将落在哪里。

我最难过的是突然离开了城市里的好朋友。那是一群充满热情、纯真快乐的女孩子，她们是妹妹的同学，妹妹的同学个个都是我的好朋友，她们每天早晨来找妹妹上学时，都要在我的床边坐一会儿，有的为了多陪我一会儿，就将自己的早饭包到手绢里带来，坐在我的床边，一边啃着馒头咸菜，一边讲着昨天今天和未来。放学后，她们又背着书包围坐到我的床前，争着把学校里有趣的事儿讲给我听。那常常是女孩子千篇一律的话题：谁跟谁好啦，谁跟谁不好啦。我们一起唱歌，一起幻想，我们更多的时候是在一起秘密读书，十四五岁的我们如饥似渴地读着被说成是毒草的《青春之歌》、《野火春风斗古城》、《在和平的日子里》、《开不败的花朵》……我们被鼓舞，我们被激动，我们崇敬书中那些为革命事业英勇献身的烈士，在日记中写下向他们学习的誓言。我们读爱情故事，我们为主人公的命运感慨叹息，却又对爱情似懂非懂。

那一天，我对朋友们说我们今后不能在一起读书了，我宣布了我们去农村的消息，女孩子们的脸上顿时失去了笑容，表情笼罩在沉重的悲切之中，每天都有在我的床边悄悄掉眼泪的，每天都有对我千叮咛万嘱咐的：到了那里一定来信啊！我们互相留赠礼物，最多是照片和日记本，朋友们在给我的本子上写下她们由衷的祝愿：

愿你在广阔天地里经风雨见世面，做一只勇敢的海燕！

希望你在三大革命运动的洪流中锤炼一颗为人民服务的红心！

海内存知己，天涯若比邻，我们的心是连在一起的。

终于我们所有的家具都搬上了卡车，终于我们要握手告别了，我们互相说再见，我们彼此泣不成声。女孩子的泪水，女孩子的悲伤，是世界上最能打动人的。汽车开动的一刹那，女孩子们一片呜咽，如同一支无伴奏合唱队唱起悲怆的乐章，让人心碎，让人哀伤。汽车奔驰着，一只无形的手剪断了我和城市的联系，一条弯弯曲曲的土路，远远地拉开了我们与城市的距离。卡车颠簸着，太阳就向西落下去，几百里路在我看来就如同走过了万水千山。

当我独自坐在乡村小土屋的窗口，便禁不住想念朋友，泪水也禁不住流下来。于是，我从这里放飞了一只只信使，让它们飞到朋友手中，倾诉我在新环境里生活的情景。我说我对这里的一切都很陌生，对这里的一切都还不适应。我放飞信使，更盼望有信使飞来。我在窗口盼啊，盼过很久，在没有信的日子里，我觉得自己就像被抛在了一个不为人知的荒岛上，便忍不住深切悲哀。有一天我一下收到了十几封信，我的手在发抖，心在颤抖，手中的信纸也像被风吹得沙沙颤抖的树叶，在内心孤独的时候，还有什么能比友情更宝贵的啊。写信的女孩子们在抽泣，读信的我在抽泣。女孩子们说，自从你走了，我们放学后又来到你的家门口，可那门上贴了封条，我们一伙人在门口哭了很久。于是，我捧着信也哭了很久，我多想再见到朋友们啊！

后来有一天，妹妹推着我到十八里铺看知识青年演节目，那是我们公社的驻地，在路上我们发现了邮电所，我说我们给济南的朋友打个电话吧，我说我想念朋友，妹妹说她也想念同学，于是我们来到邮电所。接线员是个热情的小伙子，听说我们是从城里来落户的，他就很耐心地帮我们接电话。他不断将接线插头塞进面前的总机里，并且不断喂喂地呼叫着济南、济南，这呼叫使我觉得自己仿佛正守在一个硝烟弥漫的前沿阵地上。不知他喊了多久，电话终于接通了。我和妹妹抢着说，那边的朋友也一个个抢着说，我们流了很多泪水，时间就飞快地过去了。我们恋恋不舍地放下话机，刚擦干泪水，接线员就递给我一页账单，三块八，他说。我和妹妹大吃一惊，这对我们来说是一笔多么大的巨款啊！我掏出口袋里所有的钱，才凑够了电话费，那是我攒了很久想买一条红围巾的钱。虽然不能去买红围巾，但是回到村里我的心情却好多了，这个电话使我有了一种说不清的寄托，我只想等什么时候存了钱，还去十八里铺打电话。

几场南风吹来，小窗后绿色的麦田飞快地泛起了金色的波浪，割麦子的季节到了，那是村里人最忙的几天，姑娘们是割麦子的好手。清晨，她们拿着镰刀，拎着水罐，提着饭篮子到麦地里去，从我的窗前经过，总要亲热地给我打招呼。爱莲、改妹、春青、玉仙、瑞光……她们探进一张张红扑扑的笑脸问我，玲妹妹，你干啥哩？瞧的啥书？有的问，你在屋里憋着闷得慌不？她们说，下了晌俺们就来找你玩儿。歇晌时，她们给我采来地头上好看的花儿，她们将黄色和紫色的花插在褐色的陶罐里，摆在我的窗台上，在蓝天和金色麦田的映衬下，就像一幅美丽的静物画。

晚上，姑娘们喜欢聚拢在我的小土屋里，她们亲昵地挤坐在床边和长凳上，有的掐辫子，有的纳鞋底。改妹说，你这里多好，这罩子灯多亮堂。要是俺家也有这罩子灯，那一晚上得多干老些活。春青说，你靠住在这里点灯熬油，看这么些书，你也给俺们讲讲这书里到底说了些啥。

我望着摊在桌上的一本厚厚的书，心中涌起无限感慨。同样是女孩子却有着不同的命运。桌上的书里讲的是一个苏联少女，通过艰苦的自学，发明了链霉素，使世界上的肺结核患者获得了新生。而眼前，在这偏远的乡村，却有这样一群女孩子，她们从没有进过学校的大门，甚至连自己的名字都不会写。她们心灵手巧，她们勤劳善良，我真希望能把所有读过的书都讲给她们听，我真希望让她们知道世界上很多很多的事情。我给她们讲天文讲地理，我告诉她们地球是圆的，我说苏联人和美国人已经登上了月球，中国的人造卫星也已经上天了。我给她们拉起手风琴，不会读书的姑娘们却会唱很多好听的歌：《北风吹》、《毛主席来到咱农庄》、《谁不说俺家乡好》、《太阳出来照四方》……

割完麦子，村里的姑娘们推着木轮椅带我到地里看她们锄地浇水，歇工时她们在一棵大柳树上拴了个秋千，她们挨个儿坐在秋千上悠荡，风儿将她们的长辫子悠起来，将她们的花布衫鼓起来，将她们欢乐的笑声飘起来。后来她们让我荡秋千，她们说别怕别怕就推着秋千，让我高高地飞起来，我尽情地大笑，尽情地大叫，那一刻，大地、蓝天，整个世界也融入了我们的欢笑里。

夏天的晚上，姑娘们又推我来到村南头的小河旁，河边栽着一排排古老的垂柳，柔软的枝条拖在水里，将河面遮得影影绰绰、神神秘秘。姑娘们下河去洗澡，要我当哨兵，帮她们看着衣裳，提防着男人。只听见一阵嘻嘻哈哈，河中心便升起一个个美丽的身影。月亮泛起淡蓝的光，洒在波光粼粼的河面上，姑娘们的身影浮在一片静谧的朦胧之中。我望着她们，就想起古老神话中那些到河里沐浴的仙女，姑娘们是那样纯洁、那样友爱，她们互相搓背、互相洗长发。在我的眼睛里这是另一个世界，一个隐藏在贫穷里的美丽世界。

秋天到了，姑娘们推我到场院里剥玉米。碧蓝的天空下，我们坐在一片耀眼的金黄里，姑娘们一边手里不停地忙活着，一边叽叽喳喳地酝酿着等交了粮食，卖了麦秸辫儿买件啥衣裳。我说我掐的草辫儿也卖了钱，姑娘们说那咱们一块儿去扯件人造棉的花布衫，穿在身上飘飘的那该多风光。后来我们就去黄楼店供销社扯花布，在这之前，姑娘们给我送来了一捧淡紫的芝麻花，她们说，你就使这洗头吧，一准儿让你那辫子又光又亮又滑溜。她们还给我的无名指戴上用麦秸秆精心编制的草戒指。戒指编得很精致，有方的有圆的，戴在手上闪闪发光。我们戴着草戒指，一路说笑着来到供销社，我们围在用红砖垒起的柜台前，姑娘们仔细翻看着仅有的两卷素花人造棉，扯在身上比了又比，看了又看。她们热烈地议论着，那一刻仿佛全世界的喜鹊都飞到了我耳边。终于，我们买了各自心爱的东西，姑娘们都扯了花布，有的还买了青松牌的香胰子。

回到村里，我自告奋勇为姑娘们裁衣裳，她们要我一律裁成平方领，一律都做抹袖的，她们说咱也学一回城里人。衣裳做好了，她们穿上一边互相打量着，一边又说又闹。玉仙说瑞光，你穿上就像个洋学生，小心让哪个知青相中喽。瑞光羞红了脸，直说呸呸呸。我们村里有四个男知青。村里的姑娘爱听他们讲话，也爱悄悄议论他们，还给他们取外号。她们说城里人多好，个个有文化，还问我，要是你，你能相中哪一个？冬天，在一个白雪铺满大地的日子里，村西头的爱莲出嫁了，自行车驮着她，驮着她的花包袱过了金线河的石桥。她嫁给了河对岸一个没有文化的人，因为她也没有文化。望着她远去的身影，我忽然想起了那个发明链霉素的苏联少女……

漫长寒冷的冬天，白雪覆盖的大平原空旷而沉寂，每当坐在小窗口，我依然想念城市里的那群女孩子，依然望眼欲穿地盼望从城市飞来的信使，我也依然常常放飞信使。我用冻得发红的手给朋友们写信，给她们描述这里的生活，但是，我不再诉说孤独，我告诉朋友们，我在这里结识了一群淳朴的乡村女孩子，跟她们在一起我觉得自己要做的和该做的事情太多了。我说在这里我懂得了，如果我们心中有一颗星星，不仅要让它给自己带来光明，还要将它举出窗外，照亮黑夜，照亮他人。

光阴荏苒，青春的岁月在黎明和日落的时候悄悄溜走。偶一回首，我仿佛又看见那群和我一起秘密读书的城市女孩子，那群在小土屋里和我一起唱歌的乡村女孩子。

在我的心间，
她们从未离开，
过时光的隧道，
友谊的光芒依然灿烂。
我们读过的书，
还在沉默地述说，
我们唱过的歌，
还在天空中
久久低回
……

（均选自《海迪自选集》，人民文学出版社，2010年）

马丽华

马丽华（1953—　），女，山东济南人。曾任西藏自治区文联副主席、作协副主席，中国藏学出版社总编辑等职。著有《藏北游历》、《西行阿里》、《灵魂像风》、《藏东红山脉》等，多部作品被译为英、法等文种。

背倚山东的面向

南宋少帝赵显，在萨迦寺一住二三十年，都修成藏传佛教高僧大译师了，都坐上该寺总持的高位了，还是难逃被元朝皇帝问斩的厄运。在藏族史家的笔下，这位皇家僧合尊大师“流血成乳”——写书写到这里，很自然地联想起“白血汪”，接下来一句议论：“藏人传说，凡蒙奇冤而死者，鲜血才是白色的，汉地也有类似说法。”

汉地的说法是不用查资料的：“白血汪”是个地名，位于郯城县城，来自感天动地窦娥冤的故事。郯城自秦朝起即为东海郡首府，西汉年间出了一位孝妇，遭人诬陷，刑场上痛陈其冤，并预言必流白色血以证清白，其后果然应验。有狱吏于公曾为之申辩，不成，最终协助新任太守为之平反。后来于公之子于定国拜相封侯，这一事迹遂昭彰于《汉书·于定国传》；待到关汉卿据此原型创作了《窦娥冤》，“东海孝妇”的故事从此家喻户晓。

当年文成公主远嫁吐蕃，丰厚的嫁妆里是包括了蚕种的。但史料有载，其后赞普仍向唐皇再请蚕种，请来请去没了下文。尽管藏南有大片桑树林，而蚕丝衣又是吐蕃人的最爱，移植何以未能成功？无须查访分析，就明白了症结所在：皆因生命周期短促而路途遥遥，所携蚕卵或蚕茧沿途非孵化即蝶化，始终未能抵达。或者就算快马加鞭送到了，工序繁多且精益求精的细活儿也不宜于高地生产方式：养蚕与放羊的不同处，正好比丝绸与氆氇的质感差异——写书写到会心一笑，就因接通了个人经验：小时候在郯城蚕场一住好些年，曾在每一个暑假里做小工，从采桑到养殖到抽丝剥茧，无不亲力亲为过。

以上两个段子来自本人新作《风化成典·西藏文史故事十五讲》，类似的联想轻而易“举”，但是罗列再多的实例也不足以说明过往经历、早期教育之于后来的影响。我出生在济南，长大在郯城。郯城在哪里？山东最南端，紧邻江苏。境内有沂蒙山余脉马陵山，不过山势不高，制高点仅 180 多米。广大平原上，农业开发甚早，可以溯往上古，龙山文化，东夷之地，太皋、少皋族裔；县境内多见商周遗迹；由“炎”而郯，春秋初期称郯国，国君郯子，后归属鲁国，有孔子师郯子的佳话流传——孔子的确向郯子请教过比他们更早的古代，曾以鸟名为官名的问题；其后发生过军事史上的著名战例，“齐鲁马陵之战”：在马陵山的隘塞死地，孙膑大败庞涓；秦、汉年间，此地又为东海郡治驻所……直到隋唐之前，由于地处古中国南北贯通的要道，此地曾长久繁华，大约由于运河的开通，方才冷落。郯城历史上的文化名人，非儒者即诗人，典型的农业社会，汉文化腹地，所以当代美国史学大师、汉学家史景迁才选中了这个穷乡僻壤，借助《郯城县志》和官绅笔记，不时穿插以《聊斋志异》片断，以一位农妇的悲惨命运为线索，从郯城出发，揭示出 17 世纪乡村中国底层社会的方方面面及其群体苦难，由此成就了其人成名作《王氏之死》。

对于生长其间的乡土，以及乡土的给予，是不是需要隔着时空距离方能看得真切。多年前当《走过西藏》的四本书在海峡彼岸出版，编辑说，台湾读者喜欢你以汉人的眼光看西藏写西藏，感觉亲切云云。这让我若有所悟——历尽沧桑的大地，我本是你的生长之物，无论走得多远，都随身携带着初始原点的印记。

回望一代人的成长历程，一般都会提到“文革”的阻断，在我，还要外加每遇运动父母必受冲击的家庭影响，其中包括跟随“右派”母亲下乡的经历，所以童年少年有忧有虑，半是灰色记忆。这类体验，谁经历过谁知道。然而不幸之中有大幸，我所接受的基础教育敢说是一流的。齐鲁之邦古史之地，县城小学的师资力量棒极。永远怀念敬爱的启蒙者，他们所灌输的，是积极入世的生活态度和相当扎实的文理知识。当我以全县第一名的成绩考上初中，执教的各科老师多半是从省城济南大专院校“下放”而来的。后来集体调往临沂师专，我又做了该校中文系的学生。好老师们以深厚的学养和高尚的品格言传身教，在我离开母校的三十多年里始终给予关注，而我这个“爱徒”固然常怀感恩之心，形式上的回馈总是有限……

就这样，从山东获得了我自己，所谓长大成人不仅仅是塑身塑形，知性学识的养成至关紧要，从价值观念到行为方式，皆被母体的汉文化装备起来。即使在西藏比在家乡生活得更长远，也还是客体一个。但是话又说回来，每想起连《诗经》、《山海经》都没能系统研读过，叫我如何不汗颜！这也是自己多年来不时想要下山，想要脱离繁杂工作，想要补课并从头再来的动因。一句话，想要回归。

这类话题说来严肃，不妨轻松一些。《中华读书报》出了题，问我写没写过山东，怎样看待山东人，把我归为山东籍作家是怎样的心情，有无归属感，因为该报记者舒晋瑜查访到老马家的祖籍在苏北的邳县（州）。现在就来回答：是写过山东，不过写得太少，其中有很多年前的诗作《老郯城，我这样把你写进诗行》。自我定位，一个背倚山东面向西藏的人，可算是山东作家群的编外成员——既然习惯以“籍”划分，不参与的岂不是无籍之人。况且山东援藏有大半个世纪的传统，在藏族人那里口碑不错，说山东人既忠厚又豪爽，很能吃苦，容易交往，与藏族人性格相仿。当然，讲义气的说法系全国公论。所以我在自称山东人时，声音响亮。山东人也有毛病，就不说了吧。

我本人基本秉承了山东人的性格特征，相应的缺点一辈子都在努力克服中。其实那大都是优点的另一面，比如说，讲义气经常是为了要面子；心直口快的同时往往忽略别人的感受；至于忠厚，那是什么的别名。不过，为人厚道总是好的。

再把话说回来，所有的按地理或按民族的分类，都是为了表述的方便，旨在说明出处、来历。其实从前相对封闭时各群体的特征还算明显，现代社会流动性强，影响不再单一，差异就缩小了许多。任何地区和民族都可分为各色人等，不能一概而论，这些浅显的道理不言自明。

（原载于2009年4月22日《中华读书报》）

张承志

张承志（1948—　），回族，原籍山东济南，1948 年生于北京。中国作协第四届理事。曾任海军政治部创作室专业作家、日本东洋文库外国人研究员和日本爱知大学法学部助教授等职。著有《北方的河》、《黑骏马》、《心灵史》等。

饮虎池

去年的什么时候，收到一封家信，中间讲到济南家乡已经改建，“你若再回来，就看不见杆石桥和饮虎池了。”接到信时我正在日本，读着这句话时心并没有什么悸动。

我当时和此刻都无法表述自己的心情。已经是两代游子，连惋惜的资格也没有了。我感到这颗心早已长出一层硬甲，坚冷如冰。我已经能够习惯掩饰，哪怕它被击裂出血。饮虎池消失了，心里像倾进一股雪水。我没有颤抖，我知道，当人们都失去它的时候，它就属于我了。

我终于有了向饮虎池表白感情的机会。

现在真后悔那时没有多多地在那池边坐坐。我总觉得，机会多，不用急。所谓重返故乡是一件庄严而神秘的事，更重要的是，我总错以为自己太年轻：

故里——它是战士伤残以后才能投奔的归宿。

我没有把紧紧拥簇着饮虎池的那片聚落称为母性的“她”。是这样的，他是父亲，永远不给你依偎之温暖却赐你血性的刚烈父亲。我渐渐地不再因没有玩耍于饮虎池边的孩提时代而难过了。从他那儿我汲来的一口水噙在丹田，20年来使我不改不变，拼性命行虎步，从未与下流为伍。此刻我欲诉说，他却不复存在，前定中人就应该如此磨砺么？

那一天，从我得知饮虎池消失的音讯那一天起，他的形容情调就一天天地在我记忆中复苏。

棱角分明的池栏墙，素色的砖石，紧挨着的穷人的家——使我百思不得其解的是那面积和名字：他比几口井加起来还大，却比任何一个水塘更小；相邻几户人家用他不尽，杆石桥外几条街人用他不够——难道真是虎的饮水之地吗？在海外，学习中文的外国学生中曾经流传过一句话：“所有人里中国人最好，中国人里山东人最好”，这当然只是一句话而已。不过，我走遍南北无数的州县，除开农村不论——城居的回民中，哪一坊人也没有济南回民的正气。这绝不是纵言，更不是媚乡，这是我多少次长旅中默默咀嚼过的一个谜。

是谁，把灵性给了为他命名为饮虎池的人？

我不知父老乡亲们，特别是我的杆石桥头、永长街里、饮虎池边的回民乡亲们，是否也有同样的感想。

我特别想就这一点和人交流。当你们还是小孩子的时候，当自己还没有被赶到生计的小路之前，你们曾经怎样琢磨过饮虎池这个地名，你们是不是也快活地猜这里曾经饮过老虎，你们沏茶做饭用的是不是饮虎池水，你们洗阿布代斯的时候用的是哪里的水？

被驱赶到滚滚红尘的现世里，那么难遇见一个喝过饮虎池水的人。但是那情景是一定存在过的；在薄暮中，在柴烟弥漫的一天天结束时，北寺南寺的梆克念响了，金家寺的沙目礼过了，小孩们围着饮虎池乱跑，个个穿着满是补丁的旧衣裳。饮虎池是他们的名胜，饮虎池的水在黯淡地波动。

城关，城关，中国回民们被赶到边缘的苟活地！……400 座州县如一个模子，城关的贫贱日子，百事维艰的信仰。而饮虎池是怎样出现的呢，那么威武那么高贵的虎，为什么要在这种地场饮水呢？

我久思不解，四十而不解，四十正惑，饮虎池四周发生的事情尽管无声，却与孔夫子的大道不符。长久以来，我深深地觉察出：我至今的一切作为都与饮虎池有关。太易决绝，太多孤傲，太重情感——当我发现一个不问职俸不要宿舍独自一人钻研经典的北大教授是饮虎池人；当我发现一个从北京奔赴西北自求殉难的19世纪起义英雄是饮虎池人；当我发现一个又一个把自己步步迈入苦战而做人豪侠仗义的人都来自饮虎池时，远在异乡的我又能和谁去诉说感叹呢？

我只能久久地品味着想象中的薄暮的饮虎池。那些孩子围着池栏墙玩得尽情尽致。都市边缘的夕照呈着一种肃杀和淳朴，天空似灰似黄。砖瓦沉入了沉重的青色。

19世纪农民起义时，人称山东金爷的一个饮虎池畔成人的烈士，是从繁华的北京走的。他舍不得离开自己的导师，舍不得离开殉道的美。他被清军杀害在宁夏金积堡北门外的一座小庙门前，那庙门至今尚在。他的事迹不见于济南府志，却被记录在西北回民的一部抄本中。舍荣华而求殉难——我不知还有哪一处中国人能有这种追求的心性。

无疑是由于他的感召，有一个瞎眼的老奶奶，在不掌灯的小屋里捻线，她一尺一尺地捻着线，用那真是一枚一枚的铜钱供养儿子。后日里儿子成了名医。他给穷人治病不要钱，喜得拉洋车的穷苦力们也从来不要他的车钱。他把儿子送到那位金爷奔赴的西北学经，自己却乐陶陶地煎一味中药——小孩们生了病只喝半小碗就准好的中药。这位老中医就是我的爷爷。

我没有见过他们。无论是逝于19世纪的山东金爷还是半碗汤药一服病除的爷爷。我只见过一次饮虎池，这些真让人终生遗憾。

而今天饮虎池也逝去了。

我们没有来得及弄清饮虎池的秘密。我从未对人说起过关于他的心情。以前独自遐想的时候，有时我暗暗想：等自己有了机会也许能弄清楚，如今池填人散，再也不可能了。

那么，就像在海外的山东传说一样，每个与饮虎池有缘的人，甚至每个与山东有缘的人，都要独自迎击世界了。

暮色中那群玩耍的孩子们没有发现，有一个巨大透明的影子，一只斑斓猛虎的影子，曾经伴随过他们。他们玩得开心，当然毫无察觉，但那虎气渗入了他们的肌肤，潜进了他们的血。

这虎的气概，虎的纯真，虎的美丽，已经伴随着人的流动散向了天南海北。未来也许科学能结束盲瞽，穷究人的秘密，那时饮虎池的秘密和贵重，将会使世人吃惊。

会有那么一天到来的，我一直这么想。

（选自《饮虎池》，作家出版社，2009 年 4 月，此系书摘。）

王树理

王树理（1951—　），回族，山东济南人。中国作家协会会员，山东省散文学会会员。曾任德州地委研究室副主任，中共庆云县委书记，省民族事务委员会副主任，中国回族学会副会长，省体改办公室副主任，省发展和改革委员会副主任等职。著有中短篇小说集《一生清白》，散文集《灶地背影》、《九河梦寻》，诗集《拥抱太阳》等。

乡情一瞥

在我的记忆中，故乡的人们是极鄙视出了几天远门回到家乡以后便撇腔拉调说官话或者拽新名词的人的，有两则笑话为证：其一，某甲自塞外高原收皮货归来，骑一辆自行车穿村而过，在村东碰见自己少年时代的老师，随即下车，京腔京调地问：“李老师，你贵姓?”老师无言以对，稍加沉思后对曰：“我还姓李。”其二，某乙离开家乡到省城念大学刚一年，放暑假期间随父亲到田间锄高粱，某乙故作不识，问其父这是什么植物，其父勃然大怒，抡起锄杠就打，某抱头呼救曰：“不好了，高粱地里打人了。”

有了这两则笑话作参照，凡外出归来的人，在说话时便特别注意保持自己先前说话风格的原汁原味，哪怕是在外地已经说惯的语言，回到家乡也要刻意小心，以防失掉本色。比如，称“昨天”必作“夜来”，说“晚上”必是“后晌”，管“锄地”叫作“耪地”，呼“大爷”必喊“大大”。倘若改章更辙，便被视作“胀饱”、“不知好歹”。

这都是若干年前的事了，按照我的习惯思维，一般是不会有多大改变的。然而，最近我利用休假的机会，回到故乡，在家里待了较长一段时间。在同乡亲们接触的过程中，我发现老皇历看不得了。如今的乡下人不仅不再鄙视说新名词和讲普通话的人，而且对新名词和普通话有一种特别亲切的情感，聚在一起，相互谈论的全是些时兴的话语，什么“宏观调控”、“市场经济”、“更新观念”、“讲究效益”等等，这些过去只能出自领导干部之口的话语，已经变成了大众化的语言。最时兴的是青年人。他们最低也是初中毕业，新事物接受的快，张口闭口都是谈政策导向，问市场行情，说生产技术，论品种优劣。在青年们蔚然成风的时髦带动下，老年人语言也发生了巨大变化。就连我院中一个六十多岁仍未婚娶的大哥，在讲起他明年的打算的时候，也用了“调整种植业结构，不然效益上不去”这样的话。说起讲普通话，虽然绝大多数人还是说本地土话，但人们对少数“出头的椽子”已经不再嗤之以鼻了，小学生们回到家里讲几句普通话，也能为人们所接受和容纳了，并且这种讲普通话的趋势有向青年人发展和扩散的迹象。我问几位上了年纪的老人，为什么会有这么大的变化？他们说：一是人们天天都看电视，听习惯了电视里的各种语言。二是本村那么多到外地打工的和外地那么多到我们这里打工的，各种语言交际已经很平常，谁还笑话谁呀。不光不能笑话，还得慢慢地学着点呢。三是现在不管种地做工还是经商，都得学习新知识，一步赶不上，步步跟不上，就得随着新潮走。

听着乡亲们的这些朴实的话语，我深深地感到改革开放给社会进步带来的巨大推动力。人们语言习惯的变化虽然只是社会生活的一个侧面，但它反映时代的进步与发展。三十年改革开放，不仅给人们带来了物质上的丰厚与富饶，更给人们带来了精神世界的巨大改变和丰富。视野的放宽，思想的解放，语言的交流，使得人们逐步摒弃了那些落后的传统观念，以新颖时尚的姿态融入当今社会进步的潮流，这就是我们民族的进步呀。

（原载于 2009 年 5 月《齐鲁晚报》）

郑连根

郑连根（1973—　），内蒙古赤峰人。曾任《济南时报》记者、编辑、副刊部主任等职。著有《故纸眉批——个传媒人的读史心得》、《新闻往事——激荡的中国新闻界》、《昨夜西风——活跃在近代中国的传教士》、《读古文，学智慧——〈古文观止〉名篇中蕴含的人生智慧》、《中国古代小说名句赏析》、《济南老街老巷》（合著）、《尘埃尚未落定》等。

泉畔有梵音

一

一看题目，就知道我要写济南的佛教文化了。不错，济南是泉城，泉城的著名旅游景点中就有千佛山、灵岩寺、四门塔等佛教圣地。僧朗、义净等历史上有名的高僧都曾卓锡泉畔，讲经说法。

一个地方能被高僧选中，建寺弘法，在佛法看来是要有因缘的。所谓因缘就是要具备种种主客观条件，比如山水秀美，利于修行；比如民风淳厚，便于教化；比如当地的官员极力邀请等。济南“一城山色半城湖”，山、泉、湖、河交相辉映，风光秀美，在自然景观上就便于被高僧选中。就人文环境而言，济南人自古受孔孟教化，民风淳厚，亦能入高僧“法眼”。因缘际会，济南成为历史上的佛教兴盛之地也就不足为奇了。泉水淙淙，梵音萦绕，佛教在济南的历史上留下了诸多文化遗迹和感人故事。

二

对古代中国而言，佛教是彻底的异域文化。佛教能传入中国并生根发芽、开花结果，实属奇迹。须知，佛教诞生于印度，在印度与中国本土之间，隔着“世界屋脊”喜马拉雅山脉。在古代的交通和通讯条件下，要穿越这条高耸的山脉实在是太困难了。可是，佛教竟然穿越了“世界屋脊”，奇迹般地来到了中国。

有两条路线功不可没，一条是传法之路——印度和西域的僧人将佛法传到汉地，一条是求法之路——汉地的僧人远赴印度求法。无论是“佛祖西来”还是“西天取经”，人们都可以从高僧们漫长跋涉的脚步中读懂传法、求法的坚定意志。“没有比脚更长的路，没有比人更高的山”，就是靠着高僧们以命相许的果决，“世界屋脊”被穿越了。

朱士行是汉族僧人向西取经的创始人。他于公元260年从长安出发，在无向导的情况下历尽艰难，最后到达遥远的于阗，取得经卷60万言，派弟子送回洛阳，自己则留在于阗，直至80高龄在那里去世。

由西向东送经弘法的僧人有很多，最著名的有鸠摩罗什、达摩祖师、佛图澄等，而佛图澄和他的弟子僧朗（朗公和尚）就与济南的佛教发展密不可分。

三

佛图澄（231—348）是历史上著名的高僧，他是西域龟兹人，少年出家，曾两度到罽宾国学法，成为“得道”高僧。佛图澄严守佛家戒律，对佛法在中国北方的传播做出了极大的贡献。据说他有“神通”，能预知“行军吉凶”，还能通过念咒，使一盆清水生出莲花。晋永嘉四年（310），佛图澄来到洛阳。时值晋末大乱，战事不休，百姓处于水深火热之中。

两年后，石勒成为后赵国王。但石勒异常残暴，他屯兵掳掠，大肆杀戮。佛图澄出于对众生的同情和关怀，决心以佛法感化石勒。他手持锡杖来到石勒兵营门前，求见石勒。石勒问佛图澄：佛道有何灵验？佛图澄施展神通，对着一盆清水念咒、烧香，不一会儿，盆中就现出青色莲花。石勒由此信服佛法。佛图澄趁机劝说石勒要施行“仁政”，不可大肆杀戮。石勒也把佛图澄作为机要参谋，凡有大事，必定要征询佛图澄的意见。

石勒称帝之后，对佛图澄更加敬重，称他为“大和尚”，甚至把自己的孩子都交给佛图澄在寺中抚养。佛图澄成了后赵的精神导师，佛教也随之在后赵政权下迅速发展起来。后赵建武十四年（348）十二月初八，佛图澄圆寂，享年117岁。

三年之后，即公元351年，佛图澄的弟子僧朗受张忠之邀来到了济南，在金舆谷（今历城区柳埠）创建寺院，弘扬佛法。所建佛寺人称朗公寺。到了隋朝，隋文帝即位，因其母吕苦桃是济南人，为“通梦屡感”，隋文帝遂赐名此寺为神通寺，这便是今天四门塔景区里的神通寺。

当年，僧朗与张忠在济南传法，名声远播，世人尊称僧朗为朗公和尚，许多君主（如前秦苻坚、后燕慕容垂、后秦姚兴、北魏拓跋珪等）皆通信致敬，颁赐大量金帛与奴仆等；慕容垂甚至封他为齐王，并收取奉高（今泰安）、山茌（今长清）两县的赋税。朗公和尚辞去了王爵虚号，邀请著名高僧道安、法和等来金舆谷讲学，济南由此成为华东地区的佛教重镇。

后来，隋朝在神通寺附近建了四门塔，唐朝又建了千佛崖和龙虎塔，唐以后，元明清各代又留下了大量的碑刻、塔林、竹林等，形成了今天四门塔风景区的规模。历经1600多年的沧桑岁月，四门塔景区保存下来的龙虎塔、千佛崖造像、碑刻等已然成为人们研究佛教、雕刻艺术及建筑艺术的活化石，而最早修建的神通寺也得以原址重建。

关于朗公和尚的传说很多，“朗公石”即是其中的一个。朗公和尚与张忠一起在神通寺修道，结成了莫逆之交。一天，皇上突然下了圣旨，请张忠赴西安讲法（一说是去边关带兵打仗）。张忠在途经华阴时去世（一说战死）。朗公思念友人，就天天站在山顶遥望。天长日久，山顶就长出了一尊山石，人称“朗公石”。

据《神僧传》记载：“朗公和尚说法泰山北岩下，听者千人，石为之点头。众以告，公曰：‘此山灵也，为我解化。他时涅槃当埋于此。’”此地即为灵岩寺，取“顽石有灵，闻法点头”之意。而“朗公说法，顽石点头”之说亦是对朗公深通佛法、擅长教化众生的极好佐证。

灵岩寺建成后，即成为神通寺所属之下院。北魏时，法定和尚重兴灵岩寺。隋炀帝赴济南祭拜祖母时，曾到此寺上香，并赋诗纪念。唐代，灵岩寺又成为唐高宗和武则天赴泰山封禅时的驻跸行宫。此时的灵岩寺经过扩建，已成为名刹，与浙江天台国清寺、湖北江陵玉泉寺、江苏南京栖霞寺齐名，并称“海内四大名刹”。寺内的千佛殿为该寺主体建筑，因其塑工精细传神，被誉为“海内第一名塑”。

作为一代高僧，朗公和尚与山东及济南的缘分甚深。他留给济南的，绝不仅仅是两座寺院（神通寺和灵岩寺），而是在儒家文化浸淫的齐鲁大地植入了一种新的文化基因——佛教。可以说，自朗公和尚之后，济南的淙淙泉水声中就又多了来自西天的梵音。

四

从佛图澄至中原传法，到朗公和尚来济南创建寺院，如果我们说这是佛教中的“西来传法”之路的话，那么，济南籍的唐代高僧义净所走的显然就是另一条道路——“西天取经”之路。

义净（635—713），俗姓张，字文明。齐州山茌县（今长清）人，出生于官宦门第，年仅七岁就皈依佛门，拜土窟寺的善遇、慧习为师。善遇和慧习都是虔诚的修行者和博学的高僧。据义净所著《南海寄归内法传》的书末自叙：善遇撰有《一切经音》等著作，并且懂天文地理、阴阳历算，擅书法音乐和工艺制作。平日厉学精进，严守戒律，轻财仗义，救死扶伤。善遇在隋末流徙于扬州，当地僧人考验他，请他背诵经文，并由二人持本核对。善遇把大部头的《涅槃经》背诵如流，无一差错。不幸，在义净 12 岁时，善遇去世，慧习成为义净唯一的老师。

慧习禅师专心于戒律，昼夜诵经不倦。隋末大乱，他也外出逃亡，但仍不废学业。义净在慧习的教导下迅速成长，21 岁时，他在神通寺受具足戒，正式成为比丘（僧人）。

显庆五年（660），义净辞别齐州，踏上了参访之路。当时，著名高僧玄奘已成为大唐国师，玄奘的求法成果和亲游佛土的经历，对义净产生了巨大影响。他决定效仿玄奘，西行求法。

咸亨元年（670），义净在长安与处一法师、弘祎法师等五个人相约赴印度求法。他们确定从海路出发。成行前，处一因母老难舍而退出，弘祎法师行至江宁也半途而废，另一位玄逵虽到了广州，但面对大海也退却了。咸亨二年（671）十一月，义净和善行小僧义无反顾地起航了。在海上漂泊二十余日后，他们到达了室利佛逝国，即今天的苏门答腊一带，当时此地佛教兴盛，佛寺拥有大量经卷。义净在这里受到了国王的礼遇，他留居此地半年以学习梵文。可就在这半年间，他唯一的同伴善行小僧又因病回国了。

咸亨四年（673）二月，义净孤身一人赴南亚次大陆，到达天竺（印度）本土。他遇上来自爱州（今越南清化）的大乘灯禅师，两人结伴同到中印度，可是不幸遇到山贼。脱难后，两人继续在各地访问参学。历经艰险之后，义净于上元二年（675）到了玄奘当年求法修行的那烂陀寺。至此，义净才安顿下来，在著名的那烂陀寺潜心研修佛法，这一研究用去了十年光阴。

垂拱元年（685），义净携带着求得的梵文佛经回国。途中又屡次遇险，直至垂拱五年（689）才回到广州。在广州，他用了六年的时间主持翻译带回的佛经，还撰写了《大唐西域求法高僧传》、《南海寄归内法传》等著述，详细介绍了印度的佛教状况、寺院生活及其他情况。

当时，武则天登基称帝，她特别推崇佛教。在得到义净翻译的佛经和个人著述后，武则天非常高兴，下诏让义净“北上朝见”。

义净抵达陪都洛阳时，武则天亲自排驾，迎接义净于上东门外，其礼遇之隆，甚至超过了玄奘回朝时的规模。此时，义净 61 岁。他自 671 年出国求法到 695 年回到洛阳，历时整整 24 年。期间，他游历了 30 多个国家，当初的壮年僧人也已然成为一代高僧。

先天二年（713）正月十七日，义净圆寂，享年79岁，法腊（僧龄）59年。唐玄宗追赠他为“鸿胪寺卿”的官衔，安葬于长安延兴门外，在此修筑灵塔，命光禄大夫同安侯卢璨撰写《大唐龙兴翻经三藏义净法师之塔铭并序》，由高僧智业书碑。唐中宗时，为表彰义净翻译佛经的功德，中宗皇帝曾亲撰《大唐龙兴三藏圣教序》一文，盛赞义净。可见，晚年义净深受武则天、唐中宗、唐玄宗等几代皇帝的器重，堪称玄奘之后的又一位大唐国师。

在中国佛教史上，义净与东晋的法显、唐朝的玄奘合称为“三大求法高僧”，又与后秦的鸠摩罗什、梁朝的真谛、唐朝的玄奘一起，并称为“四大译经家”。在漫长的中国佛教史上，能把“求法高僧”和“译经家”两个称谓集于一身的，除了玄奘大师，就是从济南走出的一代高僧义净了。

五

佛教在东汉年间传入中国，魏晋南北朝时得到了较快的发展，唐代最为兴盛。可见，佛教在发展和兴盛阶段均与济南深深结缘，发展阶段有朗公和尚在济南创建神通寺和灵岩寺，兴盛阶段有济南籍高僧义净出国求法。

在朗公和尚卓锡金舆谷之后，在义净法师出国求法之前，济南的另一处大型的佛教圣地赫然建成。它就是千佛山。千佛山是济南的三大名胜之一，也是济南历史上佛教兴盛的最好标志之一。

千佛山原称历山，春秋称靡笄山，战国称靡山，南北朝称舜山、庙山、舜耕山。隋开皇年间，依山势凿窟，镌佛像多尊，始称千佛山，并在山上建千佛寺。唐贞观年间，千佛寺重新修葺，并改称兴国禅寺。自此，济南又多了一处梵音萦绕之地。

高僧、佛寺、塔林、梵音、香火……构成了佛教文化特有的神韵。济南的历史上从不缺少这份神韵，而且，它还有淙淙的泉水来为这份神韵伴奏。

（原载于《走向世界》2009年21期）

简 墨

简　墨（1969— ），女，原名陈剑霞，山东高唐人。中国作协会员，济南市作协副主席。著有散文集《京昆之美》、《书法之美》、《山水济南》、《二安词话》等。作品获孙犁散文奖一等奖、泉城文艺奖等。

水 袖

谁知道，这样一个中国画般高古写意的名字，到底是什么时候、哪个发明出来的？

这是一个可以洇出清凉而凛冽的名字。默写，一层复一层，仿若迎风遣香的花朵；低吟，一波又一波，有如照夜成昼的满月……这样叫人欢喜怜爱的一个名字。

无论在生活里，图画中，或是电影上，你看过任何一条河流——长江或黄河，秦淮或徒骇，或随便什么，那发自高原或山涧源头的河流，干净的，澄澈的，长长的，迤逦的，江山宁静，思念迂阔，它在月光或日光下的波动，那银子或金子一样，温存动人的律动翩跹，秋波欲横流，轻引樱桃破，舞着歌着吟着念着勾挂起当年那些旧烟月，是怎样扑入我们本就柔软的心？

水袖就是这样一条河流，一条素面朝天的河流，一条旖旎无限的河流，一条惆怅不已的河流。

从诗经、楚辞，或乐府、宋词中踝躞而出，或小说或诗或散文一般，那个眸子波光潋滟的女孩儿家踩着节拍上场了：合德、飞燕、盈盈、玉环，蔷薇、香兰、栀子、牡丹……总之，端的是个贞静的大家小姐，或顽皮的闺中少女。她来到爱人眼前，倚树傍石，桂栋兰橑，匹配着繁花如锦的春的和爱的盛态，跟真事儿似的，她蜂腰款摆，莲步轻移，一遍遍眉眼不睁地投袖、扬袖、荡袖、摆袖、掸袖、叠袖、搭袖、绕袖、撩袖、折袖、挑袖……露出藕节似的皓腕，整冠、整衣、整鬓，都把水袖当了最便宜的道具——唉，说妩媚，论风情，低首，绞眉，回眸，莞尔……恋爱中的谁不是演戏？随身带着道具？

她娇羞，便把水袖高高抬起，一只手扯起另一只水袖遮着脸儿，当了屏风，想看又不好意思，然而还是从那缝隙，从那上头，偷偷觑着那人，飞快地看了——那看可真叫个看——只那一眼睇去，她就颊边飞霞，他即浸骨浃髓。水袖的河流把两个环抱，怡红快绿，鹣鲽香浓，烟雨银波里，良辰美景，赏心乐事，一时齐聚，都对了景儿。

总也有小吵小闹小别扭的时候：他把她得罪了，左一躬右一躬，忙不迭地赔情，她的水袖的小浪花涌向爱人，像音符叮当作响。她其实早已不生他的气，可还是横竖不管，把她的水袖的小波纹复漫卷给他——她掷袖、抛袖，使“连环袖”，半是薄怨，佯作轻嗔，还真的拭泪，假意拂尘，如同迷宫似的袖里开了花朵，那朵朵莲香把他醉到不行……

为爱踯躅的时候也还是有的，如同避不掉的舞歇歌沉人倦。她的爱人遭贼人陷害，需要她想办法，拿主意，泼命救回。于是，她就背袖——将水袖在背后垂下一角，背着手慢慢踱，慢慢踱，沉吟，低回，细细思量，小心忖度，而后心意决绝，作“风摆袖”，奔大无畏而去，一心为那人丢了性命也在所不惜……那条沉默的、乖乖的河流就陪着她，衬着她，清影伶仃。

不管多么不乐意，从来都有女孩儿家被负的折子轮番地上演——爱情这琉璃，到底是不牢靠的，他心猿意马，二三其德。为此，那水袖，她把它收、收、收、收、收……然后，啪地一放，倏然甩向空中，立刻，白色的汉字溅得满台都是，一如狂草书就的巨幅状词，淋淋漓漓，雷霆万钧。接着，她开始如风搅雪地翻袖——把水袖高举过头，往外侧一翻，再翻，越来越快速地翻，白浪滔天地翻，杜宇泣血地翻……口中或哭或叹，她的不甘和幽怨，直是把这条河流搅动成翻江倒海、银河倾落……

哦，大凡古老的戏曲，不管是京、昆、越、豫、黄梅抑或秦腔，任何方言的演出，剧中闺阁女儿或秉袭稀世才貌，或天造的姿色平平，她的水袖，都莫不是她生命中的一部分。说来也倒罢了，不过是一段长方形雪白纺绸——在戏曲的唱词里，它被叫了“冰绡”，它挂那儿不动时应该就是一段冰封了的河流——伊已微妙地成为女孩儿家玉手的延展，挟丰稔的感情、思想、姿态，带如花似玉的爱情，可羞可怒，可喜可哀……叫她活色生香。

用它来相挽，永远若即若离，如胶似漆；但盛怒之下，拂袖而去，却韧而有力，风生水起；郎情妾意，四臂交缠不免绕并一处，杨柳岸晓风残月；然倩女思春，刬袜步阶，行行复行行，一双水袖，又宛如姊妹花摇曳生姿，乱云出峡，难掩心事……水袖这边厢反反复复，重重叠叠，那边厢舒舒展展，洋洋洒洒，直是当得剧中一个人物，有血有肉，不可或缺。

和水袖有关系的，想起一个人：霍小玉，和别一种的惊心。

除了听，近来还一腔热血地喜欢上摩挲纸上的旧戏文。翻唐代蒋防的传奇小说《霍小玉传》，兼千方百计地寻了原唱的片子，对照观看汤显祖据此改编的名剧《紫钗记》（可惜，他老人家给安排了个皆大欢喜的结局，舍掉了多么优美的水袖舞）：才子李益和名妓霍小玉一见钟情，私订终身。后李益任官，返乡省亲时由母代他定亲表妹卢氏，李益遵从母命迎娶卢氏，与小玉断绝往来。而痴情小玉，日夜思念以至卧病不起。一黄衫客路见不平，诱李益往小玉处。小玉痛斥李益变心负情，言死后誓做厉鬼纠缠，使益终生不得安宁。小玉就此长恸而绝，而后上门声讨，厮缠她的“反掌袖”——那样执着、不甘的寻觅，怕不就是反掌成仇？

由于忒过凄婉悱恻，于是，在读和看的当儿，我一直忍不住去想小玉的爱情，就如那洁白无瑕而终染了斑点的水袖，轻灵深秀，舒卷开合，天真烂漫，还不是落得乱云飞渡，星月不升，魂销魄散？

呀，思来叫人好不缠绵缱绻，柔肠寸断。而事实上，带了盎然光芒的女孩儿家的爱情，尤其是特别美丽的女孩儿变作的比她们做女孩儿时更加美丽一千倍的女鬼们的爱情，怕不恰似了那半截渐渐浸透、无可名状、美到不可方物、却也最终必将同岁月一同香消玉殒的水袖？爱情所经过的地方，就是《诗经》中的那片水域。岸上绕遍了藤条，水鸟停在在幽深的枝上……像所有绝美故事的起初。

与此相类的，还有改编自明传奇《焚香记》的折子戏《情探》。讲的也是名妓敫桂英亡魂进京活捉负心人王魁的故事。其间水袖的运用益发达到了随心所欲的地步，叫人忍不住地叹息——叹为观止。

唉，如同水袖功夫的练就如同河流之上冰冻三尺、非一日之寒一样，我们的爱情也总是激流细流地千回百转，来得那么不易。

但是，凡此两种，均属沙砾横陈在珠贝里等滴泪成金的微小概率，在几千年的漫漫光阴里，也见不到多少。于是，不得不问：这世间有足够力量兼足够幸运可轻易恬然舞动、消受终生的又有几个呢？纵有，他、他、他，他可等得？

只有见鬼。

（选自《京昆之美》，作家出版社，2010 年，
本书获孙犁散文奖一等奖）

他（她）们（其一）

第一章 实录

这一组，说鸟儿们，和其他。或者说，给鸟儿们，和其他。

确实，我们该对它们说抱歉。确切地说，是他们或她们。

他（她）们是有性别的呀。而你晓得，一块石头也有性别。

——题记

一次次地死去

——他（她）一次次地死去。

我去动物园，最喜欢待的地方是园中园“小小动物园”。里面有小小的珍禽异兽，更多的是普通的小动物，大都是家养的，类型那个多呀，连毛儿长得花哨些的大公鸡都有。譬如说我最喜欢的小动物：狗，就基本品种齐全了——每次去，都觉得自己是去给狗狗们开会。他（她）们不怕我，我也不怕他（她）们。他（她）们渴望我，我也渴望（她）他们。看彼此的眼神你就会知道。狗狗的眼神是不能多看的——眼神里的那种茫然的天真，多看看就起了哀伤。唉，就像坐在车里向外看人，默片一样，看人茫然、匆匆、面无表情……看久一点也会起了哀伤。

就因为他（她）们，我差不多一个月能去一到两次。忙得不得了，孤儿院都没时间去了，小小动物园舍不得不去。

觉得狗狗比孤儿更孤单。

多孤单啊——每一个都被圈养，外企高级白领一样，各自拥有着自己的一个仅能容身的格子间，没事就只能趴着睡睡。到底白领们是有娱乐的，譬如去K歌，去喝茶，去洗头洗脚去打麻将……我的狗狗，被拴了钢筋拧成的绳子，去不得。

他（她）又不长大魁伟，又没有衣裳。

很多时候，他（她）晓得我们想什么，并尽力按照我们的心思去做。可是，我们从来不去关心他（她）正在想什么，渴望什么。

我们老觉得我们是人，他（她）们是动物。我们忘了我们也是动物之一种。

我们一样胖瘦高矮，一样哀矜笑开。

我们给他（她）一口饭，就命名自己为他（她）的主人。

我们给他（她）一件衣裳，就命名他（她）为自己的奴仆。——那围起密封的大棚子，锣鼓镇天、吆喝着让他（她）一百次、一万次翻同样的跟头、做不同的算术题的，不是我们奴役了他（她），又是怎么？

是的，是的，我们从南走到北，我们从白走到黑，到哪儿，都见他（她）在那里，穿着件从没换下过的脏衣裳，不言不语，眼里有着悲伤。

这原本是我们小时候在寥落的街头才能偶尔看到的景象。

我们越来越对不住他（她）们了。

那样的演出是不休息的，观者随到随演，什么时间段进去大棚都能保证看到演出，走马灯一样，五星级宾馆24小时供应的热水一样。他（她）汗水淋漓——看得清楚的，在哪里的演出，他（她）、他（她）、他（她）、他（她）……都汗水淋漓。他（她）一遍一遍骑车、晃板、拿大顶、钻火圈……放下这个是那个；他（她）一遍一遍算着他（她）心里畏难着的、觉得哥德巴赫猜想一样的、观者随机出题的算术题……

他（她）每做对一道算术题，就被赏一口干粮——这和我们给他（她）的是不一样的。我施他（她）受，仅仅是因了彼此喜欢。

他（她）因此一生中要死去许多次。

他（她）做多少次算术题，就死去多少回。

这样的判断，是基于我的个人观点：他（她）当然同我们一样，也有四肢，有内心，主要的是，有尊严。

因此，每次去到那里，在每一个的小门前，摸摸他（她）的小脑袋（每每就可爱地低了小脑袋，任由抚摩），与他（她）分别依偎一会儿，我和他（她）就都获得了尊严。我获得的还要多一些。我觉得那一会儿我真像人。

骄傲地说，比很多非常不是人而非常像人的人更像。

我想：如果把这样的依偎累加起来，能把那些一次次的死去夺回来一点，该有多好。

能的吧？

葬身腹海的鸟儿

那一年，我长病住院，十天。

第一天，家人去给我到饭店煲了一屉汤来。

汤里，躺着一只鸽子。

十天，十只鸽子，躺在汤里。

没有多少油，因为没有多少肉，清水塘里睡觉的一只小鱼一样，卧在那里。他（她）一律那么瘦小，都有点嶙峋的样子了，没有带着雪白羽毛时的神气漂亮，和柔软圆润。也并不拆分，或许因为瘦小而不值得拆分吧？缩着小小的脚掌，原本美丽的、红豆样的眼睛闭紧着，不想看我。

每次都迅速啜一点汤汁，就搁起来，好久才能被逼着消受了他（她）。不敢看完整躺在汤底的他（她）。

从小听惯了和平鸽、白兰鸽的美丽童话和歌谣，和诗篇，乍看他（她）那样，的确接受不了。

他（她）们原本都应该在白云下面、在草地上，旁边有树，“扑棱棱”飞上飞下，迈小方步扭一扭，和其他鸟儿（鸡）蹭来蹭去地对对歌，或吵吵小架。可是，他（她）在我肚子里，一只，一只，一只……我吃了一群鸽子。

这些年里，不好好吃饭时，肚子偶尔也叫，我就怀疑那是他（她）们在笨笨地、可爱地扭动脖子：“咕咕”、“咕咕”……

有时候，做事熬夜了，会尤其肌肤晕白，眼睛通红，就觉得是他（她）们献给我的精力、气息还在我身上。

也难免有为此难过的时候。难过之后，我们还是把那些我们爱的小生灵不停地朝腹部的海里送。

不拒绝就是罪愆。我们亲手砌起了自己的狱。这是我们所处时代的悲剧。

还不如古时东方的斗鸡、斗蟋蟀、西方的斗牛，甚或在中世纪的欧洲，人和人动不动一人一把枪的决斗。到底有“斗”在，壮怀激烈地躺倒在那里，哀伤罢了，还有骨头在，而不是绝对强势的一方吃掉另一方——三分熟、五分熟地蛮仔细优雅地吃掉，几乎不吐骨头，不忘方巾揩揩指尖血迹。我们嗜好杀戮的、自然人本性，本藏得蛮好，却在不经意间被我们泄露了出来。

我们把“斗”和“杀”误会成了“勇”。就算是吧，这种“小勇”也实在是我们人类的大耻辱。

看看，难过不说，还搭上惭愧。想来近期轮回也不至于他（她）们吃人了，但人好像代代吃定了他（她）们。我们已收不住嘴巴。

就这样，那些鸡鸭狗猪牛羊马驴，那些鱼虾鳖蛇蝎兔熊虎，那些青蛙麻雀知了蚂蚁……那些飞鸟游鱼凶猛的大兽细小的昆虫，那些小生灵大生灵，他们加起来比人也并不少的样子，有着灵活的腿脚、活泼的眼睛，有着自己的语言和只有自己能懂的爱情，有的跑有的跳有的善于攀爬有的喜欢不歇飞翔……可我们把他（她）们套牢擒拿绑缚射落，全部放在我们的腹海里。

这都不算，一个个我本善良的我们用现代化动物监狱关他（她）们疯狂，激素药物促他（她）们畸形发育，吃了他（她）们全部的肉和大部分内脏，有时还要顺手砍下他（她）们的角、牙、胆、骨骼、脚掌、子宫、性器……砸成粒磨成粉搓成丸作催美催奶催情药用，把他（她）们三个星期大的幼仔用玩具幼仔卑鄙地换走、抹上黄油搁在400度的烤箱内嫩嫩地进献给我们的领导吃来换一句漫不经心的夸奖……我们吃到了我们想吃的一切动物——在这个世界上的动物里，数我们心眼最多，最懂得为自己着想，也最有可能不真诚。面对他（她）们，我们都是王是王后，我们的幼仔是王子和公主。我们非常厉害，非常了不起。

至此，觉得，现在的诗人们写不出好诗的原因，一半是因为他（她）们全部开始了被杀戮吧？诗人们没了可供激动感动和神驰遐想的缤纷意象（只能怀抱着自己的肩膀呻吟）就等于没了命——艺术的生命（何况，诗人们中间还出现了个别人参与递来刀子、拎走下水的事情）。这和灵感之类无关。

闲了会呆想：来世的我们，要和他（她）们倒个个儿吗？要以牙还牙，以血还血？要父债子还，还是现世现报？……

实施杀戮的还罢了，也许不过是个端碗受管、养家糊口的饲养户、猎户、屠夫或厨子。

可吃他（她）们吃得多的人，吃得多还抱怨吃得多不得已的人，亲爱的们，你们腹部犯下的，最好你们的脑袋全顶起来——把那罪名。

（原载于2012年12月18日《中国文化报》）

乡村的母亲那不死的人

我的婆婆刘瑞芝（1929—2011），山东省菏泽市鄄城县仪楼村人。18岁嫁入仪家，做三个孩子的继母，视如己出，后又生育三个孩子。侍奉老小十几口，一辈子都在下田劳动。除了县城三个姐姐家和济南我这里，她哪里也没去过。此篇敬献给老人家，以及乡村的母亲们。

——题记

她呼唤，他应答

到乡村去，每到傍晚，日头染红了西山，接着，星辰擦亮了黑夜，就听到一声声或高亢或纤细或温柔或不耐烦的女声东一声、西一声，高高低低地响起：“××，回家吃饭了……”

于是，就有一个、两个、三个……所有的孩子，分别应着，急匆匆地向那个声音的来处扑去。

那个声音是一个农妇。多少个声音是多少个农妇。

她的手一定很大，粗糙，有的还干裂，每个指头的顶部都缠着胶布。她不娇小，即便矮小也不娇小，像一架小飞机，敦敦实实，螺旋着就能飞速上升，去撒种子或喷农药；她也许高大，那就更像是树，村口或田垄上那株祖父或老祖父种下的槐树。不，一定不是柳，不是，不是垂柳，直的也不能——柳是城里的女人，纤巧或泼辣，好看或有气质，可她不是农妇。

那么，农妇的温柔是槐树捧出的槐花，白白香香的，闻闻醉，吃吃甜；她的温柔是香椿捧出的春芽，绿绿鲜鲜的，闻闻醺，吃吃嫩……是的，给捋了揪了蒸了煮了拌了……给吃了。被孩子们，或自己的男人。

像捧献了她的乳房。

她把自己的衣襟卷起，扒出，掰开，捏着，塞进……

每一滴都落不下。

她后来就老了。好像还很快。比城里的女人快三倍。

她的乳房瘪了，像倒空了粮食的口袋，歪着趸在墙角，似乎是一个睡着的老猫。她的声音也老了，沙哑，空洞，有牙齿脱落，会漏风。她的男人也许早走一步，去那黄土黑土红土下，等待她。

她的孩子走了好远，都走到了别墅轿车娇妻爱子盛名高位……也鲜衣骏马，也讲话演讲，可他还是能听到她叫着他猫猫狗狗的乳名儿，唤他“回家吃饭”的声音。

多少辈子，她呼唤，他应答。

死了活着，她呼唤，他应答。

这声音绵延不绝，回声绕梁。

她唤得悠悠，我听得泪流。

她的灶塘

她在那里烧火。

升腾着浓厚白气和香气的，是一大锅的包子；红彤彤映得像太阳的，是她的脸庞。

她一锅一锅地蒸和煮，仿佛只为蒸煮而生。

她把种子蒸煮成气力，灌给男人，男人再把气力灌给土地，土地吐出种子，交给她蒸煮……这世界几千年就是这么过。

头发上粘着一点碎屑，玉米秸或草棍儿，她不管它；手上染上了一点黑灰，她也不管它。风箱呼哧呼哧，像个老猫的呼噜。

它更像她的孩子。她像它的妈妈。

她像所有一切的妈妈：粗瓷碗、原木桌、抹布、笊篱、锅盖、辣椒串、下蛋鸡、公鸡、猪、狗、羊、草、树、星斗、露珠、马齿苋和麦子、山峦、溪流、飞鸟、蝴蝶……

她那么爱美——即便不怎么年轻了她还是那么爱美。她的发卡卡在她的白发上；她的嘴角挂着微笑，像挂着花朵或果实；她的眼睛闪闪发亮，像捉了萤火虫做的目光；火光映得她的皮肤多么红亮，像夏日田野活泼泼的晚照……她简直像个姐姐或妹妹。

她坐在灶塘里，却像长在山坡上。

我不能不把她想象成一株漂亮得不像样子的桃子李子杏子树。

她的农具

屋顶放杂物的小屋，里面全部为农具，微眯着双眼，从容不迫。她用了她们一辈子。她跟她们在一起的时候，她们就抱着她，像一群亲人，不分彼此。

她们一定亲眼看过种子到胚芽，胚芽到苗，苗到禾，禾到穗，穗到麦……的那些日子，像孩子从孕育到娶亲的日子。她们轻吻了惊蛰和春分，啜饮了清明和谷雨，更咬牙忍下了寒食和芒种，拥抱了喷天流火、汗流浃背的小暑和大暑……这里那里，黑泥白铧，绿树红花，将酒擂茶……那些热闹，缤纷到不行。

铁锨、木锨；粗筛子，细筛子；大杈，排杈。还有一个损坏了的耙子，被丢在房顶的一角，日晒雨淋。

铁锨锄地，木锨扬场——从播种到收获的过程，从小女到母亲的过程，从劳作到劳作的过程，从欢笑到欢笑的过程。

大杈挑大柴火，排杈挑小柴火；大杈是玉米秸的伙伴，排杈是麦秸的协理——从死到死的过程，从田野到灶塘的过程，从金黄到灰暗的过程，从灰烬到饭香的过程。

粗筛子筛粗粮食，细筛子筛细粮食；粗筛子筛磨面前茁壮饱满的粮食，细筛子筛粉碎了的粮食。万千粮食穿过，细的归细的——人的嘴巴，粗的归粗的——牲畜的胃肠，她们自己一粒也不舍得吞下——从生到死的过程，从雄壮到悲壮的过程，从牺牲到牺牲的过程，从生命到生命的过程。

至于那身子用铁丝绑着劈开一半的、损坏了几个尖头的木头耙子，她一定已生长了许多年头。她的末端给磨得细细的，想必记忆也给磨得差不多了吧？她忘记了在田畴矫健奔跑的岁月，只横在房顶，看夕阳血红。

我把她们中的一个断齿用手帕小心包起，装进衣袋，带了回来。

她真的像颗牙齿——犬齿，恒牙。外表滑顺，内里斑驳。

她疼吗?

她死了

她也会死的。这出乎我的意料。

她看上去能活一千年也不止。她好像生下来就是那副利落苍老疲倦强大的母亲的样子。她嘴角绷紧，大多数时间是沉默的，并一直劳动、劳动、劳动……永不停歇。她比她的男人似乎还壮健些。

可是，我忘记了，她的腰是越来越弯了，最后，简直都弯成了月牙儿。

可是，那“月牙儿”上，还是牢牢粘着一只恒星似的草筐，里面有半把嫩草和几根麦穗。

她临去时还在劳动。

她死了，倒不带着悲伤。她对儿孙们说：“去吧，去忙，该插田了。”

是的，该插田了。儿子们也并不多么悲伤，因为，妈妈就在身边，她看着他们劳动。

有时，她还替他们挡挡风寒。他们累了，也靠靠她的背，格外宽厚——妈妈的背啊。

孙儿们则常常绕着她打闹、捉迷藏，他们或鼻子，或脚趾，同她的一模一样，并扭股糖似的，黏缠在她身边，有时也揪一把她的头发——好疼的，她也不吭。她会笑眯眯地把最小最胆小或最笨的那一个，护在身后。

而夜晚，他们荷锄回家，她就看守，在酷似自家地窖的洞穴里，在铺天盖地、结结实实的田野的香气里。

看守是多么轻松的活计呀，庄稼长得又是多么欢实！

她舒展开额上细纹，皱皱鼻子，吸满肺叶那超越任何一款名贵香水的香气，随手拨弄一下牛铃一样摇响的浆果，不禁乐而开怀。

她躺倒着，身体同大地平行，同它一样的体温，一样地，随风摇荡。

她安静地休憩。她从没休憩。

她觉得这样很好。

她跟活着没有什么两样。

左建明

左建明（1948— ），山东茌平人。中国作协会员，山东省作家协会第三、四届理事及副主席。著有长篇小说《欢乐时光》、短篇小说集《雪地》、《左建明中短篇小说集》、散文集《雨夜清柔》等。作品获山东省优秀文学作品一等奖、泰山文艺奖、省精品工程奖等。

月照章丘再看泉

两年前，我是到过章丘百脉泉的。那一天，太阳很毒，四周的高楼、酒店、广告牌反射着刺目的光芒，它们居高临下，毫无表情地俯视着百脉泉。马路上的汽车好像烫了脚，嗷嗷叫着绝尘而去。

这似乎不是一个赏泉的上好佳日。

但泉边依然游人如织。那泉势确实汹涌，水漫石阶，訇然有声。清照园内，人们摩肩接踵，汗味稠浊。而女词人依旧书香眸明神清气定，给人一丝清清的凉爽。

只能说，我游览过百脉泉了。

而这一回，我是在仲秋之夜，清清静静地前来赏泉。真的可以“枕流漱玉”了。

雨中望山，雾里看花，灯火阑珊寻美人，原是至美的经验。这会儿，却又置身于月下赏泉，心情自然美妙起来。

夜色真是个好东西啊。她不知从什么地方漫淹过来，将那些围堵着泉的建筑以及噪声悄悄地溶解了。环顾四周，只有那些与泉相配的景物保留下来，有树，有青草，有清脆如玉的水声，有清照故居的剪影，当然，还有天上的月。

十五已经过去三天了，那月也瘦了许多，却更显清朗。月光穿透绣江河，将水中的凤尾草映照得鲜活生动。它们密集着，一致地朝着水流的方向飘逸，恰如风中女子的秀发。我伸手去梳，凉凉的。应是清美之凉了。水激而有力，仿佛在拒绝一双俗手。

我想，康桥下的荇草，于夕阳之下，该是一种沉静之美吧。而眼前的凤尾草却是飘逸之美。

绣江河当然不够宽广，她完全是由百脉泉水喷涌而成，其清洁至极，不禁教人顿生怜惜。就想，该把这泉水完全地喝了才好。喝了这水，人定会清洁起来。

溯绣江河缓缓而行，不一会儿，眼前忽然一亮，就见一群湿漉漉的白莲花竞相绽放，再细看，原来是百脉泉正与月光嬉闹。那泉跳跃得一波高过一波，大有不溅湿月亮衣衫不罢休的傻劲儿。却不知月亮是如何地机敏啊，她笑吟吟的，耍起人来，真是一把好手。

以手抚泉，手心就觉出极有节奏的喷涌，仿如抚住了大地的心跳。这就是心之泉吗？或者说，泉抚育了心，抚育了中国人的道德之心。正所谓滴水之恩涌泉相报啊。

宋代文学家曾巩说：“岱阴诸泉，皆伏地而发。西则趵突为魁，东则百脉为冠。”也就是说，它们都是源自泰山了。说起泰山，真的有点神秘。几天前，我陪越南作家访问团游览泰山，车子刚到中天门，突然就天昏地暗，电闪雷鸣，瓢泼大雨接踵而至。我们连车门都无法打开，只好掉头下山。离开泰安不到一公里，却见四周秋光散漫，地皮湿都没湿。今年秋天，整个山东几乎滴雨未下，老天单单眷顾泰山。你说奇是不奇？看来，“人杰地灵”，并非是嘴边的恭维之词哩。

离开百脉泉，月下信步，经墨泉、龙泉、梅花泉，之后便与漱玉泉期然而遇了。众泉里，漱玉泉略显纤小，在这清凉的月夜，那种孤傲的姿态却更显突出了。她是一个瘦美女子的心脏，跳动得不急不躁。她形单影只，有意避开热闹与喧哗。侧耳倾听，果然有漱玉之声：知否知否，应是枕月漱泉？

其实，早在三十多年前，我对这个陪伴李清照少女时代，散发着闺阁之香书卷之气的地方，已经十分熟悉并心向往之了。那是1969年春夏之交，上苍突然赐予我到泉城潜心学画的机会，我从老师那里借得一本《宋词》，第一次读到李清照，并且一下沉浸到她的艺术世界中去。

于是，我眼前老是有一个美丽优雅的少女，晨对海棠暮守黄花，或是在一个秋日，荡罢秋千又上兰舟，藕红中惊起一群鸥鹭，或是独坐高楼，残月如钩，云中可曾有锦书？

于是，我记住了“浓烟暗雨”、“风柔日薄”，我初初读懂了“宠柳娇花”、“绿肥红瘦”。原来还有这样美丽动人的世界！还有这样意象丰富情感细腻的心灵！

于是，身边正在进行的“文化大革命”例如揭发、批斗、摧残与污辱，就像一轮毒日，竟被一个人比黄花瘦的女子消解了。我看见自己从酱缸里爬出来，被泉水一洗，却也是个情窦初开的翩翩少年呢！

实在说，我正是从那时开始迷恋于艺术之美，厌恶并处处躲避政治运动的。套用雨果的句式：在现实世界之上，还有一个更为美妙的世界，那就是艺术。

令人叹息的是，李清照后来离开了漱玉泉，从此告别了纯美的少女时代，尔后历经战乱，亡国亡夫，颠沛流离于凄风苦雨，以至于“至今思项羽，不肯过江东”，“寻寻觅觅，冷冷清清，凄凄惨惨戚戚”。那应是江河湖海的表达了。

晚年的李清照该是怎样地怀念这漱玉泉？

战祸之乱我们也许摊不上了，而欲望之乱却会在天色一亮即包抄过来。所幸，我们有泉为伴。

（选自《文学与绘画》，明天出版社，2010年）

康 桥

康 桥（1964— ），女，原籍山西，出生于济南。中国作协会员，济南军区创作室创作员。文学创作一级。著有诗集《寸草心》、《血缘之源》、《飞翔，向着太阳》、《生命的呼吸》、《征途》，长诗《殇问》、《祭奠美丽》、《心中矗起的纪念》、《山祭》，以及《天问：我是谁》、《穿越夹金山》、《还给患者一颗健康跳动的心》等。作品获全军文艺新作品奖诗歌一等奖三次，全军文艺新作品诗歌二等奖二次，以及第六届中国人民解放军图书奖、首届齐鲁文学奖等。2010 年被评为首届十佳军旅诗人。

马山是一个寓言

我见过许多名山，见过许多名不见经传的小山，但从没有一座山像马山一样让我刻骨铭心、让我痛彻肌骨！

马山海拔只有 512.3 米，但在马山人心里：马山比泰山还要高。

相传泰山、五峰山和马山是三姐妹。

三座姐妹山在泰山奶奶关照下成长迅速，尤其是马山长得更快，马山将要超过泰山时，泰山奶奶派马车镇压。天马碾断马山的腰。被碾断腰的马山不仅没有屈服，反而长得更快。天马眼见闯下大祸，怕回去不好交差，就用金簪射向马山的心脏……

然而，马山是不死的。被金簪射穿心脏的马山有了经验，不再长高一寸。

在马山，我不能仰视什么，也不能俯视什么！

虽然我不断地告诉自己这只是一个故事，但我分明把这个故事当真，因为这是我们现实生活的反照。

泰山奶奶心痛马山，把马山碎裂的脊梁骨一节节地串联起来。我想：这也许是马的脊梁骨是24块儿的缘故。泰山奶奶不仅把马山碎裂的脊梁骨串起来，还应该为马山多造一根脊梁骨，防止连接起来的脊梁骨再次断裂。

马山有两根脊梁骨，我听说过一种只有三尺高的果下马，长有双脊，所以就赋予马山这样的新意。

关于马山最早的记载见于《左传》，鲁襄公十八年（公元前555年）以晋国为首的诸侯联军，攻克齐国的故事中就有马山。

马山悠久的历史远去了，但它的传说却走进我们内心。在马山，我仰望和领略到现代马山人的精神和文化。

马山有天阶、一天门，却没有中天门和南天门。

马山的山门在马山最高处，高处的马山山门并不高，只有一人高。另一座低处的山门则用半开的石门阻止你到悬崖的另一面……

中华民族是讲究门面的，为什么马山的山门只有一人高呢？

我想这也寓意人在屋檐下，不得不低头。而且这应该是这句俗语的出处。当然，这里还有泰山压顶的暗示。

马山是委屈的，成长没有罪，有罪的是对成长的血腥镇压。

在马山顶，我看到驮碑的赑屃和其他地方的赑屃不一样，这里的赑屃脑袋特别的大，长长地伸出它的脖子。伸长脖子的赑屃眼睛鼓胀着，一副想呐喊的样子。

俗传龙生九子不是龙，龙的大太子就是我们经常可以见到的驮碑的赑屃，我一直不得解，龙的大太子为什么不再是腾云驾雾的天上飞龙，而成为寺庙或皇陵当中驮碑的赑屃？

在马山，多年来的疑惑得到解答。

我同情马山，心痛马山，也心痛为马山喊冤而不得的赑屃。

我想起初的龙太子应该是驮了马山的，这也是马山长得飞快的原因。泰山奶奶镇压马山时，一起把龙太子镇压了。

所以，龙太子成了驮碑的角色。

我们说得龙马精神的出处也应该出自这里。

龙的大太子，不仅驮过马山，也驮起过地上的飞马，使地马成为天马。我在刚刚得知泰山奶奶镇压马山时，也是不得解的，仔细想想龙太子驮起了地上的马，让一匹马飞黄腾达，乱了纲常，乱了天规。

我想龙太子的任性之为还很多，泰山奶奶不得已而为之，让龙太子成为负重的龟属之物，因为龙太子总是不守天规，所以如此结局。但是，能上天入地的天龙，它的壮举还是被人们称道的，不然，就不会有龙马精神一说了。传说中的龙马为龙身马首，或龙翼马身，高八尺五寸，鸣声九音，黄帝乘龙马而成仙。

马山是一个寓言。它不仅寓言了飞龙成为龙龟，而且蕴含了更为深刻的道理。石头的山那坚硬的脊梁都被嫉妒的车轮压断，何况血肉的人呢？所以，我们人的脊梁骨也是一节一节的，而且一颗完整的心也因为被金簪射穿而分为左心房和右心房，左心室和右心室。

泰山眼下，石头的山低头了，人的头颅自是不如山体坚硬。然而，人的头颅是智慧的头颅，有智慧的头颅永远都不会屈服！长清有位清末的秀才写过这样的诗："满路飞花满岭松，岩高削出玉芙蓉。鸟声清亮泉声雅，人立马山第一峰。"

是的，马山不愿再长高，但是，马山托举来到马山的人进入一个空灵的境界。不再长高一寸的马山是马山人心目中比泰山还要高的圣山。

"千里泰山，百里马山"这句话应该纠正，一般的马只能日奔百里，千里马可以日走千里，马山是超过泰山的，是飞黄！所谓马到成功不是指一般的马匹，而是指马山这匹飞黄。

是的，虽然马山被镇压，但马山是一个巨人，是压不垮的精神！

马山的故事告诉我们：生命的意义不在于形式，在于它所拥有的内质。在马山脚下看泰山，泰山不高；在泰山之上看马山，马山不低。

马山人的马山情结感染着来过马山的人。在马山顶，我从心里对自己说：我们都是马山人，以我们24节的脊梁骨为证，以我们的心，一颗分为左心房和右心房的红心为证。

（原载于2010年12月7日《新长清》）

郭永顺

郭永顺（1939— ），字百川，山东济南人。曾任历城区委宣传部副部长、文化广播局局长等。济南市作协理事、山东省作协会员、中国散文学会会员。著有散文《故园集》、《黄河柳》等。

山村寻亲记

那事儿已经过去老长时间了，但我每想起来，还是激动不已，毕竟是38年来头一回。我曾经写过一首《怀念旧居》的小诗：“春雨丝丝八尺箫，何时归看旧窝巢？山坡茅屋今可在，梦中已游数百遭。”

那是一个春雨潇潇的日子，我作山村寻亲之旅，车过柳埠街，眺望四门塔，走到李家塘、龙门村，快到我寻找的山村了，心里像揣着小兔子一样蹦蹦跳。看到李家塘村西大核桃树还在，那是我们学区老师们，在夏天星期六学习毛主席著作的地方。凉风习习中，毛泽东思想像雨露滋润着我们的心田，现在则成了旅游景区“山青世界”的“地盘”。过去到石窑村，要走龙门村后，那沙石岗子弯弯的小路，绕过龙门水库。在这条路上，我骑坏了一辆“国防”牌大轮自行车。那明镜般的水库，是否还记得我这个年轻人？那是我23岁至29岁最美好的青春岁月，在这条路上走了六年多，两千多天。我要去寻找那住了六年的茅屋，吃了六年的井水，还有那可敬的乡亲们。现在新修的公路不拐弯，通过龙门村里，汽车沿水库直接开到村里，村里主干道都铺上了柏油路。

静谧的山村，坐落在跑马岭山下。小山村呀，我们已经几十年没有谋面，老乡亲们的居处已经找不上了，村西口新建了村委会和许多农家，多家已盖起了二层楼。事前我找了个当年的学生领路，并让我当年在这里教学时的同事在村头等我，给我引路。我一共看望了四位老人，一半是学生家长，每人一箱奶，两瓶好酒。先找到老大队长家，院子已朝南开门，影壁雕龙画凤非常气派，门楼里放着新摩托车。大队长夫妇热情地接待了我，给我倒水的孩子已不认识。看他家生活挺富裕的，他领的是双俸禄，即在乡老复员军人补助和东风铁矿退职工资。他是参加过抗美援朝的，他说本村去了三个人，牺牲了一个。他过去爱和我唠扯村事，关心政治，1964 年假期，我去济南，听到我国第一颗原子弹爆炸的消息，立即把报纸捎给他。他现在生活很幸福，年过古稀，一家人其乐融融，共享天伦之乐。我看望的第二家是位老公社干部，新中国成立前在龙门村扛活时入党，现年 89 岁。他说话时上气不接下气，随时需要吸氧。我去看他，他很激动。他当工人的儿子，也是我当年的学生，已经内退了，在家伺候老人。第三个是老书记，当年他对建校舍和我的教学工作很支持，现在 75 岁，有病开过刀，但很乐观，五天两个集——李家塘和桃科，一个也不少了他。他住的就是从前学校房子的位置，格局依然，但已旧貌换新颜。我前后左右看了一下，还找了一下我当年早晨在山坡上写小说《养山老人》的地方。老书记领着我拐弯抹角下了山坡，到了当年和我一块教学的老师家。他身体不好，摔了一跤，走路不便，也近 70 岁了，老伴已去世，新盖的房子外墙贴着瓷瓦，门厅里一圈大沙发。我们促膝谈心，回忆往事，记得当年他家大娘，经常给我端碗菜饭吃。生活上我没少得到他们的照顾，心里很感激的。

在整个寻访过程中，从东到西，我把全村转了个遍。山上树更多了，绿油油的，还栽了成片的樱桃树，小河里的流水更清了。天下着小雨，我也不打伞，任雨水在脸上流，空气是那么熟悉，那么新鲜。在街上看到当年的一个新媳妇，花枝招展的，现在已是白发苍苍的老奶奶了，丰姿犹在呢！然而，许多老人已故去了，很有一番沧桑之感。我真想，找到那喝了六年的水井，喝一碗当年吃水的井水，是否还那么甜？可是，现在家家都用了自来水，谁还关注水井的方位？

我想到，在山村的两千多个日日夜夜，曾经领着学生上跑马岭割山草，从曲里口子上去，到梯子山和泰安搭界的地方，走得越远，山草越厚。春天我还领着学生满山遍野捉蝎子，卖了钱，补贴学生学习用品之用。有一年六一儿童节，我根据本地童谣，编了歌谣“柳条槐条，巴巴唠唠（萤火虫）来了”，组织几个学生摇着柳条演唱，受到好评，我还被公社评为优秀少先队员辅导员哩！

在这山村里，我和干部社员关系密切，水乳交融，使我获得了许多鲜活的写作材料。那时提倡老师和社员同劳动，有一次我到四队参加种花生的劳动，吃早饭时，我说：“怎么没人吃花生种子呢？小孩也觉悟这么高。”队长说：“那是用尿泡了的。”这个黑色幽默不知是谁琢磨出来的，我后来写在一篇小说里。由于这么好的群众关系，14 年后我提干时，组织部门政审，到这个村外调，调查我的表现时，大家都还记得那个“光头老师”，说了很多赞扬的话，考察合格，我得以顺利提拔。

在村办公室里，当村干部说建了图书室，我立即表示要捐一二百本书，还要写幅“书山有路勤为径，学海无涯苦作舟”的条幅，后来书和条幅由大队书记拉回去，这是后话。

中午，我同几个老友及学生在龙门山庄撮了一顿，跑马岭上建了野生动物世界，火了这一方旅游。那出色的农家乐，使这次寻亲别有风味。说不完的往事、趣事，笑声连连，时隔 38 年，大家说话的声音还是那么熟悉、亲切。说起石窑村名的来历，老书记说，明洪武年间有石窑寺，故名。老干部们都很高兴，老书记说已经多少年没人叫他书记了。我把写的书送给他们，他们说，知道你在区里干宣传工作，你在这村时就好写文章。

最后不知谁提议，又开车回村，给我拿上山村做的豆腐，使我感慨万千，回味无穷。山村是我的第二故乡，我人生成长的根啊……

（原载于 2011 年 5 月 20 日《济南日报》，后入选《中国散文大系》）

李炳锋

李炳锋（1962—　），笔名金后子，山东章丘人。曾任济南市园林绿化局纪委书记、园林文联主席、中国诗词学会会员、中国通俗文艺研究会会员、山东省作家协会会员、山东散文学会理事等职。著有散文集《被海风吹拂的日子里》、诗歌集《在天地间奔跑》等。

父亲的凉面

麦收前后，一浪高过一浪的热流开始席卷大地——夏天到了。

在这漫长的夏季里，别管你生活在城里，还是身处乡村，抑或漂泊在旅途中，做饭、吃饭会成为人们的共同负担。但是，如果你有心的话就会注意，与这炎炎的夏配套的有一种吃食，或者说能让你痛痛快快满足食欲的食物，这就是——凉面。

说起凉面，就不得不写写我的父亲，因为在我见过所有吃凉面的人中，没有一个能像父亲那么衷情，那么投入，那么专注的。可以这样说吧，内心如顽石般坚硬的父亲，已走过的八十多年稻草一样卑微的人生历程中，凉面已成为支撑他生命的主要材料，或者说已成为他完整生命体系中的一个重重的戳记。

在我幼时的记忆里，麦子入场，天气刚刚露出热头的时候，我家的凉面就开吃了，且天天不断。中午、傍晚时分，从田地里归来的父亲，见到盛在到大白碗里的凉面后，就像一个嗷嗷待哺的婴儿突然望见了自己的奶娘，会扔下锨镢草帽，不顾一切地扑过去，加上少许的黄瓜、豆角、咸菜、蒜泥，倒上淡淡的芝麻盐水，加足醋，用筷子上下翻动几下，马上就狼吞虎咽起来。

父亲吃凉面时，是一口气吞咽下去的，中间没有丝毫的停顿，只是发出一阵阵嗖嗖的响声。期间，一双小眼睛上挑着，根本不看碗里的面条还剩多少，待吃到最后，也就是碗里的面条所剩无几，需要清理碗底的时候，他才放慢速度，来仔细品味其中的滋味，是酸，是咸，是清，是淡。

在父亲吃凉面的过程中，他总是会光着膀子，一双泥脚蹲在椅子上，把那只大白碗高高地端在与眼睛平行的角度，嘴角沾着点点菜沫，展现的是一副无拘无束、肆无忌惮的姿态，过瘾，痛快。这时，站在一旁的母亲，就会用一双充满爱怜的眼神看着父亲，嘴里嘟噜着："看你这个样，又没人抢你的碗。"父亲的精力已完全放在吃饭上，是不在乎母亲的眼神和声音的。几碗凉面下肚后，父亲肚皮上做过胃切除手术的那条长长的疤痕会被撑得锃亮，他再打上几个嗝，把筷子往碗沿上一放，口里念道："嗯，又吃了一顿饱饭。哎，万菜千饭不如一碗凉面呀。"给人的感觉，他不是在吃凉面，而是在吃世界上最好的美味佳肴。

与父亲无拘无束的吃相相连的，就是我们哥几个吃凉面的样子了。同样是端着大大的白碗，同样是挥舞着筷子，同样是不停顿地吞咽，同样是嗖嗖的响动，是一曲优美的合奏，是一阵风呼海啸的共振，是一幅蓬勃活泼的斗夏图……

爽快的凉面，不断梳理着逐渐远去的岁月。随着年龄的增加，我渐渐明白了，可口的凉面背后并非简单之举，那是母亲的艰辛和三个姐姐的付出。

每年的新麦晒干后，母亲做的第一件事就是赶紧到村南的磨坊磨面，为的是让父亲和我们兄弟几个尽早吃上凉面。面磨回来，不论早晚，母亲都会迅速找出家里的大瓷盆和面，同时吩咐大姐二姐三姐，切菜的切菜，捣蒜的捣蒜，打醋的打醋，烧火的烧火。和面、擀面的工序，母亲一般是不会轻易托付给姐姐们的，因为面和稀了，面条出锅后容易粮；面和硬了，不易熟，吃起来口感不好。所以在我的印象里，弯着腰和面、擀面，是母亲夏天的中午和晚上没完没了的事情。擀面的时候，母亲一条腿在前，一条腿在后，两只手随着擀面杖的转动由里到外，然后再由外到里，并不时用不沾面的手背擦着自己的脸颊，衣服后背上被汗水画出一个圆圆的饼。

面擀好的空当，关键的一环就是兑盐水了，也叫作芝水，其是制作凉面技术含量最高的一节。需先把芝麻炒熟，关键要把握火口，炒到八九成熟最好，生了香气出不来，糊了芝水就会变味。随后再用蒜臼把炒好的芝麻研碎，放到盛有已兑入少量盐的凉开水里，搅匀，就算完成了。最后一道工序叫过水，就是把煮好的面条，迅速用笊篱捞到刚刚打来的井水里，越凉越好，越快越好，反复几次后，煮熟的面条在井水的作用下，变得光滑而硬朗，就像一根根剥了皮的柳条，口感极好。一切准备停当后，母亲就会揉搓着她那双粗糙的手，喃喃地说："好了，等着下地的、上学的回来吃吧。"

吃凉面是奢侈的。同样的一斤面条，吃热面能管饱两个人的肚子，而吃凉面一个都不够。为了把日子过细，母亲想出了一个节俭的办法——男吃面，女吃饼。就是无特殊事项，让父亲和我们兄弟几人吃凉面，她带领三个姐姐喝煮面条的汤水，就着咸菜吃粗粮饼子。在当时的农村男女是不同桌吃饭的。长此以往，在我们的家里，就形成了大方桌上吃凉面，小矮桌上吃饼子的格局。每当吃饭时，年幼的三姐总是瞪着一双大大的眼睛往大桌上看，手里的饼子吃得很慢很慢。小的时候，我总认为母亲及三个姐姐是不爱吃凉面的，长大后才渐渐明白了其中的道理。

后来，日子过好了，可父亲夏天吃凉面的习惯却丝毫没有改变，只是年迈体衰的母亲无力再为父亲擀面了，三个姐姐早已远嫁他乡，手擀的面条不得不用街上卖的挂面来代替，芝水也换成了瓶装的麻芝汁，缺牙少口的父亲吃凉面的劲头也不如从前那样潇洒了。再后来，母亲永远地走了，父亲要亲手制作凉面了。

客居他乡的我，每当夏天回家，看到老父用颤巍巍的树枝般的手为我制作凉面时，眼里都会有几多的酸楚，脑子里也总会浮现出挥之不去的童年印象。

（原载于2011年7月《济南日报》）

韩 青

韩　青（1963—　），女，山东曲阜人。中国作家协会会员。曾任《齐鲁晚报》编辑记者，现任教于山东工艺美术学院。出版有散文随笔集《在母语里流浪》、《旁听的耳朵》、《烟灰变成天鹅绒》等。

做一个济南知识分子的美丽与哀愁

此处对“济南知识分子”的理解，请参照“纽约知识分子”一词的本土适用范围。本人生性老土又爱慕虚荣，常常奋力追赶时尚以遮羞，勉力趋于时代生活最热火朝天的边缘处，晓得了现如今的知识分子多以国际化为荣，凡事讲“全球化”与“地球村”，就像江湖上英雄不问出处，渐渐的，就也无所谓故乡。因此，在济南做了二十多年的户籍在册居民，从来没觉得有过对它爱或者不爱的感情问题，只是，很偶然地动了尘念，决定要爱济南。

当然，是自作多情。这个古老的北方省会城市，已经拥有过许多著名的文人雅士们郑重其事的爱意了，今天，它好像也并不稀罕什么人的格外青睐，所以，此刻对它的这爱，便带着示爱之人卑微魂灵基因的标志。在眼下的时兴的种种读城图文里，对它多情的赞美与严厉的批评，都是它给人们的一个自我张显的机会，而永远不会是人们给它什么荣光。像这些年间经济迅疾发展中的中国任何一座大中城市，它日趋膨胀的躯体上，充斥着来揩它油沾它光的外来移民。

我之爱济南，亦是一时轻狂。就像住在济南的大多数外来居民，我大抵属于偶然而盲目地进入到它的地界上讨生计的人，与这座城市并没有产生过什么刻骨铭心的共同命运。爱一个人或者一个城市，而不能进入其命运的轨道，不能成为其命运的一部分，这爱便是痴狂了。痴狂的情感表达起来，往往要比深刻而严肃的多些形式化的戏剧桥段，要咬牙切齿与声嘶力竭地：第一是表示决心，情感上的彻底；第二是表示所使用的力量，要尽可能牵动出较大动作的篇幅；第三，这个济南搁到个人情感的小格局里，还真不是那么好消化的，不如此动心、动情、动容，这份爱大抵还真难以启齿。

这情缘萌动时刻是某个夏天傍晚，与男女友人各一名去登千佛山，借着晚上八九点钟的大月亮，隔岸观火一般看着山下四周围的灯火，想象中在黄河泰山之间生长出的一大片鳞次栉比的高楼大厦与水泥森林，竟不过如一个小渔港似的，东一簇西一堆地顶着几片薄薄的光亮，沉沉地泊在无边黑暗里！

这就是济南？

现实记忆里那些霓虹灯彻夜闪烁的地方，种种想象中浮华、繁荣、奢靡，不过如几个灯红酒绿的泡沫，星星点点地缀在其间。

一刹那，不免有一种既文艺腔又愤青气的乡愁袭上心头：这许多年，我们对济南现实版图的忽略与无视，很可能就是我们对自身经历区域的失忆，或者，根本就拒绝记忆吧。日复一日厮混其间，逃离还来不及哪，要记住它什么？

彼时，我们脚下不远，就是著名的观景之处“齐烟九点”，传说过去天气晴好时，从这里放眼远眺，能看到济南方圆百十里的九大景点，印象中，这儿也就应该是赵孟頫作《鹊华秋色图》的心理站立点。《鹊华秋色图》上的济南，风光壮美，河水辽阔，水畔有树木葱茏，屋舍俨然，远处鹊华两山双峰突起，系中国美术史上罕见的写实经典。据说，当年元世祖为笼络人心，四处搜访遗逸，从浙江湖州请出了宋太祖赵匡胤之子的十世孙赵孟頫任职济南。赵孟頫自33岁来济南，至42岁时才回了一次老家，遇到了好友周密（字公谨）叙说彼此游历，祖籍山东的周密生长在湖州，从未来过山东，于是赵孟頫便为“公谨说齐之山川，独华不注知名，见于左氏，《左传》其状又峻峭”，索性画了这幅图。因此，这也是古代知识分子间彼此介绍转述中的一种济南形象。

在夏夜的千佛山上，感伤于济南版图的狭窄局促，想着与老舍老残们眼中的景象共鸣，大抵本身就是一种枉然。季节根本就不对嘛。

济南因地势所限夏季气候燠热，为此很让东部沿海地区人们所睨视。此刻，坐在千佛山上寂然无风的石阶上，忆想古今中外知识分子记忆影像里的济南，竟多是秋冬季。赵孟頫的秋华图自不必说，刘鹗《老残游记》里的晚清社会公共知识分子兼游方郎中老残，在济南听黑妞白妞说书、给人瞧病、帮官府破案，都是发生在秋冬季的故事。老舍的名篇《济南的冬天》之前还著有一文，叫作《济南的秋天》。上世纪50年代，在故宫博物院工作的沈从文专程来济南看文物，也是深秋时节，他住在先前旧址上的山东省博物馆里，就着电灯泡的昏黄光线写家书，事靡巨细地告诉爱妻张兆和，他白天穿着单衣到千佛山去逛庙会，已经感觉到薄凉了。

曾经有个叫卫礼贤的德国传教士，用汉学家的身份给德国读者介绍他所喜欢的济南：“那时的济南府仍是一个老式的中国城市，城外也没有尘土飞扬、环境嘈杂、自成一体的异族人居住区。城面的千佛山上满是寺院和庙宇，济南府就在山脚下。这座城市有众多的泉眼，清澈的泉水从城市的每一个角落里流淌出来。寺庙和茶馆随处可见，寂静的河岸由于摆满小摊的市场和喧嚣的人声而生机勃勃。众多的泉水汇成小溪，几乎从每一条街道旁流过，因此济南是中国最清洁的城市之一……城中的小溪在城北汇集到一处，这就是荷叶田田的大明湖。”只说荷叶田田，没有提到荷花，应该不是春夏季节吧。

然而，这些进入了千古文章里的济南，都是经由游人的目光而来，不是从本地长住居民目光伸展出来的。看看题在大明湖趵突泉千佛山这类地标式景点上的名胜字迹，也少有本土知识分子的笔墨。“生活在别处”，米兰·昆德拉的小说能够在中国图书市场长期滞留于畅销书榜，实在是点破了一例古今通则。

记得上世纪80年代中期初初来到济南，跟年轻的同事一起去转报户籍，那个坐落在闹市区的派出所的小院子中央，有两株开始挂果的石榴树，四周建筑的格局也很温馨，是老城住家四合院式的，来来往往的人脸上多挂着寻常过日子的温和气。等着办什么手续的时候，坐在一个门阶上，抬头看见院子天井上面，蓝蓝的天空飘着疏散的细云，听见旁边有人话语里弥散出浓重的济南口音，心里想：这是一种不容易学习和掌握的口音吧。对异乡人来说，关于口音的腔调，是一项重要的地方知识。

落户至此，就在这个城市里工作、生活、恋爱……然而，恋爱的内容，总是两个陌生人渐走渐近，这过程却似乎与济南没有多大的关系。虽然，它尽其所能，也尽两个陌生男女的想象力，提供了恋爱应有的气氛和场景，但，它更像是一块随时可替换的很缥缈的背景板。发生在济南的恋爱，也完全可以发生在别的城市里吧。我始终困惑于这是恋爱的不得法，还是爱情从来就可以对其时代背景很超越？倒是看王小波与李银河夫妇当年合著的《他们的世界——中国男同性恋群落透视》，里面提到几处同性恋者集中出没的场所，才对济南深不可测的情天恨海生出一些惊叹来。可这个王小波被猛男壮汉相看中意之事的发生地济南，也隔着我们老远了，是隔世凭空的一段传奇而已。

而每每由外地返济，一脚踏出火车站，立即有一种情绪上的跌落感。周身的空气，布满了某种陈旧的尘埃；街巷小贩的叫卖声里，口音纷杂浑浊如幻听一般。整个人被一种像做梦一样熟悉又难以置信的感觉包裹住，要急急地挤进公交车里，坐过好几站才能够重新适应过来——这是济南啊。渐渐地，体会出这其实是一种短暂的心理失重，是从非实现中回到现实时空的一种恍惚的被唤醒过程。是济南对其居民与游客的一种沉重而亲切的甄别方式。

济南是一座老城，不断推陈出新的躯壳底下，芯子里是一颗老式嫂娘的心，虽也很有母性包容，终究还属于平辈，人们在远处难免会对之寄托些绮思丽想，一旦挨近了，常常看到是另一派无辜之相，旧貌新颜斑驳其间，甚至，愚钝里又露出精刮势利的模样哪——它自有炎凉习性，自有磨耗时光的节奏，自有生活方式，人们对之说土论洋，在各自记忆里城市与乡镇暧昧接壤的时光之处，展开一次次城乡文化邂逅，一场场感情纠葛，一个个谋生故事，总之，远近而来的人到济南，并不是要专程来爱它，而是因为它政治经济文化的省会位置或者其他名利上的便当，是要来利用与使用它的。然而，它当真被用起来，却也是翻云覆雨阴晴不定难如人意。婶娘到底不是娘亲，母性的包容里更有母性的世故，与一厢情愿的想象远不相符。

于是，便有来自鲁东鲁西鲁南鲁北的乡愁，一小片一小片地在这块鲁中腹地上面浮荡起来，有时候还非常醒目惊心，像济南最阳关大道的经十路上偶尔撒落的冥纸钱，让人青天白日里好端端地走着路，突然就像是遇着另一个时空的魂灵，骤然想到了悠远的往事：这是从哪里来啊，要往哪里去啊？反正，眼下的济南，虽有花柳繁华地，却非温柔富贵乡——由此，中小知识分子们的爱恨交织的批评功能焕然勃发出来（居住在济南的大知识分子量少质优，早已个个修炼成精，目光穿城而过，胸怀中国放眼世界，指点全球化的文化江湖去了。况且，做同等款型的知识分子，如果心满意足地表示能被济南的现实生活所容纳，则其知识分子的身份与成色，就堪可怀疑了）。而主动批评，意味着自觉排斥，不肯兼容，是选择在现实的“外面”和“边缘”，是“生活在别处”。于是，往昔记忆里恬淡清贫的乡村生活方式，便成了最大的人性道德，而眼前聚敛财富的城市生活方式，则可能是最大的文化不道德了——寻常繁华城市最标志化的浮花浪蕊，此时成了最堕落的象征。

其实，这堕落也很粗糙，带着城镇化经济疾速膨胀又疾速消解的泡沫风格。济南原本就是一个缺少细节的城市，女人脸上的胭脂上也少有微妙的层次感，表情爽快一下，披挂一身的赤橙黄绿青蓝紫的色彩就能彼此冲撞起来。这是一个很阳刚的城市，两性间的情爱纠缠，气力稍稍一大，就直抵生死而论。而作为欲望意象的性，这附在女人大腿和口红的洪水猛兽，最汹涌澎湃的地方，却似并不在城市最核心区，而在小街陋巷弱势群体集中的地方，匹夫匹妇们幽暗简陋的欲望，需求急切，又触手可及，性保健品生意铺天盖地。而这保健要推销的，恰恰是大中小知识分子们对健康的反面理解。这真让人怀念心身洁净坐在老家的村头老歪脖子树下，听爷爷奶奶讲故事的纯洁无瑕童真年代，那时节，哪里知道劳动人民也有性欲的问题啊！

村头的老歪脖子树，还有几棵老态龙钟地立在那里吧，眯着眼睛晒太阳的老奶奶和瘪着嘴巴说古的老爷爷，偶尔还身影落寞地坐在树底下。可是，住在济南府里满怀乡愁的人，并没有几个肯重返那歪脖子树下。人们怀念的，也并不是那棵生在他家屋东头的槐树榆树杨柳树，而是更抽象、朦胧、意蕴含糊，可供精神自恋与自慰的树。恰如今天诺贝尔文学奖得主帕慕克在其代表作《我的名字叫红》里所声称的那样："我是一棵树。但我不想成为一棵树的本身，而想成为它的意义。"而当真生在济南城里的树，因为数量少，非但没有受到物以稀为贵的待遇，反而因为不成规模，被整体地忽视掉。时不时就听到人抱怨：除了几个刻板无趣没有格调的公园，在济南连一片绿都看不见。不看，怎么就看得见？我就看见自己住所附近的立交桥边，有几株法桐，树干光光地植在那里，一年二年三年悄无声息地顶着枝枝条条的绿意，好不容易能撑出几片绿荫了，可是城建道路一拓宽，就又给连根拔走了。每次路经此地，一抬眼就觉得视线里突然塌落一下，也仿佛落到一种乡愁里。但是，心里往后想，脚尖却一点儿也没耽误向前走。现代性的乡愁多半是"制式乡愁"，涂涂抹抹地诗化着个人历史与情感记忆：人们怀念的并非那个具体的祖籍、村庄、歪脖树、老屋子，只不过是因为现实里的失落，唤起了怀旧的冲动，又不肯当真回头，到底还是因为急欲逃脱的贫穷、封闭、蒙昧的地方才出来闯天下的啊。如果有能力有机遇，离开济南也无妨，去北京上海，甚至去巴黎纽约，成功人生的目标，就是追求更大、更远、更有地理张力的乡愁。不过，倘若所有深深怀念村头老歪脖树的人当真统统返乡的话，济南还真能干净许多，也清静许多，至少，到了冬天，有可能更接近老舍笔下的那种摇篮情景。

这种种的不满与乡愁，说到底，是我们的生活内部伸出来一个旧日时光的小尾巴，是情绪记忆的偶尔返祖，是虽然落下户口但还没有落下身心真正进入济南。做游客，可以通过感官的体验，用一座建筑，一条街道，一处风景，一餐美食……用一块记忆碎片就足以进入它，也足够带走它，但我们不是游客，而要与它年复一年朝夕相处。伯尔的《爱尔兰日记》里倒给出一种移民随乡入俗速成法，就是掏出腰包来消费，通过钱币变物质，将带着自己体温的钞票，替代自己的凡胎肉身，融入居住城市内部的流通中去。但是，我们在这里挣来，又在这里花掉——太像来去无痕的一晌欢情了，朝云暮雨，自生自灭，发生在哪里也无所谓。

好在，待到秋风乍起，天气变凉，济南一下子就生出些许变化来，总算如同早晚温差一样，感觉上多出一些层次了。比如，枯竭很久的趵突泉复涌就发生在秋天。那泉水从济南腹部里涌出来，开始若有若无，布着一层水汽，池面的空气里先蓄起细微的波波折折，如梦，有可视可触的超现实感。此前，我们已经知道的确有许多地面的水，被想方设法重新导入地下，再按照事先设计的路线，流回眼前。一连数年了，趵突泉好像一锅文火熬煮的清汤，翻卷出一层层清浅的涟漪，波向四周池边，也撩拨着天下人的好奇心。只是，偌大一个城市要拿出多少的人力、物力、财力，来保持与维系这一锅清汤？济南将自己的命脉与灵性，系在这一汪清池中，是不是一腔痴情妄想呢？偶尔，与友人谈及济南诸名胜，大家竟都不觉得跟自己有什么关系，更记不清有多久没游过大明湖，没登过千佛山，没观过趵突泉了。有人说，就这样朝九晚五的生活，换一个城市，大概也没什么特殊的两样吧。

也许，济南这个地方，需要待到离开它，才会觉出它不同于其他地方的种种的好。恰如陈词滥调里很俗套的爱。先前咬着后槽牙发了老半天恨声称要爱济南，到这会儿，却真正疑心那老舍下笔落墨写济南的秋天与冬天时，心里大概知道：他在济南不会长久住下来吧。

（曾刊载于《良友闲话》，亦载于散文集《烟灰变成天鹅绒》，
台湾秀威2011年9月出版）

鲁先圣

鲁先圣（1963—　），山东嘉祥人。中国作家协会会员。著有散文随笔集《持续地敲门》、《黎明的珠露》、《谁都可以创造奇迹》、《苍茫人生》、《智者的幸福》等。作品获孙犁散文奖、冰心图书奖等。

济南的桥

对于一个城市来说，不同建筑风格的桥，总是这个城市独特的风景。这些桥梁把宽宽窄窄的河道隔离开的城市重新连接成一个整体，是城市版图的骨节和纽带。

相比其他城市，泉城济南的桥自有其独具的魅力。因为，济南在黄河岸边，滔滔黄河到了济南城北变得舒缓而宽阔，济南北上必须走桥。北上京津的铁路桥自不必说，最让济南人骄傲的是黄河公路大桥。该桥于1978年12月正式破土动工，1982年7月建成通车，大桥由主桥和引桥组成，总长2023.44米，主桥长488米。桥有5个孔，其中最大跨径220米，是当时亚洲跨径最大的桥梁，在当时世界十大预应力混凝土斜拉桥中排行第8位。在大桥建成通车的时候，去黄河看大桥，一时成为济南人争先恐后的事情。

用一艘艘铁船和锁链搭建起来的几条黄河浮桥，则是黄河上有趣的风景。或开车，或骑车，或步行，到了河心，纵向欣赏滔滔而下的滚滚黄河的波澜壮阔，心中自会生起无边豪情。尤其是在酷热的夏天，站在浮桥之上，享受满怀的清凉，实在是人生美事。

当然，济南最富有情趣的，还是那无数的横亘在一个个泉眼边的小石头桥。济南之所以称泉城，在于她名扬天下的72泉。而这72泉，最终都自成小溪流向大明湖，每条小溪途经的街道胡同，自然是小桥相连。济南究竟有多少这样的小桥，实在无法统计。但是，小桥流水人家的别致情趣，却是漫溢在济南街巷里的无边风情。欣赏着玲珑别致的小桥建筑，聆听着叮咚作响的流水声，看小桥回波，亭榭探水，曲廊蜿蜒，山石挺拔，绿柳轻荡。凭栏俯瞰，诗情画意，令人流连忘返。

济南还有一处以桥命名的地名——解放桥，但是，现在那里却是个繁华的十字路口，寻不到桥的影子。很多济南人也莫名其妙，既然没有桥，怎么叫解放桥呢?

原来，在现在十字路口西50米的地下70厘米处，真有一座桥，这座桥的名字就叫解放桥。原来的解放桥很漂亮也很结实，但后来这座桥就消失了。这个地方原来有一条河，河的源头是羊头峪西沟，经文化东路和山师东路一直向西北延伸下来，从现在的和平医院附近穿过历山路，在水利厅附近转了个弯，与历山路平行，一直流到东泺河。这座桥开始是一座木桥，宽仅5米，因为是新中国后修建的，因而叫解放桥，历山路与解放路交叉口地带也因这座桥而被统称为解放桥了。1962年，市区发大水，木桥被冲坏，后来又在原址修建了一座石桥，名字还叫解放桥。解放桥的样子和现在的青龙桥差不多，但桥体不宽，比现在的青龙桥要窄很多。但是，随着城市的发展，后来修建历山路和解放路，河道被棚盖了，上面建起了各种建筑物，解放桥就从城市的视线中消失了，成为人们的情结和记忆。

看济南的桥，自然也不能不看城南山区的桥。距离城区10公里的仲宫大桥扼济南南部门户要冲，是从济南主城区进入锦绣川、锦云川、锦阳川风景区的必经之处。而走过大桥以后，进入任何一个风景区、峡谷内的河流上，必然是小桥回廊，雕梁画栋，给秀丽的自然风光增添了几分精致。

（原载于2011年12月8日《大公报》）

朱文兴

朱文兴（1946— ），江苏宝山人。教授，享受国务院特殊津贴。曾任济南市第十二、十三届人大常委会副主任兼市委党校常务副校长、市人大教科文卫委员会主任等职。著有散文集《游子吟》、《从长江口到黄河边》等。

泛舟游济南

乘船游济南护城河，领略到的是一个别样的泉城。

第一次环城舟游是前年八月中旬，陪同来济讲学的北大曹风岐教授夫妇游玩。我们从琵琶桥船站登上一艘画舫，刚落座，雨丝悄然飘落，雨中老城，分外宁静。船在朦胧的细雨中向西前行，雨点溅起点点白色水花，河面升起薄薄轻雾，两岸的亭阁、垂柳、游人在水中若隐若现，宛若仙境。

船过坤顺门桥后，一团绿意映入眼帘，岸边柳树纤尘不染，绿得醉人；来自趵突泉泉群的汩汩清泉，从西岸的石隙间泻入河中，水声潺潺，如闻仙乐。

拐弯北行，画舫穿过西门桥，河西岸原生态的景色吸引了曹教授。河面与西岸一般高，西侧河岸不用石头砌垒，奇石、垂柳顺势绵延到河里，好一派水在林中流、树在水中长的独特景观；最吸引人的是五龙潭公园里的泉水瀑布，在雨幕中更觉浑然天成，气势磅礴。平时我常与老妻到这里赏泉，对碧潭如镜、望穿秋水、龙潭观鱼的意境十分喜爱，却没想到雨中乘船观赏，意境佳心境更佳，五龙潭如同一幅水墨画，我们都像天宫中的仙人。

船驶过五龙潭船闸继续向北，向右一拐，穿过拱形的烟波桥，忽觉眼前豁然开朗，到了烟波浩渺的大明湖。盛夏雨中的大明湖，杨柳依依，烟雨蒙蒙，水天一色，水鸟啾啾，荷花吐艳，令人陶醉。

船到北极阁，雨停了，太阳又露出了笑脸。我们上岸向南远眺，千佛山清晰可见，山青水绿，垂柳环湖，呈现出“四面荷花三面柳，一城山色半城湖”的秀丽景色。游历过许多名山大川的曹教授夫妇触景生情，连声赞叹泉城风光之秀气。

第二次环城舟游是去年十月上旬，我和老妻陪女儿的婆婆、长沙来的亲家母游玩。还是从琵琶桥西侧上船，一路西行。这天，习习凉风透过画舫窗户吹进来，顿觉神清气爽，十分惬意。此时正是泉水丰水期，众泉汇流到护城河里，水势大，水位高，南门两侧的河面尤显开阔。透过船窗向外看，河水清澈见底，画舫前行中不断激起朵朵浪花，层层涟漪，但始终没有泥沙泛起。河底沙石中小泉眼不时冒出串串水泡，忽聚忽散，忽高忽低，如粒粒珍珠，玲珑剔透；绿茵茵的水草，鲜嫩鲜嫩的，秀色可餐；鱼翔浅底，水禽叽叽，两岸的柳枝垂拂到水面上，婆娑的倒影，亦真亦幻，婀娜多姿。在水乡汨罗长大的亲家母大发感慨：从来没有见过这么清的河水。我告诉她，济南护城河里的水是由黑虎泉、趵突泉、五龙潭、珍珠泉四大泉群喷出来的水汇流而成的，是一条泉水河，所以清澈得天下少见。

画舫转过西护城河和大明湖后，沿河汉纵横、拱桥似钩、亭台错落的明湖新景区前行，穿过鹊华桥，驶入小东湖，碧波荡漾，草长莺飞，岸柳拂水，我顿感仿佛回到了故乡江南。

向南拐进东护城河，这里更是潇洒似江南。河两岸有三米左右的实木栈道，从船上看栈道是一道好景，从栈道上看河也是一道好景。船驶入东护城河中段，东侧是一个小型的湿地公园，亭台水榭，依水而建，一棵棵垂柳生在水中，两个水车不停地转动，车斗翻滚起朵朵水花，孩子们挽起裤腿在尽情地戏水玩耍，整个护城河充满着动感。

第三次坐船游护城河是前年初冬的一个晚上，我应邀陪同从事城市形象传播研究的上海大学教授戴元光、东华大学教授褚云茂等环城舟游看夜景。

夜幕下泛舟护城河，两岸都是霓虹灯、连线灯勾勒出来的河岸、桥洞、亭台楼阁，水光交映，流光溢彩，仿若童话世界般的神奇仙境。内侧河岸的石壁上，一幅幅刻有济南历史人文故事和诗词的精美浮雕，在射灯的照耀下熠熠生辉。

当画舫穿过南门桥、坤顺门桥、西门桥和大明湖，返回到解放阁下、黑虎泉边时，这座千年古城的历史厚重感一直萦怀在我的心头。每穿过一座桥洞，都仿佛穿过了一个时光隧道，犹如在触摸济南的一段历史。茫茫夜色，遮不住这座千年古城的风貌，一个个历代济南名人仿佛浮现在我的眼前：任过三年济南相的曹操；当过齐州知州、修了大明湖北水门、治好了济南水患、有"唐宋八大家之一"美誉的曾巩；生于济南、曾在漱玉泉边梳洗吟诗的南宋著名女词人李清照；与李清照一起被誉为"济南二安"的南宋著名文学家辛弃疾；游历济南后写下小说《老残游记》，为济南留下"家家泉水，户户垂杨"美誉的晚清小说家刘鹗……虽然济南老城的历史的城墙已无影踪，但有护城河，有众多的济南历代名人名士，有鞭指巷、曲水亭、将军庙街等老街巷，历史文脉还在传承。

乘船游济南，美。

美在秀色，美在文化。不同的季节，不同的时间，每次舟游护城河，见的是一幅幅不同的画，听的是一曲曲不同的歌，吟诵的是一首首不同的诗。

（原载于2012年3月4日香港《文汇报》）

杨曙明

杨曙明（1956—　），山东济南人。曾任中共历下区常委、宣传部长，区政协副主席等职。著有散文集《岁月无痕》、《往事如风》、《流年似水》、《剪子巷走笔》和《心路不觉远》等。《流年似水》获得泉城文学奖。

相约护城河

通航以后的护城河，让我在外地人面前感到格外荣光，当然，为此感到荣光的不仅是我，还有所有的济南人。

济南的护城河与泉水相伴而生，清澈、灵秀、细腻、纯情，宽容、安逸、娇媚、恬静，且神清骨秀、风情万种。它不仅滋润了泉城的土地，湿润了泉城的空气，而且还美丽了泉城的容姿，净化了泉城的心灵。

护城河从诞生那天起就不曾寂寞过，如今喜欢它的人就更多了。它不仅吸引了众多的泉城人，而且每天都还映照出不少外地游客欣喜的容姿，且那容姿中最最闪亮的是羡慕的眼神。

清晨的护城河边是老人们健身的天堂，晨风轻轻，水雾漫漫，没有喧嚣，没有熙攘，只有静谧清幽的流水声响。白昼的护城河是游客的乐土，婀娜的垂柳，倒映的高楼，清香的百花，精美的画舫，构成了一幅幅清新秀丽的画卷，难怪初识它的外地人嘴里总是赞不绝口地“想不到、想不到”。傍晚的护城河是祖孙俩、母女俩、父子俩的乐园，更是情侣们相拥相偎的天堂，古韵古风的美景，唤来了幼童的嬉戏，唤来了情侣的私语。晚间的护城河桨声灯影，五光十色的彩灯，迷离倒映在水中，河水波光粼粼，游人亦梦亦幻。

“天下泉城”盛名于泉，泉是济南的根，泉水是护城河的源。世上的护城河有很多，而由泉水汇集而成的护城河却唯济南独有。他处没有我独有，这就是泉城神清骨秀、风情万种的护城河。

济南有四大泉群，其中的黑虎泉群、趵突泉群、五龙潭泉群与护城河亲密无间，就是那城中的珍珠泉群也不忍让其泉水流淌他处，非得在大明湖与护城河相聚。感谢大自然的恩赐，这就是济南卓尔不群、风光无限的护城河。

护城河边是仙境，护城河畔是乐园。琵琶桥下的戏水儿童，黑虎泉边的取水大哥，九女泉边的留影少女，观澜亭上的垂钓老者，解放阁下的游乐少年，凭栏眺望的外地游客，泺水棹歌的精美画舫，轻歌曼舞的自娱自乐，构成了一幅幅泉城民俗风景画。这风景画迷倒了无数的游人，醉倒了无数的游客。

护城河无疑是泉城最靓丽的风景线，一河连百景，玉带串名泉。从黑虎泉边乘上精美的画舫，沿着6900米长的护城河畅游，你会领略到泉城的无限风光。

在群泉密布的南护城河，铮铮淙淙的琵琶泉似在为你奏乐，莲花朵朵的五莲泉似在为你吟诗，状如玛瑙的玛瑙泉似在为你跳舞，黑虎啸天的黑虎泉似在为你唱歌，还有那金虎泉、九女泉、对波泉、白石泉等，伴着垂柳、松柏、荷花，伴着小桥、流水、人家，群泉起舞，婀娜多姿，且不知停歇。

画舫自东向西行驶到趵突泉边，在折头北拐时，但见趵突泉泉水带着情爱、携着灵气、唱着清歌注流入护城河里。清清的泉水映照着白云、垂柳和楼阁，潺潺的流水吸引着画舫、游客和你我。画舫到了五龙潭，但见清溪与瀑布交汇，芦苇与百花缠绵，尤其是那“清泉石上流，人在水上走”的景色更是令人心旷神怡。护城河的水面南高北低，画舫在五龙潭船闸内瞬间的骤降，让我似乎又找到了当年乘坐游轮穿越葛洲坝的感觉。

如今的护城河北段巧接了大明湖，画舫穿行在湖中，湖中的景色更是美不胜收。“四面荷花三面柳，一城山色半城湖。”新八景、老八景，高低远近皆美景。七桥风月、画船烟波、丹坊耀日、明湖泛舟、沧浪荷韵、汇波晚照、秋柳含烟、超然致远，还有北极阁、汇波楼、历下亭、小沧浪，“春柳夏荷秋月夜，明湖无处不多情。”环城游与明湖游的巧接，真可谓举世无双的巧夺天工。

在东护城河里，虽然没有多少泉，但却有杨柳吐絮、桃粉李白的春景园，有紫藤盘旋、绿杨榴林的夏景园，有枫叶如丹、水榭临风的秋景园，还有青松傲雪、蜡梅吐芳的冬景园。如今的人们特别迷恋氧吧，而护城河畔乃是世上质量最上乘的天然氧吧。

历经了悠悠岁月的护城河，好似一部厚重的历史书，记载了济南沧桑的历史。在这部历史书里，我读到了很多很多。

画舫在路经西护城河岸边的“五三惨案”纪念广场时，“警钟长鸣，勿忘国耻”的石碑让我想起了蔡公时。当年为了维护民族尊严和国家主权，他不畏强权，与日本帝国主义抗争至英勇捐躯。英灵已去，浩气永存。

画舫在经过东流水时，映入我眼帘的那座百年小楼，让我想起了王尽美、邓恩铭。曾几何时，他们为了救国于危难、救民于水火，废寝忘食，捧着护城河清凉的河水洗面提神。

画舫荡漾在大明湖里，当铁公祠映入我眼帘的时候，我的眼前仿佛浮现出铁铉矫健的身影。在明初靖难之役中，他率领济南军民矢志固守，致使朱棣久攻三个月而不能克，济南城得以保全。“燕王愤甚，计无所出”，而铁铉由此成为济南人民敬仰的“城神”。

画舫来到解放阁下，时光好似又回到了那年八月十五的前夜，“打进济南府，活捉王耀武”的吼声，伴着枪炮声不绝于耳，眼前随之闪现出英雄们不怕牺牲，前仆后继的身影。

沧桑岁月匆匆过，道似无情却有情。护城河还是那条护城河，如今虽然已经旧貌换新颜，但它的筋骨依旧，精神永恒。

护城河承载了济南深厚的历史文化，你从那日夜不息的流水里，可以看到“家家泉水，户户垂杨”，可以看到“海右此亭古，济南名士多”，可以看到稼轩祠、铁公祠、秦琼祠、清照园，可以看到李白、杜甫、曾巩、张养浩，可以看到《济南的秋天》、《济南的冬天》，可以看到泉城之春及夏日泉城，可以看到大明湖、趵突泉、五龙潭、千佛山，当然还可以看到济南沧桑的昨天、美好的今天和灿烂的明天。

高耸的泉标矗立在泉城广场中央，好像护城河的瞭望哨，不知疲倦地、日日夜夜与它相伴。泉标泉水护城河，济南人的骄傲，泉城人的自豪。

（原载于2012年3月22日《济南日报》）

山水历下情

但凡到过历下的人，都会羡慕它宜人可心的环境，依山傍水，山明水秀，山中有水，水中有山。

“历下”之名源于历山，历山之下名曰“历下”。

历山就是今日济南之千佛山，古时千佛山也曾别称舜山。从上古走来的虞舜，当年跋山涉水，在偌大的华夏九州，在众多的崇山峻岭，在无数的河川湖泊，慧眼独具，相中了历山之下，“历下”始大幸也。

“舜耕历山，历山之人皆让畔；渔雷泽，雷泽上人皆让居；陶河滨，河滨器皆不苦窳。”虞舜聚人气、尚良风，“一年而所居成聚，二年成邑，三年成都”，开启了历下的历史。

“敦厚、阔达、多大节”，这是元代学者程元对济南人的称赞，其实也是对历下人性格的概括。日常里，人们善用“精明干练”来称赞人之才能，用“诚实厚道”来赞美人之品德，对历下人而言，虽然不乏精明干练的气质，但他们性格中更多的还是纯朴、宽厚、仁义、大气，或许成因皆是舜德之潜移默化。因此，千百年来，历下人尤为敬仰这位上古贤圣。

历山之下多丽水，丽水之源多清泉。天下泉城盛名于泉，历下好似泉城的心脏，泉水好似历下的血脉。

“历下之泉甲海内，著名者七十二泉，名而不著者五十九，其他无名者奚啻百数”（盛百二·《听泉斋记》）。其实，历下的清泉不是“百数”，而是

“数百”，著名诗人孔孚有过这样的诗句：“若问济南的泉有多少，数一数天上的星星。”

历下古城乃济南老城，巴掌大的古城内，竟然拥聚了趵突泉群、珍珠泉群和黑虎泉群等百多处涌泉，莫说是九州无双，就是世上也为罕见。芙蓉泉、濯缨泉、杜康泉、金线泉、甘露泉、卧牛泉、漱玉泉、马跑泉……众多星罗棋布、千姿百态的清泉，或“泉涌上奋，水涌若轮”，或“泉似珍珠，成泡簇串”，或“泉沫纷翻、如絮飞舞”，或“吐珠如翠，泉花翻滚”。尤其是被誉为天下第一泉的趵突泉，“怒起跃突，如三柱鼎立，并势争高，不肯相下”（清·怀应聘·《游趵突泉记》），形成了“寰中之绝胜，古今之壮观”的胜景（北魏·郦道元·《水经注》）。

世上临河伴江的城市之水，多为穿城而过的外来水，历下的泉水则是“水自内而外出者，天下唯济城而已”（明·王象春·《齐音》），且不知疲倦，涌之不歇。郭沫若有诗：“地下汪洋水，形成趵突泉。珍珠随处涌，金线自然牵。”

没到过历下的人或许会以为刘鹗的“家家泉水，户户垂杨”只是文学描绘，其实，到过历下的人都晓得，那的确是历下人家真实而又恰切的写照。

泉是历下的根，是历下的魂，清冽、甘醇的泉水，滋养了历下人的身，滋润了历下人的心，让古老的历下永远清新而灵动。

历下之美，在泉、在河，那河就是泉水注流而成的护城河。

护城河与泉水相伴而生，集众泉之水，似古城玉带，清澈、灵秀、细腻、纯情，宽容、安逸、娇媚、恬静，且神清骨秀、风情万种，两岸婆娑垂柳，河中亭台楼阁，移步换景，好似历下的风情画廊。

清晨的护城河边是老人们健身的天堂，没有喧嚣，没有熙攘，只有那静谧清幽的流水声响；白昼的护城河是游客们的乐土，婀娜的垂柳，倒映的高楼，清香的百花，精美的画舫，构成了一幅幅清新秀丽的画卷，难怪初识护城河的外地人嘴里总是“想不到、想不到”地赞不绝口；傍晚的护城河是祖孙俩、母女俩、父子俩的乐园，更是情侣们相拥相偎的天堂，古韵古风的美景，唤来了幼童的嬉戏，唤来了情侣的私语；晚间的护城河桨声灯影，五光十色的彩灯，迷离倒映在水中，波光粼粼，忆梦亦幻，人间的美好陶醉了所有的游客。

甘的、雅的、俊秀的、灵动的护城河，不仅滋润了历下的土地，湿润了历下的空气，还美丽了历下的容姿，净化了历下的心灵。

历下之美，在泉、在湖，湖就是泉城的璀璨明珠——大明湖。

大明湖之于济南，犹如西湖之于杭州，秦淮之于南京，翠湖之于昆明。大明湖是现实的，也是历史的；是山水的，也是人文的；是景物的，也是文学的；是真实的，也是梦幻的。佛山倒影、丹坊耀日、汇波晚照、柳岸春深、画船烟波、明湖秋月、沧浪荷韵、遐园好音、历亭秋风、钟鸣蛙静，还有七桥风月、秋柳含烟、明昌晨钟、稼轩悠韵、竹港清风、超然致远、曾堤萦水、鸟鸣绿茵等等，皆是浓缩了的美景，浓缩了的仙境。

历下之美，在水、在山。在历下百平方公里的土地上，山占据了半壁空间。群山连绵起伏，壮美逶迤蜿蜒。展翅欲飞的燕翅山，佛峪春晓的龙洞山，山重水复的狸猫山，层林尽染的佛慧山，当然还有说不尽道不完的千佛山。

千佛山东西横列，景色秀丽，远远望去，犹如锦屏远列。山不在高，有仙则名，千佛山因为“千佛”壁立而声名远播。山虽不高，在历下人眼里却甚是雄伟；山不算大，在历下人心里却甚是奇伟。登高远望，群山相拥，明湖如镜，山水胜景间，绣绘出“齐烟九点”。历下人感念千佛山，因为它站在了南部群山最前端，呵护着历下，护卫着泉城，且日日夜夜，永恒永远。

历下的山不以高险称奇，却在俊雅清秀中隐逸着厚重的人文精神；历下的水不以浩荡称奇，却在清逸潇洒中演绎着非她莫属的独特韵致，饶是历下山水之胜，便成就了“山水甲齐鲁，泉甲天下”之美誉。

山拥着泉，泉吻着河，河偎着湖，山泉河湖绣绘出历下的山水情。

山水垂青的历下，得三大名胜之地利，为之或带来，或吸引，或衍生出至多赏心悦目的美景。

济南“老八景”之锦屏春晓、趵突腾空、佛山赏菊、汇波晚照、明湖泛舟、白云雪霁、历下秋风，皆在历下境内，就是那闲云野鹤般的鹊华烟雨，也只有站在千佛山上登高远眺，或站在鹊华桥上翘首望远，才能让人们欣赏到它秀丽的容姿。

如今的泉城美景数不胜数，从中脱颖而出的“新八景”，竟又让历下占据了半壁江山——趵突腾空、明湖汇波、历山览胜、泺水棹歌，它们是济南的骄傲，更是历下的自豪。

如此说来，让历下人觉得很不好意思呢，仿佛他们太过贪婪。其实，这怪不得历下人，要怪只能怪大自然的垂青和古往今来文人墨客的钟情与眷恋。

如今的历下，不仅在延续着自然美、人文美，同时还在继续着历史美、时尚美。特别是与水相生的泉城广场和与山相恋的“东荷西柳”，更是让历下的历史与时尚同耀光辉。

仁者乐山，智者乐水。古往今来，历下山水让无数文人墨客慕名而至且流连忘返。他们或在这儿漫游闲居、游山玩水，生发出“有心长作济南人”的感慨；或在这儿赋诗作画、雅集宴饮，每每“沉醉不知归路”。历下的美景赋予了他们不尽的灵感，由是便有了“济南自古是诗城”之说。黄庭坚的“济南潇洒似江南”、赵孟頫的“泺水发源天下无”，王象春的竹枝词，王士禛的秋柳诗，以及梁容若的《我爱大明湖》和老舍《济南的冬天》等等，都是赞美历下山水的诗篇，尤其是杜甫那句清雅隽永、千古流传的“海右此亭古，济南名士多”，更是让人们对历下山水悠然神往，憧憬无限，正可谓“柳枝拂墨香，写山写水写历下；荷叶托酒醇，醉人醉心醉半城”。

“四面荷花三面柳，一城山色半城湖。”造化神来之手，拈山划水，让历下的青山秀水相依、相连、相知、相拥，成就了山水历下的灵秀美景。作为一个生活在历下的济南人，我由衷地感念大自然对这方热土的无私馈赠，也由衷地感念历代名士先贤留下的文化遗产，此乃历下之福，济南之福，百姓之福。

（原载于2013年5月9日《齐鲁晚报》）

朱希才

朱希才（1959—　），山东济南人。多年从事教育和宣传工作。著有散文集《走进梦中城》。有作品获奖。

若无柳，还是济南吗

我喜欢柳树，尤其家乡济南那婆娑的垂柳。

早春时节，残雪依然、寒意料峭，那些不声不响的柳树就摇曳温馨最先报春了。姜白石诗云：“看见鹅黄上柳条”。“鹅黄”指柳的芽锥初萌，此可谓春色也。柳报春，春亲柳，皆是造化笔下的一幅风景画。至仲春二月，剪刀似的春风又悄然间在碧玉般的柳树上剪出满枝风姿绰约的细叶。更有那万条垂下的丝绦柔美无比，仪态万方，绿意可人。醉人的绿柳配上凝碧的春水，这北国江南的天下泉城能不如诗如画，春色撩人吗？

“家家泉水，户户垂杨”的景致，早已成为济南享誉世界的名片了。而今，柳树已为济南的市树，泉城无疑是柳树的大家园了。看那泉城内外、湖畔河旁、巷里山间，可谓绿柳林立，触目可及。或粗或细，或壮或弱，悄然，默然，却皆生生不息，勃勃不已。儿时在泉城之郊、黄河之畔就发现，当寒风与严霜使落叶的乔木变得光秃秃的时候，唯柳树的枝头，缀满暗绿的叶子，飘飘欲飞，诡秘奇幻。是留恋？是否定？是抗击？端直轻韧，别具意蕴。其姿其色，令人韬奋立志；那与大自然相生的气势颇有风格，有风格则立，则可爱。

后来，我搬到了城西腊山北侧的小区，楼南无遮无挡，窗下是绿树如茵的小花园，再南是整治一新的腊山分洪河景观带，最南是美如云屏的巍巍腊山。就在腊山脚下，分洪河旁，小区花园内皆植满了高低错落的垂柳。每年初春，寒冬尚未遁去，垂柳的枝条已渐变青柔，并悄悄生出俗称“毛毛狗”的鹅黄幼芽，精灵般小巧玲珑，煞是好看。那青，很淡，淡得淳朴安然；那柔，很静，静得悄无声息；那黄很浅，浅得娇嫩新鲜。有几缕风蓦地吹过，溅起柳的声音，如微笑，似交谈，像轻叹，若吟咏，美妙至极。清晨，嫩嫩的日光照在柳枝上，耀出柳的丽姿，宛若泉城少女闪动的睫毛，家乡父老扬起的春鞭；夜晚，皎洁的月光洒在柳梢上，映出柳的倩影，似易安居士卷风的垂帘，月宫嫦娥漫舒的广袖。如此泄漏春光之景致，虏人之情，俘人之喜，夺人之爱，生命进入另一番境界。观之赏之，常有“入禅”之感。置身垂柳丝中，繁枝闹暖，芽叶暗生，虫鸟悠韵，好不赏心悦目。徜徉其间，犹如携春而行，自己也不知不觉地灿烂起来。

今春三月去了趟北京，不经意间竟在天安门广场西侧及附近的街路上，发现了些许的柳树。虽说此时大有他乡遇故“树”之惊喜，可经细细端详，看那柳树谦谦恭恭的样子，又觉她颇有些“独在异乡为异客”的味道。忆及张恨水先生在《五月的北平》，老舍先生在《想北平》等名文中，写到花草树木皆谈洋槐、枣树、芍药、靠山竹等，是从未提及过柳树的。

回到济南情形则大不相同，只见遍城的柳树长得自由自在，舒舒展展，密密层层，蓬蓬勃勃。再想那刘鹗、孔孚等作家和诗人描写济南的作品，包括大书画家赵孟頫画的《鹊华秋色图》，是断不会少了柳树的。

四月初的一天，当我站在家中的阳台上，正读到古诗“岸容待腊将舒柳，山意冲寒欲放梅”时，放眼南望，但见巍巍腊山似黛色屏障，而那自山下直铺到窗前的却几乎全是鲜润的垂柳，翠柳丛中同时绽放着几株耀目的红梅，身着各色服装的市民或匆匆走过，或悠闲散布于绿柳红梅间，好一幅和谐静美的腊山绿柳图。观赏如读，久久凝视，我在此图中竟读出了新的内涵：都说一方水土养一方人，事实上一方水土也是育一方树的。一种树能根植于一个城市，且成为这个城市不可或缺的元素和标识，是要随着历史的演进与这个城市渐次达到深度融合的，抑或说是要与这个城市市民的心灵逐步相契合。由此，我更爱家乡泉城的垂柳了。

老舍先生说："设若没有泉济南定会丢失一半的美。"我要说：设若没有柳，那还是韵味十足的济南吗？而且泉城柳早已不是普通的树，她在长期浸润了济南文化的过程中，已充分蕴含并集中展现出了济南人的人性之美——朴实而又雅致，粗犷而又细腻，温情而又坚韧，古朴而又时尚。

（原载于2012年5月20日《山东青年报》）

赵 峰

赵峰（1965— ），山东平阴人。山东省作协会员，济南市作协主席团成员。著有散文集《就那么回事》、《混口饭吃》等。

遗憾的樱桃

我大爷爷和我爷爷是叔兄弟，是很和善的一个老头，从我记事起，他就老了。我家和他家是邻居，这种邻居不同于寻常邻居，其实就在一个院里，连围墙也没有。我们家在西边，院子稍大些，大爷爷就在东边，自己住着两间小趴趴屋。大奶奶我没见过，估计已故去多年了吧！大爷爷只有两个闺女，都比我父亲还大。两个姑姑虽然不是亲的，可我们丝毫没有感觉到。她们和我父亲就如亲姐弟一样，大爷爷看我父亲也如自己的儿子。每逢姑姑来了，我们招待她们根本就是和我的亲姑没一点区别。

大爷爷一个人，慈眉善目的让人觉得很是亲切。虽然那时没有多少美食给我们，可只要有点稀罕的东西总是自己不舍得吃，要给我家兄弟留着。在瓜园里摘个甜瓜啊，还有脆瓜啊，再有洋柿子什么的，都是用那块他擦汗的粗布毛巾裹了，带回家放在里屋的那张小桌上，等我们弟兄放学。如果不包一下恐怕在路上遇上抱孩子的，以大爷爷面不辞人的性格，估计就不一定带回家。为安全起见只能是包起来，或者用草帽盖上，或者藏在褂子下面。那些东西都不同的带有一些浓浓的汗味儿，我们却从来也没有嫌弃过，吃得还津津有味儿。看着我们在那里狼吞虎咽，大爷爷吸着烟，脸上却是满脸的笑。有时还不忘嘱咐句：慢着点，没有人跟你抢。

一个人住得习惯了，也养成了有事不求人的习惯。除了有大些的活，如修房屋，还有伐一些成材的树木，其他基本上都是自己单独解决。爸爸经常过去问一问有事没有？每次大爷爷都一脸笑地给爸爸说：忙你的，没事。他的掏井现在看还是有些发明创造的味道，有不少的技术含量。我们老家习惯种地瓜，秋收后的第一个问题就是储藏，一直要吃到等着来年的麦收，所以，地瓜井是户户必备的储藏室。本来也说好我家的地瓜井可以把他不多的地瓜一起放的，大爷爷觉得那样就是给我们添麻烦，增加负担，没有同意。他的地瓜井去年塌了，就只有掏一个新的。

他在井口扎了个架子，从牛车上解下一个木滑轮，拴在架子上，一个绳子用来做起降，另一根则拴在篮子的底部的木扎上，等土到了井口，就用力一拉，土就乖乖地被倒在井口的一侧。可等到挖到一人多深，不好直接用铁锨往外倒土时，铁锨就不够用了，那个吊架就派上用场。他一个人，在那里劳动，嘴里还不停地吆喝着：哈，把绳拉！哼，把绳松！那简单的号子里充满了无限的乐趣。我们放学回家，都来不及吃饭，就主动帮着大爷爷在上面倒土，让他的劳动也变得轻松了好多。他有时也在喊我们：快去吃饭，别耽搁了上学啊！我们就和没有听到一样，有的帮着倒土，有的帮着拉绳，尽量让大爷爷轻松些。

一脸土的大爷爷翻上井口来，水也来不及喝一口，就先到屋里拿出玉米饼让我们啃。还用他那块粗布毛巾给我们擦满头的汗水。说实在的那毛巾上的味儿有些刺鼻，还有他屋里始终有股说不清楚的也不知道是干粮发霉，还是有几只没有清理掉的死耗子，这是唯一让我们有些不敢在他屋里停留太久的理由。

大爷爷的东邻是个有些不太地道的人家，有些蛮横。他家的地基小，就把房子的墙明目张胆垒在了我大爷爷家的屋顶上，这在农村绝对是不可以的。莫说是这样的建房，两边你不留出滴水檐来都是不行。很多人家为此事伤了和气，造成邻里矛盾，有的甚至大打出手。这样的建房那真是欺人太甚，大爷爷却能容了，没事人一般。估计是因为大爷爷没儿子的缘故吧，另外，那时我们爸爸也尚幼。直到后来我们家继承了大爷爷的家业，在重新盖房的时候，才把这一历史遗留问题解决。

我对那家人也没大有好感，他家的鸡可以明目张胆到我大爷爷种的菜地里肆无忌惮地吃，辛苦几个月往往让他家的鸡鸭给生生地糟蹋了。大爷爷有时心痛得几乎流出泪来，就是不敢去质问他一声。有天，我们放了学，正是中午家里没人的时候，我准备了一堆的石头，三下两下就给砸翻了几只，其他的全都落荒而逃。大概有四五只一动不动地留在了菜园里。我一看，大爷爷回来肯定没法收拾这局面，就一人做事一人当的一直等到那家人回来，并一字一句地跟他家人说：再来糟蹋我大爷爷的菜地，你一只鸡也别想活着。如期归来的大爷爷看着我一脸的恐慌，如同我闯下弥天大祸一般。我爸爸也看不惯，虽然也说我两句，更重要的也给对方以警示说：也真是不像话，没有这样欺负人的。再这样，你家死多少鸡，我不负责。

真的是人善人欺，马善人骑。从那他们家就买了网子，鸡鸭全都罩了起来。对大爷爷的态度也转了个大大的弯儿，知道我大爷爷有我爸爸，还有我弟兄三人呢！

我读初中的时候，大爷爷病重了，很快就下不了床了。我只要放学，就会挨到他那有些刺鼻气味的床前，跟他说几句宽心的话，大爷爷的话明显的没了气力，说话都是断断续续的，全是褶子的脸上尽管还是一脸的慈善。说几句话就要大喘几口：俺，孩子好，好好上学。我知道他是在夸我，夸我这个给他扬了威的孙子。

他故去的那时，我没有在他身边。当我回到家时，亲戚们都哭成一片。我爸爸是独子，没法跟他打幡送葬，那时我奶奶还健在，就让我三弟替代。他寂寞了半生，一个他没有看到却可以想到还算气派的葬礼，他应该是满足的。

后来听我姑姑说：大爷爷在弥留之际说了句最大的要求，我姑姑问他：你想吃点什么啊？大爷爷竟然脱口而出的是：我想吃口樱桃。让所有的在场的人都惊讶不已，他竟然有这样不切实际的大胆想法，让见过些世面的爸爸也始料不及。樱桃在70年代初的乡村是多么遥远的一种幻想啊。我直到去县城读高中的时候，才从一首民歌里知道：樱桃好吃树难栽。樱桃是个什么样儿，竟然是无从想象。我第一次吃橘子，是我在县里读高中时，竟然是壮了半天胆，在县蔬菜公司买了两个酸掉牙的绿皮橘子，那种不可名状的感觉至今弥留于心，最重要的还是负罪感，那时能花钱买橘子吃真的算是很奢侈的。

现在，在我所居住的这所城市南部山区，前几年从胶东引进了大批的樱桃，近几年年年都丰产得很，一度成为市民争先恐后去体味采摘的好去处。我也经常光顾座座青翠的山，也经常在那晶莹的红和灿灿的樱桃前发呆。有时吃一点，也没大有什么感觉，有时弄得多些，就容易忘掉了，几天想不起就烂掉了，拿出去倒掉也没了心痛的感觉。樱桃已经走得和我们很近，大爷爷早年的遗憾竟是我们今天不费吹灰之力就可以触及的。

2012年6月1日

王绍忠

王韶钟（1947— ），本名王绍忠，山东章丘人。曾任章丘作协主席、文联副主席等职。著有诗集《豆花雨》、《牡蛎集》、《春雷集》、《凌风集》、《得月集》、《洪钟集》、《赤子情思》、《绣江情》、《行吟集》、《王韶钟诗歌选》等。

登云踩雾觅“天珍”

黎明时分，弯曲有致的山道上一派清爽恬静，只有草丛中的蛐蛐儿仍在比试歌喉、亮嗓竞唱。国槐、白杨的枝杈上，夏蝉的空中舞台也拉开了帷幕，一曲曲长歌短吟，随着山风向山野扩送。我们一行三位登山觅宝人，攀岩履石、牵藤扯蔓，依次向翔凤山巅攀缘而上。

昨夜下了半宿大雨，下半夜雨歇初霁，云雾蒸腾。乳白色的平流雾在峪底缓缓流淌；升腾雾则紧贴着峭壁悄悄爬高；飞翔雾就像百米竞赛一样，你追我赶，捷足先登，竞相占据了峰峦翠崖。个别的块状雾跟粗心大意的冒失鬼似的，脚下稍不留神，便跟头骨碌地滚下崖顶、沉落溪涧……领头的是采药师傅福胜伯，人称“飞毛腿”，爬山越谷是每天的“常修课”。他不住地提醒我们说：“要留意，安全就在脚下……”

县城中医院的退休“郎中”魏主任是此次觅宝采珍的发起人，理论上有一套“拿手戏”，一路上他不住地叮嘱：《药草百味》上说，人参、灵芝这些山珍，就像通人性一样，躲在云栖雾歇的地盘落脚滋生，喜好潮湿温润、背阴通风。说它珍奇倒不如说它怪异，它长命高寿，但生长迟缓，一年顶多长高二指。

拐过松石峰、攀上虎头岩，太阳刚露脸便热腾腾的闷热，酸枣树上、荆棘棵上的蝈蝈儿撅腚腆肚、毫无顾忌地拼力吼叫不停，我身穿的短袖汗衫早已溻透了半截。我家祖辈世居在这山旮旯里，出门峪沟为巷，岭碧崖翠、奇松倒挂，看山是“四扇屏”；涧溪流泉、叮咚拨琴，听山是“音乐宫”。若说行云踏雾、采山挖宝这还是头一遭。我压后阵向前递话说：“二老，喝口水歇歇脚吧！”

乘凉处有一株一搂粗苍古郁劲的唐槐，虬曲横逸、枝干交织，向西舒展，低垂的杈丫间，悬挂着丝丝接地的藤蔓，牵连着数张残破不全的蛛网，呈现出悠长岁月、人迹罕至的景象。“再往上，八成就是人参、灵芝的‘根据地’了。”福胜伯蛮有把握的断言。

我们起身继续向山颈处攀登，垂首俯视，云朵、苍鹰在脚下翱翔；仰视前方，有两棵树冠相连、身躯紧挨的“鸳鸯柏”。树下是一丛碧枝玉叶的杂树，苍老遒劲与青葱鲜嫩相映成趣，对这两位山林中的耄耋“寿星”，福胜伯产生了浓厚的兴趣。他绕着树身转悠、打量了两圈，便在树东侧弓腰曲背、垂首拨草。蓦然，惊喜撑开了他的眼帘，笑意爬满了面颊。“找到了——真的。”福胜伯喜不自禁的吆喊。魏主任闻声凑过去一瞧，连连点头称道：“好大的一株，有20多年药龄了！”只见在一簇婆婆丁中间，傲然耸立着拇指般粗细、顶端似乎爆绽着六七瓣的“蘑菇”。就跟如意一样，红中泛紫、紫中透亮、鲜活娇嫩、媚态动人。我幼时曾听老辈人讲过《白蛇传》中青蛇上昆仑盗灵芝仙草的神话故事，而今，神药竟活脱脱、水灵灵地呈现于面前，真令人喜浪溢怀、眼界大开！

魏主任笑容可掬地说：“这种药和咱‘约会’，有缘分！”他从药篮里拿出采药铲，手脚麻利地把灵芝生长的基土清除干净，刨到离地面有半尺深的样子，福胜伯轻扶住灵芝顶端，魏主任慢慢晃动根部，猛使劲便把灵芝拔了出来。毫发未损、完整无缺，就像一蓬丹红、鲜亮的艳葩托在了掌心。

据《药草百味》记载：灵芝仙草能清心养神、祛灾化疾。再加上物以稀为贵，这就注定了它的神奇妙用和昂贵身价。福胜伯神秘地笑着说："民间传说这种神药有三分灵气、七分仙气，有财气、有福气的人才会和它相逢、见面。"我接过话茬说："今日，咱爷仨不就是福气厚重的人嘛！"

我们三人乘兴又在附近垂首寻觅，半个钟头后，魏主任便采了半篮油绿茁壮的中草药——丹参苗，我则在树根下挖了一满筐嫩生生的山菇松蘑。福胜伯心满意足地说："'不入虎穴，焉得虎子'，下回我们再向山顶进发！"

今年春天，《科技日报》载文说，每十亩园林一昼夜可吸收2000公斤二氧化碳，能释放出1000公斤氧气。这里老树新枝、绿满云崖、植被茂密、重叠丰厚，是一个天然、绝妙的大氧吧，是一处碧泉四溢、芳草如茵、绿色环保的原生态景区，更是一所奇花满岭、异卉遍布、价值万金的药材园！山里人家应该感谢这功在当代、利在千秋、退牧还林基本国策的馈赠，更不能忘怀封山育林、绿满山壑、维护生态平衡、营造健康驿站的利民良方的惠泽！

（原载于2012年8月3日《济南日报》）

陈　莹

陈　莹（1963—　），笔名莺歌，山东长清人。山东省作家协会会员，济南市作协理事。现供职于长清区国家税务局。著有散文集《醉人的微笑》、《春天对秋天的致意》等。

女儿树

随着一阵嘹亮的啼哭，一个孩子降生了。

哦，是个漂亮的女娃子！

从这一天起，一件庄严的婚姻大事，不，应该说是家庭大事的筹备工作，就隆重开始了。女娃子的父母满怀欣喜与期盼，在大门前虔诚地栽下一棵幼苗——香樟树，这是父母送给孩子的第一份人生大礼。

在江南，无论城市还是乡村，香樟与梧桐是随处可见的两个树种。如果你在一家门前看到了新植的梧桐，那么这户人家多半是刚刚诞生了男孩。这不难理解，“家有梧桐树，引来金凤凰”嘛！而门前那株稚嫩的香樟树，则是专为女儿所种了。为什么？因为过去江南的女子出阁，再穷的娘家也要陪嫁一副樟木箱子。因此，香樟树一般是与女孩儿相伴成长的，当女孩长到十七八岁，香樟树也刚好够做樟木箱子的材料了。于是，那些腿勤嘴甜的媒婆，就会瞄着那玉树临风的香樟，一个接一个，一趟接一趟，牵着红线登门造访喽。

香樟树属于亚热带常绿乔木，树皮比较粗糙，但树干笔直挺拔；树冠多呈球形状，枝繁叶茂，绿荫匝地；叶色四季翠绿，如少女的眸子一般鲜亮；黄中带绿的繁花，在初夏时节盛开，摇曳着一树清香。香樟能够吸烟滞尘，涵养水源，固土防沙，美化环境，是优良的行道树和庭荫树；江南民间既把它当作景观树，又视其为“风水树”。有些城市确立香樟为市树，满城郁郁葱葱，常年馨香飘逸，市民好福气啊！香樟的根、茎、枝、叶，都能散发一种特殊的樟脑香气，防虫杀菌有奇效；人们用于防蛀的白色晶体“樟脑丸”，就是从中提炼而成的。除此以外，樟脑还广泛应用于医药和化学工业，贡献大矣。樟木的品质最值得称道，光滑柔韧，耐湿抗腐，纹理致密，硬度中等。用其制作木器，省力省工，久不变形，是雕梁画栋、船舫车轿、名贵家具、雕刻装饰的理想木材。把衣物放进樟木箱子，就好比将果品放进了保鲜柜，可以长期保持清新洁净，而不必担心被蠹虫咬蚀。所以说，女儿出嫁之时，樟木箱子就成为娘家陪送的首选了。

我多次去过江南，听当地人说，旧时陪嫁的樟木箱内，须放三件东西：梳子，被子，绣花鞋。梳子，是希望女儿将自己打扮得漂漂亮亮，以打动和拴住丈夫的心；蚕丝被里，要装缝进枣子、栗子、桂圆等干果，寄托着家人对新娘子“早立贵子”的祝愿。最要紧的，是在临上轿前，要给新娘穿上绣花鞋，再由新郎将脚不沾地的新娘背上轿去——意味着“嫁出去的女儿泼出去的水”，娘家的一粒尘土也不让女儿沾走。

我对陪送梳子和被子的习俗，表示理解和认同，独对“嫁女泼水”之说存有异议。我更愿意这样解读，梳子暗含了“舒心顺意”的祝福，蚕丝被里缝进了家人的温情与牵挂；而簇新的绣花鞋，当为喻示女儿迈好人生关键一步，未来的日子光彩锦绣。

如此说来，香樟树就是名副其实的“女儿树”了。这棵树，不仅是女儿未来的嫁妆，而且还是女儿俏丽的影子，更是女儿一生的护身符啊！香樟树在一寸一寸拔高，女儿幸福的砝码也在一天一天增加。当幼苗渐渐成材，就成了与世间万物具有平等意义的生命。正是在这个生命成长的过程里，培植她的人萌生了想象和追求，享受到了快乐和幸福。在父母的眼里与心里，女儿就是世间最美的一株香樟树。她枝干的舒展，如果需要肥沃的土壤，那么父母情愿腐朽在她的根下；她花冠的盛开，如果需要晶莹的雨露，那么父母情愿飘零在她的枝头。

香樟树的长大，实际上是与植树人的衰老在赛跑呀！我常想，站在自家门口，抬头看见香樟树青翠的剪影，正在晴空中舞蹈，或在云翳里飘摇，渐渐老去的父母该是什么感觉呢？眼睛可能有点儿湿，喉咙可能有点儿硬，但是五脏六腑里，一定会涌起蚕丝般柔软的暖意！这修颀华丽的女儿树呀，应该是世上最纯洁、最浪漫的物种了，应该是人间最贴心、最温情的生灵了。

我最近一次去南国，是在梅雨时节。南方的天，孩儿的脸，细雨飘忽不定。我喜欢在雨幕中凝视香樟树，看那雨丝执着地穿透翠绿的树叶，再顺着翠绿的树干浇到根下。香樟树一次次摇落满身的雨滴，展现在天地之间的，永远是青春的活力与生机——我禁不住被仪态万方的香樟树所感动，久久地感动……

（原载于《时代文学》2012 年第 8 期）

孟宪杰

孟宪杰（1954— ），山东章丘人。曾任章丘市市长、市委书记，济南市委统战部长、济南市政协副主席等职。著有散文集《生命里的村庄》等。

村　子

村子是我童年、少年时代的伙伴。

他的坟头儿在村庄东北角的那块墓地的东北角。坟前没有石碑，没有花环，只有一人多高的茅草，疯长着。距坟不远处，是其生前住的那间小屋，只是更加破败，而且由于公墓逐年扩大而变得更加孤单、凄凉。幸好，小屋那边，有几株白杨树。

每每来到这里，心都隐隐作痛。村子生前和死后，就在这两百米的范围内。这是他最后十年里全部的活动空间。在这里，有他撕心裂肺的疼痛，是我所知道的。有他与那几百座坟茔终日相对的郁郁寡欢，是我猜想的。有属于他的那份生命欢乐，是我希望的。

夕阳里，坐在村子房前的石凳上，我点了支烟，村子慢慢向我走来。

一

那天傍晚，夜幕笼罩了大地。村庄、树木、庄稼，都变得模糊了。鸟归林、人回家。无边的田野上，我和村子每人扛着一大捆草，沿着村东边那条河边小路，艰难地前行着。地里扑扑棱棱的动静和坟地滚动着的鬼火，惊得我头皮发麻。战战兢兢对村子说，把草放到路边，明天再来扛吧。村子坚决不愿意，他说，牛像你我一样，也要吃饭的。不扛回去，牛要饿一后晌肚子，你忍心吗？跟着村子，咬牙前行。

清楚地记得，那轮挂在树梢的黄澄澄的月亮；河水，闪着亮光欢快地流淌；天际闪现的一颗硕大的星星。无论如何忘不了的是，村子肩上的那座“草山”，黄澄澄的，晃动着，跳跃着。

这童年的印记，定格在脑海中，并随着年龄的增长越来越清晰。

那一年，他 10 岁，我 12。

二

我和村子，在同一胡同里。他住那头，我住这头。小我两岁，自记事起，就形影不离，是最好的玩伴。我上课，他就在教室外的原野里逮蚂蚱、油葫芦，是公认的逮虫好手，闪躲腾挪，极其灵巧。每每我放学，他手提战利品——几十串用狗尾巴草串着的蚂蚱、油葫芦，一起回家。于是，每晚，都能尝到至少两串、村子娘焙的香喷喷的“战利品”。两年后，村子上学了。我们一起上学，也一起下学。但很快，同学说，村子在课堂上一点点也不灵巧。他一上课，就打盹。自己也说，没有一次课是囫囵听下来的。有一次，老师提问“四加五等于几”，他在全班同学面前罚了站。这对村子的自尊心，是一次重大的伤害。我清楚地记得，那天中午，一起回家，他满脸不高兴。问，也不吱声。下午，同学当着他的面告诉我，他被罚站了，村子羞愧难当。自那以后，每每放学，都和他一起做作业。村子的记性特别好，而算术能力真的不好。等我到镇读初中时，他辍学了。

知道他辍学，我专门去找过他。那时，他正在猪圈里侍候一窝猪崽儿。暖暖的太阳底下，他拿枝条轻轻地划脊背上有花点的母猪，为其挠痒痒。白母猪安静地躺着，十几只小猪蜂拥而上，吮吸着乳汁。村子说，母猪太痒了，不给它挠，就安静不下来，小猪就吃不上饭，这么一挠，大猪、小猪都舒服。他哈哈笑着，一点也不在意失学。

还是谈起了上学。他说，也许真的不是读书料。不高兴读书，读不进去。现在挺好。

听说，村子离开学校的那天，特别找到班主任、每个任课老师，分别鞠了一躬。

那时的人，还不知道读书、上学、农转非，会给人带来怎样的转折和变化。他父亲说，不愿意念，就不念吧，反正也闲不着。

村子彻底失学了。

三

那场饥荒，几乎是一夜间逼近了，大家突然意识到，没有粮食吃了。于是所有人，都在寻找吃的。正是在这个时候，村子展现了他的智力和耐力。

最初，他总是能从生产队已经刨完的地瓜地里再刨到地瓜，能从刚发芽的榆树上，摘下翠绿的树叶，能从冰凉的河里抓两只毛蟹，或者从枯了的湾底，捉到一盆泥鳅——当端着一搪瓷盆泥鳅，在人们面前走过的时候，村子像个得胜还朝的元帅。

村庄外边是条带给我无限回忆的小河，河水清澈见底，游鱼细石，历历在目。河那边是个硕大的湾，湾里的水是从河渗透过来的，生产队在湾里，种了莲藕。绿荷叶、白荷花，一圈柳树，是最动人的风景。

饥饿刚开始威胁时，没人打过莲藕的主意，因为是集体财产。但是，下霜以后，榆树叶、柳树叶，甚至杨树叶，光了；野芹菜、荠菜、苦菜等，枯了；河里的鱼蟹，越捉越小，终于捉不到了；村子最先发现可以挖到泥鳅的泥塘，翻了个底朝天，连狗都闻不到泥鳅味儿了，严峻的冬天来临了。于是，湾里的莲藕，成了村民注意的目标。但冰冻水深，怎么挖？队委会讨论后决定，谁有能耐谁挖，谁挖到了算谁的吧。

全村倾巢而出。

乡亲们砸开冰，跳进湾里。没半小时，都哆嗦着爬了出来。乡亲们，已经被饥饿折磨得弱不禁风，哪还能经得住这刺骨冰水的侵袭。上牙下牙，哆哆嗦嗦地说，在水里冻死还不如在被窝里饿死呢。

只有村子没上来。大半截身子泡在水里，脸呈酱紫色。肩膀上下抖动着，是用脚在淤泥里寻找莲藕。当意识到踩到时，一脚一脚地将莲藕踩出。单脚钩住莲藕，往上一送，倾斜身子，抓住，一支莲藕便举出水面。岸上的一片欢呼。村子却脸色铁青。

救命的莲藕啊。

以后，从初冬到初春，几乎每天，中午的时候，湾里，只村子在捞莲藕。没有竞争者，通常带着一只竹筐，有时捞满半筐，有时捞一筐。提着那白胖的藕瓜、穿过村庄时，吸引着那些羡慕、嫉妒的目光，村子多么骄傲啊。

也是在这个时节，几乎每天晚上，都能享受到村子一个煮熟的藕瓜，像享受一串串蚂蚱和油葫芦一样，每每要看着我吃完，才肯回家。那样认真、倔强，一声不吭。

四

饥饿的阴霾终于散去，人们不再为饥饿而心惊肉跳了。太阳底下，胡同口边，人们会聚一起，拿着黄灿灿的窝窝头，有滋有味地咀嚼着。供销社里，五毛钱一斤的大油，只要起个早排队，就可以买到。偶尔一顿改善生活的白面汤，使我们宛如神仙。所有这一切，都清楚地表明，生活正在逐渐好起来。但就在这个时候，村子的父母，因病先后离去，村子一下子成了孤儿。也正是在先后送走了双亲后，村子告诉我，腿坏了，挽起裤腿，看到他肿大的膝关节。又过了几个月，村子查出了风湿性心脏病。终于躺到床上，站不起来了。

村子曾报名参军，体检时，因膝关节而淘汰。招收筑路工人，也曾应征，同样原因未如愿，恼恨得不得了。他意识到，那救命的莲藕也是要命的。抱怨爹娘，撒手西去。也恼恨周围人，为什么不提醒？

村子在床上躺了整整三年。是赤脚医生救了他。赤脚医生用几根银针、一些草药使他重新站了起来。尽管，瘦骨嶙峋，但毕竟站了起来。

吃了三年生产队救济的村子，不愿意继续成为集体的累赘，要队长给安排点活儿。队长让他去当副饲养员。已经有两个饲养员了，给他们做帮手。就是在石槽前添水，加料，搅拌，一天七分工。村子感激涕零。当然知道，一个健全的能干的，一天也就是十分工。社员，对这样的安排没有意见，相反，觉得唯有这样最恰当。

出于对集体的感激，村子在副饲养员的位置上尽心尽力。那天，我回到村庄，特意到几里外的饲养棚去看他。远远地，看到那一排房子，房里透出一片橘红的亮光，我的心暖暖的。村子不在房间里。我走进饲养棚，看到昏黄的灯光下，几十头牲口，头相对着，分两排，咯嘣咯嘣咀嚼着，和着脖子底下传出的铜铃声，交织在一起，此起彼伏，透出一种平和、温馨和温暖。村子一手扶着拐杖，一手添加食料。面容愉快，目光里盈了慈爱。

听到动静，村子转过头来，看到我。说，我算计着你该来了。我问，又添牲口了？他指了指不远处的两头牛和一匹马，说，两头牛是大黄和二黑生的，这马是小玉生的，瞧，精神着呢！

我看你也蛮精神的。

他说，人不干活不行。和这帮畜生在一起，好得很。畜生好得很，我也好得很。

五

村子在那年年底，扣除了所有开支，拿到了他平生赚过的最多的钱：86块5毛3分。把钱用红布仔细包裹起来，套上塑料袋，压在枕头底下。曾经问我，这笔钱应该怎么花？

是啊，怎么花，真是一个大问题。

粮食是分的，菜是种的，这都用不着钱。房子，集体的，有集体，就有饲养棚，有饲养棚，就有住处，这点没人争。被褥衣服，全是救济的，这些年一分钱没花。病有合作医疗，也用不着钱。养老，更不用操心，有五保户制度。一人吃饱，全家不饿。

琢磨来琢磨去，没花钱的地方。

找队长，说，这钱还给队上吧。队长说，你不欠队上的，谈什么还？你养的牲口，大家伙儿都看得见，这是你应得的。又说，那捐给队里吧。队长说，生产队那么多不瘸的，会要你的捐款？笑话吗？队长说得有道理，于是作罢。

从队长家出来，路过代销店，走进去，对老郭说，买二斤最好的糖。老郭问，给谁啊，这么多？

称吧。

称好了，将要打包，从秤盘上抓出一把，分给老郭和来买盐买酱油的姑娘、媳妇们。

装好了，两包，一边的衣口袋里一包，出了门。沿路看到铁锁的孩子，摸两块给他。碰上四哥的孩子，摸了三块。工夫不大，身后就聚集了十几个孩子。十几双眼睛紧紧盯着他的鼓胀胀的口袋。冲着他甜美地笑着，把糖块一再地塞给，从孩子眉开眼笑中，得到欢乐。

但，还余 85 块钱呢。

想来想去，决定拿 30 块钱给二大娘。自娘离开后，洗洗补补，自己弄不了的，全是二大娘帮忙，也只在二大娘这里，才能感觉到母亲般的关爱。好说歹说的，终于把钱留给了二大娘。

居然还想到要给我钱。那天，去饲养棚看他的时候，他从枕头底下拿出了塑料袋裹着的红布包，拿出 20 块钱，说，这些年，没少吃你的，也没少喝你的，更不用说你从镇上、县里给我请大夫了，这 20 块给孩子买点吃头吧。

我抑制不住眼泪，接过来，放回红布包，说，我吃过你多少蚂蚱、油葫芦，多少藕瓜啊。那时候一块藕瓜，是用钱买得到的吗？

六

再见到村子，他已经搬到面前这间小房子里来了。

农村大包干，人民公社没了，生产队没了，饲养棚也就没了。那几十匹牲口，被社员们兴高采烈地牵走的时候，没人注意到躲在饲养棚边住了20年伤心垂泪的村子。

队长找了大队干部，把村子安排到眼前的这间小房子里，看管公墓和树林。

在村子搬到这里的最初几年里，我经常来看他。

这间日渐衰败的小屋前面，有葫芦架、丝瓜架、葡萄架。后面，有几畦韭菜、几畦蒜苗。三四十只鸡，一条本地黄狗，忠实地看护着。这就是村子的生活环境。衰败的破屋西墙上，如果挂一无弦古琴，葫芦架旁，如果再种上几十株或黄或白的菊花，俨然陶渊明的世界了。

我喜欢这一切，现实中的和我所想象的。

葫芦架下的石桌、石凳，是我俩常常相对小酌的地方，他唤鸡呼狗，骂鸡骂狗，有他的乐趣。我远望南山悠悠，近看草木枯荣，有我的乐趣。共同追忆起少小时代的欢乐往事，或开怀大笑，或怦然心动。都有这样的感悟，那时候，尽管好像什么都没有，却从不缺少快乐。

我的官越做越大，距离村庄、村子却越来越远，联系也越来越少。周围的人，深似豪门、厚如城墙，只村子和他的这间破屋，清白如水、明白如镜。

当我再次回到家乡的时候，乡人告诉我，村子竟然死了，是自杀。

一天深夜，北风呼啸。村子被伐木的刀斧声惊醒。爬起来，借着月光，看到有人在盗砍树林。大怒，拄上双拐，要出门，屋门被反锁了。扯开嗓子大喊，用烧火棍敲打铁锅。村民说，隐隐约约听到叫喊，也听到了铁棍敲打铁锅的声音。但没人出来。

心虚的盗贼们，当然听到叫喊和敲打声，他们挑破塑料布窗户，扔进来一把尖刀和一百块钱，恶狠狠地说，你要敢说出来，就要你的命！

天亮了，风停了。小屋打开，看到心爱的树，被砍个精光。派出所来了，一副冰冷的手铐带走了村子。一番问讯，竟认定村子是“里应外合、监守自盗”。因为在小屋内找到了百元大钞，而村子说，那是盗贼扔的。

村子觉得，没办法说清，也许还觉得没有尽到护林责任、没别路可走，于是，拿起农药，喝了。

五天之后，公安再来提审村子，发现村子已经冰冷了。

二大娘等关系最近的人和村主任等，在整理遗物的时候，发现了村子的遗书和账本。

遗书说：“这边的事，我说不清楚了，到那边去说。我和他们不是一伙的。”

账本上密密麻麻地记了很多：

> 五月子，8 月 10 日拿走鸡蛋 10 个，没给钱；
> 狗生娘，割走韭菜两捆；
> 张主任说镇上来人，带走两只大鸡；
> 欠卫生室药费 35；
> ……

会计算了算，欠别人的和人家欠他的相抵，村子还剩 85 块钱。

有人说，村子死得不明白，往来账目却很明白。

我听了，说，村子死得有什么不明白？办案的，如果对我们的群众有点感情，村子也不至于喝药。

村子走了，越走越远。他所生活的时代，也越来越远。眼前的这间小屋，已经是历史陈迹。我能够做的，是用笔，记录下村子这样的小人物的生活。而记录村子这样的小人物的生活，我以为，就是记录历史。

（原载于《生命的村庄》，百花文艺出版社，2012 年 9 月）

张 成

张 成（1968— ），山东宁阳人。山东省作协会员，《联合日报》社委委员、总编助理兼文化中心主任，山东省将军书画院副院长，民盟山东省委文化联络委员会副主任。诗歌入选《山东30年诗选》，散文入选《1978—2008山东30年散文选》。

谈“善”

《三字经》劈头一句，“人之初，性本善”，小子认为，这句话有问题。初出生的婴儿，懵懵懂懂，还没有自我意识，怎识善恶？所以小子觉得，这句话改为“人之初，性本真”比较妥当。

人之初，性本真。一切都处于真实自然的状态。饿了就吃，困了就睡，高兴了就笑，不舒服了就哭，你看，多真实，多自然。大耳朵老子说“复归于婴儿”，小子认为，这婴儿的状态，还真不容易复归呢，否则就会被人骂为弱智了。哈哈。

一个婴儿，长大后可能变成善人，也可能变成恶人。所以《三字经》又说，“性相近，习相远”，这倒没错。因为后天的教育、环境的影响不同，人的发展方向就会不同。这后天的环境，牵涉社会生活的很多方面，兹不赘述。总之，这是人生价值观的修炼问题。

小时候听评书，小子常听到这样的话：“上天有好生之德，贫道有向善之心。”意思是说，我不愿杀你，你快投降吧。这又牵涉到善的方向性问题，对本家、本族、本国、本集团有利的，就是善的；有害的，就是恶的。所以毛主席他老人家很英明地说“敌人拥护的，我们就反对”。小子认为，这就是善的方向性问题。一件事情，对敌人是善的，对自己就是恶的。西方人更扩而大之——“他人即地狱”。其实任何话语都有一定的适用范围，超过这范围，就是谬误。“没有永远的朋友，也没有永远的敌人”，“度尽劫波兄弟在，相逢一笑泯恩仇”，这敌对关系，不是绝对的。国与国、家与家、人与人，敌友关系是可以转化的，那么，善恶的标签也是可以转化的了。因此，这是一笔糊涂账。小子认为，人类还应该超出这敌友关系之上，遵循一个普世价值。什么是普世价值？西方人讲的“自由、博爱、平等”是，孔老夫子提倡的“己所不欲勿施于人”也是。总之，从人类的立场出发，整个人类所共同认可的价值，就是普世价值。符合这个价值的，是大善，是更高层次的善。

这就又牵涉到中国传统文化的核心问题，即“仁”。“仁者爱人”，“爱人者，人恒爱之”。儒者修行的是内圣外王之道，“达则兼济天下，穷则独善其身”。如此，便可达到康有为所说的“人理至公，太平世大同之道也”。当然，康南海“人理至公”的大同盛世是一种理想境界，因为他睁开眼睛看世界了，但看得还不够真切。这个问题到费孝通才有了一个比较完满的解决，这就是他提出的“各美其美，美人之美，美美与共，天下大同”。

这就又提出了一个概念：美。什么是美？小子认为，和谐即美。一幅画，一个人，和谐了，就美了。哪个地方看着不顺眼，就丑了。李泽厚把美分为自然美和社会美两类，认为社会美是真与善的统一，真是内容，善是形式。自然美此处不讨论。小子认为，就社会美而言，真是自然状态，善是方向规范，美是真与善达到和谐统一的一种高级状态。就像一个小沙弥，他的“真”即他的自然状态是“人”，打坐参禅是“善”，最后修炼成大德高僧是“美”。

这“美”，又千差万别、千姿百态，所以要“美美与共”。管你是佛教的、道教的、基督教的、伊斯兰教的，管你是中国的、美国的、希腊的、俄罗斯的，我们这许多种“美”和平共处，我们“和而不同”。这样才能达到“天下大同”。

啰唆了这一通，小子无非是想告诉诸位同学，小子也存向善之心，愿把这点心得体会拿来与诸位同学分享，也愿大家都成为一个向善之人。当然“大德高僧”不是一日修炼成的，君不闻诸葛亮的老板刘备曾说：“勿以恶小而为之，勿以善小而不为”，同学们，从现在开始，日行一善，“三省吾身”，努力吧！哈哈。

（原载于2012年12月21日《联合日报》）

郭光明

郭光明（1964—　），山东济南人。现供职于历城教育局。系中国散文学会会员、中国大众文学学会会员、中国当代文学研究会会员、济南市作协全委会委员、历城区作协副主席兼秘书长。著有《心灵隽语》、《一窖浓郁的陈年美酒》等。

老　屋

有人说，老屋是酒，越久越醇；老屋是书，总想让人翻读；也有人说，老屋是夜空中的一颗星，总在护送着远行的征夫，激励他排难前行。我不知道曾经拥有过，或者说，现在还拥有老屋的人，面对老屋，有什么样的感慨，有什么样的感触；也不知道他们是否品出了老屋的酒香，读出了老屋的故事，更不知道他们是否在那颗星星的庇护下，踽踽独行。我只知道我每每回到老家，面对三间砖瓦结构的老屋，总有一种莫名的酸楚。

我家的老屋，建于“挣工分”的年代。

为了建起这座屋，全家人省吃俭用了好几年。至于怎样省吃，如何俭用，现在记不真切，只记得大锅底上的那口七印铁锅，连续三个月没漂过一朵油花；记得做饭时，拿一根木棍，跑到邻居家，在人家的锅底下引着后，紧赶慢赶地把火种带回家，再引燃柴草来做饭，为的是省下一根火柴；还记得父亲进城倒垃圾时，每次都要捎回几块旧砖头，母亲用攒下的鸡蛋换来几片瓦……当时的新房现在的老屋，窗户是窄窄的，屋檐是矮矮的。我不知道那时人们的思想，是否与窄窄的窗户一样“窄小”，是否与矮矮的屋檐一样“浅陋”，只知道盖屋那天，全村的男男女女丢下手头的活儿，一齐地聚在了“工地”，各类帮手一应俱全，而每个人脸上溢出的喜悦，不亚于自己家添了喜事儿，全不像现在的人，一脸的冷漠。

老屋建起的那年，我才九岁。

记得暑假中，父亲带着我们兄弟姊妹用地排车，到三十多里地的石灰窑拉石灰时，每遇到上坡，他总是诙谐地说：世上没有无缘无故的上坡，也没有无缘无故的下坡，有上坡就有下坡，有下坡必定有上坡。而他的这句调侃，却磨砺了我的毅力，并记在了心里，以至于在成年之后，还时时拿出来“把玩”，把玩每一次的成功；时时“晒”出来思索，思索每一次的失败。而我也在成功与失败的交替中，在气馁与喜悦的轮回中，把父亲的调侃，打造出了“宠辱不惊”“闲庭信步”的心境，从而在人生的路途中，无论变动几何，诱惑几多，都陶醉于这种心境中，使自己的心灵恬静而淡然。

老屋建成后，母亲在窄小的窗台前，摆上了一张破旧的三抽桌，并在桌子的旁边，横上了一条同样破旧的凳子，她说这里就是你读书学习的地方。那时的我，并不知道读书是为了什么，只知道坐在这张三抽桌前，母亲就不会唠叨，父亲也不会指使我干活儿，尽管他们已经十分劳累。直到我考上大学，才体味到是这张不大的破桌子，给我拓开了一方宁静的空间；是这条长长的破凳子，让我体味到苦与甜的交换。

那年的秋天，寂寞了一个季节的风，突然爆出了冷酷的面孔。它无情地剥下了秋天万紫千红的衣裳，也让老屋前那棵梧桐树，早早地枯秃在寒风中。由于寒潮来得早，来得也快，空空的屋门，窄窄的窗户，仿佛成了一个个无底深洞，吞噬了一家老小的温暖。为了抵御寒风，母亲用旧报纸糊住了屋门、糊住了窗户。谁知没过几天，易碎的旧报纸就被刀子般的寒风撕裂出了一道道口子，把躺在病床上的父亲，冻得瑟瑟发抖。即便如此，父亲还是颤巍巍地从荷包里摸出几张毛票，几枚钢镚儿，告诉母亲：买几块玻璃，安在三抽桌前的那扇窗户上。从此，我独占着一线“光明”，独享着一丝温暖。我想，这一线的“光明”，一丝的温暖，也许就是一笔极其宝贵的财富，成为我后来人生路上强有力的基础和支撑。所以，我非常感念老屋里三抽桌前的那扇窗户上的“玻璃”。而我也在这样的暗调与光明、悲凉与温暖的交融中，矗立起了一种超拔的意向和精神，不断地在黑暗中追求光明，在困境中超越自我。

前几年，曾经的新房，现在已是墙皮脱落、门窗腐朽的老屋。我几次与母亲商量，想推倒它盖一座宽敞明亮的房子。母亲总是用一句民谚和我开玩笑。她说：与人不睦才劝人盖屋，俺与你又没有深仇大恨，干吗要你去盖屋？再说了，屋是老了点儿，但冬暖夏凉，住起来舒服。我知道，母亲不是不想住新房，而是对当年的盖屋，到现在还心有余悸，因为房子盖好后的那年，母亲憔悴得如风中的落叶，父亲瘦得似夏衍先生笔下的“芦柴棒”。而母亲还是恋旧的。父亲去世多年，她总是说，在老屋里能看到父亲的影子。

如今，老屋如同一群着装时髦的少女围观的老人，还独立于青砖红瓦的一座座小楼中，让人感到时过境迁，但我每次回到家中，却总能闻到大锅底里飘出的亲情，感受到斑驳的墙壁上散发出的温馨，总能听到墙皮上脱落下的传奇与故事……

（原载于2012年12月13日《联合日报》）

刘荣哲

刘荣哲（1963— ），山东济南人。中国作家协会会员，山东省作协第六届全委会委员、山东省作协散文专业委员会委员、中国铁路文联理事、中国铁路作协理事。著有短篇小说集《无目的旅行》、散文集《灵知的领地》、《人事感思书》等。

长城，被一个村妇的泪水冲塌

3月17日，登济南长清大峰山。

接近大峰山山顶，先是见到许多散落的片石，再就是片石堆起的石垛。这就是古齐长城的遗迹。近山顶处，有一段保留完整的城墙，有城门，有箭垛。不过这长城与北京、山海关的长城不一样，那里的长城是砖砌的，这里的是用石头垒起的，没有任何黏合物。沿着长城，有许多片石堆起的方的、圆的房屋样的东西，多数坍塌了，里外长满了灌木和草，这是当时的兵营。

山沉寂着。山上多柏树，柏树枝叶紧凑，即使强风吹过，也没有声响。山下是旷野，旷野中散落着几个小乡村。

这段长城始建于春秋时期，距今2500多年，是当时齐国为防御鲁、楚及中原各国的军事入侵兴建的，比秦长城还早490余年，是中国建筑年代最早、规模宏大、保留完好的一段古城墙。

出于思维定式，睹物总要思人。在如此荒郊大山上，一群人一块一块地搬运石头，垒起这座城墙，日日夜夜地守护着这段城墙，想想都觉得悲壮。当年有无战事？将士们如何生活？山自然知道，而山无心；石自然知道，而石无情。当年的事情，连影子都找不到了。却意外找到了一个女人的故事。这个女人竟然是孟姜女。

城边立一石，上刻“孟姜女哭长城处”。另一处立一石，上刻“孟姜女问路处”。

孟姜女的故事，经许多专家学者的考证，断定源头在齐国。故事最早见于《左传》，记录的是一位叫杞梁的将领阵亡了，他的妻子要求齐庄王到家里去吊唁。后来，经过反复演绎加工，越来越故事化、戏剧化，演化成为孟姜女哭长城的故事。若按时间、地点推算的话，哭倒的也应该是这段齐长城。但后来把故事搬到了秦长城上。

大凡故事，多是按人们的心态需要出现、定型的，往往与实际无关。所以，有没有孟姜女这个人，孟姜女哭没哭长城，并不重要，重要的是有孟姜女这个故事。

细数中国古代有名的妇女形象，孟姜女无论如何是不能忽略的。

心灵自有心灵的市场，有它的长销品和畅销品。世世代代的人们都在这个市场上选择自己的所需。人的功名心不限于活着，总幻想着死后也在心灵市场占位。像“流芳千古”之类的热词，无非就是想长期占有心灵市场的广告，表达的就是想把自己的名声打造成名牌、在后世的心灵市场上长销的欲望。其实是，在当代心灵市场上炒作一番，博得个畅销，还容易；若在历史的心灵市场上长销，确实不易。

千万的筑城者和守城者没有被记录。我曾在一个冬天去过嘉峪关长城，联想过冰天大野祁连山下当年的守军如何艰苦，那里也有对当年驻军情况的简单记录，我用照相机拍下了，但没有记住。好多惊天动地的、艰苦卓绝的事，并不被心灵市场看好，过去了就过去了，没人再提起。孟姜女一直在历史中泪水涟涟地立着，自然是心灵市场需求的结果。

中国古代妇女品牌，各色各样，满足着心灵市场的不同需要，长期被“消费”着。妈祖、泰山老奶奶、西王母等神仙，神通不亚于任何男性神仙，一直是被人们的宗教情怀、敬畏情结供奉着。西施、杨贵妃，美丽绝伦，却又与国家的衰亡联系在一起，生不逢时，人们以既羡又叹的心态来作为长久的谈资。潘金莲当是淫欲的象征，她的色让男性垂涎，她的恶让男性痛恨，让很多男人很纠结，既恋又怕，是男性世界需要品读的尤物。花木兰，既英勇又妩媚，既成熟又天真，那是把孝与忠、刚与柔和谐地集于一身的最完美的形象，对家庭来讲，谁不想有这样的女儿、姐妹？于国家来讲，哪个帝王不希望有这样的女战士？所以千百年来作为正面的形象被德育消费着。

孟姜女与上述妇女不同。不管后来神化成怎样的美女，其实本质上都是一个村姑、普通农妇。与所有农妇一样，上有公婆，下有姑弟；家里也应该有那么一块土地，院里也应该养着鸡鸭牛羊。她应该操持着农耕，织布缝衣。她作为一位女人，需要男人的肌肤之爱，做一些上帝让做的快乐的事；作为一位妻子，她需要自己的丈夫不离身边，支撑起一个家。她向往丈夫砍柴或打猎归来，大口吞咽着自己送上的饭菜；她向往丈夫在田地里挥汗如雨，抱起自己送上的水罐一口喝干。她想与丈夫多生几个子女，甘心情愿地为这些子女付出，倾尽天生的母爱。下雨的时候，她要看着丈夫爬上屋顶修补漏洞，雨停的时候重砌倒塌的围墙。她需要丈夫抡起胳膊，打走欺辱她和她的子女的小流氓。她也向往回娘家的时候，丈夫扶她骑上毛驴，自己背着礼物，走进自己过去的村庄，让乡邻们看着眼热。她是一个最普通不过的农妇，没有大局观念，不知功名利禄。她不求丈夫当什么英雄将帅，她只要求自己和丈夫，像公鸡母鸡、公狗母狗一样天天厮混在一起。天黑的时候，自己家的灯温柔地点亮，在灯下一边缝补衣裳一边和丈夫闲谈。早上太阳升起的时候，在充满怪异体味的屋子里，盘算着一天的生计，打开门窗，体力充盈地从事劳动。她是最接近大地最接近生活的那种女人。所有的普通妇女，都能从孟姜女身上找到自己的影子。因此，当被国家抢走了丈夫，她的心痛，也是所有普通妇女的心痛了。因此，孟姜女站在长城上痛哭的形象，其实是弱女之躯与坚固城墙的对峙，是儿女情怀与残酷战争的对峙，是小农意识与国家大业的对峙，是有情与无情的对峙——总之，是私情与国情的对峙。在这种对峙中，谁强谁弱，谁胜谁负，不言自明。百姓们虽然在现实中服从于权势和大局，在心里却不认账，于是，让孟姜女的泪水，把长城哭塌——唯有如此，人们才找到了一种心理平衡。一个村妇的泪水不可能松动一块石头，但世世代代所有的村妇的泪水汇集起来，就波涛汹涌了，什么样的城墙都挡不住了。

于是，坚固的长城，经不住孟姜女泪水的冲击，经不住孟姜女的哭号的震动，哗啦啦倒塌，出现了一个大缺口。缺口处，站着瘦弱的孟姜女。她也可能低着头，想从石头的缝隙中找到丈夫的遗骨，也可能仰望远方，希望看到丈夫的亡灵。这个缺口，是一个具有讽刺意味的微笑，这个微笑，是冲着那些王朝来的。这个缺口，对万里长城来讲，仅是一个小小的伤痛，但失去了丈夫的孟姜女，心中的缺口有多大？她的伤痛有多大？在孟姜女心中的缺口中，绵延着的应该是瘦弱的长城，这条长城远远不如她的丈夫高大。孟姜女的故事，深藏的是国家和人民的共同悲剧，里边有着不可调和的矛盾。国家和百姓都在此纠结着，这也许才是孟姜女故事的生命力所在。

（原载于2013年5月27日《中国艺术报》）

韩石山

韩石山（1947— ），山西临猗人。中国作协会员。曾任《黄河》杂志副主编，中共清徐县委副书记，山西省作家协会副主席，《山西文学》主编。著有长篇小说《别扭过脸去》，短篇小说集《猪的喜剧》，中篇小说集《魔子》，散文集《亏心事》，评论集《韩石山文学评论集》、《李健吾传》、《徐志摩传》等。

刻在心底的记忆

我的相册里，有一张旧照片，每次翻到这儿，不由得要多看两眼。前些日子，为找一张与妻子的合影，又打开相册，又翻到那张旧照片，又呆呆地看了起来。

照片是过去的老二寸，本来该是四四方方的，下面多出一些，成了稍显长方的样子。多出的地方，印着“济南大明湖公园”几个字，“济南”和“公园”小些，“大明湖”三字是那种扁长的美术字，居于“济南”与“公园”之间，显得格外醒目。照片的画面，是我与另外两个同学，站在大明湖畔，背后隔着一泓水，是个亭子（该是历下亭），还有几棵树，树的大半，叫我们三人的身子遮住了，看见的是高耸而茂密的树冠。左下角的湖水上，有几个洋码小字：“68．6．1”。

我之所以喜欢看这张照片，有个不便为外人道的原因，就是这张照片上的我，年轻时的我，太帅了，用现在的话说，该是“酷毙”了。清秀的面庞，挺拔的身材，蓝制服敞着怀，露出白衬衫，右臂下垂，左臂微曲，手中握着一个白色（实为淡黄色）的礼帽型的小草帽。浅色西裤，裤缝笔直，脚穿蓝网球鞋，双腿一前一后错开。

只有我自己，知道那确实是我，给了旁人，说了多半不会相信。

这是我年轻时，留下的最靓的一张照片。两年后，大学毕业，投入社会，成了一个乡村学校教员，此后几十年为生计奔波，枯黄消瘦，直到今天，成为一个肩塌腰陷，年近七旬的老翁。

这就要说到，我们是怎么到济南的了。

熟悉中国当代历史的人应知晓，一九六八年夏天，大串联早就停了，不会有借串联之机来济南一游的可能。可是他们不一定知道，那些年大学里的运动，是怎样一张一弛进行的。一九六八年夏天，正是那个弛的空儿。复课复不了，军宣队和工宣队还没有进校，几千人的学校，除了一日三餐，人人闲得没事干。另外两个同学，跟我并不是一个系的，中间那个叫崔巍，中文系，右边那个叫王光明，政治系。相同处，都是一个年级。上面的毕不了业，下面的升不上来，念了三年，还是一年级。我和崔巍是好朋友，崔巍和光明是好朋友。是崔巍提议，我们三人一起去山东的泰山走一趟。

怎么去？谁也买不起票，只有用大串联时练下的扒火车的功夫。

途中小有闪失，大致还叫顺利。回来的路上，还在德州停了一晚，由我父亲安排我们三人的食宿。家父解放初期起，从部队转业到德州监狱当管理干部，我小时候，还随母亲在德州住过几年。

在济南游大明湖，是去泰山的路上，还是回来的路上，有那么两三年，连我也弄糊涂了。此番，根据我裤子上的折痕还大致笔直这一点判断，当是去泰山的路上。回来时是比较狼狈的，带的那点钱，差不多快花完了，不会有闲钱买那个济南出的小草帽，也不会在大明湖畔照这么一张像。

这么多年了，还记得初到济南，游大明湖的印象。

在济南一下车，那老火车站，先让你心生敬意。不是多么大，也不是多么高，是那仿欧式的建筑，又经历了岁月的磨洗，几分典雅，几分沧桑，调配得那么恰好。跟济南一比，太原的火车站，真是太单薄，太寒酸了。

往前走，更绝。不宽的一条街道，两边全是法国梧桐，杈桠相交，绿叶披覆，清水漫过的街道上，晃动着滤下的斑斑光影。问过逛早市的老人，经指点，拐进旁边的一条小巷。怎么拐的，早就忘了，不过，确实记得走过一段石板小路。当时还曾想过，揭开一块石板，说不定会冒出一股泉水呢。

不多远便到了大明湖畔。“文革”期间，公园里不怎么热闹，多的是外地人，景色也有几分凄清。纵是如此，到了历下亭前，我们还是被这古亭震撼了。“海右此亭古，历下名士多”，多平实的话语，蕴涵的又是多么厚重的人文历史。崔巍不愧是中文系的，读过《老残游记》，说，可惜现在听不到白妞说书了。

湖边有游船，光明说，来一趟不容易，该坐坐船，我说，同样是花钱，还是照张相留念最好。就在照相前，我在公园的小摊上，买了后来握在手里的小草帽。崔巍也觉得我的小草帽俏皮，在趵突泉公园照相时，便到了他的手上。

到趵突泉公园，已是日上三竿。原以为，“趵突”者，一定会像马尥蹶子似的，不住地往外喷水。到了跟前，竟看不见冒水的地方。待游人指点，才看见一方高耸的石块旁，有涟漪微动，似有若无。后来知道，不是泉水干涸，实在是我们来得不是时候，盛夏时节，水量最少，若是秋季，当是另一番景象。

纵然如此，一点也不遗憾。不说这泉水了，就是周遭的建筑与景观，也足够我这初来者观赏留恋。那些厅堂，那些长廊，都是那样的古色古香，一点也不亚于苏杭的什么园林。若论古趣，似乎还要更胜一筹。漱玉泉旁，竟是李清照的故居。想想吧，暮春时节，女词人就在这儿，一面款款而行，一边念叨着她那流传千古的名句，该是何等美妙的景象。

我要找的一张照片，是前两年，去济南开会时，与老伴在泉城广场上照的。《大众日报》搞一个活动，主其事者是逄春阶先生，我说我老伴没来过济南，他大方地说，一起来吧。会议结束后，他说老嫂子先前没来过济南，一定要去去新建的泉城广场。

出报社大楼，乘出租车，不多会儿便到了。一看眼前的景象，我傻了眼。广场之大，设计之新，配套建筑之现代，之雄伟，均出我想象之外。六月天气，傍晚时分，游人甚多。直到我们都走累了，才到了趵突泉公园。时间还早，接下来又去了大明湖。泉池堂榭，湖光水色，还是旧时模样，因了周边环境的改观，反显得小了些，也更精致了些。这种感觉，我在国内许多名胜之地，都曾有过，不独此处为然。

老伴赞赏不已，我亦诺诺应和。明知新景好了许多，对我来说，难以抹去的，还是早年那刻在心底的记忆。

如果说我当年看到的大明湖与趵突泉，如清纯的少女，惹人爱怜，而今的景致，则如华丽的贵妇，让人惊艳也让人倾倒。平心而论，这变化乃时代使然，谁也勉强不得，谁也阻遏不得，只是我仍期盼着，这贵妇的内心，仍有着少女的情怀，这贵妇的举止，仍有着清新的风韵，便是两全其美的绝佳好事了。我相信，今后的大明湖，今后的趵突泉，定会是此等模样，此等韵致。

（原载于2013年6月7日《河北日报》）

厉彦林

厉彦林（1959— ），山东莒南人。著有诗集《都市庄稼人》、《灼热乡情》，散文集《春天住在我的村庄》、配乐散文集《享受春雨》等。作品获冰心散文奖。

萤火虫

那是2011年的一个夏夜，天气闷热，我陪妻子踏着皎洁的月光，在地处济南高新区宿舍西院里散步，突然发现草丛中有微弱的光在闪烁，约明约暗的。鼓鼓掌，那小小的亮点竟然飞到了我们的身边。是萤火虫？仔细一看，的确是尾巴亮着绿莹莹“小灯笼”的萤火虫！那场景，让我们兴奋不已，至今难以忘怀。

萤火虫是一种能发光的萤科甲虫。她对生活环境非常挑剔，只喜欢植被茂盛，水质干净，空气清新的河边或农田。她好像是灵敏的报警器，能够精确地显示出生存环境的优劣。

在我的记忆里，因有了流萤飞火的装扮，恬静的乡村夏夜平添了几分温馨而浪漫的韵味。晚饭后，村民喜欢扛着苫子，到生产队摊晒粮食的场院里打地铺，乘凉、闲谈、睡觉。天一黑，也不用人招呼，村里男女老少，就三三两两地拿着麦秸或竹篾编的凉席，摇着蒲扇，热情地相互打着招呼，陆续聚到场院里。有的小孩子性急，为了赶热闹，来不及吃完饭，手里还握着馒头或煎饼卷就往人群里凑。那时候田野里有狼，狼的叫声令人毛骨悚然，大家自动分好地盘，女人带着孩子通常在较靠里的位置，麦秸做的苫子贴着路边紧挨着竖着排开，再铺上毯子，地铺就打好了。小孩子们最兴奋，从这个铺跳到那个铺，又喊又叫，追逐打闹，笑声传得很遥远。

阵阵凉风吹走了夏夜的燥热，天南地北的闲谈消解了一天的劳累。草丛里的昆虫此起彼落地吟唱着，偶尔，有萤火虫挑着灯笼飞过。我喜欢靠在家长身边，听着大人们拉呱、讲故事，看着天上行走的云朵，数着天上闪烁的星星。看着云彩变幻着形状，看着月亮在云中钻进钻出，不知不觉进入梦乡。

我对萤火虫的美好回忆，是从儿时捕捉萤火虫开始的。盛夏的夜晚，我和小伙伴们经常在小河边的青草棵里玩耍，伴随着我们的嬉闹声，萤火虫尾巴一闪一闪的，在空旷黝黑的夜空中舞蹈着、飞翔着。我们边鼓掌还边唱儿歌：“萤火虫，萤火虫，找媳妇打灯笼，飞到西飞到东，忽忽悠悠做美梦……”伴随欢声笑语，场院的上空飞来了萤火虫，孩童们像追梦似的在星空下奔跑、追逐，奋力地追逐捕捉。用芭蕉扇扑打，萤火虫会忽上忽下地躲避。有的萤火虫被打晕，落到草丛里，尾部还烁着荧光。捉住它，带着草尖上的露水一起装进瓶子里。眼睛紧紧盯着瓶里一闪一闪的萤火虫，回想着场院里老人讲的故事，说萤火虫是天上美丽的仙女变的，如果她围在你身边、落到你头上，将来就会娶到美丽贤惠的媳妇。有时干脆将蚊帐放下，旋开瓶盖，放出这些小家伙，让它们用微弱的光芒装扮着这块小天地，照亮我童年那数不清的梦想。随着年龄的增长，我又知道了《车胤囊萤》的故事。当时我在热浪滚滚的暑假依然能坐在昏暗的灯光下，经受住了汗流浃背虫叮蚊咬的煎熬，如饥似渴地静心读书。

其实，萤火虫无时无刻不在创造大自然的奇观，给人们的生活带来无穷无尽的乐趣。据说，马来西亚有条“萤火虫河”，大量的萤火虫依附在雪兰俄河两岸的树丛里，在夜色降临的时候，形成极其美丽和罕见的自然景观。还有资料记载，新西兰有个如梦如幻般的“萤火虫洞”，成千上万的萤火虫在岩洞内熠熠生辉，灿若繁星，有人将这种奇观称为世界第九大奇迹。而日本还举办世上独一无二的萤火虫节，在炎热的夏季黄昏，把笼中的萤火虫放出，任其自由飞翔，人们可与萤火虫一起嬉戏，天上的月光、星光与飞动的萤光和湖水的波光，交相辉映，扑朔迷离，美不胜收。

只可惜，在我们不断追求物质富有、现代文明的同时，那五光十色的灯光，参差林立的高楼，川流不息的马路，喧嚣嘈杂的噪声，随意排放的污水，过度喷施的农药……悄然破坏了恬然、温馨、原生态的自然环境，给萤火虫以致命的打击。

夏夜，当我们坐在桥头，摇着大蒲扇，听孩子们吟诵杜牧“银烛秋光冷画屏，轻罗小扇扑流萤。天阶夜色凉如水，坐看牵牛织女星”的诗句时，却再也找不到萤火虫那惹人喜爱的小精灵的身影了。没有了萤火虫的飘忽闪烁，轻盈曼舞，这夏夜显得单调和沉闷，缺少了飘动的浪漫和童趣。孩子们眼睛看到的是高楼大厦，霓虹闪烁，听到的是繁弦急管，汽笛争鸣，哪里还有一方属于他们自己的天地，哪里还能看到湛蓝透彻、萤火飞舞的夜空？缠绕在我们这些做长辈的心头的不仅是失望和后悔，而且还有悲悯与忧思。

人与自然和谐，滋养童真梦想。田野、河畔、草丛……曾经留下了许多自然天使倩丽的身影。无论是城市还是乡下的孩子，那一双双纯情明亮的大眼睛，渴望见到那充满天真童趣的萤火虫！

（原载于 2013 年 6 月 15 日《人民日报》）

陈　忠

陈　忠（1960—　），出生于济南。中国诗歌学会会员、山东省作协会员、山东散文学会副秘书长、济南市作协主席团成员、副秘书长。著有诗集《在夜的旷野上》、《二重奏：羽毛一样轻舞》（两人集）、《漂泊的钢琴》等。《漂泊的钢琴》获济南市首届泉城文艺奖。

月光里的曲水亭街

一

月光，清朗朗的，静静地泻在石板路上。

夜微凉，丰盈的月亮已升到青色的屋脊上。一袭夜风拂过，顿觉一缕浓郁的桂花馨香扑鼻而来。和秦先生漫步在狭窄的西更道街上，散淡地聊着，不知不觉，就曲径通幽到了曲水亭街南端。

眼前豁然开朗起来。

一条潺潺流淌的小河，泛着清冽的莹白之光，一路向北蹚行而去，经过两座横卧于小河之上的小石桥，便流到了北端的百花洲，再继续前行，就一头扎进了碧波荡漾的大明湖。这条明净极了的小河，占据了半个街道。夹岸有两行依依婆娑的垂柳，街两边多是青砖灰瓦，斗拱门楼的四合小院或独门独户的临水人家。移步向前，便见河底丛生着数尺长的长叶水草，嫩绿而茂密，因受水流经年的压力而偃卧着，齐刷刷向北漂荡着。若在白日，还会看见有小鱼小虾在水草间游来弋去，那旁若无人的悠闲，看上去很是惬意。

我们驻步在刘氏泉边的古槐树下。

曲水亭街，是一条完整保留着老济南“家家泉水，户户垂杨”韵味的古街，它是繁华都市里的一处清幽之地。我告诉秦先生，这条裹挟着月光前行的小河，是从珍珠泉群和王府池子汇流过来的泉水。河水，一年四季，都是活泼泼的，给临河的居民带来了生活上的方便和闲暇假日里的安逸。这里，常见有光着屁股的孩童在河里玩水，有大姑娘小媳妇或蹲或坐在河边的石阶上淘米，捣衣，洗菜，涮拖把，也有老人用塑料桶打上水来，用来浇灌门前的茉莉、月季、蔷薇等花草或带回家去泡茶之用。尤其是到了夏天，这清凉的河水，不用你弯腰伸手去汲水，就会顿觉全身清爽。倘若，你坐在河边，将脚丫子伸下去，一边撩水，一边被柳丝拂着脸颊，顿时会使你浮躁的心情立马变得无比惬意起来。而到了冬天，一脉活流的河水，便会升起水汽，烟雾缭绕一般，远远看去，好似一幅写意的水墨画。

这真是一块千金难得的风水宝地，清水潺潺，垂杨依依，短桥横水，不由得让人想起那句“人家尽枕河”的诗句。秦先生自言自语道。说毕，将目光停留在刘氏泉边西面一间民宅的墙上，那上面高高地钉着蓝底白字的街名牌，上书“曲水亭街”。

秦先生言道：济南的灵秀与古逸，散漫与朴野，在这条一重水色的街上，体现的真是恰到妙处。我走过很多旅游城市，没见到过一条像曲水亭街这样集泉、河、洲、池皆备的街道。由此我想到，济南的泉水，是独一无二的，这不仅仅是因为在一座城市聚集着上百眼的泉，更独具天下的，是这里的泉水不像江南富家园林里的泉水，也不像皇家园林里的御用泉水，济南的泉水是平民之水，穿城绕郭，遍及大街小巷，不分豪宅与民居，随地涌出，与市井百姓休戚与共，滋润出了一城的意境与神韵。

二

月光凫在水面上。

曲水亭街静静的，几丝柔柔的风吹拂着，岸边人家的灯光，倒映在水中，把一河荡漾着涟漪的碧水，摇曳得清冽怡然。一地薄明的夜霭，散了开来。月光下的柳梢、石桥、亭榭、石板路都像镀上了一层水银似的，多了一些朦胧，多了一些神秘，这份朦胧的神秘给人一种遥远。

秦先生的目光抚摩着街西百年老院的大门，轻语道：你们济南人真是不会享受，在这美好的夜晚，静心坐在泉水边，细听一下泉水的声音，是多惬意的事情啊。他脸上的笑容，只一现，就闪过去了，像那不经意掠过的月光，悠然一闪，就被河边的柳条遮蔽住了。少顷，他又说道：我有个在济南做生意的朋友，常常喜欢一个人坐在黑虎泉边，神情贯注地听着泉水流淌的声音，他说，泉水潺潺流淌的声音，在夜深人静的时候，听上去格外清澈，纯净，空灵，听得时间久了，就会觉得整个心都沁在了泉水里，一些尘世的浮华会被洗得干干净净。

是的，生于斯长于斯的济南人，有谁能独处夜晚倾听泉水的声音呢？我有些自惭。我们往往习惯于用眼睛寻找自然的秀美风景，却常常忽略了用耳朵领略自然的空灵之美。

泉水洗心。这是一种禅境吧？

几株白菊花，在临河的人家门前开放着，宛如吸饱了月光，向月亮吐露着芬芳。

我指指河东岸一座瓦舍小院，对秦先生说：那个小院就是被大画家黄宾虹题名为“聊斋书巢”的路大荒故居。秦先生疑问道：我怎么记得路大荒的旧居是在秋柳园街25号的那个两层的小楼呢？我说：路大荒在济南是有两处旧居，一处是在秋柳园街25号小楼，大明湖南岸扩建时，已拆除了，一处就是这曲水亭街8号的四合院，如果这时轻轻推门进去，毫无声息地站在天井里，就会看见一株盘龙虬曲的老石榴树，走上前细看，会发现树上挂满了咧着嘴的大石榴。秦先生隔河看着已闭门的路大荒故居，思绪仿佛接触到了珍珠般的颗粒。我说：如果没有路大荒先生，我们今天是看不到《聊斋志异》这本诡异奇幻的小说集的。1937年12月日寇攻陷淄川城，路大荒得知日本人要从他的手里抢走他千辛万苦收集来的蒲松龄手稿，就赶紧离家躲藏到了深山里，然后，又背负蒲松龄的手稿逃到了济南，这才使手稿躲过一劫。新中国成立后，先生他主持修订了蒲松龄文集，并修建了蒲松龄故居。哦，蒲松龄故居匾额上的“聊斋”两个字就是他亲笔题的。

秦先生沉思良久。

他是否看见了手里摇着大蒲扇，在家门前纳凉的路大荒先生寂寞的身影？

突然，有临河的人家，泼出一盆水，哗的一声响，惊破了河面上的沉寂。我告诉秦先生，不用担心这泼向河面的污水会污染了水质，河里的泉水经年不息，不一会的工夫，就会把污水浊物荡涤的无踪无影，继而，还一个清越的世界。

平静下来的河面上，月光又滑行起来。

那海棠依旧的庭院宅门前闪动的是什么呢？

肯定不是夹竹桃的疏影。

三

剥离了尘埃的夜，真清净。

陪着秦先生漫步到了一座青瓦红柱的六角亭边，亭子上面挂着一块牌匾，上写“曲水亭”三个大字。月光照着亭柱上的现代文史学者徐北文先生撰写的一副楹联：“荷香送爽棋声韵，曲水流觞雅士情。”

此曲水亭，非当年蒲松龄喝茶聊天的曲水古亭。据史料记载，原曲水亭位于街中部偏南的小兴隆街西口再向南一点的河东岸，起初为三间草房，后改为跨河而建的一座敞厅。房子为木结构，茅草顶，房子的一部分还搭建在了跨河水桥上，因亭内常有人品茗对弈，便逐渐成了一家棋茶馆。扬州八怪之一的郑板桥曾为此亭题写过一副对联。“三椽茅屋，两道小桥；几株垂杨，一湾流水。”清代的诗人王初桐在《济南竹枝词》中描写过这一带的石桥卧波、柳枝轻拂、水上亭榭和浣女倩影等清丽雅致的景象：“曲水亭南录事家，朱门紧靠短桥斜。有人桥上湔裙坐，手际漂过片片花。”

秦先生微微点头，少顷，说道：这曲水亭茶馆曾是老济南围棋界的风水宝地，很多围棋高手都出自此处，是济南围棋的大本营。当年全国各地的围棋高手来济南，必先到此，以棋会友，据说，上个世纪50年代，你们山东省的围棋冠军张成铨就曾在此习过棋艺。

我恍然大悟，这才想起秦先生是精通围棋的，怪不得他对曲水亭茶馆这段历史比我还清楚。

秦先生接着说道：我还知道，这茶馆的老板叫赵嘉麟，有个“二麻子”的绰号。他原先是大明湖的船家，并不会棋艺，是留日的围棋高手王次伯在这里教他下围棋的，谁也没寻思到，一个经营茶水的“二麻子”，后来也成了远近闻名的围棋名手。

坐在曲水亭的石凳上，望着老屋小瓦花脊两端高高翘起的蝎子尾，看着河岸上依依袅袅的秋柳，心中渐渐淡去了白日的喧闹和嘈杂，只有一片恬淡与宁静、悠然与自得……恍惚中，仿佛望见了乾隆和刘墉坐在河边一露天酒摊上君臣对饮的情景，听到了白妞和黑妞那如花坞春晓，好鸟乱鸣的说书声，看到了李攀龙坐在四面环水的白雪楼书斋的窗前，欣赏百花洲水面上荷花的画面。隐隐地，我似乎还闻到了李攀龙爱妾蔡姬蒸出的葱香浓郁的包子味道。

朗朗的月夜，河面上的波纹发出微妙的声息，感觉时光在轻轻擦过我的额前，随之，眼前慢慢幻出了文人墨客“曲水流觞”雅集寄兴的场景。

南北朝时，每年的三月三，各路文人雅士云集于此，举行风高雅趣的诗酒盛会，当地的居民也会在这春暖花开季节，临水洗濯除垢，以祓除不祥。酒会开始时，人们用觞满盛酒浆。放在托盘上，然后将托盘放在河面上，任其顺水流下，托盘漂流至拐弯处，便会缓慢停下，停在河边哪个人的身边，那人就要端起酒杯，一饮而尽，然后，即兴赋诗，若此人诗赋不佳，便会被人罚酒。正是：曲水流觞出雅韵，垂柳含烟荷香醉。

此时的月光，还是魏晋时的月光吗？

曲水依在，魏晋时的风雅却不复尚存。而今，还有几人“清风出袖，明月入怀”？又有几人风骨俊秀，率性而为？

四

浅移轻挪的月光，经过百花桥，然后，沿着后宰门教堂西墙下的暗渠，融入了百花洲。

清辉里，百花洲里的秋水冷静而幽深，没有荷花，没有蛙鸣，没有蝉唱，只有几点浮萍，东南角处的一丛芦苇，悬浮在半空中的雪白芦花，与月光交相辉映着。东岸是新建的具有济南民居风格的建筑群，那一座座门楼、一扇扇影壁墙、一片片清水脊、一棵棵老垂柳、一簇簇茉莉花都会让人恍若到了江南水乡。

在这静谧之地，南岸的基督教堂，突兀着阴暗之影。这座始建于1937年的欧式风格的建筑，见证过多少虔诚？多少罪孽？安放过多少灵魂？它真的是“圣灵恩赐的印记”吗？

嘘嘘的蟋蟀声，颤动在恬静的月光里，弥散在白绸缎似的水面上，让每一个能静下心来的人的内心一片澄澈。

记得早些年时，放学后，我经常路过此地，前往北园的藕池捞鱼虫子，那时的百花洲长满了荷花、芦苇和蒲草，一年四季都有垂钓者，悠闲地坐在柳荫下的马扎子上，屏神静气地等着鱼儿上钩，也有和我一样大小的孩子，用塑料窗纱自制的网子，在河边捞些小鱼小虾或蝌蚪，装入玻璃罐头瓶里，然后，兴高采烈地提回到家里，向街坊邻居的孩子们显摆。

忽有微风拂过，送来一阵熟悉的清淡香气。

是久违了的蒲草的味道。

恍然间，我仿佛回到了1923年7月的那个月朗的夜晚。

那晚的月亮，格外的清明。徐志摩和王统照从鹊华桥码头，坐着小船驶入芦苇荷盖的丛中。寂静的湖面上，泼洒着清凉的月光。间或，有一两声悠扬的笛声从湖畔的楼上隐约传过来，然后，轻妙地滑过湖面上的水波。偶尔，有阵阵荷花的幽香和蒲草清爽的气息，拂面而来，虚幻间，恍若隔世般美妙。

徐志摩卧在船头，仰看着悬在中天的那一轮圆月，兀自陶醉着，遐思着……

徐志摩是否想起了李清照的那首《如梦令》：常记溪亭日暮，沉醉不知归路。兴尽晚回舟，误入藕花深处。争渡，争渡，惊起一滩鸥鹭。

月光下，长长的柳丝在夜风中左右摇摆，像极了女孩子额前不安分的刘海，夜幕里，这刘海不时将湖内的波影剪成支离破碎的好几段，断续的波光到岸边就变成了小小的波浪，轻轻地拍在湖岸，发出一声声的叹息，

真想掬起一抹水面上的月光，我想，那感伤的情怀就会慢慢地被释怀和遗忘。突然，秦先生一句很诗意的话，将我猛地拉回到了敞亮的月光地里。

月明如霜。一片柳叶上的水珠滑落了，随即，又归于静寂。

夜深了，清寥的秋夜，给我们些许的静寞，些许的幽然，些许的迷恋。我知道，在今夜如水的月光中，还有许多飘逸的思绪在飘摇着，寻觅着，神往着一帘流水、小桥、亭榭、河柳的意境。

此时，再回首曲水亭街，就觉得有月光的氤氲注入了内心。

（原载于2013年8月6日《齐鲁晚报》）

肖复兴

肖复兴（1947— ），河北沧县人。《人民文学》副主编。著有长篇小说《我们曾经相爱》、《早恋》、《青春梦幻曲》，中短篇小说集《四月的归来》、《北大荒奇遇》，报告文学集《国际大师和他的妻子》、《多梦时节——肖复兴报告文学集》等。报告文学《海河边的一间小屋》、《生当作人杰》分别获全国第二、三届优秀报告文学奖。

竹枝词里的大明湖

一直以为，北方城市里，济南是很特别的。特别之处在于，它比一般的北方城市多了一份江南的妩媚和湿润。细想一下，是因为它多水的缘故，而且，这水集中在古历下城内，就更是一般北方城市难有的了。大明湖和七十二泉，便成为了济南的象征和代言，徒让北方的城市羡慕了。天津有水，海河穿城而过，却没有大明湖那样漂亮而轩豁的湖；北京倒是有湖，昆明湖，名气也不小，却是远在城之外了。更何况，“眼前一寺钟渔寂，七十二泉来入湖”，大明湖是由七十二泉的泉水汇聚而成，就比人工挖掘的昆明湖，更多了一份浑然天成的自然和清冽。

所以，老舍先生早在上个世纪40年代就说过济南是“北方唯一的水城”。他进一步解释：“山在北方不是什么难找的东西呀。水，可太难找了。济南城内据说有七十二泉，城外有河，可还得有个湖不可……这才显出济南的特色与可贵。”然后，他感慨道：“济南的不凡，不但有水，而且是这样多呀！”这样多的水，就呈现在大明湖。

记得第一次到济南，是上个世纪70年代，下了火车，先奔大明湖，为的就是看北方城市里难有的这样多的水。因是在城内，很快就到了。那时候的大明湖，没有如今这样多的建筑，沿堤也少有围栏，四周也少有高层楼房的遮挡，充满城市中难得的野趣，水天一色，让湖水显得更加开阔。或许更像古历下城的大明湖吧，或者更像刘鹗的《老残游记》和老舍小说《大明湖》里的大明湖吧？山水风景，和音乐一样，即便历过经年岁月的磨洗，依然会面貌依旧，风情依旧，清风徐来，飘荡着昔日一样美妙的旋律。

后来读《中华竹枝词全编》，发现其中《山东卷》里的竹枝词大多是写济南，写济南的又大多是写大明湖。可见大明湖不凡的地位，民间流传下来的竹枝词，让大明湖不仅有音乐的旋律，更多了诗的韵律，有了和时间一样绵长的味道。

未到济南前，便早听说济南有“四面荷花三面柳，一城山色半城湖”一说。读清竹枝词：“四面荷花柳丝长，一城山色映沧浪。天然妙句留楹帖，输于风流老侍郎。”方才知道，这个对济南概括得最准确最生动也最有名的句子，出自清末老侍郎刘凤诰的手笔。这首竹枝词下有这样的一条自注：“刘金门少宰于铁公祠留一楹联云：‘四面荷花三面柳，一城山色半城湖’。”前人炼句炼字的能力，超过今天我们洋洋洒洒的旅游说明书。

这副楹联，道出了大明湖独具的特色，便是大明湖的荷花、柳树，还有就是它的水多，占据面积之大。可以说，它是日后所有写大明湖的竹枝词的鼻祖，因为所有写大明湖的竹枝词，都离不开这三个特点。

先来看写大明湖的水：“铁公祠下水潺潺，古历亭前碧水环。水自无心与山约，常从水底见南山”，几乎是这副楹联中“一城山色”的图画版；“历下城中半是湖，居水分水种菰蒲”，几乎是这副楹联中“半城湖”的解释版。

"纵横水路各东西，船虽相近不相逢"，依然是写湖水之大，使得来往的船只看着相近却难得相逢；"出门十步是烟波"，"一钩斜月半帆风"，写的还是湖的阔大，前者写水多生烟，水多近人；后者借帆写湖，风生水起；前者写实，后者写意；两厢映衬，水多且美。还有一首清末的竹枝词："便利交通大小街，水乡何处有尘埃"，则写的是大明湖给人们交通带来的便利，以及给城市带来的清洁与湿润，居然和民生相关了。

再看写柳："寻常一样垂杨柳，栽向明湖便有情"，极尽对柳的一派感情，那应该是柳与湖相互的感情，方才让湖与柳一直彼此依托，互为风景。"滟滟清波淡淡风，垂杨垂柳小桥东"，有水处便有柳树，柳树和湖水，成为了济南人最亲近也最平易的朋友。"杨柳如烟一望齐，玉箫吹破碧琉璃"，碧琉璃，指的就是水，玉箫是在为大明湖水吹奏，也是为一望无际的如烟杨柳吹奏，那应该是一支属于为大明湖和垂杨柳量身定做的抒情曲了。

写荷花，竹枝词里更多，这符合"四面荷花三面柳"之说，就应该更多。大明湖处处可以观荷，就像大明湖处处可以赏柳一样，但据说最佳处当属当年诗人王渔阳曾经题写过《咏秋柳》的北渚亭，相对应的，观荷最佳处，是在湖南李公祠的觉沤亭，和湖北铁公祠的小沧浪。有竹枝词："天然绝妙大荷池，柳际芦间望不疲。隔水平分花色相，李公祠对铁公祠。"如今这两处旧址均在。李公祠在清末是李鸿章的祠堂，如今辟为辛弃疾纪念馆。当然，这是专门为外地游客来大明湖观赏荷花而挑选的景点，济南人则和荷花抬头不见低头见，处处相亲相近。"香生荷叶散千家"，是诗人兼剧作家孔尚任的竹枝词；"六月荷香散满城"，是无名者的竹枝词；不约而同都用了一个"散"字，写的都是满济南城的荷香荡漾，该是多沁人心脾的景象。"芙蓉桥畔是儿家，到门一路芙蓉花。水边芙蓉红在水，窗前芙蓉红在纱。"写的是荷花的好颜色，一样的花开千家，只是更生动，花开在水，红透窗纱，该是更美也更和普通人家相关的景色，难怪今天的济南人将荷花当成了自己的市花。

还有一首竹枝词："买得湖田二三亩，沿堤多半种荷花"，更是写济南人对荷花无与伦比的喜爱。这应该不是竹枝词的夸张，史书上曾有记载：历下城"环村种荷"，所以，另一首竹枝词里说济南人："梅花不种种荷花"。舍我其谁，将其尊为市花，便有了历史源远流长的积淀，和现实情所独钟的因素。

正因为有了这样的水、柳和荷花三位一体的集中体现与展示，济南这座古城，才和一般的北方城市风光与性格不同，才具有了南方的一些特色。宋人黄山谷早就有诗“济南潇洒似江南”，竹枝词里便紧随其后乐此不疲地一再吟唱：“城北湖光罨画长，水田漠漠似江乡”；“朋来寻乐话喃喃，赊酒一瓶鱼一篮。名士美人都不记，湖山潇洒似江南”；以致后有竹枝词不满如此一味地旧调重弹，而写道：“未必江南如此好，可怜只说似江南”，直说江南难比济南好了，有点儿山东人的气魄。

清末还有这样一首竹枝词，最让我流连：“图书新馆傍湖开，汉偈秦碑剥绿苔。千古文人属邹鲁，蜀车绕过济南来。”是专门记录当时大明湖畔新建的图书馆。重视文化，重视读书，我以为，这是大明湖的魂，有这个魂在，大明湖的水、柳和荷，才有了长在的生命和情感，才有了别样的美丽和魅力。

（原载于 2013 年 6 月 12 日《人民日报》）

叶兆言

叶兆言（1957— ），江苏南京人。曾任金陵职业大学教师，江苏文艺出版社编辑，江苏作协专业创作员等职。著有《夜泊秦淮》、《一九三七年的爱情》等。《追月楼》获1987—1988年全国优秀中篇小说奖、首届江苏文学艺术奖。

印象中的历下

细究一个城市名称，多想多问，有时会有意想不到的收获。城市命名看似无规律可循，约定俗成，一纸行政命令匆匆决定，其实通常有来头。譬如我所在的城市南京又叫江宁，是西晋新统治者的意思，这里原本别人地盘，是吴国都城，现在归司马氏管辖，就得给它取个新名，就叫江宁吧，所谓“外江无事，宁静若此”。其他的如“西宁”，如“北平”，都差不多的取意。西宁最早叫“西平”，北平则是国民革命军北伐成功后改的，对于一个城市来说，宁静和平是好事，在城市命名上镶嵌上“宁”和“平”两个字眼，就难免有征服者的刀光剑影，难免有被征服者的血泪历史。

还是聊聊约定俗成，先说大上海。据说毛主席他老人家一生中曾到过五十多次，1955年，取得天下后的第一次到访，他问随从知道不知道此地还有个下海。身边的人当然不知道，不要说他们不知道，大多数上海人也不知道。然而上海确实有个“下海”，下海和上海一度曾经齐名，都是表示此处可以出海，也就是说，上海下海，都是出海的地方，可是老百姓最后选择了上海，毕竟上和下相比更好听更悦耳，很显然，好“上”而不好“下”更中国文化。

文化当然是慢慢形成，一开始不是这样，一开始都很写实，下海就是下海，山东是太行山的东面，山西是太行山的西面，河南在黄河之南，河北在黄河之北，童叟无欺货真价实。譬如南京城北有座山，山上都是白晃晃的石头，这个城市一度取名为“白下”，于是在唐诗人李白眼里，是“驿亭三杨村，正当白下门”，在清诗人王士禛眼里，是“秋来何处最销魂，残照西风白下门”。山东济南有座历山，“古者舜，耕历山”，因此济南最古老的名字就叫“历下”，历下秋风历下亭，“四面荷花三面柳，一城山色半城湖”。

“白下”和“历下”都源于写实，最终却被写意打败，好比上海最终淘汰了下海。当年南京一位皇帝很不喜欢写实，有一天与大臣聊天，大臣说到了“白门”，也就是“白下门”的简称，皇帝顿时大怒，脱口而出：“白汝家门”，翻译成流行的大白话就是“你们家才白门呢”。顺带说一句，“文革”时期，南京的白下区曾改名“红上区”。我不知道“历下”作为一个城市名字，为什么后来会不复存在，没有认真研究，不敢乱说，不过随便想想，恐怕多少会与这个“下”字太中国文化有关。

真正的老百姓也不在乎这些，纯粹的文化人更不在乎，阿猫阿狗都是称呼，喊惯了想改也难。习惯不是一天两天可以形成，历史要沉淀要积累，再响的名气也是。说起白下，就知道它一定是南京，说起历下，就知道它一定是济南。白下和历下，已不仅仅简单是白山和历山之下，过去很多年，古城南京有个白下区，古城济南有个历下区，它们的共同点，都是所在城市中最古老最有文化的区域。它们的历史就是城市的历史，它们的命运就是城市的命运。

1949 初春，我祖父和祖母从上海出发，绕道香港，坐海轮抵达烟台港，然后一路西行，经过山东境内的莱阳、平度、潍县，最后到了济南。这一路有些辛苦，也有些快意，因为有很多相识的老朋友同行，今天说起来也都是些名人，其中有郑振铎，有宋云彬，有曹禺，还有可以算作老前辈的陈叔通、马寅初、柳亚子。当时，共产党轻轻松松地拿下了北平，三大战役结束，天下十拿九稳捏在手心里。这一路赶往北平的人马都是文化名角，说穿了就是北上参与新政府工作，为新政权所用，大大小小弄个官做。

时间有些紧张，行色匆匆，济南的当地官员见有这么多贵客经过，自然要热情招待一番。祖父当时比我今天的年龄还要小一岁，身不由己地在城里到处看看，游览了大明湖，或许天气太冷，或许有些疲倦，或许南方人见惯了水色，结果到晚上写日记，只不痛不痒地写了一句：

望如水田，亦甚平常，因《老残游记》之吹嘘，似觉有味。

小学课本上曾收过祖父写的游记，还有一本《小记十篇》的小册子也有点影响，因此某些人印象中，他对一个地方的描写很值得留意。不知道这些都是误会，祖父喜静不喜动，从来就不喜欢游山玩水，没那么多的闲情逸致。有人经常提到祖父的游记，他老人家便有些沮丧，没想到自己竟然会成为一个喜欢写游记的作家。其实真要是说到写游记，我印象最深的有两位作家：一个是沈从文，你看到他笔下的湘西，连做梦都想去看看；还有一个便是老舍，他对济南的描写，叙述的那些历下风情，让你恨不得立刻跨上去山东的火车，去看看趵突泉，去看看大明湖，去感受一下培育出辛弃疾和李清照的地气。

我很喜欢老舍描绘历下风情的那些文字，一般人都觉得他是北京人，笔下的帝都应该更有特色，偏偏能让我记住的却是他客居济南时写的历下。为什么会这样呢？很可能与他在这里成名有关。老舍的成名作基本上都在山东济南完成，记得当时他的最大犹豫就是能不能当一个职业作家，能不能靠写作养活自己。这可能是所有热爱写作的人都会遇到的棘手问题。老舍每写一部作品，都有下赌注的意思，这部作品写成了，能站住脚了，就继续写下去，不成功，那就继续老老实实地做教书匠。当然，不能说老舍不喜欢教书，只能说他更喜欢写作，而这正是我上世纪 80 年代中后期的烦恼，那时候，我也同样渴望能当上全职作家，每次投入写一部小说，都有些孤注一掷。

上世纪30年代的某个夏日，新婚不久的老舍开始写《离婚》。躲在济南历下一座老房子里，挥汗如雨。写作之余，文思枯竭的时候，他便去不远处的趵突泉散步，要不就到大明湖去寻找灵感。钟灵毓秀，一方水土养一方人，《离婚》是现代文学史上最优秀的作品之一，没有历下这段近乎磨难的历程，也许就不会有后来的优秀作家老舍。作为一个曾经的文学屌丝，一个以前辈为榜样的写作者，到了济南，当年在这里苦苦挣扎的老舍，便会情不自禁地跳出来跟我这个会面。在这样的情境里，他老人家会聊些什么呢，也许会谈谈茅盾奖，也许讨论一下体制内作家的利弊。

我前后到过三次济南，前两次都是去《时代文学》领奖。山东文学界对我很厚爱，我的成名和被文坛认可，多少也与山东有关。说老实话，前两次到济南，时间很仓促，来也匆匆去也匆匆，对这个城市并没留下太深印象。可以略说的第三次到济南，是跟苏童和余华一起游览，本来还应该有莫言，偏偏一回到山东老家，这个后来得诺贝尔文学奖的家伙很快就消失了。记得当时是施战军、黄发有、吴义勤三位陪着玩，一路上说不完的话。这是我们的第一次认识，最后去了哪些名胜，小汽车开过来开过去，也已经记不清了，总之是几个著名的地方。虽然他们都不是本地土著，但是三位都是在山东成名，作为此地的东道主，当然会把济南最好的一面展示给我们。

请原谅我说不出济南的风景好在什么地方，请原谅我不能像老舍那样为历下的山水笔底生花，要说要写只能人云亦云，所以干脆免了。山在那里，水也在那里，能说的只是此地养人，尤其是能够养几个文人。毫无疑问，风景和人文永远分不开，也永远和心态分不开。一个城市有山有水就好，有了山有了水，再加上人气和文化底蕴会更好。人生几回伤往事，时隔多年，当年陪我们游览的三位山东文学批评界才俊，越玩越阔名气越来越大，都跳槽高就离开了济南。俗话说树挪死人挪活，我们常常还会在别的地方相遇，我忍不住要开玩笑，说这都是因为济南的风水不凡，因为历下的空气怡神养人，饮水必须思源，要他们记得感谢，千万别忘了感恩。

（原载于2013年6月29日《文汇报》）

刘玉堂

刘玉堂（1948— ），山东沂水人。中国作协会员，山东省作协副主席。著有中短篇小说集《钓鱼台纪事》、《滑坡》、《温柔之乡》、《最后一个生产队》、《刘玉堂幽默小说精选》，长篇小说《乡村温柔》、《尴尬大全》，随笔集《玉堂闲话》等。作品获泰山文艺奖、上海长中篇小说大奖、齐鲁文学奖、山东省精品工程奖等。

济南风光好，历下可倾城

有朋自远方来，欲来我家拜访，因我住的小区脏乱差，羞于让他看见，遂说，我请你喝茶吧，趵突泉见好吗？去趵突泉的路上，心里稍稍踏实了些，多亏有趵突，有个好去处。

要一壶泉水，泡一杯清茶，听泉水趵突、鸟鸣婉转，看窗外小雨淅淅、青竹摇曳，内心像被过滤了似的，安静又愉悦。

朋友乃一老编辑，是山东南下干部的第二代，先前多次来过济南，曾编过我的小说，也知我写点小随笔，待见了面，互相感叹一番老了胖了及头发气色之类之后，遂提起我多年前的一篇小文《济南是个大县城》。他问我，听说你那篇文章当时还惹了点小麻烦？我说没有啊，没有半点的麻烦，我说的是观念，而不是城建，强调的是像我这种小县城的人，来至在省城没有半点不适之感，很快便融入其间，完全是赞扬的话语，怎么会有麻烦？他说，嗯，济南确实是个厚道、宽容的城市不假，我几次来济南，你要跟当地人问个路，都是那么热情，绝无冰冷之感，更不会胡乱指画，让你白跑一趟。

之后即说了一大堆济南的好话，归纳起来有如下几条：一是济南像山东人的个性，质朴、实在，不花哨、不张扬，比较适合穷人居住。二是社会安定，交通管理不错，很少听说济南发生过什么稀奇古怪或恶性的案件，好像闹非典和禽流感的时候，济南就没有一个人感染上吧？有一年我还从报纸上看到，济南人接力抓小偷的报道，我当时就寻思，这事儿还就是发生在山东、发生在济南比较可信。三是济南的人文气氛不错，连公共汽车的椅背上，都是《论语》语录，墙上也多有国学名言。四是济南人有礼有貌，非常儒雅，特别酒席桌上，大都宾主有序，礼让有加，不像南方及港台的某些人，到得一个地方不分老幼，乱坐一气，要么在那里旁若无人，舞舞扎扎，一看就没教养……

他这么说着的时候，我就笑了，心下暗想，夸赞一个城市或地方多么美的人，应该都是有着故乡情结或旅游的人。多年不回来，偶尔回来一趟，有一种亲切感，看哪哪好；外地来旅游或旅行的人呢，走马观花，不太注意光鲜后面的东西。而让一个当地人夸赞自己居住的地方多么美、多么好，其实是很难的，生活中的诸多不快与烦恼，直接影响着对生存环境的审美，就像你让一个每年冬天都冻得感冒好几次的人，夸赞雪花多么美，冬天多温暖很难一样。

他问我笑什么，我将这意思说给他，他说，你是没有比较啊，其实中国的城市管理都差不多，你这里冻感冒了，他那里马路上的井盖子被人偷走，一下雨人掉下去给淹死了。但生活的全部并不只是这些是吗？你不愉快的时候，能有这么多好地方让你散心、舒心，也算生活的一大快事了。

我即说，嗯，是这么个理儿不假，连同你上边说的那四条，也都挺有道理。所谓不识庐山真面目，只缘身在此山中，美感和愉快，不仅需要发现，也需要提示。

说着又去了大明湖。看到湖面比先前更大、更明、更透了，朋友又说，一个趵突泉，一个大明湖，完全可以称得上是文泉诗湖的，顺口就吟诵起了“云雾润蒸华不注，波涛声震大明湖”“四面荷花三面柳，一城山色半城湖”什么的。

我说，还是“欲把西湖比西子，淡抹浓妆总相宜”更朗朗上口，也更有名一些——蓦地想到朋友的家就在杭州，遂一下联想到西湖上去了。

他说，其实苏澈写大明湖的那首也不错，正是唱和他的兄长苏轼的，叫“淡抹浓妆画不成，自然宜雨又宜晴。明湖敢道西湖似，只是西湖欠入城”。又说，西湖再美，水也是江水，不似大明湖的水，都是泉水，其差别不是显而易见吗？故而郭沫若为大明湖题诗言道，“湖船题遍诗人句，诗句虽多不及湖。”这湖水的本身，是比多少诗句都宝贵的，后边还有几句，一下想不起了。

我即非常吃惊，你好像做了功课似的，专门回来歌颂济南之美的，郭沫若的这首诗我就没见过。

他笑笑，是你说的那个故乡情结吧，有关故乡的诗文总是格外留意的。

我回来查了查，还真有郭沫若的那首题《大明湖》，叫“湖船题遍诗人句，诗句虽多不及湖。闻有芙蕖待秋月，已看杨柳化鹅雏。济南民众超名士，历下楼台胜古都。我欲举杯邀杜李，问今佳兴复何如？”还有一首题《溪亭泉》的也不错，“七二名泉莫与京，才观趵突又溪亭。珍珠潭底鱼三尺，一片琉璃入大明。”

它证实了李清照的那首“如梦令”，应该就是写大明湖的：常记溪亭日暮，沉醉不知归路。兴尽晚回舟，误入藕花深处。争渡，争渡，惊起一滩鸥鹭！

不觉来到铁公祠，见友人正带学生练书法，遂让我也来一联，我央求朋友先写了“齐鲁交荟，山水相映”，我则诌了一句：“济南风光好，历下可倾城。”

回来的路上，不觉心情大悦，仿佛第一次体味到了陶冶性情的含义与感受，其间有诗词的启迪，也有城市本身的魅力：这个趵突与大明啊，可真是舒心之地！

（原载于2013年7月4日《齐鲁晚报》，名为《与友喝茶趵突泉》）

陈世旭

陈世旭（1948—　），江西南昌人。中国作协主席团委员，江西省作家协会主席，江西省文联主席。著有长篇小说《梦洲》、《裸体问题》、《将军镇》、《世纪神话》、《边唱边晃》、《一半是黑色一半是白色》，散文随笔集《风花雪月》、《都市牧歌》等。短篇小说《小镇上的将军》获全国第二届优秀短篇小说奖，《惊涛》获全国第四届优秀短篇小说奖，《马车》获全国1987—1988年优秀小说奖，《镇长之死》获首届鲁迅文学奖。

济南泉吟

齐鲁界焉，抬头观泰山，低头看黄河。自大舜“渔于雷泽，躬耕于历山”，凡四千年历经沧桑而有济南。其城可谓古矣，不及其民；其民可谓古矣，不及其泉。甘露生于天，甘泉出于地。“齐多甘泉，冠于天下”（宋·曾巩·《齐州二堂记》）。冠于天下的泉水孕育济南，济南因此成齐鲁大地的凌波仙子。四大泉域，十大泉群，七十二名泉，七百天然泉，“家家泉水，户户垂柳”（清·刘鹗），或如银花玉蕊，或如明珠璎珞。泉是济南的血脉，泉是济南的气韵，泉是济南的灵魂。

齐河古岸，年年芳草，护城河桨声欸乃。齐烟九点，一城山色，半城春水，绿了一个济南。大明湖四面荷花三面柳，像新磨的镜鉴，照出千佛山影。烟水迷离，老柳树远望七桥。小舟飞棹去如梭，齐唱《采菱歌》。荷叶是泉城的掌心，露珠在掌心里嬉戏。日光烂漫时，天鹅拨动水里的彩云；月光落下来，弯月钩起额上的柳丝。七桥烟月谁收却，散入明湖已十分。

多情北渚，野桥风乱，减却芳菲过半。到处是唐诗的忧伤，宋词的婉约；到处是杨柳舞低楼心月，桃花歌尽扇影风；到处是离亭别宴，红翠欢歌唱未遍。翠楼西头，归雁与征帆共远，琼枝与玉树相依。去哪里闻琴知音？向谁人解佩相赠？

鹊山湖送别友人，李太白亦觉湖水遥；历下亭把盏后，杜子美艳羡名士多；春雪初晴的日子，苏东坡慨叹暮云沉；北望长安的时候，辛稼轩倩何人揾英雄泪？

多少人曾经“曾成齐鲁封疆会，况托娥英诧世人”（宋·曾巩）；多少人曾经“时来泉水濯尘土，冰雪满怀清与孤”（元·赵孟頫）；多少人曾经“折花都隔山前雨，直到黄昏未得回”（明·王象春）；多少人曾经“日日扁舟藕花里，有心长做济南人”（金·元好问）。

门槛外飘着东海蓬瀛的雨，窗户里含着南山岱岳的云。走过了上古虞舜帝躬耕的阡陌，跟着飞出千佛寺院的翩跹蝴蝶，沿着泉水，沿着似有似无的晨昏线，抵达意念的深处。有一种兰花的馨香，与流泉的清冽组合，飘散于喧闹的街市；有一种醉意，从淡淡的水墨洇出，融入骚客的幻想；有一种韵律，流光溢彩，拨动月色的童谣。

不知何时滑落的梦境，在浅浅的笑声和絮语中复活。怀抱着旷古的风花雪月，以及隔世的诗词歌赋，与泉城偶然邂逅。一次短暂的对视，足以让我憔悴一生。

行在济南的街巷，就像王右军轻放在兰亭曲水上的那只流觞，悠悠地漂浮，两边不知有多少泉的召唤，耳畔尽是泠泠的水声。

西门外，桥下一溪清浅，趵突泉汩汩涌出。也许该停下来弯腰一掬，却止不住脚步匆匆。趵突泉开阔的泉池，占了园林大半。池水透明，游鱼水藻，纤毫毕现。三大泉眼，井口粗的水柱昼夜翻滚。白雨跳珠，蜂醉卧于新蕊，黄鹂的花腔直入青云。鲜亮的蓝蜻蜓，静立于菡萏，回忆那些遥远的花朵，那些被诗歌和祝福充实的草地。趵突泉，给济南添了一半妩媚。

野性的黑虎泉，无声的虎啸令人胆寒；原想在静心泉静心，心却跳得更加厉害；琵琶泉边的浮萍上呆坐着痴迷的青蛙，鱼也都凑近来，闭上了眼睛；杜康泉让诗人三月不醒，情愿醉死济南；珍珠泉几曲绕琼房，一泓映绮疏。可以涤心志，可以鉴眉须；王府池原是旧时王府院中池，却穿家过户流入寻常百姓家；芙蓉街和曲水亭，是济南的精髓所在。回廊环绕，花格透窗，亭门楹联，可以怀古，可以观棋，可以命楮挥长毫。孤烟远树触动了游子的乡思。有杨柳依依，有故人归来，有罗衫飘忽，一步一回头。清泉养大的济南人，对远来的客人总是心怀喜悦，轻轻敲开人家的小门，院外青山入座，院里清泉烹茶，还有不藏不掖的家常话。

携一卷《漱玉词》，最想寻访的是漱玉泉。龙潭西去趵泉东，恼恨年年春风。柳絮斜阳里的萧萧故宅，朱门深闭。一泓寒泉，三更画舫，锦绣依旧。门前流水犹作漱玉声。红藕香残，人比黄花瘦，三杯两盏薄酒，浇不透黄昏的点点愁。独立风流，巾帼词宗何在。谁在抚琴吹笛？谁在起舞弄影？谁在揣摩佳人心思？不知是漱玉的泉水温润了李清照，还是李清照照彻了漱玉的泉水。一回眸就是一个过场，一首词便是一代江湖。一叶兰舟让相思泪洒千年。

下雨了，明天早晨，济南家家的泉水又该旺了。垂柳的门口，少年的眼睛已经洇湿，而明亮的花伞渐渐飘远。

在济南随处一泓泉边静静沉思，任湿润入侵，任落英缤纷，任荡漾的蛙鸣与荷香醉了夏天。泉水带来了森林山川的体温，以及天然的古朴，让所有喝过的人忘记江海浮名，还唱新声。即使有一天芦苇的头发白了，也不必说秋风萧瑟得苦。

泉的意象，折射出思想的光芒，如同通往迷宫的路标，若隐若现。我想去拾水中的落叶，在远古的断简寻找神迹的残留。美人眼神一样的清泉，歌之舞之，在叮咚中跳动着旺盛生命的美妙节拍，提升了憧憬的高度。

泉是完美艺术的故乡。泉的意象是宇宙和谐的最高融合。人类和自然，曾经相互对立。埋藏了亿万年的泉水，刚冒出地面就在荆棘丛生中穿过高低不平的野径，带着对人类困境的疑惑，走进现代文明的视野。

一泓泉就是一首诗。始于圣洁而最终达到生命的净土，迢迢引领迷惘的人们走向复乐园。泉从内容到形式都在暗示：泉就是神话，泉就是未来，泉就是神话与未来的重叠。

泉就是永恒。

带着对逝去年华的追忆，无数人将逆流而上，一页一页地翻过史书，去寻找泉边那棵苍劲的雪松，回到童真。并且通过吟唱，让遥远年代尘封甚至失落的神话再生以至不朽。让我们所有未来的孩子，在原始甘甜的滋润下诞生，在天真欣悦的晶莹中成长，在自由流畅的律动中成熟。

别了，济南的泉水。即使我不再来，你也永不会从我心里流开。

（原载于2013年7月16日《中国文化报》）

郭保林

郭保林（1946— ），山东冠县人。中国作协会员。著有散文集《青春的橄榄树》、《阅读大西北》等20部，小说集1部，长篇报告文学、传记文学《高原雪魂——孔繁森》、《塔克拉玛干：红黄黑》、《纵横天岸马——傅斯年》等5部。作品获中宣部“五个一工程”奖、首届冰心散文奖、第二届中国传记文学优秀作品奖等。

泉城夏韵

夏天的脾性总是火辣辣的，无论它走到哪里，都气焰嚣张，情绪亢奋，甚至狂躁，还不时雷霆震怒，来个倾盆大雨，一泄郁愤。

泉城的夏天也不例外，早年有“四大火炉”之称，在全国是挂上号的。进入暑期，泉城简直成了太上老君的炼丹炉。太阳一出山就丧失了理智，发疯地热，火焰般舌尖，舔舐万物，滚烫烫的，室内的桌椅都发热，窗外的柏油马路，热得都受不了，哧哧直冒油汗。风是火风，走在街上仿佛蹚在热水里。老迈横秋的千佛山，打禅入定，一动不动，蔫头蔫脑的；大明湖也昏昏然，湖面上蒸腾着迷蒙的水汽，像熟睡了一般。

这些年温室效应，地球变暖，按理说，泉城的夏日该是更加酷烈燠热，非也，夏天在这里表现得热烈而不狂躁，激动而不张狂。我问气象专家，说，泉城多泉、多水、多树，小流域气候有所改变。树的确多了，街道、小区，泉边、湖畔，高杨大柳、法桐国槐，绿树堆云，绿浪翻腾，称它森林城市也不为过。水生凉，树生荫，自然暑气和酷热衰减了，夏天在泉城的表现似乎有了些理性。

泉城是山城，又是水城。关于济南的名句家喻户晓：四面荷花三面柳，一城山色半城湖。这城也许有了山，才有了硬气、骨气；有了水，才有了灵性和情感的缱绻，所以历史上不乏英雄豪杰，如铁骨铮铮的铁铉；也不乏婉约派才女李清照，“争渡，争渡，惊起一滩鸥鹭。”

我喜欢泉城夏日的雨，暴雨、豪雨、雷阵雨，雷鸣电闪，噼里啪啦，淋漓痛快。北国的雨点阳刚、剽悍，不像江南的雨阴柔，哩哩啦啦。来则豪情大发，气势磅礴；去则果断决绝，像苏东坡的诗文，行当则行，止所当止，决非缱缱绻绻，扯不断，理还乱，一种娘儿们气。一旦风流云逝，雷停电止，则是一片艳阳，满街、满巷，细水潺潺，大水沥沥，甚至“鼓千尺之涛澜”，“吞泥沙于一卷”。

雨后天全新，山有了精神，水有了情绪，连楼房瓦舍也异常兴奋，泉城柳神经似乎受到强烈痛快的震撼，枝腮叶眼里含着激动的泪，雨停了，水珠还滴个不停。花圃里美人蕉、玫瑰花和紫丁香、曼陀罗，饱饮甘霖，精神焕发，它们芬芳的呼吸，使空气变得浓郁沉实。

阳刚和温柔构成泉城的风韵，泉城的夏日也流淌着这种基因：火爆和清凉。

雨后最好荡舟大明湖，柳含烟，松吐翠，满湖绿波，半池芰荷惹人醉。夕阳在山，绿水漾漾，水色妩媚，山光明媚。水波灵秀，动中有静，静中有动，整座城市都在水中摇曳。泉城有山有水，气润丰满，眉眼鲜活，神采飞扬。所谓家家泉水，户户垂柳，那简直是泉城的绝唱。

雨后赏荷，那才是泉城最动人的一景。七月末，八月初，正是荷花开得浓艳的时节，荷箭亭亭，硕大的荷叶如盖，铺在水面上，荷叶滚动着千百亿颗熠熠闪烁的雨珠，一片珠光宝气，使整个荷池呈现一片富贵奢华气象。微风吹来，岸畔柳丝摇曳，湖中荷花舞动，那雨珠或滴落，或在巨大的荷叶上滚动，眷恋似的不肯落下，大珠小珠满玉盘，弄得满湖热热烈烈，像闹元宵似的。这时你会想起“曲院风荷”，“莲岛瑶台”这些词汇，甚至大有“澄心鉴碧”，“海岳开襟”之感。

含苞待放的荷花最美，花萼紧抱在一起，形成一个号角，蓄势待发，只待一声令下，顿时展蕊怒放，丰满的花瓣带着深红的情绪，燃烧起来。水佩风裳，红翻翠舞，绿叶吹凉，更有荻蒲荇藻，嫣然摇动，冷香飞上诗句。这简直是一首绝妙的唐诗。

大明湖的荷花比不上微山湖的，那里的芰荷万亩，太野、太狂、乱无章法，给人一种放荡不羁之感。大明湖的荷花雅致、清韵，在诗情画意、厚实的莲叶上，毛茸茸的荷箭上顶着一朵怒放花朵，雪白、赤红、粉红，还有淡黄、翡青，品种繁多，有的黄蕊白莲，尖瓣半开，有的吐蕾盛放。夕阳下，荷叶间，有游鱼数尾，水面涟漪轻动，不动的是那些叶如碧玉，花如瑞雪的浮莲。一次我在岸边观花赏鱼，发现两尾小鱼在吵架，一会儿用嘴撕咬，一会儿用尾摔打，发出嗞嗞的声音，水面冒出一串串水泡，那是它们的语言，好像骂娘，它们为何发生冲突？我想劝架，但又不懂鱼的语言。过一会儿，一条大鱼游来，两条小鱼立即停止口舌之争，那大鱼不知说了几句什么话，小鱼们乖乖地摇尾言欢，一场剑戟铿锵的战争结束了，转瞬间，鱼儿不知游到何处了。

夕阳向晚了，这是湖畔最动人的时刻。萤火虫早早提着发着蓝光的小灯笼，在岸畔草丛中飞舞，歌唱一天的蝉仍然豪情不减，在高枝引颈嘶鸣。这是天籁，在这市尘喧嚣中能静下心聆听天籁，那是心旷神怡的。泉城人家往往搬一个竹躺椅，或挟一只马扎，一把破蒲扇，袒腹裸背，或坐或躺，身旁放一茶几，品茗闲话，三皇五帝，夏鼎商彝，周易八卦，或是当下热门话题，社会焦点，谈起来口角生风，滔滔不绝；争起来，唾沫四溅，大有干戈四起之势。那言谈争论，实际上是一种精神会餐，情绪的释放，是人生艺术的享受。

如果不在湖畔纳凉，到泉边赏月，那是再好不过的去处了。

泉城七十二泉，名甲天下，趵突泉、黑虎泉、金线泉、珍珠泉……其名繁多，难以记忆。雨后的夜晚你到泉边来，水声涛韵，如金声玉振，声响动人。泉水更旺，黑虎泉张着虎口，虎啸雷鸣；趵突泉涛涌若奔，一蹿老高，泉水急急地喷涌，争先恐后地倾泻，那是大地的深情，天地的亲吻。泉水像硕大的绣球花，透明的质感，月光下一片惨白；花瓣披覆下来，一层层，一沓沓，瞬间凋零，又瞬间生出，纷纷然、汩汩然。暑热散去，凉意随泉涌出，夜风袭来，只觉得气爽心怡。这时夜空湛蓝，深情纯净的天宇布满星星，月亮格外晶莹、明亮，明月冉冉升上碧空，只见月在水中浮，水在月中流，泉往上涌，月往上跳，喷珠吐玉，月光被物化了，一鼎沸腾的琼浆玉液；岸上的树影落在水里，婆娑，摇曳，满池的液体树枝。

泉城的夏日虽酷热，并不气闷，只是这几年车辆骤增，尾气排放，空气受到污染与破坏。我家居城郊，每天黄昏散步，林荫道林木葱茏，茂盛葳蕤，枝丫勾连，遮天蔽日，晚风送凉，满身热汗顿消。这里远离市区，空气清新，环境幽静，路旁一片萋萋的绿草，一帘花影，坐在路旁的连椅上，饮上一杯新鲜饮料，顿时冲淡了一天的疲惫，使纵横杂乱的思想，也渐渐得到整顿梳理。

蓦然间，有片黄叶飘零而至，静静地无声地落在洁净的路面上。有些东西在亢奋的季节猝死，说明夏天在静静地远行，这是大地的秘密，季节在时光深处悄悄更迭。

（原载2013年8月5日《中国旅游报》）

王剑冰

王剑冰（1956—　），河北唐山人。河南省作家协会副主席、河南省文艺评论家协会副主席、河南省散文学会会长。享受国务院特殊津贴。著有散文集《苍茫》、《蓝色的回响》、《绝版的周庄》及多部诗集。作品获首届冰心散文奖、第三届冰心散文奖、首届郭沫若散文随笔奖、河南省政府文学奖等。

明湖春柳

济南多泉，济南人就像生活在泉上，随便哪里挖一下，就会冒出一股水来。此话不夸张，看看老府志，都能看到这样的记载。泉多出水，水聚成湖，最有名的湖是大明湖。清冽的泉水汇流在一起，水的明，天的明，明前一个“大”，可谓到了极点。还没见湖，眼前就一片浩渺澄碧的景象了。

何况还有沿湖一圈柳呢！柳喜水，所以济南多柳。“家家泉水，户户垂杨”那是当年历下古城的风姿。柳也就成为济南的市树。市树在大明湖最鲜明，堤柳夹岸，就像亮眼一圈茸茸的睫毛。济南人爱说“四面荷花三面柳，一城山色半城湖”。山是千佛山，一山的信仰，远远地成了湖的映衬。湖与山本就是相合相照的两物，造物主又那般巧妙地将“大明”和“千佛”安排在了济南，济南有福。

早上来时，大明湖一片迷蒙，像缭乱的炊烟，人说那就是春气。深吸一口，那气息瞬间就把肺叶淘洗一遍，清爽得想喊。还真有人喊，只一嗓子，就将大明湖的早晨喊开了。水升腾着烟，烟袅绕着柳，柳撩拨着水。弄不明那色彩到底是青灰、淡蓝还是浅绿。阳光从云层里放射出来，将云雾穿透成一个洞孔，而后又穿透成一个隧洞。雾气弥散，照在柳上，柳瞬间成了闪电，爆裂出不同的形势。

在这样的环境里走，会觉得有时这棵柳揽了那棵柳在耳语，一忽笑得腰弯了几弯，逗引得其他柳也跟着笑。但你听不见她们的笑，那些笑落进水里，被鱼儿啄走了。

有时你正走着，被谁轻抚了一下肩膀，是那种秀手的感觉。生疏地方，哪里来的艳遇？却是柳。待你回头，身子一扭又跑了。由此给你带来一种他乡遇故知的感觉。柳，自古以来就是有性情的。要不也不会有那么多人缠绵于诗，缱绻于文，将她当作感情的化身。

我一直以为柳是一位弱女子，却不知它能承受到季节的最后阶段。真的，待其他树上的叶子落完之后，你再去看柳，远远的柳还是散着一头浓密的长发，在那里迎风，任雪花飘舞。雪反倒像柳绵，我闻到了洋溢着的清气。

一个女孩在前面走，长发同柳融在一起，渐渐地，已闹不清发丝柳丝。或也是这样的春天，另一个小女孩从柳絮泉走来，沿着熟悉的小路一直向前。湖畔的柳丝正拂出如花的絮，她轻轻踩过，把眼光放开，这时她看到了大明湖的全景。小女孩转过身的时候，后人说，她就是扫眉才子李清照。清照的童年在这里度过，所以她会经常走到湖边来，明湖春柳，影响了她的性情和诗风。

在她的身后走来的还有一个人，就是情怀激烈的辛弃疾，他出生时，中原已为金兵所占，因而他眼中的湖光山色另有不同，心中翻涌着两种波澜，一种是对大好风光的赞叹，一种是对失去山河的悲愤。所以他有“斜阳正在，烟柳断肠处”的词句。辛弃疾终在二十一岁召集两千人仗剑举义。两个世上最著名的词人，竟然都得到了大明湖的滋润。

湖边的小路被柳扭得弯弯曲曲，柳叶一撇一捺地书写着清明。隐约中看到了铁公祠，那是纪念与济南城共存亡的铁铉的，也见了大明湖的胸襟和情义。

一只鸥鸟在水面飞，像快要掉落的风筝，一会儿又拉起了。我一整天都在大明湖徜徉，一会儿坐船，一会儿上到岸上。柳的颜色已不是早起来时的颜色，她像换装一样，一会儿葱黄，一会儿红绿，上边缀了些湖光云影，或朝霞晚艳，还有拥拥攘攘的樱花。那种美景已存在多年，但似乎是给我预备的，等我来慢慢消受。

时光又似倒流回去。那年夏天，历下来了一位客人，李北海自然要在风景如画的海右亭宴客。这位客人不一般，于是就有了“海右此亭古，济南名士多”的诗句。宴饮必有好酒，诗中也就带了酒，酒飘散在柳上，现在还有那种酒香。

当然，这里不仅是杜甫来过，李白、苏轼、曾巩都领略过她的秀美，而且曾巩还做过济南的知州。出于对大明湖的喜爱，他亦如苏轼对待西湖，亲自勾画改造过大明湖。还有元好问，来了就不想走了：“羡杀济南山水好，有心长做济南人”。既然杜甫说过了济南名士多的话，真就有许多名人在这里生长，在这里留住。不沾什么边的，也要来走一走，到历下亭坐一坐。你看，乾隆饶有兴致地题写了“历下亭”的牌匾，刘鹗呢，留下了一篇不错的《老残游记》，郭沫若来得算是较晚的了，他有一副对联挂在亭廊上：杨柳春风万方乐极，芙蕖秋月一片大明。

树在天上画着素描，暗红色的光晕了一圈淡紫。风一吹，画布动起来。天渐渐晚了，湖水泛着暧昧的光。偶尔一条鱼蹿上来，那光瞬间化成了一圈圈的涟漪。

沿着湖快走出去的时候，一排柳歪着扭着的浸在水里，像是一群撩起裙裾、仍在梳洗的少女，真的就有了叽叽嘎嘎的笑，在哪棵树下传来，倒是看不大清楚了。

（原载于2013年8月5日《人民日报》）

张 炜

张 炜（1956— ），山东龙口人。中国作家协会第八届全国委员会主席团成员、山东省作家协会主席、文学创作一级。著有《张炜文集》等单行本多部。作品获全国优秀短篇小说奖和茅盾文学奖等。多部作品译介到国外。

济南：泉水与垂杨

如果从高处俯瞰，会发现这样一座城市：北面是一条大河，南面是起伏的山岭，它们中间是绿色掩映下的一座城郭。河是黄河，中国最有名的一条大河，行至济南愈加开阔，坦荡向东，高堤内外尽是蓬蓬草木。山岭为泰山山脉东端，覆满了密挤的松树，有著名的四门塔、灵岩寺、千佛山、五峰山、龙洞等佛教圣地。

济南将始终和刘鹗的名句连在一起：家家泉水，户户垂杨。这八个字给人以无限想象，说的是水和树，是人类得以舒适居住的最重要的象征和条件。如果一个地方有水有树，那肯定就是生活之佳所。

来济南之前，曾想象过这样的春天：一些人无忧无虑地在泉边柳下晒着太阳，或散步或安坐，脸上尽是满足和幸福的神色。煮茶之水来自名泉，烧茶之柴取自南山，明湖有跳鱼，佛山有倒影，市民从容又欣欣。这样的描绘当然包括了预期，当然是外地人用神思对自己真实生活的一种补充。

来到济南是70年代末80年代初，春末夏初时节。尚未安顿下来，即风尘仆仆赶往大明湖。果然是大水涟涟，碧荷无边，杨柳轻拂，游人闲适。最让人感到亲切的是泥沙质湖岸，自然洁净，水鸟拦路。这令东部人想起了海，让西部人沾上了湿。一座多泉之城，名泉竟达七十二处；其实小泉无限，尽在市民家中院里，从青石缝隙中流淌不息，习以为常。记得当年从大明湖离开，穿小巷抄近路，踏进阴阴的胡同，一脚踩上的就常常是润湿的石块，有人告诉：下面压了泉。

而后又去龙洞山，看见了出乎意料的北方大绿：无边的山地全被绿色植被所遮掩，放眼望去几乎看不到裸石和山土。怀抱粗的大银杏树、长达十丈的攀崖葛藤，让人触目叹息。正是秋天，径湿苔滑，野果盈怀，采不胜采。耳听的全是野鸡啼山猫号，一仰头必有大鹰高翔。守山人比比画画说山里有狼，有银狐和豹猫之类。最难忘一只猫头鹰大白天蹲在路边，让人抚了三下光滑的额头才快快而去。

由于济南以前曾有德意志人染指，所以留下了一个著名的车站广场钟楼。这座钟楼与另外几处历史更久的大教堂一起，给古老的城市添上了异国情调，于对比中调剂了人的口味。苍苍石色和高耸的尖顶，记录了异国人的智慧和美。这是一段特殊历史的见证，见证了国势羸弱而不是开放；但它的美不仅是客观的，而且还无一例外地同样凝聚了劳动人民的智慧。

看过了自然与建筑再听戏曲，听当地最为盛行的吕剧、说书和泰山皮影。湖边说书人使用的济南老腔，厚味苍老，直连古韵，听得人颈直眼呆。泰山皮影则有专门的传人，属于视听大宴，特别入耳入心的是老艺人略显沙哑的泰山莱芜调，说英雄神仙和妖魔鬼怪，如同畅饮地方醇酒。与这一切特别匹配的就是泉水和垂杨。

这种初始印象既是确切的又是新鲜的，它一直会留在心中作为一个对比，并作为一个记忆告诉未来：这就是济南。

近三十年弹指而过。如今济南高楼林立，垂杨尚可寻，名泉迹犹在。钟楼渺无踪，皮影留泰安。仁者爱人，不爱人就会杀树。三十年来，爱树的济南人顽强地护住了湖边垂杨，虽不再“户户”；力促干涸的泉水重新喷涌，虽不再“家家”。这就是一座城市演变的历史，这就是现代工业化中的进与退。

如果仍然给梦想留下了空间，那么这个空间里最触目的仍然也还是那两个老词：泉水——垂杨。

（原载于 2013 年 8 月 10 日《北京晚报》）

韩小蕙

韩小蕙（1954—　），女，北京人。高级编辑，中国作协第七届全委会委员。《光明日报》社《文荟》副刊主编，北京市东城区作协主席。著有《韩小蕙散文代表作》等20部。作品获首届冰心散文奖等。有的作品被翻译到国外。

超然楼抒怀

登临超然楼，整个儿大明湖景区尽收眼底。

今年雨水多，恩泽于泉城济南，不但天下闻名的七十二泉，泉泉神勇，如练奔腾；而且草木英武，葳蕤葱茏。俯身下望，但见一片又一片浓绿若洪波涌起，庶几将湖水染绿，将楼台亭阁和弯弯的月亮拱桥尽掩，还将漫步在绿色中的男人、女人、大人、孩子和老人们，一个个装扮成影影绰绰的舞台人物。以至于一时思接千载，心神有点恍惚：天地一体，古今同台，莫不是穿越回去了宋、元、明、清？

忍不住回转身，将这感觉知会陪伴的文友。

文友没有应和。含蓄地一笑，款款道：“这超然楼，被誉为江北第一楼。你看，这里还有杨衍嗣的一首律诗呢。”

我惊讶地转身望去，果然，在最高层的楼壁上，悬挂着一巨幅书法，录的是：

近水亭台草木欣，
朱楼百尺会波渍。
窗含东海蓬瀛雨，
槛俯南山岱岳云。
柳色荷香尊外度，
菱歌渔唱座中闻。
七桥烟月谁收却？
散入明湖已十分。

落款果然是“明杨衍嗣”。当然，不是原迹，而是后人誊写的。这位杨大诗人可是非同小可的人物，《三国演义》开篇词“滚滚长江东逝水”即是出自他的大手笔。然不知眼前这首七律，是否他专为超然楼所写？

是的。主人还告诉我：据《历城县志》记载，超然楼原为元代学士李泂的别墅，位置在大明湖畔天心水面亭后面。但当年超然楼的规制如何、具体位置、什么模样，均已无从知晓。重建的超然楼全然出于今人的设计，是在近年整修大明湖景区时候修建的。

中国人都有名楼情结。文人如是，百姓如是，当今负责景区建设的官员们尤其是。

眼前的超然楼坐落在湖边开阔的广场上，大青条石铺地，双重汉白玉围栏。主楼呈古代皇家阁楼式样，歇山重檐，宫形阙制；同时又借助了中国古塔的意象，七级叠加，法相庄严。外表覆铜瓦，在金色阳光的照耀下，丹青乌亮，流光溢彩。最与众不同也最漂亮的是，每层大屋顶的每个檐角，都不是一滑到底的一个翘翼，而是像五角星、六角星那样做多角伸展，看上去就像有着数不清的翅膀，一起发力，伴着青云腾飞。又宛如一巨型紫铜重瓣莲花，盛开在湜湜湖水和萋萋草木之上。我特别注意到，此楼还加进了现代建筑元素，第一层进门处完全是现代大会堂的形制，石质长方形平顶平台，下覆三进石柱支撑大门，组成了一个宽宽阔阔的矩形，直走到里面才是古典的黄色木雕花开门，可见济南人的建筑审美意识还真现代。好一座全新的江北第一楼！

自然而然的，我们联想到了岳阳楼、黄鹤楼和滕王阁。文友特别羡慕范仲淹的《岳阳楼记》，说岳阳楼其实既不高耸也不亮丽，全赖范公的这个名篇传播千古，至今前往拜谒者仍滚滚滔滔。若是有人能为超然楼留下一个名篇，那可就太好了……

说的是。三大名楼，全赖名诗名文的传颂。其实还不止，如鹳雀楼、大观楼、嘉峪关、娄山关等，也都因了名家名篇而声名大噪，流香千百年。但这当然又是万古之难事，说来，一篇好诗好文虽无二两重，却比修阁筑楼更艰难得多，"人生忧患文字始"，人的生活质量却是由文学升华的。

主人眼巴巴望着我。我就说：杨衍嗣的这首七律，可不如他的《三国演义》开篇词，那里面的"是非成败转头空。江山依旧在，几度夕阳红"，多么沧桑啊！可《超然楼》这首纯写景，就没太打动我。看来，纯写景的文章即使像绣花那么细密那么美，也比不上具有家国情怀的一路能击打人心的佳作，必须具有巨大的社会容量，再加之超乎一般识见的人生彻悟，"志高则言洁，志大则辞宏，志远则旨永"。

文友颔首。我又补充道：《岳阳楼记》亦如此。之所以成为千古第一至文，肯定不是因为"至若春和景明……"的写景部分，而是永远的名句"先天下之忧而忧，后天下之乐而乐"。

说到这里，我的心一动，突然止住了话头。范仲淹的借岳阳楼抒怀，给我们留下了一位中国政治家的最优美身影，也为中国士大夫阶层留下了为官的最高境界。而他之后的所有官员呢？所有知识分子呢？还有我们今天的人人、民民、官官们，各自能留下一点什么呢？

人活一世，草木一秋。虽然是"寄蜉蝣于天地，渺沧海之一粟"，但我特别欣赏的一句诗是："零落成泥碾作尘，只有香如故。"

此设问萦绕于脑际，竟然挥之不去了。接下来参观各个厅堂的各路珍宝，没有留下太多的印象……

本以为，自己就这样带着泉水和绿意离开济南了。美则美矣，绿则绿矣，感觉上却有点不满足，似乎缺了一抹夺目的红色。

我就提出，想看看今天济南人民的新生活。

好哇，眼前红光一闪，有人将一大张表格递了过来。

捧在手上，表格吐出了馥馥香气。上面密密麻麻，展现的是济南城市中心历下区去年和今年上半年“民生工程”的实施情况。没有空话、套话、大话，开门见山即见如下文字：

> 1. 设立3000万元专项资金，为低保人员每人每年设立1000元医疗卡，为低保边缘人员每人每年设立800元医疗卡，两项医疗卡共计14856张已全部发放完毕。实现低保家庭成员大病全救助，低保边缘家庭大病费用大部分由政府承担。
>
> 5. 对老居民小区进行基础设施提升，为2000户居民安装暖气或燃气。目前已超计划完成，已安装燃气1973户、暖气1984户。
>
> 13. 为低保及农村已婚妇女进行免费健康体检。
>
> 15. 为低保家庭和残疾人实施免费白内障手术。对70岁以上糖尿病视网膜病变患者进行免费手术。
>
> 16. 为符合参保条件的1077名环卫工人办理养老、生育、失业、工伤保险。为800多名在岗因超龄不符合参保条件的环卫工人设立个人账户，进行专项补贴，离岗时一次性予以兑现。
>
> ……

之所以不厌其烦地引用这么多，实在是因为我越看越爱看，越看越兴奋！说句实在话，我以往对政府文件之类一般都采取敬而远之态度，因为里面的空话和口号太多。但眼前这份历下区政府的文件，却字字珠玑，连每一个标点符号都那么珍贵。特别让我眼窝发热的是，这些民生工程90%以上是为老、弱、病、残、失独、低保等困难群体和普通群众做的，在当下的社会结构中，他们是特别需要政府关怀而又非常容易被忽视的嗷嗷待哺人群——我老是忘不了一件事：去年暑期，我们《光明日报》头版报道了湖北一位大学生替做环卫工的母亲扫街。他说，一天要不停地扫许多次，不然一旦路面出现污物，母亲就会被扣工资，而那点微薄工资经不起再扣了……那段话是如此强烈地刺疼了我的心。现在，历下区把政府的心疼落在了实实在在的福利上，我想：至少在周末周日，很多家庭的餐桌上，可能就会多出一条鱼或一碗红烧肉，孩子们会欢呼雀跃，大人们心里该是多么舒坦啊。

想不到，心底期盼的那一抹红色，是在这里呢——仿古的超然楼外，竟然铺展着这样一大幅红色调的幸福风情画！

见到历下区田庆盈书记，他跟我说的头一句话就是：我们这些环卫工啊，年纪都上50岁了，年轻人没人肯干，城市的美观全仗着这些大哥大嫂子呢。你说，政府要是不把他们的晚年安排好，怎么对得起他们今天的辛苦呀……

了解了田庆盈的身世，我立即就明白了他为什么会这么做——他是在艰苦的山沟里长大的。他是地道农民的儿子。他从小立誓要让二叔三婶四大爷都过上好日子，并且他一直没有忘本……

可是，我还有一件事不明白：钱，一分钱难倒英雄汉。这么一笔笔大资金的投入，钱从哪儿来呀？

山里娃出身的田庆盈果然保持着山里人的率真与质朴，实话实道：现在各级政府手里都有资金，就看你用在哪儿了。有的装饰广场，亮丽工程什么的；有的整修街道，搞绿植、粉刷房屋；有的整备一两所国际一流设施的学校，等等。我们历下区的投放重点，就放在老百姓身上……

田庆盈也热爱文学，从学校期间就开始文学创作，是我们的散文文友呢。这一来更拉近了我们之间的距离。我跟他说起了登临超然楼的感受，大家又不约而同地背诵起范仲淹的名句：“居庙堂之高则忧其民，处江湖之远则忧其君，是进亦忧，退亦忧……”

离开济南时，车过超然楼。望着绿意湖光中耸然拔起的高楼，我想的是：当今文人无才，虽南来北往者多多，名楼赋迄未得到。然有田庆盈这样的父母官，在努力一篇一篇地做着《心系民生》的大文章，也可堪告慰了。

（原载于2013年8月10日《光明日报》）

阴 波

阴 波（1960— ），字愚夫，山东济南人。中华诗词学会会员，曾任中共济南市历城区纪委书记，历城区人大常委会副主任、党组书记，济南市作家协会顾问、济南市书法家协会副主席，济南稼轩诗书画研究院院长等职。著有诗歌散文作品多部（篇）。

齐烟韵远说华山

几乎每个城市都会有山。济南城区北面有两座山非常奇特——从北向南，像是朝拜，像是守卫；从南向北，像是两座山阙，通门而望，直通京城门户！这两座山一个因人命名，称鹊山，是为纪念神医扁鹊；一个因形命名，叫华不注山，简称华山。

本文说的是华山。

一

从地理上讲，华不注山非常独特。泰山山脉在向北绵延起伏几十公里后，出现了一段难得的开阔地，这段难得的开阔地就成了古齐州即现在济南市的载体。然后在古大清河即现在的黄河南岸散落星点，其中最大的一个点像一个惊叹号矗立在东端，古人根据她的形状称之单椒，又形象地称其为“华不（fū 夫）注”，典出于《诗·小雅·常棣》，其诗曰：“常（棠）棣之华，鄂不韡韡”。“华”即“花”（古字华与花通假），“鄂不”即“萼跗”，谓之花蒂。山名“华不注”，意为此山如花跗注于水中。说其独特，是因其平地树单椒，水中起芙蓉。北魏郦道元在《水经注》中描述说：“单椒秀泽，不连丘陵以自高；虎牙桀立，孤峰特拔以刺天。青崖翠发，望同点黛。”

黄河自古便与山东有渊源。汉代中期（公元11年），黄河改道由山东利津一带入海，造成支流灌注，济水泛滥。华山、鹊山附近形成一个大湖。至唐称莲水湖，时浅水稻溪，沼泽芦荡，水村渔舍，胜似江南。远远望去，此山像在水中含苞欲放的一枝荷花。李白有诗为赞：“兹山何峻秀，绿翠如芙蓉”，可谓形象。元人王晖则更有气势：“齐州山水天下无，泺源之峻华峰孤”。

看出泰山的霸气来了吧，结尾也给你一个华丽的震撼。

从古文记载讲，亦为源远。最早见于《左传·成公二年》的“齐晋鞍之战”是战国时期的著名战役。时齐晋交恶而战。齐大败，被晋师追赶绕华不注三周。这场战争因齐的傲慢而起，却成就了一个忠臣，齐臣逢丑父舍身救主，后被奉为忠臣之冠。

从人文上讲，华山是齐烟九点的最亮点，也是制高点。说起这齐烟九点，可是济南人骄傲和自豪之处，齐风向以粗犷豪放著称，唯这齐烟九点似增添温文典雅之气。至今，济南城的规划设计都以不得遮挡这个视线作为标准。

二

说起华不注山，有三个人不能忘记。

第一位是赵孟頫，他绘就了济南的第一张文化名片！

提起这位赵松雪（赵孟頫，字子昂，号松雪道人，谥文敏公），人们首先想到的是我们的国粹——书法的楷书四大家：颜、柳、欧、赵。实际上，济南人记住赵孟頫，主要是因他的画。说起他的画，那又是一个高峰。明人王世贞曾说“文人画起自东坡，至松雪敞开大门。”这句话基本上客观地道出了赵孟頫在中国绘画史上的地位。

至元二十九年，也就是公元1292年，赵出任济南路总管府事，时总管缺任，由其独署府事。孟頫官事清简，留下不少佳话，口碑甚佳。三年后去职归居杭州。回到故乡的他常与几位好友相约饮酒赋诗。每每谈起济南则溢于言表，盛赞济南山川之胜，谈及鹊山和华不注山，一个浑圆敦厚，一个尖耸入云，形态迥异，却皆峻峭巍峨，在场的人为之神往。

当他得知祖籍历城的好友周密没回过故乡，为不得见而惆怅时，为慰其思乡之情，激起强烈创作欲望，凭着记忆，以深厚的功力，勾画济南二山之形胜相赠。《鹊华秋色图》由此诞生，中国古代绘画史由此掀开了新的一页。

乾隆皇帝对这幅画达到了酷爱的程度，先后题跋九次且钤章。最有趣的是1748年春乾隆东巡山东济南，登城远眺，发现眼前山色似曾相识，莫非这就是《鹊华秋色图》所绘？遂令人星夜飞骑回北京宫中取来此图，展卷对视，不禁欣然大笑，赞叹不已，“始信笔灵合地灵，当前引证得神髓。”遂又题记于画上。

第二位是康有为，他是第一个提出在华山建新都会的政治家！

这位近代大家与济南颇为有缘。1923年初夏，年逾六旬的康有为第二次来到泉城。进入暮年的他掸掉政治尘埃，倾心于学术演讲，游历于山水名川。故地重游，则又是一番情致。当他登上千佛山俯瞰全城，却心事突起。原来这位笃信风水堪舆的大学者发现一个现象：济南城南靠历山，北临黄河。在他看来，有弓背反向之虞，与传统风水观念相悖。蹙思前行，不禁远眺寻望，忽然间一座山峰挺拔而立，跃入眼帘，心中不由一亮。

这座山就是华不注山！它解开了这位康圣人的心事。

翌日，康有为饶有兴致地登上了华山。极目山巅，顿感开朗，临风西望，左佛右鹊，岚烟青黛，明湖如镜，绿柳依依，黄河逶迤，似从天而来，奔海而去……好一幅美妙山水、如画城郭。“遥望此山如在水中，盖历下城绝胜处也”，于是感叹：“南京钟山紫金峰，北京翠微山、煤山，扬州七星山，苏州的横山……然山水之美皆不如华不注也。”

康有为对济南的印象因华不注而转变，直至升温。他将赞叹升华到奇畅的构思中，提出了大胆而神奇的设想：“诚宜移都会于华不注前”。即是说，华山一带的地势太好了，是建都会的理想之地。玄远睿智的思维被山清水明的画卷激发出热情的创作构思，一篇《新济南记》由此诞生！

“但开一新济南，尤美善矣。……今驰道已至黄台山，黄台桥有农林学校在焉。诚宜从黄台桥通驰于华山前，以华山为公园，稍缀亭台，循花木，先移各学校于山前，驰道间设一公会堂，为吏士公会之所，涉酒楼女闾于其间，因人情之谳乐，藉以开辟之，则游人相率而来，车马杂沓，咸愿受一廛而为氓，乃为之限定园宅之制令，宅地必方十丈以外，宅必楼，瓦必红，宅式不得同，庶几与青岛之闳规美观焉。不十年，新济南必雄美冠中国都会。”

读此文，吾心中会然也。想到正在规划中的“华山地质历史文化公园”，九十年前，康老夫子已给我们描绘出了一幅蓝图，肃然之余，启迪斐然。

第三位是吴良镛，他把华不注山定位为齐鲁文化的三个制高点之一！

这位当年协助梁思成创建中国第一个建筑工程学系的当代建设规划大师，曾起草《北京宪章》，以“人居环境科学”概念著称于世。创建了著名的广义建筑学和人居环境学，成为中国乃至世界建筑学界的一代大师。

十年前，他受邀考察济南城市规划时，提出了一山一水一圣人文化线的三个制高点——尼山（孔庙）、泰山、华山（即华不注山）。

将华不注山列为齐鲁文化的制高点之一不是偶然。

从地域上讲，孔庙、泰山都属鲁国，唯华山属齐。从类别讲，孔为儒家之宗，岱是佛道相融，只华山为道独有。从文化上讲，鲁韵绵长，代表的是厚重和谐；齐风浩浩，代表的是雄旷豪壮。从现代发展方向看，济南是齐鲁文化中心，华山为齐烟九点的代表制高点；泰山是五岳之首，是自然文化和人文文化为一体的典范；孔庙是儒家文化之发源地，是中华文化的重要标志点。这三个文化齐聚齐鲁大地，恰巧又在一条轴线上，不仅仅是地理上的巧合吧？

三

笔者对华山的兴趣，可谓由来已久。

上世纪80年代末，与一集邮爱好者交流，他给我出示了自己珍贵的一张邮票，令当时的我很开眼界。这枚邮票就是台北发行的《鹊华秋色》小联张。这是我第一次见到这幅画，愧为井蛙的我不禁感到震撼，我中华民族竟有此艺术精品！联想到学过的《齐晋鞍之战》，对华山的兴趣更进一层。

几年前，组织调任我到历城区工作。在办公楼上每天都能看到华不注山，历史名山近在咫尺，每次眺望都会觉得情愫蕴生。

华山是一个自然的奇观。

它瞻岱岳而翘首。历城区最早的县志《历乘》记载，杜甫来到济南登此山而赋《望岳》。此说虽无证论，但作为整个山脉最后也是最奇特的一个点，临风遥望，远瞻母体，也是顺理成章的。况且，这展现的不但是一种风仪，更是一种情怀，一种大气的胸怀！

临黄河而傲然。黄河是否有她钟情的载体？我们应该相信她有。这条中华民族的母亲河，哺育了整个中原大地和古老文明。但在下游，她却并不温顺，时常挑剔地改换着她的轨道。一会儿长驱直入，直下燕赵。一会儿又掉头南下，咆哮苏北。直到1855年，才夺道济水——大清河安然入海，从此，她再也没有改过道。是她独钟齐鲁，还是这里有一个玉树临风的孤峰凌霄。不管怎么说，华山像一个驿站，更像一个处子，昼夜不停地在默默地迎着她从西天而来，又静静地注视着她向东海奔去。这里的情结，唯有山与河知！

俯泉城而护海右。历史上，华不注是济南的第一名山。其与泉城的互依前面已经述及。初来历城时，余曾有句赞叹：

一山西望左佛右鹊泉城蕴育齐烟，
三川水盈南泰北河趵突声震大明。

这里左佛指的是千佛山，右鹊是谓鹊山。三川是济南南部山区的锦绣川、锦云川、锦阳川，是济南泉水的发源地。

望平原而眺京华。华不注山是泰山山脉的最后一道屏障，站在山顶，我们的视线越过黄河，整个华北平原一望无际。余充分发挥浪漫主义精神，大胆设想：如果地球是平的，如果人的视力足够好，你可以直接看到北京城！

正所谓：

寂然凝虑思接千载，
悄焉动容视通万里。

在写这篇小文时，我常常内思，作为一座历史文化名山，历代名人皆将此作为济南的标志，流连忘返，多有吟咏。但为什么近代却有式微的趋势呢？

原因很多，但我更想从载体上寻迹。

从路途上讲，华山是一个地标。

从地域性讲，华山是一道风景。

济南是中国政治版图的一个重要的点。从元开始定都北京，济南就成为京城门户，扼守之要道。向南下行，苏杭闽浙，湘鄂赣粤，为必经之地。

于是就出现了一个情景，北上晋京，南下巡游，皆就道于济。古人出行除去步行外，交通工具不外乎三种方式：一是骑马或驴，一是坐轿坐车，再次是行船步行。余有戏言：

自古龙门是京华，
横操翰墨纵策马。
常使流水成江河，
默默青山记岁涯。

这样的话，进出济南，华山就成了一个鲜明的地标，人们远远地看见它，就会有一种长途跋涉将达目的地的兴奋和释然。进入济南，华山就是一道风景。赏水听泉泛舟明湖，然后就是登山。当时光进入工业化时代，最重要的一个变化就是交通工具的现代化。这个变化导致了运行速度的加快，运行速度的加快就使行路地标不再醒目地长久留在人们的视野中，其逐渐淡出人们的注意也就成了必然。

（原载于《山东文学》2013 年第 9 期，篇幅所限，此文有删节）

石　英

石　英（1935—　），原名石恒基，山东黄县人。中国作协会员。曾任百花文艺出版社副总编辑兼《散文》主编、天津市作协副主席、《人民日报》文艺部副主任、中国散文学会副会长等职。著有传记文学《吉鸿昌》，长篇小说《文明地狱》、《同在蓝天下》，散文集《石英散文集》，诗集《石英精选诗选》，以及文艺理论专著《散文写作的成功之路》等。

历下寻珍今昔感

最近，我有幸应邀来济南历下区采风，收获颇丰。济南是我青年时代工作过七八年的城市，应该说是非常熟悉的。此次来到以后，一方面为济南历下区近年来的巨大发展变化而由衷的惊喜，另一方面也为自己故地重游有一种别样的亲切与深深的感慨。

历下区是济南的老城区，也是历史遗存和风景名胜的荟萃之地。过去的记忆和现今的印象，无疑是有许多东西要写的。但我又想：对人所共知的景点和遗址如数家珍般地平面铺叙，肯定没有当地专家和知情人了解得那么详尽。所以，对于我个人而言，不如结合我与济南（历下区）过往的有关经历和今天的所见交叉对照来写，或许会有更多的特点，也还会成为一种不大不小的见证，说明济南历下区在历史进程和时代发展中的丰厚积淀及其重大影响。

我与珍珠泉的缘分

珍珠泉，是济南的名泉之一。上个世纪的1952年9月，我与她有过相偕共处几日的缘分。那是在山东省团代会期间，就在珍珠泉礼堂。大会的主要事项有二：一是团省委领导换届，二是表彰四十三名山东省模范团员。其中主要名额是工业战线的英模，如郝建秀等，也有农业、部队、机关、教育、商业方面的代表人物。我也是这四十三位受表彰者之一（当时我名叫石恒基，一年前被授予济南市模范团员的称号）。作为山东省模范团员，还被授予模范机要工作者的称号。

珍珠泉就在礼堂前的大院里。会议的休息时间，此处就是代表们在最近处观赏名泉奇景的所在。当时仅是十多岁年纪的我，也许少见多怪之故，往往在泉边瞅着瞅着就十分着迷：只见无数粒珍珠滴溜溜向上升起，似乎有一条无形的线神秘地被弹动，有规则或无规则地上升和下沉。但当这珠泡到达水面时，越是目不转睛地盯着她，她越是羞涩似的倏然隐去。我承认我很缺乏这方面的科学知识，经常会向别人提出一些有些可笑的问题。我记得曾问过来自青岛纺织战线的张姓女劳模。她虽然只比我大两岁，我却觉得人家比我懂事得多，成熟得多。

“这水珠能看到人们在看它吧?”我问。

“看到?”她摇头笑了笑，“也许……它能感觉到吧”。事后，我意识到了我的幼稚。张同志的那个“也许”，我想是大姐对小弟的一种善意安慰吧!

在这次团代会结束时有个插曲值得一叙。就在最后领导宴请代表时，我可能是出于高兴，多喝了一些酒（我小时候一闻酒香就有点馋），勉强回到单位，竟昏昏沉沉睡了一天一夜，醒来后译出两天前收到的一份电报，直惊出一身冷汗。尽管尚未误事，但离应办的时间已很迫近。将电报送至首长后，我深自反省，不该乘兴喝过了头，此应作为毕生之教训。自此以后，我真的滴酒不沾，直至现在，半个多世纪过去，竟不再有喝酒的感觉（此一情节我曾计入二十年前写的《我的饮酒史》一文中）。

最近，我再次与珍珠泉重会。尽管四周环境已有较大变化，但宝泉魅力依然。她仍然无声地、尽职尽责地供游客观赏，但不知她是否能够认出我这个早已不再年轻的老友？

珍珠泉，在济南诸名泉中给我的记忆最深。原因是她与我生命历程有着难以磨灭的关系。她的水波，照见了我不同时期的面影，水波上的面影也许瞬息即逝，记忆的刻痕却与生命同在。再见，珍珠泉！

初中课本与大明湖

说起大明湖，我仔细算了一下，前后共去看过七次。年轻时在济南工作时去过三次，其中第二次印象最深，那是省府机要科的同行接待我们军区机要处的几位同志。乘坐的是画舫，因是夏日，一路穿行的几乎全是荷叶，盛开的荷花使我们这些年轻人灵活的眼神也应接不暇。“文革”后的新时期去过四次，大抵是70年代末一次、90年代和2000年后各一次，最近又是一次。

然而，我不想罗列这几次游览的平面印象，倒是我初中时语文课本中有关大明湖的篇章使我不能不提。因为这对于济南、对于历下区和大明湖本身，都是实实在在的良好影响；而对我本人而言，也是生命历程中知识积累的重要篇页。

我的初中是在故乡胶东解放区上的。由于处在战争环境中，断断续续上了不到两年，却也发给了正规的初中毕业证书。我就是带着这个学历参加人民解放军的。

说起来连我自己也难以置信：战争时期的课本，编书人的眼光仍然非常开阔，知识含量应该说是相当深的。就拿初中一、二年级的语文来说，分别载有《大明湖》和《白妞说书》两篇。《大明湖》是综合性的，《白妞说书》显然是选自《老残游记》而略有删节。在《大明湖》中，所列景点我记得有历下亭、铁公祠、北极阁等。其中有关名联如“海右此亭古，济南名士多”、“四面荷花三面柳，一城山色半城湖”都有。而且前者“为湖南道州书法家何绍基手书”也已注出，只是诗的出处没有说明。我庆幸当年在老家还未来到省城时即将这些知识储存于大脑中。对于铁公祠尊奉的铁铉，课本中花费的文字更多，至今我大致还记得的是：“铁铉是一位不畏强暴、力抗敌军的可歌可泣的志士，后来因寡不敌众被俘，至死不屈，表现出惊天地、泣鬼神的浩然正气。”按说，在当时的解放区，往往都从人民革命的观点出发，对于“忠君”的将相人等，常常要批判几句的。但我清楚记得，对于铁铉这个人物，一句批判的话也没有。我想可能是因为当时为了鼓舞解放区人民同仇敌忾打倒蒋介石，也需要一种英勇奋战、誓死不屈的精神吧！而在我今天看来，当时解放区的中学课本的定位是对的。其实，像铁公所秉有的精神，正是文天祥等古代志士仁人所倡导的人间正气，也是为最大多数人民群众所钦服的崇高气节。从某种意义上说，铁铉的志节与行为在很大程度上已突破了狭隘的忠君意识，而升华为跨越时空的正义化身为后世所称道。而况他的对手——后来的永乐皇帝朱棣（姑不全面评价其功过），至少在对待不那么顺从他的人则极尽屠戮为能事。譬如攻破南京后对大学问家方孝孺灭其十族，可谓超绝的凶残，将封建统治者的阴狠本性推向了极致，可见铁铉式的结局并非他独有的遭遇。

对啦，当时在读课本时，可能出于“偏爱本乡土”的心理，我认为铁公就是山东人。参军后阅览书报杂志，方知他是河南邓州人。然而，直到最近这次来泉城采风，才知道铁公死时年仅 36 岁。细想也不为怪，岳飞岳武穆殉难时不也才 38 岁嘛。古代之杰才许多都是英年死难，令人嗟叹！

当时课本上的《白妞说书》我也是非常喜爱的，而且我从课文的注释中已知作者刘鹗的基本情况：“刘鹗，字铁云，近代小说家，江苏丹徒人。”当时能够将这样的章节选入初中课本，足见我山东解放区的文教人士并不只是从简单的政治概念出发，也很有文学艺术眼光。当时我酷爱这样的作品，对日后走上文学之路深刻的影响。至今想来，我不能不深深感激大明湖，感激当时课本的编纂者。

正因如此，在事隔几十年之后，此番再来大明湖，我对铁公祠和当年白妞说书的原址特别投入。今昔是不能割裂的，历史是一面宝镜，了解过去，对今天的一切便倍觉珍贵。我觉得我的使命是双重的：将过去拉过来，将今天展开去，促使今天与昨日更合宜的对接。

数十年泉城老街爱心不泯

我对济南老城街道素来有一种爱恋般的情绪。早在20世纪50年代初，每到星期天或放假日经常去老城街漫步，却很少去商埠比较现代化的商场。1954年国家宪法公布前，按照机要部门“二人以上通行制”的规定，均与本科处同事一起出行；而1954年后则是一个人去，然后在小饭馆吃过午饭，再去新市场的天庆戏院或大观园内的大众剧场看一场京剧。

在老街道漫步，主要是品味它的古风雅韵，尽情实现幼时对“济南府”的心仪之情。文学，离不开历史，离不开浓浓的人文感受。我自幼酷爱文学，参军后做机要工作暂时搁置，但艺术的丝弦未断，体味、感受无疑也是一种衔接和积淀。

我那时常常经过的是芙蓉街、贡院后街、按察司街、布政司街以及剪子巷等等。我意在就古名而品古意。也许当时有的老街即已易名，但我还是冲着它的老名去的。有的街道似乎今昔有些不同，如“贡院墙根街”当时没有这个印象，反而“贡院后街”留在我脑子里的印象很清晰；还有，有一个叫“抱厦街”的我始终有些记忆，不知是否记错了。漫步老街，同样是一种知识的增进与积累，如对布政司和按察司这类官衙，小时候在老家看大戏，碰到这类问题都囫囵吞枣，莫知其详，而在泉城“逛街”时请教明公并查阅资料，始知它们的职务和品级，并对“藩司”与“臬司”的别称也有了答案。

当时我最难忘的情景是芙蓉街上的芙蓉树。沿街非只一二，粉色的穗须状的芙蓉花充满着平民化的青春气息。小时候在老家偶也曾见过，但没有这里的如此盎然勃发。芙蓉本是荷花的另一别称，而芙蓉花至少在山东地面似乎已是一种乔木花树的定位俗称。只是50年代自济南别后，在其他地方还真无缘再见到，不知为何。至于剪子巷，我去过的次数要算是最多的了。那时这里绝不是只卖剪刀，还有别的多种杂货和零碎奇巧东西。1953 年我买的第一块手表，就是在这里的一家表店里买的二手旧表。后来总是走得不准，不是太慢就是太快，过一段时间就要来修理，却就是治标治不了本。掌柜的从来都不推不烦，面带微笑，彼此都发不起火来。

但此番来历下区采风，始知我当时去过的地方只能说是一部分而已。最典型的如曲水亭街，过去不仅没有到过，竟连听说也未，可见年轻时还是孤陋寡闻。当我置身于曲水亭街，我真的感觉到那种浓浓人情味是从水波里弹出来的，是从河畔石缝里渗出来的，是从河街两侧或大门或小窗走出来透出来的，也是从安详沉静的本地人的脸上真切的现出来的。当然时间又过了数十年，我觉得曲水亭街越发地呈现出泉城深厚的人文底蕴。就连小店门前的旧照片，卖当地传统小食品的窗口，许多细节都显得那么自然而不造作，淡定中又富有人情味。离此街不远处的王府池子，那种普通市民们的怡然自乐，舒展平和的心态，都在泳者的表情和动作中展现出来。这处明朝德王府的旧址，也是此次我来历下区才知道的。

看，有多少本是“旧识”对我而言却是新知，可见历下区本身就是一部厚厚的大书，还有多少未曾览尽，纵是再给我几次机会在市街漫步，也还是走不完的啊！

最后，单说辛稼轩纪念祠

位于大明湖南岸遐园以西的辛稼轩纪念祠，我近年来先后来过两次。上世纪 1961 年初建时，报刊上多有披载，印象颇新，稼轩纪念祠建于此实在是顺理成章。这位伟大词人和抗金英雄本就是山东历城人，受齐鲁文化熏陶极深，无论是人还是作品无不正气浩然，义薄云天，明湖美景配以英雄志士，自然是相得益彰。

尽管我自幼即熟知辛弃疾的传奇经历，但每次瞻仰稼轩祠又都有新的感受。尤其是这一次，得知稼轩纪念祠的原址是清末为李鸿章歌功颂德的“李公祠”，则更觉当日改建为稼轩祠之举极有识见。对于这位清朝晚期的李“中堂”大人，虽不必一提起来就痛骂“卖国贼”，但也不必“包容”到极尽，美化成“力挽狂澜”的护国大功臣。甚至有的文章还要亲上加亲锦上添花，将一位与李大人沾亲的，而再度红火的当年才女作家弄错了辈分，也太过于爱屋及乌了吧？所以，假使李中堂地下有知，礼请稼轩先贤明湖憩息，以抚后世，也算有点起码的心胸吧？

我以为前来参观稼轩祠，更多的是感动与敬仰，而此次却突然想到了一个问题，也算是有点新的思考。从前一提起南宋，便自然想到如辛弃疾这样的有志之士，在当局耽于偏安的大局面之下，志不可伸，而只有激愤之下的忧郁，似乎总是处于末世江河日下的悲凉。而现在我却想：对照清朝晚期，南宋尽管在北方强敌的欺压和逼迫之下，总体处于孱弱之势，但与清朝晚期统治者颟顸腐弱造成的无可救药之态，还是有区别的。南宋时期，势虽促而气不弱。统治者苟且享乐，而将帅文臣诗词杰才中，多有铮铮风骨力主抗侮济世之士。如陆游、辛弃疾就是其中的光辉代表。纵是当蒙古骁骑南下势不可挡的危局之下，还有文天祥、陆秀夫、张世杰等这样成仁取义，浩气不泯的人物光耀天地。而晚清时期虽也有变法推新之举，救亡图存之声，但总有浩气不足、士风式微之感。在很大程度上，证明了封建社会正发展到衰末阶段，腐弱之势难收。幸而有孙中山领导的辛亥革命结束了帝制，更重要的是正如毛泽东所言：十月革命一声炮响，给中国送来了马克思列宁主义。新文化运动、中国共产党的诞生，才有可能从根本上改变中国积贫积弱、饱受欺凌的可悲局面，而走上真正的富强之路。

人向正道，天地正气，是贯穿今昔的基线。无论历史的发展中几多曲折，几多逆流，但正义与邪恶，清廉与污浊，总归是泾渭分明的。这就是我从辛稼轩纪念祠走出来时，想的就是这个也许是人所共知的问题。此刻，我心中不禁涌出辛词《沁园春》中的：“吾庐小，在龙蛇影外，风雨声中。”似见他走出宅院，伫立于大明湖畔，听风声雨声，以当代清气，尽涤千年积郁，不亦畅乎！

（原载于《济南的味道》，作家出版社，2013 年 9 月）

谢大光

谢大光（1943— ），山西临猗人。曾任百花文艺出版社副总编辑、《小说家》主编、《中外散文选萃》主编。中国散文学会常务理事，天津市作协理事。著有散文集《落花》、《流水》、《谢大光散文》等。报告文学《铁凝和她的父亲》获天津市优秀作品奖。

济南的泉

都知道济南有三大名胜，千佛山、大明湖、趵突泉，和山比起来，和湖比起来，泉最不起眼，但终究济南还是叫了“泉城”。刘鹗写《老残游记》时，尚未见到“泉城”的称呼，留下“家家泉水，户户垂杨”的名句，“泉城”已是呼之欲出了。日本人德富苏峰（就是那个写《自然与人生》出名的德富芦花的哥哥）1917 年来到济南，游记中记述：“济南是一座水都，号称七十二泉，到处都有泉水喷涌而出。其中最有名的是趵突泉。”德富苏峰在济南停留三天，对济南的山、湖、泉水都有美赞，他给予济南“水都”的称呼却有些不够确切。威尼斯被称为水都，苏州也被称为水都，都好。而“到处都有泉水喷涌而出”，注意，是泉水哦！这样的城市，世界上恐怕没有第二个，只有咱济南。济南的泉比济南的城古老多了，史载两千七百年前，齐鲁会盟于泺水，就是今天的趵突泉。大人物会见谈大事，常要郑重地勒石为记，殊不知石边的泉水已默默地在那里流淌了亿万斯年。那时，历史在意的是诸侯霸业，不起眼的泉水只有和霸业连在一起，才得以载入史册。到了今天，你再看，当年那些大人物的千秋霸业都哪儿去了？泉水依旧冒得欢。

据说，济南城区的泉，单是有名的就有二百多，没名的呢，无计其数。也怪，泉水到了济南格外恣肆，大泉小泉自由自在流淌，你呀我呀碰到一起汇成了河渠，汇成河渠的泉水更得意了，成群结队，走街串巷，闪过树丛，溜进人家，挟着满城的活力聚到城北，就成了大明湖。济南城啊，坐落在澄明清冷的泉群中间，分明是个幸运的婴儿，在泉水的簇拥呵护下慢慢长大。泉水生来和人最亲，冬暖夏凉，可着人心，家常过日子添上一口泉水做伴，有多幸运。泉水又不势利，你对她好，她就对你好，越是身处下层，她越视为知己。泉水的好济南人最感念，“泉城”的美称就该在百姓中间口口相传叫起来。泉城，泉城，泉和城在了一起，不就是泉和人在一起嘛。

有位朋友准备出国访学，去年冬天来济南办赴英签证，递交资料时，才被告知证件没带全，郁闷中拐到护城河一带散心，蓦然发现，“轰轰下泄，澎湃万状”的黑虎泉就在眼前，周围的九女、玛瑙、琵琶、白石、对波诸泉，虽没有黑虎泉的气势，单是那些娇俏玲珑的泉名就妙不可言，只见一串串小水泡从池底泛出，在水面上形成一圈圈涟漪，不由使人浮想联翩，刚才满心的沮丧一扫而光。更妙的是，每个泉眼周围，都有成群结队的市民在取水，手里拿着各式各样的容器，茶壶、水桶、塑料壶、矿泉水瓶……五花八门，都是家常过日子用的家伙什儿，嘿，人和泉像家人一样亲密，真正的泉城一景。她后悔自己没有带相机，转而一想，如被拒签，也非坏事，可以借机再跑一趟济南，尽情拍摄护城河边这温馨壮观的画面。

如今已是初夏，护城河边，黑虎泉畔，朋友的旧游之地，泉水和打水的人群依旧那么旺，人多却不躁，排着队，聊着天，不紧不慢，边说边笑着就把水打好了。泉边专门为中老年人设了取水点，备有取水的吊桶，过日子细致的人不怕麻烦，把吊桶顺着池边系下，特意到黑虎的口边取水，图个鲜灵吧。一位老大娘，用小行李车拖着刚打上来的四大瓶水，前边还有一只小狗也在使劲拉车，问起来，就住在附近，每天风雨无阻来两趟，打的泉水够一家人吃了，说着，乐呵呵地走了。顺着大娘的背影隔河望去，水岸参差，柳荫成烟，对面解放阁下，又添了一道风景：九女、白石两泉相邻，雪白的天然石拢在护城河内，将泉眼隔成一道水湾，大白石上或蹲或坐或立，满是乘凉的人。这么多的人聚在一起，若是在商场早就闹得个沸反盈天，这里却是一派安宁。一对小夫妻带着孩子赤脚戏水，一家三口望着水中的影子笑，直笑到了心里去；三三两两的女学生歪着头摆弄手机，心思不知漫游到了哪里，长发垂下来拂着水面。传说中，这九女泉每天破晓前有仙女飘来沐浴梳妆，泉边的女孩子就多。人多泉愈静，泉静人自静，泉水的气息陶冶着性子，人在泉边怡然成一株柳，萧散，自适，看着舒服。乘凉的人闲望对岸打水的人，好过看风景，没承想自己也成了风景。两岸合成一幅人泉偕乐图。

若是想看街巷里的泉水，就跟着半大小子跑吧。男孩子坐不住，泉水跑，他也跑，泉水和孩子比着赛跑，看谁先到大明湖。一路跑，一路加入新的泉友，跑到芙蓉街，就有芙蓉泉，跑到王府池子，就有濯缨泉，这里地势开阔，泉水戏得欢，天然聚成一处游泳池，曲巷藏幽，杨柳叠翠，好一个休闲去处。下去扑腾一阵，孩子累了，泉水还要接着跑，过了起凤桥，悠然荡出一条水巷，水巷边的起凤桥街，窄窄的，却养着一处起凤泉，泉在街边人家院子里，起凤桥街9号，主人姓张。张先生抱着孙子讲述起凤泉的沧桑，像历数家人的悲欢离合。这起凤泉至少是清朝时先祖留下的，张先生从小就和泉水戏耍在一起，泉水人家珍惜这上天的恩赐，泉池四周围有精致的护栏，护栏上雕刻着八仙手中的八件法器，称为隐八仙。就因这隐八仙，“破四旧”时石栏被砸烂，泉眼遭填埋，家也被抄得七零八落，泉和人一起落难。总是念着有重见泉水的一天，张先生和家人偷偷把护栏的底座挖出藏了起来。这不，重修好的泉池，石栏的材质上下呈新旧两种颜色，当中一道线清晰地标出历史的断痕。

知道我来济南，已在剑桥的朋友发邮件叮嘱：“济南的泉水确实值得一看再看呢。”是了，济南的泉水，我最想一看再看的，还是趵突泉。说来惭愧，几次到趵突泉都来去匆匆，白天人多景也杂，眼在心不在的，辜负了这人间难得的奇葩。夜晚的趵突泉该是另一番景象吧。趁月色好，约两位年轻朋友闯了去，正赶上园子要关门，好说歹说蹭了进去，园子里倒像另一个世界，小径上空空落落，两旁高大的槐树柳树黑魆魆像庙里的护法神，白日里火焰般耀眼的石榴花只留着星星点点，这园子原有很多名堂，沧园，白雪楼，尚志堂……在暗夜中隐隐约约退成了背景，此刻，满园的光彩，满园的生气，都拢聚在三股晶莹的泉水上。只见波光粼粼的泉池中，三朵泉头齐齐涌起尺把高，在空中翻卷成巨大的水轮，落下，涌起，落下，涌起，一刻不停，活像一群小精灵嬉闹着从水下钻出。我们站在来鹤桥上看呆了，久久没有言语。茶室的人过来问，廊下的茶围已满，要喝茶，在这桥上安张桌子可好？我们大喜。落座喝茶说着闲话，孩子的功课呀，老人的起居啊，话题有一搭没一搭越说越疏，目光不由得又转向了泉。月光透过树梢照在水面上，漫起一层雾气，两廊的茶客陆续散去了，夜已深，万籁俱寂，泉的勃起声这时才听得真切，哱——噗，哱——噗，轻轻地，缓缓地，从容不迫，也许只有花开、日出、生命降临人间的一刹那，才会迸出这样的天籁吧。静静凝望，久久倾听，听着听着，人会感觉灵魂出窍，心随泉的魂魄游走，仿佛看见泉水在山间诞生，地下成长，黑暗中奔突、寻找，积蓄着力量，石隙间挫磨、淘滤，砥砺着品行，一旦遇到些微光亮，便全力突出地面，奔向光明。人们看到喷涌而出的泉花，赞美泉水的高洁，可曾知道，在人所不见的地方，泉水有过怎样的隐忍，委屈。有道是百炼成钢，对于泉水，应该是百折成泉吧，身处低微不改凌云之志，泉水堪为人师。

先哲有言：“上善若水。水善利万物而不争。”善有上下，水岂能无？雨雪泉瀑，水有百态，江河湖海，水有百性，依我看，这济南的泉，夏盈不溢，冬瘦不枯，远可观，近可饮，众宜欢，独宜思，动静有度，冷暖怡人，不正是水的上上之品吗。

上善若水，上水唯泉。济南的泉水，当得这八个字。

（原载于《济南的味道》，作家出版社，2013 年 9 月，
后发表于《文汇报》）

鲍尔吉·原野

鲍尔吉·原野（1958— ），内蒙古呼和浩特人。现供职于辽宁省公安厅《平安》杂志。著有《掌心化雪》、《不要和春天说话》、《浪漫是情场的官僚主义》等。

晨游大明湖

我跑步跑过许多地方。挑奇特的说，我跑过西伯利亚贝加尔湖畔的公路——窄窄的公路上，大卡车呼啸而来，从踉跄行走的醉汉身边驶过。我跑过西安的城墙和德国斯图加特的森林，跑过喀什噶尔的浮尘天气和海口的椰林树荫地带。跑步中印象美好的是济南的大明湖。

我跑步属于认真地快跑。没想快跑，但腕上的表一启动，身心都交付狂奔当中，风景啊、亭台楼阁就顾不上看了。今年赴济南，正值仲夏，早上到大明湖跑步。堤边的柳丝与荷叶在淡淡的薄雾里宛如国画长卷。见此景，我犹豫快跑还是慢颠。一番思想斗争后，我决心先狂奔至汗下再利用整理运动慢慢欣赏湖光山色。狂奔起，沿湖边跑了 45 分钟，汗出得身体如同漏了，从酒店拎出的大毛巾全湿透了。跑讫，边溜达边看景。

这是早上五点半，轻纱般的白雾在湖上飘移。好似幕帘，拉开露一方美景，旋即合上，告诉你对美要珍惜。在白雾消散处，荷花宛似仙子坐在圆圆的莲叶旁降临水面。她们下凡的通道当然是那片柔曼的白雾。人说菩萨打坐就坐在荷花上，实在因为荷花太美，如同一座玲珑宝龛。而露珠凝立莲叶之上，立得滚圆。莲茎高高举起欲开又拢的红莲，让人忍不住想在这里的石桥栏杆上题一句诗：此处有仙境。

“四面荷花三面柳，一城山色半城湖”，清代诗人刘凤诰这两句诗是咏济南的诗章中最殊胜的诗眼，当年由山东巡抚、大书法家铁保书写刻在条石上，嵌于大明湖边的铁公祠西圆门侧。济南风光好，而济南人的自豪感全被此诗说尽。“四面荷花三面柳，一城山色半城湖”。此处不是仙境，仙境在何处？荷柳湖山，写的是济南，更是大明湖。

清风徐至，为我拭汗。风从荷叶吹来，带着晶莹的清气。我想起一位日本唯美派小说家的名字——永井荷风，这名字起得多好——荷风。人们来大明湖走走、转转、跑跑，都想把名字改成荷风，张荷风、李荷风，情致婉转。荷风自柳边来，柳丝依依，似与湖水倾诉万般心语。

在大明湖，荷花与柳枝为绝配。此景如同黄山的峭壁与青松是绝配，秦淮河上桨声与灯影为绝配，牛肉和大葱包饺子为绝配道理相通。天下事往往有绝配，人与人、物与物，有缘遇到一起，便成佳话。在大明湖边上，鹊山与华山也是绝配。登上汇波楼远望，鹊山在西，华山在东，遥遥相对。烟雨之日，两山脉脉含情。古时济南八景有此“鹊华烟雨”，元画家、书家赵孟頫曾有《鹊华秋色图》，记录美景。大明湖以往曾有鹊华桥，建于北宋诗人曾巩任齐州太守时。

曾巩主政齐州时，疏通了大明湖水，在北城墙修建了北水门。他把疏浚湖水挖出的泥沙筑了一道百花堤，栽花种柳。湖水分为东湖西湖，画舫云集，仕人往来。曾巩专门赋《百花堤》一首，记录欢愉心情：

如玉水中沙，谁为北湖路。
久翳荒草根，未承青霞步。
我为发其狂，修营极幽趣。

发直而砥平，骅骝可驰骛。
周以百花林，繁香泫清露。
间以绿杨阴，芳风转朝暮。

百花桥即后来的鹊华桥，乾隆十三年（1148 年），乾隆皇帝巡济南，游览大明湖，写下《题鹊华桥三首》，其中两首写道：

长笛数里亘双湖，夹镜波光入画图。
望见鹊华山色好，石桥名亦与凡殊。

大明岂是银河畔，何事居然架鹊桥？
秋月春风初较量，白榆应让柳千条。

乾隆在画舫上远望鹊山，近观柳条，想到了牛郎织女，又说到银河。此诗题过六天后，传来皇后辞世的消息，乾隆极为懊悔，以为此诗招来不祥，应了牛郎织女分离的传说。

三年后，乾隆又到济南，不肯再登鹊华桥，写下一首悲戚的诗：

大明湖已是银河，鹊架桥成不再过。
付尔东风两行泪，为添北渚几分波。

山水给人愉悦或给人无奈，全凭每人的不同心境。

逛大明湖不能不提千佛山。我小时候读刘鹗的《老残游记》，读过好多遍，一些写景的章节隐约可以背下来。刘鹗写千佛山称："到了铁公祠前，朝南一望，只见对面千佛山上，梵宇僧楼，与那苍松翠柏，高下相间，红的火红，白的雪白，青的靛青，绿的碧绿。更有那一株半株的丹枫夹在里面，仿佛宋人赵千里的一幅大画，做了一架数十里长的屏风。……低头看去，谁知那明湖业已澄净得如同镜子一般。那千佛山的倒影映在湖里，显得明明白白，那楼台树木，格外光彩，觉得比上头的一个千佛山还要好看，还要清楚。”

刘鹗这一段描写，那才叫明明白白、清清楚楚，有对色彩的敏感和大鼓书的韵致。我在湖堤狂奔时，已想到这一段描写，又想到当年的艺人黑妞、白妞。此刻是清晨，湖面影影绰绰可以看到千佛山的倒影。一首游大明湖的绝句写道：

佛山影落镜湖秋，湖上看山翠欲流。
花外小舟吹笛过，月明香动水云舟。

此诗之美亦美在山之倒影。观山倒影要在晨夕，若天色澄净，夕阳下的山影会更动人。

说话间，走到大明湖西岸，荷柳依旧，雾散之后的湖面更显空阔明净。在这里走走，看风景是美事，看晨练的人则是趣事。

济南人热情豪爽，晨练时也表现鲜明。穿白绸衣舞红扇的女士列队起舞，似与荷花争艳。这里习武的人明显比其他城市要多。练太极的、练七节鞭的、练剑的人正在昭示此地不仅崇文，兼以宣武。我还见一伙练摔跤的人，举石锁增添臂力，这种练法庶几近于古人。晨练之人相互感染，我是跑步者，也被舞者与武者感染。奇怪啊，人在晨练之后都神采奕奕，都咧着嘴笑并互相笑。生物学称运动激发了人脑分泌掌管快乐的内啡呔。快乐除了其化学性外，还由环境激发。人们不光乐在晨练，还乐在于大明湖边练。湖水波光潋滟，衬以荷花柳丝，运动者难免心旷神怡。我看到湖上水鸟翔飞，向人请教。身旁一位练石锁的壮汉说，这些年野鸭子多了。一种叫水鸡子，比家鸭个小，羽毛灰褐。另一种个头比水鸡子还小，头顶红羽，叫红冠子。一早一晚，常见到野鸭子戏水，成双游弋。

我见这位壮汉健谈，接着向他请教：大明湖的历下亭为什么叫历下啊？他答：历下指的是历山之下啊。我又问，历山在哪儿啊，我怎么没听说？

他反问：你不是济南人吧？我答不是。他说不是济南人也应该知道，历山就是千佛山啊！

哎哟！历山就是千佛山，我真乃孤陋寡闻，历山就是刘鹗写过的千佛山倒影之山。我谢过壮汉，转身就走。我光会跑步，却不懂风物常识，让人笑话。回家查了查书，得知舜帝为民时，曾在历山之下躬耕。《墨子》记载："古者舜，耕历山。"《史记》记载："秦兵次历下"。春秋时，历山属齐国，秦代称历下邑，汉至清代都称历城县。此事除了我不知道，看来人人都知道。我最早接触"历下"是杜甫诗《陪李北海宴历下亭》，诗中有云："海右此亭古，济南名士多。"这两句诗最为济南人称道，与"四面荷花三面柳，一城山色半城湖"构成歌咏济南的最有名的辞章，早已刻成牌匾高悬，传诵众口。然而细琢磨，刘凤诰写的是地理环境——荷柳城湖，杜甫写的是人文特征——亭与人。济南人显然更喜欢杜甫的后一句："济南名士多"。自古以来在历下留下游踪的名士数不胜数。古代的不论，近现代于济南求学的有任继愈、李长之等人。在济南任教的有顾随、老舍、杨晦等人。而胡适、柳亚子、瞿秋白、孙犁、周作人、叶圣陶、郁达夫、钱穆等名士都来过济南或数次来济南，他们的文化气息给大明湖留下了温润的芳泽。

唐天宝四年（745 年），杜甫来济南与北海太守李邕乘舟游湖，饮酒唱和，留下了"海右此亭古，济南名士多"的不朽诗章。千百年，不知有多少文人雅客对着这两句诗感叹，尔后唱和，尔后湮灭，想跟诗圣比肩是不可能的事情。但唱和诗文中，亦有可观者。康熙三十二年（1693 年），山东按察使喻成龙重修历下亭，邀蒲松龄题诗。蒲松龄追忆杜甫李邕的交欢，写道：

大明湖上一徘徊，两岸垂杨荫绿苔。
大雅不随芳草没，新亭仍傍碧柳开。
雨余水涨双堤远，风起荷香四面来。
遥羡当年贤太守，少陵佳宴得追陪。

此诗尚不足以表达蒲松龄的心意，他又写下千余言的《古历亭赋》，详细描述了湖与亭的盛衰。自杜甫始，历代文人雅客对历下亭的歌咏，如在佛身层层涂金，为后人留下了人文的历下亭和美好的大明湖。

（原载于《济南的味道》，作家出版社，2013 年 9 月）

卞毓方

卞毓方（1944—　），江苏阜宁人。中国作协会员。著有散文集《岁月游虹》、《雪冠》、《煌煌上庠》、《长歌当啸》、《妩媚得风流》、《历史是明天的心跳》、《千山独行》等。

泉城听涛

小住泉城，下榻一家以“泉”入名的酒店，听了一宿的涛声——涛声？此地远离大海，距浩荡过境的黄河也有二十多里之遥，哪来的波喧浪哗？唯有中央空调，兀自洋洋得意地嗡嗡着，关掉吧，嫌太热，室温坚守在33℃，居高不下，打开，又嫌太吵，害我心烦意乱，辗转反侧……

莫知过了多久，瞿然而醒，侧耳谛听，“哗——！哗哗——！”似海浪卷过沙滩；俄而“砰——！砰砰——！”若惊涛撞击岩石。怪事！我这是在哪儿？——嗯，在泉城，高卧在一家酒店的二十二楼。夜色未央，电脑在休眠，电视在假寐，走廊人杳，隔壁酒楼的灯火阑珊，远远的市声也歇了，散了，隐了，枕畔何来的涛吼？

宁非幻觉？

须知，五亿年前，这儿属于汪洋。一亿八千万年前，伴随莽烈的燕山运动，海底才隆升为陆地。澎湃过，鱼龙出没过，那些曾经的潮涌潮落鸥舞鸥翔鲸鼾鲸息，必定有一部分记录在地表下的水成岩，犹如早期唱片上的纹路，今夜，则借了我心灵的拾音头，重温《涛声依旧》。

时光溯流。沧海横溢。人类从海洋中走出，人类却再也难以回到海洋，只能望洋兴叹。昨天，不，前天，正是为这远古的“自由的元素”（普希金语）所吸引，我去了济南博物馆，想弄清泉城地壳变迁的演义。步入第一展厅，我不无失望，博物馆展览的是“有史以来”——它不管天地玄黄，宇宙洪荒。

馆不大，仅两层。徐北文撰写的前言，概述的是九千年以降的文明史，从后李文化到北辛文化，迤逦而至大汶口文化、龙山文化。彼时，那时，海陆定位，人类启蒙，文明起步。徐先生指出，五千年前，济南属于东夷，领导者名舜，曾躬耕于历山，“他的孝友仁爱的品德受到人民的拥戴，成为儒家的理想——天下为公、世界大同的典范。”啧啧，这是另一种海洋，思想的巨浸，道德的沧溟，不由人不肃然起敬。

舜曾经耕作的历山，即今日的千佛山，坐落在泉城的东南隅。博物馆借势，紧偎其脚下。我下榻的酒店，也借它的风水：崇刹高栋，苍松翠柏，推窗即见。出酒店不远，更有“舜井”之古迹，“舜耕”、“舜田”、“舜华”等古意斑斓的地名。舜是一个如日月经天江河行地的古帝，一个未经注册、即便注册了也无人理会的公用商标，皇皇神州，东西南北中，到处有人打他的旗号。我是一个业余考古学者，一个超脱任何地域之争的自由派分子，凭我多年在古文字（甲骨文、陶文）中的爬梳剔抉，刮垢磨光，我敢断言，以泰沂山系为中心的海岱地区，是中华民族的发祥地，在四千年前那场人与洪水的生死搏击中（以大禹治水为标志），泰山沂蒙山及其周围的高地，扮演的是东半球的“挪亚方舟”。

说说就扯远了，打住。博物馆虽小，却尽有使我眼前一亮的展品，比如那些鼎，那些鬲，那些喙与甗，爵与盉，无论材质为陶为铜，基本是圆口，三足（只有一尊商鼎，方口，四足），难怪成语要说“三足鼎立”。想起了老子《道德经》中的话：“道生一，一生二，二生三，三生万物。”“三”，显然是“道”的最高境界了。站在这些造型简洁、落落大方的三足容器前，我忽然想到了数学、物理和艺术。古人对数的认识，应是始于一，进于二，飞跃于三，一为原始，二为进化，三为圆融。圆口容器凭三条腿稳定支撑，显示泉城初民已具备相当的数学、力学和美学修养。

心血因庄严感神圣感而来潮，昨天上午，我乘兴登上了千佛山。人的天性就是往高处走。宇宙间如果有天梯，相信大家都会往上爬。曾有人问一位登山家：“你为何要攀登珠峰？”答曰：“因为它在那里。”而今我登上千佛山，也是因为“它在那里”。这是一处超然世外的所在，不但可以近瞰城郭，俯窥街道，还可以远眺黄河，极目“齐烟九点”。但那是过去式了，因为雾霭迷离，云气氤氲，仅勉强辨出城区的大概，至于地平线上的黄河，以及其他什么峰，什么峦，皆隐而不现，只能向记忆深处搜求了。兴冲冲上山，怏怏下山，将登缆车，忽见在城东北方位的一角，雾破云开，露出一柱擎天的华不注（俗名华山）。瞬间怔住，脑袋嗡地一响，仿佛接到上帝的信息：“你与它有缘!”脑筋急转，立马联想到学界有关“华夏”二字的诠释。华夏华夏，本为汉族的古称，逐渐演变为中华民族的统称。金庸有次在北大演讲，他认为，华夏的“夏”，取自夏王朝的国号，“华”，则取自五岳中的陕西华山之“华”。是耶？非耶？总归是一家之言。迎风一粲，想，“夏”之来源，似成定论，“华”呢，尚有待斟酌——焉知不是取自眼前泰山之北、黄河之南的华不注之“华”？

哈哈，又扯远了。还是回到济南博物馆，回到徐先生的前言。济南立城，南依泰山，北临黄河，“茂密的山林涵养了丰沛的水源。在市中心涌出四大泉群，以趵突泉为首的七十二名泉，以‘家家泉水，户户垂杨’而闻名天下。”少年时读刘鹗《老残游记》，拍案惊奇、过目不忘的，首推这“家家泉水，户户垂杨”——简直是一处桃源胜境哪；其次，则数白妞唱曲——那声音在极高极高，像一线钢丝抛入天际之后，犹能回环转折，几啭之后，又高一层，接连有三四叠。真是金声玉振，勾魂摄魄，猜想她一定是得了清泉的滋润，才调养出这么一副好嗓子。

元人赵孟頫的诗云：“泺水发源天下无，平地涌出白玉壶……云雾润蒸华不注，波涛声震大明湖……”公认为咏趵突泉的名句。趵突泉之奇，奇就奇在它对“水向低处流”的宿命的反叛，三股大呼大叫、昂首直上的喷泉，展示了水族的嘉年华，泉在，歌在，豪情在，激荡在我耳畔的《涛声依旧》，宁是包含了它的回音？关于济南人的性格特征，坊间多有评析，诸如敦厚、阔达、宽容、儒雅、多大节等等。窃以为，还应加上一条，即势如鼎沸、形若玉壶的涌泉气度。

仍旧回到徐先生的前言。他又说：“家家泉水，户户垂杨”涌出四大泉群，以趵突泉为首的七十二名泉，以“泉水汇成了大明湖，发源为长达六七百里的小清河——一条通海长河的源头居然是在繁华大城市的中心，可称世界之最。”济南地面布满了泉眼，“七十二名泉”云云，只是代表。本世纪初，吾师季羡林跟我说起，他六岁从老家清平到济南，那时，人家的地板下，街道的石板下，都压着泉，走到哪里，都有泠泠淙淙的泉声。泉出世奔流成溪，千溪万溪汇聚成了大明湖。我最初也是从《老残游记》得悉，大明湖有两副楹联，名闻天下。其一，在铁公祠：“四面荷花三面柳，一城山色半城湖”，作者不详（有说刘凤诰）；其二，在历下亭：“海右此亭古，济南名士多”，作者为唐朝诗圣杜甫。前者，写活了济南；后者，应是历下建城以来，最富文学品味兼人文精髓的一则公益广告。

人托山水而寄情，山水因人而增色。古代的济南名士，最沉雄豪迈而又清新妩媚的，数辛弃疾，大明湖南岸有他的纪念祠：“铁板铜琶，继东坡高唱大江东去；美芹悲黍，冀南宋莫随鸿雁南飞（郭沫若撰联）。”最具才女气而又作金石声的，数李清照，她的纪念堂紧挨着趵突泉：“大明湖畔趵突泉边故居在垂杨深处，漱玉集中金石录里文采有后主遗风（也是郭沫若撰写）。”现代的名士，我独钟老舍，他曾客寓济南四年有半，为之留下二十多篇情真意切的散文，这个数字，超过他为其他相关城市所写的作品之和。

笔者不才，此番作客泉城，也拟效仿前人，为它留下一幅文字的剪影。昨天登千佛山，就是想借它的高度，鹰瞵鸟瞰，寻找某种创作的新鲜意象。争奈天公不作美，只好怅然下山。心有不甘，临时决策，下得山来再上山——上百里外的泰山。寄望从“一览众山小”的绝顶，返身观照，觅取天机一现的灵感。

说出发就出发，日斜动身，披星赶回。人是累了，精疲力竭，草草洗浴，狼狈就寝。谁知半夜又被恼人的涛声吵醒，“哗——！哗哗——！”似海浪卷过沙滩；“砰——！砰砰——！”若惊涛撞击岩石。硬着头皮听，不听也得听，一会儿疑是幻觉，一会儿又认定是直觉……

咦，涛声里怎么有马达轰鸣，还有隐隐约约的人语，还有空调的嗡嗡？粗鲁的嗡嗡！该诅咒的嗡嗡！这是在哪儿？这是在哪儿呢？我使劲睁开，撑开沉重的眼皮，哇！梦醒，原来是梦——但见敞亮的玻璃窗外，林立而参差的高楼之外，云蒸霞蔚、万木奋发的千佛山顶，正缓缓吐出一轮红日……

（原载于《济南的味道》，作家出版社，2013年9月，
后发表于《人民日报》）

尧山壁

尧山壁（1939— ），原名秦陶彬，河北隆尧人。中国作协会员。曾任河北省作协主席。著有诗集《山水新歌》、《渡江曲》，散文集《母亲的河》、《访苏手记》等。作品获河北省文艺优秀作品奖、河北省政府奖、冰心文学奖等。

又见泉城

河之阳，岱之阴，阴阳相生，孕育了济南这座历史文化名城。历下又是闻名的药都，道光年间，北京同仁堂嫡孙乐敬年，仿大栅栏老店格局，在济南开设宏济堂，电视剧《大宅门》白景琦历下创业，好像就是演绎的这段故事。宏济堂现在改做国药博物馆，传播中医中药知识，济南人都能说几句“医之始，本岐黄”。从中医眼光看，济南的风水在大明湖和趵突泉。大明湖是济南的肾，七十二泉是膀胱经。肾是先天之本，济南肾水充盈，南是千佛山石灰岩含水层，北是华鹊二山火成岩阻水层，湖底火成岩防渗，大量山水由高而低露头成泉。肾主水，藏精纳气，肾主骨髓，其华在发，历下便有了“家家泉水，户户垂杨”，便有了“四面荷花三面柳，一城山色半城湖”。肾与膀胱经相表里，足少阴肾经与足太阳膀胱经共有七十一个穴位，济南有七十二名泉。肾经上的涌泉穴称作肾根，最为敏感，济南有趵突泉，名字与功能都有相似之处。

对泉城向往已久，直到1980年才有了机会，应济南诗人塞风之邀，流沙河和我结伴而来。住下后，海吃黄河鲤鱼，而不提游湖观泉，推托再三才得一见，原来二者都在病中。趵突泉仅剩半池水，半天才冒出一两个水泡，少气无力，哪里谈得上“三窟并发，势如鼎沸”。名声很大的大明湖，比记载中的九顷十八亩大大缩水，变成一片沼泽地。历城八景中的“明湖泛舟”、“历下秋风”、“汇波晚照”也已残缺不全。哪里还有“群鸭戏水”，原先的水鸡子、红冠子也早择良而栖，投奔他乡去了。想象中的泉城明珠黯然失色，塞风先生也觉失了面子，脸上也和残荷衰柳一样一层锈色。

不仅塞风难堪，济南归来我自己也落下一块心病。要说河北山东两省，八竿子打不着，哪轮着我多愁善感？只因一辈古人，“后七子”领袖李攀龙，济南名士，曾在大明湖修了历下亭，建了白雪楼。偏偏这李学士后来做了一任顺德府知府，顺德就是邢台，我的故乡。邢台也有泉城之名，西有达治泉，东有百泉。李攀龙吏治有方，兴修水利，建清风楼，青史留名。如今邢台正与济南同病相怜，河断泉枯。从此这便成了我与塞风先生书信的必谈内容，他告诉我，第二年趵突泉停喷九个月十八天，第三年停喷十二个月，那年我去临朐开诗会，路过济南也不忍再去看了。几年后塞风信中火气降下来，说济南人终于形成共识，泉城之灾正如医圣张仲景所说：“非天降之，人自为之”。为了搞工业，“有水快流”，打深井、挖煤窑，超量开采地下水，釜底抽薪，GDP上去了，水位下来了。找到原因，病就好了一半，历下不乏名医。

山不在高，有水则灵。趵突泉是济南的灵魂，一旦停喷全城人都像丢了魂，坐立不安。这次重访济南，顾不上看市容，直奔趵突泉。泺源堂前很多人，多半是老人，他们说天天睁眼三件事：量血压、测血糖、看趵突泉水位，泉涌心花放，心就放在肚子里了。趵突泉花开三朵，呈鼎足之势，虽不如刘鹗所说“冒起五六尺高”，也不如王渔洋所说“溅珠喷立仰出二尺许”，咕突突跳起一尺高，也足以“天下第一”了。古人形容它为“玉壶”、“雪莲”、“银烛”，我倒觉得它是三朵山东白牡丹，洁面粉腮，霜魂雪魄，一身清白水中生，疑是嫦娥月下栽。那泉声也不像“四时常吼半空雷”，是泉城人心声倾诉，侃侃而谈，哗哗若笑。可惜塞风先生不在了，那泉声中也有他九泉之下了却心愿后长出的一口气。

趵突泉是济南名士，谈吐不凡，口若悬河。而老城中的珍珠泉则是芸芸众生，一块方池，清澈见底，大大小小的水泡从沙地慢慢腾腾，悠悠闲闲地升起，银灿灿，亮晶晶，串串簇簇，纷纷扬扬，不声不响。它们积少成多，汇入一条玉带河，曲曲弯弯，如丝如带，千枝百蔓地伸到古街旧巷，家家户户，人在泉上过，水在脚边流。揭开石板，泉水深深，浇花沏茶，淘米洗菜，生豆芽。还真有个豆芽泉，用它生出的豆芽，鲜嫩脆生。老城的居民与泉为邻，白天与泉对话，夜晚枕泉而眠，把鱼水关系表现得淋漓尽致。

大明湖恢复盛时景象，吐纳有序，不满不澜，四十六公顷，八十三万立方米湖水，每十天更新一次，人体的水分十八天更新一次，所以它充满活力。经过这几年封井拆迁，疏浚清淤，湖面扩大了一倍。浩瀚壮阔，水澈清明，阳光下流金点点，风起时波光粼粼，风平浪静时沉默不语，更增加几分神秘色彩。让你猜不透水下深埋多少文明宝藏，名士风流。小船轻轻前进，涟漪缓缓散开，像一枚唱针划在古老的唱片上，慢慢释放出从郦道元、杜甫、曾巩、张养浩、李攀龙到顾随、老舍、臧克家篇篇诗文。荷柳争辉，画舫往来，大明湖优雅如一幅水墨丹青。驶入护城河，更感觉是一副精致的画框，环绕老城，四四方方，全长近七公里，汇入了四大泉群的水，清风碧水，烟雨蒙蒙，两岸一会儿古木参天，柳丝拂地，一会儿奇石斑驳，陡崖耸立，也是一道天然画廊，一步一景，美不胜收。

观景最佳处在湖东超然楼，仿古新建，高十七丈，朱楼金瓦，凌虚临风，泉城历历在目。真个是湖在城中，城溶湖色，水天共浮。环湖皆柳，柳外新楼，楼外蓝天。让我想起宋人赵孟𫖯的一幅《鹊华秋色图》，现在珍藏台北博物馆，我见过仿品。不过画面大明湖的背景鹊华二山已不再是济南独有的标志，如今又增加了现代化的泉城广场和奥体中心，谁来再画一幅明湖春景呢？

（原载于《济南的味道》，作家出版社，2013 年 9 月）

王开岭

王开岭（1969— ），山东滕州人。著有思想随笔集和文学评论集《激动的舌头》等。作品多次收入年度散文选本。

柳泉人烟

近年，旅途每涉一地，在某个刹那，都会蓦然闪出一念：这是在哪儿？此地有何异于另地？

我会反复叨念眼前的地名，尤其那个和美誉有关的别称，并判断它是否名实相符，之间是否有迹可循，比如栖霞、白玉、日照、怀柔、泉林、泡池、稻城、苍梧、安溪、雁城……

这种强迫症似的做法，于我像个仪式，因为我愈发难把一个城市和另一城市区分开来，在视觉和物象上，它们太像了，广场、楼盘、街道、广告、地标、时尚……几无二致，犹如相互抄袭的作业，作为“远方”，作为“异乡”，其证据严重不足。

城市正逐渐丧失自我的角色感和独立性，其尊严正一点点流失。它很难让人迷恋，更难让人器重。就连那些所谓的古都名邑，多也只剩一副干枯皮囊，彼此之别，仅在几方遗址而已。

故近年，我的旅行，多疏远城邑，亲近旷野。换言之，即离开“人类的成就”，奔赴“大自然的成就”。

不过也偶有惊喜，今夏路过“泉城”，于历下区徘徊两日，竟在我心里植下一大片荫翳和水光。那荫翳，晶莹飘逸，犹如绿云，来自水岸风情的柳树，那些古株，影影幢幢，透着些许《聊斋》里的气息，想想“柳泉居士”蒲松龄相去不远，想想大诗人王渔洋在此挽柳结社，便也心释。而那水光，明灿灿、湿漉漉，来自大明湖的浩荡烟波，来自无名泉畔的汲水瓦罐，也来自泰戈尔告别济南后的那句诗：“我怀念满城的泉池，它们在光芒下大声地说着光芒。”

这位印度老人，也许把具体的泉名、景致和美食都忘了，只留下了一记精神印象：光芒。

这光芒，有一股居家的恬静，有一缕白云苍狗的悠闲和福祉的味道。

无疑，这些泉，在这块叫“历下”的地方，住得很安适。

济南古称泺，后称历下，至今有两千年历史。“四面荷花三面柳，一城山色半城湖”，这番描绘，于今日体积倍增、平宅渐消的济南，已从写实变成了写意。不过，于济南府所在的老“历下”，尚算合身。

一座城池，有没有灵魂，要看它光阴深处有无“不变”的东西。

那天，黑虎泉畔，遇见一群挂满瓶罐的自行车，显然，里面盛的是泉水，它要被用来煮饭或泡茶。伴随一阵铃铛和铃铛般的笑语，我突然肃然起敬，对着那一只只瓶罐，我觉得里面装的是这座城的灵魂，是几千年祖传的炊烟，是一种信仰……我似乎第一次相信了那说法：这是一座由泉水喂养大的城市。

老百姓对泉水的那份信任、那份依赖、那份爱戴，难道不是一种至高的信仰吗？

这是对天地的信仰。泉，是有德之物，是人间大美，是最高品质的水。它的孕育和生成路径，本身就是一套完美的过滤系统，本身就是一场对水的塑造，再优秀的净水机，也不过是对该系统的蹩脚模仿，或者说，是一次向该原理的致敬，是一次向这种伟大的献媚。

所以，但凡装进瓶子里出售的水，都要贴个“泉”字的商标。

在“天下第一泉”的趵突泉畔，见康熙御笔的“激湍”二字，不禁心颤。这“激湍”，不正是泉城的种子吗？不正是济南府的源头和原始动力吗？

泉，是水的一种境界。正因如此，泉的体量和“势”通常不大，气质也是低调含幽的，以呈现一种珍稀性和隐蔽性，但到了济南这儿却性情大变，它忽然发飙，豪情万千，一下子抛出七十二名泉和无数小喽啰，它们簇拥出了大明湖的磅礴，营造了“家家泉水、户户垂柳”的浪漫——作为北方人，这是我心目中最理想的市井格局和居住生态。

据当地人讲，十多年前，几大名泉时有枯竭，济南人的眼被刺痛了，他们掀起了“保泉运动”，关停所有自备井，节约用水，涵养山麓，提升地下水位……几年后，趵突泉终于率先复喷，“激湍”又回来了，生活又回来了。

我一直觉得，人类的最高成就，或是保卫大自然成就的成就。而一座美好之城，应是在大自然成就上精心点缀的人类成就，无论它再大再繁华，也应有“乡”的品质和“农”的气息，无论它再新潮，也应有藏“旧”的习惯和定力。

“上帝创造了乡村，人类创造了城市。”英国诗人库柏说。

问题是，人类在自我膨胀的时候，是否还能听取上帝的意见。

千佛山上俯瞰历下，不禁感慨：这块土地真有福啊！它何德何能，竟让上苍如此宠爱，如此破费？在中国，济南外的泉加起来，恐也没济南多。

大明湖，小沧浪，立在“佛山倒影”石碑前，遥想《老残游记》中的情景：“对面千佛山上，梵宇僧楼，与那苍松翠柏，高下相间，红的火红，白的雪白，青的靛青，绿的碧绿……正叹赏不绝，忽听一声渔唱。低头看去，那明湖业已澄净的同镜子一般。那千佛山的倒影映在湖里，显得明明白白。那楼台树木格外光彩，觉得比上头的一个千佛山还要好看……”

一个孩子，要是不长大该多好。我想起北京什刹海的“银锭观山”，据说站在低矮的银锭桥上，引颈西眺，可见遥远的西山翠色，原因是背后颀长的湖，打开了一个辽阔的扇面视角。“银锭观山”乃燕京名胜，明代即有记载，我虽多次走上这座小桥，皆未如愿。但我相信它是真的，那是北京童年的事。

“佛山倒影”和“家家泉水、户户垂柳”一样，是历下的传说，是济南的童话，是一个城市的乌托邦。

如今，明湖居前的对联是："书韵如闻小玉唱，茶香留待老残游。"

推开时间的门，我走了进去。

（原载于《济南的味道》，作家出版社，2013 年 9 月）

王景科

王景科（1949—　），女，笔名璟珂，山东滕州人。山东师范大学文学院写作教研室主任、博士生导师。中国作家协会会员、中国写作学会青少年写作专业委员会副理事长、山东省写作学会会长，山东省散文学会副会长。出版有《中国散文创作艺术论》、《散文心语》、《现代散文诗学》等。

千年历下梦

我在济南工作生活已经四十年了，静下心来想想还真是与这座城市有缘。虽然不是生于此地，然而自己的青春年华和一生中的大好时光都是在这个城市特别是历下区这块地方度过的。日久生情，自己把泉城当成了第二故乡。由于原来的工作忙乱，并没有细想身边的变化。可是，当年逾花甲回忆往事之时，这才发现，四十年间泉城果真是发生了天翻地覆的变化。尤其是这个有着几千年历史的“历下”，不是变化得更难以用语言表达了吗？于是，想到了一句当今时尚的话，以“中国梦”想开去，便想到了“千年历下梦”。

在“美丽泉城，和谐历下”的启示下，我想到了自己生活的区域真是如诗如画，自己好似画中人在翻着“历下”的历史画页。那有名的大明湖中的历下亭，两边的楹联“海右此亭古，济南名士多”是由唐代杜甫所撰，由清代何绍基所书，这简洁的诗句将济南的文人墨客全部囊括，突显出这座城市深远的人文底蕴和古老悠久的历史风貌。“历下”源于历山之下的意思，于是人们便以此为名，延伸出了诸如：历下区、历下亭、历山路等名称。而历山即今日名扬天下的千佛山，它既是泉城名胜之一，也是当今的旅游胜地；它既是蕴含历史见证沧桑的名山之一，也是当今百姓休闲娱乐、赏花观景的最好去处；它更是见证舜耕历山的历史老人，也是静观百姓幸福生活的现代活化石。在《墨子·尚贤》中有“古者舜，耕历山”的记载。从千年的大舜躬耕于历山，到百年的季羡林攻读于泉水岸边，从历山的苍茫到千佛林立，从历山到历下，那种天苍苍地茫茫的春秋大梦，那份感天地泣鬼神的悲天悯人的情怀，让生于斯长于斯的泉城人顶天立地！想当年从辛弃疾的壮怀激烈、金戈铁马到醉里挑灯看剑；从李清照的人比黄花瘦，凄凄惨惨戚戚到“生当作人杰，死亦为鬼雄”的女中豪杰，是泉城之水的甘洌润育了他们的侠骨肝胆和柔情善心，铸就了泉城人的那份百事孝为先的“首善”之品格。泉城从千年前泱泱大风的齐国到城市喧嚣的现代历下，承载了多少个从秋至冬，从春到夏的春风夏雨般的历史梦幻啊！我为了表达自己对工作于历山之下的校园的感情，出版的第一部著作便命名为《历园集》。为了纪念舜耕于历山，后来又有一部学术著作便命名为《耕耘录》，当然，我不敢与舜相提并论，只是为了表明自己在山东师范大学三尺讲台上的辛勤耕耘而已。

“历下”之称最早见于春秋战国时期。据史载有“平公三年（前555年）晋伐齐，战历下”（《史记·晋世家》）；有“齐王建四十年（前225年）秦兵次于历下”。想当年的金戈铁马，纷争互战，还不是为了占领地盘、让百姓可以有更多的土地可以休养生息，进而造福一方吗？由此可见，“历下”曾是一座有悠久历史、兵家必争之地的古老城池，因而有人认为“济南老城史就是历下史”之说。

拂去历史的硝烟，我们可以翻开历下的自然景观的画卷。只要熟悉泉城的人都会张口就能说出一大串名山名泉、名人名物以及名地标和名景观：除了以上说的千佛山，还有大佛头、燕子山、洪山、龙洞山等，真是一幅山在城中，城在山中的迷人画卷。也难怪诗人到了济南就顺口称赞大明湖为“四面荷花三面柳，一城山色半城湖”了。而大明湖的形成源头在于泉水，那泉水造就了老济南的独特风光“家家泉水，户户垂杨”。被乾隆皇帝御封为“天下第一泉”的趵突泉便是大明湖的源头之一，在趵突泉之旁的泺源堂楹联“云雾润蒸华不注，波涛声震大明湖”就是生动的写照。除了位居七十二名泉之首的趵突泉之外，单数历下区域的名泉就有金线泉、漱玉泉、柳絮泉、洗钵泉、皇华泉等不下几十个呢！那些泉水有的如金线映在泉水之中，有的不时地冒出珍珠般的水泡，虽不似趵突泉那般跳跃激荡，却自有小家碧玉般的自在，让人看了会产生不同的联想和想象。

因而历代文人墨客到了泉城济南便情不自禁地挥毫赋诗作文，留下了千年不朽的佳作名篇：古人如郦道元《水经注·济水》写趵突泉是“泉源上奋，水涌若轮”，生动形象；蒲松龄的《趵突泉赋》则称其为“海内之名泉第一，齐门之胜地无双”。现今有的游客则留下“不饮趵突水，空负济南游”的佳话。

正是这甘洌清凉的泉水滋润了泉城人的生活，更滋养了历下人的心扉。特别是泉城广场的修建，它不仅成了现代泉城风貌的一个独特地标，还是泉城人的一个休闲娱乐的好去处。每当朝霞初起，旭日东升之时，在泉城广场晨练的人可谓各具神态：你看那白发长髯的老者，太极拳打得出神入化，仿佛是一尊动感的雕塑；你看那手舞彩扇的大妈们，个个神采奕奕，精神焕发，动作娴熟，婀娜多姿，舞出了她们不减当年的精气神，舞出了她们当下的生活幸福感，更舞出了泉城人在山水之间的那种潇洒、大气与泼辣！你看那广场边道路上行走的人们：白领们有的开着私家车悠然地行驶在车道上，上学的孩子们不时地上前扶一下老爷爷或老奶奶过马路，而清洁工在默默地打扫着广场边道路旁的卫生，在新的一天，为泉城人的美好生活打造一个舒适的环境……

令人们难忘的是全国第十一届运动会开幕式上那个新颖的转播器，那个硕大的带有人文意蕴的大碗，而展现大碗的地方便是一个崭新的泉城新景观——东荷西柳。其独特的建筑结构也是济南人文内涵的立体展示：东荷矗立在奥体中心的东面，具有济南市花——荷花的内涵与外观，如雕塑般展现在人们的视线之内；西柳则是以济南的市树——柳树的叶片形状建构而成，立在奥体中心的西端，那场激动人心的全运会开幕式就是在里边举行的。而令人回味的闭幕式则是在东荷里举行的。

徜徉在历下区的山水之间，芙蓉街上游人如织，百花洲里荷花绽放，大明湖面碧波荡漾，趵突泉水喷涌若轮，泉城如梦如幻的美景，令今人感到如在画中游，如在梦幻中。置身其中，我所感受到的是千年历下的历史展现，品味的是千年历下的文化意蕴，回眸的是千年历下的沧桑积淀，感慨的是千年历下的惊人变迁，欣慰的是千年历下的梦想圆满，畅想的是千年历下的梦想成真，愉悦的是生于斯长于斯的“历下好人”的那份心境，欣慰的是这里的广大人民群众所打造的“首善历下”的人文情怀，传承的是“美丽泉城，和谐历下”的传统美德。千年历下梦是中国梦的一个不可或缺的部分，更是美丽泉城梦的重要组成部分。我爱这泉城，在此我愿化用诗人贺敬之富有诗情画意的诗句结束本文：情一样深啊梦一样美，如情似梦是济南的历山与泉水，云中的佛啊雾中的仙，佛姿仙态泉城的山。

（原载于《济南的味道》，作家出版社，2013 年 9 月）

娃　子

娃　子（1955—　），女，本名朱春娃，山东寿光人。济南日报副刊编辑。作品数次获全国和山东省报纸副刊评选一等奖。

路，一条有故事的路

一个让人忘不了的城市，总有那么一条让人记得住的标志性的道路。比如北京的长安街、上海的南京路，而在济南，就是泉城路了。

长安街以它的庄严大气见证着北京百年来风云变幻——辛亥革命、五四运动、新中国成立等重大历史事件；南京路则以它的繁华绮丽，演绎着属于上海滩的花样年华。泉城路，一条横贯济南老城区的东西马路，则以它见多识广的底气和洞彻人生的见地，沉淀着古历下的过往岁月，收纳着老济南的人文历史精粹，并以它的品格潜移默化地影响着这个城市和这个城市里的人——从容不迫，朴实大气，有历史，有今天，更有未来。得天独厚，泉城路南望一城山色，北临半城湖水；两侧古街老巷，条条藏着典故和传说，脚下青石黄土，步步压着泉韵和史话。这是一条有故事的路。正所谓：“轻揽岁月入怀中，历下前世与今生。看似寻常一条路，济南故事藏半城。”

泉城路东起青龙桥，桥南不远处，便是为纪念济南解放而建的由陈毅元帅题写名字的解放阁，也是济南老城墙遗址所在。置身桥上，看护城河中游船在两岸垂柳照拂下款款而行，深感和平岁月乃百姓万福之根本。及至走到路尽头的西门桥，近在咫尺的“五三”惨案纪念碑，更是警醒着人们，家和国命运不可分，爱国爱家是千百年来无数中华儿女不变的情怀。所有为国家和民族而奋起抗击侵略者的志士仁人，都应该受到万世景仰。和平不是求来的，更不是让出来的，是靠强大的国家实力、不屈的民族精神、人民的众志成城换来的。

泉城路两侧的老街巷，个顶个的有着来头和说法。研究济南的政治、经济、文化、民俗发展沿革史，随便进入其中一条街巷，都好像进入一座博物馆或资料库。丰富的馆藏和翔实的资料，每每让人惊喜不已。按察司街、武库街、院前大街、舜井街、芙蓉街、县东巷、县西巷……一个个被岁月老人固化在此的名字，让人不由得会想起那些曾在这里或呼风唤雨或流连忘返的身影——丁宝桢诛杀权阉安德海时，曾有过怎样的运筹帷幄；刘鹗徜徉在古街老巷，是何等迷人的景致让他写下了“家家泉水，户户垂杨”的千古名句，为济南打造了一张出神入化的名片；《逼婚记》里那面对权贵的强势软中有硬的历城县官，虽是后人塑造的戏剧人物，百姓却在他身上寄托着对“当官”的最朴素也是最实在的意向——“当官不为民做主，不如回家卖红薯”。其实，历朝历代行走在县东巷县西巷的官员们，头上的乌纱并非简单地只用“清”和“贪”来标识。“难得糊涂”或是自嘲，或是自保，或是自勉，百姓心中的县太爷，皇亲国戚眼中的七品芝麻官，常常是“反贴门神左右难”。角色的定位和转换，就像县衙大堂上的惊堂木，举起落下，轻重自知。我对这部戏的熟悉，是因为这部戏的主演之一，著名吕剧演员张艳芳。这是一位深受老百姓喜爱的艺术家，我曾为英年早逝的她写下长篇通讯《只留清韵在人间》。《逼婚记》的故事之所以家喻户晓，就是因为张艳芳和她的同事们，把最复杂的官场规则用最简单的民间话语表现得淋漓尽致。正是：“老残妙笔留绝唱，少保铁腕警世风。庙堂谁忧江湖远，民心自比泉水清。”

当年，家住青龙桥东，每天上下班都要经过泉城路。几十年中，这条路给我留下了太多的记忆。那时，每月发了工资，一定先拿出五块钱到泉城路的新华书店去选几本自己喜爱的书。至今我还记得店员打电话告诉我《鲁迅全集》到货，我捧着心仪已久的这套书时那份高兴劲儿。在泉城路东侧的“兴华”理发店，我剪掉了近三尺长的辫子，平生第一次烫了发，然后美滋滋地进了路西侧的“明湖”照相馆，照相师傅前后左右地打光找角度，要为我留下一张橱窗照。我的第一枚金戒指，是在齐鲁金店买的，儿子一周岁时的生日蛋糕，是在“一大”食品店订的……那时，这条路上行人如织，各家老字号和百货大楼的顾客熙熙攘攘。顾客对商家有着一份难得的信任感，正如“宏济堂”药店和“隆祥”布店门面上标识的承诺——货真价实，童叟无欺。

岁月会销蚀掉许多东西，然而，美好的记忆是抹不去的。去年过生日，儿子到泉城路的新华书店选了一摞人物传记送给我作礼物。看着高出我一头的年轻人，二十多年前抱着他在这条路上选周岁生日蛋糕的情景，仿佛就在眼前。虽然泉城路和周边的老街巷发生了很大变化，变得很有些陌生了，但脚下的路，会记得每一个来访者的足迹，记得他们在古历下老济南留下的故事。就在那天，我顺手写下这样两句话：“古城春秋众生皆为往来客，大道乾坤河山才是真主人。”

十几年前重修泉城路的时候，为了让广大市民对修路方案建言献策，《济南日报》做了一个系列栏目。根据编辑部的安排，让我先扔一块砖头以待美玉。由是写下了《走在历史和未来之间》一文，表述了我对济南这条标志性道路的定位和感觉。今天写这篇文章的时候，感觉依然。

泉城路，一条有故事的路，一条在穿越中书写故事、讲述故事、收藏故事的路。为了心中的故事，我把上面的文字和下面的话送给这条曾伴我走过春夏秋冬的路——踏古寻今泉城路上走西东，拨帷撩幔古街巷里听泉声。曾经沧海何须金粉贴素面，笑对未来只教杨柳借春风。

（原载于《济南的味道》，作家出版社，2013年9月）

逄春阶

逄春阶（1965— ），山东安丘人。中国作协会员、享受国务院特殊津贴专家。高级记者，大众日报特派记者组副组长、文体新闻采编中心常务副主任、山东省文艺评论家协会副主席。著有《人间星话》等。《坟上葵花开》获老舍散文奖。

提水记

家住济南市历下区历山路143号。老济南都明白我要说啥，此地离趵突泉三站路，离黑虎泉五分钟。这个地址，清澈透明，跟身份证一样，揣在怀里，揣在心里，走到哪里，都不敢丢弃。一旦丢弃，就回不了家了。

居家闲坐，我最爱做的事情，便是赏泉、提水。用提来的泉水泡茶，激出我灵感，泉水让我不羡慕腰缠万贯的富贾，不羡慕大红大紫的明星，不羡慕前呼后拥的权威。我安于现状，安于泉畔。

2004年12月25日　济南人的眼睛

“请教泉有多少/去问济南人的眼睛吧/愿闻济南人的性格/你去问泉水

吧”。这是孔孚的诗句，题目叫《答客问》。它在2004年11月刻在了黑虎泉畔。

今年的济南，因为有了泉水，而变得妩媚了。是泉水洗亮了济南人的眼睛。今年10月17日，诗人苗得雨创作60年座谈会在济南召开，从四面八方来的嘉宾们谈诗，谈泉水。《闪闪的红星》的作者李心田说：“今年的济南了不起！在泉水丰茂的季节，发生了两件大事情：一件是孔孚诗碑落户在泉边，一件是苗得雨60年创作座谈会。不要小看这两件事情，这显示出济南人开始关注诗了，他们开始搜寻诗人的身影。”

立冬的那天晚上，我跟妻子到黑虎泉散步，顺手提水，我站在孔孚诗碑前，听着黑虎泉汩汩流淌的声音，感觉好像泉汩汩地在读诗，此时倚石临泉的仿佛不是那些诗句，而是孔孚先生本人。先生一生无数次歌唱过济南的泉水，现在他终于可以静下来眯起眼睛听泉水日夜为他歌唱了。孔孚先生的夫人吴佩瑗曾对我说，孔孚14岁来到济南，一直到去世。他的诗带有泉味儿。而苗得雨在济南也生活了半个多世纪。他歌颂济南的诗句，可出本诗集。苗老曾经跟我说，他1962年因为写趵突泉而遭到批判，有人就写诗讽刺他：“趵突泉的水，苗得雨的诗，水管子一拧，呲呲呲……”

2009年7月27日　悟泉

早晨七时，去黑虎泉提水。塑料桶灌满。然后，过玛瑙泉，提桶拐弯往北即到白石泉，泉如巨大脸盆，在溢出的泉水处，掬水洗脸，溢出的泉水，真如飞驰白练，洁白无瑕。我突然懂得了泉水，泉有性格，比如白石泉，从容不迫，我自白洁而不拒，柔光收溶蓝天。

在黑虎泉畔居住了十年，与泉相伴，风里见过，雨里见过，冬日见过，夏日见过，早晨见过，晚上见过。积十年之时，终有所悟。身与泉相触，而心与水相融。

其实，到任何一个景点，看一眼就走，那是绝对看不到真相的，跟不去差不多。所谓到此一游，仅仅是见其表皮，而无法得其深邃。

2009年8月26日 七夕荷灯

今晚是七夕。晚饭后，到黑虎泉畔散步，提水，因白天下雨，地上湿漉漉的。

见白石泉南边，有水里的荷灯，随风而飘。我过去，看到一对年轻恋人共同手捧一盏荷灯，准备放入河中，女的命令：先别放，许个愿再放。男的于是稍停，等不得了，问：许完了吗？女的说：你也要许。男的唯唯。

然后又有一对来了，也是女的嘱咐，男子唯唯。

然后看到三个男孩也端着荷灯来凑热闹，嬉皮笑脸地，其中两盏被风吹灭，问我：叔叔，有火机吗？我摇头。男孩失望地说：看来不吸烟还真不行。

一会男孩点上，端灯的姿势像端一个菜盘子。另一个就用手机给他拍照。

荷灯岸上有卖的，5元一个。

买一只放在水里漂着，还是蛮不错的。可是，我已经没有了那份浪漫。只是远远地看着，荷灯被风吹着，蜡烛的火苗随风而摇，期盼灯亮得更长久一些而已。

岸上的柳丝也在秋风中摇荡着。有一只狗和一个牵狗的女人从我身边擦过……

2009年9月25日 泉佛

25日晨，去黑虎泉提水。路上想起昨夜净空法师讲的话，在佛像前，可以不烧香，不摆花，但应该摆一杯水。为什么摆一杯水呢？不是让佛喝，而是摆给你自己看的，让你看到水，就看到了干净，清澈，还有，就是打消妄念，不胡思乱想。

水是镜子，清澈的镜子。摆佛像，也不是迷信，而是你景仰老师，达摩祖师能面壁十年，你也要见贤思齐啊。

一路看去，黑虎泉、白石泉、玛瑙泉，池水真清澈，见水而反观自己，觉得自己是污秽肮脏的。

去接泉水，塑料桶差一点不满，然后再接，总要灌满，为什么呢？这是贪啊，贪心作怪啊！多提那一点水，有什么意思呢？提到家不是随意浪费吗？净空法师讲，贪、嗔、痴，是成佛障碍。

要“求缺”。求缺乃消贪，消嗔，消痴，而得大自在。

提泉水在手，觉清爽了许多，拾级而上，站高台回望，垂柳下，不见泉池，唯有水声隐约可闻。

头顶万里无云。

2010 年 3 月 17 日　泉鳞

晨赴黑虎泉提水。天上有一群麻雀飞过，很大的一群，它们是往哪飞呢？

有风，在白石泉畔站着，看到水往南流，而风吹起的涟漪是往北方向。涟漪真是波光粼粼。我突然感觉，这粼粼波光，应该是鱼鳞的鳞，整个泉，就如一条大鱼，或者简直就是条龙，是龙鳞。鳞者，粼也……

2010 年 3 月 18 日　水中火苗

早六点半，即去提水。接水处还未开，遂借老者水壶自虎头处灌之，在白石泉畔看到，水草中有三尾金鱼，红色，若火苗，金鱼摆尾，把绿的水草搅动了。泉水冒的白泡，我今天看到的最大，一直上顶。

这时，一个中年人提着水桶过来，对另一个人大声说：看新闻联播了没有？二十八岁的大姑娘，嫁了六十六岁的老头子。在泉畔接水的一个中年妇女说：你有三套房子，你也找个二十八的……

我盯着泉水，盯着水中的火苗，不只三条，还有很小很小的几条呢。

天空有瓦片云，护城河柳色明显。

2010 年 4 月 22 日　日光临泉水声暖

多日不提水，今日早起去。泉畔杨树叶子已如小儿手掌，婆娑在春风里，榆钱还有，但枝头已生出榆叶，天晴，不再冷。接水处，一中年男子在听收音机。

到白石泉下洗脸。日光临泉水声暖，红鱼潜底试水温。想起宋代王令诗句：楼台影落鱼龙骇，钟磬声来水石寒。

2010 年 5 月 21 日　提水想起左思诗

早五点半醒来，去提水。这次是去白石泉提，有位中年人把农村用的小压井安在白石泉北岸，往上压水。我也借其光，压了两塑料桶。

清水照影，让我想起左思诗《招隐诗》中的几句："石泉漱琼瑶，纤鳞亦浮沉。非必丝与竹，山水有清音。何事待啸歌，灌木自悲音。"清泉喷涌漱白石，金鱼嬉戏上下浮游……

2010 年 5 月 27 日　黑虎泉畔的声讨

早六时，去黑虎泉，还没到泉边就听到有人在大喊，然后是更多的人，我以为是有人掉泉里了，到近前才发现是有个人在黑虎泉池中洗澡，大家都唾骂他，其中有个人在虎泉阁上往下骂："你白活这么大年纪了。"池中男子有六十岁左右，微胖。

在虎头处接水的一个白头老者也指着骂，谁想池中之人却嘴里不干不净："你这个老家伙活得不耐烦了，我洗澡碍你什么事？"白发老者说："你碍着我打水。"这时有一个小伙子气愤不过，将提在壶中的水浇向那池中人。小伙子的举动赢得一片叫好声。而这个"池中之物"却厚着脸皮不出来，继续在池中。

有个接水的妇女说：“太丢济南人的脸了，你说这么大的年纪了，干这事。”

护城河游泳的人站在亭里也对到黑虎泉池中的那人不满，觉得很丢人。

一个小伙子说：“我后悔没带相机，要不拍下来，寄到报社去。”

黑虎泉畔黑虎的雕塑被丁香花包围着，花香四溢，在雕塑下晨练的几个人也在议论那个不要脸的人。“什么素质？又不是小孩子，小孩子不懂事，他都当爷爷了吧。”

我转到白石泉，在那里接水洗脸的一个人说那人：“脸皮真厚。”

六点半，围泉谴责的人越来越多，那个“厚面皮”只好低头上岸，悄然离去。

2010年9月12日　黑虎泉涌如怒吼

天晴。有点燥热。晨步行去黑虎泉，周日人多，人头攒动。

三个虎头，呼啸之声，远远就能听到。最东边的那个流得最凶，喷出的水呈扇形，提水者，把铝壶放下去，竟然让泉水给喷出很远。

据昨日报道，趵突泉水位是29.4米，是7年来复涌最高，昨日央视新闻联播还专门播了。济南电视台报着说1965年是最高纪录，32米多。

2011年2月13日　晨提水

早晨六点四十，到黑虎泉提水。提水者依旧不多，可能是天冷的原因。晨练者依旧在埋怨天不下雪。晨练者多是年轻人，像我这样的中年，很少看到。

到白石泉去洗漱，泉水哗哗而下，如白练，数年观察发现，白石泉流出的水的速度是不紧不慢，恒定的，这个不舍昼夜的节奏，如人的心脏跳动。

十一点左右，开始飘雪，但雪很细。天不冷。

下午三时许，打车去遥墙机场，因有雪，路滑，四时许到，我带着泉水，被告知要托运。近五时登机，被告知不能起飞，机场临时关闭，一小时后起飞，八时到陕西咸阳机场。

2011年2月14日　下午采访贾平凹先生，送上两瓶黑虎泉水

下午在西安某小区13楼的楼顶，拜见贾平凹先生，我提了两瓶水。水是我从济南黑虎泉里提的。贾先生把水放在进门客厅的几案上，案上有四尊佛像。几案上方，是他的书法“文观”二字。

贾平凹说，济南的泉水，是圣水。

2012年3月12日　提水惊看“杂技”

站在玛瑙泉边，看到白石泉上有人提水，有人泉边洗漱。白石泉如铺在地上的一块的碧玉。

突然看到一女子站在泉边，仰头，向后弯腰，使劲后仰，眼看就要与护城河平行了，头发反向垂下，如黑柳丝，如再后仰，整个身子就会倒在护城河里。那女子就保持着那样的姿势。就在大家都担心的时候，看到这穿深棕色羽绒服的小女子，瞬间，又站直了，吐出一口水，微笑着，原来是漱口。女子运动鞋的鞋尖踩着白石，滑滑的白石，她一点不在乎。然后，跷脚到白石泉北沿，用锡壶打水，别人多两手执绳，她单手，绳竟然在她手里直直地下去，使劲一提，锡壶到肩部。我猜想，这个圆脸矮个瘦女子，这柔若无骨的腰肢，应该是杂技演员，或者是体育教师。

泉边有奇人也。

2012年10月24日　水也需要放松

晚饭后提水。与儿子一起。半月在空。我说黑虎泉水，不舍昼夜地流动，白白浪费了，如果利用起来该多好呢。儿子说，其实水的本质就是自由流动。

它干吗要被人利用呢？水也需要放松，自由自在奔向大海，完全忽略人的存在。而人呢，老是打扰水的自由。

儿子言之有理。

2013年1月20日　雪日提水

20日，节令“大寒”，雪盖泉城。晨七时，我到黑虎泉提水。先到者五六人，灌满水桶，缩着脖子，站在护城河畔听泉赏雪，一任雪落头上、肩上。

提水者不多，老年最少，怕滑之故。解放阁上的红五星变成白五星，唯有红旗在飘。白石桥边的中年歌者，今天未放歌。有鸟声，但不见踪影。

解放阁，满目洁白，唯红旗一杆。有专业摄影、录像者，更多的是拿手机拍的，呼着白气，找着角度。

忽听喊：“茄子！”顺声望去，六位冬泳的中年女士，身着泳装，站在九女泉边照相呢，河上雾气，天上雪花，让九女泉多些“勇气”。

胡诌打油诗《河雪》：

漫天皆白唯旗红，
鸣声尽湿鸟无踪。
银花垂柳堪比翠，
不盼天晴笑脸迎。
斜飘不碍九女照，
直晒沉醉喜相逢。
空降泉池不见涨，
庐中品茗霜意浓。

近九点，再次来到黑虎泉，雪还在下。56岁的环卫工人赵跃龙他们已经扫雪两小时。有游客从他身边经过，老赵都要轻声说一声，小心滑。

玛瑙、琵琶、胤嗣、五莲……诸泉安详，迎雪如迎客。南门桥上，戴眼镜的一位女子攥个雪球当毽子踢，一脚下去，雪粉淋了同伴一身，被济南城建学院一位张姓同学拍个正着。

十时左右，雪停。我来到趵突泉。三个泉眼喷涌如故。泉东，来鹤桥边柳树上站着的几只麻雀，蹬下一团团雪粉，砸到游人的头上。游人哑然而笑。松树、冬青、连翘、翠竹上的雪，也往下掉，是工作人员用细竿敲下来的，怕雪压断枝子。

在趵突泉公园的沧园里，腊梅的骨朵已经突出，即将绽放。法国小伙子克里斯托弗和他的同伴，饶有兴致地盯着瞧，我跟他的翻译曹广文搭讪。克里斯托弗通过翻译对我说："我们法国和济南一样，冬天都下雪，我非常适应这样的环境。我从深圳，到杭州、上海，然后来到济南，济南好慷慨，用一场雪迎接我们，我们太兴奋了。"

临别，克里斯托弗请我吃一块法国的糖豆。翻译说，他是说感谢济南和雪。

公园的人正冒雪挂灯笼，大红灯笼，映着游客的脸，成了拍摄的背景。

（原载于《济南的味道》，作家出版社，2013 年 9 月）

耿　立

耿　立（1965—　），原名石耿立，山东鄄城人。中国作家协会会员，山东省作家协会散文创作委员会委员。现为菏泽学院中文系主任，教授。著有诗集和散文集多部。

一个悲慨的背影

每次到济南访泉，我的脚总是不自觉地移动到趵突泉北路上的济南惨案纪念碑前，用手抚摩一下那凝固的时间：济南惨案纪念，1928. 5. 3，星期四。

好像这个举止成了一种习惯，每次都是如此。不是单调不是重复，而只是一种虔敬，一种哀悼。

这是一本恒久打开的石雕书，历史就永远翻到了这一页，停止到了这一页，5 月 3 日，对着这历史的节点，总是怀着一种揪心的激动，一种血沸于顶的紧张，当然内里混合着的更多的是一种悲慨，一种压抑。

我知道历史是常以血开头的，是以累累的白骨做构架的，时间能把血抹净吗？人们常把时间作为凝血剂，这只是一种主观有点孱弱的愿望而已，人们是否反思，那让我们心口流血的刀子呢，是否还在？刀子是否包裹起来？刀子是否还会跳出伤人？

记得小时候，玩弄刀子，手被割破，母亲就用棉白布给包裹一下，并且用化石猴粉敷在伤口上；后来手划破，还是如法炮制用化石猴粉敷在伤口上。童年也想到把刀子扔掉，但只是想象而已，人都有一种手握刀子的冲动。

对于伤口人们往往采取的方式是包扎，但是悖论出来了，如果那刀子还在，还时不时地亮出来，那伤口的愈合就是可疑的了，冷不丁那刀会划开伤口。

有的民族曾玩弄刀子，后来丢掉了刀子并最后选择的是忏悔，是把刀包起来，我说的是德意志民族。1970 年 12 月 7 日，这是一个历史节点，正在波兰访问的联邦德国总理勃兰特在向华沙犹太人死难者纪念碑献花圈，当大家都肃穆致哀，突然令历史惊异的一幕出现了，勃兰特蓦地双膝下跪，在纪念碑前，他口里祈祷："上帝饶恕我们吧，愿苦难的灵魂得到安宁。"

勃兰特的双膝下跪使人们记住了这一刻，这一跪被称为"欧洲约一千年来最强烈的谢罪表现"，历史的眼眶湿润了，但当时也并非没有杂音，在西德国内出现了对勃兰特恶意的攻击，认为勃兰特此举有辱德意志民族的人格。

勃兰特觉得一个政治家面对的是历史，是时间的坐标，对那些如蛛丝恶意的攻讦，他并不感到羞耻，他说："谁愿意理解我，他就能理解我。"

有人曾写道："不必这样做的他，替所有必须这样做而没有下跪的人跪下了。"是的，勃兰特完全没有也不必如此做，但他做了；在二次大战中，他是一名坚强的反法西斯战士，曾被希特勒下令开除国籍并追捕他，使他不得不亡命国外。

战后的勃兰特回到祖国，他积极地复兴自己受伤的国家。他面对历史在赎罪，他为自己的同胞、自己的民族所犯下的罪行而忏悔而谢罪。在一个不乏政治家作秀的时代，勃兰特的这一跪，让我们看到了对刀子伤人的真诚反省，他的道德良知告诉他，把刀子用黄油包起来，不再使它出来伤人。我们知道那场战争是一把刀：犹太人，奥斯维辛焚尸炉，600 万；南京大屠杀，30 万的累累白骨。

二战结束了，但二战的账远远没有结清：一个民族跪下了，她却站起了；一个民族在狡辩，这个民族还没有把刀子用白布包裹起来。没有裹起来的刀子，让他的邻居时时感到寒光在眼前晃动。

但要知道刀子有时也会反噬的，就像两颗原子弹，一颗落在这个民族的头上，另一颗也落在这个民族头上。韩国人说这是天谴，“上天经常借人类之手惩罚人类的邪恶行为”。

这是一个死不认错的国家，这是一个死不认错的民族：对侵略历史的否认与抵赖，对杀戮他族事实的遮掩与狡辩。

我看到了蔡公时的眼神，这是铜像里射出的眼神，如电，他逼视着这段历史，我知道，他被日本人挖去双目，剜去双目的人的眼只是一个一个黑洞吗？历史不是一个黑洞，历史的眼光时时发出逼人的犀利。

在趵突泉公园的一角，辗转半个世纪才来到济南的蔡公时的铜像就站在那里，我每次和他的眼睛对视一下，只是短短三秒，然后就羞愧地低下，然后就绕到他的背后，看着他的背影思索。

这是最能透视最能追问本民族的眼睛，是亮在历史深处的一双眼睛哪。

蔡公时的眼睛显示的是寒光，人们一对接他的眼光，就像触电一样，立刻就唤醒自己内心的恐惧或者卑微，在民族危亡再一次到来的时候，你会如何又当如何？也许唤起的是一种绝望后的奋争吧，是深深的对人类残杀的怜悯吧。

是啊，看到过被挖去眼睛的蔡公时的眼睛，你一辈子都摆脱不掉历史对你的逼视和追问。

我常想，应该把罗丹那样的雕塑家邀请来，重新来塑造一尊蔡公时的铜像，没有眼睛的铜像，只有黑洞洞的眼眶。但那就是眼睛，整个身子，从额头到脚趾，从肩膀到胸膛，他的眼珠子，是这个民族的深重的苦难，这苦难一直阴郁地闪烁着，让我们翻滚战栗。

记得陀思妥耶夫斯基说：我只担心一件事，我怕我配不上自己所受的苦难。是啊，我们这个民族所经受的苦难的深度，也许只有犹太人所比。我也是常说：我只担心一件事，我怕我们民族配不上自己所受的苦难。

一个民族，是应该在苦难中升华的，那是把苦难当作财富，但是，我有点失望，快百年了，一个民族又比蔡公时时代进步多少呢？我不是从物质而言，而是从精神的层面，在钓鱼岛事件嘈杂游行的时候，让人看到的是幼稚的义和团式的爱国主义和情绪化的民族主义，一场对日本人的游行，却失焦了，沦为了一场乱哄哄的窝里斗；我曾亲眼看到一个女生，左右屁股上有字：抗日。原本庄重的事件，变成了游戏。

我想这应该不是蔡公时们所乐见的。快百年了，这个民族还在低档次上徘徊，是谁说过这样的话：底层还是义和团，肉食者还是慈禧太后。

是啊，可怕的是这些义和团的子孙们，当自己民族的孩子喝下毒奶粉时，没有见他们抗议的影子；当自己民族的小学女生被官员强奸时，没有见他们抗议的影子；当一个一个农民被碾压致死，当金钱能抵消良知，当金钱能让法律俯首，没有见他们抗议的影子；当得令"奉旨爱国"时，这些义和团的子孙像服了兴奋剂打了鸡血，将拳头和棍棒像李逵把板斧一路砍过去一样，砍向了身边的同胞。

日本人没有把划破我们伤口的刀子包裹起来，我们肌体的自然愈合的机能也是蜕化了，一有风吹草动，我们民族的伤口和创面还在哗哗流血。蔡公时死后，于右任先生曾以十七言诗悼念：此鼻此耳，此仇此耻！呜呼！泰山之下血未止！

好个血未止，这是一句谶语，现在汩汩地流淌的不是水，不是泪，仍是血！

2013 年，距离蔡公时殉国，被割鼻剜目八十五年之后的一个夏天，在黄昏，我又一次逡巡在他斑驳的铜像后面，去年 8 月份，国人反日的游行的呐喊犹在耳际。但这个黄昏是静谧的，阳光消去了威力，从树的缝隙间透过，照在蔡公时铜像上，我看到有几个人朝铜像鞠了躬就匆匆离去，这样也好，没人打搅他，也没人打搅我，我怀疑和平真的是在我们身边降临吗？

人们称蔡公时为现代持节被戕外交史上第一人。是的，在现代社会，一个外交官被侮辱被杀戮，这是一种耻辱，是对国际法的公然的践踏，也是大和民族的野蛮，但我们知道，在日本人眼里，中国人像蝼蚁一样，踩死就踩死，眼睛眨也不眨，其实这样的悲剧，这百年来，我们一次次经历，一次次被辱。

我看过蔡公时的书法，那是雄强的魏碑的路子，他写的临《石门颂》四条屏和《散氏盘》，都透着古拙。有历史记载：蔡公时，九江人，号痴公，少有学，慕陶五柳淡泊志，乃自号“栗里蔡郎”。学于广州，穷不能自给。公时善书，故日鬻字得口食。国父在广州，过其馆，甚爱其字，乃曰：“君欲学耶？官耶？”对曰：“愿留学日本。”国父喜，资之甚厚。

这故事可以看出，蔡公时凭借自己的书法赢得了孙中山的喜爱，并资助其留学日本。当孙中山的最后时刻，“国父不能起，公时侍左右，进汤药候起居甚谨”。

本质上说，蔡公时是一个血涌于顶的有文人气的救国者，他多次追随孙中山举义，多次流亡，多次被追捕，在晚清这是把自己燃烧来换取民族前程的事业。但我们后人看得清，这些志士从不问自己献身的对象是否值不值得，也许，他们来不及追问，又不问该不该，就是凭着一腔子赤诚。他曾有吟哦黄花岗七十二烈士的诗句：“气节每于穷处现，功名都在死中求”，无奈这也是自况。

我见到蔡公时的一副魏碑对联：名道俱不朽，仁义垂无穷。

是啊，从来传统的中国的志士仁人都把道义放在最重的位置，他们追求的是身前事身后名，这道义，是指一个人对家国情怀的坚守，是仁爱是正义，义者，是能舍敢舍，所谓的舍生取义是也。

这种义，是对国家的忠，对大众的爱，对脚下土地的眷顾与承诺，义的反义词是不义，不义是没有底线，只有利害的计较，没有是非的操守；道义是我们文化人格的底座，一个民族和一个人没有了道义的担当，那这样的民族是可鄙的，是龌龊的。

而这时，蔡公时出现了，他承担了一个传统文化塑造出来的“可杀不可辱”的典型。他的被剜目割舌，犹大骂不止，这是一个志士最后留给世人的姿势，站立的身躯也许会被强暴的拳头打倒，但灵魂却会永远站立，被凌迟的肌肤下是坚硬的骨头。

有一年曾到庐山旅游，顺势在看烟水亭，那时就看到了蔡公时留在“苍茫烟水间”的长联：

请看世局如棋，天演竞争，万国人情同剧里；

好向湖亭举酒，烟波浩渺，双峰剑影落樽前。

人们说，那是1908年，蔡公时自日本回国。6月6日，偕乡友张希之同登烟水亭，感时伤怀，心情十分低沉，写下了魏碑体长联。

“文革”期间，景点内的许多文人墨宝被当作“四旧”，统统拉到甘棠公园烧掉，蔡公时烟水亭的这幅木刻楹联也在其中。当时，执行烧“四旧”任务的人群中，有一名工人看到这么多珍贵的横幅、楹联要被毁掉，感到十分可惜，便偷偷地用铅笔和毛边纸，冒死将蔡公时的楹联一点点地摹下影子，然后放到家里的一个罐子里偷偷保存。

“文革”结束后，九江市恢复烟水亭景点。在一次征集文史资料时，终于有人将摹下蔡公时楹联的事说了出来。因风化多年，专家拿到这幅作品时，已是一块块的毛边纸小碎片，于是一点一点地拼，结果拼出了一幅完整的楹联，最后请雕刻名师执刀，雕刻了与原作一模一样的木质楹联，重新悬挂到烟水亭。后来人们不知冒死救下蔡公墨宝的那位工人在哪里，也不知道他还在不在人世。但是他做了一般人不敢做的事，这称得起奇迹和伟大。

没有伟大的人物出现的民族，是世界上最可怜的生物之群；有了伟大的人物，而不知拥护、爱戴、崇仰的国家，是没有希望的奴隶之邦。

礼失，求诸野，这个无名的工人，也许不知道大的空泛的道理，他也没有受过蔡公时的恩惠，但他有超越那些癫狂时代毁灭文化薪火的伦理大义，当整个社会陷于狂热，陷于迷信，颠倒黑白，他用他朴素的举动，在自己心中为我们供奉了蔡公时，保存烈士的墨宝，使它不至于湮没于世间。要知道，在“文革”的癫狂中，许多人比他有高位有权势，有学问有修养，但那些人会掂量，会权衡哪头轻哪头重，那些人成了沉默的大多数，成了沉默的奴隶和羔羊。

是啊，我们怎样对待我们的英雄？这是一个沉重的话题。

发生在蔡公时身后的许多事，让我们知道我们这个民族的悲剧和坎坷。

如今，蔡公时的尸骨在何处？是的，在意识形态变态的岁月，那些国民党抗战的英烈被消遁了，雪藏了，我们只知道地雷战和地道战，不知血战台儿庄，也不知衡阳保卫战。在“文革”中，赵登禹的墓曾被红卫兵掘开，尸体被侮辱。我们曾抗议日本人参拜靖国神社。记得李敖曾愤激地说：“如果我是日本人，我也会去参拜靖国神社！而我是中国人！”

李敖这话是对的，我对那冒死藏下蔡公时墨宝的无名工人致以深深的一躬。

但是我们还有诸多的遗憾，蔡公时的尸骨在哪里？也许已经归于虚无，我们纪念他，我们对着他的雕像，总有一丝的歉疚，也许，你说这是战乱，但我们民族应该承担的责任心和价值观呢？

一些人可流血，但不要一些流血的人流泪，他的铜像可以回家，我们可以迎回，我们何处去觅他的尸骨，还有徐悲鸿先生的那幅流逝的名作《蔡公时被难图》。

所幸的是，在2002年9月16日，新加坡《联合早报》上刊登了区如柏女士采写的报道——《埋在地下的烈士铜像》，披露了蔡公时铜像的历史由来。济南的有识之士获悉后，成立了专门机构，开始了长达四年之久的蔡公时铜像迎请之路。

我想我们迎请的不仅是一尊雕像，而是我们缝合断裂的历史，烈士应该得到他所应受的尊崇，历史是要求后人记忆，历史更要求后人承担，蔡公时的纪念馆和雕像不仅仅是文物，我们所做的也不仅仅是每年的五月三日的警报的拉响，我们要的是对这个民族的担当，如果只是每年的纪念日的献花致辞，那我们的历史的悲剧还可能会再一次的降临，到了那时，也许又面临着后人为我们的缺失抱恨的时候，谴责的时候。

建纪念馆不难，难的是守住民族的一口丹田气，历万劫而不改，不因朝代的更迭而消失，也不因一家一姓的统治而变质。这是一种朴素的爱，这不只是一个认识的问题，这是一个民族的DNA，但这样的基因不因时代的迁移而变异而损耗，那才是烈士所欣慰所不后悔当初流血殉国的期许。

我想也许是现代人太聪明了太圆滑了，现代人的参照太多，心眼活泛，诱惑也多，所谓的民族了家国了，所谓的道义和坚守啊，成了一种被嘲弄被亵玩的东西，思想被认为是一种负担，责任伦理被认为是一种傻子。放纵自己的肉体，放逐自己的灵魂。

现在的人，对过去的那些烈士的精神也少了一种虔敬和肃穆。其实几千年里，一些我们传统文化的养分和人生底座的关键词，是应该不变的，比如那些对国家的忠爱，九死而未悔的情怀。

这是我们应该坚守的，也是不能打破的，我想到在孔林里，在孔子的墓地旁有处景点，叫“子贡庐墓处”。孔子死后，学生子贡守墓六年，后人立碑颂之。子贡曾在孔子墓旁广植楷树，后人便发明了“楷模”一词，来赞颂这位守护精神价值的圣徒，今天还能有人守护蔡公时的精神吗，在这个喧嚣的时代，还有愿意为神圣守灵而看家护院的人吗？

蔡公时用血写就了他的历史，而他留给我们后世血的启示录又是什么？会是什么？如果他的血，洒在大地上的血，能促使我们思索民族和国家的命运，那他的流血流的有价值，如果他的血最后悄无声息，曲终人散，花落春空，那将是最大的悲哀，无论对蔡公时无论对我们还是他流血的民族和历史。

其实，面对蔡公时铜像，时时感到他的追问，也时时感到历史的追问，综观蔡公时家族的命运，我总是感到一种神秘莫测的命运在里面，就像我们的国运，当你以为有转机的时候，忽然却180度的转弯，使人措手不及。

这里面有挣扎，有急流，最后应该是恺撒的归恺撒，上帝的归上帝，蔡公时的流血应该受到的尊崇，他的血留下的启示呢，这种悲剧是否会永远在我们民族终结呢？我想被剜去眼睛的他留给世人的目光是悲悯，是怒火，他体验了一个民族的苦难，他也给出了一个民族面临苦难的大义凛然。

这是我们民族苦难担当者，这是我们民族的圣徒，他死掉了，他却又在注视着，他为罪恶见证，为五月三日历史的落难见证，让那些死去的冤魂在他这里得到安慰和祭奠。

其实我知道他的眼睛是被剜去的，那留下的空白，留给历史的罪恶来忏悔吧，留给那些让大敌当前的只关注自己皮毛的人忏悔吧。我知道，历史从来就不是空白的。但到文章结束的时候，我好像看到须髯飘飘的于右任先生，在丈二巨宣上，为蔡公时写下纪念词。你看见吗？你记得吗？这词如一把把利刃，闪着斑斓寒光，长啸而出，刺向我们，刺向苍茫，让人无法躲避！

（原载于《济南的味道》，作家出版社，2013 年 9 月）

林之云

林之云（1964— ），本名赵林云，河南卫辉人。济南市作协副主席、山东政法学院教授，北京师范大学特聘研究员，山东大学、山东师范大学、山东艺术学院硕士研究生导师。著有诗集《时间之心》、《夜晚之心》，随笔集《红细胞》、《百脉泉史话》等。作品入选多种选本，并获鲁藜诗歌奖、泰山文艺奖、泉城文艺奖、极光诗歌奖等。

泉城广场：记忆与遐想

每个城市都应该有一个广场，它是我们的聚会之地。就像是过去的每一个家庭，都有一个属于自己的院落，而广场是那院落的扩大版；就像是在乡间，每一座村庄都有一个打谷场，而广场就是那打谷场的现代版。

城市里的人交出了院落和门前的空地，正是这些空间和关于这些空间的遐想与期待，汇聚成城市的广场。

广场是城市的地标，是城市心情的集散地，它也应该是一个城市的文化品牌。

有人说，广场是城市的客厅。而我更愿意把它看作一个城市的胸襟，虚怀若谷，虚位以待，周边的道路就像是热情张开的臂膊，代表这座城市拥抱着每一个来到广场上的人，他们是生活在这里的子民和这个城市的客人。

济南的泉城广场诞生于20世纪最后一年的秋天，那些日子里，整个城市都变得异常兴奋。在这之前，这座城市有很多广场，它们形态各异，大小不一，分散各处，它们或者是历史的温馨遗迹，或者是城市的新生空间。但是，相比于这个日益扩大、日益成长的城市而言，它们显得太小了，它们的容量和气魄，都不足以和这座城市开怀大笑。

那一段日子，几乎所有的济南人都陆续来到这里，感受它的宽大，领略它的气势，观赏它的喷泉，濡染它的氛围，融入它的热情、温暖与繁华。

那时候，我也是其中的一员。

从东到西，从南到北，从地面到地下，从这座桥到那座桥，人流如涌，到处是欢声笑语。在这个城市里生活多年，我还从没有产生过如此深切的感受：生活在这个城市里，因为有了偌大的广场，亲切感和幸福感顿时倍增。

音乐喷泉前，最快乐的是那些天真烂漫的孩子们，他们是这个城市里最小的成员。因为生活在泉城，他们格外喜欢水，当他们看到高大的水柱冲天而去，便发出一片轰然的欢呼；当他们看到喷泉随着音乐忽高忽低，左右摆动，他们的好奇心被调动到极致，有的在喷泉的间隙奔跑、穿梭，即使被浇得浑身透湿，他们的脸上也挂着湿漉漉的笑意。

他们是城市的未来，也是天真无邪的精灵，他们的快乐就像这城市源源不断的泉脉，继承着过去，流淌向远方。

这里的音乐喷泉与众不同，泉水都是从一朵朵不锈钢塑成的荷花中奔涌而出。那些熠熠闪光的硕大花瓣，本身就是一道靓丽的风景。我的一个朋友拍过一张照片，深深地吸引了我。一片闪着金属光泽的荷花瓣上，干净明亮，映出湛蓝的天空和朵朵白云。照片的构思固然独特，但更重要的是作者的用心。后来，那位朋友获得了国内摄影最高奖项荷赛奖。他一定记得，在他收获真相的过程中，泉城广场的金属花瓣曾给过他最初的灵感。

从泉城广场诞生起，每到夏天，那里都会成为欢乐的海洋。

从高大的泉标往西，有人在唱歌，也有人在跳舞。有时，大片的空地上还会搭起宽大的舞台，观众们聚集在那里，观赏令人愉悦的演出。还有人用自制的硕大毛笔蘸着泉水，在地上书写书法，大大的汉字在他的身下神奇地出现，又无声地消失。他们的人和字一样，飘逸，生动，充满灵性。

记得有一个场所，很长一段时间都在上演一对泉城小学生组合的拉丁舞。那两个孩子跳舞入了迷，得了不少奖，在整个城市都小有名气，他们潇洒老练的舞姿总能赢得人们的阵阵喝彩，他们也使得这个城市里的大人们陶醉了好久。

那时候，整个泉城广场，仿佛都成了他们的舞台。

按时间推算，他们应该都已经长大成人。不知道，在广场现在的观众群里，有没有他们悄悄的身影。看着孩子们激情舞动的情景，他们会不会童心复萌。

广场的西北角，是鸽子飞翔之处。在开阔地的一角，在护城河的岸边，鸽子咕咕叫着，时而飞起，时而漫步，惹得孩子咯咯直笑。最好玩儿的是孩子们喂食的时候，调皮的鸽子大胆落在他们的肩头和手臂，逗得他们憨态可掬。闲不住的爸爸妈妈早按动了快门，留下这难忘的记忆。

护城河曾经是一个城市的屏障，现在成了流动的风景。泉城广场的北边，是护城河道，每到春夏，趵突泉水汩汩淌来，碧波荡漾，水草飘拂，一只只游船缓缓驶过，在那些游客的眼里，泉城广场是会飘动的。正是因为那条河的存在，整个广场都变得柔软温馨了许多。

沿护城河往东，依次是对波桥、寿康桥、玛瑙桥和九女桥，它们的名字取自济南的几个名泉。和那些风韵不同的泉水一样，这几座桥也神态各异，像一道道彩虹跨水而过，一到夜里，串串彩灯将它们装点得如梦如幻、宛若仙境。

有一次，一位广州的朋友来访，我们去恒隆广场六楼的新蒂餐厅就餐，一进门，他就被久久的迷住了：从宽大的玻璃窗望出去，整个泉城广场一下子尽收眼底。坐在餐桌前，你就仿佛像是坐在广场的半空，广场上那些兴致勃勃的游人宛在眼前。

还有一次，我陪一位外国朋友在护城河北岸的玛丽莲娜餐厅喝茶，坐在浓密的树荫下，与泉城广场隔河相望，时尚与温润的氛围在周边氤氲着。经过几年的苦心经营，这家掩映在岸边绿树丛中的餐厅，异国情调浓郁，现在已成为泉城许多外国朋友最喜欢的场所。在那里，你可以经常看到那些金发碧眼的欧美友人相向而坐，一边喝着咖啡，一边欣赏着广场的美景。

泉城广场已经成为一个品牌，深深打动了国外来客的心。

地下购物广场，是另一种时尚，现代生活的富足在这里得到充分的体现。在商场门口，常常会搭建起临时舞台，身材出众的模特在T型台款款而行，走来走去，牵引着人们的目光，演绎着炫目多彩的霓裳幻梦。广场的东南侧，是那块硕大闻名的电子屏幕。泉城广场刚建好的那些年份，中国的足球还不是那么糟糕，每逢有重大比赛，总是有很多人围坐在那里，观看，交流，欢呼。

紧挨着大屏幕的，是历史人物画廊，孔子、孟子、孙子、李清照、蒲松龄，他们是这个城市的骄傲，他们是齐鲁之邦的荣光，他们的身影屹立不动，但他们的思想和言行，却像趵突泉水一样，一刻不停地滋养着、润泽着这片土地和这里的人民。

在广场散步，我的思绪常常回到它没有出现的时间。早一些时候，十几年前，我曾经沿着护城河从趵突泉北边向东散步。那时候，顺着河边是一条街道，人们从台阶上下去，打水，洗衣，生活充满古意。有时我会想，如果能留存到，那也应该是另一个乌镇或者西塘。

有一次，我看到了冬天的泉城广场，一场雪刚刚下过，整个广场银装素裹，一片寂静。整个广场就像是一个童话，等待着有人出现，渐渐活跃起来。那一刻，我想起了老舍的《济南的冬天》。

有一次，黄昏时分，站在泉城广场的边缘，望着北边的榜棚街，我仿佛穿越了历史，看到很多年以前，古代的学子们在那里翘首以盼，期待着榜上有名。他们的期待和不安，打动着这个城市。

在美国的华盛顿国家广场，喷水池里有着各种各样的水鸟，它们可爱的身影曾经让我想起泉城广场上起起落落的鸽子；在意大利圣马可广场徜徉，仿佛全世界的游人都在那儿汇集，各式各样的雕塑也使我想起过泉城广场的一座座历史名人雕塑；我也去过闻名遐迩的卢浮宫广场，在那里浏览着琳琅满目的一件件艺术杰作，不知道为什么，我想起了李清照和辛弃疾。我想，作为济南的骄傲，他们的美名也应该在世界范围内广为人知。

诗人欧阳江河曾经写道：

我不知道一个过去年代的广场
从何而始，从何而终
有的人用一小时穿过广场
有的人用一生——

每天，当我从泉城广场身边经过，都会觉得亲切无比；每次，当我在其中散步，都会感觉和在那里的人们亲同一家。

站在那里，向南举目，你能看到千佛山的英姿；走在广场西侧，如果静下心来倾听，你能听到趵突泉潺潺的流水；广场的北邻就是清澈碧绿的护城河，再远一些，大明湖就像是一面镜子，倒映着济南的蓝天。

这时候，你会想起童年时田野中间的打谷场，它就像是一片的天空，落在无边的庄稼地中间。

这时候，也许还有歌声漫漫升起，或者是吟诵诗词的声音缓缓传来，恍惚间，你已经和广场融为一体，渐渐沉入城市温馨的怀抱之中。

（原载于《济南的味道》，作家出版社，2013 年 9 月）

韦辛夷

韦辛夷（1956— ），山东淄博人。中国美协会员，一级美术师。济南市文联副主席、山东省美术家协会副主席、山东省书画学会副会长。著有《提篮小卖集》等。

趵突复涌十年赋

天下泉城，首瞻趵突，云蒸华鹊，涛震明湖。纳甘霖于万里，穹野皆被；汇清冽于一窍，轮涌三窟。映丽日霞蔚烟柳，掬明月霰匿瑚珠，攫心魄思接千古，历春秋风景不殊。洋洋洒洒，晴空排鹤；奔奔腾腾，朗月闻鸪。汩汩又复十年矣，十年日月复汩汩！

曾几何晦月掩冷，衰草枯塘；沼显龟背，路隐羊肠。游客顿足叹惋，里人结舌莫张。口问心，心问口，指天画地；心问口，口问心，总是无常。寒来暑往，秋收冬藏，脉脉一念难平；惩恩饰非，虹霓安在，悠悠我心微茫。于是追古抚今，痛定思痛，于是吟鞭南指，叱冰断霜；于是上下一心，不舍昼夜，饬整河山，起垅保墒；于是风调雨顺，载言载笑，三峰漪锦，鱼潜莺翔。于是哉和鸣鸾凤，祥瑞七彩，天道无亲，唯善是襄。

十载矣，谈何易！趵突鼎沸，奔涌若雷，翻卷跳珠，砰訇玉碎。盘盘旋旋，跃红鲤于凌波；苍苍茫茫，御仙子而举袂。扶扶摇摇，战玉龙而贯虹；清清冽冽，感鲛绡而盈泪。其春日：绿意扶苏，东君发卉，谁欺花而作冷，见黄鹂又交喙；其夏日：荷擎绿杯，柳垂璎佩，问青萍之风端，响滚雷为惊睡；其秋日：高天流云，黄花遍缀，怅寥廓袖舞白练，临醴泉举觞长喟；其冬日：琼枝弄雪，琉璃乍脆，腾冰火三滏同开，奏欢歌六马并辔；其晴日：台榭辉映，霭霄泽沛，尽逞澎湃意气，飞注激湍叠翠。其雨日：溟雾四合，风云际会，才滴沥以成圆，又倾泼而震聩。其暇日：快绿怡红，展旗引类，忽聚散为留倩影，再喧哗锦鳞聚汇……

更有晨昏即景，移步换形，着意修竹，沉吟老藤。清流飘忽藓苔，芙蕖映掩飞甍。吐纳元风，顾盼流连忘返；触目皆秀，息心暂忘营营。且待华灯初上，风淡月澄。丝竹天籁，琼浆瀹茗，真不知此夕何夕，邈银汉谁为鸿蒙?

走笔至此，属意快情，秋夜流光，时闻鸣蛩，欣闻泉水开节，吾侪畅悦，身在燕山之畔，却分明心在泠泠。遂扪窗作歌曰：

天赐趵突，天自佑之。人不惜之，天必弃之。

人若惜之，天当佑之。喷流不息，一方福泽。

（原载于2013年9月2日《济南日报》）

刘玉栋

刘玉栋（1971—　），山东庆云人。中国作协会员，山东省首批齐鲁文化英才。曾任《当代小说》编辑、副主编，济南市文联创作室主任、济南市文联副主席等职。现任职于山东省作协文学院。著有长篇小说《年日如草》，小说集《我们分到了土地》、《公鸡的寓言》、《火色马》、《浮萍时代》，随笔集《城市的眼睛》等。作品被多次选载，并获第一届、第二届齐鲁文学奖，第二届泰山文艺奖。

历下散步

初到济南时，我就住在历下区，住在历山路上父亲单位的集体宿舍里。那年我十七岁，眼前所有的一切都是陌生的，甚至连个说话的人都没有。街道、建筑、树木、地名、公交路线……都得一一记住，对于一个从乡下长大的孩子来说，这种陌生感让我惶惑而又孤独。然而，伫立在济南街头，那一条条以不同的态势伸向远处的街道，又让我的内心充满了新奇之感和好奇之心。它们纵横交错，两旁高楼林立。它们通往何处？它们的尽头又有什么样的风景？在孤独中，这陌生的城市气息让我着迷。

历山路上，那左右四排高大茂密的法桐，枝杈交接，搭成一道绿色长廊，那时候车辆还少，在马路中间停留片刻，阳光下，枝叶婆娑摇曳，斑驳陆离，满目清新，有进入时光隧道之感，心里特别舒适。当时，我住在东仓附近，特别喜欢在东仓到解放桥之间这道“绿色长廊”中走来走去。记得路东侧有一家聚仙阁饭店，里面灌汤肉包的香味特别浓郁，时不常地钻进我的鼻孔，让我这个乡村少年的喉咙滚动一番。那时候的解放桥路口，中间还是一个圆形的大转盘，我来不久，转盘消失，取而代之的是一个岗亭。我最愿意去的地方，就是解放桥西北角上的邮局，把寄给远方同学的信放入邮筒后，我就在那一排排的杂志前站上半天，《青年文学》、《小说月报》……那时候，文学杂志真多，油墨气味儿特浓。遗憾的是，如今，尽管邮局还在，但那一排排文学期刊却不见了踪影。没有办法，这就是时代的变迁。还好，历山路上的法桐还在，尽管由于市政工程，枝杈被锯掉不少，疏朗多了，但依然高大浓茂。

这让我想到泉城路。那时的泉城路两旁，也是法桐粗壮，但泉城路是一条商业街，店铺林立，来往的人特别多，电车拖着大长辫子钻来穿去，那路两旁粗壮的法桐，就如同被生生塞进去的一样，所以显得特别拥挤。但我还是喜欢逛泉城路，浓荫遮掩下的那些精致古朴的小楼里，总是散发出缕缕神秘的气息，即便是在炎炎夏日，你走过它的门口，都会有凉气从屋内涌出来，令人惬意。走不远，便会有一条悠长的街巷，很深很深，我这个初来乍到的陌生人，想要走进这些小巷，还真的需要一些勇气。不得不说我是一个胆小的人，所以像王府池子这样最能代表老济南精髓的地方，我是在几年之后才领略的。当然，像古色古香的芙蓉街，就算是例外了。这里人来人往，热闹非凡，我很坦然地便能走进去。这里卖的各色小吃和工艺品，让人记忆深刻，关键是，它能迅速地让你的思绪进入到另一个时代，那也许是辛弃疾的时代，是蒲松龄的时代，是《老残游记》的时代，是袁世凯和韩复榘的时代……庆幸的是，如今的芙蓉街基本上还是原来那个样子，也是现在我去泉城路时，必去的两个地方之一。另一个地方，当然是泉城路新华书店了。新华书店是泉城路改造后，保留下来的不多的建筑之一，尽管进行了重新装修，但楼还是那幢楼。遥想当年在高大的梧桐树遮掩下的这幢楼里，留下过多少怀揣梦想的人的足迹和身影。不是在书店，就是在通往书店的路上。有很长一段时间，我的生活状态就是这个样子。

还有一家书店不得不提，那就是济南三联书店，一家人文气息浓郁的书店。当时它位于文化东路和山大路路口的西北角处，营业厅在大楼的地下一层，尽管有些隐蔽，但购书者却络绎不绝。90 年代中后期，我三天两头地往那儿跑。我常走的路线是：由历山路穿过山大南路，再拐上山大路，然后一路向南，过解放路、和平路两个路口，来到文化东路路口向右一拐就到了。我特别喜欢沿着山大路向南走，远处山影蔼然，“大佛头”的线条是那么清晰柔和，让人心中安宁而平静。如果能买到一两本自己心仪的书，心里的那种兴奋劲儿很难用词语来比喻。回去时，沿文化东路向西走，如果是夏天，便会在山师东路停下来，买一瓶冰镇可乐，坐在冬青树旁的台阶上，把书放在膝盖上，一边喝可乐，一边看来来往往的时尚美女。后来，由于各种原因，三联书店搬了好几次家；去年的报纸上，又传来三联书店要关门的消息，一声叹息过后，心里着实不是滋味。在当下这个时代，经营一家民营的实体书店确实太难了。

那些年，在这座城市里，我确实走了好多的路，独自一个人，跑出去看通宵电影，到城市南郊爬大佛头和千佛山，骑自行车去金牛公园看动物，到洛口看黄河，逛泉城路芙蓉街品尝一些没吃过的小吃；夏天雨后的傍晚，还曾专门跑到大明湖畔去听那里的青蛙到底叫不叫；有那么几次，夜幕降临后，我还跑到街边的烧烤摊前，要上几串羊肉串，学着别人的样子，喝一杯冰凉的扎啤，我还记得我那颗忐忑不安的心，有一种“偷偷地”味道，我端着扎啤杯，不时地环顾四周，好像怕被别人认出来似的，可熙熙攘攘的人群中，连一张似曾相识的面孔都没有。

不知道从什么时候开始，我越来越喜欢晚上走路。穿过东仓小区，来到老东门桥边，沿着护城河东侧的环城公园一路向南，夜市的喧嚣和吵闹渐渐远去，吹拉弹唱的人渐渐多起来，尽管是自得其乐，但那一招一式、一板一眼的认真劲儿，让你禁不住停下脚步；那几年，跳交谊舞的人特别多，在公园的空地上，一台录音机，扯一盏灯，就是一个舞场，虽说简陋，但人们照样翩翩起舞。我发现，每一个舞场内，都有那么几位穿着讲究的男女，当然，他们的舞也跳得最好；还有那些踏着滑板的少年，他们上蹿下跳辗转腾挪无所不能，被长发遮住的眼睛里，时不时地闪出一道亮晶晶的光……环城河两岸的垂柳在夜风中婀娜飘逸，高大笔直的白杨树下，女贞和合欢便显得文静多了，缠绕在亭廊两侧的青藤和凌霄花就像一群顽皮的孩子，你走到哪里，它们便跟到哪里……不知不觉，青龙桥过了；不知不觉，解放阁到了。你听，那边就是黑虎泉泉水奔涌的声音，哗哗哗，在市声中，清晰而又执着。

那些年，空调尚属于奢侈品，所以觉得济南的夏天特别热。住在父亲单位宿舍的大房间里，呼呼地吹一宿电扇，醒来后头发还是会被湿透的。记得有一天半夜里醒来，再也无法睡着，索性爬起来走下楼，懵懵懂懂地来到街上。深夜里，历山路显得更为宽阔，两旁的路灯，在梧桐树叶的掩映下，昏黄散淡地散在路面上，大街上一个人影都没有，隔半天，才有一辆车飞驰而过，胶皮和沥青路面发出的摩擦声特别刺耳。好像有谁指引着似的，我沿着路边的花坛，来到解放桥，又沿着解放路走到青龙桥，当我来到解放阁脚下，我知道我要去哪里了。接着，我就听到不远处那哗哗的淌水声，我感觉到空气中传来的阵阵凉意，我嗅到了那温润甘甜的气息，一股清新凉爽的感觉由内心弥漫开来。在暗影中，隔着环城河，我看到三眼泉水奔流而下，在夜色中，闪着碎银似的光泽。我没有再靠近它，而是在河对面躺下来，在黑虎泉的喘息和吟唱中，我凝望夜空，突然感受到青春的力量和生命的美好。泪水禁不住夺眶而出。多年过去了，我还清晰地记得那个奇妙的夏夜。

哦，这些我用脚步丈量过的街道，这些留下过我青春的迷茫和梦想的街道，尽管在时代的急剧变化之中不断地改变着容颜，但你们的名字都不曾变过，你们在我心底的分量不曾轻过。多年过去了，我还依然走在你们身边，用脚步跟你们交流。只是我的脚步越来越从容淡定，不管你们怎么变，都不再让我感到陌生迷惑。欣喜的是，你们变得越来越漂亮了，而我呢，只是添了些年龄。

其实，一个人的生活空间和活动区域是有限的。在一个城市住久了，融入进一块区域是自然而然的事，关键是你能够理解它爱惜它，发现它的优点和美。

谈这座城市的美，自然离不开“家家泉水、户户垂杨”，离不开南部山区的青翠绵延，北边黄河的沧桑雄浑，离不开李清照、辛弃疾和《老残游记》……但我还要说的是，济南这座城市是内秀的，它如同山东人的性格一样，淳朴而热情，但不张扬，它沉稳、厚重、包容，需要一个人慢慢地品读，你只有在这个城市生活上几年，才能越来越清晰地感受到它的迷人之处。它外表并不华丽，但细部却极为惊艳。不信你就试一下，走进这座城市的细部，静下心来，仔细观察，不论是自然的、人文的，还是人们的生活方式，点点滴滴中，你都会发现那种细节之美。

这是一座有特色的城市。它需要人们融入其中，去感受、去发现、去探寻、去贴近。

（原载于《济南的味道》，作家出版社，2013 年 9 月）

王 展

王 展（1976— ），原名王海峰，山东定陶人。山东省作协全委会委员，济南市作协副主席，历城区作协主席，山东省散文学会常务副会长兼秘书长。济南市政协委员，民进济南市委常委。著有诗集三部，长篇小说一部，学术著作一部。作品获济南市第七届精品工程奖等。

诗人的历下 诗意的城

一晃儿，与古老的济南城晨昏相对已近20年，城隍若在，大概也应许我此乡作故乡了吧。清澈的泉水映带着青春和记忆流走，我则常常于绿柳依依中穿行，寻访城市中精神的主人，那些与其相关的诗人和诗意。

第一次打定陶来济南是在上初中时的一个暑假。那是来这里看望伯父，也是我第一次出远门。在逛趵突泉公园的时候，漱玉泉边那座仿宋建筑群格外别致惹眼。那天游客不多，我好奇地探头走进去，穿过“一代词宗”的屏风，一眼便看见正房当中立着的一座高挑的汉白玉雕像，像主用柔软细腻的目光向外眺望，我第一次与她对视，遥远的惊叹突然袭来——一位词人走近了我。塑像的后面是另一座阔绰的书法屏风，我默念着上面的文字：大明湖畔趵突泉边，故居在垂柳深处，《漱玉集》中《金石录》里，文采有后主之风……那是我第一次参观李清照纪念馆，往返流连在回廊与小院中，肥硕的绿植漫过屋檐，蕉荫下清幽与典雅交匝弥散，门外的泉水声时远时近。十几年来已记不得多少次走进这个院落，向远来的朋友介绍这位或许他们并不陌生的词人，介绍济南和我们的历下，每当于此心中的自豪便会油然生出，有飘飘然的快意。

这些年走过很多地方，但总觉得我们这座城市对诗人才是格外的善待，城市把最好的光景留给那些与它有关的诗家与词人，除却趵突泉畔的这座李清照纪念馆，在它的不远处，"四面荷花三面柳"的大明湖畔还有一座词人的纪念祠，那里住着二十岁就离开家乡的壮士男儿辛弃疾，这座古代官居署型的建筑映在绿柳红荷之畔，三进院落古雅清幽，有着南方园林的精致和北方民居的挺阔，伴着当代名士的赞叹，听任时光叙说英雄的衷肠，多少豪迈与激昂嵌入那六百多首诗章。两位活在宋朝的词人，一个婉约、一个豪放都出生在这里，有人说济南是宋词之城，我也有同感。

其实济南自古就被称为诗城。远古时代那位英气的老者——舜于历山之下，挥舞长鞭，用一头雄健的象犁开农耕文明，也犁开一座城市文化的鸿蒙。据传那首"陟彼历山兮崔嵬，有鸟翔兮高飞。瞻彼鸠兮徘徊，河水洋洋兮清泠，深谷鸟鸣兮嘤嘤"的《思亲操》和著名的《南风歌》都是大舜所作，历下之名就因舜耕历山而得。诗意的激荡是城市的光芒，早在2600多年前的周代那位谭大夫的诗《大东》就被载入《诗经》，成为与这座城市有关的最早的诗歌。唐宋时，诗人最喜北方的济南，或因仕途的机缘，或受友人的邀请，或慕风光的奇美，在此盛情居住和停留。唐宋八大家中的多人都曾来过济南并留下他们的经典作品，李白、杜甫多次泛舟明湖，宴客历下亭，因杜甫一句"历下此亭古，济南名士多"，便有了文化的历下亭，也有了诗人的历下、诗意的济南。金代的元好问客居济南便发出了这样的感叹"羡煞济南山水好，有心常做济南人"。走在脚感刚好的青石小巷，一边是渐长渐远的历史，一边是清泉新鲜的涌动。

历下是济南之心。三大名胜被其一一揽怀中，四百多处名泉在此拢聚，在这109平方公里的土地上，自然与人文相辅相成、交洽融会，古城的质朴平实新城的堂皇富丽叠在一起。近年来我迷恋地方史志文献，翻读中曾粗略一计仅趵突泉这一处名胜就留下有历代诗人所作诗文楹联近千首，他们中上有帝王，下有乡野寒士，或咏赞或抒怀或思人。情景交融让一个趵突泉活脱起来，有如穿行在时光隧道中。手头还有一本《大明湖历代诗荟》，收入历代描写大明湖胜景风物的诗词八百余首，大明湖的碧影楼台春风秋柳古桥卧波名士游踪被一一写尽，诗人们将一个丰盈的大明湖变成了一个诗意的湖。走在湖畔持书对照，一不小心便踏在诗中，踏进古先贤的踪影里。今天的大明湖又修复了王士祯的秋柳诗社，当年王士祯便是在此邀请济南名士聚会即景赋诗，其名篇《秋柳诗》也因此而得名。曾巩主政济南修建曾堤更是留下好诗无数，元代学士李泂兴建超然楼，今人按图索骥还原了这一胜迹。济南把最好的地方留给诗人，诗人也把美的诗作写给城市，诗人们在为历下写出了满城的诗。

走在老城区，清澈的泉池和斑驳的寺观庙宇、古建遗址、碑石旧物或隐于闹市，或藏于僻巷，或就在路旁。一侧是繁华和现代，一边可能便是历史和沧桑。有时候我选择漫步，有时候骑一辆自行车穿行其中，没有什么目的，那些先贤们的诗句流动在其中，有的朗朗上口如洪钟大吕，有的则叙写亲情，小调源于生活深处，有的已淹留在泛黄的典籍中，更多的已无从找寻，它们已融入这里的山这里的泉这里的湖，融入到了朴实而平常的生活中。

在这里我还寻得那些诗人的身影和故事：可以去白雪楼看望李攀龙先生；在鹊华桥遥想当年王统照、徐志摩陪同那位印度来的大诗人泰戈尔玩明湖风月，赏荷风柳韵；我知道青年的顾随曾在这里教书编报写《济南杂咏》，他喜欢与好友冯至泛舟明湖用诗一样的语言赞美历下，“天上是星光，芦苇里闪烁着萤光，水上浮萍很多，浮萍开处自然可看见几颗星影……”“满目湖山织在愁雨凄风中，羡季对我说‘济南此处似江南’”；那位文学大家郭沫若也垂青济南，三大名胜都曾有过他的身影，他还热情地挥毫泼墨为我们留下很多题字和诗行，李清照和辛弃疾纪念馆那匾额和题诗都出自他的手；还有从小在此求学的季羡林和臧克家则喜欢在温润的小巷中大声吟出自己的新作，品着鲁菜感受济南人安适的生活——真的太多了！

我喜欢济南学者徐北文的一首诗："才华横溢泉山谷，字吐珠玑水百泓。多少诗人生历下，泉城自古是诗城。"在济南的这些年，经常会有诗人们造访济南，各种诗歌活动也是接连不断。记得《济南时报》曾一度在济南发起组织每月一次的诗歌沙龙，生活在甸柳小区名士楼里的老诗人塞风的家，曾是我们这些诗歌作者最愿去的地方，在那里感受诗人"长江黄河/是我两行浑浊的眼泪"的沧桑。我们曾三次在中秋节的明湖楼邀请驻济的诗人赏月、吟诗，品读这个城市的风雅浪漫。在这里，我曾有幸与孙静轩、木斧、舒婷、食指等诗人相会，听他们对济南发出由衷的赞叹。其实还有很多人很多事，城市再变，那些诗脉、诗情、诗意仍然将在历下延续着。

（原载于《济南的味道》，作家出版社，2013 年 9 月）

李木生

李木生（1952—　），山东济宁人。当过报纸副刊编辑。著有诗集与散文集多部。散文集《午夜的阳光》获首届泰山文艺奖，散文《微山湖上静悄悄》获首届郭沫若散文随笔奖，散文《唐朝，那朵自由之花》获冰心散文奖，散文《我爱你泰山》获《人民文学》征文奖。

老舍的济南

如果山是济南的骨骼，水就是它的灵魂了。至刚至柔，这就是济南。诗人孔孚《泉城山色》只有三句，“绿得有些倦/现一些忧郁/思念着雨”。何来忧郁？那是因为山与泉历经了太多的人间苦痛。

喜欢一个人，早早地坐了公交车，颠簸三个小时，去济南的历下看泉。在历下的小巷里，顺着幽幽的泉水曲曲折折地走。然后，再去大明湖畔寻一个僻静处，半日半日地发呆，走神。这样的时候，总会想起一个人来，想起那个对济南的山与水爱得无以复加、也是至刚至柔的人。

这个人就是老舍。人走了，他的文字与留在文字上的生命，便如这清幽而婉转的泉水，不竭不涸。

想起他几乎是带点儿幸福感的话，“从民国十九年七月，到二十三年秋初，我整整在济南住过四载（实际是四年又三个月）。在那里，我有了第一个小孩，即起名为‘济’。在那里，我交下不少的朋友；无论什么时候我从那里过，总有笑脸地招呼我；无论我到何处去，那里总有人惦念着我。在那里，我写成了《大明湖》、《猫城记》、《离婚》、《牛天赐传》和收在《赶集》里的那十几个短篇……时短情长，济南就成了我的第二故乡”（《吊济南》）。

上个世纪的30年代，正是中华民族最危殆的时候，日寇入侵，内乱不已，民不聊生。所幸的是，受着迫压与凌辱的当时的中国，民众与知识分子双双觉醒，合力反抗。在这觉醒与反抗的知识分子队伍里，有两个劳作最力最勤的写家，上海的鲁迅与济南的老舍。

在鲁迅生命的最后九个月零十九天里，先生有八个月在重病之中，胃扩张、肠弛缓、肺结核、肋膜炎、支气管炎、气胸、心脏病。但在这最后的九个月又十九天里，先生却出版了《故事新编》、《药用植物》、《死魂灵百图》、珂勒惠支的《版画选集》、《苏联版画集》；编校成书的有《海上述林》两卷，编好的有《苏联作家七人集》、《且介亭杂文两集》，平均每个月有一本书出版。十月十六日（死前三天），先生写下了《曹靖华译“苏联作家七人集”序》一文；十七日，先生勉力写出未完的《因太炎先生而想起的二三事》，记下当天的日记；十八日晨，已无力说话，还不满足于许广平的报告，还要亲自看过报纸，关心着刊物和青年们的文章。这是民国二十五年（1936），鲁迅的一九三六年。

济南的老舍呢？那时他在齐鲁大学任教，假期便成了他创作的正日。胡絜青女士在《旧居》一文里这样记载：“就在那样的盛暑中，就在这个闷热难当的小院里，老舍一天也没敢歇着。他抢在太阳出来之前起床动手写作，头上缠着湿毛巾，肘腕子下面垫着吸墨纸，以防汗水湿透稿子。就这样每天至少赶出两千字来。一个暑假，他‘拼’出了一部十多万字的长篇小说《离婚》。”这是民国二十一年（1932），老舍的一九三二年暑假，一个热死了许多卖苦力者的酷暑。

民国是党国，这就更加加重了民族与民众的苦难。

民族与民众的苦难，也就为鲁迅与老舍的文字，铺下了灰暗而又感伤、悲苦而又愤怒的底色。只是鲁迅的文字，是带火的讽刺；而老舍的，则是含泪的幽默。

老舍的《大明湖》就是写的震惊全国的济南惨案。《大明湖》焚毁于战火之中，老舍又将这部长篇小说里最精彩的部分，重写成一部可以列于世界经典之林的中篇小说《月牙儿》。

近八十年过去了，我于晚春的暮霭里流连于济南历下旧巷的泉水边，似乎老舍与他的月牙儿，都还在汩汩的清流里晃动。出身寒苦的老舍，如这泉水般，将大地上野草一样的底层民众的苦难，含蕴在自己的笔下。那是个将没有一点生途的母女俩渐次逼入妓女境地的社会。那个女子悲凉的呻吟——我每每读时都读到对于这两个美丽生命无望凋零的无限怜惜，和对于那个非人社会的无尽的控诉——“我心中的苦处假若可以用个形状比喻起来，必是个月牙儿形的。它无依无靠的在灰蓝的天上挂着，光儿微弱，不大会儿便被黑暗包住”，“我还不如一条狗，狗有个地方便可以躺下睡，街上却不准我躺着”（《月牙儿》）。那个吃人的社会，终于将妓女的女儿逼进监狱，这个酷爱着月牙儿的女子，竟“不再想出去了”，因为，“世界比这儿并强不了许多”。

老舍是在最后时刻才不得不离开济南的。直到济南北面的黄河桥被炸了，日寇的铁蹄已经逼近济南，他才提起那个早已收拾好的箱子，“挨个看看极幼小的孩子们”，踏上了八年的抗战路。他不是北京的周作人，绝不可能留下来侍奉敌伪政权。他那文人的脊梁，是如济南的华不注山一样，硬且峭拔。

我们都知道老舍名篇《济南的冬天》。其实济南的春夏秋冬，他都饱蘸着深爱，一一写过。他与济南匆匆作别在秋意阑珊之时，其后的岁月里，他的梦境中当会皴染起济南的秋意吧——“秋山秋水虚幻地吻着。山儿不动，水儿微响。那中古的老城，带着这片秋色秋声，是济南，是诗”（《一些印象》（续四），原载于1931年3月《齐大月刊》）。

早在老舍二十三岁的时候，他就在对学生们的讲演中说过这样的话：耶稣只负起一个十字架，而我们却应该准备牺牲自己，负起两个十字架，一个是破坏旧世界，另一个是建立新世界。

这个“新世界”，老舍不仅盼来了，还用自己勤勉的双手，为它的长大添砖加瓦。但是这个名“舒庆春”、字“舍予”的老舍，到底还是为了这个“新世界”舍身而去了，一九六六年八月二十四日，投太平湖而死。他的儿子舒乙先生，曾经在巴金主编的《收获》杂志上发表过一篇有关父亲的重要文章《父亲最后的两天》，文中谈到父亲死时的情形：“他的头上、脖子上、胸口上、手臂上有已经凝固的大块血斑，还有大片大片的青紫色的淤血。他遍体鳞伤。”

他心上更是遍体鳞伤，只是比体表上的更重更深。

有一点世人还从来没有说到：老舍舍身前在太平湖独自面对那个白天和夜晚的时候，一定想到了济南，想到了济南的山与泉水吧？那些山是不会低头的，却是慈爱的：“这一圈小山在冬天特别可爱，好像是把济南放在一个小摇篮里，它们安静不动地低声地说，‘你们放心吧，这儿准保暖和’”（《济南的冬天》）。而那些泉水，则更是不会低头的，它们简直就是舍身而出的！地底深处的黑暗久久地包围着它们，而冰冷的石头在狠狠地压迫着它们。但是它们从不臣服，百里千里、千年万年地寻找着能够自由呼吸的出口。终于冲出迫压着、包围着它们的强大的地层，让自己的生命在济南的人间开成自由的花朵。这从地底冲破包围而解放了的泉水，又是最为干净甜爽的。不要说它们惠泽于济南的百姓，那个因飞机失事而辞世的诗人，也是被运回济南，用这些干净的泉水清洗一新的。

两个老舍，就如雕塑一般立在历史的烟云间——曾经，在最热的八月的济南，这个勤苦的人，头上缠着湿毛巾、肘腕子下面垫着吸墨纸，正进入在忘我的劳动之中；而在这个最热的八月的北京，他却心冷如冰、绝望如崖、决绝舍身。

《茶馆》的结尾是耐人寻味的。王利发、秦仲义、常四爷，三位老人撒着纸钱，自悼自祭，茶馆老板王利发则在这种自悼自祭的悲怆里解下腰带进屋自尽。与这个结尾融为一体的，还有常四爷的那句敲响了千万人心的台词：“我爱我们的国啊！可谁爱我呀?!”

这位敢于舍身的人，特别喜爱鲁迅的文字，说“他会怒，越怒，文字越好”，并评价鲁迅与他的文字“这是前无古人，恐怕也是后无来者的文艺建设”（老舍《前无古人》）。只是，等到他最后一怒舍身的时候，却是连一个字也写不出了。

“上善若水”，“逝者如斯”，老子与孔子虽然说的是水，又是在说人。我每次来到济南，亲近着万古常新的泉水，总会想起老舍与老舍的那些写着济南的文字。我相信，一代一代的后人，来到济南，亲近着这些常流常新的泉水，仍会想起老舍与老舍的那些写着济南的文字。

（原载于《书屋》2013 年第 10 期）

后 记

这部《济南文学大系》，是在中共济南市委有关领导同志的关心支持下完成的，是济南作家和文学艺术工作者献给共和国六十五华诞的一份厚礼。

济南是历史文化名城，数千年来涌现了众多卓有成就的文学大家和丰富精美的文学作品，新中国成立特别是改革开放以来，济南的文学事业更是有了长足进步。但由于年代久远、作品繁多、分散零落等原因，给阅读和传承造成了诸多不便。近年虽经多方努力，却至今没有形成一套能够选精拔粹、一览古今的大型文学丛书。这在相当程度上限制了济南文学的传承和影响。因此，编选一套能够为济南文学的传承和繁荣做出实实在在贡献的济南文学大系，便成了我们共同的心愿。而此前，在时任中共济南市委副书记、济南市市长谢玉堂和中共济南市委常委、宣传部长谭延伟等同志的支持下，我们先后编选出版了八卷本的《济南市五十年文学作品选》、两卷本的《济南作家论》，编印了近二百万字的“美丽泉城文学作品研讨会推荐作品”。这为《济南文学大系》的编选奠定了基础。

《济南文学大系》收录的是历代济南作家（济南本地作家和行政关系隶属于济南的作家）创作的优秀作品，历代济南籍作家创作的优秀作品（以写济南的为主），以及历代外地作家创作的与济南有关的优秀作品。全书共十卷，其中古代三卷，现代一卷，当代六卷，囊括了诗歌、散文、小说、报告文学、影视文学和戏剧文学等六大门类。当代作品中小说成果最丰，故独占两卷；报告文学和影视文学佳作较少，则合而为一；文学评论因有《济南作家论》出版在先，故阙如。入选作品，均为在国家正式报刊发表或出版社出版过的作品。编选中我们遵循优中选优，传递正能量和鼓励多样性、丰富性的原则，在确保作品质量和重点作家作品入选的前提下，特别强调兼顾不同历史时期和地域性、群众性。在篇目排列上，大抵以发表或出版的时间为序，同一题材、同一作者有多部（篇、首）作品收入的，以第一部（篇、首）发表或出版的时间为序。长篇小说和多集电视剧本，采用了内容简介加选录少量章节的办法。除个别作品略有删节外，其他均尊重原作及所依据的版本，仅是根据第6版《现代汉语词典》规范了个别字句。为了方便阅读，在古代卷中添加了少量注释。

《济南文学大系》的编选工作自2013年6月初启动，在一年多的时间里，编委会全体同仁和各分卷主编，秉持对历史和济南文学事业负责的精神，在广泛征集和深入发掘作品的基础上，反复研究，多次调整，做了大量艰苦细致的工作。作为当代文坛的领军人物，贺敬之、张炯先生的参与为《济南文学大系》增添了光彩。济南出版社社长崔刚先生对《济南文学大系》的编选倾注了很大热情，孙凤文总编辑、郭锐主任和有关编辑同志，为丛书的高水平、高质量出版付出了巨大努力。山东文人书画院作为依托单位，承担了编选中的具体事务。《济南文学大系》编选还得到了诸多同仁和朋友的鼓励与支持。在此我们一并致以诚挚的谢意。

“同享泉水幽，共栽泉城柳。《大系》十卷古今收，珠玑满翠楼。不辞沥心血，寒暑一度秋。马踏祥云春来也，凯旋曲已悠。千年长河添新流，功业复何求？淡淡清风里，把盏话同舟。”马年春节的这首贺词，记述的正是全体编选人员共同的心声。

编选出版《济南文学大系》是一项十分艰巨复杂的工作，加之篇幅有限，编选者水平有限，遗憾和不足之处在所难免，我们恳切期待广大读者的批评和指正。

编选者

2014年9月